Adopted love

Ce livre est une fiction. Les noms, caractères, professions, lieux, évènements ou incidents sont les produits de l'imagination de l'auteur utilisés de manière fictive. Toute ressemblance avec des personnages réels, vivants ou morts, serait totalement fortuite.

Illustrations : © Maureen Le Lann
Couverture : Marion Rosiere
Composition et mise en pages : Nord Compo à Villeneuve-d'Ascq

Collection New Romance® créée par Hugues de Saint-Vincent,
dirigée par Arthur de Saint-Vincent
Collection dirigée par Franck Spengler
Ouvrage dirigé par Marine Flour

34-36, rue La Pérouse
75116 Paris

Dépôt légal : novembre 2021
ISBN : 9782755692327
Imprimé en Espagne par Blackprint

Gaïa Alexia

Adopted love

TOME 1

Hugo Poche

NEW ROMANCE®

PROLOGUE

– Monsieur Teagan Doe… Je suis vraiment attristée de vous retrouver une fois de plus sur ce banc, soupire la juge.

À force de voir mon casier arriver sur son bureau, j'imagine qu'elle le connaît par cœur.

– Vos seize ans étant bientôt révolus et au vu de votre récidive, vous serez jugé comme majeur responsable, continue-t-elle sans attendre de réponse de ma part. Savez-vous ce que cela signifie ?

Ouais, putain ! Solis était hors d'elle hier en me l'expliquant lorsque les flics m'ont enfin laissé passer mon coup de fil. Je suis sûr que si elle avait été là, elle m'en aurait collé une. L'avocat véreux qu'elle a trouvé pour me défendre et qui sent l'alcool bon marché à des kilomètres en a repassé une couche quelques heures plus tard.

– Plus de centre de redressement, plus de punition d'enfant… Vous allez devoir faire face à vos responsabilités. C'est la prison qui vous tend les bras, cette fois.

La prison ? Je ne sais pas trop ce qui explose en moi, mais c'est douloureux. Je serre les poings pour contenir la panique qui tente de jaillir de mon bide. La juge reprend, histoire d'enfoncer le clou, j'imagine :

– À ce que je vois, les chefs d'accusation sont encore et toujours les mêmes. Nous connaissions déjà votre goût pour le vol de belles cylindrées, mais pas encore celui pour la marijuana retrouvée dans vos poches… Et que dire de la somme d'argent que vous portiez sur vous ? Aucune explication quant à sa provenance ?

Je pose les yeux sur mes mains coincées entre mes cuisses. *À quoi bon la mater plus longtemps avec son air pincé et sa tenue de guignol ?*

Un silence s'abat sur la petite salle du tribunal.

– Je connais parfaitement votre situation, mais les conditions dans lesquelles vous avez grandi ne sont pas une excuse à tout. Quand allez-vous réagir, monsieur Doe ? Vous mériteriez un aller simple pour une cellule, mais je vais vous accorder une dernière chance…

Quoi ? Sa dernière phrase a le don de me faire relever le nez de mes tatouages.

– Je vous laisse un an pour me prouver que vous pouvez devenir quelqu'un de bien.

Je crois que c'est la première fois que je la fixe aussi longtemps. J'ai du mal à comprendre. *Je vais sortir d'ici sans passer par la case prison ?*

– Ne pensez pas pour autant que je vous fasse un cadeau. Si vous vous retrouvez de nouveau devant moi, vous irez immédiatement grossir les rangs des mineurs incarcérés ! Je place également comme contrainte à cette année de conditionnelle que vous viviez dans une famille d'accueil. Je laisse à votre assistante sociale le soin de trouver un foyer qui vous acceptera. Vous devrez également effectuer un suivi régulier avec un agent de probation : Terry Romano.

Bordel. Respire, mec. La liberté, ok. La liberté sous conditions, beaucoup moins. Mais vu le choix qui s'offre à moi, je vais ravaler ma fierté : entre la prison et cette proposition, c'est vite vu.

– Alors, monsieur Teagan Doe, sommes-nous d'accord ? Et ne me faites pas l'affront d'opter pour la prison juste pour me prouver que vous êtes un dur, vous et moi savons très bien que ce n'est pas le cas.

Quelle garce !

Je soupire et hoche la tête. Elle sourit en attrapant son marteau.

– Parfait. J'espère pour vous ne jamais vous revoir ici.

CHAPITRE 1

Je lutte contre une gueule de bois phénoménale pour émerger. Je tourne la tête en plissant les yeux, Tanya dort encore. Je me redresse doucement. Mes souvenirs de cette nuit sont flous mais je suis à poil et on dirait qu'elle aussi.

Ok, je ferais mieux de me casser vite fait avant que Benito ne se ramène. S'il apprend que je me tape sa sœur, il va m'éclater.

Je glisse hors du lit en attrapant mes fringues par terre pour fuir vers la salle de bain.

Je mate mon reflet dans le miroir placé trop bas pour moi. Je hais ma vie. Voilà plusieurs semaines que je squatte un canapé pourri et que je me tape de temps à autre la sœur de mon meilleur pote. Hors de question de retourner dans le foyer minable dans lequel je suis inscrit en attendant d'être parachuté dans une nouvelle famille d'accueil qui se donnera bonne conscience en accueillant un pauvre orphelin aux prises avec la justice.

À croire que mon destin s'arrête ici, dans ce coin pourri du Queens.

Alors que je m'habille, la vibration de mon portable me tire de mes pensées pourries.

Oh ! Merde, Solis... Message vocal. La journée commençait déjà mal, son appel a le potentiel pour la faire tourner au désastre. Je ferais mieux de l'ignorer, mais je suis con, j'écoute quand même.

– Salut, j'espère que tu vas bien. Je t'ai déjà laissé plusieurs messages. C'est aujourd'hui qu'on doit aller chez les Hills... Je compte vraiment sur toi, Teag, j'espère que tu viendras. Je sais que tu détestes l'idée de la liberté conditionnelle, mais ça aurait pu être bien pire, et un an, c'est rien. Je suis sûre que tu seras très bien dans cette famille. Bon, rappelle-moi ou rejoins-moi directement au bureau à neuf heures, d'accord ? Même si tu sens encore l'alcool !

Elle a le mérite de me tirer un sourire. En me baissant vers le robinet pour boire, je croise mon regard éteint. Il me faut une clope !

Je m'en grille une dans le salon en constatant que Ben n'est pas rentré. Coup de chance pour sa sœur et moi.

Il est quelle heure, là ? Huit heures trente. Je ne veux pas aller rejoindre Solis. Je ne veux pas débuter cette année de merde. Mais mon assistante sociale a raison, ça aurait pu être la prison... Alors je réunis mes quelques affaires et je me casse.

* * *

Ça doit faire une heure que j'attends. Je lis pour la centième fois la plaque sur la vieille porte en bois juste devant moi en essayant de contrôler le mouvement frénétique de ma jambe sur les pieds de cette chaise trop dure : « Nathalie Solis, Assistante sociale ».

C'est pas possible, elle est encore pire qu'une psy, toujours à la bourre.

Mais qu'est-ce qu'elle fout ? Je n'ai déjà pas beaucoup de patience en temps normal, mais vu la journée qui s'annonce, mon quota est dépassé depuis longtemps. Dans dix minutes, si elle n'apparaît pas, je bouge.

* * *

Je me lève, prêt à disparaître, quand la porte du bureau s'ouvre enfin dans son habituel grincement. Une nana plutôt jeune sort en chialant et Solis se montre enfin. La fille s'en va en me jetant un regard en biais. Le mien se pose sur Solis qui me reluque de haut en bas avec les mains sur les hanches.

Je la connais par cœur, je sais exactement ce qui va sortir de sa bouche : un truc ironique et grossier.

– Nom de dieu, Teagan Doe est à l'heure ! ironise-t-elle.

Bingo ! Je lui lance un sourire froid.

C'est moi ou elle a pris du gras ?

Je baisse les yeux et découvre son bide énorme. Je suis à peu près sûr qu'elle ne peut plus voir ses pompes.

– C'est un bébé, Teag… Je suis enceinte. Fais pas cette tête-là, me dit-elle en suivant mon regard. Allez, viens.

Je hausse les épaules en la suivant dans son bureau. Après avoir refermé derrière elle, elle fait le tour de la table avec son gros ventre et va s'installer en face de moi dans ce fauteuil en cuir beige que j'ai toujours connu.

– Je suis surprise de te voir. Tu n'as répondu à aucun de mes appels depuis le jugement. J'étais à deux doigts de contacter les morgues du coin, tu sais…

Je me contente de lâcher un ricanement en m'affalant sur la chaise devant moi. *La morgue, carrément !* Non, ma vie est pourrie, mais j'y tiens tout de même.

– Alors ? ajoute-t-elle.

– Alors quoi ? je demande en la fixant.

– Pourquoi tu as disparu comme ça ? Qu'est-ce que tu as foutu ? Tu as dormi où ? enchaîne-t-elle avec un air fâché.

– J'ai dormi, c'est déjà ça, non ?

Elle soupire et me fusille du regard.

– Non, Teagan. J'ai besoin de savoir si t'as encore été te foutre dans la merde ou s'il y a une chance que tu tiennes cette année sans problème.

– Te stresse pas comme ça ! Je suis encore vivant, c'est cool, ok ! je réplique.

Je n'ai aucune envie de lui dire où j'étais et encore moins ce que j'ai foutu de ma peau. Elle me tuerait.

– T'as l'air d'une saloperie de mort vivant. T'as pris des trucs ?

Je soupire. Je ne prends rien du tout, j'ai juste une vie merdique et plus aucune envie de me battre pour en sortir.

– Je suis plus clean que ta sœur, Solis. Tu délires… je marmonne.

– Mon prénom, c'est Nathalie, Teagan. Et laisse ma sœur où elle est, tu veux. Je n'ai pas eu de nouvelles de Terry, ton agent de probation, ce qui est déjà bon signe, mais je me suis inquiétée pour toi.

Je serre les dents. Ce fameux Terry, moins je le croise, mieux je me porte. Je suis même prêt à devenir un gentil petit mouton pour ne plus sentir son haleine à vomir.

J'évite le regard perçant de Solis qui secoue la tête en se pinçant les lèvres.

– Bon, comme d'habitude, tu n'es pas très causant, et je vois que tu n'as fait aucun effort vestimentaire, reprend-elle.

– C'est pas une cravate de merde qui va changer quoi que ce soit, Na-tha-lie, j'envoie en insistant sur chaque syllabe.

Elle soupire et touche son gros bide. Je ne sais pas pourquoi mais je n'aime pas ce que je vois.

Jusque-là, elle n'avait pas d'enfant et ça m'allait très bien.

– Si, mon grand, une cravate pourrait tout changer, c'est un signe de rédemption. D'ailleurs, je te préviens : en dix ans, cette famille n'a jamais eu de problème avec les jeunes dont elle s'est occupée. Je compte donc sur toi pour mettre fin à tous tes petits trafics à la seconde où tu passeras le pas de leur porte. Les Hills sont des gens rangés et je veux qu'ils le restent.

J'écoute son bla-bla d'une oreille distraite. Elle m'a soûlé au moment de son délire avec la rédemption. Je ne suis pas un criminel, ok. J'ai chouré des caisses, volé des sacs à main et dealé quelques trucs, mais jamais rien de grave, j'ai ma conscience pour moi. Solis a toujours le don d'exagérer les choses. Et pour sa nouvelle famille, j'ai écouté tous ses messages sur mon répondeur, je sais déjà tout ça : les Hills forment une famille parfaite qui aide les pauvres loosers dans mon genre. *Tu parles... Ils sont comme les autres, tout ce qu'ils voient, c'est les thunes qu'ils gagnent à m'héberger chez eux.*

Si je ne risquais pas de me retrouver entre quatre murs, je ne serais même pas là à l'entendre blablater.

– Tu m'écoutes ? balance Solis.

– Ouais… T'as dit « bla, bla, bla »… je réplique aussitôt.

– Ah parfois, je préfère quand ta bouche reste fermée ! ronchonne-t-elle.

Elle se lève en attrapant ses clés de voiture. Vu comment elle se tient aux meubles, son gros ventre a l'air de décider où elle va et non l'inverse. J'en suis sûr maintenant : elle ne voit pas ses pieds.

– Bon, je m'occuperai de ton insolence plus tard. Allez, on y va. Mais enfile ça avant, soupire-t-elle en me balançant en pleine tête un truc blanc immaculé.

Je le rattrape d'un geste rageur.

– C'est quoi, cette merde ? je demande.

– Cette merde s'appelle « faire un effort vestimentaire ». Et active-toi, on n'est pas en avance, me dit-elle.

Je déplie le truc blanc. *Oh non… une chemise. Fait chier !*

Je lance un regard en coin sur Solis. Elle attend devant la porte comme un vigile de supérette, les bras croisés sur son gros bide et les jambes écartées. Je la connais, je ne sortirai pas d'ici sans avoir enfilé cette daube. Elle finira par l'emporter grâce à son regard noir. Je fais passer mon sweat à capuche par-dessus ma tête et enfile sa satanée chemise sur mon débardeur.

– He bah, tu dois toutes les faire craquer, ricane Solis. Tiens, encore un nouveau tatouage ? demande-t-elle en désignant mon cou.

Je baisse les yeux sur les mots gravés sur ma peau qui dépassent de mon col. Le regard qu'elle me lance en dit long. *Eh oui, encore un.* Et encore, elle n'a pas vu mes jambes, ni mon dos… Autant que je n'insiste pas sur le sujet, elle a suffisamment hurlé pour mes bras.

– Ouais. Mais me demande pas de te le montrer, c'est de la pédophilie, j'te jure, j'envoie.

Elle se met à rire, dépitée, pendant que je boutonne la chemise.

– Ah si t'étais pas aussi insolent, j'aurais pu être ta mère, réplique-t-elle.

– Nan, t'es trop grosse pour ça, je lance.

J'attache le dernier bouton. Et voilà, j'ai sûrement l'air d'un pingouin tatoué. J'attrape mon sweat et on se barre de son bureau.

– Je ne suis pas grosse, Teagan, je suis enceinte.

– Ça, c'est toi qui le dis…

– Mon mec aussi le dit. Tu ne veux pas savoir ce que c'est ?

– Ton mec ? J'aurais parié sur un vieux pervers sénile…

Elle explose de rire. Je ne la comprendrai jamais : plus je suis odieux, plus elle se marre. À croire qu'elle aime que je lâche tout ce qui me passe par l'esprit.

On arrive devant l'ascenseur et elle appuie sur le bouton.

– Non, le bébé, andouille !

– Ah… T'es certaine que c'est humain ? T'es énorme, Solis.

– C'est une fille.

– Et merde… Elle sera aussi chiante que toi !

On monte dans l'ascenseur et j'enfonce du poing le bouton pour le rez-de-chaussée.

– Je ne suis pas si chiante que ça, quand même ? s'interroge-t-elle.

J'échange un regard avec elle. Elle semble lire dans mon esprit : elle est fatigante lorsqu'elle parle sans s'arrêter.

– En attendant, tu me réponds toujours plus ou moins, réplique-t-elle.

C'est vrai, comme un con, je trouve tout le temps un truc pour la relancer. En fait, c'est surtout de ma faute si elle cause en permanence.

J'évite son regard et garde pour moi la réplique qui ne demande qu'à sortir. Elle voit clair dans mon jeu et explose de rire.

– Ah ! Je vais me pisser dessus avec tes conneries ! s'exclame-t-elle.

– Tu vois, même quand je parle pas, tu parles toute seule ! je lance alors que les portes de l'ascenseur s'ouvrent.

Solis se marre encore quand on quitte l'immeuble en s'échangeant des vannes.

– Au fait, où est ton fidèle sac ? me demande-t-elle alors qu'on arrive vers sa caisse.

Je hausse un sourcil et pointe du menton la banquette arrière de son tas de ferraille roulant.

Elle ouvre de grands yeux quand elle le voit posé là. Ce sac ne me quitte pratiquement jamais. Il est vieux, usé et pas assez grand pour contenir une vie, mais pour la mienne, c'est largement suffisant.

– Mais comment tu… commence Solis.

Elle vient de comprendre, ça y est. Je me marre et ouvre la portière côté passager puisqu'elle ne veut jamais me laisser conduire.

– T'as forcé ma voiture, Teag ! s'exclame-t-elle en affichant un air mi-affolé, mi-outré.

J'ai du mal à retenir un sourire. Forcer une caisse, c'est ce que je fais de mieux, et avec un vieux tacot comme ça, c'est du gâteau. D'ailleurs, comment fait-elle pour rouler dans une merde pareille ? Elle compte traîner son bébé là-dedans ensuite ?

Elle fait le tour de la voiture et s'installe difficilement derrière le volant en m'enchaînant. Elle finit par me pomper l'air et je l'envoie chier, c'est donc en silence qu'elle met le contact. *Enfin !*

* * *

On roule vingt bonnes minutes dans les rues new-yorkaises, il règne un silence de mort : on se croirait à une veillée funèbre. Solis m'ignore. Cette fois, j'ai réussi à atteindre ses limites. Elle est comme ça, quand je vais trop loin, elle ne dit plus rien. Heureusement, parce qu'avec moi, ça peut vite dégénérer quand on ne m'arrête pas.

Je ne sais pas où on va. J'ai besoin de fumer une clope de toute urgence mais elle va m'incendier avec mon propre briquet si je fais ça dans sa bagnole. En plus, elle est enceinte jusqu'aux yeux, ça ne se fait pas. Enfin, avec n'importe qui d'autre, je ne me serais pas gêné, mais avec Solis, j'ai beau faire le malin, ça me ferait chier qu'elle ne veuille plus me parler.

Pour essayer de me détendre autrement, je mate le paysage qui défile. Après quelques bornes sur la voie rapide, on déboule en banlieue. Là, c'est tout ou rien : soit des gens super fauchés, soit de méga bourges. Vu ma chance, je parie sur les fauchés, comme d'habitude.

Plus on avance et moins ça me plaît. On s'éloigne un peu trop de mon quartier à mon goût. Je viens de voir le coin où je fais mes deals me passer sous le nez. La dernière famille qui m'a accueilli vivait par là : leur maison était encore plus pourrie que cette caisse. J'y suis resté trois jours avant que tout n'explose, comme toujours. Je crois que le soi-disant père de famille a encore le nez de travers. Heureusement, Solis n'en sait rien et pense que je suis juste parti sans donner de nouvelles du jour au lendemain.

J'abaisse le pare-soleil. Il fait beaucoup trop beau pour une journée aussi merdique. Si le temps devait refléter mon état d'esprit, on essuierait une tornade digne du Kansas.

Petit à petit, alors que les bornes défilent, je vois le décor changer. On vient même de passer un pont. Les immeubles pourris et mal entretenus ont laissé place à de petites résidences avec digicode et parking privé, le genre de petits immeubles qui ont un gardien pour sortir les poubelles. *Mais où est-ce qu'elle m'emmène ?* Je n'aime pas ces coins-là.

Les flics y tournent trop souvent, et pour un mec comme moi, c'est synonyme d'emmerdes possibles à chaque angle de rue.

Je lance un regard sur Solis qui s'obstine à m'ignorer. On sait tous les deux que ça ne va pas le faire. Ça ne le fait jamais. Qu'est-ce qui m'attend ? Une caravane ? Un appart en ruine ? Solis a le don pour me lâcher dans des familles plus pourries les unes que les autres.

Si je me retrouve encore face à des cas sociaux, je me casse. Je ne veux plus jamais avoir des puces dans mon lit ou des rats sous la table. Je préfère encore une cellule sans fenêtre et un codétenu obsédé.

Autour de nous, les immeubles ont réduit pour devenir des baraques individuelles. En l'espace de quelques minutes, on croise deux bagnoles de flics qui font des rondes. Par réflexe, je me tasse dans mon siège. Je n'ai rien à me reprocher, enfin, rien de grave, mais je me méfie toujours parce que les flics m'ont dans le nez. Ça me rappelle un de mes derniers passages en garde à vue : comment on peut simplement marcher sur un trottoir et se retrouver douze heures au trou avant la fin de la journée ? En étant moi : jeune, tatoué et insoumis comme un chien des rues.

Je secoue la tête. *Et vas-y, encore une caisse de flics qui rôde !*

Solis inspire à côté de moi en cherchant à attirer mon attention.

– Teag, c'est pas vrai… râle-t-elle.

C'est quoi son problème ? Je ferme ma gueule depuis tout à l'heure !

Je détourne la tête en soufflant. Pas la peine de polémiquer, quoi que je dise – et depuis mes arrestations à cause des plans foireux de Benito – Solis pense que je suis mêlé à des affaires de dingue. En réalité, ce sont les emmerdes qui viennent à moi la plupart du temps.

– Qu'est-ce que t'as fait ? Tu flippes à chaque fois qu'on croise la police, me demande-t-elle.

Je réponds par un soupir exagéré accompagné d'un regard en biais. Cela ne l'empêche pas de se lancer dans une morale à rallonge. Je me déconnecte et la laisse parler dans le vide.

– Teagan !

– Je suis pas psy, Solis. Mais si tu veux que je t'écoute, va falloir allonger les biftons !

– C'est sérieux ce que je te dis !

– Vas-y, accouche. Enfin, accouche…

Je vois dans son regard qu'elle se retient de se marrer. Elle prend une grande bouffée d'air et enchaîne sur un ton sérieux :

– Bon, tu as bientôt dix-sept ans, il te reste encore un an pour voler de tes propres ailes. Pas pour voler des caisses, d'accord ? J'espère que tu es conscient que l'année qui vient va être une des plus importantes de ta vie.

Solis s'arrête de causer et stoppe la voiture au coin d'une rue. Je mate les baraques autour de nous. *Carrément bourge !* Les maisons sont aussi grosses que de petits immeubles et elles sont entourées de grands jardins fermés par des palissades brise-vue. Les trottoirs sont larges et plus propres que le dernier lit que j'ai fréquenté. Même les arbres plantés un peu partout sont mieux entretenus que mes cheveux. On se croirait dans une série télé. Une chose est sûre : un type comme moi va faire tache.

– Le quartier te plaît ? me coupe Solis dans mon analyse.

– Nan.

Est-ce qu'elle m'a bien regardé ? J'ai l'impression d'être un renard dans un poulailler !

– Eh bien ce n'est pas mon problème. Au point où tu en es, tu n'as plus le choix ! Je compte sur toi Teag, vraiment… me balance-t-elle avant de reprendre avec une voix plus basse. Je veux pouvoir te présenter à ma fille autre part que dans un parloir. Je sais que tu joues au dur pour te protéger parce que tu en as chié jusqu'à maintenant, mais je sais aussi que tu es bien plus sensible que tu ne le laisses paraître…

Mais qu'est-ce qu'elle me fait ? Elle me la joue sentimentale ? Écœurant !

– Ça y est, tu ne m'écoutes plus ! Teagan, c'est important, ce que je te dis ! Je ne t'ai jamais pris la tête plus que ça sur ton comportement, mais là, j'insiste : pas une seule bourde, ok ? C'est ta dernière chance de faire sortir le mec bien qui se cache en toi. À la moindre embrouille, je ne pourrai plus rien faire pour t'aider…

Le silence revient dans la caisse. Je crois qu'elle se retient de chialer, elle doit vraiment flipper. Elle est comme ça, Solis : trop portée sur le bla-bla, et elle dit toujours ce qu'elle a sur le cœur. C'est pour ça qu'elle est encore dans ma vie, elle a toujours été honnête avec moi. Alors, même si je lui dois une partie chaotique de mon existence, sans elle, ce serait bien pire. Mais ça, je ne lui dirai jamais.

– Réponds-moi au moins, Teagan. Est-ce que tu comprends l'enjeu ?

– Ouais, c'est bon, t'inquiète. Et puis, qu'est-ce que tu veux qu'il m'arrive dans un quartier de bourges pareil ?

– Hum… Tu vas leur foutre les jetons avec ton look de racaille ! J'espère que tu comptes faire quelques changements de ce côté-là. Même si on ne peut plus rien pour tes tatouages, tu pourrais faire un effort côté vestimentaire.

Je m'apprête à répliquer mais je décide de la fermer plutôt que de la mettre en rogne. Il fait trop chaud pour un autre monologue et j'ai besoin d'une clope avant d'aller jouer le gentil mec avec ma chemise de pingouin.

Solis soupire et regarde droit devant elle.

– Bon, allez, on y va, dit-elle à voix basse, plus pour elle que pour moi, avant de faire avancer la caisse.

CHAPITRE 2

Solis roule au ralenti jusqu'à un peu plus loin dans la rue puis elle s'arrête et tire doucement sur le frein à main. Un panneau indique « Kingsley Avenue, Staten Island, New York ». *Putain, Staten Island ? Solis se fout de moi, là ?*

Mon regard se pose sur une grosse baraque blanche, genre double garage et portail électrique. C'est pire que ce que je pensais : je suis tombé sur des bourges de chez bourges. C'est du jamais vu. Jusqu'à maintenant, je n'ai connu que de petits squats crasseux, je vais me paumer dans une baraque comme ça. C'est la première fois que Solis m'envoie dans un truc pareil depuis qu'elle me gère, je comprends mieux pourquoi elle flippe de mon comportement. *Des gens riches ? Mais pourquoi elle fait ça ?* Ça va être pire que tout, et franchement, elle doit s'en douter parce qu'elle soupire encore de façon désespérée. *Désespérée, comme mon cas !*

– Pourquoi tu stresses ? je demande.

– Parce que je m'inquiète pour toi, Teag. J'espère vraiment que tu vas faire ce qu'il faut pour que ça marche, sinon tu vas m'entendre.

– Je t'entends déjà, là…

Elle retire la clé du contact en levant les yeux au ciel.

– Attends, il faut que je fume avant d'y aller.

– Trop tard, on n'est pas vraiment à l'heure, lâche-t-elle sans me regarder.

Et merde !

– Je les ai prévenus pour… Enfin, tu sais. Alors ne te prends pas la tête, ok ? Ce sont vraiment des gens bien et ils ne t'emmerderont pas pour que tu leur racontes ta vie, me dit-elle.

Je ne réponds pas.

Solis sort en grognant sur l'étroitesse de sa voiture et m'envoie une dernière menace de bonne tenue. Je n'ai pas le temps de sortir qu'elle sonne déjà au portillon. Celui-ci s'ouvre tout de suite. Elle a l'air pressé de me jeter là.

Elle me fait signe de me bouger avant de disparaître à l'intérieur. Je souffle un coup et sors de la caisse. Il me faut vraiment une clope, et de toute urgence, mais apparemment ce n'est pas prévu au programme.

Je récupère mon sac sur la banquette arrière et le balance sur mon épaule pour la rejoindre. Casquette enfoncée sur le crâne, allons-y !

Oh merde… La baraque est encore plus grande vue d'ici. Ces gens-là sont vraiment blindés. Ça finit de me persuader que ça ne marchera pas. Pourtant, je dois être un peu suicidaire parce que je passe le portail à mon tour.

Solis est en train de prendre dans ses bras une femme d'une bonne quarantaine d'années. Mon corps s'arrête de lui-même. Je n'ai pas envie d'y aller, c'est plus fort que moi.

– Oh ! Nathalie, c'est un tel plaisir de vous revoir, lance cette dernière avec une joie que je ne comprends pas.

Elle porte une robe bleue super moche et a l'air super coincé. Ça doit être la mère de famille. Ça promet. *Mais qu'est-ce que je fous ici ?*

Solis se retourne vers moi et me fait un gentil signe pour que je m'approche. Mes jambes lui obéissent, mais pas ma tête. Enfin, quoi que j'en pense, je me retrouve tout de même planté devant elles quelques secondes plus tard.

La femme a des cheveux bruns coupés très court.

À peine j'arrive qu'un gamin haut comme trois pommes déboule en courant. On dirait un scout avec sa petite chemise et sa cravate. Il s'arrête net en me voyant et se cache aussitôt derrière sa mère. *De mieux en mieux, tiens, je lui fous déjà les jetons alors que je n'ai encore rien fait !*

– Angie, je vous présente Teagan. Teagan, voici Angie, lance soudain Solis en me montrant la femme en robe bleue.

Bon, allez, pas de bourde... Enfin, je ferai ce que je peux, mais quand j'aurai fumé une clope. Je relève les yeux sur la mère. Les siens sont noisette, mais ils tirent sur le vert. Elle est jolie en fait, dommage qu'elle ait deux cents ans de trop.

J'essaie de sourire et je crois que ça fonctionne parce que je vois son regard et celui de Solis se remplir de paillettes. *Ouf, je vais échapper à un autre discours moralisateur !*

La femme s'avance vers moi. Elle est toute petite, comme Solis. Avant que j'ai le temps de comprendre, elle me prend dans ses bras. *Wow... Solis ne leur a pas tout dit à mon sujet.* Je me raidis, et dès qu'elle relâche son étreinte, je recule d'un bon pas. Je ne suis pas vraiment du genre tactile, avec personne.

– Je suis ravie que tu fasses partie de la famille, Teagan, me dit-elle en ignorant le fait que je ne lui rende pas son étreinte.

– Il n'a pas l'air comme ça, mais c'est un grand timide, balance Solis.

Je tourne la tête vers elle en pensant qu'elle cause du gamin recroquevillé derrière sa mère, mais non, elle parle de moi. On échange un regard et je peux lire dans le sien que si ça ne me plaît pas, je peux aller voir ailleurs, mais dans un an.

– Chevy, dis bonjour à Teagan, lance la mère dont j'ai déjà oublié le prénom.

Le gamin me regarde de loin mais il n'ose pas faire plus. *Ok*... Je n'insiste pas, il paraît que les enfants n'aiment pas trop les mecs tatoués et pas aimables.

Un silence s'installe. Je vois Solis commencer à paniquer intérieurement. Si elle continue, elle va nous pondre sa mini-parleuse ici, dans la cour parfaitement entretenue de ces gens parfaitement tirés à quatre épingles.

Le manque de nicotine se fait de plus en plus sentir. Je ne sais pas combien de temps je vais encore tenir comme ça, calme et obéissant. Mon cœur se débat comme un chat sauvage, mon naturel veut reprendre le dessus.

Alors que je me vois déjà en train de tourner les talons en envoyant tout le monde se faire voir, une paire de jambes moulées dans un jean vient se planter à côté du gamin. Mes yeux remontent rapidement jusqu'à un sweat kaki estampillé du nom d'un lycée que je ne connais pas, puis vers un visage. Les cheveux longs, bruns et raides, des yeux marron-vert, comme ceux de sa mère, et l'air d'une lionne vénère : une fille froide et aux aguets me fait face.

– Oh ! Tu es là ? s'étonne la mère.

Les deux billes qui virent maintenant au vert me fixent comme si j'étais un tueur en série. J'ai l'impression qu'elle est prête à appeler les flics au moindre mouvement de ma part. *À quoi elle s'attendait, franchement ? À un gentil petit mec bien sous tous rapports ?* Je crois que je viens de flinguer ses espoirs.

Son regard aux sourcils froncés est planté dans mon cou, là où mes tatouages dépassent de mon col. *Pourquoi elle me reluque comme ça ? Elle n'a jamais vu un mec avant ou quoi ?*

Elle se détourne et prend son petit frère par les épaules. Je n'ai pas retenu son prénom à lui non plus. En même temps, comme je suis sûr de dormir en prison ou sous un pont d'ici quelques jours, ça ne me servira pas à grand-chose.

– Teagan, je te présente Elena, ma fille aînée, dit la mère.

Elena... Elena ne prend pas la peine de me saluer ni même de sourire. On dirait mon parfait miroir en nana.

Solis s'éclaircit la gorge et la lionne va lui dire bonjour en s'excusant à voix basse. Elles ont l'air de se connaître mieux que je n'aurais cru. *Solis connaît des gens comme ça et je ne suis pas au courant ?*

– Tout est prêt, maman, dit la fille en continuant de m'ignorer.

Sa voix est aussi sèche et froide qu'elle.

– Nathalie, vous avez le temps pour un thé et quelques gâteaux ? lance joyeusement la mère.

Du thé et des gâteaux ? Si je n'avais pas tant besoin de nicotine, je pourrais presque m'écrouler de rire. Les derniers à m'accueillir lui avaient proposé des échantillons de trucs à fumer.

Je n'entends pas la réponse mais tout le monde remonte l'allée qui mène à la maison, Solis et la mère en premier, puis la sœur et le frère.

Allez, mec...

J'inspire un bon coup et je les suis à contrecœur. Le gamin se tortille à côté du cul parfait. *Voilà une raison assez bonne pour que je les suive, tout compte fait.* J'ai la vue gratuite deux secondes, puis elle tire sur son haut pour cacher ce déhanchement. *Dommage...*

– Elena, il est bizarre... Pourquoi c'est pas une fille comme d'habitude ? chuchote le gamin en s'accrochant au jean de sa sœur.

Alors c'est ça qui les a calmés ? Je ne suis pas une nana ! Elle le pousse un peu en lui répondant sans même prendre la peine de baisser la voix :

– J'en sais rien, Chev. Mais ça ne change pas grand-chose, il ne restera pas longtemps.

Solis m'en voudrait à mort si je faisais demi-tour tout de suite ? Ouais, évidemment !

Tout le monde entre et, irrémédiablement, je suis le mouvement. Cette baraque est flippante. On dirait une de ces maisons où personne ne vit, celles qu'on voit sur les panneaux publicitaires. C'est tellement grand que le squat où j'ai dormi il y a quelques jours tiendrait dans l'entrée.

Alors que je reste planté là, Solis et les autres disparaissent dans une pièce plus loin.

Sur ma droite, je distingue une grande cuisine, et au bout de celle-ci, ma porte de sortie : une ouverture sur un jardin, loin des blablatements qui me parviennent. Sans quitter mon sac, je traverse la pièce. Deux gâteaux trônent sur un immense îlot central, des trucs faits maison, on dirait.

Dehors, je m'écrase contre le mur à ma gauche. Là aussi tout est trop grand. Je n'aime pas ça. Et c'est trop calme, aussi. À croire que j'ai plus l'habitude de petits endroits crasseux et bordéliques.

J'allume ma clope, je tire dessus et souffle enfin l'air que je retenais depuis que j'ai quitté la caisse. Je me laisse couler doucement jusqu'en bas du mur pour m'asseoir par terre et je commence à faire ce que je vais devoir m'obliger à faire pendant les douze prochains mois : attendre et prendre mon mal en patience.

– Elena ! Ramène les gâteaux, s'il te plaît, s'exclame soudain la mère.

Je sursaute et manque d'en laisser tomber ma clope, mais seules les cendres subissent la secousse et terminent leur course sur l'entrejambe de mon jean. Je les chasse discrètement d'un revers de main en entendant du mouvement dans la cuisine.

Je ne fais pas un bruit, mais cela n'empêche pas une tête de passer par la porte pour me surprendre. Je croise le regard froid de la fille. *Elena*...

Une seconde passe, sans un bruit, puis elle me sort avant de disparaître :

– Tout le monde t'attend, l'orphelin.

Mais quelle garce...

Si Solis n'était pas là, cette folle, je lui aurais… Je sais pas vraiment ce que je lui aurais fait, mais je serais pas resté immobile comme un con. Enfin, elle a de la chance : pas de connerie devant Solis !

Je me lève et écrase le mégot sous ma pompe avant d'attraper mon sac et de rentrer. La fille n'est plus là.

Je me rends dans l'entrée où je tombe nez à nez avec elle. Elle se stoppe net juste devant moi. Elle aussi est petite, elle m'arrive à l'épaule. Ou peut-être que c'est moi qui suis trop grand !

Cette fois, c'est elle qui sursaute, et j'en profite pour la fixer sans broncher. Je ne sais pas pourquoi les meufs ont toujours peur quand je ne bouge plus. Elle ne cille pas mais finit vite par détourner le regard. Elle m'évite soigneusement et me contourne pour disparaître dans la cuisine.

Je ne suis pas en état de penser correctement, mais cette fille-là, en temps normal, elle aurait terminé dans mon lit, ou moi dans le sien. Bref, un truc qui n'arrivera jamais.

J'avance en prenant une grande bouffée d'air. *Allez, ce n'est qu'un sale moment à passer, ensuite je les évite H24.* Après tout, Solis m'a demandé de ne pas leur attirer de problème, elle ne m'a pas dit que j'étais assigné à résidence jour et nuit. Alors, c'est ce que je vais faire : ne pas leur attirer de problème. Et le meilleur moyen pour ça, c'est d'être ici le moins possible.

Lorsque j'entre dans la pièce d'où provient le bruit – un grand salon – toutes les voix s'interrompent et les regards me sautent dessus, ce qui suffit pour que je m'arrête sur le pas de la porte avec l'envie de faire demi-tour. Un silence s'abat et fait éclater l'ambiance détendue qui régnait jusqu'à présent. L'air se charge en électricité, ce qui n'échappe à personne.

Solis essaie de sauver les meubles avec un grand sourire.

– Ah ! Teag, viens, assieds-toi, me dit-elle en tapotant la place à côté d'elle.

Je les ignore, elle et son regard qui me supplie de ne pas faire de connerie, mais je remarque tout de même le signe qu'elle me fait pour que je vire ma casquette.

La situation est déjà trop étouffante pour moi, je ne sais même pas comment je tiens, alors qu'elle ne m'en demande pas trop.

Alors que je pose mon cul loin de Solis, la fille déboule avec des serviettes. Elle a une seconde d'hésitation en me lançant un coup d'œil et, finalement, elle préfère s'asseoir par terre plutôt qu'à côté de moi. Elle tire encore sur son haut, pour cacher ses cuisses toutes fines. Pourquoi elle fait ça ? C'est moi qui la mets mal à l'aise ? *Intéressant.*

Une fois la lionne assise devant la table basse, un autre silence se fait. Ils m'observent tous comme si j'étais une grenade sur le point de leur péter au visage. Et c'est le cas, je sens que je ne vais plus tenir longtemps avant de laisser mon naturel impulsif reprendre le dessus.

Il n'y a que la fille qui ne me regarde pas. Elle fixe un point en baissant la tête vers le sol. Ses longs cheveux bruns dissimulent la moitié de son visage, je ne vois que le bout de son nez droit et fin. Pourquoi elle se cache comme ça ? Je pensais être le seul type louche à des kilomètres à la ronde, mais j'ai de la concurrence.

– Elena, sers donc une part de gâteau à Teagan, sort soudain la mère. Nathalie, vous en prendrez aussi ? ajoute-t-elle.

Solis accepte avec un air ravi. Je ne l'ai jamais vue aussi pompeuse.

J'évite les sourires et les attentions qui me sont adressés pour mater Elena du coin de l'œil. Elle sert tout le monde puis, sans me regarder, dépose un morceau de gâteau sous mon nez. Je la détaille rapidement et, en relevant la tête, je croise par inadvertance le regard de Solis qui semble me dire « Mange, crétin ! ». Je hausse les sourcils et repousse l'assiette du bout des doigts. Elle manque une respiration mais ignore ma provocation pour se perdre dans une discussion à propos du temps avec la mère. Le gamin me fixe en silence, et sa sœur écoute Solis blablater.

Je déconnecte et observe la pièce. Sur les murs, il y a des tableaux. Plusieurs étagères sont blindées de livres, je n'en ai jamais vu autant réunis au même endroit. Sur une commode à ma gauche, je remarque des photos de la famille. J'ai les boules. Quand je vois des photos d'enfants avec leurs parents, il y a un truc qui s'enclenche en moi, comme si une vanne ouvrait la haine qui m'habite, que ma jalousie de môme remontait à la surface et m'obligeait à devenir un vrai con.

Un grand bruit attire mon attention en même temps que celle de tout le monde. La porte au fond de la pièce s'ouvre brusquement. Un type qui doit avoir la quarantaine déboule, le nez penché sur un gros bouquin. Il est vêtu d'une chemise grise, ouverte au col, l'air de dire « j'ai une chemise, mais moi, je m'en fous ». D'un côté, il va bien avec cette baraque et la famille en face de moi, mais d'un autre, il semble avoir une attitude presque rebelle avec ses cheveux bruns et gris qui partent dans tous les sens.

Il s'arrête net en se rendant compte de notre présence.

– Oh ! Il est déjà dix heures ? demande-t-il.

Sa femme lui lance un regard de travers tandis que Nathalie et son gros bide se lèvent pour lui dire bonjour.

– Mais ne bougez pas, Nathalie, dans votre état… s'exclame-t-il.

– Merci de me rappeler que je suis énorme, répond-elle en riant.

Et blablabla... Au secours ! Qu'on en finisse !

Tout le monde se marre sauf moi et, étonnamment, la fille, qui n'a même pas relevé la tête de son assiette. Elle commence vraiment à me plaire.

– Teagan, s'il te plaît, salue monsieur Hills, m'ordonne Solis d'un ton sec.

Je relève les yeux sur le type. Il fait de même et répond à mon signe de tête aussi fugacement que moi avant d'échanger un regard avec sa femme. C'est furtif, mais je crois que même Solis les a vus.

– Appelle-moi Daniel, plutôt. Monsieur Hills, c'est un peu trop formel ! me dit le type. À moins que tu ne préfères monsieur Hills ?

Je le dévisage. *Il n'attend pas que je lui réponde, si ?*

Un silence s'installe et il ne lâche pas mon regard. *Ah si, il attend... Bah il va poireauter longtemps.*

– Et toi ? On t'appelle toujours Teagan ? ajoute-t-il. Ou Teag, peut-être ?

Je serre les dents et jette un regard éloquent à Solis. Nouveau silence lourd. Raclement de gorge de la part de la mère.

– Chéri, Teagan ne... Enfin, il ne peut pas te répondre, coupe-t-elle sur un ton gentil. Il ne parle pas, souviens-toi !

Je regarde mes pompes, par gêne ou par honte, je ne sais pas vraiment faire la différence.

Ouf, j'ai échappé au « Il est muet ». Solis leur a correctement expliqué a priori.

– Ah oui, c'est vrai... Cela lui fait un point commun avec Elena, lâche-t-il. Excuse-moi, fiston.

Fiston ? J'en fronce les sourcils en relevant la tête. Solis, qui panique, reprend tout de suite la parole. Elle me connaît bien et elle a peur que je me casse.

Je la laisse se démerder. L'envie de me tirer me démange vraiment. Pour tenir le coup, j'arrête d'écouter ce qui se dit. En baissant à nouveau le nez pour éviter tout contact visuel, j'en capte quand même un : celui de la lionne vénère. Elle me regarde à la dérobée pendant de longues secondes avant de détourner les yeux. *Reste zen, mec !*

Cette nana m'insulte rien qu'en me regardant, avec cet air froid et écœuré.

– Teagan ? Tu es prêt pour la rentrée ? me demande soudain le père.

Je serre les dents. *Ils vont continuer de me poser des questions auxquelles je ne répondrai pas pendant longtemps ?* Un silence s'abat de nouveau.

La rentrée ? Genre « aller en cours » ?

Je regarde Solis en quête de réponse. Elle semble se réveiller d'un coup et enchaîne :

– Oui, Teagan est prêt, lance-t-elle avec un regard appuyé. Il a de bons résultats, du moins lorsqu'il va en cours… Cette rentrée dans un nouveau lycée la semaine prochaine pourra être comme un nouveau départ, dit-elle en me regardant fixement. Et puis, avec Elena, il aura déjà un premier repère, termine-t-elle en m'achevant.

Quoi ? C'est quoi, ce délire ? Depuis quand je vais au lycée, moi ?

Elle me lâche un sourire que je ne lui rends pas. Tenir dans une famille pendant un an, c'était ça, le deal. Il n'a jamais été question de lycée, et encore moins dans le même bahut que la garce de lionne qui tire une tête de six pieds de long.

– C'est parfait, vous pourrez aller en cours ensemble, dit le père.

La fille grimace et soupire.

Ok, j'irai seul. Enfin, non, je n'irai pas !

– D'ailleurs, à propos de ça, Elena, va montrer sa chambre à Teagan, tu veux ? lance la mère.

Cette fois, elle serre les dents et se lève doucement en s'appuyant sur la petite table. *Tiens, elle non plus n'a pas touché au gâteau.*

Solis se lève aussi, mais c'est moins sexy avec son gros ventre.

– Je vais en profiter pour y aller, annonce-t-elle. J'ai encore pas mal de choses à faire. Teag, tu me raccompagnes ?

Je me lève. La lionne passe à côté de moi et quitte la pièce. Solis dit au revoir à tout le monde et me fait signe de la suivre.

Mon sac sur l'épaule, on se retrouve vite devant sa caisse.

– Je suis fière de toi, tu t'en sors très bien. Ne change rien, ok ? Tu vois, ces gens sont très gentils et je suis persuadée que tu seras très bien ici. Je… J'espère que tu comprends la chance que tu as, me dit-elle.

Je fais non de la tête en soupirant. *La chance ? Elle s'est mise à fumer ou quoi ?*

– Teag… Ne fais pas le con. Même s'ils n'ont pas de tatouages comme toi, même s'ils n'écoutent pas la même musique que toi, les Hills te comprendront et t'aideront autant que possible. Mais tu dois te laisser faire, ajoute-t-elle. Et arrêter de te rebeller en permanence !

Je lui lance un regard noir quand un des nombreux souvenirs que je m'évertue à oublier me percute de plein fouet.

– Me laisser faire ? Comme chez les Milers, tu veux dire ?

Elle ferme les yeux et je peux lire la douleur que j'espérais voir se dessiner sur son visage. Elle respire un bon coup. Je ne vois pas pourquoi je serais le seul à souffrir de ses erreurs.

– Non, Teag, pas comme chez les Milers… Et je vais essayer de ne pas t'en vouloir pour cette réflexion. Je t'appelle ce soir, ok ? Et essaie de répondre, cette fois ! Allez, rentre et sois aussi gentil que tu l'es au fond. S'il te plaît, c'est pour toi, tout ça, me dit-elle.

Je tourne les talons sans un mot de plus. J'ai trop les nerfs qu'elle me laisse ici. J'essaie de me persuader qu'elle a raison, que c'est pour moi et pour mon bien, mais je reste fermé. Je ne peux pas, je ne peux plus faire confiance à quelqu'un, surtout pas à des inconnus.

– Je suis sûre que tu vas finir par leur parler à eux aussi ! me lance Solis.

Je lève mon majeur dans sa direction sans me retourner.

CHAPITRE 3

J'entre à nouveau dans la maison. La fille est assise au pied de l'escalier qui est à gauche de la porte, en face de la cuisine. Elle se lève quand elle me voit.

– C'est en haut, me dit-elle avant de me tourner le dos pour monter.

Je la suis dans les escaliers. La lionne marche devant moi sans un mot. Je me retrouve un peu malgré moi à mater son cul moulé dans un jean foncé et qui ondule avec aisance. Elle est vraiment bonne.

Quand elle lève la tête pour regarder où elle va, ses cheveux longs me cachent la vue, mais c'est toujours sympa pour autant.

Alors qu'on déboule au premier étage, elle tire encore sur son haut. *Fini de mater gratos !*

Je jette un œil autour de moi : du parquet recouvre le sol, les murs sont beiges, plusieurs portes fermées me font face. Au centre de ce palier se trouve un autre escalier un peu moins large.

Le cul sous mon nez se dirige vers celui-ci. *Il y a deux étages ?* Cette baraque est vraiment grande. Et il faut que je crèche en haut ? *Fais chier, ce n'est pas l'idéal pour me barrer en douce.* Mais je trouverai bien, j'ai toujours trouvé.

Je suis le déhanchement et on arrive au deuxième, toujours dans le silence le plus total. Cette fille parle autant que moi. *Tant mieux.*

C'est plus petit qu'en dessous et il n'y a que deux portes : une de chaque côté de l'escalier. Une étagère remplie de livres et un fauteuil, placés sous une fenêtre de toit, complètent le palier.

Quelque chose attire mon regard sur la porte à ma gauche. *Il y a un digicode ou je rêve ?* Je fixe l'objet en haussant les sourcils.

– C'est ma chambre. Tu as interdiction d'y foutre un pied, me dit la lionne en suivant mon regard.

Je baisse les yeux sur elle. *Ma jolie, tu peux être sûre que c'est le premier truc que je ferai dès que tu auras le dos tourné.*

Elle évite mon regard en tirant encore sur son foutu haut et me montre la porte en face de la sienne, celle sur ma droite.

– Là, c'est ta chambre, tant que tu es là. Interdiction d'y boire, d'y fumer et de ramener du monde, me précise-t-elle.

Je reste planté devant elle. *Est-ce qu'elle se fout de moi ?* Elle devrait plutôt me dire ce que j'ai le droit de faire, puisqu'elle vient d'énumérer les trois activités qui occupent habituellement mon temps.

– La salle de bain doit rester rangée et propre, ajoute-t-elle sur un ton glacial.

Ok, cette fille est vraiment casse-couilles. Mais de quelle salle de bain parle-t-elle ?

Je garde ma question pour moi et m'avance vers la chambre que je vais occuper. J'ouvre la porte.

Wow, c'est immense. Une grande télé fixée face à un plumard géant, une armoire qui pourrait contenir dix fois ma vie, un bureau et la chaise qui va avec. Je bloque sur la baie vitrée qui va du sol au plafond à côté du lit. Elle a l'air de donner sur le jardin. C'est lumineux et spacieux. J'aime bien la piaule, c'est bien la première fois.

J'avance d'un pas et je sens la fille dans mon dos.

– On mange dans… commence-t-elle.

Je ne la laisse pas finir et pousse la porte du pied. Cette dernière lui claque au nez. *Quelle emmerdeuse !*

– Connard ! je l'entends râler.

Attention, Elena, je n'oublie jamais une insulte.

Son père n'avait pas dit qu'elle ne parlait pas beaucoup ? J'aurais aimé que ce soit vrai. Son cul vaut le détour, mais dès qu'elle l'ouvre, elle me prend la tête.

Je pose mon sac par terre près de la porte et j'avance jusqu'à la fenêtre. *Merde, il y a une terrasse presque aussi grande que la chambre.*

Je fouille mes poches à la recherche de mes clopes. Après les avoir trouvées, j'en allume une en rejoignant la rambarde. *Oh la vache ! Il y a une énorme piscine juste là, en plein milieu de leur jardin.*

Je me demande ce que le père fait comme job pour se payer une baraque pareille.

Je tire une latte et laisse la fumée s'envoler dans la chaleur matinale. Bon, faisons un point : il n'est même pas midi, habituellement je pionce encore à cette heure-là – d'ailleurs, ma nuit trop courte se fait sentir ; après cette clope, je vais tester le plumard –, les parents Hills ont l'air gentils, propres sur eux, et leur fille Elena a un beau cul, même si elle est habillée comme un sac et plus verrouillée qu'une prison. *Raah, mais pourquoi je pense à ça ?*

La prison, j'ai tellement pas envie de m'y retrouver que j'en suis à essayer de supporter une énième famille d'accueil alors que je m'étais juré que ça n'arriverait plus.

J'aspire une nouvelle taffe. Solis n'arrête pas de m'embrouiller sur ma consommation de clopes. Si je l'écoutais, je ne ferais plus rien. Fumer, c'est le seul moyen que j'ai trouvé pour étouffer la rage qui bouillonne en moi en permanence et qui menace d'exploser à tout moment.

Elle devrait s'estimer heureuse : j'ai eu l'occasion de faire bien pire que la fumette et j'ai toujours refusé. On m'a proposé un nombre incalculable de fois des lignes de coke, du crack ou même des seringues. Je n'ai jamais rien touché et ce n'est pas le joint que je fume avant d'aller me coucher qui fait de moi un drogué.

Une fois mon mégot écrasé sous ma semelle, je retourne dans la chambre. Je remarque une porte à côté de celle que j'ai empruntée pour entrer. Je vais voir sur quoi elle donne. Réponse : la salle de bain.

Alors que je viens d'entrer dans la pièce, une seconde porte qui s'ouvre dans celle-ci laisse apparaître la garce de lionne. Voilà donc la salle de bain dont elle me parlait plus tôt. Et nous allons de toute évidence devoir la partager. Vu son caractère, ça promet.

Elle se stoppe une seconde face à moi. Je distingue bien son visage, cette fois. Il est fin, plutôt bronzé, mais surtout fermé. Très vite, elle fuit mon regard et commence à récupérer des trucs autour d'elle. Ça me laisse le temps de voir que l'ouverture donne directement dans sa chambre à elle.

La petite tornade brune me repasse devant avec les bras chargés de produits pour gonzesses : des brosses et autres trucs dont je me fous royalement. La lionne aurait-elle peur pour ses affaires ?

Elle file dans sa chambre, dont j'aperçois un mur violet foncé, et sans dire un mot, elle claque la porte après m'avoir envoyé un regard enragé. À peine le coup de vent passé, j'entends qu'elle verrouille sa porte.

Je reste planté là comme un idiot. *Oh qu'elle m'énerve !* Elle me sort vraiment par les yeux avec son air hautain. Elle pense valoir mieux que moi ? Elle est comme tous les gosses de riches : bourrée de préjugés infondés. Et moi, je suis assez con pour les alimenter juste pour faire chier. En gros, cette fille est mal tombée.

Je jette un œil à la salle de bain commune avant de tourner les talons : la baignoire au fond de la pièce est immense et éclairée par une grande fenêtre de toit ; un lavabo en marbre ou un truc de bourge du genre s'étale devant un grand miroir. Il y a des chiottes aussi, à peine cachées par un petit paravent.

Cette porte fermée qui mène à sa chambre attise mon envie d'y entrer. J'ai un fonctionnement simple : si on m'interdit de faire quelque chose, je mettrai tout en place pour le faire quand même. Au contraire, qu'on me demande de faire un truc, et je déguerpirai au plus vite. Je me rends bien compte que c'est débile comme comportement, puéril même, mais c'est plus fort que moi.

Je retourne dans la chambre où je me jette sur le lit. *Oh merde, c'est confortable, en plus ! On dirait un foutu nuage.* Je n'ai pas souvenir d'avoir autant kiffé un pieu.

J'extirpe mon portable de ma poche. J'ai un SMS de Benito.

T où ?

En enfer... C'est le premier truc qui me vient, mais comme Benito et sa sœur ne sont pas au courant de mes galères judiciaires, je réponds simplement :

Pas loin

Avec Benito, on est potes depuis toujours. On s'est connus à l'orphelinat. C'était le gamin qui chialait avant de cogner. Encore aujourd'hui, il est capable de verser une larme avant d'éclater un mec.

Nouveau message :

Où pas loin ? Tu bouffes avec nous ce soir ?

Dans un endroit où toi et moi ne ferions pas trois pas dehors avant de nous retrouver menottés face contre un mur. Je ne peux pas nier que la chambre est bien, mais dans ce quartier, je ne pourrai jamais sortir en étant tranquille. J'assume la gueule que j'ai : il paraît que les nanas aiment mes yeux, et j'ai choisi les tatouages, les piercings et les sapes que je porte. Mais les gens comprennent rarement ça et je ne supporte pas les regards en biais, comme ceux que me jette la lionne depuis qu'elle m'a vu, ça a le don de me mettre hors de moi.

Je réponds vite fait à Benito avant de m'énerver encore plus d'être là.

Pas loin, m'attends pas.

Je balance mon portable sur le lit et je croise les bras derrière ma tête. Je mate le plafond. Je crois que c'est la première fois que j'en vois un aussi nickel : pas de giclure de je-ne-sais-quoi, pas d'infiltration suspecte et encore moins de fissure ou de toile d'araignée. Il est juste blanc, immaculé comme la chemise de gentil garçon que m'a filée Solis.

Je me rends d'ailleurs compte que j'ai encore ce truc sur moi. Je me lève et commence à la déboutonner tout en allant à la salle de bain pour pisser.

Quand je fais enfin sauter le vêtement ridicule, je découvre le nom d'un autre mec écrit à l'arrache sur l'étiquette. C'est du Solis tout craché : elle est aussi fauchée que moi et a dû trouver ça dans une friperie.

Je fous le vêtement en boule et le jette dans la petite poubelle à côté du lavabo. Je me rate et le tout se renverse sur le côté.

Après avoir fini de pisser, j'aperçois mon reflet dans le grand miroir au-dessus du lavabo. Je ne reconnais pas le mec aux yeux gris-bleu qui me fixe. Mes cheveux bruns ont tellement poussé qu'ils partent dans tous les sens. La barbe négligée, les tatouages qui remontent dans mon cou et descendent jusqu'au bout de mes doigts et les anneaux qui élargissent mes lobes d'oreilles font de moi un mec flippant. C'est le but : avec cette dégaine, personne n'ose venir me chercher.

Une question que je me pose souvent me revient : *À qui je ressemble le plus ? Ma mère ou mon père ?*

Je respire un bon coup. J'ai beau essayer de les chasser, mes démons reviennent toujours. On s'en fout de savoir à qui je ressemble. Comme dit Benito, l'important, c'est de savoir qui je suis aujourd'hui. Il ne dit pas que des conneries, cet enfoiré !

J'enlève mon débardeur qui mérite un bon lavage et je le balance par terre à côté de mes autres affaires. Je fais couler de l'eau froide pour m'en passer sur le visage. Je dois virer cet air de môme malheureux de ma face, et au passage, renvoyer mes pensées aussi loin que possible. Quand je me redresse, je ressemble toujours à un pauvre gamin perdu, celui que je m'efforce de cacher sous cette apparence. Mon regard est attiré ailleurs. Dans le miroir, je vois Elena qui est plantée derrière moi comme un fantôme.

Seul le bruit de l'eau qui fuit le robinet avec force se fait entendre. La lionne mate mon dos puis plante ses yeux dans les miens sans que je n'ai bougé.

– Ton linge sale qui pue, c'est dans la panière, pas par terre, lâche-t-elle froidement. Et la lunette des toilettes doit être rabaissée.

Je laisse passer une seconde. *Elle est sérieuse ?* Apparemment oui, puisqu'elle ne bouge pas et a l'air d'attendre que j'obéisse comme un bon toutou.

Raté, Elena !

Je lui lève mon majeur, qu'elle contemple via le miroir. Elle louche presque dessus et un air de haine profonde électrise son joli minois.

– Allô ! Tu me comprends ? ajoute-t-elle sur un ton sarcastique.

Ok, si elle me prend pour un con plus longtemps, je vais faire un truc vraiment débile.

Pour éviter ça, je ferme les yeux en baissant la tête vers le lavabo. Je respire un grand coup et ferme l'eau d'un geste brusque avant de planter mon regard sur elle à nouveau. Elle devrait partir d'ici au lieu de me mater comme ça.

– On t'attend pour manger. Tu… commence-t-elle.

Je me suis retourné vers elle entre-temps. Elle me reluque de haut en bas : on dirait qu'entre mes tatouages et mon fute grand ouvert sur mon boxer, elle ne sait pas quoi fixer.

Elle finit par fuir en se cognant au montant de la porte de sa chambre. Elle referme cette dernière si fort que je sens un courant d'air m'atteindre. J'entends le verrou tourner dans la seconde.

Elle est vraiment folle ! Cette nana va définitivement être difficile à gérer, mais on verra ça plus tard.

Je fouille les placards sous le lavabo où je trouve une serviette. Je m'essuie le visage en retournant dans la chambre. Je me laisse tomber sur le lit. Je n'ai pas faim, ils peuvent toujours m'attendre. Et puis, les repas de famille, très peu pour moi.

Je me retrouve encore à fixer le plafond blanc pendant un temps indéterminé. Le manque de sommeil me rattrape, et avec lui, mes démons ressurgissent de là où je les enferme en permanence : loin au fond de moi.

Comme souvent dès que je m'endors, ils sont là, partout, et je ne peux que subir mes souvenirs douloureux.

CHAPITRE 4

– Joyeux anniversaire ! Joyeux anniversaire ! Joyeux anniversaire, Teagan ! Joyeux anniversaire !

Anne et l'autre surveillant, Anton, sont là. Ils chantent tous pour mon anniversaire. J'aime bien que tout le monde chante pour moi, c'est beau. Les autres enfants de l'orphelinat n'ont pas l'air contents de chanter.

– Allez Teagan, souffle fort sur tes bougies, me dit Anne.

Je regarde le gâteau, il est bleu avec une voiture dessinée dessus. J'aime bien les voitures, ce sont mes jouets préférés. Mais je n'aime pas les partager avec Benito parce qu'il les perd tout le temps.

– Allez, Teag ! Souffle avant que ton vœu s'en aille !

Les bougies, il y en a cinq, parce que j'ai cinq ans aujourd'hui. Le jour de mon anniversaire, c'est celui que je préfère de toute l'année, parce que je ne suis pas obligé de mettre la table ou de faire mon lit.

Je souffle très fort sur les bougies comme m'a dit Anne. Elles s'éteignent toutes d'un coup. Tout le monde applaudit. Ça, j'aime pas, ça fait trop de bruit.

– Arrête de grimacer et fais ton vœu, me dit Anton.

Je ferme fort les yeux. « Je souhaite que ma maman vienne me chercher ».

J'espère qu'il va marcher cette fois, parce que j'ai déjà fait le même à mon dernier anniversaire mais ma maman n'est pas encore venue me chercher. Je ne sais pas pourquoi elle ne vient pas : j'ai été sage, comme m'a demandé Anne. Elle m'a dit que ma maman viendrait quand je serai sage, mais je suis tout le temps sage. Même quand le méchant Dave a cassé ma voiture rouge exprès pour m'embêter, j'ai pas cassé ses jouets, je préférais voir ma maman.

Je l'aime pas Dave. Il est bête, gros et il mange toujours mon dessert.

Benito m'a dit qu'il fallait le taper pour qu'il arrête de me faire peur, mais Dave est plus grand que moi et Benito se fait toujours punir parce qu'il fait des bêtises. Et moi, j'essaie de ne pas faire de bêtises avec lui, parce que je veux que ma maman vienne me chercher. Je suis sûr qu'elle est trop belle ma maman, avec de longs cheveux marron.

– Tiens, Teagan, ouvre ton cadeau, me dit Anne.

Il y a un paquet tout rouge devant moi. J'aime bien le rouge. J'espère que c'est une voiture, comme ça, j'en aurai une rien qu'à moi.

Je déchire le papier. Oui ! Une voiture ! Une rouge, en plus, comme celle que Dave avait cassée... Elle brille et ses roues sont toutes propres et bien noires.

– Teag ! Tu me laisses jouer avec ? me demande Benito.

– Nan. C'est la mienne !

Je la serre contre moi pour la cacher.

– Benito, laisse-le en profiter un peu, d'accord ? lui dit Anne. Il te la prêtera plus tard. Hein, Teagan ?

– Oui, d'accord. Mais demain.

– Tu promets ? me demande Benito.

Je fais oui avec la tête, mais même si Anne m'a dit que ce n'est pas bien de mentir, je lui prêterai pas ma nouvelle voiture.

Je joue toute la journée avec ma nouvelle voiture. Elle roule encore plus vite que l'ancienne. Je la lance dans le couloir, là où j'attends ma maman tous les jours.

Anton arrive. Il est en colère.

– Teagan ! Qu'est-ce que tu fous encore là ? Ça fait une heure que je te cherche partout ! me crie-t-il dessus.

– Je... J'attends ma maman...

– Putain, mais t'es débile ou quoi ? Ta mère, elle t'a balancé sur un trottoir quand t'avais trois jours ! Elle ne viendra jamais. Tu comprends ? Elle s'en fout de toi ! Maintenant, amène-toi.

Il m'attrape et me pousse devant lui.

– Et chiale pas, c'est la vie, il va falloir t'y faire.

– *Ma voiture ! je crie.*
– *Avance, merde !*

* * *

J'ouvre les yeux en sursautant. Mon souffle est irrégulier et des larmes ont coulé pendant que je dormais. Je les chasse avec rage. Encore un cauchemar, comme à chaque fois que je ferme les yeux depuis que je suis ici.

Je n'en peux plus de toute cette merde qui me pourrit de l'intérieur. Ces souvenirs me donnent la gerbe et font naître en moi un peu plus de haine à chaque fois.

Je me redresse brusquement et me frotte le visage. Je donnerais cher pour une nuit sans réveil brutal. Si seulement je pouvais oublier cette enfance et tout le reste.

Je saute du lit et file sur la terrasse. Je porte une clope à mes lèvres tandis que les images réapparaissent par flashes dans ma tête. C'est tremblant que le briquet embrase le tabac.

Je ferme les yeux pour ne pas voir mes mains incontrôlables et tire une grande taffe de fumée toxique. Celle-ci s'enfonce dans mes poumons et je sens mon rythme cardiaque redescendre avec une lenteur oppressante.

Trois jours que je suis arrivé dans cette maison immense, et autant dire que je n'ai vu que ma chambre, la salle de bain et la terrasse. J'ai entendu toutes sortes de trucs, par contre. Enfin, surtout cette garce de lionne qui gueule et claque les portes à longueur de journée.

Si je tiens encore aujourd'hui, j'aurai officiellement battu mon record : depuis quelques années, trois jours en famille, c'est mon grand maximum.

Mes pensées s'envolent de nouveau vers un truc que j'ai capté hier : je m'impose tout ça pour éviter la prison et je reste enfermé entre ces quatre murs pour ne croiser personne. L'ironie de la situation est à gerber !

Des coups résonnent à la porte de ma chambre.

La garce de lionne ? Je n'ai pas le temps de réagir que le battant s'ouvre de lui-même. Un plateau avec une canette de soda et deux sandwichs se pointe avant que la tête de la mère n'apparaisse.

Alors c'est elle qui me dépose à manger tous les jours devant la porte ?

Je traverse la terrasse et me plante devant la baie vitrée pendant qu'elle approche.

– J'avais peur de te réveiller, me dit-elle. Tiens, tu dois avoir faim.

Je suis affamé mais je ne fais pas un pas. Elle dépose le plateau sur la table de nuit tout en me souriant.

– Tu sais, tu es chez toi ici. Tu peux aller et venir dans toute la maison comme tu veux. Il y a une salle de jeux en bas avec les consoles de Chevy, je suis sûre qu'il serait ravi que tu joues avec lui, m'explique-t-elle.

Même pas en rêve.

– Elena m'a donné ton linge. Je me suis permis de tout laver, et n'hésite pas si tu en as encore. Tu peux le descendre dans la buanderie et je m'en occuperai, d'accord ?

Mon linge ? Celui que j'ai laissé en vrac après ma douche, ce matin, comme tous les jours depuis que je suis là ? T-shirt, boxer… *Et merde, il y avait mon jean aussi.* J'espère qu'elle n'a pas fouillé dans mes poches.

La mère semble attendre une réponse. Tout ce que j'arrive à sortir est un bref signe de tête, mais ça a l'air de lui faire plaisir parce qu'elle sourit de plus belle.

– Très bien. Mange, s'il te plaît, tu n'as presque rien avalé en trois jours, ajoute-t-elle.

Elle s'apprête à partir mais se ravise.

– On est tous très contents que tu sois ici, Teagan, n'en doute pas !

Aucune réaction de ma part. Moi, je ne suis pas content d'être obligé d'être là, et je connais une lionne qui n'est pas contente non plus.

La mère s'en va et je sens mon portable vibrer dans ma poche. Je le sors, c'est Benito qui m'envoie un SMS.

Motivé pour un plan ce soir ?

Un plan signé Benito est le meilleur moyen de finir en garde à vue, et je ne peux pas me le permettre : Terry, le mec qui me sert d'agent de probation, sauterait sur l'occasion pour se débarrasser de moi et m'envoyer derrière les barreaux. En même temps, j'ai besoin de bouger. Trois jours enfermé ici, c'est la limite des trucs que je peux supporter.

Pour partir discrètement, il n'y a qu'une seule possibilité : la terrasse. Je me lève et je vais en faire le tour pour la centième fois. Je suis au deuxième. Sauter du premier ne me fait pas peur, mais là, c'est une autre histoire.

J'ai déjà repéré l'appentis qui jouxte la terrasse. Si je saute sur son toit, je n'aurai plus qu'à refaire pareil dans le jardin et à me barrer. Le tout est de savoir s'il est assez costaud pour supporter mon poids. Je vais faire un test, pour en avoir le cœur net.

Je fourre mon portable dans ma poche et j'enjambe la rambarde. Le rebord de l'autre côté est juste assez large pour poser le bout de mes baskets. Je regarde dans mon dos en me tenant fermement à la barrière. *Ce n'est pas si haut que ça.*

Je saute en arrière et atterris lourdement à l'endroit que je visais. L'appentis craque dans tous les sens. Pendant deux secondes, je me dis que je vais passer au travers, mais il tient le coup. Je me redresse pour regarder en bas et je saute de nouveau.

Le sol est plus mou, mais je dérouille quand même du genou que je me suis éclaté l'été dernier en essayant d'échapper aux flics dans le Bronx avec Benito. Lui y a laissé une dent.

Quand je me redresse, je suis dans le jardin, contre la maison. Une fenêtre donne juste là. Je la contourne rapidement et fais le tour de la bâtisse discrètement. Je n'entends rien.

Je me retrouve vite au coin des deux garages. En face, le portillon par lequel je suis entré m'appelle. *Ok, c'est cool, ce soir je partirai par là, le portillon ne va pas être compliqué à escalader.*

Je tourne les talons et m'arrête net. Le père est planté là et me regarde. *Merde, ils apparaissent tous bizarrement dans cette famille.* Je le scrute deux secondes. Que me veut-il ?

– Tu vas où ? me demande-t-il.

Je ne réponds pas.

Il fouille dans sa poche et en sort un truc que je reconnais aussitôt. *Et voilà, les emmerdes commencent.*

– J'allais monter te parler de ceci, mais je t'ai vu tomber du ciel juste devant la fenêtre de mon bureau. Tu sais ce que c'est ? demande-t-il en désignant ce qu'il tient dans la main.

Je serre les dents. Bien sûr que je sais, puisque c'est à moi.

Je détourne le regard.

– Ma femme l'a trouvé dans ton jean quand elle a voulu le laver. Les femmes font toujours nos poches, mon grand, tu devrais le savoir, me dit-il.

Sa femme ? Je viens de la voir, sa femme. Pourquoi ne m'a-t-elle rien dit à propos de ce joint ?

Je ne bronche pas. Le père laisse un silence volontaire s'installer et me fixe sans bouger. *Qu'est-ce qu'il veut que je fasse ? Que je nie ? C'était dans ma poche !* Qu'on en finisse, qu'il le réduise en miettes et voilà. Je n'aurais pas dû le garder mais le fumer tout de suite.

– Tiens, me dit-il en me lançant le joint ratatiné par plusieurs jours dans mes poches.

Je le rattrape sans mal. *Je rêve ou quoi ? C'est un genre de test ?*

– Ne fais pas cette tête, j'ai été jeune aussi, et ce n'est pas ça qui va aggraver ton cas, lâche-t-il.

Je fronce les sourcils et glisse rapidement mon bien dans la poche arrière de mon jean. Le père s'approche de moi. Par réflexe, je recule. Avec les années, j'ai appris à ne plus faire confiance à personne, encore moins à ceux qui veulent paraître gentils.

– Par contre, je te préviens tout de suite : ça, j'accepte, mais si je vois autre chose entrer chez moi, de la poudre, des seringues ou des cachets, je n'aurai aucune pitié pour toi. On est d'accord ?

Évidemment, je ne réponds pas. Je le fixe sans ciller. S'il croit me faire peur, c'est raté.

– Je comprends que tu aies eu besoin de prendre tes marques ces trois derniers jours, mais ça a l'air d'être réglé puisque tu te balades. Va donc profiter de la piscine, tu es blanc comme un cul. Mais si tu décides de sortir de l'enceinte de la maison, on veut d'abord en être informé.

Il tourne les talons, les mains dans les poches, et s'arrête pour me fixer à nouveau.

– Et tu as le droit de sortir par la porte, tu sais ! L'appentis ne supportera peut-être pas ton poids deux fois, ajoute-t-il avant de se casser.

Mais qu'est-ce qu'il vient de se passer ? Il m'a rendu mon joint, mais le message a été clair : c'est donnant-donnant. C'est ce qu'on verra. Ce soir je bouge, et personne ne m'en empêchera.

Je reviens sur mes pas, repasse devant la fenêtre au pied de laquelle j'ai atterri et je pénètre dans le grand jardin. La mère est là, assise sur une chaise longue, en train de lire un livre. Elle m'aperçoit du coin de l'œil.

– Ah Teagan, tu as mangé, j'espère ! dit-elle. Tiens, à ce propos, j'ai quelque chose à te demander…

Oh merde.

– Maman ! J'ai attrapé un papillon ! s'exclame soudain le gamin qui arrive en courant de je-ne-sais-où.

Il s'arrête net quand il me voit et perd son sourire. Il va vite rejoindre sa mère et lui parle à voix basse. En le suivant du regard, j'aperçois la lionne qui barbotte. Manque de pot, je ne vois rien d'autre que son regard. Tout son corps est planqué par le rebord du bassin.

La mère lui demande de sortir puis me fait signe de la suivre.

En deux temps trois mouvements, je me retrouve assis sur un des tabourets autour de l'îlot central de la cuisine.

La lionne trempée déboule comme une furie en laissant de l'eau partout sur son chemin. Elle a juste enfilé un truc à bretelles et un jogging sur son bikini et elle est en train d'emballer ses cheveux dans une serviette.

– Tu vas m'écrire tout ce que tu n'aimes pas manger, comme ça, je ne ferai pas d'erreur, me dit la mère. Et Elena, les tomates, s'il te plaît ma chérie.

En face de moi, la lionne s'installe. Son bikini encore mouillé laisse deux grosses auréoles transparaître au niveau de ses seins. Il faut que je regarde ailleurs. *Ou pas.*

La mère glisse un stylo et un bloc-notes devant moi.

– Si tu oublies quelque chose, je laisserai la liste sur le frigo, d'accord ? me dit-elle. Tu me mets ce que tu n'aimes pas et ce que tu as envie de manger aussi.

Je ne réponds toujours pas, mais elle s'acharne à me poser des questions.

Je baisse les yeux sur le bloc-notes. *Ce que je n'aime pas ? Elena. Ce que j'ai envie de manger ? Elena.* Je n'écris rien, je ne vais pas écrire ça.

J'entends ricaner et quand je relève la tête, la lionne me fixe. *C'est de moi qu'elle se fout ?* Elle soutient mon regard, insolente.

La mère sort de la cuisine en appelant le gamin. Nos regards ne se sont pas lâchés.

– Écrire. Tu sais faire ou y a pas de profs dans les orphelinats du Queens ? me lance-t-elle à voix basse. Ah mais bien sûr que non, le Queens, c'est trop pauvre : c'était vous nourrir ou vous éduquer, hein ?

Je vais péter ce stylo tant je le serre fort dans ma paume gauche. L'idée de lui planter entre les yeux me traverse, mais je résiste. Cette garce ne semble jamais s'être retrouvée face à un mec qui ne pense pas aux conséquences avant de foncer quand la colère l'assaille. Et le meilleur moyen pour que je sois ce mec, c'est de me titiller comme ça. Il y a deux sujets à ne pas aborder avec moi : l'orphelinat et le fait que je ne puisse pas parler. Et cette conne saute dans la fosse aux tigres sans réfléchir.

Je concentre toute ma haine dans le regard que je lui lance. Elle fronce les sourcils et détourne la tête vers ses tomates. Le silence revient. Après quelques secondes à la fixer en train de m'ignorer, je baisse le nez sur le bloc-notes.

Lorsque je pose la pointe du stylo sur le papier, elle ouvre encore son excitante bouche :

– Alors, il sait ou il ne sait pas écrire ?

Je vais l'ignorer, ça vaut vraiment mieux pour elle. Sérieusement, je ne sais pas où je trouve une telle force : on est à la limite des trois jours et elle remue le couteau dans mes plaies. C'est certainement l'enjeu : la prison. Mais je ne sais pas combien de temps ça va me retenir de la coller au mur pour qu'elle la ferme.

Le silence n'a pas le temps de me faire oublier sa réflexion qu'elle l'ouvre encore :

– Je t'ai vu parler avec Nathalie.

Je relève les yeux pour la regarder, elle me fixe sans bouger. Et voilà, elle vient de planter sa dernière chance que je reste calme en abordant le deuxième sujet suicide. Cette fille n'a pas l'air de se rendre compte qu'en face d'elle un type complètement imprévisible est en train de laisser partir le peu de patience qu'il a jamais eu puisqu'elle enchaîne :

– Pourquoi tu parles pas ? Je suis sûre que tu crèves d'envie de m'insulter. Vas-y, libère-toi abruti, parce qu'on croirait que tu vas exploser d'une seconde à l'autre.

Garce de lionne ! Elle le fait exprès. Elle veut de toute évidence que je me casse d'ici, et si possible avec pertes et fracas, mais je risque beaucoup trop pour qu'une fille de riches, blindée de principes débiles, ne me fasse exploser et perdre ma liberté. Je ne vais pas lui faire ce plaisir. Il y a d'autres moyens de faire taire ce genre de garce.

Je la reluque. Ses yeux noisette bourrés d'insolence virent au vert. *Sexy...* Sa bouche est crispée et ses épaules fines retiennent à peine les bretelles de ce qu'elle porte et qui est tiré vers le bas par l'eau que libère son haut de bikini.

Cette vision a le mérite de détourner ma colère. Maintenant, tout ce dont j'ai envie, c'est de faire sauter ses fringues pour lui montrer que je peux très bien m'exprimer avec ma bouche sans lui parler.

Elle ne baisse pas les yeux, je resserre ma prise sur le stylo. Ce regard va me rendre dingue mais je ne lâche pas. *Si cette fille me fait baisser les yeux un jour, qu'on me la coupe sans anesthésie.*

J'ai beau faire le malin, elle arrive à m'énerver assez pour que mon souffle soit désordonné, je le contrôle difficilement. Si elle voit que son délire fonctionne sur moi, je vais devoir aller bien trop loin pour lui faire fermer sa gueule, et ce serait risquer de me retrouver derrière des barreaux.

– Allez, on peut le lire dans tes yeux que t'en as envie… chuchote-t-elle.

Lire dans mes yeux, sans déconner ? Ça se saurait, ma grande.

Je laisse échapper un petit rire. Si elle savait de quoi j'ai envie, elle partirait en courant. D'ailleurs, je vais lui faire un dessin, histoire qu'elle comprenne bien dans quel sens je vois le truc.

Le père passe dans la cuisine sans un mot pendant que je me penche sur le bloc-notes. La lionne reprend sa tâche en cours silencieusement, comme si elle n'avait rien dit et jamais cherché à me faire exploser.

Le daron sort une canette de soda du réfrigérateur et la fille découpe une autre tomate pendant que je griffonne ce que j'ai en tête.

Il s'en va sans un mot. Je ne relève pas la tête tant que je n'ai pas terminé. Le décor est vite posé sur la petite feuille. Pourquoi aller trop loin ? La cuisine, ça ira très bien. Je gratte le papier rapidement. Pas besoin de trop de détails, l'important, c'est le mouvement.

– Qu'est-ce que tu fous ? j'entends.

Je l'ignore et peaufine mon gribouillage, un mouvement par-là, un autre par ici. J'appose la touche finale – quelques mots en haut à gauche de la feuille – quand la mère entre dans la pièce en sermonnant le gamin.

– Chevy, tu joueras à la console demain. Là, tu vas aller prendre ta douche ! dit-elle.

J'arrache la page du bloc-notes sous l'attention furtive d'Elena. Je froisse le papier, elle fronce les sourcils. Je joue un instant avec la boule entre mes doigts et lui balance au visage. Elle la reçoit pile entre les deux yeux et en ouvre la bouche, outrée, avant de regarder sa mère, qui n'a rien loupé de l'action.

– Maman ! Et tu dis rien ? s'exclame-t-elle en écrasant mon cadeau dans son poing.

La mère ricane au nez de sa fille. Elle n'a pas vu mon œuvre, dont – je dois avouer – je suis assez fier. Le sujet m'a inspiré, c'est sorti tout seul.

– Vous êtes suffisamment grands pour régler ça tout seuls, je pense, lui dit sa mère avant de nous tourner à nouveau le dos.

La lionne me fusille du regard, je lui fais un clin d'œil. J'écris ensuite rapidement une liste des trucs que je n'aime pas, je mets les tomates en premier.

Quand j'ai terminé, je relève les yeux sur Elena qui est en train, certainement poussée par la curiosité, d'ouvrir la feuille qu'elle s'est prise en pleine tête. Elle est si absorbée qu'elle ne remarque pas que je l'observe avec attention. Je savoure chacune de ses expressions. Quand elle voit mon œuvre, elle ouvre la bouche, sous le choc. Son visage prend ensuite une teinte rouge vif. *Il ne fallait pas me chercher, Elena.*

Elle froisse mon dessin en vérifiant que sa mère ne la regarde pas. Cette dernière est occupée à remuer un plat qui chauffe sur le feu. Je penche la tête sur le côté en fixant la lionne. *Alors, est-ce que c'est plus clair maintenant ?*

Son regard fuit le mien. Elle fait disparaître le papier je-ne-sais-où et reprend son couteau pour écorcher ses tomates.

Moi qui pensais ne pas pouvoir me retrouver dans une cuisine avec des inconnus plus de cinq minutes, avec l'aide précieuse d'Elena, c'est devenu chose possible. La voir ne plus oser lever le nez de ses tomates sans prendre leur couleur est un aussi beau cadeau que si je l'avais vue en bikini.

Un long moment passe, en silence. La mère est concentrée sur la préparation de je-ne-sais-quoi et se sert de sa fille comme commis. Je reste là, à les regarder. Les légumes convenablement torturés par une lionne brusquement très silencieuse, sa mère lui demande de trouver une grande casserole.

– Je ne sais pas où elles sont, dit-elle froidement.

– Au même endroit que d'habitude, il me semble.

Le silence revient et la lionne plante son regard dans le mien.

– T'as fini, toi ? Pourquoi tu restes là ? me crache-t-elle au visage.

Aussitôt, sa mère se retourne vers nous, interpellée par le ton qui a été employé. Je suis occupé à fixer la garce qui ne baisse pas le regard et s'acharne à me tenir tête. À chaque fois qu'elle ouvre ses maudites lèvres, c'est pour essayer d'allumer la mèche qui me fera exploser. Mais je résiste, elle n'y arrivera pas, je le jure. Ou il faudrait vraiment qu'elle aille beaucoup plus loin.

Un silence pesant tombe sur la pièce.

– Elena, ton langage ! Et excuse-toi auprès de Teagan, il ne t'a rien fait, lui ordonne sa mère.

Oui, Elena, je ne t'ai rien fait, voyons. Excuse-toi, que je savoure enfin une parole sortie de cette bouche insolente.

Ses petites épaules se crispent et on l'entend tous prendre une inspiration comprimée par la colère. Elle tourne la tête vers sa mère.

– Non, c'est hors de question, dit-elle sans ciller.

Merde, elle m'impressionne, là. Tenir tête à sa mère comme ça, juste pour ne pas s'excuser : *chapeau, dis donc !* Moi, j'aurais planté un couteau dans le mur avant de me casser.

– C'est toi qui vois, lui dit sa mère.

Quoi ? Non, mais ils ont vraiment un problème avec l'autorité, ces vieux ! Je tourne la tête vers elle, surpris, lorsqu'elle reprend :

– Ou tu t'excuses d'avoir parlé sur ce ton à Teagan ou tu es punie toute la soirée, parce qu'il me semble qu'il est resté parfaitement correct avec toi depuis tout à l'heure.

Je me mords l'intérieur des joues pour ne pas exploser de rire. *Que c'est beau !* Elena fixe sa mère salement et tourne les yeux vers moi.

– Correct ? Mais regarde-le, rien n'est correct chez lui, siffle-t-elle.

– Très bien, tu sors d'ici et je vais en parler à ton père, tranche la mère.

La lionne lâche tout ce qu'elle a en main brusquement et s'enfuit littéralement de la cuisine. Ses pas résonnent dans les escaliers alors que je reste planté là.

– Elle s'excusera. Tu veux m'aider à finir de préparer le repas ? me demande la mère.

Et puis quoi encore ?

Je me casse de la pièce sans la regarder. Sans les provocations de la lionne, je n'ai plus rien à faire là. Je grimpe les escaliers rapidement. Elena n'a pas eu l'air d'aimer le dessin qui m'illustre en train de la prendre sauvagement sur le meuble central de la cuisine. *Étonnant !* Et j'imagine que le « Va apprendre à lire » inscrit à côté n'a pas aidé à faire passer le truc.

Je me marre tout seul en arrivant au deuxième étage, juste quand elle claque la porte de sa chambre avec force.

J'entre dans la mienne et je vais directement dans la salle de bain pour pisser. *Garce de lionne, elle ne s'excusera pas*. Tout dans son attitude le crie.

Les mains sur le bouton de mon jean et les pieds devant les chiottes, je m'apprête à sortir le matos quand du bruit attire mon attention. La porte de sa foutue forteresse s'ouvre, mais un son l'arrête avant qu'elle n'entre. C'est sûrement son portable qui sonne. La porte vers sa chambre reste entrebâillée. *Qu'est-ce que je fais ? J'y vais ?*

– Allô, dit la voix de la lionne.

– Ma chérie ! Tu vas bien ?

Je fronce les sourcils et me contente de tendre l'oreille pour écouter en posant doucement mon cul sur le rebord de la baignoire après avoir remis mon fute en place.

La lionne doit me penser encore à la cuisine avec sa mère parce qu'elle a mis son portable sur haut-parleur. J'entends donc chaque mot d'une discussion absolument inintéressante sur les vacances que vient de passer la nana qui appelle. Elle et son cousin sont allés visiter l'Europe. *Blabla, et vas-y, les Anglais sont beaux, et allez, les Français mangent bien…*

Je suis en train d'envisager de retourner dans ma chambre quand la tournure de la conversation me stoppe.

– Non, tu ne sais pas le meilleur ! Le dernier cas social de mes parents, c'est un mec ! s'exclame la lionne.

Ah ? On parle de moi.

– Quoi ? Mais c'est la première fois !

– Oui. Je ne sais pas pourquoi. Ça doit faire dix ans que mes parents n'accueillent que des filles, et là, on se retrouve avec un type super flippant !

J'entends l'autre fille rire puis lâcher :

– Beau gosse ?

Silence. Je hausse les sourcils. *Alors, Elena ?*

– Beau ? Euh, pas trop, non. Il est… Je sais pas, grand, pas gros, ses yeux ne sont pas mal, mais il est franchement banal, en fait.

Sale garce !

– En fait ? Pourquoi en fait ?

– Pour rien, j'ai dit ça comme ça ! réplique aussitôt la lionne.

– Mmh ! Parle, Elena Hills. Je te connais trop pour savoir que ce « en fait » cachait quelque chose. Dis-moi !

Silence, de nouveau.

– Allez ! crie presque sa copine dans le haut-parleur.

– Bah quand je l'ai vu le matin de son arrivée, j'ai bloqué sur son regard. C'est comme s'il reflétait ce qu'il pense. Il était bleu foncé quand il est arrivé, et tout à l'heure, dans la cuisine…

– Quoi ? Accouche !

– Dans la cuisine, tout à l'heure, ses yeux étaient gris clair. J'avais même du mal à le regarder en face…

– Non, mais attends, Elena, crache le morceau une bonne fois pour toutes : il te plaît ?

– Quoi ? Mais non, ça va pas ! Tu l'as pas vu ! Il est bourré de tatouages. Je te jure, il en a partout, même sur les mains. Ses oreilles sont percées avec de gros anneaux louches et il est muet !

Muet ? Je ne suis pas muet, je ne parle pas. C'est différent, merde !

– Oui, c'est sûr, tatouages, piercings et qui ne parle pas : inenvisageable ! enchaîne sa copine.

– Bah ouais, tu vois ! Même s'il pourrait avoir quelque chose d'attirant, c'est plus fort que moi, il me dégoûte, lâche la lionne.

Je serre les poings. *Je la dégoûte ? Vraiment ? Garce puissance douze !*

– Nan, mais Elena, t'as plus les yeux en face des trous, là. Tatouages et tout… Je suis sûre qu'il va me plaire à moi. Je verrai ça demain. Ta mère a dit oui pour que je vienne manger ?

Silence.

– Ouais, répond la lionne.

Sa copine enchaîne ensuite sur la tenue qu'elle pourrait bien porter le lendemain.

Le son s'approche, puis la porte de la salle de bain s'ouvre un peu plus pour laisser entrer la lionne. Elle ne m'a pas encore vu, ses yeux sont baissés sur une de ses mains qui tient… *mon dessin ?*

CHAPITRE 5

Elle replie le petit papier et, à ma grande surprise, elle le glisse entre ses seins. J'ai un coup de chaud et ma queue se tortille presque dans mon froc.

La seconde suivante est la plus belle de ces derniers jours : la lionne relève les yeux et son regard tombe en chute libre directement dans le mien. L'effet de surprise est total et je me laisse happer par la pensée de ce bout de papier qui doit être le plus heureux du monde, là tout de suite, coincé là où il est. Je me redresse avec lenteur et appuie mes coudes sur mes genoux avant de joindre mes mains.

– Allô ? T'es encore là ? Alors, qu'est-ce que je mets demain ? lance sa copine.

La bouche de la lionne s'ouvre et se referme. J'entrecroise mes doigts en la fixant.

– Ma… mère m'appelle, je dois te laisser, Sophie, lui dit-elle.

– Ah merde ! Bisou… Et franchement, j'ai trop hâte de venir chez toi pour voir le muet tatou…

La lionne raccroche au nez de sa copine brusquement. Je ne bouge pas, elle non plus, mais je la vois essayer de reprendre contenance : elle avale sa salive, se redresse et s'éclaircit la gorge.

– Tu as trouvé la baignoire, il était temps, balance-t-elle.

Super garce. Je reste statique, à la regarder, et franchement, ça vaut le coup. Elle porte un long t-shirt trop large d'où partent deux cuisses fines et bronzées qui me font l'affront d'être aussi désirables que leur proprio quand elle la ferme.

Mon regard déconnecte lorsqu'elle tire sur le bas du tissu et que sa phrase « C'est plus fort que moi, il me dégoûte » me revient.

– Tu fous quoi, là ? ajoute-t-elle froidement.

Je laisse passer un instant puis je me lève avec lenteur. Elle est hésitante. Elle ne devrait pas, ça a le don d'éveiller autre chose en moi que ma curiosité. Et cette autre chose se trouve précisément sous mon jean et elle est en train de me dire qu'elle irait bien faire un tour dehors. *Pourquoi pas.*

Je m'avance jusqu'à la lionne. *Alors comme ça, je te dégoûte ?* J'aimerais pouvoir lui murmurer ça à l'oreille mais je n'essaie même pas, je sais qu'aucun son ne sortirait de ma bouche.

Elena recule : un pas, un autre, encore un. Finalement, son dos percute le mur. Je me plante à quelques centimètres d'elle et j'enlève mon haut sous ses yeux. Elle se force à ne pas regarder mon torse taché d'encre et me fixe droit dans les yeux en levant le nez. *Putain, ce qu'elle m'excite quand elle fait ça !* Je déteste qu'elle me tienne tête autant que j'aime ça. Bordel, c'est officiel, j'ai perdu le nord.

Je pose mon t-shirt sur son épaule. Elle ne tressaille pas mais tout son corps se raidit.

Je m'approche d'elle encore et pose mon avant-bras contre le mur au-dessus de sa tête. *Je la dégoûte ? Vraiment ? Ce n'est pas ce que je vois.*

Elle baisse la tête sans un mot, je fais de même. Je la regarde paniquer en silence pendant plusieurs longues secondes. Sa respiration est rapide et fait bouger sa poitrine de haut en bas. Je vois le petit bout de papier dépasser de là où elle l'a enfoui.

La lionne fixe mon torse à quelques centimètres du bout de son nez fin. Son souffle me brûle presque l'épiderme, et pourtant, un frisson glacial me chatouille la colonne vertébrale. Honnêtement, je ne m'attendais pas à ce qu'elle se laisse faire. Je pensais qu'elle allait me cracher au visage ou m'en coller une, voire les deux. Mais non, sa respiration part dans tous les sens et elle ne tente rien. Elle a raison, parce qu'elle serait plaquée contre le mur sans ça. Là, je ne la touche pas, même si ce n'est pas l'envie qui m'en manque.

Histoire d'avoir le dernier mot, je lui envoie un violent coup dans le menton avec deux doigts pour qu'elle relève la tête vers mon visage. Elle sursaute et obéit sans le vouloir.

Je lui montre le dessin en haussant les sourcils. Elle ouvre la bouche mais rien ne vient. *Je suis contagieux ou quoi ?*

Elle ne baisse pas les yeux, et si elle ne ferme pas cette bouche, je vais faire un truc stupide.

À croire qu'elle lit en moi comme dans un bouquin car ses mâchoires claquent dans un bruit sourd. Elle se dégage sans me toucher et file dans sa chambre en claquant la porte. Heureusement, parce qu'avec cette bouche, j'allais merder.

Je me redresse en soufflant. Aïe ! J'ai une trique de malade. L'avoir aussi près de moi, c'était trop pour ma traîtresse de queue. J'avance vers la chambre et m'arrête. *Merde, mon t-shirt, elle l'a gardé.* Elle va sûrement le brûler ou autre chose du genre.

Ce petit tête-à-tête m'a appris deux choses : cette nana est un vrai glaçon, parce que j'en ai eu dans mon lit en faisant dix fois moins que ça, et ma queue veut la jouer perso. Elle n'a pas saisi que ma tête et elle étaient censées former une équipe.

Je souffle avec force en retournant dans la chambre. Ce calme ne m'aide pas, j'ai besoin de bruit pour la sortir de mes pensées et m'empêcher d'aller enfoncer sa porte et lui arracher ses fringues en même temps que son air insolent. *Il faut que je parte d'ici, maintenant.*

J'attrape un autre t-shirt, mon sweat et ma casquette. J'ai le look parfait du mec qu'on ne veut pas croiser sur un trottoir en pleine nuit. Clopes, briquet et portable rejoignent mon joint dans mes poches.

Je laisse mes pensées sur le lit et quitte la chambre par la terrasse.

Je regarde dans le jardin où je ne vois personne pour l'instant. Je me méfie du père. Il m'a grillé tout à l'heure et pourrait bien recommencer.

J'enjambe la rambarde et je saute sur l'appentis. Encore une fois, il craque avec force. Ce truc n'aurait pas tenu si j'étais plus gros. Cette fois, je ne me fais pas avoir par la fenêtre du bureau du père et je saute plus loin. Mon genou se plaint en m'envoyant une douleur aiguë mais je file sans m'arrêter et fais le tour de la maison.

Arrivé devant, je regarde s'il y a quelqu'un. Personne. Je cours jusqu'au portillon et je l'escalade sans peine.

Dans la rue, je glisse ma capuche sur ma casquette et je pars en courant sur la droite. C'est désert. Ce quartier est mort à partir de vingt et une heure. Quand je suis arrivé avec Solis il y a trois jours, j'ai aperçu une gare à plusieurs rues d'ici. Que cela soit en métro ou en bus, je vais bien trouver un moyen de quitter Staten Island pour rejoindre le Queens, soit un autre monde.

CHAPITRE 6

Quand j'émerge du métro, j'apprécie presque les sales odeurs qui m'assaillent. L'agitation du coin, malgré l'heure tardive, me rassure. Je me sens enfin dans mon environnement. Le bruit des engueulades de rue, les clebs errants qui aboient après les alcoolos qui s'agitent sur les trottoirs et la circulation qui mêle klaxon et sirènes de flics, toute cette merde me fait le plus grand bien. C'est comme aimer les sons de la nature et trouver ça relaxant, mais ma nature est urbaine et elle s'appelle le Queens.

Après quelques minutes de marche, je me retrouve là où on a grandi avec Benito, à quelques rues de l'orphelinat. Parfois, je me dis qu'on est vraiment cons : on est nés ici, on a connu l'orphelinat ici, et aujourd'hui, on passe nos soirées ici. À croire qu'on en a pas encore assez de la crasse et de la misère.

La nuit a eu le temps de tomber tant j'ai mis de temps à retrouver la gare dans les rues parfaites de Staten Island. Ça m'a mis les nerfs bien comme il faut.

J'enfonce mes mains dans les poches de mon jean. Ma démarche reflète mon humeur, massacrante. Le premier qui me cherche ce soir va me trouver avant de comprendre ce qui lui arrive. Trois jours que je suis plus docile qu'une saloperie de chaton, il va falloir que je trouve un moyen d'évacuer.

Je sens mon portable vibrer dans ma paume mais je l'ignore. Les Hills ont peut-être capté mon absence et appelé Solis qui doit se préparer à me prendre la tête pendant des heures avec une morale à deux balles. *Qu'elle aille se faire foutre, ce soir, j'ai besoin d'air !*

L'odeur de ces rues familières me suit à la trace : la pisse des clochards, les drogues douces cramées dans les joints de mecs qui ont l'air d'avoir déménagé leur salon sur le trottoir, et les nombreux petits stands de bouffe infecte mais qui tient le bide pour plusieurs heures, tout est là. Dans ce quartier où aucune nana n'aimerait se retrouver seule en pleine nuit, je me sens chez moi. Ici, personne ne me regarde de travers, personne ne me regarde tout court, en fait. Je me fonds parfaitement dans le decor, ce qui me convient très bien.

– Oh ! The Silent ! j'entends en tournant au coin d'une rue.

Je me retourne et Lopez, le mec qui me tatoue, me fait un signe de la main depuis la vitrine de son *shop*. Je lui réponds d'un mouvement de tête. The Silent, alias Le Silencieux, ça fait des années qu'on m'appelle comme ça dans le coin. Je n'ai jamais aimé, mais je préfère encore ça au « Muet ».

Je trace ma route pour atteindre l'endroit où Benito et moi passons la plupart de notre temps : un petit pub, le Goosebump. Je n'ai jamais vraiment compris le nom de ce bouge à alcoolos. Certainement un jeu de mots pas très subtil entre « avoir la chair de poule » et « faire bander une oie ».

Lorsque j'arrive devant, les trois mecs postés là en train de s'échanger des trucs relèvent la tête vers moi et me saluent en me reconnaissant. Je pousse la porte du pied pour entrer. Le grincement caractéristique des gonds en fin de vie est un véritable appel pour ceux qui sont à l'intérieur. J'ai l'impression de ne pas être venu depuis des semaines tellement la baraque des Hills m'a coupé de mon monde. Le Goose est comme toujours, il n'y a pas grand monde : quelques pécores accoudés au bar, occupés à regarder le fond de leur verre ou à mater la serveuse, Tanya, la sœur de Benito. Tous tournent la tête dans ma direction pour voir qui entre.

J'avance sans les regarder, espérons qu'ils comprennent que je ne suis pas d'humeur.

– J'en connais un qui a besoin d'un remontant ! me dit Tanya en me voyant longer le bar.

Je lui fais un signe de tête et elle me tourne le dos pour attraper un verre.

Je ne m'arrête que lorsque j'ai atteint la table où on a l'habitude de squatter Benito et moi, au coin de la toute petite scène miteuse où terminent leur vie deux guitares, une batterie et une platine à vinyles. Quand ça ne va pas, c'est toujours ici que je me retrouve. C'est moche, ça pue, ça craint, mais personne ne m'emmerde et je consomme gratis.

Tanya dépose une bière fraîche sous mon nez. Je la remercie d'un coup d'œil et elle s'en va en disant :

– Je me suis inquiétée, Teag, presque quatre jours…

Mais qu'est-ce qu'ils ont tous à s'inquiéter pour moi ?

Tanya, je l'aime bien. Elle a déboulé un jour dans la vie de Benito en lui expliquant qu'elle le cherchait partout depuis plusieurs années. Lui ne savait même pas qu'elle existait. Quand elle a eu dix-huit ans, elle l'a adopté officiellement et l'a sorti du foyer où il avait terminé.

C'était il y a deux ans. Depuis, il vit chez elle, pas loin d'ici. Elle me laisse squatter quand je veux. Elle a trois ans de plus que nous et se comporte comme une vraie mère. Enfin, surtout avec Benito, parce qu'avec moi, on ne peut pas parler d'une relation fraternelle. C'est allé plus loin un bon nombre de fois. Benito me buterait de ses mains s'il l'apprenait. Mais la sœur de mon pote me lance toujours ce regard qui m'en demande plus que je ne peux lui donner. *Le sexe ok, le reste, impossible !*

– T'as faim ?

Je sursaute, j'avais fermé les yeux. Tanya est plantée devant moi, les mains sur les hanches. Elle fronce les sourcils en me reluquant et, doucement, elle s'installe en face de moi.

– Teag, j'ai croisé Nathalie. Si ça se passe mal chez les bourges, tu peux revenir à la maison…

Je lève les yeux au ciel. Si c'était aussi simple, je ne me serais pas infligé trois jours chez les Hills avec cette garce de lionne.

La serveuse me dévisage en silence. Je préférerais qu'elle n'insiste pas. Son front se plisse d'inquiétude avant qu'elle n'enchaîne :

– J'aime pas te voir comme ça.

Je l'ignore encore. Elle soupire.

– Ok… Ben ne va pas tarder, il était en route, me dit-elle. Si tu veux, on peut se voir plus tard…

Non, j'ai juste envie qu'elle me lâche.

Elle attend un peu. Je détourne le regard plus loin et elle finit par se lever en soupirant. Sa main passe dans mon cou avec douceur et je la pousse comme on chasse une mouche.

– Moi aussi, je t'aime, Teag ! lâche-t-elle en gloussant.

Le verre devant moi laisse des gouttes de condensation couler jusque sur la table. Je les regarde pendant un petit instant. Bière, clopes, je devrais me sentir mieux. Pourquoi ce n'est pas le cas ? Je n'arrive pas à me sortir de la tête la sensation du corps de la lionne, juste là, presque contre le mien. *Wow ! Stop ! C'est une garce, il faut que j'arrête !* Non, encore mieux, il ne faut pas que je commence. Et je la dégoûte, c'est elle qui l'a dit.

Mon portable vibre encore. Je le sors de ma poche en tendant la jambe sous la table. Deux messages d'un numéro que je ne connais pas. Par curiosité, j'ouvre le dernier reçu.

Réponds ! Ou alors, en plus, tu sais pas te servir d'un portable ?!

Mais qui c'est ? Je remonte d'un coup de pouce et je lis le message précédent.

Rentre, maman est très inquiète, elle va finir par appeler Nathalie

Maman ? Mais ce n'est quand même pas la lionne ? Je reçois un autre SMS dans la foulée :

C'est Elena ! Réponds !

Je balance le portable sur la table avec force avant de le reprendre pour l'éteindre. *Qu'elle me laisse en paix, sinon, je vais exploser d'ici peu.* Je vide mon verre de moitié et écrase dans le cendrier la clope qui s'est fumée toute seule.

Comment elle a eu mon numéro, bordel ? Je me casse pour l'éviter, et elle m'envoie des SMS ?

Alors que je me frotte le visage, la porte du pub émet son habituel grincement. Je tourne la tête pour voir Benito se pointer avec une nana sous le bras, encore une nouvelle.

– Comme d'hab, tavernier ! lance-t-il avec le ton enjoué qui le caractérise.

Sa sœur derrière le bar lève son majeur sans même le regarder. Il a encore dû faire une connerie.

Il croise mon regard et un sourire éclaire son visage.

– Bébé, va me trouver des clopes et une bière, tu veux ? minaude-t-il à la nana qui l'accompagne.

Elle obéit en gloussant et s'en va vers le bar tandis qu'il arrive sur moi. Il s'affale sur la chaise que sa sœur a occupée quelques instants plus tôt et me dévisage en silence, penché sur la table entre nous. *Que fait-il encore, ce con ?*

Il reste immobile et son regard passe de mon œil gauche à l'autre rapidement. Ses sourcils se froncent soudain, sa bouche s'ouvre et se referme, il plisse les paupières. Je me recule, il faut s'attendre à tout avec lui.

– Alors ? Elle s'appelle comment ? me demande-t-il après ce temps passé à me mater.

Quel enfoiré... Il n'a pas entendu le son de ma voix depuis des années, mais il lit en moi aussi facilement qu'il se tape des nanas.

Je soupire. *Elena, elle s'appelle Elena.*

Benito continue de me reluquer. Il pose son coude sur la table et se frotte le menton, en grand penseur qu'il est.

– Mmh… J'espère qu'elle est bonne ! Parce que t'as fait le mort depuis lundi, mec !

Bonne ? Ah ça, oui. Malheureusement pour moi.

Bière en main, clopes en vue et pouffe qui sirote un mojito sur les genoux, Benito me raconte ses trois derniers jours avant d'en venir à son fameux plan.

– J'ai pensé à toi direct. Le taf va être facile, j'ai déjà repéré la caisse. On peut se faire dans les huit cents chacun, tu vois. Alors, qu'est-ce que t'en dis ? finit-il par me demander.

J'en dis que faire du business avec les Italiens, c'est loin d'être le truc le plus intelligent qui soit. Mais ils payent bien, et voler une voiture, c'est la routine pour nous. Il y a un seul hic : je ne dois pas me faire prendre. Et ce soir, je ne suis pas d'humeur.

Benito soupire de déception en comprenant.

– Allez, mec, ça sera vite fait. On dépose la Porsche aux Ritals et on repart avec nos billets, insiste-t-il.

Je fais non de la tête et termine ma bière cul sec. Benito lève les yeux au ciel en râlant. Un instant plus tard, il m'envoie un regard suppliant.

– Plus tard ? me demande-t-il.

J'acquiesce brièvement et il frappe la cuisse de la pouffe sur ses genoux.

– Il en est ! Il en est plus tard, mais il en est ! C'est bon, ça, mon pote. Et vu ta tronche, ça va te faire du bien, un peu d'action…

La nana sur ses genoux se remet à glousser et lui fourre son nez dans le cou en marmonnant je-ne-sais-quoi. Benito ouvre de grands yeux et l'attrape par la taille. *Ok, je me doute de ce qu'elle lui a proposé.*

– Désolé, ma jolie, mais mon pote Teag ici présent passe avant toi et ton envie coquine, lui dit-il.

La fille se redresse et me dévisage avec une haine nouvelle. Rien de bien méchant comparé à la lionne. *Si tu savais, ma grande... Dans une heure, il sera passé à autre chose.*

– Putain, tu fais chier, Ben, lui dit-elle.

Il se marre et lui envoie une tape sur les fesses quand elle se lève pour partir.

– Quel mec dirait au revoir à une beauté pareille pour un pote ? Y a que moi, tu vois, assène-t-il en la regardant s'éloigner avec un air blasé.

Je me marre et fais un signe de tête en direction de la fille. *Qu'il y aille, se la faire. J'ai besoin d'être tranquille.*

Benito n'attend pas deux secondes et saute de sa chaise pour la rattraper. Il repasse un instant plus tard, vide sa bière cul sec et me fait un clin d'œil avant d'aller aux toilettes avec la nana qui, soit dit en passant, est un sacré boudin. J'espère au moins que ce con se protège.

Je me sers dans le paquet de clopes qu'il a laissé devant moi. Il ne se passe que cinq minutes avant que la fille ne déboule des chiottes en tirant sur sa minijupe. Elle file tout droit vers la sortie. La porte grince et elle disparaît. La seconde suivante, Benito arrive devant moi et s'assoit.

– Putain, cette conne m'a mordu ! s'insurge-t-il en me montrant son cou.

Une jolie marque de dents entoure un suçon dégueulasse. Je ne peux retenir un rire mais je m'arrête net quand Tanya déboule entre nous. Benito se recule avec sa chaise et un air de chien battu.

– Elle a pas payé son mojito, Miss Vampirella, lui dit-elle en tendant la main.

Benito râle en fouillant ses poches. Il en sort un billet tout froissé et entortillé avec des feuilles à rouler en piteux état, puis plaque le tout dans la main de sa sœur.

– Un dollar et trois feuilles déchirées ? Tu te fous de moi ?

– J'ai que dalle. Demain, ok ? lui dit-il en se frottant le cou.

Tanya nous reluque chacun notre tour.

– Pas de conneries, les mecs. Je ne veux pas aller vous chercher à la morgue, ou pire, chez les keufs, lâche-t-elle avant de tourner les talons.

On se regarde avec Benito et on se comprend.

– Pire chez les flics ? Il va falloir revoir tes priorités, ma grosse ! envoie-t-il.

Il reçoit un torchon crasseux au visage en réponse.

– On bouge ? me demande-t-il.

Je fais non. *Sans moi, ce soir.*

– Putain, mais qu'est-ce que t'as ? T'es trop calme, sérieux, je te reconnais pas, me balance-t-il.

Je lui lève mon majeur sous le nez et le silence revient. Il s'en grille une puis la porte grince encore et on tourne tous les deux la tête. Plusieurs pauvres types s'en vont, nous laissant presque seuls avec Tanya. Elle nous passe d'ailleurs sous le nez en ondulant son petit cul entre les vieilles tables pour mettre les chaises dessus.

– Bon, moi, j'me tire. Et si tu te décides pas à bouger maintenant, elle va t'obliger à l'aider, chuchote mon pote.

La seconde suivante, il me fait un clin d'œil et disparaît. La porte grince encore deux fois et le bar est vide. Seule Tanya s'affole pour ranger. Je me lève en grimaçant. *Chaise de merde.* Non, c'est la lionne, la responsable. *Garce de lionne.*

– Teag ! appelle Benito depuis l'extérieur.

– Va-t'en, beau gosse, me dit Tanya. Tu sais où est ma chambre au cas où !

Je lui lance un regard. Impossible de sourire. J'ai encore et toujours les nerfs, mais Tanya, elle, me sourit gentiment et ajoute même un petit clin d'œil. *Message reçu, mais non merci.*

Je quitte l'endroit en faisant grincer la porte une fois de plus. Benito se fume une clope.

– Tu veux aller péter des caisses à la casse ?

Pourquoi pas ? Enfoncer une batte dans de la taule me fera peut-être du bien.

J'acquiesce et on se met en route.

Alors qu'on marche vers notre défouloir, il reçoit un appel. J'enfonce une nouvelle clope entre mes lèvres et je tends la main pour avoir du feu mais il ne capte pas. Avant que j'aie le temps de percuter, il me sort qu'une nana incroyable le veut et il se casse. *Enfoiré.*

Ma clope éteinte, mes nerfs en feu et mon corps tendu comme jamais, je tourne les talons pour aller retrouver Tanya qui, dès le départ, avait la solution à mon problème. J'enfonce ma casquette sur mon crâne et je balance la capuche de mon sweat par-dessus. *Soirée de merde. Pote de merde. Vie de merde.*

Histoire d'en rajouter une couche, les rues sont désertes et je n'ai pas de briquet. Il y a toujours du monde dans les rues merdiques du Queens, et là, alors que j'ai besoin de feu, je ne croise pas un seul mec louche qui fume du crac. *Quelle poisse !*

Ma clope éteinte aux lèvres et mes mains enfoncées dans les poches, je prends la direction de l'appart de Tanya. J'ai besoin de dormir avant de retourner chez les Hills demain matin et de faire retrouver la raison à ma queue.

Je suis tellement sur les nerfs que je finis par courir pour traverser les trois blocs qui me séparent de l'appart. J'arrive dans la rue de Tanya avec le souffle court et de la sueur qui perle sur mon front.

J'aperçois une grosse caisse garée devant l'immeuble, vitres teintées et jantes rutilantes. *Le mec veut se la faire chourer ou quoi ?* Ce n'est pas le meilleur quartier pour la stationner.

Le lampadaire qui clignote en grésillant juste à côté de l'entrée du hall donne à cet endroit un air encore plus glauque.

Je ralentis en arrivant devant la porte. Où sont les mecs qui traînent toujours là habituellement ? *Décidément, je ne fumerai jamais cette maudite clope !*

Je m'engouffre tête baissée dans le hall et percute de plein fouet un type planté là, dans le noir. *Mais qu'est-ce qu'il fout, ce con ?*

J'ai à peine le temps de capter qu'ils sont plusieurs que je me retrouve projeté contre le mur le plus proche. Ma clope vole. Je me débats pour les faire lâcher prise, mais un canon glacial vient se poser sous mon menton. *Ok, je ne bouge plus.*

Merde, ils sortent d'où, eux ?

CHAPITRE 7

La froideur de l'acier contre ma peau me calme aussitôt, sans pour autant faire redescendre la pression en moi. Je ne dois pas être le gars qu'ils cherchent, parce que je ne sais même pas qui ils sont. Mais vu comme c'est parti, je ne vais pas pouvoir leur dire, et ça va encore se finir à l'hosto.

Je déglutis et le gun s'enfonce un peu plus dans ma gorge. D'un rapide coup d'œil, je distingue trois autres types en plus de celui qui me maintient contre le mur de ce hall miteux. Pas de gun pour eux, mais des couteaux, dont les lames de bonne taille me laissent entrevoir la boucherie que ça peut devenir si je fais le con.

Mon souffle trahit ma surprise et je reste le plus statique possible. Ces mecs-là savent ce qu'ils font, ça écarte donc des connards qui en voudraient à ma thune, eux se seraient contentés de me coincer dans une rue sombre et de m'éclater.

– C'est lui ? demande le gars qui me pointe avec son flingue, un grand Black.

– Non, son pote, lui répond un autre derrière lui.

Son pote ? Ça sent les emmerdes façon Benito, ça.

– Ton pote, le croisé Mexicain et je-ne-sais-pas-quoi me doit du fric. Je compte sur toi pour lui passer le message, ok ?

Benito doit encore de la thune à quelqu'un ? Et comme d'habitude, c'est sur moi que ça retombe.

Je n'ai pas bougé d'un centimètre et je ne lâche pas des yeux le mec qui me coince. Lui et ses potes sont tous plus baraqués que moi. Je comprends que la grosse cylindrée garée devant est à eux. Ils font donc partie d'un gros trafic, le genre à qui il ne faut pas devoir de l'oseille trop longtemps.

– Réponds, tête de nœud, ou c'est ton corps qui lui passera le message, menace le type.

Et nous y voilà, le moment fatidique où je me fais défoncer la gueule parce que je ne vais pas être foutu de lui répondre arrive.

Je fais non de la tête. Mauvaise idée. Il grogne comme un clebs enragé et s'écrase un peu plus sur moi. Je vais finir par lui cracher à la tronche s'il continue de me toucher comme ça. Peu importe ce qu'il me fera en retour. Quand je pète un câble, plus rien ne me fait peur.

– C'est lui, le muet, lâche un autre.

Un silence se fait. Quelle ironie ! Le gros lard se met à rire. Tout son corps trop gras bouge contre le mien. *Putain, ça me dégoûte !* Son haleine empeste le scotch[1], et je ne sais pas ce qu'il fume, mais c'est resté coincé entre ses dents jaunies. Je retiens mon souffle.

– Alors démerde-toi comme tu veux pour te faire comprendre, mais je veux mon pognon pour la semaine dernière, le Muet, finit-il par dire. Sinon, sa bonnasse de sœur va goûter à un vrai mec.

Je déglutis et hoche la tête comme je peux.

– Il a trois jours, ajoute-t-il avant de me lâcher brusquement.

Les quatre armoires à glace quittent le hall en prenant leur temps. Je ne bouge pas et les regarde me passer devant chacun leur tour en me fixant salement. Deux secondes après, j'entends des portières de voiture claquer et un crissement de pneus. *Ok, cette nuit est placée sous le signe des emmerdes, des grosses emmerdes.*

Je reste planté contre le mur encore un moment en essayant de reprendre mon souffle puis j'écoute autour de moi. Silence. La voie est libre.

Je monte et, arrivé au deuxième étage, je ne frappe même pas à la porte de l'appart de Tanya et Ben, je fonce dedans avec toute la haine que j'ai accumulée ce soir et ces trois derniers jours.

Je m'arrête net, mais cette fois ce n'est pas à cause d'un mec plus large que moi mais à cause du canon d'un fusil à pompe qui vient de se planter

---

1 Whisky

dans mon torse. Je le fixe une seconde et relève vite les yeux. Tanya me regarde avec un air paniqué, comme si elle mettait plusieurs longues secondes à me reconnaître. Elle finit par baisser l'arme, les mains tremblantes.

– Ils sont partis ? me demande-t-elle, au bord des larmes.

Je confirme de la tête. Elle souffle avec force et pose le fusil au sol, comme si ce dernier lui brûlait les doigts. Je sais qu'elle n'a jamais eu de munition pour ce truc, mais ça surprend quand même de l'avoir sous le nez.

Elle passe une main dans ses cheveux en fermant les yeux. J'en profite pour aller attraper le feu que je vois plus loin sur la table du salon. J'entends que Tanya me suit de près.

– Teag, ça va ? Ils t'ont fait quoi ? Teag ?

Je l'ignore et je sors une nouvelle clope. Mes mains tremblent et le briquet ne fait que des étincelles quand je l'actionne, pas une seule flamme pour allumer ma clope. C'est définitif, je suis maudit ce soir. Mes nerfs atteignent un seuil critique.

Tanya est toute tremblante à côté de moi. Je devrais peut-être la prendre dans mes bras et la rassurer, mais je ne sais pas faire ce genre de choses.

– Teag… pleure-t-elle. On fait quoi ? Il est où, Ben ?

Je l'ignore et cherche un autre feu, mais elle me coupe la chique.

– Putain, mais réagis au lieu de fumer ! s'affole-t-elle.

Dans la foulée, elle arrache la clope d'entre mes lèvres et la balance sur la table.

– Teag, dit Tanya en haussant le ton. Ben, il est où ?

Je lui lève mon majeur sous le nez en extirpant mon joint de sa cachette. Je lui fais comprendre qu'il me faut du feu et vite. Elle me fixe et semble hésiter entre m'en coller une et accéder à ma demande pour que je l'aide. Elle finit par sortir un briquet de sa poche. Quand je l'actionne, une longue flamme apparaît et, enfin, le papier crame avec tout ce qu'il contient.

– Ah mais si, je te jure ! Je l'ai croisé tout à l'heure. Il a dû bouger chez une meuf pour… Enfin, je vais pas te faire un dessin, hein.

On se regarde avec Tanya en reconnaissant la voix de Benito qui arrive des escaliers. Mais il est avec qui ?

La seconde suivante, la porte d'entrée s'ouvre brusquement, et mon pote se pointe sans nous voir.

– Non, ça va aller. Et s'il n'est pas ici, elle habite où sa nana ? demande une autre voix.

Je me fige sur place. *Mais qu'est-ce qu'elle fout là, elle ?*

CHAPITRE 8

Même Tanya arrête de s'affoler pour regarder les deux silhouettes entrer dans l'appart.

– Sa nana ? Euh… C'est qu'il en a pas une précise aussi, alors… répond Benito en refermant derrière celle qui l'accompagne.

Alors que j'aurais pu me faire démolir à cause de ses conneries, Ben se la joue galant ? Il va bouffer ses dents. Porté par la colère, je balance mon joint d'un geste violent et fonce sur cette tête de nœud. Il a à peine le temps de se retourner que mon poing finit sur son nez.

– Non ! Teag ! s'exclame Tanya.

Je me détruis la main mais ça vaut le coup. *Il l'a mérité, ce con !*

Il recule en titubant et plaque ses mains sur son nez qui laisse déjà du sang couler entre ses doigts. Tout le monde crie. Tanya me tire en arrière. Je la pousse pour qu'elle me lâche et plante mon regard dans celui qui apparaît derrière Benito. Solis et son gros bide sont là et me fixent, les sourcils froncés.

– Teag, merde… Qu'est-ce que tu as encore foutu ? lance-t-elle.

Je tourne les talons. *Pourquoi est-ce que j'ai jeté mon joint ? Quel con !*

Putain… Il est en miettes ! J'ai dû marcher dessus.

Je soupire avec force pendant que Tanya essaie de gérer Benito et son nez dégoulinant derrière moi. J'attrape une clope, le briquet et je la grille avant qu'autre chose ne vienne me les briser. Je tire une grande taffe en entendant Tanya dire à son frère :

– Bouge pas ! Mais tu sais quoi ? Tu l'as bien cherché ! Des mecs se sont pointés au Goose, ils ont tout cassé et ils en avaient après toi, Ben !

– Et c'est bour ça qu'il m'éclate la gueule, cet enfoiré ? demande-t-il, si énervé qu'il a du mal à parler.

– Non ! C'est parce qu'il s'est retrouvé avec les quatre types en tête à tête dans le hall à cause de toi. Ils voulaient le faire parler pour savoir où te trouver. Est-ce que je dois t'expliquer pourquoi ça aurait pu très mal finir ? Ce n'est pas vraiment le mec le plus causant du monde ! lui gueule dessus sa sœur.

– Teag ?

L'assistante sociale déboule à côté de moi. Je souffle avec lenteur. *Allez, c'est parti pour un petit sermon made in Solis !*

– Tu imagines mon état en apprenant que tu t'es tiré de chez les Hills ? Je peux savoir pourquoi tu es parti ? me demande-t-elle.

Je l'ignore et m'acharne sur ma clope. Cette dernière n'a absolument aucun effet. Là tout de suite, j'ai trop de rage en moi pour pouvoir lâcher un seul mot, et Solis semble s'en douter parce qu'elle soupire en se frottant le visage.

– Je te ramène, me dit-elle froidement. Qu'est-ce qui s'est passé ?

De son côté, Tanya embrouille encore Ben :

– C'était des mecs du Bronx, Ben ! Dans quel plan tu t'es encore fourré ? Teag, t'es sûr que ça va ? me demande-t-elle soudain.

Elle tend un bras vers moi, je l'envoie chier. Je n'ai pas besoin de sa pitié.

Solis grimace et ses mains vont se poser sous son ventre arrondi.

– Nathalie, assieds-toi, lui dit Tanya.

– Merci mais on va y aller. Teag doit rentrer, répond-elle.

Tanya fronce les sourcils mais ne dit rien de plus.

Benito, qui avait disparu de mon champ de vision, se pointe en appuyant une serviette sur son nez.

– Butain, mon bote, le coup de boing, t'étais bas obligé, lâche-t-il.

Je tire sur la clope, un goût de cramé me ruine la gorge. Je suis en train de fumer le filtre. Je vais l'écraser dans le cendrier déjà trop plein sur la table basse et pars vers la porte. Je n'ai aucune envie de retourner chez les Hills. Et pourtant, c'est bien ce que je suis en train de faire.

Solis me rejoint sur le palier. On commence à descendre les escaliers dans la pénombre, les lumières de ce genre d'immeuble sont HS depuis quinze ans. Moby Dick galère comme pas permis.

– Attends-moi, Teag, j'ai mal au ventre. Je t'ai couru après toute la nuit, assène-t-elle avec un ton de reproche.

Je l'ignore et continue de descendre. Arrivé en bas, je sors du hall comme un chat qui fuit l'eau. J'ai besoin d'air, ou d'enfoncer mon poing dans un mur, mais Solis va me prendre la tête si j'extériorise trop devant elle. Elle arrive d'ailleurs à côté de moi sur le trottoir. Constater que nous sommes seuls me permet déjà de respirer un peu mieux.

– Tu vas conduire, ok ? demande-t-elle.

Conduire ? C'est bien la première fois qu'elle me laisse approcher le volant de sa voiture. En pleine nuit, en plus…

– Ne me regarde pas comme ça, je suis épuisée avec tes conneries ! lâche-t-elle.

Quand on arrive devant son tas de boue, elle me balance les clés sans attendre de réponse.

On monte à bord en silence et aucun de nous ne desserre les mâchoires pendant les dix minutes qui suivent. Je lui lance des coups d'œil. *Pas de morale ? Pas de prise de tête pour m'expliquer la vie ou ce que je risque ? C'est louche.*

C'est tellement louche que c'est moi qui finis par l'ouvrir :

– T'es bizarre, je marmonne.

Elle soupire.

– Il est… commence-t-elle en regardant sa montre. Il est deux heures vingt-six du matin et je suis enceinte de plus de sept mois, Teag. Ça fait plus de deux heures que je te cherche partout entre ces blocs pleins de camés, ce qui n'est pas vraiment la soirée idéale pour une femme dans son septième mois. Quand j'ai appris que tu étais parti sans prévenir de chez les Hills, j'ai eu peur que tu fasses une connerie et…

– Et t'es enceinte de plus de sept mois ! J'ai capté, c'est bon ! je coupe.

– Laisse-moi parler ! Et… je comprends que tu aies eu besoin de prendre l'air, ok, mais les Hills ont un jardin bien assez grand pour que tu fasses un footing. Tu n'avais pas besoin de revenir ici. Ce quartier ne t'apporte jamais rien de bon. Tu sais, si je t'ai envoyé sur Staten Island, c'est aussi pour que tu quittes le Queens et les emmerdes qui te collent à la peau.

Je soupire avec force, elle me fait chier. Autant que je ne dise plus rien sinon je vais être désagréable. Il n'y a que dans le Queens que je me sens bien. Sauf ce soir. Ce soir a été plus pourri que jamais.

– Je me suis inquiétée, ajoute Solis. Tu peux m'expliquer ce qui s'est passé ? Tu aurais…

– Je comptais y retourner demain matin, je dis en l'interrompant.

Je savoure chaque seconde du silence qui suit. Je connais Solis, elle ne va pas retenir sa morale bien longtemps et je serai obligé de gueuler pour la stopper.

On s'arrête à un feu et je regrette de ne pas avoir mis la musique à fond quand Solis ouvre la bouche.

– Mais pourquoi tu es parti ? s'exclame-t-elle d'un coup. T'es pas bien chez les Hills ? Teag, ton année de conditionnelle imposée n'a commencé que depuis quelques jours et je te retrouve déjà fourré dans des embrouilles avec un gang du Bronx ! Parfois, je me demande ce que tu as en tête…

Elle ne peut pas comprendre, mais il valait mieux pour les Hills que je bouge. Et encore, je ne suis pas sûr que ça ait suffi : Ben m'a laissé en plan avant que l'on ne passe nos nerfs sur de vieilles caisses, mon joint n'a eu aucun effet et je n'ai pas baisé… En gros, je suis encore plus sur les nerfs que quand je suis parti. J'espère pour elle que la lionne ne sera pas dans le coin à mon retour, parce que je suis en parfaite condition pour être un très, très gros connard.

Je comprime le volant sous mes phalanges en redémarrant au vert. Ça n'arrange pas la douleur de mon poing gauche, mais je préfère me concentrer là-dessus que sur la morale de Solis. Elle continue son blabla sans que j'écoute vraiment : les mots entrent par une oreille et ressortent par l'autre, comme si un vent violent les chassait. Je me fous comme de ma première clope de ce qu'elle me dit et soupire en lui lançant un regard noir.

– Et voilà, tu ne m'écoutes plus Teag ! râle-t-elle. Réponds à ma question : pourquoi tu es parti ?

Putain, je ne sais pas si je vais réussir à rester calme. Je l'ignore et m'évertue à me concentrer sur la route. Si je me ferme assez, peut-être que je ne l'entendrai plus.

– Tu vas rester silencieux avec moi aussi maintenant ? Réponds-moi, Teag ! insiste-t-elle en montant d'un ton.

Je sursaute. *Et merde, je l'entends, quoi que je fasse !*

– TEAG !

– C'est à cause de la fille, putain ! Maintenant, arrête de gueuler ou je vais vraiment péter un câble ! je lui balance avec rage.

Un silence se fait alors qu'on emprunte le pont qui nous conduit sur Staten Island. Solis se tourne vers moi pour me dévisager bizarrement.

– La fille ? Quelle fille ? Celle dont m'a parlé Ben ?

Je ne réponds plus. Il n'y a pas moyen que je crache le morceau. La lionne m'a déjà trop pris la tête sans même être là de la soirée, c'est hors de question qu'en plus j'entende Solis polémiquer sur son cas.

On roule en silence plusieurs dizaines de mètres, et soudain, j'entends un petit rire. Je regarde Solis qui se pince le nez d'une main et tient son gros ventre de l'autre.

– Pourquoi tu te marres ? je lâche.

Elle se fout de moi au quoi ? Elle essaie de se retenir, puis finit par exploser de rire sous mon nez.

– Oh ! Mon dieu, Teag, tu m'auras vraiment tout fait… Celle-là, je l'avais pas vu venir, prononce-t-elle tout en continuant de se marrer.

– Mais putain, de quoi tu parles ?

Ça y est, je perds patience. *Pourquoi elle se marre comme ça ?*

– Elle est jolie… Elena, termine-t-elle.

Calmé par la repartie de Solis, je ferme ma gueule. C'est vrai, elle est bonne, Elena, quand elle la ferme. Et la seule pensée de l'entendre cracher sa haine sur moi m'inspire assez pour répondre :

– Nan, c'est une conne, et si j'ai bougé, c'est pour ne pas l'envoyer dans un mur, c'est clair ? Cette garce passe son temps à me chercher, et je te jure que le jour où elle va finir par me trouver, on se causera dans un parloir pour un long moment toi et moi, parce que je vais me lâcher !

Solis s'arrête net de rire.

– Teag, tu vas te détendre, je te préviens. Je pense que tu as mal perçu ses intentions, c'est elle qui m'a appelée en pleurs pour me dire que tu avais disparu sans prévenir. Elle était morte d'inquiétude.

Je freine un peu brusquement au feu à la sortie du pont. *Comment ça « en pleurs » ?* Non, mais c'est n'importe quoi !

– Pff… J'en crois pas un seul putain de mots, je grogne.

Je ne pensais pas pouvoir être plus énervé ce soir, mais si.

Solis me montre son portable. Je l'attrape pour regarder l'écran. C'est un SMS que la lionne a envoyé, il y a plus de deux heures.

Nathalie, c'est Elena. Je sais qu'il est tard et je suis désolée… mais je crois que Teagan est parti de la maison. Et à cause de moi… Je m'en veux. Je lui ai envoyé des SMS mais il a coupé son portable et je n'ose pas le dire à papa et maman, sinon il aura des problèmes… Est-ce que je peux vous appeler ?

Je le relis deux fois pour être sûr. Cette garce a donc essayé de me faire croire qu'elle avait prévenu ses parents de mon départ alors que ce n'est pas le cas. Franchement, je l'ai sous-estimée : elle est même capable de manipuler Solis avec un pauvre SMS…

Mais pourquoi essayer de me faire revenir en chialant auprès de Solis alors que, depuis trois jours, elle fait tout pour que je me casse ? Je ne comprends pas.

Solis me reprend son portable des mains et me fait signe de rouler.

– Allez, j'aimerais vraiment rentrer chez moi et aller me coucher, dit-elle en bâillant.

Le comportement incompréhensible d'Elena suffit à me faire oublier cette soirée. Solis m'indique la direction dans les rues, puis, très vite, on arrive pas loin de chez les Hills.

– Tiens, gare-toi là. Tu vas rentrer discrètement dans ta chambre… Je n'ai pas prévenu les parents et Elena non plus, alors fais-toi discret pour rentrer, ok ?

Je coupe le contact et descends de la voiture. Solis vient me rejoindre sur le trottoir, je lui balance les clés de sa caisse. Je remarque son porte-clés. Il me rappelle quelque chose : c'est sûrement le seul truc que je lui ai jamais offert. Je n'avais pas capté qu'elle l'avait gardé pendant toutes ces années.

Je cherche mes clopes dans mes poches en regardant la grande baraque des Hills de loin. Tout est éteint et fermé. Je vais devoir remonter par l'appentis.

Merde, mais où est mon paquet de clopes ? Ne me dis pas que j'ai laissé ça chez Tanya ? Il semble que si.

Je souffle un coup et enfonce mes mains dans mes poches d'un coup sec. *Nuit merdique !* Je laisse Solis et j'avance vers la maison.

– Teag, je compte sur toi, plus de conneries ! lance Solis.

Ouais, c'est ça.

Je saute par-dessus le portillon et me dirige vers l'appentis. Je grimpe dessus difficilement puis j'escalade la rambarde et traverse la terrasse pour retrouver ma chambre temporaire.

CHAPITRE 9

Planté devant la baie vitrée, je me rends compte qu'elle aurait pu être fermée de l'intérieur. *Ouf, ça n'est pas le cas !* Je soupire.

La chambre est plongée dans l'obscurité et tout est calme. Je ne suis pas ravi d'être de nouveau là. Ma grimpette nocturne m'a donné chaud, j'arrache mon t-shirt et mon pull et les balance par terre en allant à la salle de bain.

Il faut que je pisse. Je me retrouve rapidement devant les chiottes, j'ouvre tout.

– Pourquoi t'es revenu ? j'entends brusquement.

Bordel de merde ! Je sursaute comme un malade. Mon cœur prend un rythme hallucinant. Je crois que j'ai visé à côté.

Mes yeux s'habituent à la pénombre et je discerne Elena plantée au milieu de la pièce. *Ce n'est pas le moment pour qu'elle me les brise...* Son SMS envoyé à Solis me revient en tête. Cette fille est-elle bipolaire ? C'est quoi, son problème ?

Je suis revenu pour te pourrir la vie, la lionne... Voilà ce que j'aurais pu répliquer, mais rien ne vient. Ma bouche est pourtant ouverte.

Heureusement que le paravent me cache en partie, sinon la lionne aurait une vue plongeante sur ma queue, qui commence à grandir. Pourquoi fait-elle ça ? Parce qu'Elena ne porte que son t-shirt trop large. Elle est vraiment sexy.

– Je sais que tu parles, putain… Alors dis-moi pourquoi tu es revenu, insiste-t-elle.

Sexy mais insupportable ! *Mec, ignore-la. Tout termine mal, ce soir, alors essaie de te calmer.*

Je vais aller me coucher. Je préfère encore affronter un souvenir tordu que ce fauve. Je range ma timbrée de queue à sa place et je fais un tour sur moi-même pour passer mes mains sous l'eau.

– Réponds.

Cours toujours, Elena !

Je chasse les gouttes restant sur mes doigts en les secouant un peu. J'ai mal au poing gauche, je laisse donc ma main un peu plus longtemps sous l'eau.

– Réponds, putain !

Quelque chose en moi hurle un « Ferme-la ! » mais mon corps reste statique et ma voix ne vient pas.

Je ferme le robinet et je me casse d'ici avant de la coller au mur. Enfin, j'essaie. La lionne me barre la route et m'empêche de passer en se mettant devant moi quand je me décale.

– Pourquoi tu ne parles pas ? envoie-t-elle.

Parce que je n'y arrive pas. Et crois-moi, les insultes pleuvraient si je pouvais !

Je fronce les sourcils et essaie encore de passer. Sa main vient trouver mon torse et se pose directement sur ma peau. Elle ouvre la bouche mais n'a pas le temps de dire quoi que ce soit qu'un réflexe me fait choper son poignet pour l'écarter de moi.

Je ne dois pas maîtriser ma force car elle sursaute et, je ne sais pas trop comment, elle se retrouve si près de moi qu'elle n'a d'autre choix que de me fixer droit dans les yeux. *À quel moment mon bras est-il passé dans son dos ?*

Le moment s'éternise. La seconde qui passe est si longue que le temps semble en profiter pour faire grève. Ou peut-être que j'ai déconnecté de la réalité ? Oui, j'ai oublié toute ma rage et ma colère de la soirée à l'instant même où je me suis retrouvé contre elle.

Impossible de ne pas sentir, impossible de ne pas voir, impossible de demander à ma gaule de rester calme. Le t-shirt qu'elle porte – celui que je rêvais d'enlever moi-même tout à l'heure – cache mal sa poitrine qui n'est plus entravée par un soutif. Il ne cache pas davantage ses cuisses fines qui ne demandent qu'à être écartées doucement.

Stop, mec ! Elle serait capable de hurler au viol si tu tentes un truc, juste pour te faire chier. Je fronce les sourcils. On se mate plusieurs secondes avant qu'elle ne brise mon silence. Parce que celui-ci, lourd et électrique, c'est mon silence, et celui de personne d'autre.

– Arrête ça, souffle-t-elle.

Le ton qu'elle emploie est faussement autoritaire. Elle essaie de rester froide mais elle évite mon regard. Elle cligne des paupières et son souffle n'est pas aussi maîtrisé que le mien. Le corps léger de la lionne ne fait absolument pas le poids face à ce qui me traverse l'esprit à l'instant.

Ma peau tatouée jure avec la sienne. J'aime cette vision. J'ai l'impression de ne pas pouvoir la salir avec ce que je suis.

Son souffle est court, sa bouche est entrouverte. Elle regarde rapidement ses mains qui se sont agrippées à mes épaules quand elle a voulu se retenir. Son visage affiche une expression que je ne parviens pas à déchiffrer. Il ne se passe rien et tout à la fois. Elle ne bouge pas d'un cil mais essaie de partir en même temps. Elle me regarde avec haine mais ne part pas. Ses ongles sont dans ma peau et je vois une veine pulser dans son cou. Son souffle tiède vient se perdre sur mon visage. On parle ma langue : le silence.

Tous ces détails réveillent ma queue qui bombe mon jean. La lionne ne s'en aperçoit pas, son regard est dans le mien.

Elle ouvre la bouche, certainement pour cracher son venin.

– Arrête, dit-elle simplement.

Je fais non de la tête. *Elle voulait que je communique ? Voilà, c'est fait.* Non seulement je ne m'arrête pas, mais je tire même sur sa taille pour qu'elle s'enfonce un peu plus contre moi. Pourquoi ? Aucune foutue idée, je crois que ma queue décide.

La lionne pousse sur ses bras pour s'écarter mais elle n'a pas assez de force. Je baisse les yeux et un détail finit de m'achever : ses seins pointent comme deux interrupteurs qui n'attendent que ma bouche pour les actionner et m'indiquent que son corps et son esprit ne sont pas en accord.

Elle me coupe dans ma contemplation en me poussant plus brusquement, mais je ne lâche pas prise.

– Laisse-moi ! lance-t-elle sèchement.

Je lui ricane sous le nez et sa paume vient percuter mon visage avec une telle force que j'en ferme les yeux. Je lâche tout dans la seconde et elle s'échappe de mon étreinte.

Arrivée à la porte de sa chambre, elle se retourne vers moi :

– Mais qu'est-ce que tu crois ? T'es qu'un trou du cul d'orphelin… Tu n'auras jamais rien qui m'attire.

Quoi ?

Deux choses me mettent la rage : le fait qu'elle se serve du terme « orphelin » comme d'une insulte et qu'elle nie ressentir quoi que ce soit.

Je la rejoins rapidement, mais cette garce se précipite dans sa chambre et ferme la porte avant de la verrouiller sous mon nez. C'est moi qui ai l'air d'un lion en cage maintenant. Je tourne devant sa porte plusieurs fois en résistant à l'envie d'enfoncer mon poing dedans. Je souffle avec force et je me casse dans ma chambre. Je me retrouve étalé sur le lit à rager en silence. Elle va goûter au connard que je suis, je le jure. Je ne sais pas quand, ni comment mais elle va y goûter, mais elle s'en souviendra.

CHAPITRE 10

– Hé ! Teag ?

Benito me donne un coup de coude qui fait tomber ma fourchette dans mon plateau. Dave relève tout de suite la tête et me regarde. Il me fait peur quand il fait ça.

Je ne réponds pas à Benito parce que Dave n'aime pas qu'on parle quand on mange. Il s'énerve quand on fait ça, et après, Anton et Anne nous grondent. Alors je ne dis rien et je mange. En plus, c'est pas bon : des trucs tout verts et ronds qui puent.

– Teagan, mange, me dit Anne.

Elle me sourit toujours mais c'est plus ma copine parce que mon vœu ne s'est toujours pas réalisé.

– Teag, on échange nos desserts ? demande Benito.

Mon dessert ? *Je regarde Dave qui est en face de moi et il me montre son poing. Anne discute avec Anton, ils ne nous surveillent pas. Du coup, Dave en profite pour m'embêter.*

– Alors, Teag ? réclame Benito.

– Nan, je peux pas... je réponds en regardant mon assiette.

Je reçois un coup dans le genou presque en même temps. C'est Dave sous la table et il en donne encore un et encore un. Quand ça fait trop mal, je recule.

– T'as pas le droit de parler, toi, ok ? dit Dave.

Je fais oui de la tête et regarde ailleurs. Je l'aime pas. Je sais qu'il me tape si je parle, mais j'oublie tout le temps. Et lui, il oublie pas de me taper.

– Hé ! Tu fais pas ça ! Teag, il parle quand il veut ! crie Benito.

Dave déteste Benito. Ils se sont battus l'autre jour et ils ont fini dans le placard des punitions pendant longtemps. J'étais triste pour Benito mais c'était bien fait pour le gros Dave. Lui, il fait toujours des bêtises mais sa maman vient le voir souvent. Il a dit qu'il irait vivre avec elle quand elle sera soignée parce qu'elle a besoin de piqûres spéciales pour l'instant. Benito lui dit toujours qu'il ment, que c'est même pas sa maman. Quand il entend ça, Dave s'énerve encore plus.

– Ta gueule, toi ! répond-il à Benito.

Il parle doucement pour que Anne et Anton n'entendent rien. Benito attrape son verre et lui lance dessus. Toute l'eau coule partout et j'explose de rire parce que Dave tombe de sa chaise en reculant. Tout le monde se moque de lui.

Le gros Dave tape sa tête contre la table en se relevant. Son front saigne. Anne et Anton lui crient dessus. Benito aussi se fait disputer parce qu'il lance encore d'autres choses. Dave tape le surveillant quand il veut l'attraper. Benito, c'est Anne qui l'attrape, mais il la tape pas.

– Ben ! Mais qu'est-ce qui te prend ? gronde Anne.

– Il embête encore Teag ! Et c'est un gros lard.

– Teag est assez grand pour venir me voir, Ben. Tu ne lances pas ton verre sur Dave !

Anne et Anton s'en vont avec Benito et le gros Dave.

– Vous êtes que des sales orphelins, crie Dave. Moi, j'ai une mère et même pas vous ! Espèces d'orphelins !

– Ta mère, elle pue la merde ! crie Benito dans le couloir.

Mes yeux me piquent. Je déteste quand Dave dit des trucs comme ça. J'ai envie de le taper.

* * *

J'ouvre les yeux brusquement mais la lumière du soleil m'oblige à les refermer tout de suite.

Mon cœur menace de s'échapper de ma poitrine et j'ai un mal fou à sortir du cauchemar qui a pourri mon sommeil : des flashes passent, brusques et violents, de cet enfoiré d'obèse. Je respire lentement et je me frotte le visage sans même me redresser. Les larmes qui ont encore coulé jusque sur mes tempes ne vont que s'ajouter à toutes celles qui entretiennent ma haine et à tout ce qui est mauvais en moi. Comme à chaque fois que je me réveille, il va me falloir du temps pour que mon humeur soit à peu près normale.

J'ai mal au ventre tellement j'ai faim et j'ai une envie de pisser à tuer un mec. Je me redresse et tente d'ouvrir les yeux plus lentement. La baie vitrée grande ouverte laisse entrer un petit vent et un soleil éclatant qui m'oblige à plisser les yeux.

Je traîne des pieds jusqu'à la salle de bain où la lionne et son t-shirt apparaissent dans mon crâne. Subitement, je bande tellement que je suis obligé d'attendre que ça redescende.

C'est définitif, ma queue veut se taper la lionne parce que je ne suis pas dans cet état normalement au réveil. Je bande, oui, mais je n'ai pas une trique de malade. *C'est douloureux, merde !*

Un autre flash de la lionne cette nuit, plaquée contre moi, avec ses seins à portée de dents. Et voilà, c'est encore pire. Est-ce que je vais devoir me branler ? D'habitude, j'ai toujours une nana sous la main quand une envie se fait sentir, mais là, clairement, Elena n'est pas chaude. Enfin, si, elle est plus chaude que Tanya même, mais elle résiste. Ça me rend d'autant plus dingue qu'elle continue de m'insulter. Sa phrase d'hier soir me reste en travers : « Trou du cul d'orphelin… ». C'est facile comme insulte, ça.

Je soupire en matant ma queue qui pointe toujours vers le mur. Je la secoue un peu. *Ah mais merde, non, surtout pas !*

– Salut !

Je me raidis. *Mais à qui appartient cette voix aiguë et désagréable ?*

Je tourne la tête vers la source de ce bruit : une nana se tient devant la porte qui donne de ma chambre dans la salle de bain, les mains sur des hanches affublées d'une très courte minijupe. Des tongs et un haut plus décolleté qu'un balcon complètent le tableau. Elle a des cheveux bruns, comme Elena, mais pas aussi longs, et un sourire trop blanc pour mes yeux fatigués. *Mais c'est qui ? Est-ce qu'elle me mate vraiment en train de…*

Je suis coupé dans mes réflexions par le bruit que fait ma pisse en arrivant dans le fond des chiottes. *Comme moi, ma queue n'aime pas cette meuf !* Sa tronche surfaite ne me revient pas du tout.

– Oh là là… Tu dois être le nouveau Hills ? ajoute la meuf.

Je secoue ma queue. Cette fois, je ne manque pas de jouir parce qu'elle est brusquement complètement insensible. Comme dit Benito : « Nos bites ne mentent pas, mon pote. Si tu bandes, tu kiffes, si tu débandes, tu kiffes pas. »

Le nouveau Hills ? Je lui lance un regard en coin et elle sourit de plus belle.

Putain, y a encore plus casse-couilles que la lionne !

Je range mon matos dans mon jean dont je referme les boutons et je recule derrière le paravent qui ne me cachait que jusqu'aux épaules. Le miroir au-dessus du lavabo me renvoie la tronche d'un mec avec la face en vrac. J'ai l'impression d'être fripé.

– Je suis Sophie ! Elena a dû te parler de moi ! D'ailleurs, tu sais pas où elle est ? Je viens d'arriver et je ne la trouve nulle part. La porte de sa chambre est fermée et je ne connais pas le code, alors j'ai dû passer par ta chambre… Et au fait, tu t'appelles comment ?

J'ai la tête baissée au-dessus du lavabo et les mains appuyées de chaque côté. Cette meuf a un debit oratoire absolument insupportable. Et elle continue, encore et encore.

Je comprends que c'est une copine de la lionne, sûrement celle dont j'ai entendu la conversation. Si mes souvenirs sont bons, Elena lui avait dit que je ne parlais pas. Alors pourquoi cette conne est-elle en train de me poser un milliard de questions ?

– Et tu viens d'où ? De New York, mais de quel coin ? J'ai visité le Bronx une fois… Enfin, je dis pas ça parce que tu as un look de gangster, hein… Enfin, si, un peu quand même. Tous ces tatouages, on croirait que tu sors d'un gang, dit-elle en riant. Mais moi, ça ne me dérange pas, au contraire. Et puis, on doit avoir le même âge, non ? Enfin, j'ai six mois de moins qu'Elena et elle aura bientôt dix-sept ans…

Je viens de découvrir la fille cachée de Solis. Mais une Solis sous extasie qui ne contrôle plus rien. C'est un cauchemar, je préfère autant aller me recoucher.

– Mais tu viens de te lever ou quoi ? On dirait que t'as pas dormi de la nuit !

– Sophie ? T'es déjà là ? j'entends depuis la chambre.

Je ne pensais pas que ça arriverait un jour, mais merci Elena de te pointer parce que j'allais lui faire fermer sa gueule une bonne fois pour toutes.

Le silence revient et j'en profite pour me mettre de l'eau froide sur le visage. *En espérant que ça me passe les envies de tuer l'une et de baiser l'autre.*

– Dans la salle de bain, Elena ! Je te cherchais partout, lance la copine. On était en train de faire connaissance avec euh… Mais tu m'as toujours pas dit comment tu t'appelles ! Tu te fais désirer, hein ?

Je m'arrête de bouger une seconde et prends une grande inspiration sans relever la tête du lavabo. *Mais quelle plaie, celle-là !*

Je me passe encore de l'eau sur le visage et je me redresse en attrapant la première serviette à ma droite.

– Oh ! C'est la mienne, celle-ci ! j'entends.

Cette voix : plus grave, plus sombre et insultante…

Elena vient d'entrer à son tour dans la salle de bain.

Je tourne la tête vers elle en même temps que sa copine. Cette dernière ouvre la bouche en la regardant, comme si elle était sous le choc. *Mais qu'est-ce qui se passe encore ?* Alors que la copine insupportable reste figée, le silence revient. *Ouf*...

La lionne me regarde utiliser sa serviette. Elle porte un jean large, trop large pour elle et ses petites cuisses qui m'ont fait bander, et un haut qui dissimule totalement ses formes. Elle est à chier comme ça, c'est moche. Je préfère cent fois la tenue de cette nuit. Ses cheveux sont lâchés et elle me fixe méchamment. Je fais de même avec insolence et je m'essuie sous les bras bien comme il faut.

J'ai besoin d'urgence d'une douche, parce qu'à courir partout dans le Queens cette nuit, je sens le cheval. En parlant d'animaux, la lionne fronce les sourcils et ouvre la bouche de dégoût. Je lui lâche un sourire glacial et son attitude passe du dégoût à la haine. C'est sa copine qui nous coupe dans notre guerre oculaire.

– Mais, Elena Hills, qu'est-ce qui s'est passé ? s'exclame-t-elle.

– Quoi ? répond celle-ci en détournant les yeux.

On la regarde tous les deux et la lionne semble en comprendre autant que moi, soit rien.

Et voilà la copine qui remet en route sa boîte à blabla.

Petite garce de lionne, si tu penses que la nuit m'a fait oublier tes insultes, tu te trompes. Deux options : ou je te fais ravaler ton « trou du cul d'orphelin », ou je termine ce qu'on était censés commencer, te baiser comme ma queue le mérite.

– Non, mais c'est dingue, comment tu as fait ça, toi ? En à peine deux mois en plus ! Tu es magnifique, ma chérie. Mais pourquoi tu ne m'as rien dit ? Mince, Elena, je suis ta meilleure copine ou pas ? Parce que là, c'est un truc de malade !

Mais de quoi elle parle ?

La lionne me lance un regard presque paniqué et attrape avec force le bras de la folle pour l'entraîner dans sa chambre. La porte claque sur la voix stridente et prise de tête de la copine et, enfin, le silence revient. Je soupire.

Alors la lionne me cache un truc ? Mais quoi ? Elle n'a pas encore compris comment je fonctionne : plus on essaie de me cacher quelque chose, plus je veux savoir ce que c'est !

* * *

Je m'appuie sur la rambarde du balcon au-dessus du jardin et j'allume ma clope. Ça sent bon la bouffe.

– Oh ! He oh ! Toi, là ! j'entends.

Oh non ! Cette voix désagréable, c'est...

– En bas, c'est Sophie ! Tu viens te baigner ?

Je ne prends même pas la peine de la regarder, j'entends le bruit de l'eau et celui du gamin qui raconte je-ne-sais-quoi à je-ne-sais-qui.

– Laisse tomber, ça sort que la nuit, ces trucs-là, lâche une autre voix.

Ah, la lionne ! Elle ferait mieux de la fermer pour la nuit dernière ou je vais devoir m'occuper de son cas. J'espère pour elle qu'elle n'a rien dit, mais j'ai un doute.

– Elena, surveille ton langage ! envoie la mère un peu plus loin. Teagan, tu as faim ?

Faim ? Oh que oui ! Je suis à deux doigts de bouffer ma cigarette.

Je tourne la tête pour me rendre compte qu'ils sont tous en train de me regarder d'en bas. La terrasse du jardin a été aménagée pour manger et la bonne odeur vient du barbecue qui grille de gros morceaux de viande. J'en ai l'eau à la bouche comme un clodo. La lionne est en boule sur un transat, elle doit crever de chaud sous toutes ses fringues, tandis que sa copine barbotte dans l'eau, presque nue.

La mère me sourit et me fait signe de descendre. Je tire sur ma clope et la balance en tournant les talons. La faim est plus forte que tout, comme dit Benito.

– Et passe par les escaliers, ce coup-ci ! lance le père alors que j'entre dans la chambre.

Ok, c'est sûr, la lionne a parlé de cette nuit.

Je quitte la chambre avec mon portable et de quoi fumer en main. Quand je me pointe dans le jardin, la folle de copine sort de l'eau façon princesse. *Pouah ! Elle est plate comme pas possible, c'est moche. Et ce bikini rose poufiasse, je n'aime pas du tout.* Il n'y a rien à attraper sur elle. Trop maigre, c'est moche. Un entre-deux, c'est bien. Ni trop, ni pas assez. Comme la lionne, en fait. D'ailleurs, le regard vert qui me pique de loin, c'est le sien. Je résiste à l'envie de lui lever mon majeur sous le nez alors que la mère se pointe devant moi.

– Teagan, tu bois quoi ? Un soda ou une limonade ? Peut-être juste de l'eau ? me demande-t-elle avec un sourire.

Limonade ? Eau ? Un biberon de lait, pendant que tu y es... Elle semble attendre que je réponde. Je la contourne sans la toucher ni ouvrir la bouche et je vais prendre un soda sur la table.

La seconde suivante, la folle de copine est plantée sous mon nez avec une serviette autour de la taille qui laisse voir ses petits nichons.

– Alors comme ça tu t'appelles Teagan ? me demande-t-elle.

Au secours !

J'ouvre la canette et, en buvant, je croise le regard haineux de la lionne. Mais ce n'est pas moi qu'elle fixe comme ça, c'est sa copine. Serait-ce de la jalousie ? Ou un truc de meuf du style ?

Tout bien réfléchi, je vais bien l'aimer, cette folle trop plate. Si ça peut mettre les nerfs à la lionne et qu'elle s'intéresse à moi, je n'hésiterai pas. Surtout qu'elle a l'air plus open qu'un liquor store[2] à vingt-deux heures.

À peine le temps de fumer une clope pendant que la folle de copine s'acharne à essayer de me

2 Petite boutique qui vend de l'alcool toute la nuit.

faire entrer dans les conversations en cours qu'on est tous autour de la table.

Si Benito me voyait là, il m'en parlerait pendant des mois tellement je fais tache dans le décor. J'ai l'impression d'être un caillou dans une boîte à bijoux, mais j'ai tellement faim que je suis prêt à m'infliger tout ça.

La discussion s'oriente rapidement vers les vacances de Sophie, mademoiselle « Je vais en Europe pendant deux mois ». Ça me prend la tête et la viande n'arrive pas, alors je joue distraitement avec ma fourchette. D'autant plus que je suis cerné : d'un côté, la garce de lionne, et de l'autre, sa copine.

– Et avec qui tu es partie, Sophie ? demande la mère.

La lionne a un très léger soupir à côté de moi.

– Oh ! Mais avec mon cousin, bien sûr ! répond la folle. D'ailleurs, il voulait passer, mais il a dû aller à une réception avec son père. Être fils du gouverneur n'est pas toujours marrant, hein ?

Fils de gouverneur ? Je vois d'ici le bouffon en costard.

Mes yeux dévient sur Elena. Elle ne me calcule pas et se contente de regarder au loin, les mâchoires contractées comme si elle résistait à l'envie de se barrer en courant. Le soleil fait briller ses cheveux et ses yeux sont encore plus verts que d'habitude. Elle est... *Stop, je ne suis pas un lapin !*

CHAPITRE 11

La fameuse Sophie est comme un bruit de fond prise de tête dans mon cerveau. Son flow est ininterrompu depuis plusieurs minutes : j'en ai appris plus sur son cousin – qui soit dit en passant a l'air d'un parfait abruti à chemise – et sur une bonne partie de l'Europe que durant toutes mes heures de cours réunies.

Les parents participent au monologue incessant mais la lionne ne fait même pas semblant d'écouter sa copine. Pourquoi elle est si bizarre, cette nana ? Elle invite sa pote, et quand elle est là, elle fait la tronche.

– Teagan, tu en veux ? j'entends soudain.

Je détache mon regard d'Elena et regarde le père qui me parle. Il tient un plat rempli de viande. Je prends mon assiette et la lui tends. Lui aussi, il est louche. Je ne sais pas à quoi m'attendre avec lui : il est souriant, mais j'ai l'impression qu'il me sonde en permanence.

Il dépose un gros morceau de viande fumante et grillée juste comme il faut dans mon assiette et me montre le plat de salade de pommes de terre avant d'interpeller sa fille.

Je repose mon assiette. *Wow, ça sent trop bon ! Je serais capable de manger avec les mains tellement j'ai la dalle.*

– Elena ? Ton assiette, s'il te plaît, relance la mère.

Je suis déjà en train d'attaquer une côtelette quand une discussion intéressante prend enfin vie autour de la table.

– Alors, Elena, tu as promis de m'expliquer comment tu as réussi à faire ça ! lance Sophie en détaillant la lionne de haut en bas.

Le fameux mystère a donc un rapport avec son corps ? Ou ses fringues ?

Cette dernière lui lance un regard en coin avant de répondre froidement :

– J'ai pas envie d'en parler.

L'autre folle, qui n'a pas l'air de comprendre, se penche sur moi pour aller tirer les cheveux de la lionne.

– Oh ! Mais qu'est-ce que t'as ? Allez, rigole un peu ! T'es pas contente de me voir ou quoi ?

Je me décale sur le côté pour l'éviter mais elle en rajoute des caisses, se rapproche toujours plus et continue de taquiner Elena, qui est en train de monter en pression à vue d'œil. *Si elle me touche, je vais vite lui faire fermer sa gueule !*

– Arrête ça et mange, putain, râle-t-elle justement.

Aucun sourire, le regard noir comme pas permis et le ton sec. *Ah… ce que j'aime la voir comme ça !*

– Elena, ton langage ! la reprend sa mère.

– Oui, ton langage, Elena, ricane la copine.

La lionne lâche un petit rire juste quand la folle et sa poitrine inexistante s'écrasent sur moi pour l'atteindre de nouveau. Dans un réflexe complètement imprévisible, j'attrape la folle par les épaules et la lance sur sa chaise.

J'ai l'impression que le monde s'arrête de tourner. Le gamin a la bouche grande ouverte et sa fourchette est stoppée en l'air, la mère a une main sur la bouche, la lionne a les sourcils haussés au maximum. Quant à la copine, sa mâchoire est restée ouverte sous le choc. Seul le père n'a pas interrompu son action, comme s'il n'avait pas remarqué ce qui vient de se passer. Il relève les yeux vers moi et termine de mâcher en silence avant de me demander :

– Et sinon, Teagan, est-ce que tu peux me parler de la nuit que tu viens de passer ? J'ai l'impression que l'appentis a encore pris un coup, non ?

Je cligne des yeux sans comprendre. *Il est défoncé ou quoi ?* Un silence s'installe. Une longue seconde passe pendant laquelle j'entends les deux nanas cinglées qui retiennent leurs rires. Le père reste sérieux mais la mère contient son sourire.

– Hé bien, Teagan ne parle pas, mais il sait se faire comprendre, dit-elle.

Les filles gloussent et je me penche vers mon assiette. Si la lionne avait balancé pour la nuit dernière, il ne me demanderait certainement pas ça. À moins qu'il soit un de ces types vicieux qui aiment mettre les gens face à leurs conneries. Eh bah il peut toujours attendre, avec moi.

Il se racle la gorge et s'apprête à ouvrir la bouche, mais Sophie lui coupe la chique.

– Il avait fait tomber son briquet ! Enfin… C'est ce qu'Elena m'a dit.

Quoi ? Elle aurait mieux fait de la fermer.

– Ouais, c'est vrai, ce con n'est pas foutu de descendre par les escaliers, ajoute la lionne. Il a préféré passer par l'appentis pour récupérer son portable.

Quoi ? Mais qu'est-ce qu'elle raconte ? On parlait d'un briquet, Elena !

Le père me regarde, sceptique. Elle aurait pu me balancer, ça aurait été plus rapide et moins ridicule.

– Mais il n'est remonté que ce matin, enchaîne-t-il. Ça fait un peu long pour retrouver un portable ; ou un briquet, qui sait. Tu ne trouves pas ?

– J'sais pas. C'est pas de ma faute si c'est un demeuré, lâche la lionne. Peut-être qu'il n'arrivait plus à remonter…

– Elena ! Ton langage ! s'exclame la mère.

Le père nous fusille du regard.

– Bon, ça suffit, vous êtes tous les deux punis. Teagan, parce que je sais que tu es sorti sans nous prévenir, et Elena, parce que tu sais très bien comment ça fonctionne ici et que tu as essayé de t'en tirer avec un mensonge, vraiment mauvais de surcroît, envoie le père. À l'avenir, concertez-vous mieux que ça, parce que je le prends comme une insulte.

Je lui lance un coup d'œil, il n'a pas vraiment tort. Je vois à la tête de la lionne que ça ne lui plaît pas du tout.

– Quoi ? Mais je n'ai rien fait ! C'est lui qui s'est barré, putain ! Maman, c'est injuste, là ! s'exclame aussitôt la lionne. C'est une nouvelle règle de merde ? Si l'un de nous fait une connerie, tout le monde est puni ! On n'a pas cinq ans, et ce trou du cul d'orphelin ne fait même pas partie de la famille ! termine-t-elle.

Ma réaction est immédiate et sans appel : je décolle de ma chaise en envoyant tout valser autour de moi et je me casse rapidement. Je me connais, impossible de me contenir, alors il vaut mieux que je disparaisse.

Je remonte dans la chambre en quatrième vitesse, et arrivé là, je me retrouve à tourner en rond. Je jure que si elle me traite encore une seule fois de « trou du cul d'orphelin », je l'éclate.

* * *

J'ai étonnamment réussi à n'enfoncer mon poing ni dans un mur, ni dans le joli minois de la lionne. À défaut d'exploser, je tourne en rond. La menace du juge a au moins le bénéfice de m'obliger à pousser plus loin que jamais les limites de ma patience. Enfin, ça fonctionnera seulement si Elena en reste là, parce que je crains d'avoir atteint le point de non-retour. Frison ou non, j'ai supporté bien trop longtemps ce genre d'acharnement pour laisser couler encore…

Je secoue la tête, mais rien n'est assez puissant pour me la vider. Je repense soudain à ce qu'il s'est passé un peu plus tôt : c'est quoi le délire de la copine avec l'apparence d'Elena ? Est-ce que la garce faisait genre deux cents kilos avant ? Non, impossible. Pourtant, qu'elle ait perdu beaucoup de poids est la seule explication qui me vient pour justifier ses fringues trop grandes et la réaction de Sophie. Mais j'ai vraiment du mal à y croire. En plus, elles se sont vues quand pour la dernière fois ? Avant les vacances, il y a deux mois ? Personne ne fond en si peu de temps.

Tous ces trucs illogiques se mêlent aux provocations précédentes et à l'existence de cette règle du « un pour tous, tous puni ». En fait, c'est le meilleur truc qui pouvait m'arriver, parce que si j'ai bien compris, si je merde, c'est la lionne qui est punie ? J'aime déjà.

Mon portable me fait sursauter et chasse les idées qui me viennent déjà pour lui pourrir la vie. Je le sors de ma poche. *Solis ?* Oh non, les parents ont dû l'appeler.

Je souffle d'énervement et décroche avec la ferme intention de lui expliquer ma version des choses.

– Oh… Teagan, c'est bien toi ? lâche-t-elle direct.

– Ouais.

– Je suis contente de t'entendre, dis donc. C'est rare quand tu me réponds. Ça se passe bien ?

– Nan, je réponds.

– Ah… Tu veux m'en parler ?

Oui, mais je me connais, je ne vais jamais y arriver.

Le silence revient et Solis finit par comprendre.

– Respire, ok ? Tu sais que je peux tout entendre, Teag… Crache le morceau, dit-elle.

Les Hills n'ont pas dû la prévenir de mon délire à table sinon elle m'en aurait déjà parlé.

Je soupire, toujours assis au pied du lit et torse nu, parce que le soir a beau être tombé, il fait toujours aussi chaud là-dedans.

– Elle… je commence, avant de devoir m'arrêter net.

L'air ne passe plus. *Bordel ! Parle, mec !* J'insiste mais rien ne vient.

– Elle quoi ?

– Laisse tomber, putain, je grogne.

– Ok. Mais tu sais que tu peux m'envoyer un SMS, si tu préfères…

Je soupire en me levant. J'ai trop chaud.

– Je te laisse, je souffle à Solis avant de raccrocher et de sortir prendre l'air frais sur la terrasse.

Adossé au mur tiède, j'essaie d'oublier le fait que je n'ai plus de clope, ce qui se révèle plus simple que prévu. En effet, Elena me hante le crâne à me faire oublier le manque de nicotine. Cette nana est… *Non, non, stop : plus de garce de lionne, que ce soit dans mon crâne ou au bout de ma queue.*

Je squatte là jusqu'à ce que ma tête se calme. Le temps passe, et rien, il ne se passe strictement rien. Alors c'est ça la vie d'un mec qui rentre dans le rang, comme dit Solis ? Bah, même si la mienne m'en met plein la tête et que j'ai souvent dû me battre pour exister, elle est quand même moins emmerdante. Il y a du rebondissement et des galères, mais il se passe quelque chose au moins. Cette année va être longue. Il va falloir que je trouve un truc à faire rapidement, sinon je vais finir par péter un plomb. Me faire vivre chez les Hills revient à mettre un lion en cage. *Allez, respire, mec, comme dit toujours Solis.*

Doucement, la nuit et la fraîcheur tombent. Je soupire tout en matant le ciel. Il y a plein d'étoiles partout. Je n'y connais rien en astronomie mais Benito affirme que pour mettre une nana dans son lit, il suffit de lui sortir le nom d'une constellation et c'est dans la poche. Et comment je mets une lionne et son corps de malade dans mon lit ? Pas avec un numéro de looser.

Je me marre tout seul. *Merde, j'en suis là ?*

Je secoue la tête et me relève, je me caille maintenant.

En rentrant dans ma chambre, je me rends compte que du linge propre a été posé sur le lit.

Alors que je relève le nez après avoir attrapé le premier t-shirt de la pile, je vois le père appuyé contre le montant de la porte de ma chambre, restée ouverte. Il n'a pas l'air vénère mais je me méfie quand même. Il doit juste être là pour s'assurer que je suis bien dans le coin.

– Ça va ? me demande-t-il.

Je hausse les sourcils par réflexe. *Il est sérieux ?*

– Ah oui, c'est vrai, excuse-moi. J'oublie toujours que tu… ne me répondras pas. Tu as un peu de temps à m'accorder ?

Non, je suis surbooké, mon pote, ça ne se voit pas ? J'ai ma rage à ruminer et tout.

On dirait qu'il attend un truc de ma part, un signe de tête ou je ne sais pas quoi. Je sais d'avance que je ne vais pas y arriver. Communiquer, c'est compliqué.

Je m'apprête à enfiler le t-shirt que je tiens toujours dans la main quand un truc attire mon attention. Mais qu'est-ce que c'est ? Il y a écrit au marqueur noir en plein milieu, « I am… » avec une flèche sur le côté. J'ai trop peu de t-shirts pour ne pas savoir que ces mots n'y étaient pas avant.

Je tourne le vêtement qui pendait jusque-là col en bas pour que les mots soient à l'endroit. Le père arrive à côté de moi.

– Drôle de t-shirt, me dit-il en penchant la tête sur le côté. Et tu es ? demande-t-il.

Bonne question.

Je suis la flèche et retourne le vêtement. Le reste du graff apparaît : « An Orphan Asshole. »

Putain-de-merde ! Le petit doute qui traînait encore en moi dégage rapidement pour ne laisser que de la haine. C'est Elena qui a écrit ça, c'est certain.

Je cligne plusieurs fois des yeux.

« Je suis… un trou du cul d'orphelin. »

Elle n'a pas osé ?

Je serre les dents et prends un maximum d'air, mais trop tard, tout explose en moi. Les derniers jours m'ont trop demandé pour que j'encaisse ça en restant calme.

Je saute sur le lit sans prendre le temps de le contourner et cours vers la salle de bain. Je balance un grand coup de pied dans la porte qui termine dans le mur avec fracas et je me précipite sur celle qui mène dans l'autre chambre.

– Eh ! Teagan, attends ! s'exclame le père derrière moi.

Je suis déjà en train d'essayer d'entrer dans la chambre de cette inconsciente en frappant du poing. Les murs vibrent autour du battant en bois et mes coups résonnent jusqu'au plafond. J'aimerais lui hurler dessus, la traiter de tous les noms. *Est-ce qu'elle imagine une seule putain de seconde ce que c'est que d'être orphelin ?*

Deux bras massifs m'attrapent pour me faire reculer, je les dégage sans trop faire gaffe. Si cette garce n'ouvre pas, j'entrerai dans sa piaule de force.

– Arrête ! Stop ! Teagan ! ordonne le père.

Je le repousse encore en essayant d'enfoncer la porte à coup de pied, mais elle résiste. Soudain, on entend le bruit caractéristique d'un autre battant qui claque, puis comme un éboulement dans les escaliers en bois. La lionne vient de quitter sa chambre et dévale les marches.

Il me faut un quart de seconde pour comprendre ça, un autre quart pour faire demi-tour et apercevoir le père qui se tient sur ma route.

– Calme-toi, Teagan ! Je vais aller lui parler, ok ? me dit-il, les bras tendus devant lui.

Qu'il aille se faire foutre ! Je vais lui parler moi-même, avec mon langage, ce qui se résume à mes phalanges contre son visage.

Je fonce sur le père sans m'arrêter. Il essaie de me retenir en vain et finit contre le mur. Une brèche s'offre à moi, je m'y engouffre brusquement pour traverser la chambre en courant.

– Teagan ! appelle encore le père alors que j'arrive sur le palier.

Je descends les escaliers en sautant plusieurs marches et, lorsque j'arrive au premier étage, j'aperçois à peine la garce se faufiler dans une pièce et s'enfermer.

– Teagan ! Elena ! crie le père encore en haut.

Je pose ma main sur la poignée avec force, persuadé de trouver la pièce bouclée à double tour, mais la porte s'ouvre avant que je ne puisse tenter quoi que ce soit.

– Teagan ? Mais qu'est-ce qui se passe ?

Je m'arrête net face à la mère. Elle est debout dans l'entrebâillement. Ses traits sont creusés et son nez est entravé par un tuyau transparent qui part de chaque côté de son visage avant de disparaître derrière ses oreilles. Cette vision a le mérite de me freiner deux secondes, jusqu'à ce que j'aperçoive la lionne qui me lève son majeur par-dessus l'épaule de sa mère plus loin dans la pièce, avec provocation.

Elle est morte !

– Teagan ! NON !

Le père me rentre dedans et me pousse avec force en arrière pour faire mur entre la garce et moi. Je me débats et tire sur ses fringues pour qu'il dégage, mais cette fois-ci, il ne bouge pas.

– Arrête ! Je vais lui parler mais tu arrêtes ça ! Tu comptes faire quoi ? Regarde-moi !

Lui faire ravaler son regard désobligeant et son air de garce supérieure !

Je gesticule encore mais rien à faire.

– Daniel, mais que se passe-t-il ? demande la mère, complètement paniquée.

Je balance vers elle avec force le t-shirt que je tiens encore dans la main. Mon souffle est affolé et ma rage fait bondir mon cœur dans ma poitrine, si fort que c'en est douloureux.

La mère pose ce qu'elle tient – une bouteille métallique d'où part le tube sous son nez – et déplie le vêtement. Le père me répète de me calmer.

Mais qu'il aille se faire foutre !

– Qu… Mon Dieu, Elena, est-ce que c'est toi qui as fait ça ? s'exclame la mère, horrifiée.

– Non ! s'écrie celle-ci un peu plus loin.

Mais elle est sérieuse ?

Je redouble d'efforts pour dégager le daron mais il tient bon.

– Oui, c'est elle. Angie, tu t'en occupes, dit-il en me poussant vers les escaliers pour descendre. Teagan, on va aller prendre l'air. Allez, s'il te plaît ! ajoute-t-il en me poussant encore.

Je fixe Elena, qui ne détourne pas le regard. Je jure qu'elle va me le payer. Plus personne ne me rabaissera comme ça.

Je fais comprendre au père qu'il peut me lâcher et recule sans quitter Elena des yeux. Sous le coup de la rage, de la haine et de tout ce qui m'assaille à cet instant, j'envoie mon poing dans le mur qui donne sur les escaliers avant de dévaler les marches.

CHAPITRE 12

Je me précipite vers l'entrée, je dois sortir d'ici avant de perdre mon semblant de contrôle sur ce qui s'agite en moi.

Je fais deux pas dans la fraîcheur de la nuit avant que Daniel ne me rattrape.

– Enfile ça, on va faire un tour, me dit-il en me lançant un polo.

J'entends la mère crier à l'étage et la lionne lui répondre sur le même ton avant que la porte ne se referme d'elle-même derrière nous.

Je souffle à plusieurs reprises en me frottant le visage, mes mains tremblent et des larmes de rage menacent de couler sur mes joues. Je ne parle même pas de mon cœur qui écrase mes poumons. Le père m'indique d'un coup de menton les garages dont une des portes s'ouvre avec lenteur. Lorsque j'arrive là-bas, il me pose une main sur l'épaule pour m'inciter à entrer. Je le vire d'un mouvement, je ne veux plus qu'on me touche, je suis électrique. Chaque particule de ma peau me brûle tant je bouillonne intérieurement.

Il déverrouille un gros Toyota aux vitres teintées et je monte dedans sans même réfléchir.

Je ne sais pas où il m'emmène et je m'en fous. Regarder le paysage défiler rapidement me fait oublier pour un temps la colère qui bouillonne en moi. Elle ne disparaît pas encore, mais la sentir s'atténuer un petit instant, c'est mieux que rien.

Je connais ce moment, c'est un peu comme l'œil du cyclone, le calme avant le retour de la tempête. Je suis assommé, incapable d'analyser ce qui vient de se passer.

Je ferme les yeux et pose mon crâne contre l'appui-tête. Je relâche la pression avec lenteur et je me dis que j'ai intérêt à profiter de ce moment de pseudo-plénitude parce que lorsque mon esprit sera de nouveau en route, je vivrai un enfer : cogitations, sentiments et stress se mélangeront dans un cocktail détonnant.

Dans la voiture, pas de musique, juste les bruits du moteur et de la boîte automatique quand elle rétrograde. Les sièges sont en cuir et l'habitacle est toutes options.

Après un moment, le père, qui n'a pas sorti un mot depuis notre départ, ralentit. La vitrine d'un liquor store éclaire le trottoir. La caisse s'immobilise juste devant. Je plisse les yeux, gêné par les néons clignotants qui indiquent que l'endroit est ouvert malgré l'heure tardive.

– Tu ne bouges pas, je reviens, il lâche avant de quitter la voiture.

Il pénètre rapidement dans la petite boutique. Ce coin-là de l'île de Staten ressemble plus aux endroits que je fréquente habituellement. Je vois un dealer plus loin adossé au mur d'un petit immeuble qui joue avec une liasse de billets, et deux vieux sont assis directement sur le bord du trottoir avec leur bouteille de whisky bon marché emballée dans du papier kraft.

Le daron revient et me balance un truc sur les genoux. Je rattrape de justesse un paquet de clopes et il va déposer un sac à l'arrière avant de se remettre au volant.

On roule encore un moment, toujours en silence. Je gratte nerveusement le plastique qui entoure ma future dose de nicotine. Ma tête est en train de se remettre en route, je commence à me dire que le père est trop calme. Il n'a même pas l'air énervé contre moi, ce qui me perturbe plus qu'une bonne engueulade. J'ai essayé de m'en prendre à sa fille, il aurait dû m'éclater. Où m'emmène-t-il ? Il compte me buter ou quoi ? Ou peut-être qu'il va me balancer dans un quartier qui craint pour se débarrasser de moi ?

Avant que mon esprit ne parte dans plus de délires, Daniel arrête la voiture face à la baie, non loin du Bayonne Bridge. Il coupe le moteur et ouvre sa portière.

– Descends, on va s'en griller une en discutant, me dit-il.

Je lui lance un regard en biais. Discuter ? *Et comment compte-t-il s'y prendre exactement ?*

Il s'apprête à poser un pied à terre et se ravise pour me dire :

– Oui, enfin, je vais te dire des trucs, et toi, tu vas soupirer.

Il claque sa portière et se dirige vers l'arrière pour récupérer ce qu'il y a mis.

Je le vois ensuite s'éloigner et s'installer sur un banc à quelques mètres de l'eau. J'attends un petit instant et je finis par sortir aussi. Lorsque j'arrive à côté de lui, il verrouille la voiture.

Je m'assieds sur le dossier du banc, les coudes sur les genoux, et je lance mon regard au loin. La ville en face est éclairée de partout mais elle a l'air calme et endormie, bien plus calme que moi.

– Tiens, prononce le père à mon attention.

Je tourne la tête vers lui. Il est assis normalement et me tend une canette. *Sérieux ?* Je bloque sans bouger.

– Tu as déjà bu une bière, quand même ? me demande-t-il.

Bien sûr, mais depuis quand les pères de famille blindés de thunes offrent de l'alcool à de petites racailles du Queens ?

– Prends-la, je crois que tu l'as méritée, ajoute-t-il.

Doucement et toujours sur mes gardes, je tends la main et saisis la boisson. Il en sort une autre, identique, du sac en papier posé entre nous et l'ouvre avant de la lever devant lui.

– À Elena et à son insolence !

J'en lâche un ricanement. Cette fille n'est pas insolente, elle est suicidaire.

J'ouvre ma canette. Elle est fraîche, et la première gorgée est plus salvatrice que j'aurais pu le croire.

Le silence revient. Comme le père, j'avale un peu du liquide ocre, puis je finis par poser la bière entre mes pieds pour ouvrir le paquet de clopes. J'en prends une et mon chaperon, avec ses méthodes d'éducation étranges, m'en demande une d'un coup d'œil. Je lui laisse le paquet. L'instant suivant, il tire une taffe et me dit en recrachant la fumée par le nez :

– Ma femme pense que j'ai arrêté et il vaut mieux qu'elle n'apprenne jamais le contraire, sinon, je vais en baver. Je crois que c'est un truc de femmes, cette capacité à t'en faire voir de toutes les couleurs si tu les déçois… Et Elena est une femme. Enfin, bientôt. C'est un peu comme les loups-garous, tu vois. La transformation enfant/femme est longue… et douloureuse pour tout le monde… Elena n'y échappe pas. Elle est en pleine crise depuis plusieurs mois sans qu'on comprenne pourquoi ni comment on doit réagir. Et plus ça avance, plus elle est difficile à gérer…

Putain, pourquoi il me raconte ça ? Quel rapport avec moi ? Je me fous de savoir ce qui ne va pas chez elle. Elle n'a pas à me manquer de respect, c'est tout. Ça ne lui ferait pas de mal que quelqu'un la remette à sa place une bonne fois pour toutes.

– Je ne te confie pas ça par hasard… Ce que tu as fait ce soir, c'est…

On y est ! Il n'était pas obligé de m'amener jusqu'ici pour en arriver là ? Il va me dire que je ne peux pas rester chez eux, et le juge va m'envoyer en taule.

– … c'est très mature de ta part, termine-t-il.

Mature ? Est-ce que j'ai bien compris ce qu'il vient de dire ? Solis m'en a fait, des leçons de morale, mais je n'ai jamais entendu le mot « mature » sortir de sa bouche.

Je tourne la tête vers lui. Il boit une grande gorgée de bière, et moi, je fume. Il me jette un coup d'œil et reprend :

– Tu as été plus mature qu'elle en laissant tomber. Même si tu as enfoncé le mur avec ton poing, tu as tourné le dos à ta colère et je sais que… ça a dû te coûter. Parce que ce n'est pas aussi simple que ça de lâcher prise. Je m'excuse pour le comportement d'Elena. Si seulement je savais pourquoi elle est comme ça, on aurait peut-être évité tout ça.

C'est juste une conne, il ne faut pas chercher midi à quatorze heures. Cette nana a besoin que quelqu'un de plus con qu'elle lui tienne tête, et je suis ce gars.

Un silence comme je les aime se réinstalle. On entend les bruits urbains au loin sur lesquels s'ajoutent les quelques voitures qui passent rapidement sur le pont non loin de là. Je respire un bon coup. C'est un silence bruyant qui m'aide à me détendre.

Maintenant que la tension s'apaise, j'ai froid. Et puis j'ai fumé trop vite, mon crâne me fait mal. Ou alors c'est la lionne qui m'a tellement tapé sur le système que j'en ai la migraine.

Le père est penché en avant, les coudes sur les genoux. Il regarde au loin, et soudain, il secoue la tête doucement, soupire et reprend :

– Tout ce qu'on a comme information pour Elena, ce sont des crises sans vraiment d'explication et un changement radical en l'espace d'à peine deux mois et demi. Ça a commencé doucement, il y a six mois. Elle s'est mise à mal nous parler, à crier pour un oui ou pour un non… Même sa mère, avec qui elle a toujours été très fusionnelle, n'a pas réussi à l'aider. Et ça n'a fait qu'empirer de semaine en semaine. Un peu avant cet été, ça a été la coupure nette. Du jour au lendemain, elle est devenue l'ombre d'elle-même, elle s'est fermée et a même arrêté de se nourrir. On l'a vu perdre du poids à une vitesse effrayante… Elle nous a fait très peur. J'ai pensé que…

Il s'arrête là en fronçant les sourcils et se redresse pour s'appuyer sur le dossier. Pourquoi il me raconte tout ça ? Il n'espère quand même pas que je vais avoir pitié d'elle ? Parce que rien au monde ne justifie que je laisse passer ce qu'elle a fait.

D'un autre côté, je ne peux pas ignorer ce qu'il vient de me sortir. Elle a perdu du poids. C'est donc pour ça que la conne de copine était sous le choc quand elle l'a vue. Et ça explique aussi ses fringues trop grandes. Avant cet été, Elena était grosse. Mais grosse comment ?

J'ai encore du mal à y croire. Comment l'imaginer avec un autre corps que celui qui fait réagir ma queue, même si ma tête n'est pas d'accord ? Et puis, comment elle a pu maigrir comme ça ? Une image de ces malades qui se font vomir me traverse l'esprit. Non, la lionne est cinglée, mais elle ne fait pas ça, quand même ? En même temps, ça expliquerait pourquoi elle s'enferme dans la salle de bain tous les soirs après manger.

Je secoue la tête. Je ne peux pas croire qu'elle fasse ce genre de trucs, ça m'écœure. Je bois une grande gorgée de bière pour chasser ces images de ma tête. Quoi qu'il en soit, je ne vois toujours pas le rapport avec moi.

– On a pensé à tout un tas d'hypothèses, reprend le père. Crise d'adolescence, ou peut-être une peine de cœur ? Mais Sophie nous a assuré qu'Elena n'avait pas de copain et que personne ne lui tournait autour au lycée. On a essayé d'être compréhensifs avec Angie, de l'inciter à nous parler, mais aucune discussion n'a terminé calmement. En fait, Elena est totalement à l'opposé de toi. Elle, son mal-être est tout en cris, alors que toi, tu es muré dans le silence et très effacé, malgré ton look. Enfin, vraisemblablement, il ne faut pas trop te chercher, termine-t-il en riant. Quand je repense à la tête de Sophie à table…

Ça ne me fait pas rire. Elle et sa conne de copine ont réussi à me faire perdre le contrôle sur ce que je suis. Je déteste déjà ça en temps normal, mais en ce moment, je ne peux vraiment pas me le permettre. J'ai une épée de Damoclès qui pointe au-dessus de ma tête et qui menace le reste de mon existence.

Je me demande comment j'ai réussi à ne pas coller Elena contre un mur. Si j'avais vraiment insisté, le père aurait bougé et je l'aurais eue, mais je crois que la mère et son oxygène m'ont perturbé. Elle est malade ? Elle n'a pas l'air, pourtant.

Cette soirée m'a envoyé beaucoup trop d'informations pour que j'arrive à avoir les idées claires. Je balance nerveusement mon mégot plus loin et je reprends la canette.

– Je ne te raconte pas tout ça pour rien, ou juste pour alimenter mon monologue, continue le père. Je pense qu'avec ton vécu, tu es le mieux placé pour la comprendre… D'ailleurs, depuis que tu es chez nous, on a senti du changement. Elle est plus présente et communique un peu plus.

Communiquer plus ? Elle passe son temps à gueuler mais elle ne dit pas grand-chose au final.

Elle est un peu comme Solis. Elle blablate tout le temps, mais il n'y a rien à garder dans ce flow. D'ailleurs, j'espère que les parents ne vont pas appeler Solis après ce qui s'est passé, parce qu'elle va me faire chier.

Trois clopes plus tard pour moi, le père termine sa bière cul sec avant de la balancer dans la poubelle plus loin sans bouger du banc. La canette vide rebondit dans un bruit métallique et part s'écraser par terre. *Quel con !* Je lâche un rire et il se tourne vers moi avec les sourcils froncés.

– Marre-toi ! Vas-y, lance la tienne aussi, qu'on soit deux à rire, lâche-t-il, un sourire aux lèvres.

Ok.

Je secoue ma canette pour jauger son contenu, elle est presque vide. J'avale la dernière gorgée puis vise la poubelle. *Bon, pas de bourde.* Histoire que je ne me mette pas la honte, d'autant plus que je suis plus loin que le père et qu'il fait sombre. Je prends mon temps pour viser et je lance. Mon projectile vole tout droit et va directement s'écraser au fond de la poubelle sans même en toucher les bords. Merci les milliers de parties de basket avec Benito parce qu'on avait rien d'autre à foutre.

Le père siffle et tourne la tête vers moi avec un sourire.

– Bravo, tu vises aussi bien que tu dessines, dit-il.

J'ai surtout passé plus de temps sur un terrain que sur une chaise en classe. Mes souvenirs sont soudain brouillés par la prise de conscience du message que tente de me faire passer le père. *Je « vise aussi bien que je dessine » ?* Que veut-il dire exactement ?

Le silence nous honore encore de sa présence un petit instant, puis il finit par se rompre en envoyant une vague de pression en moi. *Il n'a quand même pas vu le...*

– J'imagine que ça doit être vraiment chiant d'écouter un vieux con déblatérer, mais j'insiste…

J'attends une longue seconde. *Putain, qu'il en vienne au fait !* Je suis coincé le cul entre deux chaises, là : il me parle du dessin ou pas ?

– Avant tout, je ne suis pas contre toi, et j'insiste sur ce fait, commence-t-il.

Ok, ça ne commence pas bien. Je soupire. Mais qu'est-ce qu'il croit ? Que je me sens mieux dans mon existence maintenant qu'il m'a sorti ça ? *Quel vieux con, comme il dit !* C'est un des premiers trucs que j'ai compris dans ma vie : personne n'est avec moi ! J'ai fini par m'y faire, à la longue. Même avec Benito et Solis, je suis toujours sur mes gardes. On ne sait jamais ce que les gens pensent et il faut s'attendre à tout.

– Même si tu ne veux pas le croire, on est tous avec toi. Personne ne nous a obligés à t'accueillir. Alors, je peux accepter beaucoup de choses : ton joint, c'est ok ; ton silence et le fait que tu ne communiques que très peu, quelles qu'en soient les raisons, c'est ok aussi ; ton look, tes tatouages et ce que tu es, c'est ok. Je suis très ouvert et je n'ai absolument aucun problème avec toi. Même ta colère de tout à l'heure, je comprends. Mais…

Mais ? Je n'aime pas ce « mais ». Ça sent les embrouilles, et ça me stresse parce que je ne sais pas encore de quel type d'embrouille il s'agit. Je tire sur ma clope nerveusement.

Plus il cause, moins je sais à quoi m'attendre. Il ne se passe rien pendant plusieurs secondes, puis il se penche vers moi. Je me décale pour qu'il ne me touche pas.

Mais qu'est-ce qu'il fait ? Décidément, il est aussi louche que sa fille.

Est-ce qu'il est en train de se gratter le cul devant moi ? Il grimace en gesticulant et je comprends enfin qu'il cherche un truc dans sa poche arrière.

Il finit par en extirper quelque chose. J'avale la fumée de ma clope de travers et je tousse comme un con quand je reconnais LE morceau de papier, celui qui s'est retrouvé entre les seins de la lionne un peu plus tôt.

La tension remonte en flèche, directement dans le rouge. *Mais quelle salope !*

– Mais ça, je ne peux pas accepter, termine le père sur un ton sec.

Il laisse un silence volontaire. Je plante mon regard dans le sien et je ne bouge plus. Le temps s'arrête quelques secondes avant qu'il ne déplie le papier. Mon griffonnage érotique nous saute alors au visage. *Ça craint…*

– Elena est allée donner ceci à sa mère tout à l'heure. C'était pour t'en parler que j'étais en haut. Je n'ai pas besoin de te faire un dessin pour que tu saisisses à quel point ma femme a été choquée de voir ça.

Ah non, c'est bon. J'imagine très bien par moi-même et je regrette de ne pas avoir été là. Je soupire et me pince le nez en essayant de retenir un ricanement quand le père reprend :

– Tu as certes un bon coup de crayon, mais j'aimerais tout autant que tu ne t'en serves pas pour… disons, « te faire ma fille sur papier ». J'espère que tu comprends ?

Je hausse les sourcils et hoche la tête. Elle l'avait bien cherché, avec ses petites réflexions dans la cuisine et tout le reste.

Je serre les poings et tire une grande taffe sur la cigarette qui arrive sur la fin.

– Je vais donc me permettre de réduire en cendres ce petit… extrait de ce qui peut se passer dans la tête d'un gamin de seize ans quand il se retrouve face à mon insolente de fille et je vais oublier tout ça. Mais si ça se reproduit, Teagan, c'est dehors. Je suis clair ou tu as besoin d'un autre long discours ?

Clair comme la fumée d'une putain de clope électronique ! Je ne le regarde même plus. Solis leur a donné des cours de blabla ou quoi ? Ce que je viens de comprendre, c'est qu'il ne veut plus que je fasse de dessin de sa fille. Ok. Mais la coller au mur si elle va trop loin, je peux.

Il me prend mon briquet de la main, l'actionne et approche la flamme du morceau de papier. *Merde, je l'aimais bien, ce dessin !*

Le papier s'embrase rapidement. Quand il n'arrive plus à le tenir sans se cramer les doigts, il le balance plus loin devant nous et on le regarde terminer de brûler. L'odeur se répand autour de nous et, lorsque les petites flammes sont réduites à des braises sur le point de s'éteindre, le père me rend mon briquet et tire sur sa cigarette avant de reprendre :

– Voilà qui est fait. Sache qu'après cette discussion, enfin ce monologue plutôt, je ne t'en tiendrai pas rigueur. Ça nous arrive à tous de faire de petits… dérapages. J'espère que ça a disparu de ta tête en même temps que ce papier, me dit-il en se levant.

Alors que je pense en avoir fini avec la leçon de morale, il poursuit :

– J'ai lu ton dossier et je sais par quoi tu es passé. Je peux donc comprendre pas mal de tes besoins. Mais aussi bizarre que ça soit, c'est plus compliqué avec Elena : je n'ai aucun recul sur rien. Je gère donc comme je peux. Je suis conscient que ce qu'elle a fait avec ce t-shirt est absolument impardonnable, et elle s'excusera, je te donne ma parole. Mais il va falloir que tu sois patient, et j'aimerais qu'à l'avenir, tu essaies d'être… moins impliqué, si je peux dire ça comme ça.

Je me fige net sur le banc. *Putain, Solis est vraiment une vendue !* Je lui avais déjà dit, pourtant, que cette saloperie de dossier devait être brûlé. C'est ma vie, elle ne regarde que moi, bordel. *Et comment ça « moins impliqué » ? Qu'il aille se faire foutre.*

En gros, il me demande de l'ignorer ? C'est déjà ce que je fais, mais ma patience a des limites, et dès le premier jour, avec son cul bandant, elle a fait sauter toutes mes barrières.

– Quoi qu'on en dise, tu as déjà plus échangé avec Elena que moi en six mois, dit-il après un silence.

Vraiment ? Alors elle doit l'ignorer à plein-temps. Quel chanceux !

CHAPITRE 13

Il est deux heures du matin et je suis gelé, le chauffage est donc le bienvenu dans la voiture alors que nous rentrons.

Après un pétage de plomb comme ça, ils auraient dû me demander de partir, ou même appeler les flics, j'ai donc encore du mal à comprendre leur réaction.

La sonnerie d'un appel en Bluetooth interrompt le fil de mes pensées.

– C'est Angie, dit le père.

Il actionne un bouton sur le volant et répond.

– Dan ? Vous êtes où ? demande la mère d'une petite voix.

– Sur le retour, chérie.

– Teagan est avec toi ? interroge-t-elle avec inquiétude.

Il me lance un regard, comme pour s'assurer que je suis bien dans la voiture. Je fronce les sourcils.

– Oui, il est là.

– Dieu merci, soupire-t-elle. Faites attention sur la route.

– Promis. À tout de suite, répond-il en me souriant.

L'appel se termine et le silence revient. Le père soupire et je vois ses doigts se resserrer sur le volant.

– Angie se remet à peine d'une lourde chimiothérapie. J'espère qu'elle ne t'a pas fait peur tout à l'heure, dit-il.

Je me surprends moi-même à secouer la tête. Il le remarque et je détourne aussitôt les yeux pour regarder dehors en déglutissant. Il ne relève pas, ce qui m'arrange.

Lorsque nous arrivons et qu'il se gare, je saute en premier du Toyota. Mon hochement de tête m'a mis en vrac, j'ai besoin d'être seul et en paix pour oublier cette soirée merdique. Mais je n'ai pas le temps de faire trois pas que le père m'écrase pratiquement contre la caisse. *Putain, mais qu'est-ce qui lui prend ?*

– J'espère que le message a été suffisamment clair : Elena, tu ne touches pas. Jamais. Ni pour la haïr un peu trop, ni pour l'aimer un peu trop. Si tu la touches, je te traiterai en homme averti et ça ne se réglera pas avec Nathalie ou avec les flics.

Mes nerfs explosent, je déteste qu'on me dise ce que j'ai le droit de faire ou pas. Mais je ne bouge pas, je me contiens. Daniel a au moins le mérite de poser les barrières comme un vrai mec. Il me dévisage pendant deux longues secondes puis dégage comme si de rien n'était.

Alors que l'on rejoint la maison, je préfère garder mes distances. Il a presque réussi à m'impressionner.

À l'intérieur, tout est calme, les lumières sont éteintes.

Je monte directement dans ma chambre. La mère est plantée sur le palier du premier. Elle devait m'attendre mais n'ose pas prendre la parole. Elle est hésitante et ne porte plus le tube dans son nez.

Je passe sans m'arrêter. Trop de contacts humains pour cette soirée.

Je grimpe en silence le deuxième escalier. En haut, la porte de la lionne est fermée. Comme depuis quatre jours. Je me demande si elle est éveillée. Ça serait bien fait pour sa gueule qu'elle n'arrive plus à fermer l'œil. Je me laisse tomber sur le lit, je mate le plafond et j'écoute autour de moi. Rien, silence pesant.

* * *

Je sais qu'ils m'ont dit que c'est aujourd'hui et que j'ai le droit de ne pas faire mon lit, mais je l'ai quand même fait en me réveillant.

Benito est puni parce qu'il a volé des gâteaux dans les cuisines. Alors, moi, je suis resté dans ma chambre, parce que le gros Dave m'a dit que si je sortais, il allait taper ma tête par terre.

– Teagan ?

Je me retourne. Anne est là.

– Teagan, pourquoi tu restes enfermé ici ?

– Comme ça...

Elle me sourit et vient s'accroupir devant moi. Elle est gentille, Anne, c'est pas comme Anton. Lui, il me crie toujours dessus et il fait mal quand il m'attrape.

– Tu sais quel jour on est aujourd'hui ? me demande Anne.

Je fais non de la tête, mais je sais.

– C'est ton anniversaire aujourd'hui. Tu as six ans, Teagan, maintenant. On t'attend tous pour que tu souffles tes bougies.

– Je veux pas.

Elle fronce les sourcils.

– Quoi ? Mais pourquoi ? Tout le monde aime souffler ses bougies.

– Nan. Moi, je veux pas.

– D'accord... Mais tu ne pourras pas faire ton vœu, du coup, tente-t-elle.

Le vœu ? Je sais que c'est faux. Ça ne marche pas, les vœux. Même si j'ai été sage, les vœux n'ont jamais fait ce que je voulais. Anne m'a menti pour ma maman alors qu'elle dit toujours que ce n'est pas bien de mentir.

– JE VEUX PAS FAIRE DE VŒU !

J'ai crié très fort et Anne se fâche.

– Ne me crie pas dessus, Teagan ! Écoute, ce ne sera pas ton anniversaire tous les jours. Alors soit tu descends maintenant pour ton gâteau, soit tu restes ici à réfléchir. Je te laisse le choix. Et si tu es sage, ton vœu s'exaucera peut-être.

Elle prend mes mains dans les siennes et me sourit. Elle me ment encore.

Je ne veux pas qu'elle me touche, alors je la pousse fort en arrière, comme Dave fait toujours avec moi, et elle tombe sur les fesses.

– JE VEUX PAS ! Les vœux, c'est même pas vrai. Et toi, tu es méchante ! TU MENS !

Anne se relève, et moi, je recule sur mon lit.

– Bon, tu as gagné. Tu es puni le jour de ton anniversaire ! Je t'ai déjà expliqué qu'on ne pousse pas les gens ! Mais qu'est-ce qui te prend, Teag ? T'es toujours adorable, d'habitude.

– T'AS MENTI !

Anne est furieuse que je lui hurle dessus. Elle m'attrape le bras et m'oblige à sortir de la chambre. Je la tape. Je ne veux pas sortir de ma chambre. Dave va me trouver.

– Teagan Doe ! Arrête d'aggraver ton cas et cesse immédiatement de me frapper. Je ne t'ai pas menti !

– JE VEUX PAS SORTIR !

– Oh ! Qu'est-ce qui se passe ici ? demande Anton, le méchant surveillant, en arrivant dans ma chambre.

– J'en sais rien. Teag est incontrôlable, répond Anne.

– Lâche-le, je m'en occupe, dit l'autre. Viens là, toi ! me crie-t-il dessus.

J'essaie de partir mais il m'attrape par le t-shirt et me porte. Je me débats en donnant des coups de poing dans tous les sens et partout où je peux.

– Arrête-toi ! Putain, mais il est dingue, enchaîne-t-il.

Mes pieds ne touchent plus le sol. Il me fait mal.

– Ahhhh... Lâche-moi !

– La ferme !

Anton me repose par terre et me cogne de sa main libre. Une fois, puis plein de fois. J'ai mal et je pleure. Il me pousse.

– NON ! je me remets de nouveau à hurler.

Je sais où on va, et je veux pas y aller. Il fait noir et j'ai peur des monstres. Dave m'a dit qu'il y en a plein dans le placard des punis et qu'ils mangent des garçons.

Anton me pousse encore. Je vois la porte s'ouvrir.

– NOOON ! NOON, JE VEUX PAS !

– Il fallait y penser avant.

Il me pousse fort et je me cogne au fond du placard. Je veux sortir mais la porte claque derrière moi. Je tape dessus à m'en faire saigner les mains.

– ANNE ! ANNE, PARDON, JE VEUX SORTIR.

– FERME-LA, BORDEL, hurle Anton.

La porte fait un grand bruit, comme si on avait donné un coup de pied dedans.

– AAAAANNE. Pardooon... Anne, j'ai peur...

Anne ne vient pas me chercher. Personne ne vient me chercher. Il n'y a plus de bruit, les monstres vont arriver. Je me mets en boule, j'ai froid.

Je ferme les yeux, comme m'a dit Benito. Il connaît bien le placard, lui. Moi, c'est la première fois que je suis là. Benito m'a dit que si on fermait assez fort les yeux, on pouvait voir les étoiles qui brillent dans le placard. Alors, je ferme fort les yeux et je ne les rouvre plus. Mais les étoiles ne viennent pas, elles ne sont pas là. Alors je pleure encore.

* * *

Je n'arrive pas à lutter contre mes tremblements. Mes mains trahissent toujours ce qui se passe en moi lorsque mes yeux se ferment. J'ai eu beau les abîmer, comme hier soir contre le mur, les tatouer pour qu'il ne reste plus que mes paumes qui montrent ma couleur de peau, elles sont toujours incontrôlables après mes cauchemars. Cette faiblesse ne fait qu'attiser davantage ma rage intérieure.

Même la clope que je viens de griller n'a aucun effet. Je tourne en rond au centre de la chambre : tout est calme, pas un bruit à l'horizon, ce qui me rend dingue. *C'est comme dans ce putain de placard glacial.*

Un frisson me parcourt, je souffle avec force.

Des pompes, je vais faire des pompes pour chasser cette froideur de mon corps !

Un, deux, trois, quatre, cinq, six, sept…

J'arrête de compter mais pas de bouger. Je veux juste que tout ça s'arrête. Si je pouvais, je ne dormirais plus, jamais, pour ne plus être hanté par ces merdes.

Mes bras, mes abdos, mes cuisses ; tous mes muscles me tiraillent. De la sueur coule jusqu'au bout de mon nez. J'ai tellement faim que j'en ai la gerbe. Pourtant, je continue. Je ferme les yeux et enchaîne les pompes sans faiblir. Ce ne sont pas mes muscles qui me permettent de poursuivre – parce que je n'en ai pas énormément, je suis plutôt sec, en fait. Benito est plus mastoc que moi, mais un peu plus petit aussi – non, c'est ma rage. Ma colère s'exprime comme ça. Je sais que je continuerai jusqu'à tomber d'épuisement. Je m'arrêterai quand mon crâne sera vide, complètement débarrassé de la merde qui m'encombre.

J'entends mon portable vibrer, mais je l'ignore. Je respire fort. À cause de la clope, j'ai l'impression de n'avoir qu'un seul poumon.

La noirceur du placard ressurgit. Pour la tenir à distance, j'accélère le rythme à m'en faire mal : je descends plus bas, mon nez touche le sol ; puis je remonte plus haut, mes bras se tendent à l'extrême.

Brusquement, un mouvement attire mon regard droit devant moi. Je relève la tête vers la salle de bain, et c'est aussi radical que si on m'avait lavé le cerveau subitement : tous mes démons disparaissent pour ne laisser rien d'autre que ce regard noisette qui me toise depuis l'entrebâillement de la porte que j'ai démolie.

Elena est figée devant moi et me scrute effrontément. Il ne m'en faut pas plus. Je saute sur mes jambes et je lui fonce dessus. Si elle a cru que j'en avais fini avec elle en enfonçant mon poing dans le mur cette nuit, elle se plante.

Elle fait demi-tour, mais pas assez rapidement. Je suis sur elle avant qu'elle n'atteigne la porte de sa chambre. J'envoie mon poing dedans, et cette dernière claque avec force. J'empoigne la taille fine qui s'offre à mes mains, la fait tourner face à moi et, la seconde suivante, j'ai plaqué cette garce contre le bois et une de mes mains tient fermement son menton pour qu'elle se taise.

Tout a été très vite. Mon nez contre son oreille, ses ongles plantés dans mes pectoraux. Le seul bruit qu'on entend est celui de nos respirations haletantes.

La haine fait battre mon cœur trop fort contre ma cage thoracique. Sa poitrine se soulève rapidement contre moi. J'ai envie de lui dire qu'elle aurait dû plus se méfier de moi et ne pas me chercher parce qu'elle m'a fait perdre le contrôle et que là, dans cette salle de bain, personne ne peut m'arrêter, personne n'est là pour elle et, cette fois, son père ne fera pas obstacle.

J'essaie, j'ouvre la bouche, mes lèvres effleurent sa peau. Je la sens se contracter et ses ongles s'enfoncent un peu plus dans la mienne. Je n'ai que quelques mots à lui dire, quelques petits mots…

Ma respiration s'accélère, mes nerfs s'agitent lorsque je comprends qu'aucun son ne franchira mes lèvres. Je ne lui chuchoterai pas que je suis fou de rage contre elle d'avoir osé me rabaisser comme ça.

Ce n'est pas parce que je suis orphelin que je suis faible. En fait, si, je suis faible : incapable d'articuler quoi que ce soit devant cette lionne. La seule chose qui sort de ma bouche est un grognement qui s'enroule autour de son cou. Son souffle s'interrompt net.

– Je… Je ne m'excuserai pas, murmure-t-elle.

Sa voix tremble de peur, je sens des larmes arriver jusqu'à mes doigts toujours sur son visage, et elle me dit qu'elle ne s'excusera pas ?

Je serre les dents. Je suis là, contre elle, menaçant comme jamais, et elle continue de me tenir tête ?

Je reste immobile encore un moment avant de serrer un peu plus son menton dans ma paume. Elle gémit mais ne s'excuse toujours pas. J'insiste en la plaquant un peu plus contre la porte, mais ça ne change rien.

Je n'y arrive pas, je ne peux pas monter au cran supérieur. C'est la première fois que ça m'arrive. Je ne suis pas capable de dire stop habituellement.

Les ongles plantés dans les tatouages de mon torse laissent place à deux paumes bouillantes et tremblantes. Aussitôt, je m'en veux d'en être arrivé à un tel extrême avec elle. Je lâche tout si brusquement que son petit corps rebondit contre le montant sous le choc quand je tourne les talons en coup de vent.

J'envoie valser la porte de ma chambre qui claque en faisant vibrer les murs. Je tourne en rond dans l'espace. Mes putains de mains ne tremblent plus, mais elles ont besoin de cogner un truc. Je résiste et souffle avec force.

Cette garce me donne envie de hurler mais rien ne sort. C'est encore plus frustrant que d'avoir la gaule dans un jean trop serré !

Je frotte mon visage plusieurs fois, mais ça ne sert à rien. J'enfonce mes mains dans mes poches et, dans l'une d'elles, je trouve mes clopes. Fébrile, j'en plante une entre mes lèvres et l'allume après plusieurs coups de briquet précipités. Je tire une taffe hallucinante et je relève la tête pour souffler toute ma colère. J'en tire une autre, et une autre, et brusquement, la réalité me rattrape.

Putain, qu'est-ce que j'ai fait ? Si elle en parle – parce qu'elle parle, elle – le père va s'occuper de mon cas. Il vaudrait peut-être mieux que je me barre tout de suite.

Un bruit sourd retentit à l'entrée de ma chambre.

Je m'arrête net et je crois que tout en moi s'arrête également : cerveau, cœur, muscles. Quelqu'un frappe à la porte, et elle s'ouvre immédiatement.

Le père se pointe avec une tronche de six pieds de long. *Putain, c'est mort, je suis allé trop loin, elle a dû aller directement les voir !*

Une sueur glaciale remonte le long de ma colonne. Daniel s'avance vers moi rapidement, il ne porte rien d'autre qu'un caleçon et une robe de chambre grande ouverte. Il a l'air fou de rage. Ses pas sont sûrs et précipités.

Je recule quand il arrive sous mon nez et je me mets à respirer à toute vitesse.

CHAPITRE 14

Il s'arrête à quelques centimètres du lit et ne dit rien. Ce type est flippant. Il est vraiment sur les nerfs cette fois – même hier soir, il n'était pas comme ça – mais il reste immobile, comme s'il attendait une réaction de ma part.

Deux longues secondes passent, puis il me montre son portable qu'il tient dans la main. *Il essaie de me faire comprendre qu'il va appeler les flics parce que j'ai plaqué sa garce de fille contre une porte ?* Autant qu'il le fasse directement sans m'en faire baver comme ça.

Comme je ne réagis pas, il s'avance pour m'arracher avec force la clope de la main. Il tourne les talons et va la balancer sur la terrasse d'un geste rageur. Je cligne des yeux. S'il voulait me foutre dehors parce que j'ai brutalisé sa fille, il aurait au moins pu me laisser ma cigarette.

Il revient vers moi et me montre le plafond. *Mais merde, je ne comprends rien !*

Je ne lève pas les yeux comme il a l'air de le vouloir. Je reste statique face à lui, prêt à tout. Est-ce qu'il va m'en coller une ?

– Je suis en vacances, il est six heures trente-deux du matin et je n'aime pas être réveillé parce que tu fumes dans ta chambre ! Alors, ou tu fais comme toutes les racailles et tu désactives cette merde, ou tu sors pour t'en griller une, mais si mon portable sonne encore à cause du détecteur de fumée, tu iras dormir dans le jardin, enchaîne-t-il.

C'est con à dire, mais j'en reste sans voix. Je suis son index du regard, il me montre toujours le plafond où trône le détecteur qui clignote vivement en rouge.

Ah ! Putain, mais qu'est-ce que je suis con ! J'étais tellement stressé à cause de la garce de lionne que j'ai fumé là, juste en dessous. C'est donc pour ça qu'il déboule dans la chambre comme un type sur le point de me buter ? Pas pour sa fille ?

Il n'attend pas de réponse de ma part et tourne les talons en faisant voler les pans de sa robe de chambre de bourge pour passer la porte d'un pas énervé.

– Et dors ! Tu as vu l'heure qu'il est ? Tu fais peur à voir, ajoute-t-il en partant.

Je reste planté là au milieu de la chambre tandis qu'il descend les escaliers d'un pas lourd.

Si je comprends bien, la lionne n'a rien dit.

J'ai deux secondes de soulagement intense avant que la pression ne revienne brusquement m'étouffer : la lionne n'a rien dit « pour l'instant ».

Et la connaissant, elle attendra le moment le plus pourri pour se servir de cette information.

Putain, je parle d'elle comme si je la connaissais depuis toujours, mais ça ne fait que quatre jours ! Personne n'est entré dans mon crâne de cette manière avant.

Je respire un bon coup mais, rien à faire, j'ai une pseudo-panique qui m'habite. Et je le sais déjà, ce truc va me rester sur les épaules jusqu'à ce que ça explose. J'espère qu'elle n'a pas conscience de ce qu'elle a entre les mains. Bordel, il faut que j'arrête de la sous-estimer, elle sait parfaitement que je viens de lui offrir une carte joker.

Je saute sur le lit. Le père a raison, je vais faire comme toutes les racailles et désactiver cette merde pour être sûr qu'il ne revienne pas avec son short et son air de tueur en série.

Je n'ai même pas besoin de sauter pour l'atteindre depuis le lit. Je tourne, le démonte, et enlève la pile. J'essaie de le remettre en place mais je n'y arrive pas. Après trois secondes, je balance la moitié qui me reste dans la main au coin du mur. Elle s'écrase et laisse une marque avant de tomber sur la moquette en plusieurs morceaux. Voilà qui est réglé. En plus, ça m'a presque fait du bien de bousiller autre chose que la face de la lionne.

* * *

Il est presque treize heures et je n'ai toujours pas fermé l'œil. Vers huit heures, j'ai pris une douche bouillante pour chasser les derniers événements de mon esprit. J'ai l'impression d'avoir passé la nuit en boîte à picoler et d'être en plein retour de cuite. J'aurais franchement préféré me taper une bonne vieille gueule de bois plutôt que d'être là, assis sur le lit, clope aux lèvres, à épier chaque bruit que la lionne pourrait faire en sortant de sa chambre.

Pour l'instant, rien. Elle est plus silencieuse qu'un mort, mais je suis quasiment certain qu'elle n'a pas quitté sa tanière. La mère est montée jusqu'ici il y a une heure, elle m'a dit bonjour sur un ton hésitant et m'a déposé un de ses petits plateaux canette/sandwich.

Avant de redescendre, elle est allée en déposer un devant la porte de la lionne.

J'avais tellement faim que j'aurais pu dévorer le plateau. Le sandwich n'a pas fait un pli.

Alors que je tire une taffe sur ma clope, j'entends du bruit du côté de la chambre d'Elena. Je suis aussitôt à l'affût. Je descends du lit en glissant la cigarette dans la canette. Elle émet un petit bruit en entrant en contact avec le soda qui se trouve encore là.

Je me dirige ensuite en silence jusqu'à la porte de la salle de bain, dont deux gonds ont en partie sauté cette nuit. La porte de la lionne est ouverte, mais je ne la vois pas. J'avance dans la pièce et je m'arrête net : son cul dépasse du paravent qui cache les cabinets.

Je me fige en comprenant qu'elle est sûrement en train de se faire gerber. Je n'ai pas le temps d'aller lui foutre mon pied au cul qu'une voix provenant de sa chambre s'élève brusquement.

– Elena ? Tu es où ?

C'est sa mère, et vu le ton qu'elle emploie, elle a l'air de la même humeur que le père quand il a débarqué dans ma chambre ce matin. La lionne se redresse d'un bond et s'essuie rapidement la bouche. Elle était donc vraiment en train de faire ce que je pense ? Une vague de colère explose en moi, sans que je comprenne vraiment l'ampleur qu'elle prend.

La lionne se tourne vers moi et sursaute avec force.

– Merde… chuchote-t-elle en se précipitant sur la chasse d'eau.

– Elena ? appelle encore la mère que je ne vois pas.

Sa voix se rapproche et la lionne s'énerve sur le bouton de la chasse d'eau en regardant dans les chiottes. D'ici, je ne vois pas ce qu'elle essaie de faire disparaître, mais je doute que ce soit un paquet de clopes ou de l'héro.

Elle finit par abandonner les toilettes, me passe sous le nez en courant puis se jette dans sa chambre.

– Ah ! Elena, mais qu'est-ce que tu fais ? lui demande sa mère.

– Euh… rien, je… Attends, maman, ne va pas dans la salle de bain, s'affole cette dernière.

Je suis face à un choix : soit je la laisse dans sa merde, soit je saisis l'occasion d'annuler le joker qu'elle a contre moi.

Des pas s'approchent de la salle de bain tandis que je déboutonne mon jean en avançant vers les chiottes. Arrivé là, je hausse les sourcils en voyant un sandwich en morceaux baignant dans l'eau et qui peine à partir. *Dégueu !*

Je baisse mon froc et mon boxer.

– Non, maman ! Attends… implore Elena alors que je pose mon cul sur la cuvette.

La porte s'ouvre brusquement et la mère se pointe devant moi, suivie de près par sa fille.

Je fais mine d'être surpris et tire brusquement sur mon jean pour cacher ce qu'il y a à cacher.

– Oh mon Dieu ! Excuse-moi, Teagan ! s'exclame-t-elle en faisant aussitôt demi-tour. Je suis vraiment désolée…

Elle ressort aussitôt de la pièce en appelant la lionne.

Je me marre tout seul sur le trône et je regarde Elena plantée devant moi. Elle affiche une mine stupéfaite et je savoure mon petit effet. Je profite qu'elle soit figée sur place pour lui faire un clin d'œil. J'espère qu'elle a bien compris le message : je l'aide sur ce coup-là et je détiens une carte moi aussi contre elle. En gros, je ne dirai rien si elle ne dit rien. Sinon, je leur ferai un autre dessin, moins excitant que le premier.

Elena cligne des yeux et fuit dans sa chambre plus vite que son ombre. J'entends la mère lui parler un court instant puis le silence revient.

Je me relève, me rhabille et m'occupe de faire partir le sandwich du fond des cabinets en tirant plusieurs fois la chasse d'eau. Heureusement, ça ne se bouche pas, mais c'était moins une.

Je sais maintenant que la lionne ne fait pas ce truc que font les cinglées pour maigrir, mais franchement, cacher à sa mère qu'elle ne mange pas, c'est complètement con. Et sa technique pour faire disparaître les preuves est digne d'une débutante.

Je retourne dans ma chambre et m'assieds sur la terrasse ensoleillée avec portable et clope en main. J'ai reçu un SMS de Benito ce matin, mais avec tout ça, je n'ai pas eu envie de le lire. Je m'y colle maintenant.

Yo mec, j'ai le nez en vrac, putain ! Mais merci pour Tanya. ♥ ♥ ♥

Je rêve ou il a ajouté trois petits cœurs à la fin de son SMS ? Ça a le mérite de me faire rire, c'est un truc entre nous pour se foutre des nanas qui s'envoient des cœurs et des conneries comme ça à longueur de temps.

Je lui réponds rapidement, même si concrètement je n'ai pas aidé Tanya. J'étais juste là quand il ne fallait pas.

Pas de quoi, poupée, je recommence quand tu veux

J'allume ma clope. Avec le délire de la lionne, j'ai complètement zappé tout ça. Dans quoi est encore allé se foutre Benito ? J'ai presque promis à Solis de laisser tomber le business pour m'éviter les emmerdes qui vont avec, mais si Benito a des embrouilles, je n'aurai pas d'autre choix que de lui venir en aide. Enfin, j'espère ne pas avoir besoin d'aller jusque-là. Je ne veux pas aller en prison. Non pas que ça me foute les jetons, mais je ne supporte pas d'être enfermé.

Je reste sur la terrasse jusqu'à ce qu'un grand bruit attire mon attention dans ma chambre. Par curiosité, je mate ce qui se passe en me penchant franchement sur la droite. Le père est planté à l'entrée de ma piaule et se tourne vers moi.

Oh non ! Ne me dis pas qu'elle a parlé ! Pourquoi il est là ? Bon, déjà, il ne porte plus son short ni sa robe de chambre, mais un jean et une chemise plus classe.

– Alors tu as désactivé le détecteur tout compte fait, constate-t-il.

Je regarde rapidement mon œuvre au plafond avant que mes yeux ne redescendent sur le père.

– Bon, on verra ça plus tard. Pour l'instant, on a autre chose à régler, toi et moi, ajoute-t-il.

Et merde, voilà la pression qui remonte d'un coup ! Pourquoi il fait toujours ça ? Il ne peut pas arrêter son suspense angoissant et être clair et direct ? Je déteste ne pas savoir ce que me veulent les gens, cela me stresse, et d'après Solis, je réagis plutôt mal à ça. J'ai certes aussi une carte contre la lionne, mais si elle parle en premier, ça ne me servira pas à grand-chose.

Le père pose une grosse caisse à outils à côté de mon lit. *Oh merde ! Il va me torturer ou quoi ?*

– Ne fais pas cette tête, c'est pour réparer la porte que tu as détruite la nuit dernière, me dit-il.

Ok, donc encore une fois, la garce de lionne n'a rien dit, et moi, je panique pour rien.

Le père me fait signe de prendre la mallette et de le suivre jusqu'à la porte de la salle de bain. Je ne bouge pas. Je ne suis pas son larbin.

– Quand on casse, on répare, ajoute-t-il.

Il compte sérieusement sur moi pour faire du bricolage ?

Il me fixe et ne cille pas. *Ok, c'est sérieux !*

Ça m'emmerde, mais en même temps, j'étais en pleine cogitation inutile sur la terrasse. Ça me changera les idées de m'occuper. Je rentre donc et chope la caisse pendant que le père disparaît de mon champ de vision. Elle est moins lourde que ce à quoi je m'attendais. Je la pose près de l'entrée de la salle de bain. J'entends le père qui revient.

– C'est ta mère qui a insisté pour que tu répares aussi la porte, et je suis d'accord avec elle. Alors, ne fais pas cette tête, cela ne fera pas passer les choses plus vite, dit-il.

C'est à moi qu'il cause ? Il a pété un plomb ?

Je fronce tellement les sourcils que je m'en fais mal. Le père relève les yeux sur moi et se décale pour laisser apparaître la lionne. Ok, je comprends mieux, c'est à elle qu'il parlait.

Elle tire une tête pas possible et évite soigneusement mon regard.

– Vous avez tout ce qu'il vous faut dans la caisse à outils. S'il vous manque quoi que ce soit, Elena, tu as une voiture et tu sais où se trouve le magasin de bricolage, ok ? Vous avez le reste de la journée pour remettre cette porte d'équerre et réfléchir l'un et l'autre à votre comportement, balance-t-il d'un trait.

Il veut vraiment qu'on passe plusieurs heures à proximité l'un de l'autre ? Il est dingue ! Pourquoi il fait ça ?

– Quelque chose à dire ? ajoute-t-il après un court silence.

Il me regarde, je le fixe aussi salement que je sais le faire. C'est une très mauvaise idée, ce délire. Ça va finir en bain de sang.

Un sourire ironique s'affiche sur son visage, puis il se tourne vers sa garce de fille. Elle le fixe méchamment mais ne dit rien. *Ah c'est vrai, elle ne parle pas à son père.* Eh bah, j'espère qu'il aime causer tout seul, du coup, parce que je ne compte pas combler les creux.

– Très bien. Alors, amusez-vous bien, et on se voit ce soir autour de la table pour manger, dit-il en frappant dans ses mains.

Amusez-vous bien ?

Il se casse et on se retrouve plantés là avec la garce de lionne, à se regarder comme deux cons. *Eh merde, ça promet.*

Elle soupire avant de me balancer :

– Ok, comme je n'y suis pour rien, tu vas te démerder tout seul.

La seconde suivante, elle tourne les talons pour entrer dans sa chambre en faisant voler ses longs cheveux bruns. *Ah non, c'est mort ! Ça me ferait trop plaisir de la voir se faire mal avec un marteau.*

Je la rattrape avant qu'elle n'atteigne sa porte et j'agrippe son haut.

– Oh ! s'exclame-t-elle. Mais qu'est-ce que tu fais ?

Je la tire vers moi et l'attrape par les épaules pour lui montrer les chiottes en espérant qu'elle percute ce que j'évoque, parce que mon calme risque de ne pas durer.

Elle s'arrête de bouger et se tourne vers moi avec lenteur. Son regard verdoyant se plante dans le mien.

– Est-ce que t'es en train de me faire du chantage ? me demande-t-elle.

Non, sans déconner ? Merci de me comprendre aussi vite !

Elle me fusille du regard. Je hausse les sourcils pour lui demander si elle a bien compris. Elle a l'air de se mordre la langue.

– Et comment tu comptes leur dire ? Tu leur feras un autre dessin ? demande-t-elle avec insolence.

Je n'ai pas besoin de lui répondre que c'est exactement ce que je comptais faire, elle semble le saisir toute seule. Elle soupire, me pousse et va vers la caisse à outils.

– Tu m'emmerdes ! Je sais pas comment on répare ça, moi ! râle-t-elle en mettant un coup de pied dans la caisse.

Évidemment, elle se fait mal et insulte tout ce qui passe à sa portée avec mauvaise humeur. Je croise les bras sur mon torse et la contemple s'énerver toute seule. *Quel beau spectacle !* Elle finit par se tourner vers moi avec son air de lionne enragée. Je la regarde de haut en bas, ses fringues trop grandes laissent place à mon imagination perverse et je commence à bander. *En fait, ce n'est pas Elena, la garce, c'est ma queue !*

– Qu'est-ce que t'as ? Putain, t'es trop louche, comme mec, crache-t-elle.

Elle attrape ses cheveux et, sous mes yeux, elle les attache en un chignon désordonné. Quelques mèches qui lui viennent sur le front la gênent, alors elle les chasse d'un coup de main rageur.

– Il faut démonter la porte ! Bouge-toi ! Moi, j'ai pas assez de force toute seule, m'ordonne-t-elle.

Est-ce que j'ai vraiment une tête à obéir à qui que ce soit ? Elle n'a toujours pas percuté ? Je ne reçois d'ordre de personne.

Je décroise les bras et serre les poings. *Reste calme, mec, elle est juste conne, et d'après son père, elle est « en crise ». Tu parles, des conneries !*

– Quoi ? Tu vas encore me plaquer contre une porte ? Si tu veux, je peux aller montrer les bleus que j'ai dans le dos à cause de toi. Il en pensera quoi, mon père, d'après toi ?

Et voilà comment je me retrouve pris à mon jeu de chantage… *Des bleus ? Il ne faut pas exagérer non plus. Je ne suis pas allé si loin ?*

Je fronce les sourcils et distingue dans son regard autre chose que ce qu'elle me montre habituellement. C'est trop furtif pour que j'arrive à cerner ce qui se passe en elle, mais c'est assez présent pour me perturber.

– Ok ? Alors magne-toi, parce que j'aurais vite fait de hurler pour que mes parents déboulent ici et qu'ils te foutent enfin dehors, ajoute-t-elle.

Cette folle me tient par les couilles. Je lui lance un regard noir et m'avance vers elle. Je la pousse sur le côté et j'attrape la porte pour la soulever d'un coup sec. Cette dernière ne résiste pas plus de quelques secondes, et le dernier gond quitte le mur dans un désagréable craquement. Il emporte avec lui une partie du montant en bois. Sans trop faire attention, je repose la porte d'un geste brusque. *Merde, c'est lourd, cette saloperie. Et j'ai mal aux mains à cogner tout ce qui passe.*

La lionne arrive à côté de moi et regarde ce que je viens de faire.

– Mais pourquoi t'as fait ça ? T'as tout arraché, abruti ! Comment on va faire maintenant ? s'exclame-t-elle.

Elle-me-tape-sur-le-système !

Si elle continue de me gueuler dans les oreilles, elle risque de finir dans le même état que la porte. *Non, je ne vais rien faire du tout parce que je me suis déjà assez foutu dans la merde comme ça à cause d'elle.*

Je la bouscule pour aller ouvrir la boîte à outils. Elle tangue mais garde une certaine distance, c'est très bien. Au moins, elle sait de quoi je suis capable maintenant. Enfin, elle a eu un petit échantillon du Teagan qui ne se contrôle plus. Bref, le mieux, c'est que je l'ignore.

Réparer les portes n'est pas vraiment mon domaine, j'ai plutôt l'habitude de les fracturer. Je n'ai jamais eu l'occasion de faire du bricolage de ce genre-là, mais ça doit être comme pour les effractions : il suffit d'avoir de l'imagination et d'être débrouillard.

J'ouvre enfin la caisse à outils et me mets à jurer intérieurement contre le père. À l'exception de quatre billets de cinquante dollars, elle est vide.

Le poids du truc aurait dû m'alerter, mais j'ai trop peu dormi pour être réactif.

Ok, le père a décidé de nous faire payer sa courte nuit jusqu'au bout, et de toute évidence, c'est une leçon commune. Il veut qu'on se charge de la réparation ensemble avec la lionne. Est-ce qu'il veut que je tue sa fille ? Parce que parti comme ça, elle ne va pas passer la journée.

D'ailleurs, elle se pointe à côté de moi, avec sa mauvaise humeur qui émane d'elle comme un parfum bon marché.

– Bon, qu'est-ce que tu fous ? Passe-moi un marteau ou un truc pour enlever les vis qui sont encore dans…

Penchée au-dessus de la caisse à mes côtés, elle vient de découvrir son contenu.

– Ah ! Mais quel connard, termine-t-elle.

Ce n'est pas bien de parler de son papa comme ça, Elena ! Mais je n'aurais pas dit mieux. Est-ce qu'on aurait trouvé un terrain d'entente ?

On se regarde et on détourne les yeux en même temps. *Pourquoi je fais ça ? Elle va croire que je la kiffe.*

Elle se redresse en soupirant pendant que j'attrape les billets. Deux cents dollars. Il n'y a pas été un peu fort, là ?

– Il va falloir aller acheter ce qu'il faut, me dit-elle.

Je me tourne vers elle et lui tends les biftons. Hors de question que j'aille faire les magasins, et encore moins avec elle. C'est un coup à l'encastrer dans un rayon, ou si j'ai un peu plus d'inspiration, à la plier dans un chariot.

La lionne recule et lève les mains de chaque côté de son visage.

– Tu n'espères quand même pas que je vais y aller toute seule ?

Eh bien, si, justement, c'est précisément ce que j'ai en tête !

Je la fixe avec assurance, histoire qu'elle comprenne bien, puis je fais oui de la tête. Je vois aussitôt la surprise passer dans son regard. Impossible de savoir si ça vient de mon insolence ou du fait que j'ai répondu à une de ses questions, même si c'était sans ouvrir la bouche.

CHAPITRE 15

Sa surprise laisse vite place à sa haine habituelle. Elle vient sûrement de saisir ma réponse. Ses joues rougissent de colère à vue d'œil. Je n'aime pas communiquer, et même si ça me fait plaisir de la surprendre et de la faire enrager dans la même seconde, je me sens obligé de me détourner de son regard perçant. C'est comme si j'avais peur qu'elle entre dans ma tête et qu'elle découvre ce que j'y cache.

Le temps se fige un instant avant qu'elle ne s'exclame :

– Tu rêves ! C'est toi qui as défoncé la porte, je te rappelle.

Et c'est de ta faute, espèce de garce, avec ton idée de merde de taguer mon t-shirt.

J'avance vers elle et lui attrape la main pour lui fourrer les billets dans la paume. Elle va se bouger le cul où – ma chambre n'ayant plus de porte vers la salle de bain – je la materai tous les jours en train de prendre sa douche.

Sa main est dans la mienne, elle recule et tire dessus. J'applique une force inverse et elle vole contre moi. Je coupe notre contact et lui fourre les billets sur la face. Je les écrase bien pour que ça rentre dans son crâne : je ne vais pas bouger avec elle dans les magasins.

– Raah ! Mais arrête, putain ! crache-t-elle en me repoussant.

Elle recule et les billets tombent par terre. Sauf un qui reste collé sur son front. En plein milieu, c'est magnifique. Elle louche dessus une seconde et l'arrache avec fureur en le froissant. J'explose de rire.

– Mais tu fais chier ! s'exclame-t-elle en me le lançant. T'es vraiment un gamin, en fait, t'as le même humour que Chev !

Je continue de me bidonner en me pinçant le nez. C'est plus fort que moi : plus elle s'énerve, plus j'ai envie de me marrer. Justement, parce que ça l'énerve.

Elle ramasse les biftons et s'avance vers moi. *Mais à quoi elle joue ?* Si elle compte me les rendre, elle va les bouffer. Elle a l'air de viser mes couilles avec son oseille. *Mais qu'est-ce qu'elle fait ?* Elle arrive sur moi et enfonce les deux cents dollars dans une de mes poches, sans savoir que ma queue n'est pas bien loin. Je suis tellement sous le choc que je recule de plusieurs pas. Quoi qu'en dise son père, si elle me touche, j'ai le droit de la toucher aussi, non ?

Je croise le regard vert plein de colère de la lionne juste quand je me prends les pieds dans la caisse à outils vide et que je tombe en arrière en me rattrapant au seul truc qui vient : Elena. Ses doigts sont toujours coincés dans ma poche. J'enlace sa taille fine cachée par son gros pull moche.

– Ah ! Teag… commence-t-elle, mais il est trop tard.

Elle plaque ses mains sur mon torse pour se retenir, mais je l'entraîne avec moi, tant elle est légère. Hors de question que je me casse la gueule tout seul. Et puis, à vouloir abuser de moi ou je ne sais pas quoi, c'est de sa faute si j'en suis là.

– Lâch…

Trop tard, elle s'écrase sur moi pendant que j'essaie de me rattraper avec le bras disponible qu'il me reste. Je heurte le mur derrière moi et on coule lamentablement contre celui-ci pour finir au sol. Son chignon est dans mon nez et le reste de son corps affalé contre moi. On reste sans bouger un très court instant et elle se redresse comme une furie en arrachant sa main de ma poche. *Aïe, ma queue.*

– Putain, t'es malade ! balance-t-elle.

Elle est en train de se relever, et moi, je mate mon entrejambe qui prend des proportions indécentes. La lionne me repousse avant de me tourner le dos brusquement.

– Tu m'as fait mal… couine-t-elle.

Bien fait ! Moi aussi je viens de m'éclater contre le mur et j'ai amorti ta chute.

Son haut s'est mal remis et je vois un morceau de sa hanche dépasser. Mon sang me quitte si vite que j'en ai presque un vertige. *Merde, elle n'a pas exagéré quand elle parlait des bleus.* Une marque presque violacée tache sa peau comme le ferait un tatouage.

Je ferme les yeux et déglutis. *C'est vraiment moi qui ai fait ça ? Quel connard !* J'ai du mal à comprendre les sentiments qui me submergent, mais ils font retomber ma queue comme une feuille morte.

Je me relève et la rejoins. J'attrape la chair qui dépasse et passe ma paume dessus. Sa peau est bouillante, et je la sens se contracter de la tête aux pieds avant de chasser ma main.

Elle ne dit rien, remet son gros pull en place et avance pour sortir de la chambre.

– Je t'attends dans la voiture, lâche-t-elle en passant la porte.

Je respire un bon coup et me frotte le visage. *Allez mec, rattrape-toi !*

Je vais prendre mon portable et mes clopes, puis je quitte la chambre.

Un petit sac en bandoulière est venu s'ajouter à la tenue déjà moche de la lionne. Elle le passe par-dessus sa tête et la lanière se cale entre les seins. Elle en sort un trousseau de clés sur lequel se trouve un boîtier électronique. Elle le tend vers les deux portes de garage et l'une d'elle s'ouvre. Ce n'est pas la même qu'hier soir avec son père, et la voiture qui apparaît doucement est aussi très différente.

À peine vois-je la calandre montrer son nez que j'arrête de mater la lionne, trop absorbé. C'est quoi, cette marque ? Je n'ai jamais vu ça. Et cette couleur gris-marron, c'est à chier.

La lionne me passe sous le nez en ruminant je ne sais quelle insulte et monte côté conducteur avec énervement. Elle a déjà mis le moteur en route lorsque je m'assieds à mon tour. J'ai à peine fermé la portière qu'elle me balance un :

– On a toute la journée, c'est sûr, alors vas-y, prends ton temps !

Je tourne doucement la tête vers elle et lui offre mon pire regard. Elle ne baisse pas les yeux, lionne qu'elle est. Ça dure quelques secondes, puis elle enlève le frein à main avant de laisser couler la caisse pour sortir du garage. Une petite sonnerie se met à biper de façon répétitive. Je cherche rapidement ce que ça peut être, mais je ne trouve pas.

– Ta ceinture, lâche la lionne.

Je ne bouge pas et ça continue de sonner. Moi, ça ne me dérange pas. Le grand portail de la maison s'ouvre avec lenteur et la lionne recommence à s'énerver.

– Mets ta ceinture ! insiste-t-elle.

Je la regarde sans bouger. Elle comprime le volant de ses doigts et prend une grande bouffée d'air.

– Ok, ne mets pas ta ceinture, marmonne-t-elle.

Je regarde par ma vitre pour lui cacher mon sourire et elle démarre. C'est seulement à ce moment-là que je remarque que ce n'est pas une boîte automatique, comme dans toutes les voitures, mais une boîte manuelle, comme les européennes. C'est plutôt rare chez nous. La lionne a l'air de savoir ce qu'elle fait. Elle passe la première, patine un peu avec son embrayage et la voiture finit par avancer doucement. Trop doucement d'ailleurs, ça m'énerve. On s'élance dans la rue, toujours accompagnés de la sonnerie d'alerte de ma ceinture.

On se tape toute la rue comme ça, au ralenti. C'est en train de me rendre dingue, elle n'a toujours pas passé la deuxième. *Mais qu'est-ce qu'elle fout ?*

Arrivée au stop du bloc suivant, elle s'arrête d'un coup sec. C'est tellement inattendu que je dois me retenir à la plage avant pour éviter de m'écraser dedans. La garce l'a fait exprès. *Finalement, la ceinture serait peut-être une bonne idée...*

– Tu mets ta ceinture ? me demande-t-elle froidement.

Non. Juste parce que tu insistes, je ne vais pas la mettre, tout compte fait.

Je lui lève mon majeur sous le nez et je grogne de rage.

– T'es un grand malade, grince-t-elle.

Elle démarre en trombe et tourne en accélérant sur la gauche. Une autre caisse nous klaxonne, mais ça n'a pas l'air de déranger la folle à côté de moi. Elle continue de passer les vitesses de sa boîte manuelle une à une. *Elle roule trop vite, là.*

Je suis pas un froussard en voiture – je me suis déjà retrouvé avec deux bagnoles de flics au cul – mais avec elle, je n'ai pas confiance une seule seconde. Je m'agrippe aussi discrètement que possible à mon siège tandis que les maisons et les blocs défilent à toute allure.

J'aperçois un stop au loin. Je jette un œil à la lionne, elle regarde droit devant elle et ne ralentit pas. L'intersection approche rapidement et je vois d'ici la circulation plutôt dense sur l'avenue transversale. Toujours aucun geste vers la pédale de frein de la part d'Elena. Je commence à flipper.

Le stop se pointe sous notre nez en quelques secondes, et j'ai beau me tenir à mon siège, quand la lionne pile des deux pieds pour arrêter sa caisse, je suis propulsé en avant sous des coups de klaxon.

Elle est folle ! On a largement dépassé la ligne.

Ça a été aussi violent que rapide. Je me redresse dès que j'y arrive et je me tourne vers elle. Les deux mains sur le volant, on dirait qu'elle a eu aussi peur que moi. Elle ne cille plus et son souffle est court, comme le mien. *C'est officiel, elle est cinglée !*

J'envoie un coup de pied dans la boîte à gants et elle sursaute un peu avant de tourner la tête vers moi. Le bip-bip de la ceinture est en train d'atteindre les limites de ma patience.

– Alors ? Tu la mets, ta ceinture, ou pas ? me demande-t-elle très calmement.

Fais chier ! J'attrape le bandeau noir avec rage et le tire d'un coup sec avant d'enfoncer le verrou et d'entendre le cliquetis caractéristique.

La lionne me sourit en clignant des yeux de façon exagérée.

– Tu comprends vite, mais il faut t'expliquer longtemps, hein…

Garce ! Elle repasse la première et, après avoir regardé de chaque côté et laissé passer une voiture qui fait un écart pour nous éviter, elle avance. Tout le reste du trajet, elle roule normalement. *Garce fois dix mille !*

J'ai trop chaud et je ne comprends rien au tableau de bord de son vaisseau. De son côté, la chaleur n'a pas l'air de la déranger. Elle porte encore son gros pull moche et un jean trop grand. Mais elle est humaine ou pas ? Parce que n'importe quel être humain normalement constitué mourrait de chaud habillé comme ça.

– Arrête de me mater, pervers, lâche-t-elle soudainement.

Je sursaute et me tourne brusquement vers ma vitre : je ne la matais pas. Certainement pas.

Après dix minutes de route dans un silence complet, elle se gare sur un grand parking aux pieds d'un entrepôt. Elle éteint le moteur et sort rapidement. J'aperçois encore un morceau d'hématome au bas de son dos. Je serre les dents et quitte à mon tour la voiture au logo en forme de lion. *Pour une lionne, tu me diras, ça reste dans le thème.*

D'ailleurs, cette sauvageonne de conductrice marche plusieurs mètres devant moi. Elle s'engouffre dans le magasin et disparaît. *Ah ! Enfin la paix !*

J'extirpe mes clopes de ma poche et je m'adosse au mur de la devanture pour m'en griller une. Le briquet fonctionne du premier coup. Je me sens moins oppressé quand la lionne n'est plus là, ça fait du bien.

Je tire sur la cigarette en fermant les yeux et je profite de ce petit coin d'ombre.

– Oh ! Mais qu'est-ce que tu fous ?

Raaah, elle ne va pas me lâcher ?

Je rouvre les yeux et la fusille du regard. Ça semble lui faire ni chaud ni froid. Elle s'approche, me prend la clope et la balance par terre avec colère.

– Je n'ai pas envie d'y passer ma journée, alors amène-toi, me dit-elle.

Elle tourne les talons en râlant.

Insupportable. Elle est insupportable.

Je respire un bon coup à la recherche d'un certain self-control et j'entre dans le magasin.

Je fais quelques pas vers la lionne qui m'attend en grognant et je sens deux présences dans mon dos. Voilà pourquoi je déteste aller dans les magasins : les vigiles me suivent comme des clébards affamés. J'ai une tête de voleur ou quoi ?

CHAPITRE 16

J'enfonce mes mains dans mes poches et j'ignore les deux types immenses qui nous suivent de loin. La lionne n'a pas l'air de les avoir remarqués. En même temps, elle n'a certainement jamais été suivie, elle. C'est clairement moi qu'ils surveillent. Je ne sais pas de quoi ils ont peur. Que je leur vole un pot de peinture ? Ça m'emmerde déjà d'être là avec cette folle, je n'ai pas besoin qu'ils en rajoutent une couche.

Elena parle toute seule depuis qu'on est entrés. Ou alors, elle s'adresse à moi et je n'ai rien écouté. De toute façon, tout ce qui sort de ses lèvres exquises n'est que futilité.

On avance dans l'allée principale du magasin. Plusieurs personnes se retournent sur nous puis détournent le regard aussitôt. J'ai l'habitude, mais ça me met toujours autant hors de moi.

– Oh ! Tu m'as écoutée ? m'envoie la lionne avec un coup de coude.

Je quitte des yeux le type qui me reluque de haut en bas pour la regarder. Ses yeux couleur weed sont levés vers moi. Je fais non de la tête.

– Raaah ! Je disais : tu vas chercher des trucs genre charnières ou gonds pour la porte. Moi, je vais aux vis, et on se retrouve ici dans cinq minutes. Ok ou c'est trop compliqué pour toi ?

J'aperçois un des types de l'entrée se poster non loin de nous. Je lâche un sourire froid à la lionne sans réagir à sa question et elle lève les yeux au ciel avant de me passer devant. Elle part se perdre dans les rayons, et moi, je détaille le type qui me colle aux basques : un grand Black avec un talkie dans la main et un badge sur son uniforme. Il me fixe sans bouger. Je tourne les talons. Il ne m'impressionne pas.

Je tourne et vire entre les rayons. *Qu'est-ce que je cherche, déjà ? Oups, j'ai oublié ce qu'elle m'a dit. En même temps, si elle ne se la jouait pas à la Solis en mode blabla soporifique...*

Je tourne dans un autre rayon et je la vois au fond. Deux types passent derrière elle et la reluquent de haut en bas. *Bande de connards. Enfin, non, c'est moi, le connard. Pourquoi ça m'énerve comme ça qu'elle se fasse mater ?*

Je secoue la tête. L'un d'eux siffle. *Pauvre mec, elle va t'accueillir, la lionne.*

Elle relève la tête du rayon vis et ferme les yeux une courte seconde mais ne réagit pas. Les mecs le remarquent et s'engouffrent dans la brèche qu'elle vient de leur offrir sans le savoir. *Une nana qui ne dit rien, c'est une nana ok : règle d'or des gros cons !*

– Tu t'es perdue ? lui demande l'un d'eux.

Elle ne répond pas et baisse la tête en les ignorant. Je n'en reviens pas : elle m'embrouille pour un oui ou pour un non, et là, alors qu'elle devrait montrer les crocs, elle la ferme. Je n'y comprends plus rien. Les deux gros lourds crasseux se marrent et font demi-tour pour revenir vers elle. Je croise les bras sur mon torse. *Allez, Elena, montre-leur quelle garce de lionne tu es…*

– J'ai un gros tournevis à disposition, si tu veux, lui dit l'un des mecs.

Et il compte se la faire, avec une approche comme ça ? La lionne continue de les ignorer et se décale sur le côté pour mettre un peu de distance entre eux. Elle ne les regarde toujours pas. *Mais qu'est-ce qu'elle fait ?*

– Je crois qu'elle n'aime pas ta tête, Rob. Laisse-moi faire, dit l'autre.

Il s'approche d'elle et lui passe un bras autour des épaules. Elle ne bouge pas.

C'en est trop pour moi. Le voir la toucher me rend dingue. Je décroise les bras et me dirige vers eux tandis que le mec lui caresse le menton pour la taquiner. Elle a un mouvement de tête et essaie de se dégager de sa prise, mais il ne la laisse pas partir.

J'arrive sur son pote. J'envoie mon pied dans ses jambes et il s'écrase sur le rayon en faisant tomber une bonne partie des articles. L'autre a à peine le temps de se tourner vers nous que je l'attrape par le col et le tire avec force avant de le balancer littéralement sur l'autre, qui se relève à peine. Le rayon subit une destruction massive.

– Mais t'es qui, espèce de connard ?

Les deux boulets sont en train de se relever pour demander leur reste. J'attrape la lionne qui s'est figée à côté de moi et la tire à ma suite pour qu'on quitte le rayon rapidement. Je passe mon bras sur ses épaules et l'oblige à marcher plus vite. Tant pis pour la porte à réparer, on ferait mieux de se casser tout de suite.

– Hé toi ! Tu vas où avec ta pouffe ? entend-on derrière nous.

Elena se raidit contre moi et je tourne dans un rayon à la dernière seconde en la poussant. On s'arrête net pour se retrouver sous le nez d'un des deux vigiles.

– Toi, viens là, me dit-il.

Je recule et j'entends les deux cons passer en courant. *Et voilà, on y est : où que je sois, ma destinée merdique me rattrape.*

Le type m'attrape par le col de mon t-shirt. Avant que j'aie le temps de réagir et contre toute attente, la lionne essaie de le virer de là.

– Mais qu'est-ce que vous foutez ? s'exclame-t-elle en tirant sur son bras.

Il y a vraiment un truc qui ne tourne pas rond chez elle : deux types la tripotent, elle ne bouge pas ; un vigile certainement armé d'un taser et dix fois plus grand qu'elle s'en prend à moi, et elle l'agresse.

– Ne me touchez pas, mademoiselle, lui dit-il plutôt calmement.

– Vous ne le touchez pas ! Lâchez-le immédiatement ! balance-t-elle en tentant de le pousser.

Le type libère mon t-shirt et porte son talkie à ses lèvres.

– Code rouge au rayon perceuses, prononce-t-il sans nous quitter des yeux.

Code rouge au rayon perceuses ? Eh bah, c'est du lourd. La sécurité nationale est en jeu.

La seconde suivante, les deux débiles se pointent derrière lui. Ils ont dû nous chercher dans plusieurs rayons avant de nous retrouver.

– Oh ! Toi, le tatoué ! Amène-toi ! s'écrie l'un d'eux.

Eh merde...

J'attrape la lionne et je tourne les talons avant que les autres vigiles ne se pointent. Même si ça a l'air ridicule, ce code rouge, ça pue.

Elena traîne des pieds et continue de râler après le molosse de la sécurité.

– Quel connard ! Et toi, aussi, là ! Si t'avais pas un look de racaille…

Ah ! C'est vachement le moment, tiens...

On atteint les caisses. Je bouscule une bonne dizaine de personnes pour passer avec la lionne au bout du bras.

– Teagan, attends, on n'a rien pris pour la porte.

Mais on s'en fout de la porte, Elena. On va finir chez les flics, avec ces conneries. Et moi, si j'entre dans le poste, j'ai de grandes chances de ne pas en ressortir.

On arrive vers l'entrée, mais trois vigiles nous barrent le passage. *Eh merde !* Je m'arrête net et Elena s'encastre dans mon dos.

– C'est bon, on les a, dit l'un d'eux dans son talkie.

– Mais de quoi il parle ? lance la lionne en venant se placer à côté de moi.

De nous et du sale quart d'heure qui s'annonce...

Deux autres vigiles se pointent derrière nous et je soupire en baissant la tête. Tout seul, j'aurais forcé le passage, mais là, Elena est un véritable boulet et elle n'a toujours pas lâché ma main.

– Toi, tu viens avec nous, me lance un des types.

Tout bien réfléchi, je vais peut-être laisser mon boulet de lionne ici et me casser sans elle.

Je suis en train de cogiter à la manière de m'éclipser sans cogner personne quand j'entends Elena ouvrir sa grande bouche.

– Comment ça « venir avec vous » ? Et pour quoi faire ? balance-t-elle.

Je ferme les yeux. *Mais qu'elle se taise !*

Un des mecs nous fait signe de le précéder. Je vire la main de la lionne de la mienne et je commence à avancer. Je vais les prendre par surprise dans... cinq, quatre, trois... deux...

– Teagan, à quoi tu joues ? marmonne Elena en m'attrapant de nouveau la main.

Elle s'agrippe à moi comme si j'étais son mec. J'ai un bug d'une seconde. Ses deux mains sont sur la mienne et elle s'écrase sur moi. Je m'apprête à la repousser, mais je croise son regard paniqué : des larmes sont coincées au bord de ses paupières. Je la dévisage sans m'arrêter de marcher. *Eh merde, elle va me haïr encore plus, mais je ne veux pas aller en taule, encore moins pour une embrouille dans un magasin aussi pourri.*

Brusquement, je la pousse, libère ma main et je fonce vers la sortie qui est libre d'accès maintenant. Les vigiles font demi-tour, mais trop tard. Je force les portes automatiques à s'ouvrir parce qu'elles sont trop lentes et, sous les cris des mecs, je sors, tête baissée, en me disant que je vais devoir appeler Solis pour qu'elle appelle les Hills et qu'ils viennent chercher la lionne. Parce que les vigiles vont la garder, du coup.

Je l'entends d'ailleurs gueuler dans mon dos et m'insulter de tous les noms. Je relève les yeux et je m'arrête net. *Merde, je n'irai pas plus loin, là.* Un vigile pointe son taser sur moi. Je n'ai jamais goûté à l'effet de ces trucs, mais Benito si, et il a mis des jours à s'en remettre.

– À l'intérieur, sinon j'appelle la police.

Mon sang ne fait qu'un tour et j'entre comme une balle dans le magasin. Plus d'Elena en vue.

Je repère l'entrée de la réserve tout à gauche. Un genre de PC sécurité avec une vitre sans tain qui me renvoie ma face. Le vigile m'incite à entrer d'un regard. On passe la porte et j'arrive dans un long couloir. Sur la droite, j'entends la lionne balancer une insulte derrière une porte fermée. Le type essaie de me faire avancer, mais c'est mort : j'ouvre brutalement et je la trouve là, dans un coin de mur face à une grosse nana. Elle refuse qu'on la touche.

Elle me voit et, la seconde suivante, elle se précipite sur moi pour me pousser rageusement.

– Mais qu'est-ce qui t'a pris ? pleure-t-elle.

J'attrape ses poignets pour l'arrêter. *Quelle sauvage !*

– T'as appelé ? demande le type qui m'a amené ici à un autre.

– Oui, ils arrivent.

Ils arrivent ? Qui, putain ?

Elena me fusille du regard et s'accroche à mon bras comme si elle ne tenait pas debout. Si les flics arrivent, je risque de ne pas tenir debout bien longtemps non plus.

– On la fouillera quand ils seront là, ajoute la nana.

La lionne lui lance un regard haineux, et moi, je ferme les yeux pendant qu'ils s'en vont en nous laissant seuls. J'entends la porte se fermer à clé.

Je vire la sangsue accrochée à moi dans la seconde. *Je ne suis pas ton mec, bouge de là.* Elle recule et essuie ses larmes.

Ils arrivent... Cette fois, j'y vais, c'est certain.

Après un moment où la lionne soupire et me lance de nombreux regards pleins de haine, la porte s'ouvre d'un coup et deux vigiles nous font signe de sortir.

Et voilà, les flics doivent être arrivés. Je vise la porte de sortie, mais trop tard, Elena fait de nouveau glu sur mon bras et on nous pousse dans une pièce.

Mon regard se pose sur un dos familier penché sur un petit écran : le père. *Pas de flics ?*

– Donc, comme nous venons de le voir sur vos vidéos de surveillance, il n'a absolument pas touché à la marchandise… Je comprends que vous craigniez pour votre matériel, mais nous pourrions peut-être parler de l'absence de vos employés alors qu'une mineure est en train de se faire accoster par deux hommes dans vos rayons…

Sur l'écran, je me vois d'en haut en train d'envoyer le premier type au sol et d'attraper le second pour le balancer sur son pote. Le chef des vigiles a l'air con, l'argument du daron est infaillible. Elena se raidit derrière moi.

– Merde… chuchote-t-elle.

Son père l'entend et se tourne vers nous. Son regard se visse tout de suite à la main de la lionne autour de mon poignet. Il fronce les sourcils deux secondes.

– Nous souhaiterions tout de même le fouiller, coupe le vigile.

Me fouiller ? Je n'ai rien volé, à part la fierté des deux cons que j'ai mis au tapis.

– Teagan, est-ce que tu acceptes qu'un de ces messieurs te fouille pour leur prouver que tu n'as rien pris ? me demande Daniel assez sèchement.

Je ne réponds pas. C'est hors de question, personne ne me touche.

Il soupire et se lève.

– On pourra ensuite tous s'en aller, ajoute-t-il.

Je regarde le mec qui me fixe et je soupire. *Je n'ai rien pris, putain !*

Je me dégage d'Elena et lève mes mains de chaque côté de mon visage. Le type vient me palper. Je me raidis et le repousse une fois, puis deux. Il me lance un regard en biais à chaque mouvement et finit par me demander de soulever mon t-shirt. J'attrape le bas du vêtement et le remonte en tendant mes majeurs sous son nez et en mettant à vue tous mes tatouages.

– Ne joue pas trop au malin avec moi, petite frappe, dit-il. J'ai grandi dans le Bronx, et les comme toi, j'en bouffe au petit dej.

Je ricane, et un autre rire me fait écho. C'est la lionne.

– En attendant, il est sorti d'ici avant d'avoir atteint votre assiette, balance-t-elle.

Sa repartie déclenche un vrai éclat de rire chez moi. Elle est dingue. Et insolente. *Putain, j'adore ça.* Du moins quand ce n'est pas tourné vers moi.

Le vigile dévisage Elena puis me demande de faire un tour sur moi-même. Je m'exécute, avec mon haut toujours en l'air.

– C'est bon, mais elle aussi, on doit la fouiller, dit le type alors que la nana qui tentait de fouiller la lionne quand je l'ai retrouvée dans cette pièce lugubre se pointe avec un sourire non dissimulé. Elle jubile !

Elena se colle instantanément à moi. *Mais qu'est-ce qu'elle fout ?*

– Non, vous ne me touchez pas, siffle-t-elle dans la seconde.

– Elena, tu n'as rien à te reprocher, alors qu'on en finisse, lui dit son père.

– Si elle soulève juste son pull, on ne la touchera pas, ajoute le vigile.

Je la repousse pour qu'elle arrête de me coller. *Qu'elle soulève cette merde et qu'on sorte d'ici !*

Elle me lance un regard bizarre et se rapproche de nouveau. Je fronce les sourcils, et brusquement, je percute : les bleus dans son dos. Si son père les voit, on est morts. Hors de question qu'elle montre son corps à qui que ce soit avant plusieurs semaines. Et je vais y veiller au grain.

La nana s'approche d'Elena, mais aussitôt, je l'attrape par le bras et la tire dans mon dos. Je fais barrière entre elles.

– Teagan, qu'est-ce qui te prend ? lance le père.

– Je vais juste vérifier qu'elle n'a rien volé, me dit la bonne femme.

Non, on va sortir d'ici sans que personne ne pose ses mains sur elle ! Moi vivant, ça n'arrivera pas.

Je fixe la nana, qui finit par reculer.

– Ils n'ont qu'à fouiller mon sac, mais elle ne me touche pas avec ses grosses mains et je ne montre rien du tout, dit Elena dans mon dos.

Je la sens gigoter et elle balance son sac en bandoulière par-dessus son épaule. Daniel soupire tandis que le vigile vide le sac sur la table : un portable, un portefeuille et quelques bricoles de nana, c'est à peu près tout ce qu'il contient.

– Bon, vous voyez bien qu'elle n'a rien. On peut y aller ? demande le père.

– Et si elle avait un truc sur ell… commence le type.

Je souffle, il me soûle. Ce n'est pas une voleuse, elle a juste une trop grande bouche.

– Vous pouvez m'expliquer pourquoi une jeune fille choisirait un magasin de bricolage pour voler ? Les vidéos ne montrent rien d'autre qu'un gamin qui défend sa copine ! Si vous avez une preuve visuelle que l'un d'eux a volé de la marchandise, je les conduis moi-même au poste de police le plus proche. Mais vous et moi savons que ce n'est pas le cas. J'aimerais donc que vous cessiez de vous acharner sur eux avant que je ne pense sérieusement à engager des poursuites pour votre absence de réaction alors que ma fille se fait harceler dans votre magasin.

« Qui défend sa copine » ? J'ai bien entendu ?

Au-delà du fait qu'il raconte n'importe quoi, il ne faut pas le chercher, le père Hills.

Un silence se fait. Daniel prend le sac d'Elena des mains du mec, remet dedans les affaires éparpillées sur la table et me fait signe de sortir.

– En route !

– Attendez, elle peut partir avec vous, mais lui, ce n'est pas votre fils, et comme il est mineur, un parent doit venir le chercher.

Je m'arrête net, et avant que j'ai le temps de me retourner, Elena balance dans mon dos :

– Va falloir être patient, ils ne sont pas du coin !

Je n'aurais pas dit mieux.

– Ce n'est pas grave, on va attendre que papa et maman arrivent, dit le type en me fixant droit dans les yeux. J'ai hâte de voir leurs tronches.

Si je pouvais, je lui hurlerais dessus que même moi je ne sais pas à quoi ils ressemblent et que ça me botterait bien de les attendre avec lui pour voir leur tête au moins une fois dans ma minable existence. Mais rien d'autre qu'un souffle nerveux ne sort de ma bouche ouverte.

Elena se glisse devant moi et lui fait face.

– Il n'en a pas, pauvre connard. Il est pupille de l'État. Alors vous allez faire quoi ? Appeler le président pour qu'il vienne le chercher ? balance-t-elle en haussant le ton.

Je vois le père monter en pression, il changerait presque de couleur. Il doit se retenir d'en mettre une au vigile. Le type me regarde, puis fixe Elena avec les sourcils en l'air. Excédée, la lionne poursuit brusquement :

– Vous comprenez ce qu'on vous dit, le débile ? Espèce de gros l…

J'envoie ma main sur sa bouche avant qu'elle n'aille trop loin. C'est un coup à vraiment finir chez les flics, ça. Elle continue de l'insulter entre mes doigts en se débattant comme elle peut. *Elle est magique. Absolument pas sortable, mais magique.*

Le père ne dit rien et l'autre nous fusille du regard pendant que je contiens difficilement mon sourire.

– Cassez-vous avant que je ne change d'avis, dit-il, les dents serrées.

– Parfait, Teagan, si tu veux bien conduire ma malpolie de fille dehors, soupire le daron.

Je passe un bras sous la poitrine de la lionne et la soulève sans lâcher sa bouche.

– Hmm ! Bâche-moi, butain, Beagan !

Cette fois, c'est plus fort que moi, et j'explose de rire en passant devant le père pour rejoindre le couloir. Daniel n'affiche pas une mine plus sérieuse que la mienne. Il faut dire qu'Elena a fait très fort, ce coup-là.

Je la maintiens contre moi pour traverser le couloir et pousse la porte du pied alors qu'elle enfonce ses dents dans mes doigts. Je la lâche brusquement dans le magasin et elle se retourne aussitôt : elle a les larmes aux yeux et son petit visage affiche une mine de nana folle de rage.

– Tu m'as fait mal, abruti ! s'écrie-t-elle.

Mon sourire disparaît instantanément. Je pose mes mains sur ses joues : *chiale pas, t'es moche, quand tu fais ça.* Elle me vire et je la bouscule pour sortir de ce maudit magasin.

Un instant plus tard, on est sur le parking. Elle file à sa voiture en arrachant son sac de la main de son père qui arrive. Je m'apprête à la rejoindre, mais il m'arrête en posant une main sur mon épaule. Je me dégage aussitôt.

– Tu montes avec moi, assène-t-il sans qu'aucune réplique ne soit permise.

Je regarde la lionne se casser sans moi tandis que le père se dirige vers le gros 4x4 Toyota aux vitres teintées. Je le suis de loin et finis par grimper à bord.

J'aurais pu me barrer, mais je ne sais même pas où je suis ni où se trouve la baraque.

Je claque la portière et m'affale sur le siège en cuir.

– Ceinture, me dit le père.

Je lui lance un regard mauvais, mais je fais quand même ce qu'il me dit.

Il envoie un SMS et enchaîne direct en démarrant :

– J'ai hésité à vous suivre… J'aurais dû, c'était moins une pour toi.

Je le vois sourire du coin de l'œil. Je tourne la tête pour mater dehors et me détacher de cette conversation.

– Ils m'ont dit que tu avais essayé de te tirer sans elle… Très galant, fait-il. J'ai du mal à comprendre : tu cherches à t'en prendre à elle hier soir, même si elle l'avait certainement cherché, tu t'enfuis en la laissant dans la merde, et puis d'un coup, tu prends sa défense et tu empêches qui que ce soit de l'approcher… Tu m'expliques ?

Non. Il n'y a rien à expliquer, je suis apparemment un connard de lapin !

CHAPITRE 17

Je tire sur le pare-soleil et je me mate dans le miroir : pas de grandes oreilles en vue, je ne suis peut-être pas totalement irrécupérable.

Le père tape des doigts sur le volant, en rythme avec la musique qui passe en sourdine.

– Quant à ce rapprochement physique entre vous, il me semble que j'ai été clair avec toi, non ? Je suis pour que vous vous entendiez, c'était le but justement en vous faisant faire quelque chose ensemble, mais je ne veux pas de ce que j'ai vu dans ce bureau.

Je rabats le pare-soleil avec force et je lui balance un signe de tête désobligeant.

Ouais, ne t'inquiète pas, le message est bien passé. Mais ce n'est pas moi, c'est elle qui a pris des libertés.

– Elena n'avait pas quitté la maison depuis le début de l'été, c'est donc un peu grâce à toi si elle a vu d'autres personnes que nous aujourd'hui.

Et voilà comment ça termine... Il faudrait songer à l'empêcher de sortir.

Je croise les bras et je regarde dehors. Après tout, je n'en ai rien à foutre : chacun sa merde.

Le silence reste avec nous jusqu'à ce qu'on arrive devant la maison.

– Rentre, j'ai une course à faire pour pouvoir réparer une porte… Parce qu'on ne peut décidément pas vous laisser seuls tous les deux sans que quelque chose ne parte en vrille, me dit-il.

J'actionne l'ouverture de la porte mais il m'arrête en posant une nouvelle fois sa main sur mon épaule.

– Merci, Teagan. D'avoir été là pour elle.

Je lui lève mon majeur sous le nez et je me casse.

– Bravo, tu es encore plus puni maintenant ! balance-t-il de la voiture alors que je m'éloigne.

Deuxième majeur sans me retourner avant de sauter le portillon.

– Et encore plus ! je l'entends dire de loin.

Je remonte l'allée d'un pas vif et je fais le tour de la maison direction l'appentis. Je n'ai pas envie de croiser la mère ou le gamin en remontant dans ma chambre par les escaliers. Par contre, j'aimerais bien croiser la lionne qui a osé me laisser en galère avec son père.

J'arrive dans ma chambre. Pas un bruit à l'étage. Je grille une clope nerveusement. J'essaie en vain de ne pas penser à Elena. Elle est… surprenante. Elle me les brise sérieux mais elle arrive aussi à me prendre au dépourvu, alors que je m'attends à tout de sa part. Pourquoi rester collée à moi comme ça ? Je n'aime pas être proche des gens. Je ne tiens pas longtemps avant d'avoir besoin d'espace autour de moi, et là, elle n'a pas lâché ma main, mais j'ai tenu plus longtemps que d'habitude, alors que je ne peux pas la blairer.

Un flash passe et je revois le type la toucher. La même vague de colère que tout à l'heure monte en moi. Je tire avec force sur ma clope pour endormir ce que je ressens. Je ne dois pas partir dans cette voie-là : c'est trop risqué. À la moindre bourde, c'est son père qui me tombera dessus. Il n'a pas l'air de vouloir lâcher le morceau.

J'allume la télé pour avoir un bruit de fond et je m'affale au pied du lit. Les images défilent sans que je ne les regarde vraiment. J'aimerais que ces merdes de programmes m'aident à me vider le cerveau mais rien à faire.

Le souvenir de ses doigts sur ma peau crochète mon imagination et la largue dans l'autre chambre de l'étage : celle de la garce de lionne. Elle est en train d'entrer dans mon crâne : doucement mais sûrement. C'est un peu comme une guerre : elle a déjà conquis ma queue, et sans rien faire, en plus – à sa décharge, mon entrejambe n'était pas préparée, elle ne savait pas à quoi s'attendre – et maintenant, elle conquiert un morceau de mon esprit avec son insolence.

Ça me fout les nerfs : je me rends bien compte qu'elle a juste besoin que je ne balance pas son petit manège avec la bouffe à ses parents et qu'elle est prête à tout pour ça, même à garder ses bleus cachés, mais j'ai presque envie de croire que dans son regard au magasin de bricolage, il y avait autre chose que cet accord muet entre nous.

Un boom me fait sursauter et je me tourne d'un bond. Personne. Mais un autre boom résonne dans les escaliers. *La lionne a retrouvé ses kilos ou quoi ?*

Je me lève pour aller voir de quoi il s'agit. J'arrive en haut des marches quand un troisième boom résonne. Le père est au milieu de la montée et trimballe une porte dont les coins sont protégés par du polystyrène.

– Ah ! Viens m'aider, ça pèse son poids, me dit-il.

L'aider ? Putain, je ne suis pas un gentil super héros ! Je ne peux pas aider la fille et le père dans la même journée.

Il s'est arrêté et attend que je bouge.

– Ou ne m'aide pas… C'est vrai que c'est moi qui ai défoncé cette porte pour essayer d'aller fracasser une adolescente, ajoute-t-il.

Aussitôt, les bleus d'Elena passent dans ma tête et mon souffle se raccourcit. *Fait chier.* Je sais exactement ce qui se passe en moi : je m'en veux d'avoir été aussi loin, mais ça m'énerve de culpabiliser parce qu'elle l'avait bien mérité.

Je descends rejoindre le père et je l'aide, alors qu'en temps normal, j'aurais tourné les talons. Arrivés dans la chambre, on pose notre fardeau contre un mur et il me propose le truc le plus inattendu du monde.

– Tu veux balancer l'autre par la terrasse ? Comme ça, on n'aura plus qu'à la mettre dans la voiture pour la décharge.

Je le regarde, surpris. Balancer un truc d'une terrasse et le regarder s'écraser par terre : c'est cool et assez tordu pour me détendre. J'acquiesce d'un signe de tête et on va prendre la porte qui n'a pas survécu à mon coup de pied pour l'amener jusqu'à la rambarde sur la terrasse.

– Attends, Chevy était dans le coin… Chev ? Chev, t'es là ? appelle-t-il.

Pas de réponse jusqu'à ce qu'un blabla interminable provienne d'en bas.

– Papa ! Vous faites quoi ? Pourquoi vous avez sorti la porte ?

– Chev, mets-toi là et regarde, dit Daniel sans répondre.

Le gamin obéit et recule. Le père me regarde et, d'un coup d'œil, me demande si c'est ok. Je soulève la porte et il fait de même. Elle glisse sur la rambarde et tombe dans le vide.

Deux étages, c'est haut. Elle explose donc dans un grand bruit en atteignant le sol. Le gamin crie de joie et saute sur place en applaudissant.

– Wouaaah ! C'était trooop bien ! On recommence ? On peut jeter la télé d'Elena aussi ? s'écrie-t-il tout content.

Son père se marre et je me surprends à sourire. La joie du môme est contagieuse. En même temps, c'était vraiment cool. Et l'idée de balancer la télé de la lionne est encore plus cool. J'échange un regard avec le père et il fronce les sourcils.

– À toi de voir, mais tu l'entendras pendant des jours…

J'ouvre de grands yeux : la lionne et sa grande gueule, non merci. Le père ricane et me tape sur l'épaule.

– On est d'accord ! D'ailleurs, où est-ce qu'elle est ? demande-t-il alors que je le suis dans la chambre. Elena ? appelle-t-il.

Pas de réponse. Ce n'est pas très étonnant. Le père fronce les sourcils et fouille sa poche.

– Tu as vu sa voiture quand tu es rentré ? me demande-t-il.

Je ne réponds pas. Je n'ai pas vu la voiture mais je ne l'ai pas cherchée non plus. Je m'en fous pas mal.

Il sort un portable de sa poche et, après une manipulation rapide, il le pose sur son oreille. Il reste immobile quelques secondes avant de recommencer la même manœuvre.

– Chérie, tu sais où est Elena ? Non, il est là, dans sa chambre. Je m'en occupe.

Il raccroche et se tourne vers moi.

– Si tu la vois, tu me le dis.

Je hausse les sourcils. *Lui dire ? Comment je suis censé faire ça ?*

– Oui, enfin, tu fais un appel de fumée ou tu envoies un hibou. Chev sera très content, il est fan d'Harry Potter, ajoute-t-il avant de sortir rapidement de la chambre.

Je l'entends descendre précipitamment en appelant encore Elena. *Ne me dis pas qu'elle a fugué ?*

C'est vrai que ça a été très silencieux depuis tout à l'heure. J'étais étonné de ne pas l'avoir sous le nez à m'emmerder. Je devrais n'en avoir rien à foutre…

Je chope la télécommande, je monte le son et je m'affale sur le lit. La nouvelle porte peut attendre. J'attrape mon portable et je vais m'égarer sur les réseaux sociaux. Clopes en nombre assez conséquent pour que je ne stresse pas de la rupture de stock et la lionne apparemment loin : tout est réuni pour que je passe enfin un moment normal. Et à mon grand étonnement, c'est exactement ce qui se passe, au point que je finis par m'endormir.

* * *

Anne frappe dans ses mains. Elle fait ça quand on fait trop de bruit.

– Les enfants ! crie-t-elle.

Je la regarde et Benito aussi.

– Anton et moi, on vous a réservé une petite surprise aujourd'hui.

– C'est la neige ! s'écrie Benito.

Anne lui lance son regard en colère parce qu'il n'a pas levé le doigt pour parler.

– Non, ce n'est pas la neige, Ben, et assieds-toi, tu veux.

Il obéit et Anne parle encore. Mais je l'écoute pas trop parce qu'Anton vient derrière nous. Benito lui tire la langue et Anton lui donne une tape derrière la tête. Anton, je l'aime pas depuis qu'il m'a jeté dans le placard des punis. Quand je suis sorti, il faisait nuit dans l'orphelinat et j'avais mal aux bras.

– Qu'est-ce que t'as, toi ? T'es jaloux ? il me demande.

Je fais non de la tête mais il me tape quand même comme il a fait à Benito. Lui, il rigole, mais moi, ça m'énerve, j'ai rien fait. Pourquoi il me tape toujours quand Anne regarde pas ?

– T'aurais fini par l'avoir, de toute façon, dit Anton.

– C'est pas vrai, je réponds.

Il fronce les sourcils et me tape encore. Je veux pas qu'il ait raison, il m'énerve, il est comme le gros Dave : il me tape tout le temps.

– Bah si, tu vois, sale gosse. Tu l'as eu quand même.

Anne frappe encore dans ses mains.

– Teagan et Benito ! C'est par ici que ça se passe.

Je me retourne et je la regarde.

– Vous allez tous vous préparer : bonnet, écharpes et gants. Parce que cet après-midi, on va... au manège de Central Park !

Au manège ? C'est trop bien ! Ils y sont déjà allés une fois, mais ils ont pas voulu que j'y aille avec eux parce que j'étais malade. J'étais resté avec l'infirmière. Cette fois, j'y vais, je suis pas malade.

Benito se lève et s'en va. Je me lève aussi et je le suis. On va au casier pour s'habiller. Quand j'arrive, Dave est là. Il est assis sur mon banc. Son banc à lui est cassé parce qu'il est gros. C'est Benito qui me l'a dit.

Je reste à la porte de la salle des casiers parce que Dave passe son pouce sur son cou en me regardant. Il me fait peur quand il fait ça, il me tape après.

– Teagan ? Pourquoi tu ne vas pas t'habiller ?

Anne me demande avec un sourire. Dave met ses chaussures en me fixant : il ne veut pas que je parle. Je sais pas pourquoi mais il fait ça tout le temps. Et ça m'énerve.

– Teagan ? Va mettre tes chaussures, s'il te plaît, on ne va pas t'attendre.

Je fais non de la tête et Anne fronce ses yeux comme quand elle va se fâcher. Elle vient vers moi et me pousse un peu vers mon casier et mon banc. Mais Dave est encore là. Alors je pousse en arrière pour pas y aller.

– Teagan, arrête de faire ta tête de mule et va mettre tes chaussures, sinon tu ne viens pas avec nous !

Elle me pousse encore et Dave se lève d'un coup. Non ! Il va encore m'attraper, il court plus vite que moi ! *Je pousse Anne fort pour qu'elle arrête.*

– Laisse-moi tranquille ! je crie.

Je voulais pas crier. Ils m'ont dit que c'est pas bien de crier sur eux mais j'arrive pas à me retenir. Anne attrape ma main et me fait sortir dans le couloir. Elle me prend par les épaules et met son visage juste devant moi.

– Teagan ! Je ne veux pas que tu sois puni aujourd'hui, parce que tu mérites comme les autres d'aller au manège. Mais si tu fais des histoires, je n'aurai pas le choix. Alors dépêche-toi avant qu'Anton soit là, d'accord ? Parce que lui t'aurait déjà envoyé là où tu sais.

Oh non, pas le placard ! *Mes yeux me piquent déjà. Je veux pas pleurer devant Anne, mais quand je pense au placard, je pleure toujours. Et Anne, elle aime pas quand je pleure.*

– Oh ! Teag... Ne pleure pas. Je sais que tu as plus de mal que les autres et que tu es timide, mais là, tu dois juste t'habiller tout seul, comme un grand, sinon tu seras puni. C'est la règle.

– Je veux pas être puni, je pleure.

– Alors fais ce que je te demande. Et sèche tes larmes, on ne voit plus tes beaux yeux.

– JE PEUX PAS.

Je la pousse, je veux plus qu'elle me touche. Elle recule un peu.

– Ne crie pas, Teagan. Tu ne peux pas quoi ?

J'ouvre la bouche mais j'y arrive pas. Je sais que Dave va me taper si je le dis à Anne.

– Tu ne peux pas quoi, Teagan ? Je t'écoute, dit Anne.

Je pleure mais je dis rien.

– Ils sont prêts, les tiens ?

C'est Anton qui arrive dans le couloir avec les autres enfants.

– Teagan n'est pas encore prêt, mais il va aller très vite s'habiller, hein, Teagan ?

Je ne réponds pas. Je veux pas aller dans la salle des casiers si Dave est là-bas. Anne me pousse vers la porte mais je résiste.

– Teagan ? S'il te plaît... dit Anne.

– C'est au placard sinon et on est tranquilles pour le reste de la journée, dit Anton.

– Non. J'AI RIEN FAIT !

Oh non, j'ai encore crié sur eux. *Anton va m'attraper et me punir. Il me regarde et je vois sa main faire un poing. Anne ! Je m'accroche à elle. Je veux plus aller dans le placard.*

– Oh ! Teagan, c'est bon. Tu n'es pas puni si tu vas tout de suite t'habiller, ok ?

Elle me pousse dans la salle et referme la porte. Dave va me taper comme il a dit.

– Anton ! Qu'est-ce que t'as avec ce gamin ? Tu crois que je ne te vois pas toujours t'acharner sur lui ?

C'est Anne. Elle crie fort derrière la porte. On n'entend pas ce que dit Anton. Les autres enfants ne parlent plus. Dave se lève et vient vers moi.

– T'as parlé, toi, hein ? Je t'ai entendu...

Je fais demi-tour mais la porte est fermée et Dave m'attrape. Je me mets en boule comme m'a dit Benito. Mais les coups de pied font quand même mal. Je crie pas, j'ai pas le droit.

* * *

– Elena ! Elena, écoute-moi !

J'ouvre les yeux brusquement. Mes mains viennent essuyer mes larmes d'elles-mêmes. Des bruits de pas dans les escaliers me perturbent. On croirait qu'un troupeau d'éléphants est en train de monter. Je n'ai qu'à tourner la tête pour voir débouler la lionne, suivie de près par son père.

– Elena ! Tu étais où ? Je t'ai cherchée partout. Ta mère s'est inquiétée ! s'exclame-t-il.

Alors ça lui arrive de perdre patience ?

La lionne fonce vers sa chambre, elle pianote trop rapidement sur le digicode pour que je capte la combinaison et, la seconde suivante, elle claque la porte au nez de son père sans lui avoir adressé un seul regard. Daniel souffle un bon coup, planté devant l'antre de sa charmante progéniture.

Moi, je sors une clope malgré mes mains qui tremblent. J'actionne le briquet en me redressant pour m'asseoir.

Pourquoi cette merde ne fonctionne jamais du premier coup quand je suis en stress ? Une fois, deux fois, trois fois, et enfin, la flamme fait naître la fumée. Je tire une grande taffe en fermant les yeux. *Qu'est-ce qui ne va pas dans ma tête pour que je rumine toujours ces souvenirs de merde ?* N'importe quel mec aurait tout oublié pour être libre. Mais chez moi, c'est l'inverse. Plus ça va, plus je me souviens de détails affolants. Pourtant, j'étais petit.

– File-moi une clope, j'entends.

Je rouvre les yeux. Le père est là, la main tendue dans ma direction. Sa chemise est mal mise et il a l'air fatigué. En même temps, si ma fille était aussi barge que la sienne, je me ferais aussi du souci.

Je lui balance le paquet et le briquet dans la foulée. Il prend une clope et l'allume directement sans passer par la case terrasse. Il fait nuit dehors. *J'ai dormi combien de temps ?*

Je tire une autre taffe. Le père me tourne le dos et va déambuler dans la chambre.

Elena vient seulement de rentrer ? Son père n'a vraiment pas l'air d'apprécier.

Je cherche des yeux de quoi récupérer mes cendres et je repère une canette vide. Je vais l'attraper et les cendres de la cigarette terminent dans l'ouverture. Le père fait pareil quelques instants après. Il ne dit pas un mot, ne me regarde pas. Il a l'air complètement plongé dans ses pensées. Ça me va.

Je m'adosse à la tête de lit et je tends les jambes devant moi. Je le regarde faire les cent pas, et soudain, il s'arrête et me regarde :

– Tu as un portable ?

Je bouge à peine la tête pour lui répondre. Pour lui, je n'ai pas de portable, ni pour personne. Ça permet qu'on ne me harcèle pas.

– Et tu as le numéro de…

Il montre la tanière de la lionne. Oui, son numéro apparaît sur les SMS qu'elle m'a envoyés l'autre soir. Mais même réponse, c'est non. Je n'ai pas de portable, de toute manière.

– Mais tu peux envoyer des SMS ?

Je fronce les sourcils. *Je viens de lui dire que je n'ai pas de portable, il se fout de moi ?* Ou il ne me croit pas.

– Précise-moi un truc, tu sais dire oui ?

Je fais non de la tête. Je n'aurais jamais autant communiqué avec le père d'une famille d'accueil. Il tire une grande taffe sur sa clope et reprend en rejetant la fumée :

– C'est bien ce qui me semblait. Donc, je récapitule : tu as un portable, le numéro de ma fille et tu sais envoyer des SMS. Alors fais un truc pour moi : demande-lui de descendre manger parce qu'on pense qu'elle jette sa nourriture et elle doit manger.

Eh merde. Il vient vers moi et glisse son mégot dans la canette avant de tourner les talons.

– Et descends, toi aussi. La table est mise depuis une heure, balance-t-il sans se retourner. Et ne fume pas dans ta chambre, c'est mal.

Il disparaît dans les escaliers.

Et on se demande pourquoi sa fille est cinglée ?

Je ne bouge pas du lit et je termine ma clope. Mes mains finissent doucement par arrêter de trembler et le cauchemar s'évanouit quelque part dans mon esprit perturbé. Après un bon moment, je me lève pour aller pisser. La salle de bain est restée telle qu'on l'a laissée : la porte neuve n'est pas posée et la caisse à outils vide est en vrac au milieu du passage.

De retour dans la chambre, je tourne en rond, puis la faim m'oblige à m'aventurer en bas. Je descends les deux étages sans croiser personne. Mais malheureusement pour moi, je croise le gamin dans l'entrée. Il s'arrête net, me dévisage la bouche ouverte et finit par cligner des yeux avant de fuir. Il s'échappe dans un couloir qui se cache derrière les escaliers. Je ne suis pas encore allé par ici, mais si mon sens de l'orientation est exact, le bureau du père qui se trouve sous ma terrasse doit être quelque part dans ce couloir ainsi que quelques autres pièces, vu la taille de la maison.

Pour l'heure, je me dirige vers la cuisine. Bizarrement, la mère n'a pas monté de plateau, cette fois. Peu importe, je vais fouiller le frigo.

La pièce est vide et rangée. Sur le meuble central, celui où j'ai griffonné le dessin parti en cendres, se trouvent deux assiettes recouvertes de cloches en plastique. L'une porte un petit papier où mon prénom est inscrit et l'autre celui de la lionne.

Je soulève la cloche : de la dinde et des légumes. Dégueu, mais j'ai trop faim pour faire mon difficile. J'ouvre plusieurs tiroirs à la recherche de couverts. Au bout du cinquième, je trouve enfin ce que je veux. Je vais m'installer sur un des tabourets hauts et j'attaque l'assiette sans même la faire chauffer. Et puis elle est tiède, ce n'est pas froid non plus.

Après deux bouchées, le père se pointe.

– Tu as fait ce que je t'ai demandé ? me demande-t-il.

Quoi ? Ah ! Le SMS pour la lionne ! Je fais non de la tête sans le regarder. Il soupire et s'en va. Je continue de manger. Je n'envoie des messages qu'à Benito et Solis. La lionne ne mérite pas que je lui porte de l'attention. Même si mes nerfs sont un peu retombés et que je m'en veux pour les bleus, je l'ai toujours en travers pour le t-shirt.

Un flash du sandwich de midi qui meurt dans les toilettes me vient. *Elle n'a pas mangé de la journée ?* Peut-être qu'elle est allée manger pendant sa courte pseudo-fugue. Pourquoi j'ai l'impression que ce n'est pas le cas ? Stop, je m'en fous. Moi, je mange. Qu'elle se débrouille.

CHAPITRE 18

J'ai mangé deux fourchettes pleines et je me suis arrêté là. Quand je pense que Benito me balance souvent que je suis un type sans cœur, c'est loin d'être vrai. D'ailleurs, le mien m'emmerde sérieusement.

Je bloque devant mon portable sur les trois SMS que m'a envoyés la lionne le soir où j'ai bougé au Goose. J'ai un peu les boules qu'elle n'ait rien mangé aujourd'hui. Mon pouce hésite devant le clavier. *Allez, mec, un putain de message, ce n'est pas la mort.*

Je frôle les lettres qui n'attendent que moi mais rien. Rien ne vient, je ne sais pas quoi écrire. C'est comme ça chaque fois que j'essaie de dépasser mes limites : ma tête se remplit de mots, ça part dans tous les sens et je suis incapable de former une pensée concrète. Il n'y a rien de mieux pour me mettre les nerfs. Je jette mon portable plus loin avec rage.

Envoyer un SMS, je le fais sans réfléchir quand c'est pour Benito, mais il m'a fallu des années et il ne m'a pas lâché. Il me harcelait et j'ai fini par perdre patience. Je me souviens très bien du premier SMS qu'il a reçu de moi.

Encore un message et je t'éclate, connard

Et ce gros con m'a répondu, en plus. Je l'ai éclaté comme prévu. Et ça, ce n'était que l'année dernière. Il m'en a voulu longtemps d'avoir été si silencieux avec lui. D'autant plus que lorsqu'on était gosse, je lui parlais. Pas beaucoup, mais tout de même. Et que dire du jour où il a capté que je communiquais sans problème avec Solis ? Bien sûr, il ne se doutait pas des efforts que ça m'avait demandés avec elle aussi.

Je secoue la tête, je ne veux pas revenir là-dessus. Jamais. Je mate mon assiette, et voilà, je n'ai plus faim maintenant. Repenser à tout ça me vrille l'estomac et me renvoie en pleine tête que je suis un muet infoutu de cracher une syllabe sans prendre peur.

Je vire l'assiette et elle part percuter celle qui est réservée à la lionne. Son étiquette glisse jusque devant moi, à côté de ma fourchette. Je regarde ça un petit instant : une fourchette, son prénom. *Elle devrait comprendre, non ?*

J'attrape mon portable et je prends une photo. Elle est floue, mes mains tremblent de nouveau.

Je respire et je recommence. Cette fois, c'est mieux. J'accède aux messages, Solis, Benito et la troisième, « The Lioness Bitch ». J'importe la photo que je viens de prendre et mon doigt bloque. *Allez, envoie.*

Mon souffle fait n'importe quoi, mon cerveau s'arrête. C'est un enfer interne que je n'arrive pas à contrôler. Je vais me casser les dents à serrer la mâchoire comme ça. Je ferme les yeux et mon pouce s'écrase et clique. Et voilà, c'est envoyé. *Respire, mec, ce n'est qu'une photo.*

Je repose le portable, je serre les poings pour chasser ma tremblote et je tire mon assiette devant moi. Pourquoi je suis en stress comme ça ? Solis a peut-être raison, je flippe de communiquer. Je soupire en faisant non de la tête. Je n'ai peur de rien. À part peut-être de la taule. Le fait que je ne parle pas n'a rien à voir avec une peur de je-ne-sais-quoi.

Je pioche une bouchée en tripotant le papier du prénom de la lionne. *Elena... Tu me fais sortir de mes gonds... Tu me fais repousser mes limites... Tu me donnes envie de murmurer des trucs crades au creux de tes reins. Putain, Elena, tout en toi me frustre.*

Je mâche distraitement ma viande. C'est froid, maintenant. *Bravo, tout ça pour un MMS sans réponse.*

Je jette un œil sur mon portable qui s'est mis en veille. Elle n'a pas répondu, peut-être qu'elle dort.

Ou peut-être qu'elle n'a pas capté le message. *Mais qu'est-ce que je fabrique ? Est-ce qu'elle se prend la tête avec moi, elle ? Non.* Alors je devrais arrêter de cogiter pour rien.

J'enfourne une autre bouchée et mon regard est attiré sur ma gauche, vers la porte de la cuisine. Mon rythme cardiaque bat soudainement la mesure d'un beat hip-hop acharné. Et pourquoi ? Juste parce qu'elle est là. Plantée à l'entrée de la cuisine et les larmes aux yeux. *Et merde* !

J'évite son regard comme si ce vert me brûlait la peau et je baisse le nez sur ma bouffe. Je ne sais pas pourquoi elle a les larmes aux yeux. Ce n'est quand même pas mon pauvre texto qui l'a mise dans cet état-là ?

Plus silencieuse qu'une vraie lionne, elle s'avance dans la pièce. Je l'ignore, mais plus elle s'approche, moins elle a l'air en mode « peace ».

– T'es sérieux avec ta photo ? crache-t-elle, la voix tremblante.

Je ne relève pas les yeux sur elle. Elle ne se rend pas compte du mal que j'ai eu à envoyer cette merde. *Je vais vite monter en pression si elle ne dégage pas tout de suite.*

– J'ai pas besoin de toi ! Alors tes photos, tu te les gardes ! ajoute-t-elle.

Pas besoin de moi ? Ce n'est pas ce que tu disais dans le magasin tout à l'heure.

Je pique dans ma viande sans la regarder et mon assiette disparaît. *Mais qu'est-ce qu'elle fout ?*

Elle traverse la cuisine et ouvre un placard d'où sort une poubelle. Elle jette tout simplement mon assiette dedans, pas seulement son contenu. *Zen, mec, reste tranquille.*

Je respire un bon coup, mais trop tard, j'ai dépassé les limites de ma patience. Je balance brusquement ma fourchette sur le meuble tandis que la lionne revient vers moi.

Elle tend le bras pour attraper son plat et j'ai tout juste le temps de me lever qu'elle atteint déjà la poubelle. Je ne supporte pas ça. *Cette garce n'a jamais eu faim ou quoi ?*

J'attrape le récipient d'une main et elle de l'autre, par les cheveux. *Il ne fallait pas me chercher.*

Je pose l'assiette sur l'îlot central et la lionne suit le même trajet. Je la soulève pendant qu'elle se débat en pleurant à moitié et je la pose sans délicatesse sur un des tabourets. Ma main sur sa nuque pour la maintenir, je pousse son plat devant elle avant de lui coller le nez dedans. Elle va bouffer, qu'elle le veuille ou non.

– Je ne mangerai pas, grogne-t-elle entre ses dents.

Oh que si !

Je force un peu plus sur son cou, son nez touche presque la nourriture. Une larme tombe, et brusquement, elle envoie valser l'assiette d'un coup de main. Cette dernière traverse l'îlot central et termine par terre avec fracas. Je la pousse et elle quitte le tabouret, qui manque de tomber aussi. Elle se rattrape à moi en tirant sur mon haut, et enfin, elle me fait face avec son regard de garce. Son souffle est court, ses yeux laissent de grosses larmes couler sur ses joues, mais son regard me tient encore et toujours tête. Je ne bouge plus.

– Tu ne sais pas ce qui se passe, toi…

De quoi elle parle ? Son insolence commence à s'effriter pour laisser place à autre chose. Je fronce les sourcils et elle reprend une grande bouffée d'air de façon saccadée. Je la dévisage pendant qu'elle pleure. Comme je refuse d'être ce lapin, je rejette en bloc cette soudaine envie de m'avancer et d'enrouler mes bras autour de ses épaules tremblantes. En fait, son délire me choque. Qu'est-ce qui la ronge autant pour qu'elle en oublie même de m'embrouiller ou de m'insulter ?

Je suis resté suspendu aux quelques mots qui sont sortis de sa bouche et j'attends la suite. Mais à part sa respiration perturbée par ses pleurs, rien d'autre n'atteint mes oreilles.

– Tu… commence-t-elle sans me regarder.

Je quoi ?

Je respire un bon coup. Elle me regarde comme si elle attendait que je l'aide à s'exprimer, alors, je lève les mains comme pour lui demander ce qu'elle attend de moi. Elle fronce les sourcils.

– Quoi ? demande-t-elle sèchement.

S'il y a bien un truc qui m'énerve, c'est qu'on ne me comprenne pas du premier coup. C'est aussi pour ça qu'en plus de la fermer, je ne communique pas : personne n'est foutu de me comprendre

D'un geste rageur et en avançant d'un pas, je lui montre l'assiette par terre. Pourquoi elle ne mange pas ? *Qu'elle termine sa phrase, bordel !* Elle soupire, regarde la bouffe en vrac plus loin et déglutit. C'est limite si elle n'a pas un haut-le-cœur de dégoût. En tout cas, elle a le regard qui va avec. *Bah merde, c'est à ce point-là ?*

– Je…

Et elle fond en larmes. Mon cœur se comprime et j'aurais envie de prendre ces merdes qui ont l'air de la torturer pour les faire disparaître. Je résiste, mais pas longtemps. Je franchis la distance qui nous sépare et je la tire vers moi pour la prendre dans mes bras.

Elle sursaute et tous ses muscles se raidissent. Son corps frêle est contre le mien. Je m'attends à tout sauf à ce que ses bras passent dans mon dos et qu'une de ses joues humides trouve mon torse. Ses pleurs se calment presque aussitôt.

Je ne sais pas si elle ferme les yeux ou si elle se rend vraiment compte de ce qui se passe. À dire vrai, je n'ose pas vraiment baisser la tête pour la regarder. Je sens ma queue qui est en train de doucement monter. Si je bande pour de bon, Elena la sentira forcément et c'est à éviter à tout prix.

Je suis officiellement à cataloguer comme un « putain de lapin » parce que je ne veux pas qu'une trique vienne gâcher ce moment. J'ai sûrement des oreilles pointues qui viennent de me pousser sur la tête. La lionne va me bouffer tout cru. Elle est déjà en train de me bouffer, en fait.

Ses bras se contractent autour de mes côtes et ses mains remontent un peu plus dans mon dos. Un frisson m'oblige à me contracter de la tête aux pieds. *Ne bande pas, mec. Ne bande pas.*

Mais ma queue, en plus de ne pas avoir d'œil, n'a pas d'oreille, et elle n'entend pas le fond de ma pensée. C'est inévitable, les seins de la lionne sont écrasés contre mon torse et chacune de ses respirations les fait remonter et redescendre de quelques malheureux millimètres. À mon stade, ça suffit à faire durcir un désir sur lequel je n'ai aucun contrôle.

J'essaie de reculer, pas de beaucoup, parce que la sentir contre moi, au fond, j'aime bien ça. Mais elle doit me sentir bouger car elle se redresse doucement et, sans me lâcher, elle lève son regard encore humide sur moi.

Je finis par baisser les yeux sur elle. Cette vision est flippante, parce que mes bras tatoués autour de ses épaules font tache avec son visage, mais aussi parce que je trouve ça beau.

Je fronce les sourcils. La lionne me dévisage comme si elle venait de se rendre compte où elle est en train de trouver du réconfort. J'essaie de reculer encore parce que, ça y est, ma queue est là et elle compte bien le faire savoir.

Elena détourne le regard avec une lenteur presque ironique au vu de la vitesse avec laquelle mon membre est en train de pousser contre elle. Ses yeux humides descendent le long de mon torse et ne s'arrêtent que lorsqu'ils atteignent ma ceinture.

Elle bloque une seconde et, brusquement, elle s'écarte en fixant la bosse qu'accuse mon jean à l'entrejambe.

– Mais… putain, tu… bafouille-t-elle.

Eh oui, je bande, j'ai la gaule, une bonne trique, une érection et j'en passe.

Son regard se plante dans le mien avec une fureur que je ne lui avais pas encore vue jusque-là. Comme un con, et sans aucun moyen de pouvoir contester, je hausse les épaules. Qu'est-ce qu'elle veut que j'y fasse ? Sauf si je la balance sur le meuble central de cette cuisine et que je mets mon dessin à exécution, je vais avoir cette érection pour un moment.

– Espèce de…

Je la coupe en lui montrant le meuble central. On ne sait jamais.

Elle ouvre la bouche mais ne semble pas me comprendre. Allez, putain, je suis sûr qu'elle en a aussi envie. Puisqu'elle n'a plus envie de parler de son délire de bouffe, autant qu'on passe aux choses sérieuses, non ?

Je lui attrape un bras et la tire vers moi, mais elle résiste. Je tire encore, et soudain, sa main libre vient s'abattre avec force sur mon visage. Elle a tapé si fort que j'en ai tourné la tête sur le côté.

Je serre les dents et reste comme ça une longue seconde. Elle se dégage de ma prise et fait demi-tour pour quitter la cuisine. *Elle m'a giflé ? Putain, elle m'a giflé !*

Je la rattrape dans l'entrée, juste avant qu'elle n'atteigne la première marche des escaliers. *Ah non, ma jolie...*

Dans la seconde, elle est contre la porte d'entrée, et moi, je suis contre elle. Il fait sombre ici et ma position la dissimule complètement dans l'ombre. Je n'ai pas le temps d'en faire plus qu'une porte claque derrière moi et qu'on entend son père se pointer plus loin dans la maison.

– Elena ? Elena !

Elle essaie aussitôt de se tirer mais je la tiens trop fermement. Les pas de son père approchent et je la sens clairement paniquer.

– Lâche-moi, Teagan, s'il te plaît… Je veux pas le voir, me chuchote-t-elle d'une voix tremblante.

Je la regarde, immobile. Son père l'appelle encore, il balance aussi mon prénom.

– S'il te plaît… pleure presque la lionne contre moi.

Ses ongles sont accrochés à mon haut et elle me supplie du regard. J'entends Daniel arriver à l'autre bout de l'entrée. Comme un coup de vent, je la plaque contre moi et j'ouvre la porte avant de nous jeter littéralement dehors. C'est la seule option pour qu'il ne nous voie pas.

Je referme le plus délicatement possible et on se retrouve dans le noir devant la maison.

C'est silencieux et il fait plus frais, brusquement. La lionne n'a pas vraiment eu le temps de comprendre ce qui se passait tellement j'ai été rapide. Elle est encore contre moi et se redresse avec lenteur. On entend le père l'appeler de l'autre côté de l'épaisse porte d'entrée. Mais le seul truc qui me préoccupe, là, tout de suite, c'est cette bouche pas vraiment fermée qui est bien trop près de la mienne.

CHAPITRE 19

Mes bras sont autour de sa taille. Il fait sombre mais je vois quand même ses pupilles me fixer intensément. Elle mate ma bouche, je fais pareil avec la sienne qui est entrouverte.

Mon souffle est bien trop court pour me permettre de respirer normalement, et je ne parle pas de mon cœur qui galère à trouver un rythme stable. Je n'aime pas toutes ces sensations que je ne connais pas, mais je les savoure pourtant. Je ne sais pas comment elle fait ça, c'est inconnu pour moi, et je déteste tout ce qui est nouveau.

Impossible de décoller mon regard d'elle, de ses lèvres. Ses mains sur mon torse se crispent, ses ongles se plantent dans mon haut. Je ferme la bouche pour déglutir. Elle doit certainement sous-estimer l'érotisme de son geste. Ma queue, elle, ne sous-estime rien. Je la sens se réveiller.

J'ai beau la surplomber, la lionne me toise avec insistance. J'ai l'impression d'être la proie. Et j'en connais une sous ma ceinture qui aime ça.

Mes mains quittent leur position – je ne sais pas pourquoi je fais ça, je crois que j'en ai envie, tout simplement – et remontent avec lenteur jusqu'à ses joues. Mes doigts tachés sur son visage, c'est comme de voir un graffiti aux multiples couleurs sur un mur blanc immaculé.

Mes pouces passent doucement sous ses yeux tandis que mes paumes englobent son visage jusqu'à ses oreilles.

Je fronce les sourcils. *D'où vient cette goutte que j'essuie ? Il ne pleut pas.*

Avec une lenteur voulue, je m'approche encore d'elle. Nous sommes déjà si proches que mes lèvres atteignent rapidement leur destination. Délaissant pour l'instant sa bouche, je goûte sa pommette.

Je recule en passant ma langue sur mes lèvres et je retrouve son regard. Mon nez frôle le sien. La larme a laissé un petit goût salé qui me stoppe net. *Elle pleure ?*

Je la scrute de longues secondes. Elle ferme les yeux et les rouvre, laissant d'autres gouttes couler sur mes doigts.

– Arrête… murmure-t-elle si bas que j'ai besoin d'un instant pour comprendre.

Ma queue a rebroussé chemin en courant. Mon cœur semble l'avoir suivie et, dans ma tête, c'est le vide total. *Pourquoi ne m'a-t-elle pas repoussé plutôt que de pleurer contre moi ?*

Je relâche doucement mon étreinte. N'importe quelle nana aurait pu chialer, sans que ça me fasse vraiment réagir. Mais cette garce de lionne envoie tant de signaux contradictoires qu'elle parvient à me déstabiliser.

Elle quitte la chaleur de mon corps sans oser me regarder et – va savoir ce qui lui prend – elle me pousse avec force.

– Bouge ! lance-t-elle.

Je ne comprends rien. Elle veut la jouer bipolaire ? *Ok, ma jolie, tu vas rester dehors pour te rafraîchir les miches !*

Je l'écarte d'un coup d'épaule lorsqu'elle essaie d'entrer, elle peste mais se retrouve tout de même dehors et moi dedans. *Trop lente !* Je referme la porte sur elle et enclenche le verrou.

– Teagan, ouvre-moi !

Cours toujours ! Je l'entends s'exciter de l'autre côté en vain.

– Teagan ! Putain, il fait froid !

Je ne peux me retenir de rire. Elle frappe comme une acharnée sur le bois. Je m'adosse au chambranle mine de rien, les jambes croisées. Je vais peut-être m'en griller une pour apprécier comme il se doit ce moment.

– Teagan ?

Je lève la tête vers les escaliers, la mère est en train de descendre. Elle allume la lumière et a un moment d'arrêt en me découvrant assis dans l'entrée.

– Qu'est-ce que tu… commence-t-elle.

– Teagan, putain d'enfoiré ! Ouvre cette porte, hurle Elena dehors.

J'essaie de ne pas me marrer mais un sourire étire tout de même mes lèvres. La mère s'affole et descend rapidement. Je libère discrètement le verrou de la porte qui s'ouvre si brutalement qu'elle termine dans le mur. La lionne entre tête baissée en balançant des insultes et s'arrête net quand elle capte que c'est sa mère devant elle et pas moi. J'en profite pour monter les escaliers plus vite que mon ombre. Arrivé au premier, j'entends sa mère balancer son habituel :

– Elena, ton langage.

C'en ai trop, j'explose de rire. J'entends la lionne réagir à cette provocation et sa mère qui la reprend encore. *C'est si facile.*

Arrivé dans ma chambre, je vire mes fringues et je vais squatter la douche avant qu'elle ne se pointe. J'envoie tout balader par terre et je relève le nez. Le père me mate depuis la porte neuve posée contre le mur de la salle de bain. Il est en train de finir la réparation. Il est plus de minuit et il préfère faire ça tout de suite plutôt que d'attendre demain. Peut-être qu'il pense qu'une porte m'empêchera de me faire sa fille.

– Tu t'amuses bien, on dirait, dit-il.

Mon sourire se casse en courant. J'ai à peine le temps de souffler que les escaliers, souffrant sous les pas rageurs de la lionne, nous annoncent son arrivée imminente. Le père hausse les sourcils.

Je ne saurais dire s'il est content ou vénère de l'entendre arriver comme ça. Dans la seconde, Elena se pointe dans la chambre. Elle vient directement me pousser en m'insultant. Le fait que je sois en boxer ne semble pas la déranger outre mesure.

– T'es vraiment un connard. Ma mère m'a pris la tête à cause de toi et j'ai dû ranger toute la cuisine ! s'exclame-t-elle.

Elle s'acharne mais je reste statique. Son père est juste là mais elle ne l'a pas vu. Elle tente une nouvelle secousse mais je ne réagis toujours pas.

– Bah alors, une pauvre érection dans la cuisine et t'es plus foutu de bouger ?

Oh-putain-de-merde ! Du coin de l'œil, je sens son père exploser en silence.

Elle me pousse encore, et cette fois, c'en est trop, je l'attrape avec force par les épaules et l'oblige à me tourner le dos avant de la pousser hors de la chambre. Elle vole mais revient immédiatement à la charge. Sauf que cette fois, elle capte enfin son père. Elle se fige et son visage prend une couleur rouge.

Son daron croise les bras sur son torse en la fixant avec autorité, ce qui suffit à la faire fuir à toutes jambes. On entend sa porte claquer, puis le silence revient.

La sentence du père ne tarde pas à tomber :

– Il semble que je vais devoir te réexpliquer la phrase : « Ma fille, tu ne touches pas, jamais. »

CHAPITRE 20

Finalement, Daniel s'est contenté de me balancer sa menace à deux balles, puis il s'est tiré sans un mot de plus. Je me suis vite calmé, mais c'était pour aller retrouver un autre monde, celui de mon enfance torturée. J'ai fini par m'affaler sur mon lit et par me laisser glisser dans un sommeil agité, comme d'habitude.

Alors que j'émerge, je me rends compte qu'on est dimanche. Demain, c'est la rentrée.

Je me redresse doucement pour m'asseoir. Je suis face à la baie vitrée, il fait encore super chaud et le soleil vient chauffer mes tatouages. Je replie mes jambes et appuie mes coudes dessus. La journée s'annonce longue : pas de clopes ni rien en vue pour faire passer le temps. Bienvenue en enfer.

La lionne n'a pas repointé le bout de son nez. Avec elle, c'est tout ou rien : ou on l'entend dans toute la maison, ou on se demande si elle est ici.

J'ai faim.

Je résiste un moment, puis je finis par m'aventurer en bas. Je ne croise personne.

Je vais à la cuisine. Il n'y a rien sur le meuble central. J'avance et je m'apprête à ouvrir le frigo, mais un truc m'interpelle : sur un post-it, quelqu'un a écrit « Ça, tu peux toucher. »

J'en lâche un rire énervé. *Un petit rappel du père ? Vu l'écriture, c'est possible.* Quel connard, je ne vais pas baiser le frigo. Par contre, pour ce qui est de sa fille, je ne promets rien.

J'ouvre finalement la porte et repère aussitôt les bières dans le fond. Je déplace deux-trois trucs et j'en attrape une. Un autre petit mot est collé sur une des bouteilles : « Ça aussi tu peux toucher, mais ne le dis pas à ma femme. » Je ne souris même pas cette fois. J'arrache le papier et je le balance par-dessus mon épaule.

Avant de refermer, je repère un sandwich. Je ne sais pas pour qui il est, mais comme je touche ce que je veux, peu importe.

Je laisse l'assiette qui contenait mon repas sur le meuble de la cuisine et je vais faire un tour dans le salon en mangeant.

Je me retrouve à regarder de plus près les photos de famille qui trônent sur l'une des commodes à côté des étagères de bouquins. Je reconnais la mère plus jeune et avec les cheveux plus longs. Le cancer semble l'avoir fait vieillir en accéléré. Je trouve aussi le père avec son fils, tous deux souriants et heureux. Ça me fout tellement les boules que je couche le cadre pour ne plus voir ça. Il y a aussi deux photos avec la lionne. Je crois que j'arrête net de penser quand mon regard tombe dessus. Je reconnais ses yeux et ses cheveux, mais elle était très différente. *Merde, c'est dingue. Elle a perdu combien ?*

Je ne sais pas de quand date ce cliché, mais elle était quand même bien plus jeune parce que son frère, Chevy, est sur ses genoux et il est très petit. La lionne ressemblait plus à un phacochère qu'au félin qui me hante aujourd'hui.

Je fronce les sourcils et je repense au père et à ses post-it. Je tourne les talons, je vais récupérer le premier que j'ai lu et je le colle sur la face encadrée de ma lionne. *J'aimerais bien être là quand il le verra collé là.*

Alors que je m'apprête à remonter dans ma chambre, un son désagréable vient percuter mes oreilles :

– Oh ! Salut !

Je m'arrête net. Des talons, un jean moulant noir, un chemisier clair avec un décolleté impressionnant mais qui ne laisse malheureusement qu'une vue dégagée que sur deux petits nichons et, plus haut, un carré brun bien rangé et un sourire blanchit. *Oh non… Pas elle, putain.* La lionne a dû inviter sa connasse de copine à passer la journée ici. Elle me dévisage depuis le bas des marches qui vont à l'étage. On dirait une hyène en chaleur.

– Ah bah ! À chaque fois, on se croise par hasard, glousse-t-elle.

Je la pousse, elle me bloque le passage vers ma piaule. *C'est quoi, son prénom, déjà ?* Sophie. *Alors, Sophie, bouge de là.*

Je baisse les yeux sur elle, elle me reluque de haut en bas avec un sourire en coin. Elle se met sur la pointe des pieds et vient me dire à l'oreille :

– Jolie érection... prononce-t-elle avec un sourire limite vicieux.

Quoi ? Elle est tarée, je ne bande pas...

Je vais la choper par les épaules pour la décaler mais elle pose ses mains sur ma taille et les remonte doucement sur mes côtes en plantant ses ongles. Je ne peux pas nier que ça m'excite un peu, mais dès que je regarde sa tête, plus rien ne se passe en moi.

– Sophie ?

C'est la voix d'Elena. Ça me fait comme un électrochoc. Je vire ses mains de là et je la pousse pour passer. Je monte les marches deux par deux et, lorsque j'arrive à la porte de ma chambre, je tombe sur la lionne. *Wow, elle est jolie aujourd'hui. Et bien habillée, presque à sa taille. J'aime bien.*

– Ah ! T'es là, toi, dit-elle.

– On était en train de discuter, coupe Sophie.

– Ah bon ? interroge Elena en plantant son regard dans le mien.

On n'était pas en train de discuter ! Pourquoi je me sens coupable ou je ne sais pas quoi ? Sophie s'approche de moi, je fuis. Je passe à côté de la lionne puis, avant de m'enfermer dans ma chambre, je fais demi-tour et me penche vers Elena. Elle se fige quand elle sent mes doigts faire glisser ses cheveux derrière son oreille avec douceur. Je ne sais pas quelle tête elle fait parce que je fixe sa copine quand je dépose un très léger bisou sur la joue rosie de la lionne. Je fais un clin d'œil froid à Sophie et je me barre pour de bon.

Arrivé dans la chambre, je me souviens que mon paquet de clopes est désespérément vide. J'attrape tout de suite mon portable pour envoyer un SMS à Benito. J'en découvre un de Solis en déverrouillant.

Comment tu vas ? Demain c'est la rentrée, je compte sur toi, Teag… Je passe te voir demain soir chez les Hills, ok ? Et réponds, pour une fois !

J'ignore et j'envoie à Benito :

Des clopes et du feu. Rupture à Staten Island, t'es op ?

La réponse fuse :

STATEN ?!! Mais qu'est-ce que tu fous là-bas ?

On s'en fout. Je lui envoie le dessin d'un doigt d'honneur avec l'adresse et il me dit qu'il sera là dans une petite heure, sans demander plus de détails. *Eh merde, ça va être long.*

* * *

Après avoir cru que j'allais devenir taré, mon portable vibre enfin. Ça fait trois heures que j'attends ce con de Benito et mes clopes. Je n'en peux plus. Heureusement, personne n'est venu me faire chier. J'ai pu ruminer ma frustration tout seul.

Je saute du lit et je quitte la chambre en fourrant le portable dans ma poche. Les escaliers sont descendus rapidement et, en un clin d'œil, je suis dehors. Je cours jusqu'au portail, Benito n'est pas là. Le connaissant, il a dû se planter de rue ou même d'État.

Je saute rapidement au-dessus du portillon et je regarde de part et d'autre de la rue. Il est à l'autre bout, ce débile, en train de sonner chez je-ne-sais-qui. Je joins mon pouce et mon index et je les pose sur ma langue pour siffler. Il se tourne aussitôt vers moi et vient me rejoindre rapidement.

– Pu-tain ! dit-il en matant la maison des Hills.

J'attrape le sac en papier qu'il tient pendant qu'il s'extasie avec la bouche grande ouverte. Je m'en fous, de cette baraque. Tout ce que je veux, c'est fumer.

Je remarque rapidement que son nez est encore bien enflé, puis je plonge le mien dans le sac où je trouve pas moins d'une dizaine de paquets de clopes. Je ne perds pas une seconde de plus, j'en ouvre un, chope une cigarette et tire une longue latte de fumée. *Qu'est-ce que c'est bon !*

– Attends, c'est ici que tu crèches ? me demande Benito.

Il s'est approché du portillon et s'appuie dessus comme s'il était enfermé dehors. Je fume sans lui repondre et, brusquement, il se gaufre en avant. Le portillon vient de se débloquer. Ben se relève en faisant de grands gestes et en insultant tout ce qui passe : le sol, le portillon et même la mère du portillon. Et moi, je me marre.

Je tire une autre taffe et je sens mon portable vibrer dans ma poche. Je le sors de là pour voir qui m'écrit :

Putain, ton pote est aussi con que toi, voire plus…

Je me surprends à sourire. C'est la lionne. Et je devine que c'est elle qui vient de déverrouiller à distance le portillon. Je cherche rapidement un petit cœur dans les émoticônes et j'envoie. J'imagine qu'elle comprendra l'ironie du geste.

Benito m'arrache le portable des mains. Il fronce les sourcils, façon mec blessé dans sa fierté, et se penche sur l'écran. *Merde, il n'est pas en train de lui répondre, là ?*

Je bouscule mon pote et récupère mon bien. C'était moins une, il était en train d'écrire :

Je te baise dans tous les sens et ta mèr…

J'efface rapidement et la vibration m'empêche de relever les yeux sur mon taré de meilleur pote.

Va te faire foutre, connard !

La lionne a compris l'ironie du petit cœur. Content qu'on soit sur la même longueur d'ondes. Que dirait sa mère face à tant d'impolitesse ?

– Oh ! C'est qui ? Solis ? me coupe Benito.

Solis ? Non, mais il lui manque vraiment une case ou quoi ?

Je fais non de la tête et il fronce de nouveau les sourcils. *Fais gaffe, mon pote, tu vas rester bloqué.* Il essaie de reprendre le portable mais je le vire sans effort tout en tapant une réponse :

Elena ! Ton langage !

Tout à coup, mon souffle s'arrête net. Je fixe l'écran, comme pris d'un vertige. Je viens de lui répondre ? Les mots sont sortis tout seuls. Je n'ai pas hésité pendant des plombes comme je l'ai fait pour la photo, je ne me suis pas caché derrière un emoji. Ça me fout vraiment les jetons. Je cligne plusieurs fois des yeux, j'ai un coup de chaud, brusquement. Je revérifie, mais non, c'est bien envoyé.

Benito me fait sortir de ma transe.

– Alors, c'est qui ? J'aimerais bien savoir à qui d'autre sur cette planète t'envoies des messages.

Je lui fais signe de laisser tomber.

– Salut…

Oh non, pas cette voix… Sophie, la conne de copine, est plantée derrière Benito qui se retourne d'un bond. Elle le reluque de haut en bas et le contourne pour venir vers moi.

– Salut. Mais t'es qui, toi ? Tu vis ici ? C'est toi, les messages, hein ? enchaîne Benito.

Ah ça y est, il est en chasse ! Il se tient bien droit et relève son nez cassé vers elle avec fierté. On dirait un de ces petits clebs que se traînent les stars. *Eh merde, ça va durer des plombes.* Elle le regarde avec un sourire.

– Non, je n'habite pas ici, répond-elle.

Il me regarde l'air de dire « Je peux la baiser ? ». J'acquiesce d'un signe de tête.

– De quels messages tu parles ? ajoute-t-elle.

Je soupire et je la bouscule pour entrer dans la maison. *Que Benito se démerde s'il veut se la faire.*

Alors que je pense en être débarrassé, elle s'agrippe à mon bras. Je tourne très peu la tête, je regarde ses ongles roses plantés dans ma peau.

– Tu ne me dis pas au revoir, Teag, susurre-t-elle.

Teag ? Je ne suis pas ton pote, aux dernières nouvelles.

Je regarde Benito, qui a l'air tout aussi surpris que moi. Il doit être en train de se demander si je me la tape. Sophie s'approche de moi et me fait la bise. Enfin, elle dépose ses lèvres humides sur chacune de mes joues. Ça me dégoûte et je la vire de là rapidement.

– Tu te la tapes ? lance Benito comme si elle n'était plus là.

Ah voilà, je lis dans les pensées de ce mec. Je fais non de la tête avec une grimace répugnée. Il est con ou quoi ? Elle n'a rien à voir avec ce que j'aime.

Sophie tourne les talons d'un pas rageur. Benito la suit, prêt à la consoler. Elle s'avance vers une grosse Mustang bleue garée le long du trottoir. En voyant ça, mon pote me lance un regard complice. On s'est très bien compris, lui et moi. Sophie passe derrière le volant et s'apprête à refermer la porte, mais il l'en empêche. Il mate l'intérieur de la caisse.

– Tu me déposes, ma princesse ? lui demande-t-il.

Il sait bien faire le type bien lourd quand il veut. La folle de copine semble l'envoyer chier, et l'instant suivant, elle part en trombe en le laissant au milieu de la route. Il lâche un juron et me montre la baraque.

– Tu m'invites pas à entrer ?

C'est ce qui s'appelle passer du coq à l'âne. Je fais un non catégorique de la tête. Certainement pas, mon pote, parce que je sais qu'Elena va être à ton goût, que toi, tu parles, et que tu vas la tchatcher exactement comme tu viens de faire avec sa copine. Je ne le supporterai pas.

– T'es sérieux, là ? insiste-t-il.

Je lève mon majeur et il se casse avec la tronche du mec vexé.

– Appelle-moi quand t'auras retrouvé tes racines, connard ! balance-t-il.

Je respire doucement et je laisse couler pour le moment. De quelles racines il me parle, en plus ? De celles de l'orphelinat du Queens ? Il n'a toujours pas compris qu'on n'en avait pas, de racines, justement ?

CHAPITRE 21

Je rejoins la maison après avoir claqué le portillon derrière moi. Ma clope ne survit pas jusqu'à la porte d'entrée. Je balance le mégot plus loin et il rebondit plusieurs fois avant de terminer sa course à côté d'un pot de fleurs.

Une fois à l'intérieur, je vise aussitôt les escaliers. Je compte squatter le plumard et mater la télé toute la soirée. Je referme la porte aussi discrètement que possible.

– Mmh… Tu vas où ?

Je ferme les yeux en me stoppant net dans ma lancée. Je respire un bon coup et je rouvre les paupières sur le père qui est planté là, tout seul au milieu de l'entrée. Je ne sais pas où sont les autres, mais j'entends blablater un peu plus loin. Il me montre le sac en papier que je tiens.

– Viens avec moi, ajoute-t-il en reculant vers le couloir sous les escaliers.

Je ne bouge pas, mais il insiste en articulant en sourdine « une bonne bière », certainement pour que la mère ne l'entende pas. Je reste immobile une seconde pendant que la voix de sa femme le fait pratiquement déguerpir. J'en lâche un sourire. *Est-ce qu'elle le fait flipper ?* On échange un regard rapide et je le suis dans le couloir.

– Tu sais, les femmes, moins tu leur en dis, moins elles te hurlent dessus. Et ta femme qui hurle… Non, non, je ne dis rien, tu verras par toi-même quand tu auras trouvé la bonne.

Pourquoi le cul bandant d'Elena déboule dans mon esprit quand il me sort ça ?

Je soupire en secouant la tête. Je suis dingue.

Très vite, on se retrouve tout au bout du couloir, dans ce qui semble être son bureau. Par les fenêtres, je vois le jardin et la porte qu'on a balancée. Sur tous les murs, il y a des étagères qui vont du sol au plafond. Elles sont remplies de livres, de cadres et de quelques objets de déco. Au centre de la pièce, un grand bureau en bois foncé trône sous une masse de paperasse. C'est un véritable merdier. Derrière moi, contre le mur, un canapé en cuir, du même genre qu'on trouve dans les cabinets d'avocats véreux, m'appelle. C'est peut-être ce qu'il fait comme boulot : avocat.

Je me tourne à nouveau vers lui. Il est en train d'allumer une petite lampe sur le bureau qui est perdue au milieu de tout son bordel. Il tire ensuite sur le gros fauteuil en cuir aussi marron que le canapé et monte dessus avant de grimper sur le bureau. Je le regarde faire en fronçant les sourcils. Mais que fait-il ? Il mate le plafond et va attraper le détecteur de fumée placé là, en enlève la pile et, les bras tendus loin au-dessus de sa tête, il essaie de remettre le boîtier en place. On dirait moi l'autre matin.

– Mais… quelle espèce… de…

Je n'ai jamais vu un type aussi classe avoir l'air aussi ridicule. Il perd patience avec le boîtier du détecteur et l'envoie valser dans un coin avant de redescendre de son perchoir. Il prend une grande inspiration et remet le col de sa chemise blanche en place.

– …saloperie, termine-t-il.

Je l'observe et je crois que je souris sans le vouloir.

– Et on ne se moque pas, marmonne-t-il avant de prendre place dans le fauteuil qu'il tire vers le bureau.

– Bon, dis-moi… Que contient ce sac ? termine-t-il.

C'était pour ça qu'il voulait que je le suive…

Il pose ses coudes sur le plateau en bois et croise ses doigts entre eux. Il me fixe et attend apparemment une réponse qui ne viendra jamais. Je soutiens son regard et, après quelques secondes, je lui balance le sac. Il me regarde avec surprise.

– J'imagine que tu n'as rien à cacher, dit-il.

Non, en effet.

Il l'ouvre et en inspecte l'intérieur pendant que je m'étale dans le canapé derrière moi. Le père éparpille les paquets de clopes sur son bureau. Il en prend un, qui est déjà ouvert. Je fronce les sourcils, je connais mon pote et je sais très bien ce que le daron va trouver.

– Un truc vieux comme le monde… dit-il.

Il ouvre le paquet et en sort un gros pochon de beuh et des feuilles à rouler. *Putain, merci Benito, je te connais par cœur.* Aucune réaction de ma part, je ne bouge pas.

– Tu comprends bien que je ne peux pas te laisser te balader chez moi avec ça ? dit-il.

Je soupire. J'envoie une main par-dessus mon épaule. Il hausse les siennes. Il a l'air de comprendre que je m'en fous. Je dois quand même avouer que, pour un bourge, il est compréhensif, sauf quand il s'agit de sa fille.

– Combien tu as payé ça ?

Payer ? Je n'ai jamais payé pour ça, c'est le concept du deal justement. D'ailleurs, s'il en parle à Solis, je suis mort. Elle m'a rabâché quinze fois qu'ici je devais arrêter tout ça. Mais concrètement, je n'y suis pour rien. Ce n'est pas de ma faute si Ben prend des initiatives.

J'ignore le père. Il n'avait pas promis une bière, au fait ? Je me suis fait avoir, il n'en a certainement pas ici. Je me redresse pour me casser juste quand il ouvre le pochon et fout son nez dedans. Je suis tellement sous le choc que j'arrête tout et que je l'observe faire. Le type s'y connaît ?

Il le referme et me le lance. Je le rattrape non loin de mon visage. Mais dans la foulée arrivent sur moi le paquet de feuilles et une clope.

– Tu roules, dit-il simplement.

Je reste comme un con avec tout le matos en main pendant qu'il ouvre je-ne-sais-quoi dans son bureau. *Je roule ?* Il veut que je roule un joint ici ?

Il sort deux bières qui ont l'air fraîches de je-ne-sais-où et se lève pour donner un tour de clé à la porte avant de me tendre une des canettes.

– Tu peux fumer ici, mais je garde le pochon. Je préfère que tu fasses ça avec moi et dans cette pièce qu'un peu partout dans la maison et avec ma fille !

Il n'attend pas de réaction et va se réinstaller dans son fauteuil. Ce type a le don de me prendre de court. Celle-là, je ne l'ai pas vu venir. Je suis partagé entre deux idées : l'envoyer se faire foutre et me casser sans fumer, ou fumer et voir ce qui se passe.

Un instant plus tard, je lèche la feuille et forme délicatement le cône. Il semble que la pensée numéro deux l'ait emporté. Je tasse le tabac et la mary pour que ça brûle bien en le tapotant doucement sur l'accoudoir du canapé et je relève les yeux sur le père. Il me fait signe de lui donner et, avant même que je percute, il l'allume sous mes yeux ébahis et tire une grande bouffée.

– Mmh… Il ne s'est pas foutu de toi, ton pote, dit-il en regardant le joint fumer entre ses doigts. Un par semaine, pas plus. Ça te va ? ajoute-t-il.

Quand je quitte le bureau du père, je suis défoncé. On a partagé, pourtant, mais la fatigue doit jouer. Je remonte dans ma chambre. L'effet de la weed m'aide à dormir, et là, c'est tout ce que j'ai en tête. Les escaliers finissent de m'achever.

Une fois arrivé en haut, je fais sauter mes fringues en me souvenant que le père m'a demandé d'être à l'heure pour la rentrée demain. Il peut toujours courir, je n'irai pas. Ce n'est pas parce qu'il joue au pote avec moi en fumant et en buvant des bières que je vais lui obéir au doigt et à l'œil.

Je passe par la salle de bain. La lionne est là, en plein brossage de dents. Je lui passe derrière et je vais pisser la bière que je viens de boire avec son père. J'ai du mal à garder les yeux ouverts tant la fatigue me happe. J'ai faim, aussi, un des effets secondaires du joint, mais la cuisine est trop loin.

Je termine et je rabats le boxer sur mon matos. Je fais demi-tour et paf, le regard vert d'Elena m'oblige à m'arrêter. Sa brosse à dents dans la bouche et un peu de dentifrice au coin des lèvres, elle me regarde comme si je venais de me branler sous ses yeux. *Merde, je n'ai pas fait ça ? Non, non, je suis défoncé mais quand même.*

Je m'avance pour me tirer – son père me l'a redit : Elena, on ne touche pas – mais elle me bloque la route.

– La chasse d'eau, gros dégueulasse, dit-elle.

Sans chercher à comprendre, je me retourne et je tire la chasse. Je reviens sur mes pas et la regarde avec sa brosse à dents dans une main et son portable dans l'autre. Du pouce, j'essuie le dentifrice qui tache sa bouche. *Non, mec, arrête tes conneries. La lionne, tu ne touches pas*. J'essuie mon doigt sur mon boxer et je me casse comme un coup de vent. Je vais m'affaler à plat ventre sur le lit et mes yeux se ferment.

– Oh ! Réveille-toi.

Le petit chuchotis me fait juste froncer les sourcils. Une main vient toucher mon dos. Je fais un mouvement brusque et elle disparaît. Du temps passe, je me rendors un peu, puis ça recommence.

– Teagan.

– Mmh…

Silence.

– Je voulais te demander un truc…

La voix de la lionne me parvient mais je n'arrive plus à ouvrir les yeux. Trop de substance en moi.

– Est-ce que… euh… Devant la maison… Est-ce que t'allais m'embrasser ?

Silence. Une main me touche doucement et me secoue.

– Teagan, est-ce que tu allais…

– Mmh… Mais tu pleurais.

Ma voix résonne contre les draps et s'évanouit dans mon esprit. *Est-ce que j'ai vraiment répondu ? Comme ça, sans problème ? Ou est-ce que je suis déjà en train de rêver ?* Il n'y a plus de bruit, je sombre. J'ai dû rêver.

* * *

Je regarde le mur. C'est nul, mais Anton m'a dit que si je bougeais, il allait appeler Dave. Alors je bouge plus. Je suis puni, mais comme Benito est déjà dans le placard depuis ce matin, je dois rester contre le mur dans son bureau. C'est le bureau des grands, et moi je n'ai que sept ans. Je n'ai pas le droit d'être ici normalement. J'ai faim. Et depuis tout à l'heure que je suis là, j'ai mal dans mes pieds et mon dos maintenant.

J'ai encore crié sur Anne et ses yeux étaient pleins de larmes. Anton m'a tapé avant de me punir. Il m'a dit que c'est pas bien de faire pleurer les filles. Il m'a dit que ma mère devait pleurer, parce que je suis pas sage. Alors j'ai crié sur lui aussi. Je veux pas que ma maman pleure. C'est pas de sa faute si je crie...

Maintenant, c'est moi qui pleure parce que j'ai mal à la joue depuis qu'Anton m'a tapé. J'aime pas pleurer, les autres se moquent toujours de moi après. J'essuie ma joue. Benito m'a dit de pas garder les larmes, et aussi, il dit à tout le monde que je suis son frère. Mais je le crois pas, parce qu'il me ressemble pas. Lui, ses yeux sont tout noirs, alors que les miens, ils brillent. C'est Anne qui dit toujours ça. J'essuie encore ma joue. Anne a pleuré à cause de moi et j'aime pas parce que ça me donne envie de pleurer aussi.

– Oh !

J'ai peur et je sursaute. C'est Anton qui crie sur moi. Je devais pas bouger, j'avais oublié. Je baisse la tête mais je l'entends. Il arrive et, d'un coup, il tire encore sur mes cheveux.

– Pas bouger ! Tu comprends, putain ?

Il crie fort et ça me fait pleurer encore plus. Sa main me fait mal.

– Bouge encore une fois et c'est au placard toute la nuit !

Non, pas le placard…

– NON ! Je veux pas !

– On-ne-doit-pas-crier ! hurle Anton.

Je me cogne contre le mur. Ça fait très mal. C'est Anton qui tient mes cheveux et je me cogne encore. À chaque fois qu'il parle, je me cogne et il me dit plein de fois de ne pas crier. Mais lui, il crie pour le dire.

– Ça va finir par rentrer dans ton crâne, Doe !

J'ai mal mais je crie pas. C'est tout chaud sur mon t-shirt. En plus, c'est mon t-shirt d'anniversaire que j'ai eu ce matin. Je regarde et c'est tout rouge. Ma tête cogne encore contre le mur et Anton s'en va.

– Oh ! Mais qu'est-ce qui se passe, ici ? Laissez-moi entrer !

Une dame crie, mais je pleure trop fort et je reste face au mur pour pas qu'il me fâche encore.

– Vous êtes qui, vous ? demande Anton méchamment.

– Laissez-moi passer.

La dame a l'air fâché. Je bouge plus, c'est tout rouge partout sur moi mais je sais pas d'où vient le sang.

– Viens avec moi, bout de chou.

Une dame me prend dans ses bras. Elle me porte et marche très vite. Ses cheveux sont bruns et ils sont longs. Je ferme les yeux. J'ai mal et je pleure.

– C'est bon, je suis là, maintenant.

Quand je rouvre les yeux, la dame avec les longs cheveux est assise en face de moi, elle me sourit. Elle est belle. Je suis à l'hôpital. C'est la première fois que je viens dans un hôpital et j'aime pas. Ils font des piqûres et j'aime pas les piqûres.

– Tu as encore mal ?

Je regarde encore la dame. Comme je réponds pas, elle parle encore.

– Ça va ?

Je fais oui de la tête.

– Tu sais ce que les docteurs vont faire sur toi ?

– Non.

– Ils... Ils vont mettre des petits fils sur ton front... Peut-être quatre ou cinq...

Mes yeux me piquent encore et la dame me tend ses bras. Je sais pas si j'ai le droit de lui faire un câlin.

– Viens, tu ne vas pas rester à pleurer tout seul, elle dit.

Alors j'ai le droit ? *Je descends de la chaise et je vais sur ses genoux. Je sais pas pourquoi mais ça me fait pleurer plus.*

– Est-ce que tu sais qui je suis ? me demande la dame.

– T'es une gentille dame...

Elle rit et me serre encore plus dans ses bras.

– Mais est-ce que tu sais qui je suis ?

Je la regarde, elle sourit encore.

– Tu es ma maman ?

Elle cligne des yeux, me sourit et elle fait non de la tête.

– Non, je ne suis pas ta maman…

Ses yeux sont mouillés mais sa bouche sourit.

– Madame Solis ? dit un monsieur habillé en blanc.

La dame relève la tête.

– Ah ! C'est à nous, Teagan. Tu viens ? elle me dit.

CHAPITRE 22

Mon corps refuse d'obéir, mais je le force et je douille. C'est la soif qui m'a réveillé. Je titube jusqu'à la salle de bain. Il fait jour. *Putain, ne me dis pas que c'est déjà le matin ?*

Je vais boire au lavabo. Le bien que ça fait, c'est dingue.

– Mais t'es pas prêt ? j'entends soudain dans mon dos.

La lionne...

Je me redresse pour la regarder. Je ne la quitte pas des yeux pour lui passer sous le nez et sortir de là. Elle s'apprête à dire un truc mais je lui lève mon majeur entre les deux yeux. Elle me fusille du regard et s'enfuit dans sa chambre en claquant la porte. Je tourne les talons, direction le lit.

– Teag ? Où sont tes fringues ?

Les mains sur les hanches et le regard vénère, Solis et son gros bide m'empêchent d'aller plus loin. Elle regarde la porte de la lionne puis revient sur moi.

Elle va me faire chier, et ce n'est franchement pas le moment.

– Tu es en retard pour ton premier jour de lycée. Va te doucher, tu fais peur à voir, et on verra plus tard pour ce à quoi je viens d'assister, ajoute-t-elle sur un ton sec.

Putain, la rentrée... Hors de question que j'y aille.

Je ne bouge pas, elle me fixe.

Eh merde.

Je tourne les talons, la douche est rapide. Avec Solis au cul, je suis prêt en dix minutes. Mais pas du tout réveillé, et malheureusement pour moi, l'assistante sociale s'est mise en mode casse-couilles.

– Tu comptes porter ça pour ton premier jour ? Tu veux qu'on te balance des pièces ou quoi ?

– Va te faire foutre.

Ça sort toujours tout seul avec elle.

– Teag ! Tu me parles correctement, et dépêche-toi, bon sang ! Je viens de passer plus d'une heure dans les embouteillages pour venir jusqu'ici. Tu sais à quel point c'est compliqué pour une femme enceinte de se retenir de pisser pendant plus d'une heure ?

Solis a toujours eu un drôle de pouvoir sur mes nerfs : elle me pousse toujours à bout mais je n'explose pas. Elle le sait très bien et elle arrive toujours à ses fins en insistant. C'est sûrement ses discours qui durent des heures qui m'anesthésient le cerveau.

Je vois se profiler au loin les premiers panneaux qui indiquent le lycée. Mon cerveau se remet en route d'un coup. Le lycée, ses cons et cette ambiance qui m'étouffe… *Allez, mec, c'est que quelques heures de ta vie, putain.*

Je reprends mon souffle, ça va être long et horrible pour moi. Je n'ai aucune envie d'y aller.

– Ça va ? me demande soudain Solis.

Son gros bide touche quasiment le volant. Bientôt, il va lui falloir un tracteur. Même moi, avec mon sac sur les genoux, je ne prends pas autant de place. Je détourne vite la tête en croisant son regard. Si ça va ? C'est une question à laquelle je ne réponds plus depuis longtemps.

Solis soupire et s'arrête doucement à un feu. Nous sommes dans une file de bagnoles interminable, ça va lui laisser du temps pour causer.

– Bon, comment s'est passée ta semaine ? Daniel et Angie m'ont dit que tu t'étais bien comporté et que tu avais fait beaucoup d'efforts. Je suis contente, mais j'aimerais savoir ce que tu en penses de ton côté. Tu dors bien ?

Mes nuits sont un sujet suicidaire et elle le sait très bien vu le ton délicat qu'elle emploie. J'ignore toujours la question des cauchemars. Personne n'a besoin de savoir que je suis farci de haine et de traumatismes qui pourrissent mon sommeil. D'ailleurs, le dernier cauchemar est encore bien frais dans mon esprit, au point que je pourrais détailler chaque scène comme si ça s'était passé hier.

– Je me suis souvenu d'un truc, je lâche sans la regarder.

Je la sens se tourner carrément vers moi. Elle baisse la radio et son air surpris me brûle presque la peau. Je respire un bon coup. J'aurais dû la fermer, je ne sais pas si je vais réussir à lui en dire plus.

– Pour… Enfin, chez les Milers ? me demande-t-elle, hésitante.

Je me crispe, et c'est comme d'avoir un haut-le-cœur sans air. Je serre les dents et ferme les yeux.

– Non, putain ! Pourquoi tu parles de ça ? j'envoie en la foudroyant du regard.

– Parce que te souvenir pourrait changer beaucoup de choses… Tu pourrais avancer. Mais excuse-moi, vas-y, je t'écoute, bafouille-t-elle.

Le silence revient et, pour combler, je remonte le son de son vieux poste de radio avant de m'enfoncer dans mon siège. Solis ne dit plus rien, elle sait que ça ne sert à rien d'insister cette fois.

On progresse au ralenti, coincés par la circulation surchargée. Elle soupire une ou deux fois pendant que, dans ma tête, c'est un bordel monstre. Entre Elena qui me frustre dans tous les sens du terme, le délire d'hier soir avec ces mots que j'ai peut-être vraiment articulés et mes cauchemars qui comportent de plus en plus de détails, je vais finir par exploser. Il y aura des tatouages sur les murs.

Si en apparence tout est calme, Solis me lance ce petits coups d'œil en biais. Elle affiche cet air que je n'aime pas, celui qui fait qu'elle est capable de m'appeler en pleine nuit pour me demander si je vais bien ou si j'ai envie de lui parler. En gros, elle est inquiète.

– Je vais bien, ok ! Alors arrête ça, putain ! je m'exclame.

Elle se fige et tourne doucement la tête vers moi. *Merde, c'est encore pire maintenant.*

– Ok… Euh…

Je la regarde en attendant la suite.

– Bon, et euh… Ce truc dont tu t'es souvenu…

Je serre les dents, je ne parle pas beaucoup, et pourtant, j'en ai trop dit. Le Solis Power est en action.

– Je… J…

Aah, mais pourquoi ça ne sort plus ?

J'envoie un coup de pied dans la boîte à gants, elle s'ouvre et le petit rabat craque avant de tomber entre mes pieds. Solis ne relève pas.

– Respire, prends ton temps, Teag, me souffle-t-elle doucement.

Je fais ce qu'elle me dit et ça m'énerve encore de constater que ses conseils fonctionnent. Je grogne et ferme les yeux. *Un mot à la fois, dans le bon sens, allez, mec. T'es pas un abruti à ce point-là, quand même ?*

– Sinon tu m'enverras un SMS. Je sais que certains sujets sont plus difficiles à sortir que d'autres. Je ne t'en veux pas et tu le sais, hein ? ajoute-t-elle.

– Non, c'est bon ! Putain, je sais parler. Arrêtez tous de me prendre pour un demeuré comme cette conne de lionne ! Et laisse tomber, je veux plus en parler. J'te jure, me casse pas les couilles aujourd'hui.

Solis se fait klaxonner parce qu'elle n'a pas redémarré au vert. Elle met une longue seconde à percuter puis appuie sur l'accélérateur sans un mot ni même un soupir. Elle ne cligne pas des yeux, c'est pourtant ce qu'elle fait habituellement quand je m'adresse à elle aussi mal. Elle avance juste jusqu'au cul d'une autre voiture.

– Teagan, je t'interdis de me parler comme ça, je suis claire ?

Elle est sérieuse ?

– Et tu comptes faire quoi au juste ? je réplique.

Ça sort tout seul alors que j'aurais de toute évidence mieux fait de la fermer. Solis soupire et se frotte le visage.

– Je suis fatiguée de ton comportement, Teag. Je fais tout, mais vraiment tout ce que je peux pour toi, et malgré ça, je ne peux rien te dire ! Tu te rends compte que je suis la seule personne que tu as ? Ou ça aussi tu n'en as rien à faire ?

Je rêve ou elle me pique une crise, là ? C'en est trop pour moi, je dois trouver un moyen d'évacuer ma rage, sinon, mes poumons vont exploser dans mes côtes.

– Tu…

Enfoirés de mots !

Je reprends mon souffle et je me casse. J'ouvre la portière en m'aidant d'un grand coup de pied. Cette dernière va percuter la voiture à côté et me revient dessus.

– Teag, attends !

Solis attrape la manche de mon gilet, je la vire de là rapidement.

– Va-te-faire-foutre !

Ma portière percute de nouveau la bagnole d'à côté, plusieurs fois. Il faut que je me tire avant de faire ou de dire un truc vraiment débile que je risque de regretter.

La vitre de la caisse de Solis vient d'exploser sous ma rage. J'entends le type de l'autre caisse m'embrouiller, mais je suis déjà en train de me faufiler entre les capots et les rétroviseurs en fouillant dans mon sac à dos à la recherche de clopes. Mes mains tremblent et tout part en couille dans ma tête.

– Je peux savoir où tu vas, tête de nœud ?

Oh putain, pas lui !

Cette journée peut donc devenir encore plus merdique qu'elle ne l'est déjà ? Parce que tomber par hasard sur ce connard galactique de Terry, c'est la touche finale. Il n'a qu'un seul but : me voir derrière des barreaux. Et cette tête de con n'attend pas une seconde pour choper mes fringues et m'empêcher d'aller plus loin. Réflexe automatique, je me débats pour me casser, mais il m'écrase contre la première bagnole qui passe, sous le nez des conducteurs. Le choc avec la carrosserie m'arrache un grognement de colère tandis qu'un de mes bras va trouver mon dos. *Enfoiré de flic.*

– Je te laisse deux options : ou tu me suis jusque dans ton bahut de bourge sans faire le malin, lâche-t-il près de mon oreille, ou tu joues au plus con et on termine chacun d'un côté des barreaux.

Il laisse volontairement un silence. Ma réflexion passe par quelques routes tordues pour finir lorsque j'entends qu'il sort ses menottes. Je n'ai alors besoin que d'une seconde pour me décider et j'ai la présence d'esprit de ne plus rien faire de stupide.

– Alors ? Tu choisis quoi ? Tu bouges ton cul de racaille comme un grand ou je te traîne de force ?

J'arrête de bouger. Il comprend que je baisse les bras et me laisse libre de mes mouvements. L'instant suivant, je passe entre les caisses, puis très vite, je me pointe devant le bahut en essuyant les regards qui arrivent de partout. Mais un seul me fait baisser la tête : celui de Solis, qui est plantée devant les grilles. Je l'ignore, qu'elle aille se faire foutre. Terry ne me lâche pas la grappe et envoie un énième coup dans mon dos pour me faire entrer dans le grand bâtiment.

* * *

Je suis assis sur cette chaise depuis plus de vingt minutes et sur la porte en face de moi est inscrit « Secrétariat général ». Foutre les pieds dans un lycée est le dernier truc que je pensais faire aujourd'hui. Et pour parfaire le tableau pourri, c'est un lycée privé. Ce genre de bahuts où ne viennent que des gosses de bourges parce que ça coûte la peau du cul. Je ne vais pas faire tache, ça va être pire.

– Oh ! Réveille-toi, ducon.

Terry envoie un coup de pied dans le dossier de ma chaise. Je l'ignore.

– Allez, la dame t'attend, ajoute-t-il.

J'attrape avec rage mon sac à dos et Terry vient se placer dans mon sillage, comme le flic qu'il est. Il me pousse, je le vire et je me retrouve dans l'entrebâillement de la porte. Une bonne femme grasse comme un moine se tient là.

– Votre premier cours a commencé, je vais vous y conduire, dit-elle.

Elle tient quelques feuilles agrafées les unes aux autres par un coin, et quand elle me passe sous le nez, je me dis qu'elle a l'air d'aussi bonne humeur que moi. Je ne bouge pas, cette conne ne m'a même pas dit bonjour, et à sa manière de me regarder, je peux voir le dégoût et le découragement que je lui inspire. Je peux presque l'entendre penser : *Pourquoi il est là, lui ? Il n'ira jamais nulle part.*

C'est sûr que ma route à moi ne commence certainement pas dans la salle de classe d'un lycée privé, mais Solis s'acharne à vouloir me faire passer par là pour je-ne-sais-quelles-raisons.

– Bouge-toi, me lance Terry.

La femme nous tourne le dos et s'en va. Je ne bouge pas. Je suis assez chaud pour être le moins docile possible aujourd'hui, mais Terry semble décidé à m'empêcher de jouer au con parce qu'il sort de nouveau sa paire de menottes de la poche arrière de son jean crasseux.

– Me cherche pas ou c'est une cellule que tu vas trouver.

J'obéis, non sans lui offrir mon pire regard. Je quitte les bureaux. La secrétaire nous attendait sagement à la porte et, lorsqu'elle me voit, elle trace dans le couloir désert bordé de casiers bleus sans un mot.

Je ne suis pas préparé à affronter les regards des autres, les cons qui vont me parler et toute cette pression que mes différences, qu'elles soient physiques ou pas, imposent.

Terry s'amuse à me pousser plusieurs fois. Je le vire d'un coup de coude et je l'entends se marrer. Ce mec aime jouer avec le feu. Quand je m'imagine lui balancer mon poing en pleine tronche, la vieille interrompt sa course devant une porte grise.

– Monsieur Doe, me dit-elle, ici, nous sommes à cheval avec la politesse et les bonnes manières, je compte donc sur vous pour les respecter minutieusement. Voici votre dossier, remettez-le à votre professeur.

Monsieur Doe ? N'importe quoi !

Elle me tend les feuilles, je la fixe un moment avant de lui arracher des mains. *Le respect va dans les deux sens, connasse !*

Elle fait un signe de tête à Terry et tourne les talons. Il la regarde disparaître, et moi, j'amorce la manœuvre pour frapper mais il m'arrête avant. Il chope mes fringues et me plaque contre le mur juste à côté.

– Qu'on soit bien clair, l'orphelin, un seul pas de travers et je déboule ici pour te montrer le chemin jusqu'au parloir, ok ?

Je me débats mais il resserre sa prise.

– Compris ?

Je me force à faire oui de la tête. Il ouvre avec force la porte de la salle où je dois me rendre et me pousse à l'intérieur.

– Parce que cette année…

La prof, debout entre le tableau et un bureau, s'arrête net de parler et se tourne vers moi. Je n'ai pas besoin de regarder le reste de la pièce pour savoir que les yeux de la trentaine de cons de mon âge sont tous tournés vers moi. *Respire, mec…*

Les trois secondes qui passent sont compliquées. La prof, une vieille défraîchie, cligne plusieurs fois des yeux.

– Oui ? demande-t-elle froidement.

Je me retourne vers la porte, Terry est déjà loin. *Comment j'explique mon entrée, moi, maintenant ?* Je serre les dents, j'entends quelques chuchotis et des ricanements.

J'avance vers la prof qui, bizarrement, recule d'un pas, et dans un silence de mort, je balance les feuilles que je tiens sur son bureau. Ça n'a pas l'air de l'intéresser.

– Jeune homme, lorsqu'on fait irruption dans une salle de classe en retard et qui plus est sans frapper, on dit bonjour et on s'excuse, lâche-t-elle.

Je plante mon regard assassin dans le sien. Nom de dieu, dans chaque lycée où j'ai pu foutre les pieds – et je peux dire qu'il y en a un max – il y a toujours eu les deux mêmes types de connards : les profs qui pensaient pouvoir me dresser et avec qui ça partait forcément en couille et les connards de mon âge qui pensaient pouvoir me rabaisser et avec qui ça partait forcément en couille aussi. Pour la prof, c'est trouvé. D'ailleurs, je la vois se décomposer sur place face à mon silence. *Eh merde, elle va m'embrouiller parce que je ne réponds pas. Merci, Terry.*

– Vous comprenez ce que je vous dis ? insiste-t-elle.

Je sais qu'un signe de tête sera trop pour moi. Je suis bloqué, comme à chaque fois que je me sens assailli par l'attention. Plus rien ne fonctionne en moi et je suis infoutu de faire abstraction de tout ce qui m'entoure. Je fais donc la seule chose dont je suis capable : me casser au fond de la salle.

La prof se saisit des feuilles sur son bureau et baisse enfin les yeux dessus tandis que je lui tourne le dos. J'évite tous les regards, les sourires ou les signes de tête qui me sont adressés.

– Présentez-vous à la classe avant de vous installer, ordonne la prof sur un ton sec avant même que j'ai parcouru la moitié de la pièce.

Et puis quoi encore ? Que je montre ma queue à tout le monde ? Hmm… Ce serait une idée, tiens, pour qu'elle me lâche. Je l'ignore encore une fois et je continue.

– Je vous ai demandé quelque chose ! Où est-ce que vous vous croyez ?

Je m'arrête net, là, au milieu de la classe, et me retourne pour la regarder. Elle perd toute contenance, cette conne. Je la fixe une longue seconde et je lui tourne de nouveau le dos pour avancer sous les rires de quelques élèves.

J'entends des « Mais il est fou… » ou des « Regarde sa tête à la prof ». Je relève les yeux, croise quelques regards partagés entre haine et admiration, et j'aperçois deux places libres au dernier rang. Sans réfléchir, je prends celle qui est sur ma droite. Je m'y affale en balançant mon sac par terre.

– Bon, ça suffit, donnez-moi votre nom et vous allez directement au secrétariat ! s'exclame la prof en avançant rapidement vers moi.

CHAPITRE 23

– Votre nom ! insiste-t-elle.

Je ne la regarde pas, je fixe un point devant moi. La fille à côté de laquelle je me suis assis, une espèce de morte vivante tout habillée en noir, m'envoie un coup de coude. Réaction immédiate : je la repousse. *Tu ne me touches pas !*

La prof en rajoute une couche en me demandant encore une fois de lui répondre. Je ferme les yeux, respire, mais c'est trop tard. Alors que je m'apprête à me lever pour partir, une voix s'élève par-dessus le brouhaha des autres élèves.

– Il ne peut pas vous répondre ! Vous avez lu sa fiche ?

J'en ouvre la bouche et les yeux de surprise. La lionne vient de se lever à l'autre bout de la salle et fusille la prof du regard. Wow ! Je ne l'avais même pas vu, ni moi, ni ma queue.

– Mademoiselle Hills ? C'est à moi que vous parlez ? demande-t-elle.

– Évidemment. À qui d'autre ? Il est muet, ce connard, alors foutez-lui la paix, il ne répondra pas !

Oh ! Je ne suis pas muet !

Toute la classe part dans un rire général tandis que je prends une grande bouffée d'air. *Calme-toi, mec, elle a voulu t'aider, ok ?* Même si elle l'a fait comme la garce de lionne qu'elle est.

La prof me fixe avant de retourner à son bureau. Elle parcourt rapidement les feuilles que je lui ai filées en arrivant.

Je sens tous les regards posés sur moi, je déteste ça. Je sais que ça peut paraître contradictoire avec la tronche que j'ai – les tatouages attirent forcément l'œil – mais moins on me voit, mieux je me porte.

Du coin de l'œil, je discerne le petit corps de la lionne qui reprend sa place assise. La prof somme la salle de retrouver le silence. Une fois, deux fois, trois fois. À la quatrième, elle promet une heure de colle à tout le monde. La salle retrouve son calme, mais les élèves me scrutent toujours en biais.

– Le fait qu'il soit muet n'est précisé nulle part, dit la prof. Hills, vous sortez.

Quoi ? Je ne suis pas le seul à ouvrir de grands yeux de surprise. D'ailleurs, j'ai presque envie de la remercier, cette prof, parce qu'elle a attiré toute l'attention de la classe sur elle.

La lionne, assise au premier rang, ne se lève pas.

– Quoi ? Mais pourquoi ? enchaîne-t-elle immédiatement.

– Pour votre langage absolument inexcusable. Et vous emmenez votre ami « le Muet » avec vous, répond la prof en mimant des guillemets. Dehors et directement au secrétariat pour valider vos heures de retenue !

– Mais je n'ai rien fait ! C'est vous qui ne savez pas lire une fiche normalement ! rétorque ma folle de lionne.

J'en lâche un petit rire et m'attire les foudres de la prof et les rires d'autres élèves. Elena se lève d'un bond et attrape ses affaires comme une furie. J'adore quand elle est comme ça.

– Bravo, vous venez de gagner deux heures de colle en plus. Et comme vous semblez fait l'un pour l'autre avec le muet, lui aussi ! réplique la prof.

Merde ! Je ne compte pas y aller de toute façon, mais merde quand même. Si Elena la fermait aussi…

Je me lève d'un bond en envoyant la chaise dans le mur derrière moi. La moitié de la classe sursaute, la prof y compris. J'attrape mon sac que je balance sur mon épaule en remontant l'allée.

– Il s'appelle Teagan, pas « Le Muet » ! crache Elena quand j'arrive à sa hauteur.

Bon, il faut qu'elle la ferme maintenant. Je vais choper la lionne par le bras pour qu'elle arrête d'aggraver son cas.

– Et deux de plus, merci du renseignement, Hills, ajoute la prof.

– Quoi ? Lâche-moi, toi, putain ! enrage Elena en essayant de se dégager.

– Dehors ! ajoute la prof en tendant vers nous un petit papier.

Je tire sur le bras de la lionne qui me repousse comme elle sait le faire. J'arrache littéralement le papier de la main de la prof. Si elle veut qu'on bouge, on ne va pas la contredire.

Elena continue de refuser de sortir, mais elle manque de force et on se retrouve vite dans le couloir. Sous le regard tranchant de la vieille, j'envoie mon pied dans la porte pour la claquer avec force.

– Mais quelle conasse ! J'en reviens pas ! Et toi, tu dis rien ?

Mais tais-toi, on ne va pas pouvoir sortir en douce sinon ! Je lui lance un regard noir. *Comment ça, je ne dis rien ?* Évidemment que je ne dis rien, elle s'attendait à quoi ?

– Tu fais vraiment chier ! Tu lui écrivais sur un papier et on était tranquilles. Non, au lieu de ça, tu fais ton insolent de merde et tu provoques la prof la plus reloue de tout le lycée. Maintenant on va passer nos soirées en retenue, bravo ! C'est du Teagan tout craché, ça. Monsieur le rebelle pas foutu de dire qu'il ne parle pas…

J'avance dans le couloir. Elle me suit en blablatant sans s'arrêter. L'endroit est tellement vide que sa voix percute chaque casier, chaque mur et chaque porte pour me revenir amplifié dans la tronche.

Je respire lentement en remontant le couloir qui se termine sur les portes de sortie du bahut.

Quand on arrive à leur niveau, la lionne est encore en train de me gueuler dessus. Je pousse sur la porte et découvre qu'elle est fermée à clé. J'insiste en m'énervant, mais rien à faire, c'est bien bloqué. *Ils ont le droit de faire ça ?*

– C'est fermé ! Et on doit aller au secrétariat pour nos colles ! Tu comptais te tirer ?

Et bla. Et bla. Et bla. Elle m'empêche de réfléchir.

J'essaie l'autre porte mais c'est pareil. La lionne me pousse en râlant.

– Mais putain, ferme-la !

Elle s'arrête net en sursautant. Ma voix grave résonne dans tout le couloir. Elle mate mon profil avec son nez relevé vers moi et ses yeux clignent de surprise. Je soupire et j'appose mon front sur le bois de la porte. J'ai mal au crâne avec tout ça. C'est comme ça à chaque fois que je dépasse mes limites. Mes mains tremblent et j'ai besoin de fumer une putain de clope.

– Tu…

Je lève mon index vers elle sans la regarder.

– Chut ! j'envoie pour compléter le geste.

Elle se tait aussitôt. Je me tourne vers elle. Merde, elle pleure. De grosses larmes coulent sur ses joues. *Fait chier.* Je fronce les sourcils et lui fais signe avec mes doigts devant ma bouche que j'ai besoin d'un endroit pour fumer, et rapidement. Elle essuie ses larmes rageusement d'un revers de manche.

– Va te faire foutre ! Pour une fois que tu l'ouvres, c'est pour me gueuler dessus ?

Et elle me laisse là comme un con. *Bordel, elle va me rendre dingue.*

Je la suis du regard et, finalement, n'ayant pas d'autre option, je la suis tout court. Elle remonte tout le couloir et tourne à droite. Je suis obligé de courir un peu pour la rattraper.

Je l'aperçois à peine, elle est en train de passer la porte de la pièce où j'ai attendu avec Terry tout à l'heure. J'entre à mon tour et je m'arrête net parce que je manque d'entrer de plein fouet dans le petit corps d'Elena qui recule. Elle bute contre moi et m'attrape la main discrètement dans son dos. Ses petits doigts s'entremêlent aux miens avec force. Est-ce qu'elle a peur ? Je ne sais pas trop. Un type est planté là, au milieu de la salle d'attente. Il porte un costard de luxe et a l'air d'embrouiller la secrétaire derrière son bureau.

– C'est inadmissible ! Mon fils s'est fait agresser par un voyou ce matin alors qu'il était stationné dans les bouchons aux abords de votre établissement. Sa voiture est endommagée. J'exige donc que vous me communiquiez le nom de cette racaille, que nous puissions porter plainte. Est-ce que vous savez qui je suis ?

– Je vous répète, monsieur, que nous ne pouvons pas savoir qui c'est… Votre fils ne l'avait jamais vu, vous dites ? Peut-être un nouvel élève, mais…

À ces mots, je tire sur la main de la lionne pour qu'on sorte tout de suite de là. C'est de moi dont parle ce type. Le monde des bourges est plus petit qu'il en a l'air.

On se retrouve dans le couloir avec Elena où l'on entend encore le mec gueuler.

– Mais… commence-t-elle.

J’envoie ma main sur sa bouche.

– Chut, je lui glisse à l’oreille.

Elle se tourne vers moi et un sourire illumine ses lèvres.

– C’est toi, la racaille ? demande-t-elle en chuchotant.

J’acquiesce d’un signe de tête. Ses yeux se remplissent de paillettes. *Décidément, cette nana-là est tarée.* Elle me mate bizarrement, et la seconde suivante, elle vient se loger contre moi et passe ses bras dans mon dos avant de poser sa joue sur mon torse pour se presser contre moi. Je ne bouge pas. Peut-être qu’un jour je comprendrai ce qui se passe en elle pour avoir de telles réactions. Ça dure plusieurs secondes, que j’avoue savourer comme un lapin, puis j’entends le type balancer un « Vous aurez de mes nouvelles ».

Des pas précipités arrivent ensuite dans notre direction. J’entraîne la lionne avec moi et je tourne rapidement le dos pour cacher ma tronche. Le bourge me passe derrière sans même voir Elena qui est blottie contre moi. On l’entend traverser le couloir puis disparaître. La lionne relève la tête et me regarde. Je baisse les yeux sur elle. *Encore des larmes ?*

Je ne comprends pas. Comme si c’était normal, je dépose un baiser sur son front sans réfléchir. Elle ferme les yeux à mon contact et les rouvre pour les porter directement derrière moi.

– Vous n'êtes pas censés être en cours, vous deux ?

Tout mon corps se fige de surprise. Je connais cette voix. Elena s'écarte de moi rapidement mais reste silencieuse.

Mais qu'est-ce qu'il fout là ? Son père me fait face quand je me retourne. Je cligne plusieurs fois des yeux.

– Fais pas cette tête, Teagan, je bosse ici. Bon, qu'est-ce que vous faites dans ce couloir collés l'un à l'autre ? demande-t-il plus froidement.

La lionne ne dit rien, elle ne m'aide pas. Je tends le papier que m'a donné la prof. Daniel le prend et le lit. Il hausse les sourcils puis regarde Elena.

– Ce n'est pas sérieux, Elena ? Il me semblait avoir été clair avec ta mère, lâche-t-il.

Je lève les mains entre nous, paumes vers le ciel en fronçant les sourcils.

– Quoi ? demande le père.

Merde, Elena, accouche. Explique-lui ce qui s'est passé ! Je l'attrape par les épaules et la plante devant son père. Elle résiste, mais je la pousse.

– Arrête, bafouille-t-elle en reculant.

Allez, parle, putain ! Je la pousse encore en grognant. Si même elle ne dit plus rien, on n'est pas arrivés.

– Elle s'est acharnée sur lui pour qu'il parle, marmonne-t-elle d'une minuscule voix et sans le regarder.

Son père la fixe avec un drôle d'air puis me regarde.

– Qui ? Madame Connors ? demande-t-il.

J'acquiesce rapidement.

– Bon… Dans mon bureau, je vais arranger ça.

Elena s'enfuit vers le secrétariat, elle m'a attrapé une main. Je la suis sous le regard noir de son père. Décidément, cette journée, je m'en souviendrai.

Plusieurs minutes après être entrés dans le bureau du directeur du lycée, qui n'est autre que le père, il raccroche son téléphone et nous regarde.

– Vous oubliez les heures de retenue et madame Connors s'excuse pour ce qui s'est passé dans sa classe. Mais Elena, j'aimerais que tu ailles t'excuser auprès de ta professeure pour ton comportement. Venir en aide à Teagan, je suis tout à fait pour, mais pas de la façon dont tu l'as fait.

Je la sens se raidir de la tête aux pieds.

– Non.

C'est ferme et définitif. Elle ne veut pas aller s'excuser.

– Très bien, je te confisque donc ta voiture. Tu te débrouilleras pour te rendre au lycée, réplique-t-il.

La lionne se lève d'un bond et s'en va. Mon regard quitte son cul qui disparaît et revient sur le père. Il soupire.

– Ça a été, le réveil, ce matin, toi ? me demande-t-il.

Je grimace et il rit.

– Le prochain, on le fume samedi soir et pas dimanche parce que j'ai encore les yeux scotchés, marmonne-t-il.

Je lâche un rire. C'est vrai que le joint m'a aussi mis en vrac, ce qui ne m'a pas aidé à encaisser ce jour horrible.

– Allez, va-t'en. Et tiens, tu présentes ceci à chaque personne qui s'adressera à toi jusqu'à ce que tu ne sois plus embêté. Là, tu files et tu suis les autres élèves dehors. Puis tu n'auras qu'à suivre Elena pour ne pas te paumer, ajoute-t-il en me tendant un petit carton, genre grande carte de visite.

Dessus est inscrit de sa main : « Teagan Doe, Terminale 3, nouvel élève. Il vous entend mais ne peut pas vous répondre, voir dossier, Daniel Hills » et il a signé. Je fourre ce truc dans ma poche et je me casse.

Dans le couloir, je me retrouve plongé dans une marée humaine. Certains élèves, plus petits que moi, fuient sur mon passage ; des nanas me matent en marmonnant des trucs entre elles. *Et voilà. Nous y sommes. Le lycée, cette jungle.* Je ne sais pas pourquoi, mais j'ai l'impression que c'est ici que tout commence. D'ailleurs, j'aurais aimé qu'Elena reste avec moi. Je ne sais même pas où je dois aller maintenant.

Après avoir suivi le conseil du père et fait comme tout le monde, je me retrouve à l'extérieur. Des regards se posent sur moi de tous les côtés. *Ok, une clope et je devrais réussir à tenir le coup.*

CHAPITRE 24

Traverser la cour avec ma tronche, c'est attirer tous les regards.

J'enfonce mes mains dans mes poches et je vais trouver un muret où personne ne squatte. Je pose mon cul et j'observe. *Putain, oubliez-moi.*

Les panneaux d'interdiction de fumer me sautent aux yeux de partout. Rien à foutre, j'en grille une en matant autour de moi discrètement. Je vois des groupes dispersés dans la cour. En fait, c'est comme dans tous les lycées, les sportifs – ces gros cons – sont avec les sportifs, les bimbos avec les bimbos, les geeks avec les geeks. Je repère les gothiques qui tentent une approche dans ma direction. *Oh non, où est ma lionne ?* Je préfère cent fois l'entendre me gueuler dans les oreilles plutôt que d'être vu avec un clan de suceurs de sang. Je suis juste tatoué, pas suicidaire. C'est dingue qu'ils pensent toujours que je peux être leur pote.

Je me tire et déambule entre les élèves. Après un moment, j'entends une voix que je reconnais : Sophie. La seconde suivante, je la trouve, et juste à côté d'elle, Elena, qui tire une tronche de six pieds de long. Elle suit le regard aguicheur de sa conne de copine et finit par me voir. Elle me fixe un moment puis se détourne.

Elle et Sophie sont avec d'autres nanas, qui reluquent toutes ma lionne de haut en bas en balançant des « Wouah ! C'est dingue » ou des « Tu as fait comment ? Quel régime ? ». J'entends même un « T'es moins moche qu'avant » qui me tire une grimace. La lionne n'a pas l'air à l'aise du tout et je ne sais pas pourquoi, je n'aime pas ça. Elle semble cernée. *Quelle bande de pouffiasses. Pourquoi Elena traîne avec ça ?*

La sonnerie me fait froncer les sourcils, et dans la seconde, tous les élèves s'activent comme de petites fourmis bien dressées. Je suis la lionne de loin, et très vite, j'entre dans une nouvelle salle de cours. J'envoie directement le billet du père sous le nez du prof. Il le lit et me fait un sourire.

– Ok, pas de problème. J'imagine que tu préfères être au fond et que les sciences naturelles ne te passionnent pas, me dit-il.

Wow, un prof sympa ? Je lui tourne le dos en reprenant mon billet et je vois Elena s'installer au deuxième rang pendant que je pars rejoindre le fond de la classe où je me retrouve à côté d'une des gothiques. *Eh merde !*

Le cours commence. Le prof parle de trucs complètement inintéressants, mais il le fait avec humour, ce qui rend les choses moins chiantes que prévu. Je finis par croiser le regard de la lionne, mais elle détourne la tête. Comme toujours, elle a l'air folle de rage. *Et moi qui attends depuis qu'on est assis qu'elle se retourne*... Elle m'envoie chier d'un coup d'œil. Je me ferme comme un liquor store au lever du jour. J'entends le prof, mais je ne capte rien de ce qu'il raconte. Pour m'occuper l'esprit, je gratte les pages de mon cahier en dessinant ce que j'ai attendu tout le cours.

– C'est quoi ? me demande la gothique.

Je cache les yeux qui sont apparus sous mon crayon et je m'affale sur la table pour faire barrière entre nous. *Pourquoi elle me parle ?* Ce n'est pas comme si personne ne savait que je ne parle pas. Grâce à la lionne et à sa grande gueule, tout le monde est au courant.

Quand la délivrance sonne, je rouvre les yeux. *Merde, quel connard, je me suis endormi.* En même temps, ma nuit n'a pas été vraiment reposante et cette matinée m'a poussé à bout. Je n'ai qu'une envie : retrouver mon Queens et le Goose pour descendre une bonne bière bien fraîche.

Je quitte la salle en dernier, juste après la gothique et ses fringues bizarres. Je suis à peu près sûr qu'elle ne peut pas courir avec ses espèces de bottes à grosses semelles. *Mais pourquoi s'infliger ça, sérieux ?*

Dans les couloirs, j'ignore les regards et les chuchotements. Peut-être aussi que je suis un peu parano…

Pas de passage par la cour, cette fois, apparemment. Je suis la gothique de loin parce qu'Elena a disparu, et je me retrouve comme un con quand je comprends qu'elle va aux chiottes. Il ne manquerait plus que je passe pour un pervers. *Si la lionne ne me laissait pas en galère aussi !*

Je m'adosse à un casier et je sors mon portable de ma poche, j'ai plusieurs messages. Un de Solis, entre autres. Mon cœur explose dans ma poitrine, mais je dois être sado parce que je l'ouvre en premier pour le lire.

Je ne t'en veux pas, juste parce que nous sommes aujourd'hui, mais ne refais jamais ça, Teag…

Je quitte rapidement la discussion avec les nerfs au bord des paupières. Je respire un bon coup et découvre le SMS de Benito.

Yo, tu penses à moi pour la Porsche… On fait ça quand ?

Je ne réponds pas, on verra ça plus tard. Même si voler une voiture me détendrait peut-être.

Le dernier texto provient de « The Lioness Bitch ».

Tu t'amuses bien avec Sally la gothique ?

Je fronce les sourcils. *C'est quoi, ça ? Une crise de jalousie à deux balles ?* Je renvoie comme si c'était normal :

T es où ? Que je vienne te gueuler dessus pour te répondre.

J'attends un retour assassin de la lionne en fixant mon écran mais rien ne vient, et brusquement, je reçois un coup sur l'épaule.

– Oh ! Bouge de mon casier, la racaille, lâche un mec.

Je tourne la tête et mon regard tombe nez à nez avec un de ces abrutis de sportifs qui portent leur veste de base-ball H24. Est-ce qu'il se branle avec sous la douche aussi ?

Il lance un regard appuyé dans mon dos et me pousse « gentiment ». Ce genre de con, il faut tout de suite les remettre à leur place, sinon, c'est foutu. Je me redresse en rangeant mon portable dans ma poche et je lui fais face sans ciller. Il ne bouge pas non plus. Je le fixe une longue seconde et je le contourne sans baisser les yeux. Histoire qu'il comprenne bien que je bouge parce que j'en ai envie et pas parce qu'il me l'a demandé. Il se retourne tout comme je le fais pour me regarder partir. Je sais que c'est puéril à manger sa chaussure, mais je m'adapte aux règles de cette jungle. Si j'avais baissé les yeux, il aurait voulu prendre le dessus et j'aurais dû cogner.

Mon portable vibre quand je tourne au bout du couloir. J'aperçois la gothique un peu plus loin qui se faufile entre les gens. Je la suis en ouvrant le nouveau SMS de la lionne.

J'aurais aimé que tu me parles plutôt comme hier soir…

J'arrête net de respirer et de marcher tandis que mon cœur me laboure l'intérieur et je relève la tête devant moi. Elle est où ?

Je me penche sur l'écran et je réponds :

Tu es où ?

Putain, mais je n'ai pas rêvé alors, je lui ai vraiment parlé. Et pour lui dire que je ne l'ai pas embrassée parce qu'elle pleurait. *Quel connard de lapin !* Il faut qu'elle oublie ça tout de suite. J'écris un nouveau SMS dans la foulée.

Oublie ça. Qui voudrait t'embrasser ?

J'appuie sur « envoyer » avant de capter la violence de mes mots. Je ferme les yeux. Je sais qu'on ne peut pas remonter le temps, mais là, j'aimerais vraiment le faire.

Le portable vibre, je jette mon regard dessus. « Message non transmis, veuillez réessayer ». *Oh, la vache, ouf…* Je souffle de soulagement, et très vite, j'efface ce texto de merde sans le renvoyer. *Bon ok mec, que ça te serve de leçon, réfléchis avant de parler. Enfin, de parler…* Ça vibre de nouveau. J'ouvre aussitôt.

Dans ton cul.

Garce !

Non, non, je suis certain que tu ne rentres pas. Par contre, je pense pouvoir me glisser dans le tien… On essaie quand tu veux. Enfin, quand tu arrêteras de chialer à chaque fois que je te touche.

Il se passe deux secondes et elle répond :

C'est ta connerie qui me fait mal aux yeux !

Je me marre tout en l'insultant intérieurement.

Tu t'es trompée, c'est ma beauté que tu voulais mettre, connasse, à la place de connerie.

Le retour est immédiat :

Au temps pour moi, c'est la beauté de ta connerie qui me fait mal aux yeux, connard !

Mais elle a réponse à tout ?

La sonnerie me rappelle à l'ordre alors que je suis en train de me marrer tout seul, planté au milieu d'un couloir.

En cours, bouffon !

C'est où ?

Chez ta sœur !

Eh merde, ma lionne est vraiment une bitch.

– Hé, tu vas où ? C'est par là, j'entends soudain.

Sally la gothique est plantée devant moi. Elle sent la clope. Alors il y a un endroit où fumer ici ? Je vais peut-être m'entendre avec elle, tout compte fait.

Elle m'envoie un clin d'œil et me contourne. Un instant plus tard, on est dans les derniers à entrer dans une nouvelle salle. C'est encore un prof jeune avec une bonne tête de vainqueur. Je sens qu'il ne va pas être mon pote, celui-là.

Je vais m'installer au fond, et j'ai beau chercher, il n'y a pas de lionne en vue.

Une fois assis, le prof passe dans les rangs pour nous distribuer des fiches de renseignements à remplir. Le cours démarre et toujours pas d'Elena. *Pourquoi ça m'énerve autant ? Lapin ! Mais quel con je suis. Stop. On s'en fout.*

Sally la gothique, qui a fini à côté de moi, remplit rapidement sa feuille, mais la mienne reste vierge. Quand mes yeux ont croisé, « travail du père » et « travail de la mère », je l'ai repoussée et elle est tombée par terre.

– Tu ferais mieux de ramasser ta fiche et de la remplir, parce que ce prof-là est très, très con, me chuchote la gothique.

Je sors le mot du père d'Elena de ma poche juste quand la porte de la salle s'ouvre. Ma lionne entre timidement. *Qu'est-ce qu'elle a ?* Tête baissée, elle donne un papier au prof et va vite trouver une place pour disparaître.

– Votre feuille est par terre, jeune homme, me dit-il.

Je sais.

Il fronce les sourcils et traverse la salle pour venir se planter devant moi. Il ramasse la fiche et la pose sur mon bureau. En retour, je lui balance le mot du directeur. Il le lit rapidement et tourne les talons après me l'avoir rendu. *Wow, c'est magique. Je crois que je vais me faire tatouer ce truc.*

Après un moment, je m'adosse pour soulager mon dos et mon regard se porte sur Elena. La tête penchée sur son bouquin, elle a l'air concentré à mort. J'extirpe mon portable de ma poche et vérifie mes messages. Pas un seul. Sous la table, j'envoie à la lionne :

Tu n'as pas répondu à ma proposition…

J'attends en la regardant. Elle ne bouge pas, ou presque. Une épaule gigote un peu mais rien de plus. Mon portable vibre dans ma main et plusieurs regards cherchent d'où vient le bruit. Je le mets tout de suite en silencieux.

Quoi ?

Il va falloir que je sois plus clair :

Toi, moi et ton cul

Sa réponse met du temps mais je finis par lire :

Tu me donnes encore envie de « chialer », comme tu dis, alors c'est pas demain la veille

J'accuse le coup. Comment ça, c'est moi qui lui donne envie de pleurer ? Il me sèmble qu'elle était déjà louche avant que je ne pointe mon nez chez eux. Eh merde, qu'est-ce qu'elle m'emmerde, aussi ! Je lui demande juste de baiser, pas qu'on se marie, et encore moins qu'elle me mette sur le dos son délire bizarre.

Je ne parle pas mais j'écoute et je vois, alors arrête de me prendre pour un con, tu ne pleures pas à cause de moi, Elena, il y a autre chose.

La sonnerie annonce la fin du cours. Elena saute de sa chaise et est la première à quitter la salle. Je suis le deuxième, mais elle a déjà filé je ne sais où. De rage, je renvoie un message rapidement.

Tu me fuis maintenant ? De toute façon, on se voit ce soir à la maison, bébé…

J'ajoute un petit cœur avant de fourrer mon portable dans ma poche, puis je suis les élèves. Mon portable vibre. La lionne ? Apparemment non.

J'ouvre le SMS d'un numéro que je n'ai pas.

Passe au secrétariat, j'ai oublié de te donner de quoi manger. Foutue weed

Il me tire un sourire, mais ça a un relent de nerfs contre sa fille.

Après douze couloirs, je finis par retrouver le chemin du secrétariat. Lorsque j'entre, le père est en pleine discussion avec la prof de ce matin. Celle qui m'a embrouillé. Les deux se tournent vers moi. Daniel me fait signe d'approcher. Je ne bouge pas tout de suite. La prof évite mon regard.

– Tiens, me dit-il en mettant quelques billets dans ma main.

J'acquiesce et je tourne les talons. Je l'entends me dire d'aller manger mais je ne sais même pas où c'est.

– Au fait, Elena t'a transmis ton carnet et ton emploi du temps ? ajoute-t-il alors que je passe la porte.

Je me tourne vers lui et je fais non. La garce ne m'a rien donné du tout. Il soupire.

– Ok, attends là, je reviens.

Il file dans son bureau et revient un instant plus tard avec des papelards qu'il me donne.

– Tes cours, les salles et un plan, me dit-il avec un clin d'œil. Amuse-toi bien !

Je lui arrache le tout des mains et je me casse.

Après avoir tourné et retourné le plan, je finis par trouver la cafétéria. Le père m'a filé vingt dollars. J'en dépense cinq et vais me trouver un coin dehors où personne n'est déjà. Une table de quatre est libre mais je l'évite. C'est le meilleur moyen de se faire rejoindre par des relous. Il y a une grande étendue d'herbe, je vais m'installer au milieu, loin de tout le monde.

Cette journée n'avance pas, ça me rend dingue. Je fixe mon portable, mais la lionne n'a toujours pas répondu. Je n'aime pas qu'elle me mette des vents. *Je suis le seul à faire ça, merde.*

J'arrive le dernier au cours suivant : maths, deux heures. J'entre alors que la porte se ferme et je me retrouve nez à nez avec une nana, jeune et vraiment bonne. Elle me regarde, l'air surprise. Je sors directement le mot du père, elle le lit et me fait un grand sourire.

– Les signes, tu connais ? me demande-t-elle.

Ouais, Solis m'a cassé les couilles avec ça pendant des années. Mais je ne suis ni sourd ni muet, alors mes mains ne lâcheront pas un putain de signe. Comme je lui mets un vent, elle poursuit toute seule :

– Ok, ce n'est pas grave, pas besoin de parler pour les maths. Va t'installer et fais comme les autres, semblant de m'écouter sagement.

Quelques élèves se marrent tandis que je vise le fond de la classe. Le cours commence, je m'emmerde sec, mais mater la prof m'aide à tenir le coup. Je vais me mettre à aimer les maths, moi. La bombe me lance de petits regards en coin de temps à autre. Je dessine son cul sur ma feuille. Mais je crois que mon esprit s'embrouille avec celui d'Elena. Ma lionne n'est pas là, d'ailleurs. *Alors ça, c'est la meilleure, c'est moi la racaille, et c'est elle qui sèche les cours.*

Je vérifie plusieurs fois mon portable, pas de nouvelles d'elle. Je résiste vraiment à l'envie de lui renvoyer un message plein d'insultes. Celle-là aussi, elle est pas mal. Je résiste à envoyer un message, maintenant ? *Mais dans quelle merde je me suis foutu ?*

Je devrais peut-être en parler à Benito. Il a souvent de bons conseils, même s'il ne s'en rend pas compte. Je mate vite fait la prof, elle me tourne le dos. Je mate donc son cul.

Je finis par détacher mon regard de cette vue pour envoyer un SMS à Benito.

Une meuf avec un cul bandant…

Stop. J'arrête là, il va buguer avant la fin du message. J'efface et je recommence.

Quand la nana ne veut pas mais qu'on insiste ? Le problème, c'est quoi ?

J'envoie ça. Il me répond quelques secondes plus tard.

Tu vas finir violeur ! Ou amoureux bouffon… Lol !

Je ne peux retenir un sourire.

Plutôt mourir que d'être amoureux.

Pff.. T'es un Rome Antique, man ! Baise-la ou aime-la !

Hein ? Rome Antique ? Je ne vois pas le rapport, là.

Comment ça, Rome Antique ? Tu te tapes une prof d'histoire ou quoi ?

Bah tu sais, c trucs que les meufs kiffent, le roman tik. Et les profs, c à chier.

Ah ! Quel connard. Il veut dire « romantique ». Ça m'étonnerait qu'Elena soit du genre romantique, ni du genre Rome Antique, d'ailleurs.

Je relis le message de Benito. *Les profs, c'est à chier ?* Je prends une photo de la prof qui nous offre son cul moulé dans cette jupe de dingue et je l'envoie à mon pote avec, comme légende :

On n'a pas les mêmes profs, mec !

D'avance, je me marre tout seul à imaginer sa tronche.

CHAPITRE 25

Il se passe deux secondes avant que Ben ne réagisse. Mais il m'appelle pour le faire. Je raccroche directement et, quand je relève les yeux, la prof est plantée devant moi. Mon sourire s'arrache de ma face.

– Donne-moi ça, dit-elle.

Personne ne me parle comme ça. Pas même une prof super bonne. Du coup, forcément, je ne bouge pas. Rapidement, elle se penche et attrape le portable, que je verrouille de justesse. Elle m'a pris par surprise.

Elle me fait un sourire et tourne les talons. Son cul en mouvement me vide le crâne et m'empêche de me lever pour lui faire ravaler son sourire.

– Tu le récupéreras à la fin du cours, bien entendu, dit-elle en levant le téléphone par-dessus sa tête tandis qu'elle remonte la rangée de tables.

Je somnole le reste du cours. Je me fais chier à mort. J'entends son blabla de prof mais rien n'atteint mes méninges. L'horloge au mur semble ne pas fonctionner de façon normale. À la sonnerie qui annonce la fin de la première heure, personne ne bouge. *Eh merde*... J'entends l'agitation dans le couloir puis ça se calme. Je suis affalé sur ma table, personne ne semble bien plus actif que moi. Je pense à Benito qui a dû enchaîner les messages dégueu. Ça m'occupe l'esprit une seconde, puis plus rien. C'est le silence total. Un toussotement de temps à autre, sinon rien. C'est oppressant... *Allez, mec, tu peux tenir. Ne saute pas de ta chaise pour te barrer en courant.*

La prof baisse soudain les yeux sur mon portable qui est posé sur son bureau. Je vois le truc clignoter d'ici. Merde, j'espère que Benito n'a pas envoyé une photo de son engin, il est tellement con, parfois. Elle a perdu ses couleurs et ne cesse de jeter des regards sur mon téléphone. Je n'aime pas ça. Un de mes pieds se met à bouger nerveusement pendant que j'attends la fin du cours. Je ne ronge plus mon frein, je l'ai mangé depuis un moment.

Quand la sonnerie hurle dans les couloirs, je suis le premier à me lever. Je me dirige rapidement vers le bureau avec mon sac au bout du bras, juste quand la prof se lève. Son regard vient transpercer le mien et elle me donne mon portable, non sans me balancer un regard furieux.

Benito m'a harcelé de messages et j'imagine qu'ils ont dû apparaître en haut de l'écran à chaque fois. Elle les a donc tous vus. Je jette rapidement un œil à la discussion.

Trop bonne, ta prof !

Il est où ton bahut, je me sens studieux, d'un coup.

Quand je relève les yeux en me marrant, je suis déjà au milieu du couloir bourré d'autres élèves. *Bon, j'ai tenu une putain de journée entière dans un lycée. Incroyable.*

Je suis le flot de gosses plus petits que moi, de pom-pom girls qui matent sans gêne, de geeks plongés dans leur portable, et d'autres qui n'ont pas la chance d'appartenir à un cliché. Moi, je fais partie du cliché qui écrit en gros sur son front « connard solitaire qui finira camé dans une ruelle ». En tout cas, c'est ce qui se reflète dans beaucoup de regards.

J'enfonce mes mains dans les poches de mon jean et je me casse d'ici. La lionne a foutu le camp, alors je vais me débrouiller pour rentrer. *Quoi que, pourquoi je rentrerais, après tout ?*

Quand enfin je sors ma carcasse épuisée du bahut, le premier truc que je fais, c'est de m'en griller une. Je n'ai ni trop fumé, ni embrouillé personne aujourd'hui. C'est un foutu miracle.

Je m'arrête non loin de l'entrée pour savourer ma cigarette et j'observe autour de moi. Je vois des sourires, de grosses bagnoles de bourges, et Elena. Elle me fixe méchamment depuis sa caisse. *Elle traîne ici alors qu'elle a séché les cours ?*

Elle est vraiment dingue. Je lui renvoie le même regard.

Quand j'amorce la manœuvre pour lui tendre mon majeur sous le nez, on me bouscule avec force. Je me tourne brusquement pour voir le connard de joueur de base-ball que j'ai « croisé » tout à l'heure. Il me lance un sourire de vainqueur avant de sauter dans une caisse décapotable conduite par une grosse pouffe de pom-pom girl. *Quand je parlais de cliché, tiens, celui-là est en plein dedans.*

– Oh !

La lionne m'appelle. Je détourne les yeux du mec qui disparaît dans un crissement de pneu. Je tire sur ma clope et je la rejoins. Je balance mon mégot avant de monter côté passager.

– Vas-y ! Prends ton temps, c'est sûr, j'ai que ça à foutre de jouer les taxis ! m'embrouille-t-elle.

Et toi, tu n'as pas répondu à mon dernier message. Ce n'est pas comme si tu étais quasi la seule nana de cette putain de planète à qui j'envoie des messages, espèce de garce... Voilà ce que j'aurais aimé pouvoir lui répondre du tac au tac, mais rien n'est sorti. Ce n'est pas faute d'avoir ouvert la bouche, pourtant.

Elle me regarde, un peu flippée, comme si elle attendait que ça sorte. Je souffle avec force et je tends la main pour l'obliger à regarder devant elle en écrasant lentement ma paume sur sa joue.

– Lâche-moi ! râle-t-elle.

L'instant suivant, elle met la caisse en route, et moi, je me renferme en regardant par la vitre. Le silence règne pendant un moment. Je ne percute pas grand-chose du trajet sauf qu'il y a encore des bouchons, mais moins que ce matin. Ce silence me va très bien, cette journée m'a vraiment pris la tête, en fait. Déjà que ce jour précis de l'année me fout les boules en général, l'associer à une rentrée forcée, c'est vraiment un coup à me faire vriller. Contre toute attente, je n'ai buté personne aujourd'hui. Peut-être demain. Et je suis heureux qu'on ait passé cette journée maudite de mon existence.

– Nathalie est à l'hôpital, au fait. À cause de toi, me sort brusquement Elena. Il paraît que tu lui as fait la misère ce matin… Je l'ai croisée aux urgences. Son bébé…

Je tourne doucement mais difficilement la tête vers elle. Je dois être si menaçant qu'elle s'arrête de parler. Deux trucs me piquent au vif : qu'est-ce qu'Elena foutait à l'hosto au lieu d'être en cours et pourquoi Solis ne m'a rien dit si c'est de ma faute ?

J'extirpe mon portable de ma poche et j'appelle Solis. Pourquoi elle raconte ce genre de trucs à Elena ? Que je lui hurle dessus parce qu'elle a merdé, c'est notre problème.

– Teag ? répond Solis.

– T'es où ? j'envoie direct.

– Euh… Je…

– T'es toujours à l'hosto ? Lequel ? je coupe.

Je sens Elena se figer à côté de moi. Je m'écrase un peu contre ma vitre pour prendre de la distance avec elle tandis qu'elle redémarre après un feu.

– Non, c'est bon, ils me libèrent. La bourrique d'Elena, je lui avais demandé de ne rien dire. Ce sont juste de petites contractions, rien de grave…

Je ne dis plus rien. Un silence s'installe, autant dans la voiture que dans mon oreille. *Est-ce que c'est vraiment à cause de moi ?* Une boule se forme dans mon estomac. J'essaie de me dire que c'est un hasard, mais je sais que ce matin, j'y suis allé fort avec elle. Je ferme les yeux et les rouvre. Ça y est, les mots bloquent.

– Panique pas, ok ? Ce n'est pas de ta faute, Teag, alors *no stress*. Respire un bon coup et…

J'entends un bruit de frottement, puis brusquement, une voix d'homme m'arrache l'oreille.

– T'as vraiment de la chance qu'elles aillent bien, putain de branleur ! Parce que la prochaine fois que ma femme et ma fille sont en danger à cause de toi, je t'éclate !

Je cligne des yeux en serrant les dents.

– Lucas ! Mais qu'est-ce que tu fais ? s'affole Solis en arrière-plan.

C'est donc son mec. J'écarte le portable de mon oreille.

– Teagan ? Teagan, ne raccroch…

Oh que si, je raccroche, et c'est la dernière fois que tu m'entends, Nathalie.

Je balance le portable droit devant moi avec rage, il part s'éclater sur le pare-brise et il dégringole entre mes jambes. La lionne a sursauté violemment et un peu freiné, mais elle ne s'arrête pas et ne me parle pas. Heureusement pour elle, elle semble comprendre.

Le silence revient dans l'habitacle. J'entends mon cœur pulser dans mes oreilles tellement je suis énervé, et mon sang est en ébullition. Le temps passe, et avant que mes nerfs ne puissent avoir la moindre occasion de se calmer, on se retrouve déjà garés devant la maison des Hills.

Je descends avant même qu'Elena n'ait éteint le moteur. *De l'air.* Je suis déjà en train de me casser vers le portillon pour me barrer quand Elena se plante devant moi.

– Tiens. Heureusement, il n'a rien, me dit-elle en me fourrant mon portable dans la main.

Je la vire de là et j'avance, mais elle attrape mon bras et m'oblige à m'arrêter.

– Attends ! Tu vas où ?

Je la pousse pour passer, mais cette folle insiste.

– Attends, Teagan… Je… Je n'y suis pour rien si tu t'es pris la tête avec Nathalie, me dit-elle sur un ton plus sensible.

Je la dévisage en train de me supplier du regard de ne pas me barrer. Elle finit par détourner les yeux pour me lâcher sa bombe :

– J'ai pas envie que tu t'en ailles. En plus, les parents sortent ce soir avec Chev, alors…

Je regarde au loin. *Respire, mec. Calme-toi.* Je souffle un coup et je tourne les talons vers la maison. Je ne sais pas trop pourquoi je l'écoute. Elle me suit sans un mot. J'arrive à la porte, je ne suis pas calmé. En fait, j'ai surtout envie de retenir la boule qui vient de monter dans ma gorge et qui fait naître ces putains de larmes qui n'ont pour seules barrières que mes paupières. J'ai mal au cœur et je refuse que ce soit à cause du connard avec qui vit Solis ou le fait que je décide à partir d'ici de la laisser en paix pour éviter qu'elle ne se retrouve encore à l'hosto à cause de moi. Je suis partagé entre plein de trucs merdiques, là. Je m'en veux, je lui en veux, j'en veux à la Terre entière pour ma vie de merde et cette destinée pourrave qui me colle à la peau. Et j'en veux à la lionne de me prendre par des sentiments que je ne pensais pas voir exister un jour. Une semaine, pourtant, c'est court. Surtout pour moi.

Je pousse la porte d'entrée de la baraque. Mes mains tremblent, je vais aller directement dans le bureau du père pour me rouler un joint long comme mon bras avant de m'en prendre à Elena qui me colle trop au cul vu mon état de stress.

– Teagan ? C'est toi ? Viens dans la cuisine ! lance la mère, à peine j'ai fait deux pas à l'intérieur.

Dans le coltard, je me dirige vers sa voix, puis je me ravise. *Ce n'est pas le moment, bordel.* Après un demi-tour, je me retrouve face à la lionne qui, sans faire gaffe à la gueule que je tire, me pousse dans la cuisine, et en une seconde, je me retrouve devant le gamin et la mère tout souriants.

– Joyeux anniversaire, Teagan ! s'exclament-ils en chœur devant un gâteau farci de bougies.

Mon souffle se raccourcit, mon visage me brûle tant je bouillonne à l'intérieur et je suis obligé de serrer les poings pour ne pas tout péter dans la pièce. *Solis ne leur a pas dit ?* Même elle ne me souhaite plus mon anniversaire depuis des années.

– Comme on doit sortir ce soir, on a décidé de faire ça maintenant. J'espère que tu aimes les gâteaux aux fruits ? On n'avait plus de chocolat et… commence la mère.

Les larmes coulent sur mes joues sans que je puisse rien faire et elle s'interrompt net. La pression qui monte en moi est inédite. Je vais tout casser si je reste là une seconde de plus. Le gamin regarde sa mère comme pour lui demander quoi faire. Je tourne les talons. Je ne peux pas. Pas de gâteau, pas de bougies, pas de vœu. Plus depuis des années.

– Oh ! Tu vas où ? Tu pourrais au moins dire merci ! me coupe la lionne en me barrant le passage vers la sortie.

Je la pousse doucement, je me retiens de la balancer contre le mur pour passer. Mais elle résiste en se tenant au montant de la porte.

– Elena, c'est bon… Ce n'est pas grave, chuchote la mère dans mon dos.

La lionne s'en fout et ne lâche pas l'affaire. Elle plaque ses mains sur mon torse et me pousse un peu plus dans la cuisine sans me regarder. Les larmes atteignent le bas de mon visage. Je ne respire plus, mon cœur s'est retourné et me détruit de l'intérieur.

BOUGE ! Je la pousse mais elle ne vire pas. J'ai peur de ce que je vais devoir lui faire.

– Va les remerc…

– BOUGE DE LÀ, BORDEL ! Je ne veux pas te faire mal, alors bouge, Elena !

J'ai hurlé. C'est tellement en feu en moi que c'est sorti tout seul. Elle se fige, le temps s'arrête une putain de longue seconde. Cette fois, elle se décale et je me casse plus vite que mon ombre. La porte vole dans le mur sous l'effet de ma force.

CHAPITRE 26

Ma chaise au Goose m'accueille sans me faire chier, elle. Tanya était occupée quand j'ai fait grincer la porte d'entrée du bar. Tant mieux, j'irai lui quémander une bière quand je me sentirai mieux. Là, je ne suis pas prêt à affronter une tête qui cherchera à me sonder.

Ce soir, la scène est occupée par un petit groupe. Je les regarde s'installer sans vraiment les voir. Je suis comme anesthésié, mon crâne s'est vidé dans le métro avec les sons répétitifs des voies ferrées et l'odeur de renfermé typique des wagons blindés.

Mes nerfs sont redescendus mais je me connais, c'est mauvais signe, je suis dans l'œil du cyclone : un rien pourrait me faire faire un truc vraiment con. Alors pour éviter ça, je n'ai pas regardé mon portable depuis que j'ai raccroché avec Solis et je ne compte pas foutre le nez dedans maintenant, parce qu'elle et les Hills doivent me chercher partout.

Un verre de bière bien frais se matérialise sous mon nez. Je reconnais la main de Tanya aux bagues en argent qu'elle porte au pouce et à l'index.

– Tu m'as manqué… souffle-t-elle.

Je ne relève pas les yeux et elle disparaît. Je bois cul sec et pose le verre sur le bord de la table.

Sur la scène, une répétition rapide s'organise. Je mate la petite brune qui fait les chœurs pendant je ne sais pas combien de temps. Mon verre s'en va et revient rempli. J'en vide la moitié, puis, comme un vent apaisant, un sourire me passe sous le nez.

– Salut, tu fumes ?

La choriste me tend son joint. Je la regarde et le prends tandis qu'elle vise ma bière. Je la pousse vers elle.

– Échange de bon procédé, dit-elle avec un sourire.

Tout à fait d'accord.

J'embrase le bout du joint, je sais que Tanya ne dira rien : il se fume autant de pétards qu'il se boit de bières ici. Je me tasse dans ma chaise. *Ah putain, ça fait du bien.* C'est comme si mon sang arrêtait de me brûler de l'intérieur.

Je rends le cône à sa propriétaire après deux autres taffes et elle me rend ma bière. Je la regarde remonter sur scène et la vision de son cul me comble pendant un moment. *Pas aussi bonne que la lionne, mais bonne quand même.*

Je siffle la fin de mon verre et croise le regard de la sœur de mon pote. Il est plein de questions et de cet autre truc qu'elle attend encore et toujours de moi. Je détourne les yeux pour m'en griller une. *Ce n'est définitivement pas le jour.*

La choriste m'envoie de petits coups d'œil explicites. Je l'ignore. Cette journée m'a tellement pris la tête que ma queue est H.S.

Près d'une heure plus tard, je dois aller pisser les bières que j'ai enchaînées après la première offerte par Tanya. Je quitte ma chaise et me faufile derrière le rideau crasseux qui cache le couloir des chiottes au bout du bar.

Lorsque je ressors en essuyant mes mains sur mon froc, je tombe nez à nez avec la choriste. Elle me mate, je la mate. Elle vise ma queue d'un coup d'œil et hausse un sourcil. *Eh bien, elle en veut !* Dommage pour elle, je ne suis pas d'humeur.

Mon manque d'enthousiasme n'a pas dû transpirer car elle vient de plaquer une main sur mes parties et sa bouche est déjà en train de sucer la peau de mon cou. *Ok...*

Je respire un grand coup et j'essaie de la repousser, mais sans conviction. Pourquoi dire non ? Je suis libre, après tout, même si mon connard de cerveau affiche la lionne en gros plan dans mon esprit. Mon membre ne réagit d'abord pas, puis il se dresse et pulse dans mon pantalon. Les doigts plus agiles qu'ils en ont l'air de la choriste font vite sauter le bouton de mon jean puis la braguette descend d'elle-même pour laisser place à ma queue qui se montre bien plus démonstrative que je ne l'aurais cru. Je dois vraiment être en manque pour qu'une meuf comme elle arrive à me chauffer aussi vite, et dans ce coin dégueulasse en plus.

Elle me plaque contre le mur, mais je résiste. C'est elle qui me chauffe, mais c'est moi qui contrôle, c'est toujours moi qui contrôle. Je la pousse et c'est elle qui termine coincée. Elle gémit en passant la main dans mon boxer, ses doigts froids viennent s'enrouler autour de ma queue tendue et elle descend en forçant jusqu'à mes boules. J'en grogne de plaisir et mon membre en vibre presque contre son poignet. J'appuie une main au-dessus de sa tête en soufflant avec force et l'autre va lui attraper une fesse. *Un peu molle mais il est trop tard pour que je fasse mon difficile.*

Sa main fait des aller-retour et sa langue lèche mon cou. Je serre les dents, ferme les yeux et je savoure de pouvoir me laisser aller et de ne penser à rien d'autre qu'à ma trique sous les bienfaits de cette inconnue. Je ne devrais pas faire ça, ce n'est pas moi, je ne me tape pas des meufs qui sortent de nulle part et encore moins dans ce genre d'endroits, mais voilà où me mènent des journées comme celle-ci : je fais n'importe quoi. C'est comme si je passais mon temps à chasser ce que je suis pour devenir un type prêt à n'importe quoi pour se vider la tête.

Voilà comment j'en arrive là, en train de me laisser happer par un désir que je sais de surface, animal et quasi virtuel. Mais j'en ai besoin, il faut que j'évacue tout ce que j'ai encaissé aujourd'hui, et le faire de cette manière avec cette choriste brûlante, c'est mieux que de coller un type au hasard dans le coma.

– J'ai envie de toi, me susurre la choriste au creux de l'oreille.

C'est devenu plutôt évident au moment où t'as fourré ta main dans mon froc…

Je recule, un peu, elle relève la tête. Sa main s'immobilise sur le haut de ma queue, là où c'est le plus sensible. Je baisse les yeux sur elle.

– Tu m'embrasses pas ? me demande-t-elle à voix basse.

Non, je n'en ai aucune envie. Eh merde, encore une qui veut de l'amour. On s'est mal compris, je crois.

Ses doigts se resserrent. Voilà le seul langage que je parle, ce soir. Je plisse les yeux mais je résiste et retiens le grognement qui ne demande qu'à sortir. Elle sait y faire. Elle vise ma bouche, accentue sa prise, et la seconde suivante, elle plante ses lèvres sur les miennes. Elle m'écrase le gland en plaquant ses hanches aux miennes. Le grognement m'échappe cette fois. Cette folle a une langue hyperactive. *Putain, elle m'excite, cette conne…*

– Et tu le connais d'où ?

– Il habite chez moi.

La première voix me hérisse le poil, la deuxième me retourne le bide et me coupe l'envie. J'ai tout juste le temps de décoller nos lèvres et de relever les yeux que le rideau qui nous cache du reste du Goose s'envole pour laisser place à Tanya dont le visage perd toutes ses couleurs à mesure qu'elle semble comprendre la scène devant elle.

La choriste glousse, je me décolle d'elle plus vite qu'un camé qui achète sa dose et, en une seconde, je referme mon froc. Mais c'est trop tard, personne n'a besoin d'un dessin pour comprendre ce qu'il était en train de se passer. La serveuse me fusille du regard et m'insulte du plus profond de son âme. Juste derrière elle, un regard vert-noisette s'emplit de larmes douloureuses. Mon cœur d'enfoiré semble se ratatiner sur lui-même.

– Cassez-vous de mon bar, crache Tanya avant de tourner les talons.

Sa voix résonne dans ma tête mais je ne percute pas grand-chose. Je suis comme déconnecté de la réalité. La choriste trouve ça marrant, apparemment, et se casse en bousculant celle qui se trouve sur son passage, mais la lionne ne réagit pas et se contente de laisser couler ses larmes sans me quitter des yeux.

Je me retrouve comme un con à deux petits mètres d'elle. Je baisse la tête et regarde mes pompes en essayant de respirer au mieux, mais l'air ne vient pas ; de toute façon, mes poumons crament tout ce qui entre là.

J'entends un sanglot déchirant et j'ai plusieurs secondes de bug total avant de comprendre qu'Elena tourne les talons et s'en va.

Journée maudite…

Ma respiration se débloque quand j'entends la porte du Goose s'ouvrir avec son grincement habituel. Mon expiration soudaine me reconnecte violemment au présent. Mon cerveau part dans tous les sens et, sans réfléchir, je cours pour la rattraper. Je me poserai plus tard la question du pourquoi je fais ça alors que je ne lui dois rien.

J'arrache presque le rideau et je trace dans le bar en bousculant quelques ivrognes trop lents. Elena n'est déjà plus là.

Je défonce la porte et je la vois traverser la route pour rejoindre sa voiture qui est garée en face en double file. Je la vois pleurer d'ici. Je me bouge pour la rejoindre mais une caisse me coupe la route et m'oblige à m'arrêter. *Fait chier, putain !*

J'arrive sur elle lorsqu'elle met le moteur en route. J'écrase ma main sur la poignée mais elle a verrouillé les portières. Je tape sur le carreau. *Non… Ne te casse pas ! Laisse-moi t'expliquer !*

Je la vois enclencher la première les mains tremblantes, et la seconde suivante, la caisse s'éloigne déjà. J'aimerais lui crier de s'arrêter mais rien ne sort, j'ai l'impression d'imploser.

Je pousse un cri de rage. Pourquoi je n'ai pas été foutu de lui expliquer ce que je ressens, comme les pauvres mecs le font dans les films ? *Quel connard !* Et pourquoi ça m'emmerde comme ça qu'elle souffre ? Ce ne devrait pas être mon problème !

Alors que je fais demi-tour, un klaxon m'oblige à m'arrêter net. J'ai failli me faire percuter. Le type m'embrouille. J'envoie un grand coup de latte dans son rétro et ce dernier termine en pendouillant lamentablement. Le conducteur m'insulte de tous les noms et commence à sortir de sa caisse. Avant que l'un de ses pieds n'ait touché le sol, je suis déjà loin. *J'emmerde ce connard, j'emmerde Elena, j'emmerde Solis et j'emmerde cette journée du plus profond de mes tripes !*

* * *

Deux plombes plus tard, je hante encore les rues sans réfléchir à l'endroit où me portent mes pas. Je vais partout, je viens de nulle part. Je suis encore plus perdu qu'en temps normal.

Depuis que je me suis barré du Queens, j'erre dans les rues comme un fantôme dévoré par sa rage. Mes connes de larmes n'arrêtent pas de revenir et entretiennent avec elle le tremblement qui ne quitte pas mes mains.

Je hais ce jour. Je hais cette vie, je hais la lionne de me rendre aussi faible.

Mon portable vibre dans ma paume. Comme je suis con, j'ai lu tous les messages de Solis qui me harcèle. Je n'ai répondu à aucun.

Teag, les Hills m'ont appelée… Où es-tu ? Réponds, s'il te plaît. On s'inquiète vraiment !

Je suis complètement paumé. Quoi faire ? Je ne sais même pas où aller pour ne pas dormir dehors. Solis, c'est mort. Tanya et Benito aussi. Et les Hills ? Je n'arriverai jamais à me repointer chez eux après mon pétage de câble face au gâteau merdique. Et impossible de m'imposer à Elena…

Je ralentis puis m'arrête. Je ne sais pas où je suis, mais le banc là-bas me semble très bien. Je vais m'asseoir sur le dossier. Je me pèle le cul, la nuit a apporté avec elle la fraîcheur qui annonce l'automne. Je ne capte pas grand-chose de ce qu'il y a autour. Le décor m'échappe complètement. Dans ma tête, je ne vois que le regard humide de ma lionne. Je secoue la tête. *Il faut que j'arrête. Depuis quand je suis aussi sentimental ?*

J'extirpe de ma poche mon paquet de clopes et prends la dernière. J'actionne le briquet et je tire un max de fumée d'un coup. Ça n'est pas vraiment efficace mais ça me donne un semblant de paix intérieure durant quelques précieuses secondes.

Après un moment à mater dans le vide, mon portable vibre de nouveau : un autre message de Solis.

Rentre chez les Hills, s'il te plaît. Ne fous pas tout en l'air, Teag.

On dirait que j'aime la voir s'inquiéter. Comme quoi je suis bien un sacré enfoiré. À croire que je cherche à faire souffrir les gens autant que moi. *Peut-être que ça me rassure de me dire que je ne suis pas le seul…*

Je ferme les yeux. Putain, elle se fout de moi, Solis ? « Tout foutre en l'air » ? Il n'y a rien dans ma vie, comment je pourrais foutre quoi que ce soit en l'air, sérieux ?

Je tire une longue taffe sur la clope qui réduit de moitié, et soudain, j'entends des pas approcher, lentement. *Le connard qui décide d'en faire chier un autre dans un parc en pleine nuit est mal tombé avec moi.*

Le bruit s'amplifie et une ombre vient doucement s'installer à côté de moi. Une bière en canette dans un sac en papier est déposée à côté dans le silence.

Putain, mais c'est qui, ce type ? Je tourne les yeux vers la silhouette le moins possible.

Comment il m'a trouvé, ce con ? Il est dirlo d'un bahut ou détective ? Et franchement, s'il pense résoudre chaque crise avec une bière, il se fourre le doigt dans l'œil jusqu'au coude.

Comme je suis infoutu de traduire ma pensée en mots, j'envoie valser la canette d'un coup de pied nerveux. Elle vole et part s'écraser au sol. Le père de la lionne ne dit rien pendant un instant, puis :

– Je ne pensais pas te trouver ici, tu n'es venu qu'une fois avec moi. Je viens me boire une bière au calme après cette journée, et voilà que tu la balances à six mètres de là, dit-il en se levant.

Il va ramasser la canette, et moi, je relève la tête autour de moi. *Putain de merde, je suis à Staten Island ? Mais j'ai marché combien de bornes ? Et pourquoi il a fallu que je me retrouve dans ce putain de parc ?*

Le père ouvre sa boisson et laisse la mousse déborder en faisant attention de ne pas s'asperger.

– Elena a embouti sa voiture pas loin du quartier où tu as grandi…

La phrase me percute si violemment que je relève la tête vers le daron et sa bière coulante. Il semble surpris de ma réaction mais se reprend vite.

– Tu as une explication ? lâche-t-il après sa première gorgée. Elle va bien, ajoute-t-il. Mais sa voiture va rester au garage pendant un moment. Alors ? Qu'est-ce qui s'est passé ? Elle dit ne pas t'avoir trouvé, mais j'ai de gros doutes…

Je détourne la tête. Le silence nous honore de sa présence. Le père boit une autre gorgée et reste là, en face de moi. Je sens son regard, une foutue torture.

– Bon… Tu me feras un dessin dans ce cas, fait-il après un moment.

Ouais... Je vais faire ça, tiens. Je doute qu'il apprécie la scène.

Il vient se rasseoir sur le banc. Je regarde au loin. Ma clope est éteinte et je n'ai qu'une envie : disparaître.

Daniel me demande une cigarette. Je lui montre mon paquet vide. Il grogne que je fume trop. Je l'ignore. Si j'avais une vie moins pourrie, peut-être que je n'aurais pas besoin de fumer, ni clope ni joint ; peut-être que j'aurais une autre gueule aussi. J'en sais rien.

– Nathalie nous a expliqué pour ton anniversaire…

Je me crispe. Cette seule phrase fait exploser le compteur de mon rythme cardiaque et fait remonter mon stress au max. Si Solis leur a « expliqué », elle a forcément dû parler des Milers… J'espère pour lui que le père ne va pas m'en parler à son tour, parce que je ne répondrai plus de rien.

– Nous sommes désolés d'avoir été négligents sur ce point et on respecte le fait que tu aies préféré partir de la maison sans vouloir faire de mal à personne. Mais j'aimerais que tu rentres. Pas forcément avec moi, mais quand tu te sentiras ok, fais-le. Réfléchis bien… Toi et moi, on sait ce que tu risques si tu dépasses les limites imposées par le juge… Et si je te collerais bien contre le mur vu l'état d'Elena, tu ne mérites pas la prison.

Le silence, le froid aussi, et d'autres larmes me brûlent les yeux. *Comment je me sens, là ? Compris*. Et je n'ai vraiment pas l'habitude. Au point que je suis en train de résister de toutes mes forces pour ne pas sauter de ce banc et me barrer en courant. Pourquoi ça me fout en rogne, je ne sais pas. Je vais finir par croire que je préfère quand on s'en prend à moi plutôt que d'avoir affaire à des gens qui essaient de me faire une place dans leur vie.

Je serre les dents à m'en péter une puis je finis par prendre une grande bouffée d'air. Mon souffle est saccadé et, d'un revers de manche, j'essuie mes joues à plusieurs reprises. Le père a la décence de ne rien dire, il siffle sa bière.

Après un moment, il pose une main sur mon épaule et serre un peu les doigts.

– Je laisse la porte ouverte, dit-il doucement avant de s'en aller comme il est venu.

Moi, je reste là, sur ce banc, avec ma vue trouble et tout un tas de sentiments que je ne connais pas qui essaient de sortir de moi. Mais je garde tout à l'intérieur. C'est comme ça qu'on m'a appris : ne rien dire, se la fermer, encaisser.

CHAPITRE 27

Je suis planté devant le portillon. Qu'est-ce que je fais là ? J'affronte et j'en chie. Je fais face à la honte qui m'empêche d'assumer l'incommensurable connard que je suis. J'ai faim, j'ai froid et je pue. Mon esprit est posé, l'épuisement m'incite à être plus calme que jamais.

Quand le père s'est barré, je suis resté sur le banc, sans clope, sans bière, avec mon bordel interne et des questions qui partaient dans tous les sens pour seules compagnes.

La fatigue accumulée met au défi mon courage de franchir le portillon pour aller retrouver ma chambre chez les Hills, son plumard et la douche. Je ne veux pas croiser Elena, ni personne. Mais c'est ça, ou dormir encore dehors.

Après un petit moment à flipper comme un bouffon, j'escalade la ferraille froide et je me retrouve de l'autre côté. Il fait nuit, il doit être dans les quatre heures du mat, et ça fait trois jours que je n'ai pas mis les pieds ici. Trois jours qu'Elena m'a grillé avec la choriste, trois jours que mon anniversaire est passé, trois jours que je n'ai ni batterie, ni lit pour dormir, ni clopes, rien.

Je remonte jusqu'à la maison et je me retrouve devant la porte. Comme prévu, le père l'a laissée ouverte. Il a donc tenu parole et m'attend encore. Il n'a pas dû prévenir Terry de ma disparition.

Je souffle un coup pour me donner du courage et j'entre, lentement. Pas de lumière, c'est calme. Je ne m'attarde pas au rez-de-chaussée et je monte aussi discrètement que possible.

Au deuxième, je rentre directement dans ma chambre, prêt à me laisser tomber sur le lit pour m'endormir. Même si une douche serait plus urgente, je suis trop claqué pour l'envisager.

J'avance dans le noir et commence à me déshabiller. Je balance mes fringues plus loin et je m'attaque à mon jean. *Cette merde ne tient pas du tout chaud la nuit.*

Je relève les yeux vers le lit et je me fige net, les doigts encore sur ma braguette. Un petit corps est recroquevillé, là, dans la pénombre. Je reconnais tout de suite les longs cheveux bruns qui coulent sur son épaule charnue. *Mais que fout la lionne dans mon lit ?* La dernière personne que j'avais envie de voir m'attend dans mon pieu.

Je ne bouge plus pendant plusieurs secondes pour la regarder. Elle est sur le côté, ses mains sous sa joue, ses genoux remontés vers sa poitrine, ce qui arrondit son dos, et elle dort. Son visage semble paisible.

Je recule doucement et je vais m'enfermer dans la salle de bain sans faire de bruit. Je ne veux pas la réveiller.

Finalement, je vais la prendre, cette douche…

Je fais sauter mon jean et mon boxer, tout finit par terre, et un instant plus tard, l'eau chaude me brûle la peau. *Putain, ça fait du bien*.

Je me savonne trois fois de suite. Trois jours sans me laver, je n'ai pas battu un record, parce qu'à l'orphelinat, ils nous passaient à la douche quand ils voulaient – soit pas souvent – mais je savoure à mort quand même.

Je ferme les yeux, laisse mes épaules tatouées se détendre sous le jet et je ne pense plus à rien. Je crois que je reste au moins trente minutes sous la flotte chaude.

Quand je ressors, j'ai tellement faim que mes jambes ne me portent pas aussi bien que d'habitude. Peut-être que la fatigue joue aussi.

J'ai forcé une caisse pour dormir le premier soir. Ce n'est ni confortable ni chaud, et quand on se retrouve nez à nez avec la propriétaire au réveil, il faut courir. La pauvre nana a dû avoir la peur de sa vie en me trouvant là.

Les soirs suivants, j'ai hésité à squatter une gare, mais les flics auraient pu se pointer et j'ai donc opté pour un banc isolé. C'est pire que tout.

J'enroule une serviette autour de ma taille. Quand j'arrive dans la chambre, je mate directement le lit : la lionne n'a pas bougé d'un cil. Je tends le bras pour attraper les fringues propres posées dans le placard ouvert et j'entends du mouvement.

Je me fige et j'arrête même de respirer. Elena bouge mais ne se réveille pas. J'attends un moment et je recule pour retourner dans la salle de bain et m'habiller.

Je referme la porte en silence. Très vite, la serviette termine sur le bord de la baignoire. J'enfile un boxer et un jogging, puis mon regard est attiré vers la porte de la chambre de la lionne, elle est ouverte. Je jette un coup d'œil vers mon lit pour m'assurer qu'Elena est toujours endormie avant de pénétrer dans son antre.

Ça sent bon. Ça sent elle. Il fait noir mais je n'allume pas. La fenêtre sans volet me permet de voir où je marche. Je suis surpris de constater que c'est un peu le bordel. Des fringues traînent par-ci par-là, des bouquins aussi – beaucoup de bouquins, même. Sur le lit, un ordinateur portable laisse un petit son emplir la pièce : il est en veille et son ventilo tourne à fond. La couette empêche l'appareil de se refroidir. Juste à côté, son téléphone. Je lance un coup d'œil un peu partout : deux commodes, sur lesquelles sont posés une grande télé, des enceintes, un lecteur de DVD et une station d'écoute.

Soudain, un son attire mon attention vers le lit. Le portable de la lionne vient de sonner. Elle a reçu un message. Qui envoie des SMS à plus de quatre heures du mat ?

Je sonde de nouveau un éventuel mouvement dans ma chambre, pas de bruit. Je vais m'asseoir sur le matelas et attrape le téléphone. L'écran de verrouillage me demande simplement de faire coulisser pour accéder au menu. Je m'exécute et vois qu'elle a reçu un texto d'un numéro qu'elle n'a pas enregistré. Sans éprouver de gêne, je vais le lire.

La curiosité est pire que tout, je devrais pourtant le savoir…

Ta bouche me manque, Elena…

Bordel de merde ! Quelque chose explose en moi.

Je remonte dans l'historique pour savoir qui c'est. Je me rends compte que ce mec lui envoie des SMS plusieurs fois par jour, et c'est à base de « Ma bite réclame ta belle bouche, Elena » ou « Je me suis branlé en pensant à ton cul ce matin ». Pas une fois elle n'a répondu. *Mais qui est cet enculé ?*

Je remonte encore, et soudain, je vois un message de la lionne.

Non, je n'ai rien dit à personne.

Rien dit de quoi ? Putain, cette histoire pue à des kilomètres. Le type a répondu :

C'est bien. J'ai hâte de goûter à ta chatte, ma jolie. Tu n'as pas oublié que tu dois la garder pour moi ?

J'en lâche le portable et le balance plus loin avec dégoût. *Pourquoi garde-t-elle des trucs pareils ?*

Alors que je me lève pour aller la réveiller et lui demander tout de suite qui est ce porc et où il habite, l'ordinateur réagit à mon mouvement et s'allume. L'écran affiche un document Word. Ce que je lis m'arrête net.

« Adopted Love » est écrit en gras en haut de la page.

Je regarde vers la chambre, je devrais aller la réveiller et lui foutre son portable sous le nez, mais ma curiosité me brûle la peau. Après un combat intérieur, j'attrape finalement l'ordinateur pour lire le texte qui se déroule sous le titre.

Dès les premiers mots, j'ai l'impression d'entrer dans la tête de ma lionne.

« Je n'ai jamais vraiment compris ce que mes parents cherchent en accueillant des orphelines. Quand j'étais plus jeune, c'était cool, mais c'est vite devenu un cauchemar pour moi. Leur choix fait de moi quelque chose que je ne suis pas, une fille de bourges qui n'a rien vu de ce qu'est la vraie vie, qui n'a jamais eu faim, qui n'a jamais eu froid...

Je vois bien leurs regards de merde, elles me jugent toujours d'emblée. Ce que j'en dis, c'est que c'est juste de la jalousie contre laquelle je ne peux pas lutter. Je ne peux pas nier que ma vie est plus facile que celle d'une nana qui n'a pas de parents. Mais cela n'enlève rien aux contraintes et à la souffrance que leur présence engendre. Est-ce qu'un orphelin sait ce que c'est que de décevoir ses parents, que d'avoir peur que l'amour qu'ils nous portent s'en aille s'ils apprenaient tout ce que l'on cherche à leur cacher ?

Est-ce que mes parents m'aimeraient toujours s'ils savaient que, malgré tout ce qu'ils m'offrent, je ne suis ni heureuse ni épanouie ? Je me demande à quoi cela sert de vivre plus longtemps. J'y pense... Mais je ne trouve pas la force de franchir le cap. Je suis entre deux eaux. Je n'arrive pas à vivre, ni à mourir. »

Oh bordel !

Je respire un coup en fermant les yeux. J'ai vraiment envie de la coller au mur pour ça. Je saute les lignes suivantes pour arriver plus bas, où le mot « tatouage » attire mon regard.

« Je suis plantée là, à quelques mètres de lui, et je n'arrive plus à bouger. Il ne me regarde pas, il regarde Nathalie, mais je distingue que ses yeux sont très clairs. Les plus clairs que j'ai jamais vus. Chevy se planque derrière maman. Tu m'étonnes... On s'attendait à une fille, comme toujours depuis dix ans. Mes parents n'accueillent que des filles. Mais là, c'est un mec qui est arrivé, une racaille

qui doit sûrement déjà avoir enfoncé une aiguille dans le creux de son coude.

Et tous ces tatouages... Il semble en avoir partout. Même ses mains en sont remplies. Comment on peut s'en faire faire autant ? Il en a même un qui dépasse du col de sa chemise blanche. Une chemise blanche ? »

J'en lâche un rire. *Oui, moi aussi, la chemise m'a marqué.* Je reprends la lecture un peu plus bas.

« Je ne sais pas où je viens de tomber, mais c'est profond et plein de sentiments douloureux qui me clouent au sol. J'entends vaguement Nathalie et maman parler, mais je garde le regard planté dans celui quasi translucide qui me fixe à présent et qui vient de me détailler de bas en haut. Il hausse un sourcil et se détourne vers maman qui lui parle. Mon portable vibre dans ma poche. Encore un message. Encore un autre que je ne vais pas lire parce qu'ils me font vomir.

Ma mère me passe devant avec Nathalie. Je tourne aussi les talons et je sens le mec nous suivre. Chevy est accroché à ma jambe. Je le pousse de là, déjà que ce jean est trop serré. »

Ok, donc elle le connaît, ce porc. Mais elle ne dit pas qui il est.

Je laisse mes yeux courir sur le reste et je m'arrête plus bas.

« Ses yeux... Ses yeux parlent pour lui. Ils me transmettent tout ce que sa bouche ne dit pas. Je peux y lire tout un tas de trucs plus douloureux les uns que les autres. J'aime ses yeux. J'aime quand il me regarde aussi parce que je me sens... différente. C'est comme s'il aimait ce qu'il voit mais qu'il le faisait proprement. Lui ne me dégoûte pas. Pas comme les autres. »

Je relève la tête de l'écran. Je ne sais pas quoi penser de ça. Ce qu'elle pense est à des kilomètres de ce qu'elle affiche face à moi en permanence.

Je descends plus bas.

« Je le hais d'avoir embrassé cette salope. Il me dégoûte. »

La choriste... J'arrive tout en bas et découvre la dernière phrase.

« Trois jours qu'il n'est pas là... Je n'arrive à dormir que dans son lit. Ce connard me manque déjà. »

Je repose l'ordinateur. J'ai mal dans la poitrine, c'est une douleur inédite. La lionne cache très bien ses sentiments. Elle a construit une putain de muraille de garce autour d'elle. J'ai du mal à croire que c'est elle qui a écrit ce que je viens de lire.

Je me lève, ramasse le portable et le repose là où je l'ai trouvé tout à l'heure. Toujours silencieux, je retourne dans la salle de bain, la traverse et rejoins ma chambre.

La lionne a bougé mais elle est toujours dans mon lit, endormie. Elle doit avoir froid comme ça, seulement vêtue d'un leggings et d'un débardeur. Elle n'est même pas sous la couette en plus.

Je finis par secouer la tête. *J'ai l'air de quoi à la mater dans le noir comme un pervers ?* Je ne sais pas trop quoi faire : je suis seul pour prendre en main cette situation, mais comme Elena ne me gueule pas dessus ou ne cherche pas à me pousser à bout, je ne sais pas quelle attitude adopter.

Cela me fait penser au truc de malade que je viens de lire. *Adopted Love ? Elle est sérieuse, là ?* Elle compte en faire quoi de sa merde de recueil de sentiments ?

Je soupire, la fatigue me rattrape soudain. Je me dirige vers le lit et, doucement, sans quitter des yeux son corps, je m'allonge. Je reste loin. *Allez, mec, dors maintenant !*

Rien à faire, mes yeux restent ouverts à fixer le plafond. J'entends tout : son souffle régulier, son corps qui tremble à certains moments et son cœur qui bat. Elle a froid.

Doucement, je me tourne vers elle, je vois son dos. *Est-ce que ça fait de moi un pervers si je la prends dans mes bras ? Juste pour dormir.* Parce que j'ai l'impression que je ne fermerai jamais l'œil si je ne suis pas tout contre elle. Après ce que je viens de lire, je sais que, même si elle m'envoie chier en se réveillant, elle en a autant besoin que moi.

Avec lenteur, je m'approche d'elle jusqu'à ce que mes hanches soient contre ses fesses. Mon nez termine dans ses cheveux. Je prends une grande inspiration, son odeur vient me chatouiller les narines. *Bordel de lapin que je suis, ça m'a manqué.*

Mon bras tatoué passe sur elle pour aller trouver ses avant-bras repliés contre sa poitrine. Je la tire vers moi, contre moi. Elle bouge un peu puis, brusquement, elle relève la tête en m'obligeant à faire de même. Elle commence à me pousser pour se lever, mais je l'en empêche. Elle se fige, ne dit rien. Je perçois son regard qui examine mon avant-bras sur les siens. Puis elle soupire. Est-ce que c'est de soulagement ?

– Teag… souffle-t-elle en se rallongeant.

Sa voix est tout endormie, je doute qu'elle soit vraiment réveillée. Elle attrape ma main et la serre contre elle dans un geste qui me retourne le bide. C'est comme si là, contre elle, plaqué dans son dos, je n'étais pas encore assez près pour la rassurer.

Je la serre davantage. Mon nez calé contre sa nuque tiède, mon corps se détend. J'écoute juste le son de son cœur qui reprend un rythme calme et régulier. Je sens ses muscles retomber, puis j'ai l'impression qu'elle s'est déjà rendormie.

Je ferme les yeux en espérant qu'un putain de cauchemar ne vienne pas tout gâcher.

Je ne sais pas combien de temps s'est écoulé quand je me réveille en sursaut. Je suis déjà assis et j'essuie immédiatement mes joues. Anton, Dave, les Milers : j'ai fait un putain de mix des pires enculés que j'ai croisés dans ma minable existence, cette nuit. Ça n'avait absolument aucun sens, mais ça a suffi pour me mettre dans le même état que d'habitude.

Je saute du lit pour ouvrir la fenêtre. En une seconde, je suis sur la terrasse. Il fait à peine jour. Je me frotte le visage en soufflant. Mes mains qui tremblent ont le don de me foutre tout de suite les nerfs. Il fait frais, ça fouette ma peau, mais ça a le mérite de freiner mon envie de défoncer le premier truc qui passe pour me calmer.

Je reste ici un court instant, puis mon besoin de cloper pour chasser ma terreur me pousse à rentrer. Je retourne dans la chambre rapidement et je m'arrête net dans l'ouverture de la baie vitrée. La lionne est assise dans mon lit, elle a les genoux repliés et elle tient un bout de la couette pour se couvrir. Son regard est planté dans le mien, elle semble apeurée. *Mais qu'est-ce qu'elle fait ici ?*

C'est aussi brusque que mon réveil : je me souviens que c'est moi qui l'ai rejointe en pleine nuit. Elle me dévisage avec les larmes aux yeux. Je ne bouge pas, elle non plus. J'ai l'impression qu'elle n'était vraiment pas réveillée quand je me suis calé contre elle cette nuit et qu'elle se rend tout juste compte de ma présence. J'ai dû la réveiller en sautant du lit.

D'ailleurs, je sens que mes joues sont encore humides des souvenirs qui m'ont habité pendant mon sommeil. J'évite le regard de la lionne, c'est la honte. Je suis faible et je devine dans ses rétines qu'elle lit en moi sans peine.

Elle finit par se lever doucement. Sans un mot et sans me quitter des yeux, elle se casse dans la salle de bain. J'entends sa porte de chambre se fermer, puis plus rien.

Je souffle un coup. *Allez, mec, ne regrette pas d'être revenu et de l'avoir fait juste pour elle…*

La première clope ne m'aide pas, elle se fume trop vite. La deuxième ne me fait pas vraiment plus d'effet. Quant à la troisième, elle me dégoûte et termine par la fenêtre.

Impossible de fermer l'œil. J'allume la télé pour avoir l'heure. Tiens, d'ailleurs, il faut que je branche mon portable qui est éteint depuis trois jours. Je coupe le son du clip qui passe à l'écran et je vais dans la salle de bain pour trouver mon futal dont une des poches doit contenir le téléphone.

Je retrouve le vêtement par terre et, quand je me redresse après avoir saisi mon téléphone, la lionne est là, à sa porte. Et rebelote, on se mate plusieurs secondes sans un putain de mot. Est-ce qu'elle décide de faire comme moi ? De la fermer ? Je n'aime pas ça.

Elle me fixe froidement et tourne les talons sans rien dire. Je m'attendais à ce qu'elle pleure, qu'elle m'embrouille, qu'elle m'insulte pour la choriste, et je n'aurais pas bronché. Mais pas à ce qu'elle me mate comme si elle ne m'avait jamais vu et qu'elle ne dise rien.

La lionne m'a manqué et je m'attendais à d'autres retrouvailles.

À force, je vais presque croire que j'ai ce besoin de conflit avec elle. Peut-être que ça me rassure d'avoir en face de moi quelqu'un qui dégage autant de rage et de colère. En tout cas, une chose est sûre, je n'aime pas du tout la voir comme ça : silencieuse et froide. Je la préfère bruyante et chaude. Enfin, chaude de colère et de rage, pas de… Enfin, si, aussi, mais là, je veux juste qu'elle soit comme d'habitude : ma lionne.

Je bouge sur la terrasse pour me fumer une énième clope.

– Tu fumes déjà ?

Je sursaute en relevant le nez, le père est quelque part mais je ne le vois pas.

– En bas !

Je me redresse et finis par me lever pour le découvrir dans le jardin, en robe de chambre, avec son journal à la main et une tasse de café dans l'autre. *Mais qu'est-ce qu'il fout là ?*

Il me sourit et lève sa tasse.

– Tu as faim ? Je t'attends dans la cuisine.

C'est écrit sur mon front que je suis affamé ou quoi ? Il tourne les talons et disparaît. Je pèse le pour et le contre et, finalement, la faim l'emporte. Je pourrais bouffer n'importe quoi.

J'écrase ma clope sous ma semelle et je quitte la chambre pour le rez-de-chaussée. Je ne croise ni la mère ni le gamin et je retrouve le père dans la cuisine, assis en train de lire son journal.

J'entre dans la pièce en silence.

– Sers-toi, dit-il sans relever le nez de son New York Times.

Sur le meuble central, il y a des boîtes avec des gâteaux faits maison, une bouteille de jus de fruit et du café chaud. Je n'aime pas le café. Par contre, j'aime les œufs brouillés que je sens.

Je pose mon cul sur un des tabourets, attrape une des fourchettes et fais des œufs mes premières victimes. Je mange directement dans le plat. *Bordel, que c'est bon !* Je n'ai rien bouffé depuis trois jours, trois putains de jours. J'enchaîne avec du gâteau sans attendre que ça descende vraiment.

– Tu as mangé pendant ton absence ? me demande le père.

Il a rabaissé son journal et me fixe bizarrement. Je le regarde à peine, j'envoie un non bref de la tête en me servant. Je le sens se figer mais je l'ignore.

Il s'éclaircit la gorge et se cache à nouveau derrière son journal. Moi, je me sers du jus, parce que le gâteau est en train de m'étouffer. Je bois directement au goulot plusieurs grosses gorgées. Il est glacial et je sens mon front se congeler.

– Tu es rentré cette nuit ? demande le père.

Je fais oui de la tête. Il me mate avec son regard louche.

– Ne me dis pas que tu as dormi dehors pendant trois jours ? soupire-t-il.

Je m'interromps pour le regarder. On s'observe. Il finit par froncer les sourcils.

– Ok, peu importe. Tu es rentré, tu vas bien et j'en suis heureux, comme tout le reste de la famille. Tu nous as manqué, mon grand, balance-t-il en disparaissant de nouveau.

Mon grand ? Il est sérieux, là ?

J'enfonce un pancake presque entier dans ma bouche quand on entend du bruit dans les escaliers. Je ne relève pas la tête. Qui que ce puisse être, je n'ai aucune envie d'affronter un nouveau regard surpris.

J'avale difficilement la trop grosse bouchée que je viens de prendre et je bois de nouveau du jus juste quand une ombre entre dans la pièce. Féline, elle me passe derrière et va dans le réfrigérateur. Le père ne bouge pas et Elena ne lâche pas un mot. Elle farfouille je ne sais pas quoi, balance un truc à la poubelle et fait demi-tour pour me repasser derrière avant de disparaître. L'instant suivant, on entend la porte claquer avec force. *Ok, c'est ce qui s'appelle être en mode furtif.*

– Il semble qu'elle t'en veuille encore, dit-il.

Je fronce les sourcils. De quoi il parle ? On échange un regard.

– Elle a raconté à sa mère ce qui s'est passé quand elle t'a retrouvé dans le Queens. Ou plutôt, comment et avec qui tu étais… J'ai cru comprendre qu'elle n'a pas spécialement apprécié.

Je ferme les yeux, tourne la tête, puis je les rouvre. Il lâche un petit rire et je le fusille du regard.

– Mes excuses, vraiment. Je comprends que tu ne trouves pas ça drôle du tout…

Un silence se fait. Je soupire et me frotte le visage. Alors c'est ça ? La lionne m'en veut ? Putain, je ne suis pas son mec, et pourtant, je me sens coupable. Je suis à deux doigts de tendre les poignets pour me faire attacher.

– Et cette fille… C'est ta copine ? Tu sais qu'elle a le droit de venir ici, si tu veux la voir, ajoute le père.

Je fais un non catégorique de la tête en soufflant. Il parle trop.

– Pas ta copine. Ok, je comprends encore mieux. Au fait, tu comptes aller en cours ? Parce que tu étais censé partir en même temps qu'Elena, dit-il, l'air amusé.

Je lève mon majeur vers lui et je quitte la pièce. *Le lycée ? Il est sérieux ?*

– Lundi alors ! s'exclame-t-il.

Il est près de seize heures quand je me décide à rallumer mon portable. Je n'ai vu personne de la journée, et toute la maison est restée plus que calme. Mon téléphone est au bord de l'overdose de messages. Je n'ai pas moins de soixante appels en absence qui vont de Solis, au père et à Benito. Pareil pour les textos. Je ne lis pas ceux de Solis et les efface directement. Rien à foutre. Idem pour ceux du père. Je vais vite fait regarder ceux de la Lionne : pas de nouveau message de sa part. Et elle écrit dans son PC que je lui manque ? Il faut que j'entre dans sa chambre à nouveau. Je veux voir si elle a rajouté quelque chose à son texte.

Je laisse de côté cette idée pour l'instant et vais voir les messages de Benito. La plupart sont à base de « Pense à moi pour la Porsche. Ça commence à urger grave, là… ». Dans un des derniers qu'il a envoyés, il m'explique qu'il doit de la thune au gang du Bronx. Ça, je le savais déjà, mais il me dit aussi qu'il est dans la merde parce que pour rembourser un peu les gars du Bronx qui m'ont collé au mur l'autre fois, il est allé toquer chez les Ritals. Les Italiens sont pires que les mecs du Bronx… Eux, c'est la mafia, on ne joue pas dans la même cour du tout. Il me fait un pitch pour la Porsche qu'il veut qu'on choure. Le Rital aime les belles bagnoles, et Benito ne pouvant pas les rembourser en thunes, il a dit au type qu'il lui déposerait une belle caisse devant chez lui en cadeau. Ok, ce connard est bien dans la merde, et encore une fois, il a besoin de moi. Je ne serais pas étonné qu'il se fasse éclater d'ici peu. De mon côté, je marche sur un fil : c'est trop risqué d'aller voler une caisse. Il va falloir trouver un autre moyen.

CHAPITRE 28

Je relève les yeux de mon portable en entendant un boucan d'enfer dans les escaliers. *Enfin du mouvement dans cette grosse baraque trop calme !*

Je vois Elena débouler façon vénère. Elle s'énerve sur le digicode qui bipe à plusieurs reprises et, très vite, elle tourne les talons et vient vers moi. *Est-ce qu'elle chiale ?*

Je me redresse quand elle entre dans ma piaule et je suis debout quand elle atteint la pièce qui relie nos chambres. Elle ne m'a même pas vu. Son père déboule juste après comme un fou.

– Elena ! Attends !

J'entends le bruit de sa porte dans la salle de bain et elle qui pleure encore plus.

Le père passe dans ma chambre sans se demander plus que sa fille si je suis là. Ils sont tellement sur les nerfs qu'ils ne m'ont même pas capté.

– Non ! Laisse-moi…

Mon corps court vers la pièce avant même qu'elle n'ait terminé.

– Elena, calme-toi et explique-moi ce qui se passe ! s'exclame le père.

Il tient ma lionne par le haut des bras et l'oblige à le regarder. Ce connard est en train de lui foutre la trouille.

– Elena, parle ! insiste-t-il.

Elle fait tout pour ne pas le regarder : sa tête est tournée sur le côté et ses yeux sont fermés si forts qu'une ride marque son front. Ses mains tremblantes essaient de le repousser. Mon cœur s'écrase en moi et ça me retourne le bide de la voir dans cet état.

Le père la secoue un peu, pas fort, mais Elena semble avoir la peur de sa vie : elle crie et se débat. J'avance vite mais il la lâche et elle me fonce dessus.

Je compte la bloquer mais le père me fait signe de la laisser passer. Je n'ai de toute façon pas le temps de percuter qu'elle m'envoie un coup de coude dans les côtes avant de disparaître.

Le daron soupire et ferme les yeux en se pinçant l'arête du nez. Il sursaute quand elle claque sa porte de chambre avec force.

– Je ne sais plus quoi faire, lâche-t-il.

Il se redresse et remet sa chemise bleue en place. Je lui lance un regard noir. Je reste zen mais j'ai vraiment envie de l'envoyer dans le mur après ce que je viens de voir.

– Je ne sais pas ce qu'elle a, soupire-t-il. Ils l'ont retrouvée en pleurs dans les toilettes du gymnase…

Comme sa voiture est encore au garage, je l'ai ramenée. Je ne comprends pas ce qu'elle a et elle ne veut rien dire. Et puis sa mère est dans sa famille pour plusieurs jours, alors toi et moi, on est les seuls à pouvoir la gérer.

Je me passe la main sur le crâne. *En pleurs dans les toilettes du gymnase ?* J'ai un coup de chaud accompagné d'une grosse bouffée de rage. Est-ce qu'elle est tombée sur l'enculé qui lui envoie des messages ? Imaginer les milliards de trucs dégueulasses qu'il pourrait lui faire si je ne suis pas là fait exploser quelque chose en moi. Je souffle un coup. *Calme-toi, mec. Joue-la en douceur avec elle. N'oublie pas que c'est Elena et qu'elle réagit toujours mal quand on la brusque.*

Je retourne dans ma chambre suivi par le père et j'attrape mon portable. Je tape rapidement un message pour la lionne :

À moi tu peux me parler.

Daniel lit par-dessus mon épaule mais ne dit rien.

La lionne ne répond pas. Ma patience est limitée vu la pression qui monte en moi, alors je renvoie :

Je vais faire sauter cette putain de porte, Elena !

– Euh… Je ne crois pas que ce soit la meilleure des options, souffle le père dans mon dos.

Eh merde. J'efface et je n'écris rien. Le père va s'asseoir contre le mur à côté de la salle de bain et moi sur le lit. Mon portable vibre enfin. C'est elle.

T'as pas une salope à baiser dans un couloir plutôt ?

Je serre les dents, ferme les yeux et comprime le téléphone dans ma paume. *La garce.* Elle m'en veut encore, mais elle devrait faire gaffe parce que je pourrais la prendre au mot.

– Alors ? demande le vieux.

Je soupire en faisant non de la tête.

– Bon, je dois retourner bosser. Garde un œil sur elle, dit-il.

Il quitte la chambre et je l'entends descendre rapidement. Le silence revient. Je prends sur moi pour ne pas aller défoncer une des portes qui mènent à la chambre d'Elena. À la place, je renvoie un message.

Ton père est parti, tu veux parler ? Elena… j'aime pas te voir comme ça.

Appelez-moi super lapin !

J'attends. Une grosse heure plus tard, toujours pas de réponse. Je n'abandonne pas, mais je n'insiste pas. J'espère juste qu'elle n'a pas croisé l'enculé des messages. C'est vrai que je n'ai même pas réfléchi, peut-être que c'est un mec du lycée. Je m'en voudrais de savoir ce que je sais et de ne rien faire pour la protéger.

Même si elle ne veut pas de mon aide, elle ne va pas avoir le choix. À partir d'aujourd'hui, je ne la lâche pas d'une putain de semelle. S'il faut que j'aille au lycée tous les jours en lui collant le cul, je vais le faire.

CHAPITRE 29

Une bonne quinzaine est passée depuis mon anniversaire et mes trois jours de « vis la vie d'un SDF ». Je n'ai pas refoutu les pieds au lycée depuis la rentrée sous couvert d'être malade, le tout cautionné par le père sans sourciller. Il faudra qu'on m'explique d'où il sort, ce dirlo qui couvre les délinquants dans mon genre.

Pourquoi je ne suis pas retourné en cours ? Parce que la lionne non plus n'y est pas allée. Deux semaines que je fais le mort pour Solis et que j'évite Benito et son plan merdique. Les samedis fumette dans le bureau du père se sont transformés en rendez-vous quotidien à l'entendre me parler pour pouvoir fumer un joint. Deux putains de semaines qu'Elena m'ignore et fait comme si je n'étais pas là même quand je suis juste en face d'elle dans la salle de bain.

La bavure du Goose le jour de mon anniversaire n'a pas été digérée, et je crains qu'elle ne le soit jamais. J'ai appris deux choses sur elle depuis : en plus de cacher parfaitement ce qui se passe en elle, au point de nier mon existence H24, elle est jalouse et très rancunière.

Aujourd'hui, c'est lundi. Aujourd'hui, Elena n'a plus le choix : elle retourne en cours. Et moi aussi.

Sa voiture est fraîchement réparée et son père l'a embrouillée pour qu'elle m'emmène tous les jours. Il compte sur moi pour garder un œil sur elle. J'ai eu beau lui lever mon majeur sous le nez pour lui faire comprendre que je ne suis pas à son service, il n'a pas eu l'air d'avoir envie de percuter.

Je surveille ma lionne parce que je veux bien le faire, pas parce qu'il me l'a demandé.

Quand je suis prêt, et pour être sûr de ne pas la louper, je descends au rez-de-chaussée. Dans la cuisine, je retrouve la mère et le gamin. Elle n'est jamais revenue sur l'épisode de mon anniversaire, sauf pour s'excuser une fois. Depuis, elle me sourit et me demande toujours si j'ai faim. D'ailleurs, là, elle relève la tête et me sourit.

– Bonjour, Teagan, tu as faim ?

Je me marre sans le vouloir et je hoche la tête. J'ai l'impression qu'elle aime bien quand j'ai faim, alors je dis tout le temps « oui » parce que j'ai un peu peur de la contrarier. Je m'en veux d'avoir été aussi con avec elle.

– Tiens, au fait, tu as de l'argent pour manger ce midi ?

Je fais non de la tête. Elle quitte la pièce et revient avec son sac à main. Elle fouille dedans et me donne plusieurs billets de vingt dollars, c'est beaucoup trop. Je n'en prends qu'un et je repose le reste.

– Non, non, prends tout, pour Elena et toi, toute la semaine, insiste-t-elle.

Je ne me fais pas prier et j'enfonce les quatre-vingt dollars dans ma poche. La lionne déboule et congèle l'ambiance par sa simple présence.

– Je ne trouve pas mes papiers de voiture, dit-elle à sa mère.

Sa voix est fatiguée.

J'avale un pancake en regardant le gamin en face de moi, il m'observe à la dérobée. Je lui fais un clin d'œil, il sursaute presque et son nez pique en chute libre vers son assiette pour éviter mon regard. *Merde, il flippe grave.*

J'entends la lionne passer la porte de la maison. Je prends plusieurs pancakes et je me casse en vitesse pour la rattraper. Il fait un putain de froid dehors, j'envoie ma capuche sur ma tête et je vais vite rejoindre Elena qui est en train d'ouvrir la porte du garage où dort sa voiture. Elle ne me regarde pas.

Lorsqu'on monte à bord, j'ai la bouche pleine. Elle m'ignore encore en mettant le contact.

Sur le chemin jusqu'au lycée, pas un mot ne fuse. Il n'y a même pas de musique. C'est glauque.

J'ai bouffé mes pancakes et maintenant j'ai soif. On se tape les bouchons et quelques cons sur la route puis, enfin, elle se gare sur le parking du lycée, à quinze kilomètres de l'entrée. *Fait chier, j'ai pas envie de marcher…*

Elle saute de la caisse sans m'attendre. Je trace pour la suivre et, avant que je ne l'aie rattrapée, je la vois qui va rejoindre Sophie. *Putain, je l'avais oubliée, celle-là.* Comme j'ai décidé de ne pas lâcher ma lionne, je leur colle au train en tirant la tronche.

– Oh ! Mais qui voilà ? Teagan le silencieux, s'exclame la conne de copine.

Elle se jette à mon cou et me claque une bise sur chaque joue. Je la repousse, mais trop tard, la lionne me lance un regard noir. *Eh merde…* Pour une fois qu'elle me mate ces derniers jours, il faut que ça tombe à ce moment.

– Alors, il paraît que vous étiez malades tous les deux, balance une brune que je n'ai jamais vue.

– Moi oui, mais lui a juste séché, lâche Elena.

Je la regarde en haussant les sourcils. La seconde suivante, le petit groupe de pouffiasses qui lui servent d'amies monte les marches avec elle pour entrer dans le lycée. Je les suis. *Allez, mec, tu ne la lâches pas, ok ? C'est simple : ne pas la quitter des yeux et tout ira bien.*

* * *

Je n'en peux plus. Les cours me prennent la tête, et Elena, qui tire la tronche, arrive à bout de ma patience. Elle m'a ignoré mais je me suis quand même assis à côté d'elle à chaque cours. Elle est restée concentrée sur chaque parole qui sortait de la bouche de tous ces profs soporifiques. Moi, j'ai glandé, somnolé et je me suis fait chier. Bref : ennui mortel.

La lionne ne semble pas souffrir autant que moi de ça. On en est au dernier cours de la matinée. J'ai viré le bouffon qui a voulu s'asseoir à côté d'elle et je suis affalé sur ma chaise, au deuxième rang, les jambes écartées sous la table. C'est trop petit pour moi, ici. Mes pieds sont de part et d'autre de la chaise de la meuf devant moi. Elena prend des notes consciencieusement. Quand le prof demande qu'on sorte nos livres, elle s'exécute et fait tomber sa trousse au passage. Je reçois tout sur le pied. La meuf devant moi se penche aussitôt pour ramasser, et quand elle se redresse pour rendre à ma lionne ses affaires, elle me fait un clin d'œil aguicheur. Je sens ma lionne se figer à côté de moi. Elle arrache sa trousse de la main de la nana et la pose avec force sur la table tandis que l'autre se retourne avec un petit gloussement. *Cette conne vient de me la mettre encore plus en colère...*

À partir de là, Elena a des gestes brusques et maladroits. Elle m'envoie un coup de genou qui m'oblige à replier les jambes, je me prends un coup de livre sur la main et j'évite de peu un stylo qui vole. *Garce de lionne...*

Quand la fin du cours sonne, je m'active pour sortir et je l'attends. Elle déboule de la salle de classe et file dans les couloirs. Que ça lui plaise ou non, je suis là, juste à côté d'elle. Je surplombe la foule contrairement à elle, et alors qu'elle s'apprête à tourner dans un couloir moins blindé sur la droite, on entend :

– La grosse Hills a tout mangé !

Plusieurs personnes gueulent ça dans la masse d'élèves. Je balance mon regard partout autour de moi, mais je ne vois pas qui est à l'origine du truc. *On en est à ce genre de gamineries ? Et dire que les bourges sont censés être plus évolués...* Peu importe, je prends ma lionne et on se casse d'ici. Eh merde, elle est où ?

– La grosse Hills a tout mangé !

J'entends des rires derrière moi. Je m'enfonce dans un couloir et je la vois sortir à toute vitesse au bout de celui-ci. Je pousse les glands sur ma route, et très vite, je me retrouve dehors. Elle s'en va sur la droite du bâtiment.

Je cours et m'arrête net à plusieurs mètres de ma lionne. Elle est face à un des mecs de l'équipe de base-ball. Il la regarde avec un sourire qui me donne envie d'éclater sa tête de vainqueur. Elena essaie de le contourner mais il l'en empêche. *Ok, tant pis pour lui.*

J'avance vers eux pendant qu'il lui touche le visage. Elle recule, et avant que je sois sur eux, il s'est barré. La lionne tourne les talons rapidement et manque de me foncer dedans. Elle pleure. *Ce connard est mort.*

Elle essaie de m'éviter mais je lui attrape le bras. Elle se débat sans me regarder.

– Arrête…

Le mot est sorti tout seul d'entre mes lèvres et ça me provoque une douleur inexplicable au bide. Elle s'arrête, fixe le sol et pleure. Je respire un bon coup et je lâche ma prise. *Merde, elle se frotte le bras, je lui ai fait mal.* Ce n'est pas ce que je voulais.

J'attrape son menton pour qu'elle me regarde mais elle me repousse alors je laisse tomber, je vais encore lui faire mal.

– C'est qu… je commence en retenant mon souffle.

– Ça te regarde pas, coupe-t-elle.

Je galère à sortir deux pauvres mots et elle me coupe la parole sans prendre la peine de m'écouter ? *Est-ce qu'elle se rend compte de la torture que c'est pour moi ? De l'effort que je suis en train de fournir ?* J'essaie de respirer pour me calmer mais je n'y arrive pas.

Je ferme ma gueule. Un silence s'écrase sur nous mais elle reste là. Son souffle est bordélique et les larmes ne s'arrêtent pas de couler. Je soupire et lui caresse la tête. Elle me vire d'un geste violent et elle relève vers moi un regard meurtrier.

– POURQUOI TU ME SUIS PARTOUT AUSSI ?

Elle me pousse si fort et de façon si inattendue que j'en recule. *Elle me hurle dessus ? J'essaie de l'aider et elle me hurle dessus ?* Ma respiration se fait plus courte et je serre les poings pour chasser la colère qui monte brusquement en moi. Je ne réponds pas et elle n'attend pas une seconde pour me pousser à nouveau.

– J'ai pas besoin de toi, ok. ALORS, DÉGAGE !

Je vais pour la bousculer à mon tour mais je me ravise. *Mec, tu vas lui faire mal*... Je ferme les yeux et je baisse la tête. *Ok, tu n'as pas besoin de moi, Elena. Mais moi, j'ai besoin de toi quand je suis ici.* Voilà ce que j'aurais aimé pouvoir lui chuchoter mais rien ne vient, comme souvent dès que la pression est trop forte. C'est tout ou rien. Ou j'explose et je hurle sans rien contrôler, ou ça reste bloqué et il faut que je cogne le premier truc qui passe.

J'ouvre la bouche puis la referme. Rien, pas un son.

– DÉGAGE ! s'écrie-t-elle encore.

Après un nouvel assaut de sa part pour s'échapper, je recule en la laissant là, en pleurs.

J'avoue avoir du mal à gérer la boule qui se forme dans ma gorge. Je retourne dans le bahut pour le traverser complètement. *Le premier qui me regarde de travers, il finit en sang.*

Après plusieurs couloirs, je sors en trombe du côté du parking. Je compte me casser d'ici, mais avant, je veux retrouver l'enculé au blouson de base-ball. Je vois des mecs de l'équipe partout mais je suis infoutu de reconnaître celui qui a chopé Elena le long du bâtiment. *Heureusement pour lui*...

Je m'allume une clope, je tire trois taffes dessus et mon regard bloque sur un corps incroyablement bandant qui traverse le parking en courant. C'est ma lionne. *Où elle va ?*

Je saute les marches, bouscule un groupe de nanas qui m'insultent au passage et je trace pour la rejoindre.

J'arrive vers sa caisse en même temps qu'elle. Elle sursaute. Je l'empêche de fermer la porte et je m'engouffre dans l'habitacle pour lui arracher ses clés de la main.

– OH ! Mais qu'est-ce que tu fous ?

Elle me gueule dessus sans pleurer, juste ce regard de lionne sûre d'elle qui va me bouffer. Je crois que je l'ai enfin retrouvée, c'est presque rassurant. Je sors de la voiture et j'enfonce ses clés dans ma poche. Elle ne va nulle part. Je me casse vers le bahut.

– Reviens, connard ! s'exclame-t-elle dans mon dos.

La seconde suivante, elle est à côté de moi en train de me pousser. Elle essaie de mettre sa main dans ma poche.

– Donne-moi mes clés ! grogne-t-elle sans s'arrêter.

Elle me pousse, une première fois. Elle m'insulte, et me pousse une seconde fois, toujours en accompagnant le geste à la parole. Je suis content qu'elle soit de nouveau elle-même. J'en lâche un petit rire. Elle n'a aucune force, c'est limite mignon.

– Arrête de rire ! m'ordonne-t-elle.

Je la regarde avec un sourire et je tends la main pour remettre ses longs cheveux en place. Elle est bien plus belle quand elle est en colère que quand elle pleure.

Elle me fusille du regard. Je lui fais signe que j'ai faim et je me casse. Elle reste sur place et j'ai déjà fait plusieurs mètres quand, enfin, elle arrive en silence à côté de moi. Hors de question qu'on quitte ce bahut, je veux savoir qui est ce gars, et je sens qu'on va vite le recroiser.

Lorsqu'on se pointe à la cafétéria, ses connes de copines nous interpellent. *Pas moyen que je me les farcisse.* On prend des sandwichs et j'oblige Elena à sortir manger dehors. Sophie m'adresse un sourire aguicheur dans le dos de ma lionne. Je lui lance un regard noir qu'elle évite, comme si elle comprenait très bien le fond de ma pensée, et on se casse.

– Bah vas-y, laisse-nous en plan, Elena ! s'exclame une autre copine.

Elle mange mon majeur en réponse. La lionne ne dit rien, elle regarde ses pompes. Je la stoppe dans un couloir pour lui demander où je peux fumer. Elle me conduit en silence et, un instant plus tard, on se retrouve sur les gradins du terrain de base-ball. On monte tout en haut et on s'installe l'un à côté de l'autre. Je mange, elle regarde son sandwich végétarien avec les sourcils froncés. J'envoie mon coude dans le sien. *Mange, putain !*

– J'ai pas faim…

– Mange.

Elle me lance un petit regard que j'évite. *Et voilà que je lâche un mot, comme ça.*

Comme pour me faire oublier ça, elle déballe son truc et en pioche quelques bouchées. Un long instant passe et c'est moi qui termine sa bouffe. Je balance le papier dans la poubelle plus bas. *Bien visé, mec.*

– Rends-moi mes clés. On est lundi aujourd'hui, j'ai un truc à faire cet aprèm, me dit-elle en suivant la boule de papier du regard.

Je fais non de la tête, et en retour, elle m'offre une œillade assassine.

– Rends-les-moi !

Je lève les mains. *Viens les chercher, Elena...*

Je me marre mais je m'arrête net quand elle saute sur moi. *Elle est malade !*

J'en lâche ma clope. Elle essaie d'atteindre ma poche, mais je la retiens en lui attrapant les poignets. Elle rage contre moi et me redemande ses clés. Je fais non de la tête en riant. *Si elle savait à quel point j'aime la voir comme ça.* Elle pousse sur mes mains, mais elle manque de prise et glisse avant de s'écraser sur moi. Je me retrouve à moitié allongé sur le banc et elle est sur moi.

Son nez est juste en face du mien et ses yeux verts sont plantés dans mes rétines cerclées de bleu. Je perds mon sourire une seconde mais il revient quand elle se met à rire.

– Nan, mais t'es vraiment un connard, lâche-t-elle dans un souffle.

Je fais oui de la tête. Elle évite mon regard en se marrant un peu et elle essaie de se redresser mais je la tiens.

– Et tu vas me faire chier jusqu'au bout ! dit-elle en forçant sur ses bras.

Sentir tout son corps contre le mien, c'est juste ce qu'il me fallait. Et la voir enfin sourire, c'est encore mieux. Elle fait non de la tête, et brusquement, son regard change pour s'assombrir. Je fronce les sourcils, elle détourne les yeux. Mon sourire se barre en courant.

– Lâche-moi… murmure-t-elle.

J'obéis et la laisse se relever avec lenteur. Elle se met debout pendant que je me redresse. Elle tire vite sur ses vêtements pour cacher la peau qui dépasse mais c'est trop tard, j'ai vu quelque chose qui me fait exploser. Je l'attrape avec force pour l'empêcher de filer et je soulève son gros pull moche pour regarder sa hanche.

– Putain.

C'est sorti tout seul. Ce foutu mot vient de quitter mes lèvres sans problème tant ce que je vois me choque et m'électrise.

Elle me repousse quand je croise son regard en quête d'explications. Des larmes arrivent, je les vois venir comme une tempête. Elle se rhabille vite fait et se casse. *Putain, cette fois, ce n'est pas moi qui lui ai fait ces bleus.* J'ai envie de hurler la rage que ça provoque en moi. Qui a fait ça ? Le type des messages ? L'autre avec son blouson ? Nom de dieu, je vais faire un meurtre. Cette fois, ils auront une bonne raison de m'envoyer en taule, parce que le mec qui a osé toucher à ma lionne est mort, qui qu'il soit.

Elena descend rapidement les gradins. Je la suis et la rattrape en bas. Sa petite main termine dans la mienne et je la tire vers moi. Elle ne pèse décidément rien parce qu'elle vole à moitié. Je ne dois pas faire le con, je ne veux pas qu'elle prenne peur, surtout. Je l'interroge du regard. J'espère ne pas le faire avec la colère qui me caractérise et que je déploie comme une armure autour de moi la plupart du temps.

– Arrête, c'est rien. Je me suis cognée, me dit-elle aussitôt.

Elle me prend pour un con ? On voit clairement la forme d'une putain de main aussi grande que la mienne, qui a dû la serrer si fort que les doigts de l'enculé qui a fait ça ont causé des bleus qui virent au jaune.

Des bleus, ça met du temps à partir, genre quinze bons jours s'ils sont profonds. Quand elle est rentrée ce jour-là des cours en pleurant et que son père m'a sorti que je-ne-sais-qui l'avait retrouvée dans les chiottes… Le pire des scénarios me percute de plein fouet. L'horreur du truc me file presque la gerbe. Mon souffle commence à se barrer. *Zen, mec, elle n'y est pour rien, alors reste calme.*

Je plaque mes mains sur ses joues et l'oblige à me regarder dans les yeux en fléchissant mes genoux. J'ouvre la bouche et on se fout que ce ne soit qu'un chuchotis, les mots sortent quand même comme je le veux. Elle pose ses mains dénuées de tatouage sur les miennes griffonnées de partout et j'ai toute son attention.

– À partir d'aujourd'hui, tu restes H24 avec moi, Elena. Plus… Plus personne ne te fera de mal. Je suis clair ?

Elle cligne des yeux, son souffle est saccadé, d'autres larmes quittent ses paupières pour toucher mes doigts. Elle me renvoie un « oui » timide en hochant la tête. Je lâche l'air qui était bloqué dans mes poumons et je dépose un baiser sur son front.

J'attrape sa main et on quitte l'endroit. Si elle ne va pas en cours cet après-midi, moi non plus.

Je conduis et ma lionne m'indique le chemin par gestes. Elle ne s'est pas vraiment arrêtée de pleurer depuis qu'on a quitté les gradins, je n'aime pas ça. Du coup, je lui lance des coups d'œil rapides qu'elle évite en tournant la tête vers la vitre.

Quand j'arrête la voiture, nous sommes sur le parking de l'hosto à Manhattan, chez les bourges. Elle descend et je coupe le moteur pour faire pareil.

– Tu m'attends dans la voiture, dit-elle en essuyant ses joues.

Je fais un non catégorique de la tête et je lui lance un regard interrogateur en désignant le bâtiment. Question : *qu'est-ce qu'on fout là ?*

– J'ai… un rendez-vous… tous les lundis, ici, dit-elle d'une petite voix en détournant les yeux.

Je fronce les sourcils, ferme la caisse et la rejoins. On avance vers le bâtiment. Je n'aime pas les hostos, ça me rappelle trop de mauvais souvenirs. Ma lionne avance, ses pleurs semblent calmés.

Elle entre par la première porte qui se présente. J'enfonce mes mains dans mes poches quand on passe le portique anti-arme à feu. Mon stress monte. Je n'aime vraiment pas cet endroit.

– Oh toi. Tu passes par le contrôle, j'entends brusquement.

Elena et moi nous retournons dans un même mouvement. Un genre de vigile accroche mon sweat pour m'empêcher d'avancer plus loin dans le bâtiment.

– Les contrôles et fouilles sont obligatoires, ajoute-t-il. Plan antiterroriste.

J'ai une tête de terroriste, sérieux ? Je soupire et je le suis dans une petite zone sur le côté de l'entrée. Elena ne bronche pas mais ne nous quitte pas d'une semelle.

– Ton identité ? Et lève les bras, me dit le mec, un grand Black bien plus baraqué que moi avec un joli petit costard sans marque.

Un cousin des autres glands du magasin de bricolage, certainement.

– Il ne peut pas vous répondre, dit Elena très calmement.

Le type la regarde puis me détaille.

– Étranger ? demande-t-il.

– Non, muet. Vous êtes sérieux ? réplique-t-elle plutôt sèchement.

Je lui lance un regard noir, j'ai envie de ressortir d'ici sans les menottes. Je lève les bras et mon haut dans la foulée. Le type mate mes tatouages et me fouille rapidement.

– Muet alors ? me demande-t-il.

Je le fixe sans répondre.

– Et sourd, vous fatiguez pas, envoie la lionne.

– Il m'a entendu quand je l'ai appelé, réplique-t-il.

– Ah oui, c'est vrai, il entend les connards qui portent des jugements sans se poser de question. Parce que moi, je vous passe sous le nez tous les lundis à la même heure depuis des mois et vous ne m'avez jamais arrêtée, balance ma lionne sans baisser les yeux.

Je pince les lèvres pour ne pas exploser de rire. La reine de la savane sort les crocs. Le type la fusille du regard, et moi, je soupire. Je m'excuse d'un coup d'œil pour elle, et vite, je nous fais avancer loin d'ici.

– La prochaine fois, je vous arrête, jeune fille. Même si votre mec n'est pas là ! s'exclame-t-il dans notre dos.

Elle essaie de se retourner pour lui envoyer son majeur sous le nez mais je l'en empêche en riant. *Ma garce de lionne est de retour.* J'ai un grand sourire accroché au visage quand on grimpe dans l'ascenseur. Elle tire la tronche. Je ravale ma joie, du coup. Elle appuie sur un bouton nerveusement.

Après plein de couloirs et de virages qu'elle a l'air de connaître par cœur, on arrive en psychiatrie. *Merde*... Elle ne me regarde pas mais désigne une chaise qui est là contre le mur, alignée avec deux autres, et s'en va frapper à une porte sans un mot. Une seconde s'écoule puis elle disparaît derrière.

Je m'installe. Elle vient donc pour voir un psy tous les lundis ? En y repensant, le lundi de la rentrée, l'après-midi, elle n'était pas en cours puisqu'elle a croisé Solis ici.

Je n'aime pas ça. J'aurais bien bougé mais j'ai dit que je resterais avec elle, alors c'est ce que je fais, même si l'envie de m'en griller une me pique les doigts. Ça attendra parce que je suis infoutu de sortir d'ici sans me paumer.

J'attends. Mon portable vibre, je reçois un message de Solis. Je l'efface sans le lire.

Le temps passe, j'ai mal au cul sur cette chaise de merde. Je suis dans un couloir désert, pas un bruit. Que dalle. Je n'ai même pas croisé un doc ou une infirmière.

Je fais quelques pas dans le couloir. Je mate l'heure sur mon portable : bientôt quinze heures. Cela fait plus d'une heure que je poireaute comme un blaireau. Je vais finir par aller frapper moi aussi à cette porte pour qu'on se casse d'ici. J'ai envie de pisser en plus.

Une heure et huit minutes. Je n'en peux plus.

– Tu dors ?

Je rouvre les yeux sur Elena et je me lève dans la foulée.

– Enfin, putain ! je lâche sans le vouloir.

Un petit sourire naît sur son visage et, comme je suis un lapin, j'aime bien, alors je lui rends et on se casse.

CHAPITRE 30

La lionne tire le frein à main. On est garés devant la baraque. J'attrape mon sac et le sien qui sont à mes pieds puis je quitte la caisse en même temps qu'elle. Elle reste silencieuse à côté de moi pour rejoindre la maison. Je pousse la porte et la laisse passer avant d'entrer. Elle fait trois pas et s'arrête. Je referme derrière nous et je me fige à mon tour en découvrant ce qui m'attend.

– Teag… Tu étais où ?

Solis, son gros bide et son mec, Lucas me matent de haut. *C'est quoi, cette embrouille ?* J'évite le regard de l'assistante sociale pour cacher le mal que ça me fait qu'elle soit là, à me forcer la main. J'essaie de rompre un lien qu'elle veut entretenir et c'est douloureux.

– On était à l'hôpital, répond ma lionne sans me consulter. Il m'a accompagnée.

L'assistante sociale regarde Elena avec un sourire.

– Vous étiez ensemble ? Euh… ok. Je suis allée au lycée pour te chercher, Teag, mais ils m'ont dit que tu avais séché les cours cet après-midi…

Cette fois, je la mate sans épargner ce connard de Lucas. *Elle croit quoi ? Qu'il suffit de se pointer avec lui pour que je l'écoute docilement ?*

La mère et le gamin débarquent et annoncent que le goûter est prêt. Solis me somme de venir. Je tourne les talons pour dégager mais Elena me stoppe.

– Allez, ne fais pas le con et viens avec nous, me dit-elle.

Je soupire, jette un regard équivoque à la lionne et je me casse.

J'arrive à peine aux escaliers qu'une main attrape ma manche.

– Teag, ne me fais pas courir, s'il te plaît.

Je regarde son gros bide un moment avant de remonter vers ses yeux. C'était tellement plus simple quand j'étais gosse. Elle me prenait dans ses bras et tout était oublié. Mais elle a ce regard que je n'aime pas : celui qu'une mère réserve à son gosse quand elle est inquiète. Elle doit arrêter de faire ça, de s'inquiéter pour moi, de me faire passer avant ses besoins. Je ne lui apporte rien d'autre que du mal et elle ne le mérite pas.

Elle s'avance et me bloque le passage des escaliers. Du coin de l'œil, je sens son mec se pointer.

– Teag, parle-moi. C’est important, insiste-t-elle.

Je ne la regarde pas, j’essaie de monter mais elle continue de me bloquer la route.

– Bouge, je lâche.

– Non. Je m’inquiète pour toi, tu ne réponds à aucun message. On doit parler, ok ? De ton anniversaire et du reste…

Je fais non de la tête et j’essaie encore de passer.

– Teag…

– Bouge, putain de merde !

– Oh ! balance son mec dans la seconde.

Solis ne se décale pas. Pourquoi elle me pousse à bout comme ça ? Elle le sait, pourtant, qu’au moment où je vais exploser, rien ne pourra m’arrêter.

Je prends une grande inspiration. Je n’arrive pas à canaliser la pression qui monte en moi. Il faut qu’elle dégage, je vais finir par devenir mauvais et lâcher un truc que je ne pense pas.

– Je veux juste qu’on se parle… comme avant, supplie-t-elle.

Sa voix tremble. Mon cœur s’étouffe.

Je soupire et, après une longue seconde, je lâche froidement :

– T’es pas ma mère, tu te souviens, madame Solis ? Je n’ai jamais signé les papiers ! Alors, contente-toi de faire ton putain de boulot et lâche-moi avec tes délires de sentiments maternels à la con. Je ne suis pas ton fils et je n’ai aucune envie de l’être, tu percutes ?

Je la fixe droit dans les yeux, une larme coule sur sa joue. Je la pousse aussi doucement que je peux pour monter trois par trois les escaliers et fuir la douleur que je nous impose. Je suis vraiment un enculé pour lui sortir un truc pareil, mais il faut qu'elle arrête de faire ça. Bientôt elle aura un gosse qui lui appartient vraiment, alors autant que ce soit moi qui coupe les ponts tout de suite avant qu'elle ne le fasse parce qu'elle n'aura plus le temps pour moi. C'est clair que je ne m'épargne pas dans l'histoire, mais c'est mieux comme ça. Et puis, j'ai Elena maintenant : même si elle me hurle dessus, elle est là.

Je claque la porte de ma chambre avec force, les murs en vibrent et j'envoie mon poing dedans. C'est douloureux, mais pas assez efficace pour effacer tout ce qui est en train d'imploser dans mon crâne. S'il faut que je fasse un trou là-dedans pour me calmer, je vais le faire.

J'amorce un deuxième coup et certainement dix autres mais une silhouette entre dans ma chambre en furie. Je recule précipitamment quand mon regard enragé tombe dans celui de ma lionne.

Elle me fixe froidement. Pourquoi je m'en veux, d'un coup, d'être aussi fou de rage ? Malgré la culpabilité que je ressens, la colère ne me quitte pas. Je vais finir par croire que je ne suis fait que de ça.

– Mais t'as pas honte ? balance-t-elle en fronçant les sourcils.

J'abaisse mon poing sans la quitter des yeux. Si, justement, j'ai honte, Elena. Mais je ne sais pas faire autre chose que faire mal ou souffrir. Et entre les deux, je préfère l'attaque aux coups qu'on encaisse gratuitement. Et quand les mots ne sont plus là, il ne reste que les poings pour s'exprimer.

– Nathalie est en larmes… Putain, mais pourquoi t'es un tel connard ? Elle veut t'aider, c'est pas compliqué à comprendre.

Le silence revient. J'ai des envies de cogner, et Elena en rajoute une couche. Solis veut peut-être le mieux pour moi, mais mon cas est irrécupérable et je ne veux pas l'entraîner avec moi là-dedans.

– Et tu veux m'aider ? Mais tant que personne ne t'aide, toi, tu ne pourras aider personne, pauvre con, ajoute-t-elle.

Respire, mec…

– Casse-toi.

J'ai plus grogné ça que parlé, mais Elena m'a très bien compris. Elle me regarde mais ne bouge pas. Elle fait non de la tête et s'avance vers moi, le regard plein d'insolence.

– Je t'emmerde, tu comprends ? J'emmerde les connards comme toi qui sont trop égoïstes pour voir qu'on les aime ! me balance-t-elle.

Si je pouvais hurler ma rage sur elle, je le ferais mais je bloque.

– Tu finiras tout seul si tu continues. Et tu sais quoi ? Tu l'auras mérité.

Non... Ne dis pas ça... Je n'ai pas mérité la vie merdique qu'on m'a assignée à la naissance. Je n'ai pas mérité l'orphelinat, l'isolement, la douleur d'y croire puis d'être déçu en permanence. Je ne veux plus y croire.

– Tu… commence-t-elle.

Je la supplie de se taire d'un coup d'œil. Je suis à deux doigts de laisser ma colère exploser sur elle et je ne veux pas lui faire de mal.

– T'es qu'un égoïste de merde… souffle-t-elle.

Raah, mais qu'elle la ferme !

Je pousse un rugissement de rage et, avant même que je ne comprenne, mon corps s'avance vers elle. *Stop !*

Je recule.

Je me fais peur à moi-même.

Je bute sur le lit tant je m'éloigne d'elle.

– C'est bien ce que je disais… Égoïste et complèt…

– FERME-LA ! Ça n'a rien à voir, bordel. Je lui fais du mal ! Il faut qu'elle arrête de vouloir me gérer, pour son putain de bien et celui de son bébé.

J'ai hurlé si fort qu'elle en a levé les mains pour se protéger.

Je ferme les paupières et me laisse tomber sur le lit. Mes mains cachent mes yeux et mes coudes sont plantés dans mes genoux. Pourquoi je suis toujours obligé d'en arriver à exploser pour que ce que je ressens sorte ? Pourquoi ça doit être aussi douloureux et me déchirer les entrailles à m'en couper le souffle ? Ça a l'air si simple chez les autres. Chez moi, c'est une torture. Elena fait tomber mes barrières comme un château de cartes.

– Alors dis-lui… murmure-t-elle après un instant.

– Je ne sais pas faire.

– Si, tu viens de le faire, là.

Je n'aime pas le faire de cette façon. Je me hais quand je hurle.

Le silence revient. J'essuie mes joues. *Ça va devenir une habitude de chialer comme un bouffon ?* Je ne m'y ferai jamais.

La lionne me tourne le dos pour s'en aller.

– Moi, je ne veux pas t'aider… Je ne peux pas.

Mon cœur se tord. Elle ne « veut » pas et c'est de ma faute.

– Pardon…

J'ai soufflé ça sans vraiment le vouloir. Il est sorti de ma bouche, et même si je ne l'assume pas du tout, c'est trop tard. La lionne s'arrête et se tourne vers moi.

– Pourquoi ? chuchote-t-elle.

Pardon de te faire du mal, Elena, pardon de t'avoir hurlé dessus alors que je sais que tu ne supportes pas ça, pardon d'être moi, pardon de t'imposer ça, pardon de te faire peur...

Les mots tournent dans mon crâne, mais rien ne sort. *Ça ne vient pas. Laisse tomber, mec.*

Elle n'attend pas plus et se casse en laissant la porte ouverte.

Je relève les yeux. Solis est là, les yeux remplis de larmes.

Ne viens pas. Ne viens pas. Je t'en supplie, ne viens pas. Laisse-moi. Elle fronce les sourcils et finit par tourner les talons. Je me lève et vais claquer la porte. Il faut que je sois seul, que personne ne me parle, que le silence m'écrase pour que la tempête qui souffle dans ma tête se calme.

* * *

Plusieurs heures plus tard, je suis allongé sur mon lit. J'ai dû faire des pompes sans discontinuer avant de tomber de fatigue. Mes bras étaient tellement douloureux que les larmes me sont montées aux yeux à nouveau. J'ai laissé tomber ma carcasse d'enfoiré sur mon matelas et j'ai fermé les yeux. Malgré mes efforts, mon esprit tournait encore à plein régime. J'ai rouvert plusieurs fois les paupières, fumé je ne sais combien de clopes. À chacune d'entre elles, je pouvais voir le soleil un peu plus bas dans le ciel. Maintenant, il est complètement parti.

Il fait nuit et mon rythme cardiaque est encore douloureux par moments. Je vais finir par crever. À force de le malmener comme ça, mon cœur finira par lâcher un jour. J'attends presque avec impatience qu'il le fasse : plus de cœur, plus de sentiments et donc zéro emmerde. *Mais plus de lionne non plus...*

Je secoue la tête. Cette nana a un foutu pouvoir sur moi. Jusque-là, seule Solis pouvait se permettre de me hurler dessus, de me dire quoi faire ou de me les briser sans que ça se termine à l'hosto. Aujourd'hui, Elena peut aller encore plus loin. Je ne sais pas comment elle fait, mais elle a une emprise sur mes réactions. C'est comme si j'avais peur qu'elle ne veuille plus de moi, comme si je flippais qu'elle me rejette de sa vie.

Et cette fois, je suis allé trop loin. Elle a vu à quel point je peux être un enfoiré et elle va peut-être recommencer à m'ignorer. Je ne sais pas si je le supporterai.

Je me maudis d'en être arrivé là. Ça me fout les nerfs de me dire qu'elle compte autant que Solis ou Benito pour moi, alors que je la connais à peine. Je me suis juré que je ne m'ouvrirai plus jamais aux personnes temporaires dans mon entourage. Et c'est ce qu'elle est : la fille d'une famille d'accueil temporaire. Comme d'habitude, tout s'arrêtera du jour au lendemain.

Toujours allongé sur mon lit, je souffle à plusieurs reprises avec lenteur. J'embrase une clope sans bouger de là. Mon corps a abandonné la partie depuis un moment, j'aimerais que mon esprit en fasse autant. Mais rien à faire, je pense encore dans tous les sens après la cinquième clope.

* * *

Je me retrouve avec la dame qui m'a emmené à l'hôpital. Elle s'appelle Nathalie. Sa voiture est grande, et en plus, elle est rouge. Je la vois qui me regarde par le petit miroir devant elle.

– Tu as encore mal ? elle me demande en montrant mon front.

Je fais non de la tête, mais en fait, j'ai un peu mal. Je sais pas pourquoi, je lui dis pas.

Sa voiture roule vite. C'est la première fois que je monte dans une voiture comme ça.

– Est-ce que tu sais où on va, Teagan ?

– Pas à l'orphelinat !

La voiture s'arrête et Nathalie se retourne vers moi.

– Non, on ne va pas à l'orphelinat. Je ne veux plus que tu retournes là-bas, d'accord ?

– Oui, mais je vais où, alors ? J'ai pas de maison.

Elle sourit mais ses yeux sont encore mouillés.

– J'ai appelé les autres orphelinats mais ils n'ont pas de place pour toi, alors tu vas venir avec moi. Mais dès qu'il y aura une place, tu iras dans un nouvel orphelinat.

Je veux pas. Je pleure quand elle dit ça. Je veux plus aller là-bas !

Nathalie me regarde et ses sourcils se plient un peu.

– Ne pleure pas. Ce soir, tu viens avec moi, d'accord ?

Je fais oui de la tête.

– C'est où avec toi ? je demande.

– C'est chez moi.

Je souris. La voiture roule encore et encore et mes yeux se ferment.

– Teagan ? Réveille-toi, bout de chou.

– Maman…

J'ouvre les yeux, ma maman me regarde, elle est belle.

– Non, je ne suis pas ta maman. Je suis Nathalie, tu te souviens ?

Les yeux me piquent et la dame me fait sortir de la voiture rouge.

– Viens, nous sommes arrivés.

On monte des escaliers, je tiens la main de maman. Non, de Nathalie. Après une porte, on est dans sa maison. C'est beau mais y a pas de jouets pour moi.

– Alors Teagan, tu vas devoir rester ici quelques jours, d'accord ? Ça ne se passe pas comme ça normalement, mais là, c'est un peu particulier. Dès que tout sera réglé, tu devras retourner dans un orphelinat.

Je fais non de la tête.

– Je veux pas !

Oh non, j'ai encore crié. Elle va me fâcher.

Je recule parce qu'elle lève la main et mes yeux se ferment tout seuls. Mais sa main touche juste mes cheveux.

– N'aie pas peur. Ici, personne ne tape sur les enfants. Et si tu as besoin de crier, tu peux y aller, je ne te disputerai pas. Tout le monde a besoin de crier, hein ?

– Ils ont dit que si on crie, on va dans le placard des punitions pour toute la nuit..., je réponds sans crier.

– Dans le quoi ? Répète ça, elle dit.

Elle a l'air fâché. Je dis plus rien. Elle me sourit après un moment.

– Bon, tu as faim ? Tu veux manger quoi ?

– Je sais pas...

– Tu aimes quoi ?

– Je sais pas...

– D'accord, ce n'est pas grave, on va aller voir dans le frigo et tu me diras ce que tu aimes bien et ce que tu n'aimes pas, d'accord ?

Je fais oui de la tête et je prends sa main.

* * *

– NON ! PAS ANTON !

Je sais pas où je suis et j'ai peur, il fait tout noir. J'ai crié fort, Anton va venir et je veux pas.

– Merde. Teagan ? C'est moi. Teagan, tu m'entends ?

Je suis sûr que je suis dans le placard des punitions, il fait froid. Je me rappelle pas ce que j'ai fait pour arriver là.

– Teagan ! Je suis là. Ouvre les yeux, mon grand...

Mes yeux s'ouvrent. C'est pas le placard et ma maman est là, ses bras me tiennent et elle me fait un câlin.

– Maman...

Je pleure contre elle.

– Non, Teagan, je ne suis pas ta maman, je suis Nathalie, rappelle-toi... Tu as fait un cauchemar, c'est rien.

Je fais non. Je veux pas qu'elle soit Nathalie. Je veux qu'elle soit ma maman. Je m'accroche à elle et elle me porte.

– Je veux plus dormir si y a des cauchemars.

– D'accord. Viens avec moi, on va regarder un dessin animé.

* * *

– Bonjour, Teagan. Ça va ?

C'est Anne. Je veux pas la regarder. Je veux pas être là. Je suis resté longtemps chez Nathalie. Pourquoi elle me ramène ici ? J'ai été sage.

– Teagan, tu dis bonjour à Anne ? me demande Nathalie.

Je fais non de la tête. Anne souffle comme quand elle est fâchée.

– Bon, c'est pas grave, venez, dit Anne.

– Teagan, je compte sur toi, tu restes sur la chaise, d'accord ? Je reviens tout de suite.

Anne s'en va et Nathalie me regarde.

– Mais maman...

– Non, Teagan, je te l'ai dit déjà, tu ne dois pas m'appeler « maman ».

– Je veux pas être là.

– Je sais... Mais on ne peut pas faire autrement. Tu as passé un mois chez moi, mais je t'ai expliqué

pourquoi je ne peux pas te garder. Tu dois revenir à l'orphelinat.

Les yeux me piquent.

– Ils sont pas gentils ici, je pleure.

Elle me regarde et ses yeux sont encore mouillés.

– Non, c'est bon. Anton ne travaille plus ici et Anne est gentille avec toi, hein ?

Je fais non.

– Je veux rester chez toi. Comme ma maman...

Elle souffle doucement et passe la main dans mes cheveux.

– Je ne vais pas me fâcher, Teag, tu sais déjà que je ne suis pas ta maman. Ça ne veut pas dire que je ne tiens pas énormément à toi, mais c'est mon travail de m'occuper de toi.

Je la pousse.

– Alors laisse-moi !

Oh non, je veux pas qu'elle me laisse. Je sais pas pourquoi j'ai dit ça, en plus, j'ai crié sur elle.

– Je reviens. Sois sage, mon grand, elle dit sans se fâcher.

Comme elle a demandé, j'attends sur la chaise.

* * *

– Très bien. Je reviendrai dans une semaine. Mais surtout, s'il se passe quoi que ce soit, vous m'appelez, jour et nuit, d'accord ?

– Oui, sans problème, répond Anne.

La voix de Nathalie revient et je la vois qui sort du bureau d'Anne. Elle vient vers moi. Ses genoux touchent par terre et elle me regarde.

– Teagan, je vais devoir m'en aller, comme je t'ai expliqué ce matin. Toi, tu vas rester ici. Mais tu vas retrouver ton ami Benito et…

Je pleure. Je veux pas rester ici. Je veux partir avec elle.

– Sois sage, d'accord ? Je reviens dans sept jours juste pour te voir, mais tu dois rester sage, Teag…

Sa voix a changé et ses yeux pleurent. Elle se lève mais je m'accroche à elle.

– Tu dois laisser madame Solis partir, dit Anne.

Ses mains m'attrapent et me tirent.

– NON !

Elle s'en va. Pourquoi elle m'oublie ? *J'ai été sage dans sa maison.* Pourquoi elle me laisse ?

– MAMAN !

– Teagan ! Ça suffit maintenant. Tu vas rejoindre les autres ou c'est le placard. Et arrête avec ça, c'est pas ta maman, c'est qu'une assistante sociale.

– Teagan ? Teagan, ouvre les yeux.

Nathalie s'en va sans moi…

– Teagan, tu me fais peur, putain !

Elle ne se retourne pas, même quand je crie. J'ai peur et je me sens tout seul. Anne m'a mis dans le placard parce que j'arrive pas à m'arrêter de pleurer.

– TEAGAN !

J'ouvre les yeux brusquement. Le présent me percute de plein fouet. Deux billes vertes me sondent dans l'obscurité, pleines de larmes. Elle est là : Elena.

Je me redresse et j'attrape ses joues avec mes mains qui tremblent.

– Elena… T'es là…

J'enfonce ma bouche sur la sienne. Je ne veux plus qu'elle parte. Jamais.

CHAPITRE 31

Mes yeux pleurent mais je m'en fous, elle est là. Elle m'a sorti de ce putain de cauchemar. J'embrasse ses lèvres, je dépose des baisers sur son menton, son nez, ses joues, ses larmes, puis je délaisse son visage pour la serrer contre moi et sentir son odeur m'envahir. *Ma lionne...*

– Teag… pleure-t-elle dans mon cou. Arrête…

Je la serre plus fort contre moi, je ne veux pas la laisser. Je ne sais même pas quand elle est arrivée là, mais elle est sur moi : ses cuisses sont de chaque côté de mes hanches, je suis assis et ses bras sont repliés contre mon torse.

Je me redresse pour la regarder. *Est-ce qu'elle est bien là ?* Je dégage ses cheveux de son visage et je détaille chaque trait qui ressort de l'obscurité.

– Arrête, répète-t-elle en me poussant doucement.

Je fronce les sourcils en la voyant me supplier du regard. Et soudain, c'est comme si je me réveillais brutalement. *Putain, mais qu'est-ce que j'ai fait ?* Je panique. *Je l'ai embrassée ?*

Elle s'écarte encore en pleurant. *Non… Elena, je…*

Elle pousse plus fort contre mon torse, elle veut fuir. Son visage affiche une douleur incontrôlable qui me torture. Je l'empêche de s'éloigner, mais sans la brusquer. Je ne veux pas qu'elle me haïsse pour ça.

– Non, attends. Pardon… Putain, pardon, Elena. Je… Je… Pardon…

Les mots quittent ma bouche dans sa direction. Ils partent glisser sur ses joues humides. Un sanglot lui échappe.

– Excuse-moi mais ne pars pas… S'il te plaît.

En réponse à ma demande, ses doigts s'enfoncent dans mon torse. Je la tire vers moi en douceur. Je ne veux pas la forcer, mais je ne veux pas qu'elle parte en pleurant pour me fuir. *Reste ! Elena, je t'en prie, reste.*

Mais pourquoi j'ai fait ça ? J'ai franchi ses limites sans lui demander. J'ai tout gâché. Je ne voulais pas que ça se passe comme ça.

Son visage change, il s'apaise. La lune fait briller les perles qui coulent sur ses joues. J'essuie du pouce les malheureuses mais d'autres reviennent aussitôt.

– Tu m'as fait peur, murmure-t-elle.

Doucement, elle se détend et ses bras m'enlacent enfin en passant autour de mon cou. *Putain, je ne veux plus jamais qu'elle parte.*

– Je voulais pas…

L'odeur de ma lionne me rassure. *Elle est là. Elle ne me hait pas. Elle veut m'aider...*
– Tu criais et j'arrivais pas à te réveiller.
– Je vais bien, tu es là, je chuchote.

Ses yeux tristes me sondent pendant plusieurs secondes, puis ses doigts viennent caresser ma joue. Je ferme les yeux puis les rouvre en prenant une grande bouffée d'air. Je n'ai pas l'habitude qu'on me touche comme ça.

Elle s'avance et, doucement, timidement, ses lèvres viennent trouver les miennes. Je la laisse faire puis je sens son souffle se bloquer quand j'ouvre la bouche pour la goûter. Mes mains, qui sont plaquées dans son dos, remontent vers sa nuque fine sur le tissu de son t-shirt.

Elle plonge dans mon cou et me serre contre elle. Je fais de même. Je la veux tout entière. Je veux qu'elle reste là, toute la nuit, sur moi. *Ma lionne... Juste ma lionne, contre moi.*

Son cœur bat avec le mien. Elle a froid, je crois, parce qu'elle tremble un peu. Je tire la couette et j'en étends un morceau sur elle sans bouger. Elle renifle et me serre plus fort encore.

Un petit moment passe, très court en vérité, puis des craquements annoncent l'arrivée imminente de quelqu'un.

On sursaute en même temps. Elle se redresse et saute du lit comme une flèche, mais trop tard, son père déboule dans la chambre et allume tout.

Je ne vois rien pendant quelques secondes. Mais je sais qu'Elena n'a pas eu le temps de disparaître dans la salle de bain. Je cligne des paupières, elle s'est figée non loin du lit. *Merde !*

– Qu'est-ce qui se passe ? balance Daniel en nous regardant à tour de rôle. J'ai entendu crier.

Un silence se fait, ma lionne me regarde avant de poser ses yeux sur lui pour lui sortir d'une petite voix :

– Il a fait un cauchemar et ça m'a réveillée, c'est tout.

Le père me reluque de haut en bas. Je porte encore mes fringues, si c'est ça qui l'inquiète.

– Tu veux un truc pour dormir ? me demande-t-il.

Elena, je veux Elena.

Je fais non de la tête et, un instant plus tard, tout le monde a disparu et le noir est revenu. Le silence est pesant. Autant quand j'ai posé mes lèvres sur celles de ma lionne, je n'étais pas vraiment conscient, autant maintenant, je suis parfaitement réveillé : impossible de fermer l'œil après ça.

Je quitte le lit, cherche une clope et l'allume rapidement. J'ai son odeur partout sur moi et son goût est encore sur mes lèvres.

Je tire sur la cigarette et souffle la fumée un court instant plus tard. *Putain, je l'ai embrassée et j'ai aimé ça. Plus qu'aimé ça, en fait.* Ça n'avait rien de sexuel ou de pervers, c'était juste beau. Je souffle un coup. Pourquoi est-ce qu'elle ne revient pas ? J'attrape mon portable. Pas de nouveau message. J'en tape un pour la lionne.

Reviens…

J'envoie. J'attends. Rien. Pas de réponse et sa porte ne s'ouvre pas.

Je fume encore et j'envoie un deuxième message.

S'il te plaît, Elena…

J'envoie. J'attends. Rien.

Je ravale cette douleur dans mon torse. Je termine la clope et j'en rallume une autre sur la terrasse où je me pèle le cul. Quand j'ai terminé, je vais retrouver mon lit.

Toujours pas de réponse de la lionne. J'étouffe le truc qui me comprime le cœur et je me force à dormir.

* * *

– Teagan !

Je me redresse d'un bond en sursautant.

– Bouge-toi, on doit partir dans dix minutes.

Wow ! La violence du réveil…

Je me laisse retomber dans le lit en grognant.

– Bouge, abruti !

Eh merde, elle ne va pas me lâcher !

Je roule sur le lit et branche mon portable que j'ai gardé dans la main toute la nuit en espérant qu'elle me réponde ou qu'elle vienne me rejoindre.

Je me lève, elle me fusille du regard et file vers les toilettes. Hier semble tellement loin maintenant. Mon esprit s'envole vers Solis et enfonce un peu plus le couteau dans la plaie béante laissée par notre dernier échange. Allez, respire, mec. C'est comme ça, la vie : elle peut te reprendre ce qu'elle t'a offert à tout moment et tu dois la fermer.

Je me frotte le visage. *Une douche bouillante, voilà ce qu'il me faut !*

Je fais sauter mes fringues en allant vers la salle de bain. La lionne est là, en train de faire un truc à ses cheveux. Je vais allumer l'eau de la douche.

– Qu'est-ce que tu fais ? Pas le temps de se laver !

Je lui lance un coup d'œil pendant que je déboutonne mon jean. J'ai besoin d'une douche, sinon je ne vais nulle part. Elle me regarde via le miroir. J'enlève mon fute, elle détourne les yeux. Je la détaille. *Elle portait ça cette nuit ? Juste ce t-shirt trop grand ? Et je n'ai même pas bandé ? Étonnant.*

Ses yeux presque verts sont tellement froids ce matin que je vais finir par croire que j'ai rêvé ce qui s'est passé. Je repousse l'envie d'aller me plaquer contre elle pour plonger mon nez dans ses cheveux encore une fois.

Je croise son regard qui me parcourt, elle fronce les sourcils.

– Active-toi, on part dans cinq minutes, lâche-t-elle froidement avant de se casser.

Que ça lui plaise ou non, je reste sur mon plan de départ : une bonne douche.

Quand je ressors, elle n'est pas dans le coin. Je me sèche vite fait et j'attrape les premiers trucs que je vois pour m'habiller. En quelques minutes, c'est réglé. Je prends mon portable et je descends. Si ça ne tenait qu'à moi, je n'irais pas en cours, mais je ne laisse plus ma lionne seule.

En bas, je trouve son sac et le mien là où je les ai balancés hier soir quand je me suis retrouvé nez à nez avec Solis. Le reste de la famille est dans la cuisine.

– Elle est dans la voiture, grogne le père sans relever le nez de son journal.

– Tu as faim ? me demande la mère.

Toujours la même question. Je me marre.

Je chope des pancakes et je me casse avec nos sacs.

La lionne m'attend sur le trottoir, prête à prendre la route. Je rejoins la voiture à petites enjambées et je saute côté passager. *Putain, il caille de plus en plus le matin !*

– C'est pas trop tôt, lâche-t-elle, énervée.

Je lui montre son sac qu'elle avait oublié avant de le balancer entre mes jambes. Elle plisse les paupières et m'ignore pour enclencher la première.

On la voit à peine sous son gros manteau trop grand et ce bonnet beige.

Elle ne dit rien du trajet, pas un regard, que dalle. Elle devrait faire gaffe parce que j'ai une fierté et qu'elle est en train de la mettre à rude épreuve en faisant ça. D'ailleurs, qu'est-ce qu'elle fait ? Ce n'est même pas vraiment clair. Peut-être que je m'attendais à ce qu'elle change, qu'elle m'embrasse dans le cou pour me réveiller, qu'elle me parle avec des mots doux… *Putain, je suis con. C'est la garce de lionne. Tu l'embrasses, elle te le fait payer, c'est tout.* Et là, c'est ce qu'elle fait en m'ignorant.

* * *

– Tu manges avec nous ?

Sophie vient de nous choper dans un couloir bondé. Il faut que je sorte d'ici pour aller cloper, les cours m'ont pris la tête. Deux heures que j'ai envie de pisser, en plus. Cette matinée est sans fin. Elena me lance un regard, le premier depuis la voiture ce matin. *Incroyable !* Pourtant, j'ai quand même envie d'envoyer ma bouche sur la sienne.

– On se voit plus tard, me lâche-t-elle froidement.

Elle veut que je dégage ? Je fronce les sourcils et lui montre du menton tous les cons qui traînent partout. *Et si tu croises l'autre enculé des messages qui doit être le même que l'autre enculé au blouson ?*

Elle hausse les épaules.

– La sortie est là, démerde-toi.

Je serre les dents. Ok, ou elle n'a vraiment pas compris, ou elle se fout de ma gueule. Ses connes de copines me regardent toutes en attendant je-ne-sais-quoi. Je lève mon majeur sous le nez de la lionne et je me casse.

– TEAGAN DOE !

Mais qui hurle mon nom comme ça ? Que je lui refasse le portrait !

Je fais volte-face si brusquement que je manque de percuter trois pouffes qui, comme tout le reste du couloir, matent le con qui vient de hurler mon blase.

Un surveillant s'approche de moi à grands pas et slalome entre les élèves.

– Tu viens avec moi pour ton absence d'hier après-midi.

Mais il est sérieux, lui ? Il dépasse ma lionne qui le mate avec les yeux comme des billes. Le type arrive sur moi. Il devrait faire gaffe parce qu'après cette matinée, je ne suis pas vraiment d'humeur.

– Active-toi, j'ai pas toute la journée ! me balance-t-il en attrapant mes fringues pour me tirer vers lui.

Un automatisme de merde me fait le pousser pour qu'il me lâche, mais j'y vais un peu trop fort et il recule de plusieurs pas pour aller buter dans quelques élèves. Tout le couloir se fige et nous mate. Mon regard croise celui de la lionne. Elle me fait non de la tête. Je prends une grande inspiration et je fais ce qu'elle me dit : je ravale mes nerfs.

– Tu viens avec moi, lâche froidement le mec.

Si ça ne tenait qu'à moi, ce connard aurait fini la tronche dans un casier, mais ma lionne a raison, je ne dois pas faire le con. Avec cette probation merdique, je n'ai pas le droit à l'erreur. Je bouge pour suivre le pion, on passe devant la lionne et ses copines. La seule qui ne me regarde pas avec des paillettes dans les yeux est celle que j'ai embrassée cette nuit. On échange un regard et elle disparaît de mon champ de vision.

Arrivé au bout du couloir, je me mange une épaule de plein fouet. J'aperçois juste un blouson de base-ball et je perçois des ricanements avant d'éviter le mur de près.

– Dash ! gueule le pion.

Je fais un tour sur moi-même et je mate le plus salement possible le gros con qui vient de faire exprès de me foncer dedans. Sa tronche ne me revient pas. C'est un truc physique et c'est instantané. Je fronce les sourcils tandis qu'il plante son regard dans le mien. Je l'ai déjà vu, mais où ?

– Désolé, monsieur Gravy, minaude-t-il avant de nous tourner le dos.

Personne ne s'est vraiment arrêté. J'avance et lance un dernier regard sur ce type, qui est entouré de trois autres comme lui. Je ne peux pas me les sentir, ceux-là. Le stress me happe. Et si le type qui persécute ma lionne était l'un des quatre que je viens de croiser ? *Merde. Elena n'est pas toute seule, il y a ses copines... Zen, mec.*

Le dirlo n'est pas là et je refuse d'entrer dans le bureau de leur pion en chef qui va me les briser pour mon absence d'hier. Ils veulent que je signe un truc. Le connard qui m'escorte m'a même sorti que je pouvais faire une croix si je ne savais pas écrire. Je vais le dessiner en train de manger sa merde, il va peut-être arrêter de me prendre pour un demeuré.

– Tu comprends ce qu'on te dit ? postillonne-t-il.

Il n'en peut plus. Il est à la limite de s'arracher les cheveux. Il a encore essayé de m'attraper, mais je l'ai viré rapidement. Maintenant, il n'ose plus me toucher mais il s'acharne à me prendre la tête. J'ai de plus en plus de mal à l'ignorer. Il est où, le père Hills ?

– Tu aggraves ton cas ! s'exclame-t-il.

Je relève les yeux vers lui et la sonnerie qui annonce la fin de la pause déjeuner retentit autour de nous. Le mec soupire avec force et me fait signe de me casser. *Pff... Tout ça pour ça ?*

Je me lève et je le fixe droit dans les yeux avant de sortir. Je quitte le secrétariat, les couloirs sont blindés de monde et je ne sais pas où je dois aller. J'ai laissé chez les Hills tout ce que le père m'avait filé le jour de la rentrée : plan et emploi du temps.

Je sors mon portable et j'envoie à la lionne un texto.

T'es où ?

J'attends une seconde et sa réponse s'affiche :

À l'infirmerie.

Quoi ? Je tape aussitôt et j'envoie dans la foulée :

Pourquoi ? Qu'est-ce qu'il y a ?

L'infirmerie, c'est où ? Je mate les panneaux un peu plus loin et je trace dans le couloir quand elle me répond :

Un type m'a embrassée... Je ne me sens pas bien.

Je la laisse trente putains de minutes et un type l'embrasse ? C'est quoi, ce bahut de malade ?

Qui ? Tu ne bouges pas, j'arrive.

Après plusieurs couloirs, un escalier et quelques virages, je me pointe à l'infirmerie. Je m'apprête à envoyer la porte dans le mur quand je reçois un autre message :

Je ne sais pas il faisait sombre. J'ai juste vu qu'il avait...

Hein ? Le message s'arrête là ?

Je commence à pousser la porte, le nez dans mon texto. *Est-ce qu'elle se fout de moi ? Ou est-ce qu'elle est encore dans un état pas possible qui l'empêche de finir ses messages ?*

Ça vibre dans ma main, j'ouvre immédiatement le texto :

des tatouages partout, un vrai bordel. Et il chialait comme un bouffon. Bouh, il aime pas faire des cauchemars...

Espèce de garce galactique ! Elle se fout de ma gueule !

J'envoie finalement la porte dans le mur et trois têtes se retournent vers moi, l'air mi-surpris, mi-affolé. Je capte tout de suite ma lionne assise sur une chaise. Sa mine étonnée laisse vite place à un fou rire silencieux mais intense. Je vois qu'elle tient son portable. Je la fixe mais elle évite mon regard en se pinçant le nez.

– Je peux vous aider ? me demande une femme d'une quarantaine d'années avec une blouse blanche.

Le troisième regard qui tombe sur moi est celui de Sophie qui semble s'être coupé un doigt et qui est installée sur le lit. Mis à part son fou rire incontrôlable, Elena n'a rien.

– Jeune homme ? insiste l'infirmière.

En assassinant Elena du plus profond de mes rétines, je vais m'asseoir à côté d'elle.

– Il est avec nous, dit-elle à l'infirmière.

– Est-ce l'élève qui… commence cette dernière.

– Oui, coupe ma lionne.

La femme me reluque une seconde et se concentre à nouveau sur la main de Sophie qui nous regarde bizarrement. Je l'ignore et je baisse les yeux sur mon portable qui vibre une nouvelle fois. C'est un message d'Elena. Je fronce les sourcils. *Maintenant elle m'envoie des SMS alors qu'on est à côté ?*

J'ai adoré te voir lire mon message en direct.

Ah, ah ! Très drôle, tiens. Je réponds aussitôt.

J'ai adoré te sentir assise contre ma queue cette nuit.

J'envoie et je relève les yeux. Sophie reçoit un joli petit pansement et je sens ma lionne grogner à côté de moi.

Quelle queue ? J'ai pas senti grand-chose.

Je lutte, mais impossible de retenir un ricanement quand l'infirmière lâche un « Et du repos, d'accord ? » à Sophie. La vieille et la conne de copine me fusillent du regard. J'adresse un demi-signe d'excuse et je plonge dans mon écran :

Je voulais t'embrasser, pas te faire peur avec mon matos.

C'est envoyé. Quand je tourne la tête vers elle pour voir sa réaction, elle baisse les yeux sur son portable puis les lève au ciel avant de me fixer. On échange un sourire. *J'aime bien quand elle est comme ça.*

Je la vois taper une réponse rapidement.

– Alors vous êtes sûre que je n'ai pas besoin de point ? demande Sophie.

– Vous vous êtes juste entaillée en coupant une pomme et…

J'ignore cette conversation sans intérêt et j'écrase mes yeux sur mon portable qui affiche la réponse de la lionne :

Pff ! Si c'est proportionnel au baiser que tu m'as presque forcée à te rendre, je ne risque pas grand-chose…

Garce ! Mais ça me fait rire quand même. Je finis par me demander si je n'aime pas qu'elle me maltraite. J'entends d'une oreille l'infirmière qui explique un truc sur les infections à Sophie et je réponds :

Tu as aimé ?

Quoi ?

Quoi ? Elle se fout de moi ?

Que je t'embrasse…

Pas de réponse.

– Teagan ?

Je relève la tête vers Sophie, toujours assise sur le lit de l'infirmerie.

– On y va ? me demande-t-elle.

Je bugue une longue seconde, puis ma magicienne de lionne s'exprime pour moi.

– Aller où ? lâche-t-elle plutôt sèchement quand mon portable vibre.

Je tourne la tête pour la regarder. *Mmh, sa réplique sent la jalousie à plein nez !*

– Bah en cours, réplique la grande blessée.

Elena hausse un sourcil et soupire discrètement en se levant. Sophie descend de son perchoir comme si on venait de lui arracher un membre. Je suis le mouvement initié par ma lionne en lisant son message.

Je ne sais pas si j'ai aimé…

Je commence à taper sur mon écran en quittant l'infirmerie. Les filles disent au revoir à la femme et je reçois un autre message qui m'oblige à supprimer ce que j'étais en train d'écrire.

Tu vas devoir recommencer pour que je sois fixée.

Bordel de bordel !

Je me tourne vers elle dans la seconde. Elle est rouge comme une tomate et évite mon regard. *Elle joue les timides maintenant ?* J'en lâche un petit rire et Sophie vient s'agripper à mon bras.

– On sèche ? me demande-t-elle.

Elle ne semble pas prévoir la lionne dans son projet, ça me met hors de moi. Je la repousse et je tends la main vers Elena qui est en train de me mettre un vent. *Allez, Elena... Je te jure que si tu ne prends pas cette main, je me barre avec ta conne de copine estropiée.*

Elle regarde ma main, puis mes yeux.

CHAPITRE 32

Cette nana est un vrai démon. Elle n'a jamais pris ma main et m'a mis le vent magistral que je voyais venir en pleine face. Elle s'est contentée de répondre un « Moi aussi ». C'est merdique, mais elle a quitté le lycée avec moi, c'est tout ce qui compte.

Tout aurait pu être parfait, mais la conne de copine n'a pas compris qu'elle n'était pas la bienvenue. Du coup, on est tous les trois dans sa grosse Mustang flambant neuve et on va je-ne-sais-où.

Ma lionne est assise devant, côté passager, et l'autre conduit comme une grand-mère en blablatant sur son père bourré de thunes et son business dans l'immobilier. Je n'ai jamais eu de toit stable au-dessus de la tête, alors savoir que son père a loupé la vente d'une villa en France, je m'en branle. *Mais pourquoi Elena traîne avec cette nana ?* Elles n'ont absolument rien en commun. Elena aussi a des parents aisés, mais elle n'en fait pas tout un plat.

– J'ai envie d'une glace ! Ça te dit, Teagan ? demande Sophie.

Mais pourquoi elle s'adresse à moi ? Je croise son regard dans le rétro, son sourire me sort par les yeux. J'envoie un coup de pied dans le siège de la lionne, chose qui n'est pas compliquée parce que la banquette arrière de cette merde de Mustang est minuscule. Elena se retourne avec des canons à la place des yeux. Et voilà, la mignonne lionne qui voulait que je l'embrasse encore a disparu pour laisser place à un peloton d'exécution visuel. Elle ouvre la bouche mais sa « copine » lui coupe la chique.

– Non, mais excuse-moi, Elena, je te demande pas parce qu'il ne faudrait pas que tu reprennes tes kilos, hein ?

Quelle connasse !

La lionne me fixe en serrant les dents, l'air de dire « Elle n'a pas osé ? ». Il se passe trois secondes de silence total dans l'habitacle de la Ford. *Allez, Elena, transforme-toi en magicienne et envoie-la chier à l'autre bout de cette planète.*

Lentement, elle se détourne et lâche :

– Mmh, j'ai pas faim, de toute façon.

Euh... Ok. Je ne comprends plus rien, là. Sophie aurait mérité une insulte dans les règles de l'art mais Elena a apparemment décidé de laisser tomber.

– En plus, tu pourrais plus entrer dans ma Mustang ! rit Sophie outrageusement.

Elena se force à rire, et moi, je vais vite devoir sortir de cette caisse, sinon du sang va gicler partout.

La voiture ralentit justement. Sophie se gare non loin d'une terrasse peu fréquentée. Je sors déjà une clope.

* * *

– Et après, le mec me renvoie un message, mais attends, c'est pas tout, et…

Cette conne ne s'arrête de parler que pour lécher comme une salope la glace qu'elle vient de se payer. Elena n'a rien pris d'autre qu'un verre d'eau. Moi, j'aurais bien bouffé une glace, mais je soutiens ma lionne.

– Au fait, Teag, Elena m'a dit que tu venais du Queens, enchaîne-t-elle.

Léchage de boule givrée droit dans les yeux. Elle me fait penser à un clebs en train de se les laver à grand renfort de langue baveuse. *Dégueu.*

La lionne fronce les sourcils et répond à ma place à Sophie qui s'allonge presque sur la table pour me dire qu'elle n'a jamais osé mettre les pieds dans le Queens. *Je m'en fous.* Je tire sur ma clope et je recule pour remettre de la distance entre nous. Je vais finir par aller m'asseoir ailleurs. Je détourne le regard vers sa voiture tandis qu'elle continue d'accaparer l'attention.

Je dois avouer que cette Mustang bleue est pas mal, vraiment bonne, contrairement à sa proprio.

Et elle est toutes options. Je hausse les sourcils quand une brillante idée éclot dans mon crâne.

– T'aime bien ma voiture ?

Je porte mon regard sur cette conne et j'acquiesce. *Si tu savais...*

Elle me lâche un grand sourire et la lionne se ratatine sur sa chaise. *Attends de voir ce que je lui réserve, ma lionne. Je sens que tu vas aimer.*

– Tu veux la conduire ? ajoute Sophie.

Non, je veux la voler.

Je lui souris.

Je prends mon portable et j'envoie un message à Benito.

Yo, mustang bleue au coin du Goose dans vingt minutes.

Je relève les yeux vers Sophie et son sourire de pouffe, puis je tape un SMS pour Elena.

On part en balade ?

Sophie me tend les clés. J'en lâche un rire et lui offre un regard qui semble la faire fondre sur place. Cette fille est trop facile, c'est chiant. Je suis quasiment sûr de pouvoir la baiser sur le capot, mais ma queue pense déjà à Elena.

On se lève quand Benito me répond.

YES !

Le retour de la lionne arrive en même temps :

Débarrasse-nous de cette connasse.

C'est comme si c'était fait.

* * *

J'enfonce l'accélérateur de la caisse. Le moteur vrombit. *Wow ! J'aime bien cette caisse.* Sophie se marre mais s'accroche quand même à son siège. Il ne nous faut pas un quart d'heure pour rejoindre les environs du Goose.

Je me gare et on descend tous. *Bienvenues dans le Queens.*

– Oh ! Silent !

Je me tourne vers Lopez, mon tatoueur. Je traverse pour le rejoindre devant son *shop*.

– Alors, mec ? Ça fait un bail, envoie-t-il.

Il me gratifie d'une grande tape dans le dos avant que son attention ne se porte sur les filles derrière moi.

– Ah ah… Des clientes ?

Sophie glousse et Elena grogne. Deux opposés parmi lesquels j'ai déjà choisi mon camp.

On entre dans la boutique pendant que Sophie balance qu'elle n'a pas encore l'âge. *Quelle conne… Et moi, j'ai l'âge, peut-être ?* Lopez m'a piqué la peau pour la première fois quand j'avais treize ans.

– L'âge ? On s'en fout ! Tu as de la peau, c'est tout ce que je vois, moi, réplique Lopez d'une grosse voix railleuse. Au fait, Silent, j'ai un truc pour toi. J'ai changé de machine et l'ancienne va partir à la poub'. J'te la file, si tu veux te finir. Enfin, si tu trouves encore un centimètre pas tatoué.

Il disparaît dans l'arrière-boutique. Sophie regarde les photos et les dessins affichés partout sur les murs. Elle semble ravie. Elena reste à côté de moi, sa main vient se glisser derrière mon coude. Je baisse les yeux sur elle, elle ne semble pas rassurée. Pendant que Sophie nous tourne le dos, je dépose un baiser sur le front de ma lionne. Elle me sourit et je lui lâche un clin d'œil exagéré qui la fait rire.

– Hé ? C'est toi qui as dessiné ça ? demande Sophie en pointant un des dessins.

J'acquiesce. *Oui, si mon nom est en bas du truc, c'est que c'est moi.*

– Tiens !

Lopez déboule en chassant Elena qui recule et il me donne un petit carton plutôt lourd. Dedans, je distingue une machine pour tatouer, des aiguilles stériles d'avance et de l'encre. *Putain, c'est cool !* Je lui fais un signe de tête qu'il comprend.

– Moi, je veux ça ! nous coupe Sophie.

* * *

Ça y est, elle va chialer, ou crier peut-être. Ah non, pas encore. En même temps, le bas du dos, ce n'est pas le plus douloureux.

Je sors une clope et leur fais signe que je reviens. Elena reste avec Sophie qui me sourit, tout excitée. *Profite, tu le seras moins dans cinq minutes…*

Je passe la porte du *shop*.

– C'est pas la caisse de la nana que j'ai vue à Staten Island ? me demande Benito qui surgit de nulle part.

Si si, celle-là même. Il se siffle une bière cul sec. *Mais il sort ça d'où ?*

– Top, tu sais forcer ça ? ajoute-t-il. Ça doit être bourré d'électronique…

Je sors les clés de ma poche et j'ouvre la caisse à distance. Benito ouvre de grands yeux ravis et il explose de rire.

– Ah putain, t'es un bon, toi !

Il va directement vers la Mustang, qui fait franchement tache dans le décor. Il se penche côté conducteur, ouvre le capot, trifouille le système du neiman et, en deux temps trois mouvements, le moteur démarre sans les clés.

Benito se marre puis il se casse avec la Mustang. *Et voilà. Le plus chaud dans ce genre de caisse, c'est d'entrer dedans, ensuite, c'est un jeu d'enfant. Enfin, d'enfant du Queens.*

– Euh… Est-ce que ton pote vient de voler la voiture de Sophie ?

Sursaut. Ma clope vole et termine en roulant dans le caniveau. La lionne vient de se matérialiser à côté de moi. Je tente un regard vers elle : si elle m'assassine des yeux, ce n'est pas bon, si elle me roule une pelle, c'est tout gagné.

Je fronce les sourcils. Est-ce que c'est de l'admiration qui s'étale sur son visage ? On dirait bien. Elle ne semble pas vouloir m'en rouler une, par contre. *Fait chier.*

Je lui souris, elle aussi. On est comme des cons à se dévisager et je sens de foutues oreilles de lapin me pousser sur la tête. Je la prends par les épaules et on entre dans le *shop*. Sophie admire son nouveau tatouage dans le miroir.

– Tu aimes ? me demande-t-elle.

J'acquiesce. *C'est à chier.*

Je n'aime déjà pas les papillons, mais en tatouage, c'est encore pire. Y a un truc écrit en dessous de l'immondice qu'elle vient de se faire encrer sous la peau, mais je n'ai pas le temps de lire.

Elle se rhabille tout en répétant en boucle que son père va la tuer.

Après qu'elle a payé trois fois le prix normal sans percuter, on arrive à partir. Elena reste en retrait, comme pour admirer la scène qui va se produire comme il se doit.

– Alors Elena, t'en penses quoi ? Enfin, non, ne dis rien. Ne le prends pas mal, mais côté mode, tu n'es pas une référence.

Relève la tête, connasse, ta Mustang n'est plus là.

– Il faut vraiment que tu changes de coupe de cheveux, ma biche, ça commence à devenir vraiment ringard.

Oh ! Putain... Moi, j'aime bien les sapes et la coupe de ma lionne. *Ferme-la maintenant et cherche ta caisse !*

Je lance un regard à Elena qui serre les dents mais ne dit rien.

– Mais bon, je t'adore quand même, ma chérie, et… MERDE ! Ma… m… MA VOITURE ?

Ah voilà, enfin. Putain, c'est jouissif !

Je fais mine de chercher aussi, je sors les clés de ma poche. Bêtement, elle panique et les prend pour appuyer sur le bouton d'ouverture centralisée en direction de la place vide de sa caisse qui doit déjà être loin. *Quelle conne ! Ça va pas la faire revenir.*

Je ravale un rire pour ne pas me faire griller. Je tourne sur moi-même pour me cacher mais Elena est morte de rire. On échange un rapide coup d'œil, puis chacun rentre dans son rôle.

– Merde ! Merde ! Putain de merde !

Je pense qu'on a compris, Sophie.

Elle flippe comme pas permis, sort son portable et appelle je-ne-sais-qui.

Ma lionne arrive à côté de moi, des larmes de rire aux yeux.

– Allô ? Euh oui… Je sais, papa… Mais écoute-moi ! Je suis dans le Queens et… on m'a volé la Mustang…

J'entends hurler dans le téléphone. J'ai du mal à ne pas pouffer, c'est magnifique. Elena me chuchote un « Merci, je n'oublierai pas ».

– Oui, je sais. C'est mal de sécher les cours… Oui, d'accord… Je ne sais pas. Il ne me reste que mes clés et mon sac… Non, papa, tu peux pas faire ça ! Papa ! Allô ?

Sophie raccroche et vient se jeter dans mes bras en manquant de faire tomber le carton donné par Lopez. *Wow, tu me lâches !*

– Le lycée a appelé mon père pour leur dire que j'avais séché et il ne veut pas me racheter de voiture.

Je la repousse doucement. *Ne me touche pas, putain !* Elle essuie ses larmes et me regarde bizarrement. J'entends un klaxon – qui me sauve de cette situation merdique – et on tourne tous les trois la tête vers la voiture qui se pointe.

– Yo ! Ça va ? Vous faites quoi ? Je vous dépose ?

Benito se gare sous notre nez avec une autre caisse, un vieux truc moche et puant. Quel escroc, celui-là ! Et rapide, en plus. J'acquiesce et, l'instant suivant, on est à bord. Elena et moi à l'arrière.

On échange un regard. *Bordel, cette bouche m'appelle…*

Comme si elle lisait en moi, elle détourne vite la tête. *Oups, ça se voit tant que ça ?*

Je mate ma queue. *Non non, c'est bon, je ne bande pas.*

Je concentre mon attention sur les deux devant nous qui blablatent.

– Une chance qu'on t'ait trouvé. Je ne sais pas comment j'allais rentrer sinon, soupire Sophie.

– Ah ! Si je peux rendre service, tu sais… lui répond Benito.

Je lâche un ricanement que j'étouffe en toux prolongée. *Quel escroc, ce type !*

– D'ailleurs, je te dépose où, ma belle ?

– À euh… Manhattan.

Il me lance un regard dans le rétro. *Non, non, on ne va pas vider son appart. Stop, abruti !*

Il hausse les épaules l'air de dire « Je ne fais que demander, moi… ».

Le silence règne le reste du trajet.

Je sors mon portable pour envoyer un message à Elena. *Oui, même si elle est juste à côté de moi !*

Ça va ?

Je la vois pianoter pour me répondre :

Tu n'as pas encore recommencé… Alors ça ne va pas.

Oh ! Quelque chose explose en moi. Je relis même plusieurs fois le message pour être sûr. *Je recommence quand je veux, si je comprends bien ?*

Je tourne les yeux vers elle. Elle tente de m'ignorer et de tourner la tête, mais je vois bien son visage changer de couleur pour passer au rouge.

J'attrape son manteau et la tire vers moi mais elle résiste. *Bordel, mais à quoi elle joue ?*

J'insiste et je lui fourre son message sous le nez. Elle se marre.

– Je déconnais, ducon, glousse-t-elle.

Moi, je ne déconne pas, je vais t'embrasser dans cette caisse. Je me fous de savoir qu'on va nous mater. Je la tire plus fort. Elle explose de rire et je sens les regards sur nous.

– Teag, arrête tes conneries, ajoute-t-elle en ricanant.

Trop tard, j'en ai trop envie maintenant.

Je l'oblige à me regarder, son sourire s'envole. J'attrape son visage pour l'approcher du mien, elle fronce les sourcils. Je ne suis plus qu'à quelques foutus millimètres de retrouver la sensation de confort de la nuit dernière. Son souffle frôle ma peau, il la brûle même.

Je plante mon regard dans le sien, elle cligne des yeux. Pas de larmes, juste un désir à peine camouflé derrière son voile habituel. Eh merde, voilà que ma queue se tend comme une fronde dans mon jean. Je suis brusquement trop serré là-dedans et je n'ai même pas encore posé mes lèvres sur les siennes. Mon souffle se barre. *Et voilà, la lionne me bouffe...*

Avec elle, quand je pense tout contrôler, le lapin que je suis se retrouve toujours coincé entre les griffes du félin : je suis prêt à lui donner ce qu'elle demande et à prendre le peu qu'elle me donnera.

Silence total dans la voiture.

J'avance encore.

CHAPITRE 33

– Bah allez-y, vous gênez pas. Faites comme si on était pas là !

Ma lionne sursaute et rouvre les yeux brutalement avant de ciller plusieurs fois, comme si elle se rendait seulement compte de notre proximité.

Je vais commettre un meurtre. Sophie ne va pas passer la nuit, je l'assure. Je ne laisse pas ma lionne fuir. Hors de question que sa conne de copine gâche ce moment.

Elena fronce les sourcils très brièvement. Sophie lâche encore un truc mais je ne capte pas grand-chose parce qu'on s'empare de mes lèvres. La lionne m'embrasse comme si j'étais son air. Elle est limite en train de me violer la bouche. Et ma queue semble volontaire pour le prochain tour parce qu'elle essaie de s'évader de mon jean.

– Ah ! Mais sérieusement, Elena ! crache Sophie.

Elena s'arrête, recule en me laissant essoufflé et me regarde avec un petit sourire. Je lâche un rire.

En fait, je crois que je glousse comme un lapin. *Je viens de me faire bouffer, c'est officiel.*

– Eh bah, on va les laisser, marmonne Benito en ralentissant à une intersection.

Elena retient un petit rire et m'embrasse encore très brièvement avant de reprendre sa place en regardant sa copine avec insolence. *Wow... J'adore.* Ma queue aussi aime ça.

Sophie a la bouche grande ouverte et les yeux dans le même état. Il se passe deux secondes, puis elle semble se reconnecter au présent. J'avoue avoir aussi besoin d'un peu de temps pour laisser retomber ce qui doit retomber et reprendre le cours du temps.

– Mais t'es vraiment une garce. Une grosse garce, Elena ! hurle presque Sophie.

Ma lionne ne répond pas et regarde le paysage qui défile doucement dehors. Un silence se fait. Une seconde, deux secondes. Sophie l'interpelle avec un « Hé ! Duboudin, je te parle ! ».

C'en ai trop pour moi. Je défonce son siège d'un violent coup de pied. Elle sursaute avec la force d'un taureau en lâchant un petit cri pathétique. Je lui tranche la peau de mes rétines. Elle semble comprendre ma menace silencieuse et reprend sa place sans demander son reste. Benito me lance un bref regard via le rétro.

* * *

Le calme qui a régné dans la poubelle roulante de Benito aurait foutu les jetons à un croque-mort.

J'ai plombé l'ambiance jusqu'à ce qu'il se gare au pied d'un grand bâtiment, qui n'est autre que celui du père de Sophie. Je regrette encore moins de lui avoir chouré la Mustang.

Elena n'a pas ouvert la bouche de tout le trajet. Elle ne m'a pas envoyé de message non plus mais ce n'est pas grave. Maintenant, je n'ai qu'une hâte : être seul avec elle, dans un lit de préférence.

– Et voici, ma douce, susurre Benito pour Sophie.

Ma douce. Il est sérieux, ce con ? Cette folle l'a enfin fermée et n'ose plus me regarder. Tant mieux.

– Euh merci, couine-t-elle.

Merci de quoi ? De t'avoir dépouillée de ta bagnole ? De rien, alors. Et je ne parle même pas du tatouage fait dans le *shop* le plus miteux du Queens.

– Tu veux mon numéro ? Si c'est trop tendu, tu m'appelles et je viens te chercher, fait mon pote.

Je viens te baiser, plutôt ! Il fait bien le mec qui veut rendre service, mais tout ce qu'il veut, c'est se la faire. Qu'il fasse ce qu'il veut tant qu'il n'approche pas ma lionne.

Elena soupire grossièrement pendant qu'ils échangent leurs numéros. *Et voilà, il l'a eu. Ce type devrait donner des cours de drague.*

Deux minutes plus tard, Sophie se casse sans un au-revoir pour Elena. Je saute à sa place sur le fauteuil à l'avant et on échange un regard avec Benito. J'explose de rire et il me suit.

– Putain ! Elle est vraiment conne. Euh… Enfin, je voulais dire « bonne » ! s'exclame-t-il en démarrant.

Je suis d'accord, elle est vraiment conne !

– Bon, on rentre avant qu'elle ne redescende, coupe ma lionne toujours sur la banquette arrière.

Benito se tourne vers elle.

– Hey, enchanté, jolie demoiselle, minaude-t-il.

Je lui envoie un coup de poing dans l'épaule. Il se tourne aussitôt vers le volant.

– Ok, ok… J'avais bien compris que c'était ta meuf, détends-toi, putain, râle-t-il en se frottant l'épaule.

Ma lionne glousse dans mon dos, je lui lance un petit regard. J'aime bien ce qui fait briller ses yeux.

– La Mustang, change de sujet Benito. J'ai déjà deux types chauds pour la prendre, ajoute-t-il plus loin.

Mais non, quel con. Il est vraiment pas bon en affaires, lui. Je lui fous un coup derrière la tête et je sors mon portable, ce sera plus simple pour lui expliquer.

File la caisse aux Ritals, ducon, et arrête tes délires de thunes.

Il mate son portable au feu suivant.

– Ah ! Tu veux que je rembourse les Italiens avec ?

– Quels Italiens ? intervient Elena en s'accoudant à nos sièges pour être entre nous.

Je fusille Benito du regard. *Oui, connard, tu veux un dessin ? Comme ça, on ne choure pas la Porsche et on en parle plus.*

– Ok…

– Oh ! Quels Italiens ? insiste Elena.

On se tourne vers elle.

– Reste en dehors de ça, ma belle, lâche mon trou du cul de pote.

Elle fronce les sourcils, je soupire et lui fais signe qu'il est dingue. Elle rit et me sort un « Grave ! ».

– Je t'emmerde, mec ! réplique-t-il en déclenchant nos rires.

Il redémarre en créant un silence de quelques secondes où on regarde tous la route, puis il semble avoir une illumination.

– Tu veux pas te prendre des clopes avant de retourner chez les bourges ?

Je le regarde. *Pas con.* Enfin, peut mieux faire pour une illumination, mais c'est Benito, en même temps. J'acquiesce.

– Et moi, j'ai faim, intervient ma lionne derrière nous.

Je vis avec elle H24 et c'est bien la première fois que je l'entends dire un truc pareil.

– T'as pas soif, plutôt ? demande Benito en la matant dans le rétro.

* * *

Je pousse la portière de la caisse. Le quatrième shooter, ou peut-être le sixième, ou le dixième, m'a fait plus mal que prévu. *Le sol bouge ou c'est moi ?* Non, c'est l'alcool qui pulse dans mes veines. *Et j'ai une putain d'envie de pisser aussi.*

Je claque la portière. Benito gueule un truc mais je ne comprends rien quand il est bourré. On s'en fout, il faut que je me vide.

J'ouvre à l'arrière. Où est ma lionne ?

– Je suis déjà sortie, Teagan !

Quoi ? Ah ! Elle est de l'autre côté de la caisse. On voit qui n'a bu que de l'eau… Je fais le tour de la voiture pour la rejoindre. Merde, elle est immense, cette caisse. Elle me tend la main mais je prends tout son bras.

– Ah ! Teag, putain, tu m'écrases. Allez, on rentre.

– Mmh… Pardon, bébé.

Elle rit. *J'aime bien quand elle rit.* Le portillon de la baraque est plus haut que ce que je pensais. *Enfoiré, j'ai failli y laisser mon froc.*

– Teag ! chuchote la lionne dans mon dos.

– Qu… Quoi ?

– Pourquoi t'as grimpé ? C'est ouvert !

Je vois ma lionne pousser du bout du doigt le portillon. Je pouffe de rire et fais tomber mon sac plein de clopes. Elle le ramasse avant moi. Je l'arrête pour l'embrasser.

– Pas ici ! T'es malade, murmure-t-elle.

Ah ! merde, c'est vrai... Je fous mon index devant ma bouche.

– Chuuuut…

– Oui, chut. Allez, avance, beau gosse, rit-elle.

J'obéis et remonte l'allée. *Vite, les chiottes !* Mes pieds galèrent comme pas permis.

Ah ! Voilà des chiottes. Nom de dieu, ma vessie va exploser !

J'ouvre ma braguette. *Merde, ouvre-toi, saloperie !*

Je sors le matos et je pisse un peu à côté. En même temps, y a pas de lumière, dans ces chiottes, il fait trop sombre.

– Teagan ?

Je sursaute, et du coup, je pisse partout où il ne faut pas. Le père apparaît sous mon nez. *Oh ! Connard, je suis aux chiottes, là !*

– Est-ce que je peux savoir pourquoi tu urines dans les fleurs de ma femme ?

Quoi ? Je regarde ma queue, qui pisse toujours dans… *Oups, merde, c'est pas des chiottes, ça.* Je me marre et j'arrose le reste autour, du coup.

– Ok… Termine et monte te coucher, tu veux. Il est trois heures du matin.

– Mmh… Elena ?

Elle est où ?

– Elle vient de monter, lâche-t-il sur un sale ton sans s'apercevoir que je viens de lui parler.

Je range mon matos et remonte ma braguette. Le père est là, dans un putain de halo de lumière qui m'éblouit. Je me casse.

– Teagan ? Tu vas où ? La porte est là, j'entends.

Merde, la porte, c'est la lumière, ok... J'y vais. Je l'entends rire.

– Tu as passé une bonne soirée avec Elena ?

Putain, ils ont rajouté des escaliers ? C'est quoi, toutes ces marches, là ?

– Ouais…

– Tant mieux… Ça va aller pour monter ? Sinon tu peux dormir dans le salon.

– Mmh…

Je vais monter, je veux dormir avec ma lionne. *Allez, mec. Monte, putain !*

– Allez, viens… Le salon, c'est bien aussi. Tu monteras demain, ok ?

Je le pousse.

– Ok, ok. On monte alors. Viens, je vais t'aider.

Escaliers de merde !

* * *

– Soif ? J'imagine que non… Envie de vomir ? me demande le père.

Ouais, j'ai grave envie de gerber. C'est de la faute de Benito et de ses mélanges d'alcools merdiques. Plus jamais je l'écoute, ce gland.

– Les toilettes sont juste en face. La porte est ouverte. Tu vas pouvoir le faire ?

– Ouais.

Il me tape sur l'épaule et se redresse.

– Dors. Demain, tu auras une bonne gueule de bois…

– Elle est où, Elena ?

Silence.

– Dans sa chambre. Pourquoi ?

Je veux aller la rejoindre mais mon bide me remonte dans la gorge.

– Teagan, tu m'entends ?

– Mmh…

– Qu'est-ce qui se passe entre Elena et toi ?

Pourquoi il m'emmerde lui ?

– Teagan ?

Silence. Il me pousse l'épaule. J'essaie de le virer mais je suis trop lent.

– Casse-toi, putain, je suis bourré pas débile, le dirlo.

J'entends qu'il s'en va.

Ça tourne… J'attends un peu et je vais la retrouver.

Bordel, il me faut des chiottes, vite !

Je plaque une main sur ma bouche en courant. *Aïe, montant de porte de merde. Vite, putain !*

Je me vide littéralement, j'en ai mal aux abdominaux. Je gerbe liquide, c'est toutes les merdes que j'ai bues avec Benito. Ça dure plusieurs secondes. Personne n'aime finir la tronche dans la cuvette en pleine nuit.

Je souffle un coup, tout l'intérieur me brûle. J'attrape du papier toilette pour m'essuyer et je me laisse tomber contre la baignoire qui me soutient. Je vais rester ici, on ne sait jamais. Ma tête tourne comme pas permis. Je ferme les yeux, mais ça tourne quand même, comme si le sol se barrait. Voilà pourquoi je préfère fumer plutôt que boire. J'avoue qu'associer les deux en même temps, ce n'était pas une bonne idée.

Ça a l'air de se calmer. Je reprends mon souffle et je suis pris d'un haut-le-cœur. *Pouah, ça va s'arrêter quand ?* J'appuie ma tête en arrière sur le rebord glacial de la baignoire. Un bras sur la cuvette et les jambes tendues devant moi, je me laisse aller.

Un flash m'éblouit. Par réflexe, je lève un bras pour me protéger.

– Teag…

Elena.

Une petite main chaude me touche le front.

– Teagan ? Tu m'entends ?

– Mmh…

Silence.

– Oh ! Putain, ça pue.

J'entends la chasse d'eau et ça m'oblige à ouvrir les yeux. Je suis encore bourré, rien n'est net autour de moi et le décor me prend pour un con, il bouge. Foutue salle de bain, elle semble faire des kilomètres de long maintenant que je suis affalé par terre.

– T'es malade ?

Elena… Elle est où ? Je la cherche et je finis par tourner la tête vers elle. *Putain, elle est belle…*

– Bourré.

Elle fronce les sourcils.

– Bravo, réplique-t-elle.

– Merci.

Mes mots sont déformés, mal prononcés, mais ils sont là. Elle glousse, et moi, je referme les yeux.

– Enlève ton haut !

Je hausse les sourcils sans réussir à rouvrir les yeux. Je la sens qui tire sur mes fringues mais je l'en empêche.

– Je suis bourré. N'abuse pas de moi, ma lionne.

Elle rit à côté de moi.

– Je veux pas te faire des trucs crades, tu t'es vomi dessus, couillon.

– Oh… dégueu, putain, je râle.

– Lève les bras. Allez, encore plus haut.

Je m'exécute. *Putain, mes bras pèsent dix tonnes.* Je sens mon haut passer par-dessus ma tête, que je peine à redresser.

– Tu as vomi aussi sur ton jean mais…

– Pourquoi t'es pas revenue ?

– Quoi ? interroge-t-elle.

Je grogne. J'ouvre les yeux et je la regarde. Je dois cligner des paupières à plusieurs reprises pour qu'elle arrête d'être floue.

– L'autre nuit, pourquoi t'es pas revenue, je voulais dormir avec toi.

Elle fronce les sourcils et regarde ailleurs.

– Je… je ne sais pas. J'ai eu peur.

– De moi ?

Merde, pourquoi je gueule comme ça ? Et pourquoi je lui demande ça ! Putain d'alcool qui coule dans mes veines. Ma lionne fait oui de la tête et ça fait exploser mon cœur. *Elle a peur de moi ?*

– Putain, pourquoi, Elena ?

Je me redresse et j'attrape ses joues pour qu'elle me regarde. Je ne vois plus rien autour, juste son visage triste. Elle fait non de la tête.

– Je ne sais pas, chuchote-t-elle.

J'ouvre la bouche mais rien ne vient.

– Tu pues, c'est horrible, dit-elle après un moment.

– Grave !

Elle rit et je sens qu'elle tripote mon jean. Je plaque une main sur les siennes.

– Oh !

Mais merde, j'avais pas les mains sur son visage à l'instant ? Je me suis endormi ou quoi ?

– Teag, il est bientôt quatre heures du mat. Enlève ton jean, qu'on en finisse, merde. Je veux aller me recoucher !

– Mmh… Seulement si tu dors avec moi. Je veux pas dormir sans toi.

Silence. Mon jean se barre. J'attrape de justesse mon boxer.

– Oups, désolée, glousse ma lionne.

– Ça te fait rire de me mettre à poil ?

– Grave ! Allez, debout… Le lit est pas loin.

– Tu dors avec moi ?

– Ok. Enfin, moi je vais dormir, et toi, tu vas cuver. Lève-toi.

CHAPITRE 34

La lionne tire sur mon bras, je me lève. Ça tourne. Je m'appuie sur elle en riant. Elle sent bon et elle n'a pas bu une goutte ce soir. Je suis le seul – enfin, avec Benito – à avoir bu comme un trou.

– Alcoolique, soupire ma lionne.

– Rien que pour toi, love…

Je fais des pas, plein de pas, trop de pas avant de m'écraser sur le lit. *Que c'est bon !* Je sens ma lionne s'installer à côté de moi. *Mes yeux se sont fermés d'eux-mêmes ou il fait noir ?* J'ai froid juste en calbute.

– Tiens…

Je tire sur moi la couverture que me tend Elena et je touche sa main au passage. Je l'attrape et la force à se rapprocher. *Elle est trop loin, putain.* Je dépose ma bouche dans sa paume.

– Bisou-vomi, je marmonne sans la laisser s'en aller.

Elle rit, j'aime bien. Je dépose des baisers dans sa paume, puis je remonte à tâtons vers son poignet. Elle laisse un petit soupire s'échapper en riant doucement. Je pourrais faire ça pendant des heures, des jours, et si j'étais un lapin, je ferais ça sans même me soucier du temps que ça me prendrait pour me lasser de toucher sa peau.

– Merci pour cette soirée, Teag.

J'entends sa phrase mais je sombre.

* * *

Benito n'arrête pas de regarder le pot de bonbons sur mon bureau. C'est Nathalie qui me l'a offert : hors de question qu'il en mange, j'en aurais plus pour moi. Nathalie doit venir demain, j'ai hâte.

– Et pourquoi elle t'adopte pas, ta Solis ? demande Benito en découpant une feuille.

On a bientôt dix ans et on a des chambres de grands maintenant. Anne nous a mis ensemble avec Benito. Là, on doit faire nos devoirs, mais j'ai pas envie.

– Hein, pourquoi ? demande encore Benito.

– Parce qu'elle peut pas.

– Pourquoi elle peut pas ? Si ça se trouve, elle veut pas et elle va finir par te laisser ici.

J'aime pas quand il dit ça. Nathalie vient tout le temps me voir depuis que je suis resté chez elle, y a deux ans, et je sais que ça la rend triste de me laisser ici. À chaque fois, elle pleure quand elle repart. Elle me dit que ça va, mais je vois dans ses yeux que son cœur est triste. Moi aussi, je pleure à chaque fois. Mais je me cache parce que si les autres le savent, ils vont se moquer. Déjà qu'ils disent tous que j'ai pas une vraie maman, mais moi, je m'en fous. Nathalie, c'est ma maman, et un jour, j'aurai le droit d'habiter avec elle. Dès que j'aurai le bon âge, je pars d'ici.

– C'est parce que c'est la loi, elle me l'a dit. Si elle pouvait, elle m'aurait adopté déjà.

Il se met à rire et me lance un stylo à la figure.

– Pff, t'es trop bête, Teag. Personne ne veut de nous, alors arrête de faire comme si t'avais une mère !

Je le déteste quand il dit ça ! Je lui relance son stylo. Il se le prend en plein dans l'œil et il me lance toute sa trousse en retour.

– T'es jaloux ! je crie.

– N'importe quoi. En plus, elle est moche, Nathalie.

Je vais le taper ! *Je lui lance mon livre et on se lève tous les deux. Je sais qu'il gagne toujours et qu'on va finir dans le placard des punitions mais je m'en fous : Nathalie, elle est pas moche !*

* * *

– Benito et Teagan ! Taisez-vous !

Le maître nous crie encore dessus. On n'aime pas les maths, c'est nul, et en plus, Benito me raconte que Dave est malade. Il paraît qu'il a vomi partout et que tout le monde s'est moqué de lui. C'est bien fait. Il m'a obligé à lui donner tous les bonbons que Nathalie m'avait offerts. Il m'a dit qu'il me taperait la tête contre un mur si je disais non, alors j'ai tout donné, et il a tout mangé devant moi. J'ai pas pleuré. Mais j'ai failli.

Quelqu'un frappe à la porte de la classe et Anne passe sa tête.

– Bonjour. Teagan, tu viens avec moi, s'il te plaît ?

Benito me regarde. Je le fixe aussi et il me pousse.

– T'as fait quoi ? il chuchote.

Je hausse les épaules. Je sais pas.

– Allez, Teagan.

Pourquoi Anne me crie dessus devant tout le monde ? *Elle me lance son regard fâché, alors je me lève et je vais avec elle. Dans le couloir, elle attrape ma main et me tire très fort.*

– Tu me fais mal !

– Ça suffit ! J'ai plein d'emmerdes à cause de toi, alors tais-toi !

Je dis plus rien mais je l'empêche de m'attraper.

– C'est bon, je te suis.

– Parle-moi correctement, Teagan, fais attention.

Je sais qu'elle parle du placard des punitions. Je ne veux pas y aller, alors je dis plus rien. On arrive devant le bureau des surveillants. Elle me pousse pour que j'entre et je vois tout de suite Nathalie. Je cours et je saute sur elle. Elle sent toujours bon, maman.

– Teag, ça va ?

– Oui. Pourquoi Anne est fâchée ? je demande.

– C'est rien, c'est juste que tu viens avec moi aujourd'hui. J'ai des gens à te présenter, répond Nathalie.

Je lui fais un grand sourire. Je vais avec elle ? C'est génial !

– Tu es content, on dirait. Allez, viens, on va prendre ton manteau, il pleut.

* * *

La maison est très grande, encore plus grande que celle de maman, mais j'aime mieux la sienne.

– Teagan, tu viens ?

Je prends la main qu'elle me tend et on avance vers la grande maison.

– Tu vas voir, ces gens sont très gentils et ils ont un petit garçon qui a le même âge que toi, vous pourrez jouer ensemble, dit Nathalie.

Un autre garçon ? Je suis pas tout seul ? C'est cool. C'est dommage que Benito soit pas venu aussi.

Nathalie appuie sur le bouton de la sonnette. Derrière la porte, ça fait ding-dong, et un monsieur vient nous ouvrir. Je me cache derrière ma maman. Il fait peur, il est grand.

– Viens, Teagan, n'aie pas peur...

Nathalie rigole et je serre sa main quand on entre dans la grande maison. Il y a une dame toute grosse qui me sourit.

– Bonjour. Tu es sûrement Teagan ?

Je fais oui de la tête

– Tu vois l'escalier là-bas ? Tu le prends, et dans la première chambre, tu trouveras mon fils. Il t'attend pour jouer à la console, elle dit.

Je veux rester avec Nathalie mais elle me pousse un peu avec un sourire.

– Vas-y, Teag, j'arrive tout de suite, j'ai à parler un peu avec monsieur et madame Milers.

– D'accord, mam... Nathalie, je réponds.

Je monte les escaliers. J'ai un peu peur, en fait, mais maman a dit qu'elle arrivait.

* * *

– Tout est prêt, Teag ?

Je ne réponds pas. Je veux pas aller chez les Milers pour toujours. Nathalie est assise sur mon lit, elle m'attend. Benito me parle plus parce que je m'en vais. Maman dit que ces gens m'ont adopté, mais je veux pas. C'est chez elle que je veux aller. Je crois que Benito a raison, elle m'aime pas.

– Teag ? Tu seras mieux là-bas qu'ici...

Mes yeux pleurent et je ne peux plus parler.

– Ne pleure pas, je sais que c'est difficile, tout ça, et tu sais déjà que si je pouvais, tu viendrais vivre avec moi, mais je n'ai pas le droit. Et puis tu es allé plusieurs jours chez les Milers, hein ? Tu as aimé à chaque fois.

Non. Je n'aime pas l'autre garçon là-bas.

* * *

J'ouvre les yeux puis les referme. Aïe, on y est : le mal de crâne, la lumière qui aveugle, retour de cuite, bonjour.

Mon cœur ralentit doucement. Ce cauchemar m'a rappelé à quel point je ne voulais pas aller chez les Milers et à quel point j'ai fait confiance à Solis. Je ne sais pas à qui j'en veux le plus, à elle ou à moi.

Je garde les yeux fermés un moment. C'est le silence total autour de moi. Mes clopes m'appellent mais je n'ai pas la force de me bouger le cul. *Vide ton esprit, mec, les clopes, ce n'est pas la solution à chaque fois.* J'essaie vraiment de retrouver mon souffle mais le truc qui écrase ma poitrine quand je pense à ce moment-là de ma vie, juste avant que tout ne bascule, ne part pas.

J'ai trop chaud. Je vais pour virer la couette mais quelque chose la retient. C'est dénudé, c'est putain de bien gaulé et c'est à quatre-vingt pour cent sur moi. Ma lionne. Mais comment elle est arrivée là ? *Réfléchis, mec !* Je plisse les paupières et la soirée me revient en tête : la cuite avec Benito, Elena qui se tape des fous rires, le retour à la maison, les chiottes et moi qui gerbe, elle qui me déshabille. Je me retourne l'esprit mais il semble que la nuit se soit arrêtée là.

Ses cheveux partent derrière elle et son visage est plongé dans mon cou. Son souffle fait réagir ma peau un peu plus à chaque fois qu'elle libère de l'air. Et voilà, je bande, et je le fais contre sa cuisse, qui est remontée contre moi. *Débande, mec. Débande. Tu ne bandes pas en pleine gueule de bois d'habitude !*

Je prends conscience de mes mains et de ce qu'elles ont fait pendant mon sommeil : l'une est sur son genou, celui qui suit la cuisse qui étouffe ma queue, et l'autre est sur son magnifique, rebondi et ferme petit cul excitant qui n'est recouvert que d'un bout de t-shirt trop grand et d'une culotte. *Respire, mec.*

C'est ce que je fais. Je m'écoute pour une fois et je respire un grand coup, mais ça la fait bouger. *Merde !* Je panique et je ferme les yeux juste quand la lionne se redresse doucement. *On va dire que je dors, comme ça elle ne pourra pas m'embrouiller, pour mes mains et ma queue tendue comme un arc.*

Elle bouge un peu, s'appuie contre moi pour se redresser. Très vite mais discrètement, elle glisse du lit. Je laisse mes mains retomber mollement. *Dors, mec. Dors.*

La porte fait un bruit puis j'entends les toilettes. Je rouvre les yeux. *Je suis où ?* Les murs violets et beiges. *J'ai dormi dans son lit ? Merde, je vais peut-être me torcher la tronche tous les soirs alors.*

Je balance un coup d'œil circulaire en me redressant : l'ordinateur portable, une guitare et la télé allumée en sourdine sur les clips. Je me frotte le visage, j'ai horreur des lendemains de cuite. J'entends l'eau de la douche et le rideau que la lionne referme. L'idée d'aller me plonger tête la première dans l'ordi me traverse l'esprit. Mais j'ai justement l'esprit trop embrouillé pour l'instant, il faudra que j'attende qu'elle ne soit pas ici. Je ne veux pas qu'elle me grille.

* * *

– Teagan ?

Qui c'est ?

– Teagan, réveille-toi.

– Mmh…

J'ouvre les yeux : je suis sur le ventre, le nez dans l'oreiller de la lionne. Son odeur est partout. J'aime ça.

– Allez, debout. Il est quinze heures.

Cette voix, ce n'est pas la sienne. Je me redresse et me tourne un peu pour voir son père penché sur moi. Il me fixe méchamment avec les mains sur les hanches.

– Douche, vêtements et tu descends. On a à parler, lâche-t-il sèchement.

Il ne semble pas apprécier me trouver là : en boxer dans le plumard de sa fille. *Il va falloir t'y faire, le dirlo, parce que je ne veux plus dormir sans elle.*

Daniel disparaît de mon champ de vision.

Je mets du temps, mais j'arrive jusqu'à la baignoire en passant par les chiottes. Tout mon corps me fait payer la cuite de la veille, chaque mouvement est un effort. Je m'impose en priorité un brossage de dents. Enjamber la baignoire me paraît inhumain. En plus, ça caille. Et pour couronner le tout, l'eau est glaciale puis se réchauffe doucement. Trop doucement. Une fois que la vapeur envahit tout, je me détends. *Putain, ce que ça fait du bien !*

Je reste allongé dans l'eau jusqu'à ce qu'elle soit de nouveau froide. Je décampe alors comme un clébard errant qui se fait surprendre le nez dans les poubelles. Je me sèche au ralenti de retour dans la bonne chambre.

Je ne sais pas pourquoi mais je stresse. La lionne n'est pas là. Je ne sais pas pourquoi mais je sens qu'elle va me la refaire en mode « Je tire la tronche sans explication ». Cette fois, je compte bien lui rentrer dedans : elle ne peut pas me filer une gaule comme ça au réveil pour ensuite m'ignorer. En fait, je ne sais pas si j'ai hâte de lui mettre la main dessus ou si je flippe. *Quel lapin !*

Je secoue la tête et enroule la serviette autour de ma taille. Je fume une clope en tournant en rond. Tout mon corps réclame d'être nourri avec autre chose que de l'alcool.

Je traîne des pieds pour aller m'habiller. Le père m'attend, mais j'ai surtout besoin d'une aspirine et de bouffe, alors j'espère qu'il ne va pas trop me prendre la tête.

Je quitte la chambre, pas vraiment sûr de moi et de mes appuis faibles. Les escaliers me testent mais je survis à la descente. Je me pointe dans l'entrée juste quand la grande porte s'ouvre sur un coup de vent glacial qui me stoppe dans ma lancée. *Mais j'ai dormi trois mois ou quoi ? Ou alors l'hiver est arrivé pendant la nuit ?*

Je relève la tête vers la lionne de la même façon qu'elle le fait vers moi, avec des yeux ronds, surpris et fatigués. Ces deux secondes de bug ne me suffisent pas à déterminer son état d'esprit, ce qui empire mon statut de lapin stressé. *Putain, si je pouvais lire en elle aussi simplement que dans son ordi, ce serait bien plus simple.*

Elle referme doucement la porte sans qu'un sourire n'étire ses lèvres. Elle évite mon regard. *En merde. Elle va me faire péter un câble.* Cette fois, je vais la plaquer contre cette porte pour de vrai et prier pour que les mots viennent.

Je descends les trois dernières marches et je me plante devant elle juste quand son regard se rive à moi et remonte doucement jusqu'à mes rétines en feu. Elle m'observe et glousse. *Elle glousse ? Sérieux ?*

– Oh ! Cette tête… chuchote-t-elle.

Elle m'aura mis la pression jusqu'au bout, ma garce de lionne. Elle me sourit et file déjà vers les escaliers. Je l'arrête. Chez moi, on se dit bonjour le matin, même s'il est quinze heures. Je vise sa bouche mais elle m'empêche d'approcher.

– Attends…

Merde.

– Tu…

Putain.

– … t'es lavé les dents depuis cette nuit ? termine-t-elle.

Quelle garce ! Mais j'adore ça au point de me marrer en silence.

Je fais oui de la tête et elle monte sur la pointe des pieds pour m'embrasser chastement sur la bouche. *Wow... C'est tellement bon.*

Elle me fait un clin d'œil et file dans les escaliers. Et voilà, la lionne fait des trucs de lionne, et moi, je bande comme un lapin.

J'attrape mon jean pour faire de la place à cette trique pas si bienvenue que ça et j'amorce la manœuvre vers la cuisine. *Manger, ensuite manger la lionne.*

– Au fait, Teag, chuchote-t-elle accroupie dans les marches.

Je lui offre toute mon attention et elle me montre la direction de la cuisine.

– S'il te demande, tu dis non, ok ?

Hein ?

– Cherche pas !

Elle monte doucement les escaliers, en mode félin. *Mmh... Ça m'excite encore plus.*

Je secoue la tête et je vais dans la cuisine. J'ai besoin d'oublier cette sensation de son cul sous ma main tachée d'encre.

J'arrive à peine dans la pièce qu'une voix se fait entendre.

– Teagan.

Le père. Ce con est installé au bout de l'îlot central, les bras croisés sur le torse, écrasant sa cravate qui affiche un mauvais pli. *Il ne bosse jamais, ce mec ?*

– Tu as croisé Elena ?

Le souvenir de ses lèvres est encore sur les miennes. Je laisse passer quelques secondes et je fais non de la tête. Elle m'a dit de dire non, je dis non. Le père reste immobile et soupire.

– Elena, descends !

Je grimace. *Enfoiré ! Pourquoi il gueule comme ça ? Elle a un portable, merde.*

– Mal au crâne ? me demande le père.

Je rame jusqu'au réfrigérateur. J'ai faim.

– Tiens.

Il pose sur l'îlot central une boîte de médocs et une petite bouteille d'eau.

Dans le réfrigérateur, j'attrape la boîte en plastique où est inscrit mon blase. *La mère d'Elena est parfaite.*

J'ouvre la boîte en allant vers le four à micro-ondes. *Putain, j'en rêvais : du poulet frit !*

– Ah ! Elena, assieds-toi, je t'en prie, lâche le père dans mon dos.

J'entends ma lionne qui soupire et qui pose son cul – non, qui jette son cul – sur un des tabourets hauts derrière moi. Je regarde mon poulet tourner sous mon nez, l'odeur qui sort doucement me file l'eau à la bouche.

– Tu as mangé ?

C'est le père qui s'adresse à sa fille, ça. Et il a l'air sur les nerfs, comme à chaque fois qu'il s'adresse à elle. La sonnerie me fait sortir de l'hypnotique plateau qui tourne. La lionne ne répond pas. Un silence alourdit l'ambiance mais ça ne m'atteint pas vraiment, tant que je peux manger. Je me brûle les doigts et je balance la boîte en plastique qui fume sur l'îlot en évitant de justesse le père.

Il me fusille du regard et ma lionne étouffe un ricanement. J'échange un regard avec elle et je lui montre la boîte.

– Nan, j'ai pas faim.

Je soupire, l'ignore et je laisse de côté ma boîte de poulet frit. *Tu vas manger, Elena. T'as maigri et je veux que tu aies encore des nichons pour le jour où je pourrai enfin les toucher. Manquerait plus qu'ils aient fondu.*

Je recommence : frigo, boîte, four à micro-ondes, doigts, chaud, et après trois minutes, je m'assieds enfin devant ma bouffe. J'attrape le premier bout de poulet en donnant un coup de coude à la lionne.

– J'ai pas faim, je t'ai dit !

Je la mate en coin. Mon bout de poulet est en suspens entre ma bouche et la boîte. Elle me regarde puis finit par détourner les yeux pour aller attraper du bout des doigts un morceau. *Voilà, je vais pouvoir manger !*

– Je reviens sur le fait que vous ayez terminé dans le même lit cette nuit ou sur Sophie qui s'est fait tatouer et voler sa voiture dans le Queens ? lâche le père avant même que je morde dans ma volaille.

La lionne et moi nous stoppons dans le même mouvement. Le poulet reste à quelques centimètres de nos bouches. Je mate le daron : il reste stoïque. Puis je la regarde elle : ses yeux sont humides. Elle pince les lèvres et elle explose de rire sous notre nez. Son fou rire est incontrôlable mais elle tente quand même de faire bonne figure. *Pourquoi elle se marre ?*

– Elena ? Tu as fini ? demande le père après un moment.

– Oui, pardon, couine-t-elle en essuyant ses joues.

– Donc… Sophie a dit à son père qu'elle avait passé l'après-midi avec, je cite : « le trop beau gosse qui vit avec Elena ». Bien entendu, son père m'a appelé immédiatement et j'ai dû lui expliquer que vous ne viviez pas ensemble. Enfin, c'est à se demander puisque vous dormez dans le même lit maintenant, non ?

Je fais non. Elle m'a dit de faire non.

La lionne émet un bruit bizarre, la suite du fou rire sans doute.

– Pourquoi tu dis non ? C'est moi qui t'ai réveillé, Teagan.

Je hausse les sourcils et je fais non. Il soupire, vraisemblablement exaspéré.

– Vous m'épuisez tous les deux… Bon, j'en étais où ? Ah oui, la Mustang. J'imagine que tu ne sais pas ce qui s'est passé pour cette voiture… me dit le père.

Je fais non de la tête.

– Oh putain !

La lionne glousse et se cache du regard de son père dans mon dos. Je la sens rire en silence. J'en lâche un sourire qui s'envole aussitôt : le père me regarde.

Mange, mec. J'enfourne mon poulet. *Oh putain, c'est bon !*

– Ok. Et le tatouage ?

– Moche ! balance la lionne dans mon dos.

J'explose de rire en manquant de cracher du poulet partout sur l'îlot. J'ai l'impression qu'Elena, dans mon dos, est au bout. Elle se redresse toute droite, très sérieuse, mais doucement, son visage se tord et elle finit par pouffer en se cachant les yeux de ses mains fines.

– Désolée, dit-elle, la voix étouffée par ses paumes.

– Moche vraiment ? questionne le père.

Cette fois, je fais oui de la tête et il lâche un sourire.

– C'est quoi ?

La lionne sort son portable et, la seconde suivante, elle le balance sous notre nez. Je mate de nouveau le papillon et le truc écrit en dessous. Le père regarde ça en fronçant les sourcils.

– Merde, c'est à chier, lâche-t-il finalement.

On part tous dans un fou rire général. Le père prend le téléphone pour mater ce qu'il y a écrit.

– Il y a une faute, non ?

La lionne ne respire plus tellement elle rit. Je la regarde et je prends le portable. *Qu'est-ce qu'elle a écrit en dessous, cette conne ?*

Oh, merde ! J'en ouvre la bouche sous le choc et lâche mon poulet qui retombe dans la boîte.

« For Theagan »

Quel con, ce Lopez ! Il lui a tatoué mon blase. Avec une faute. D'où sort ce « H » ?

– Heureusement, son père a les moyens pour le laser, mais elle va devoir attendre au moins deux ans avant de pouvoir se le faire enlever, dit le daron.

La lionne reprend son portable et je lui lance un regard paniqué : sa putain de conne de copine s'est fait tatouer mon prénom avec un papillon merdique !

– Bon, troisième et dernier sujet : vous deux, coupe le père.

La lionne ravale son sourire aussitôt, et moi, je plonge tête la première dans ma boîte.

On ne s'en sort finalement pas trop mal. Elena explique à son père que j'ai gerbé partout dans la salle de bain cette nuit, et qu'après m'être déshabillé et avoir nettoyé, je me suis planté de chambre en allant me coucher. Me trouvant dans son lit, elle est allée dormir dans le mien.

Ben voyons !

Aussi incroyable que ça puisse paraître, ça passe.

Le dirlo, qui vient de se lever, va jusqu'à la porte et, quand je crois qu'il va enfin bouger, il se retourne pour me regarder, l'œil plissé par je-ne-sais-quoi. *Oups, ce n'est peut-être pas passé si facilement finalement…*

– Je sais très bien que tu n'es pas débile, Teagan, mais n'oublie pas que je ne le suis pas non plus.

Et il se casse. *Pourquoi cette histoire de débile me dit-elle quelque chose ?*

– Il parle de quoi ? me demande Elena.

Bah, j'en sais rien, ma belle. Je lui fais signe de laisser tomber.

On mange maintenant !

CHAPITRE 35

Plus d'un mois est passé depuis que la lionne a définitivement fait de moi un lapin tatoué à l'arrière de la caisse de Benito. Une certaine routine s'est installée : on va au bahut, je ne la lâche pas d'une semelle et je lutte pour qu'elle mange, on rentre à la maison, je squatte dans ma chambre en espérant qu'elle m'y rejoigne et je lutte à nouveau pour qu'elle mange. La seule qui ne s'habitue pas à cette routine c'est ma queue. Elle subit des montagnes russes infernales face aux allers et venues de ma lionne.

Son père nous garde à l'œil. C'est devenu un jeu avec ma lionne de lui échapper dans la maison et j'adore ça. J'adore lorsqu'elle me prend à part pour m'embrasser ou que, dans le dos de sa mère, elle vient entrelacer ses doigts aux miens sous la table. Et ce que j'aime le plus, c'est la voir arriver dans mon lit tard le soir, à moitié endormie, en marmonnant un « Tu m'as manqué » alors qu'on s'est vus toute la soirée.

D'ailleurs, où est-elle, là ? On avait pas cours cet après-midi, ne me dis pas qu'elle fait encore ses devoirs ? Je traverse l'entrée en quittant les escaliers : peut-être qu'elle est dans le salon.

– Ah ! Teagan.

Merde, la mère. Je l'évite. Elle veut me parler d'un truc depuis quelques jours et je n'aime pas trop l'idée. Mais là, je suis planté sous son nez, alors, pour ne pas la vexer, j'essaie de sourire.

– Viens, s'il te plaît. Tu as mangé ? demande-t-elle.

Je m'approche mais je ne réponds pas. Elle a des magazines de je-ne-sais-quoi partout sur les genoux.

– Bon, voilà… Je sais que c'est un peu délicat, mais je ne sais pas quoi offrir à Nathalie pour la naissance de son bébé. Je ne sais plus si c'est un garçon ou une fille et je me suis dit que tu aurais pu m'aider. Tu la connais bien…

Elle parle doucement et hésite sur les mots. Je lui fous les jetons et je n'aime pas ça. Je l'aime bien, je ne veux pas qu'elle flippe comme ça. Je serre les dents parce qu'en plus, elle a quand même le don de pointer LE sujet qui m'enflamme.

Je respire un coup et elle me montre un magazine de trucs pour bébé. Je lui montre un môme habillé tout en rose. Elle me fait un grand sourire.

– C'est une fille ? Vraiment ?

Je me force à faire oui de la tête. Je ne sais pas pourquoi j'ai plus de mal à communiquer avec elle. Avec le père, ça coule presque, et avec la lionne, c'est du jamais vu. Même Benito, je ne lui parle pas. Juste Solis et Elena.

– C'est merveilleux ! Montre-moi ce qui pourrait plaire à Nathalie, ajoute la mère.

Je mate vite fait le magazine. *J'en sais rien. Les délires de bébés, j'en suis loin.* Moi, je lui offrirai sa première clope quand elle sera assez grande pour faire chier Solis, comme un vrai grand frère.

Stop. Je ne serai pas son grand frère, ni rien.

Une vague de nerfs monte en moi mais je résiste à l'envie de me barrer en courant pour exploser. Je fronce les sourcils et, au hasard, pour ne pas vexer la daronne, je pointe un vêtement rose, qui semble tout petit. Vu le bide de Solis, son gosse doit être énorme.

– Très bon choix, me dit la mère en marquant d'une croix le truc. Et je pensais à un panier rempli de produits cosmétiques pour la maman. Est-ce que tu sais quelle marque elle utilise ?

Bien sûr que je le sais. Solis n'en utilise qu'une depuis des années. Toutes les fois où je me suis retrouvé chez elle, c'était toujours la même dans la douche.

Comme les mots ne quittent pas mes lèvres, je prends le stylo de la main de la mère, qui ne semble pas s'y attendre, et je griffonne sur le coin du catalogue.

– Génial ! Merci beaucoup, Teagan, me dit-elle en souriant.

J'essaie de sourire aussi, mais ça foire. *Laisse tomber, mec.*

Elle me montre ensuite d'autres trucs. Je dis oui à tout. De toute façon, Solis va chialer rien que pour l'intention, je la connais.

Après un moment, la mère regarde l'heure et s'affole.

– Mince, je suis en train d'oublier Chevy au basket !

Elle pousse tous les catalogues qu'elle a sur les genoux et se lève d'un coup. Ça va très vite. Elle ferme les yeux et porte une main à sa tête avant de tanguer dangereusement. C'est comme un coup de jus, mon corps réagit tout seul et je bouge pour la rattraper. Elle s'agrippe à mon avant-bras d'une main tremblante. Je panique : elle fait un malaise ou quoi ? Je l'aide à s'asseoir doucement dans le canapé.

– Ça va, Teagan, merci… Tu veux bien trouver Elena ? Je… C'est elle qui a mes cachets…

Vite, mec : portable !

Mon doigt s'arrête devant l'icône du téléphone vert mais je reste bloqué. Je ne peux pas l'appeler. Fait chier ! J'envoie rapidement un SMS. La mère a fermé les yeux et s'évente mollement avec une main. La lionne ne répond pas. Bon, je vais la chercher, où qu'elle soit.

Je tourne déjà les talons quand je suis stoppé par un brouhaha dans les escaliers. Elena déboule, paniquée, quelques courtes secondes plus tard.

– Merde, maman !

Sa voix me déchire le bide. Elle me pousse pour venir toucher le visage de sa mère. Je vois déjà des larmes perler aux coins de ses yeux et je ne peux rien faire.

– Je vais bien, Elena, ce n'est rien. Va me trouver mes… cachets.

– Teag, trouve-moi une couverture, me lance la lionne sans me regarder. Maman, je vais aller te chercher ton médicament, et si ça ne va pas mieux, on ira aux urgences…

Je me bouge le cul dans la seconde, je balance un coup d'œil partout autour et j'aperçois trois plaids plus loin. J'aide ma lionne à couvrir sa mère.

Ensuite, elle disparaît un court instant et revient rapidement avec de l'eau et un flacon de médoc. Elle donne un cachet à sa mère, qui réagit à peine, puis elle se tourne vers moi. Son regard est humide mais elle gère la situation.

– Tu peux aller chercher Chevy ? C'est au stade pas loin, tu vois ?

Je fais oui de la tête aussitôt. Je récupère mon portable et on va vers la porte.

– Là, tu pars à droite et c'est au bout, et…

Elle s'arrête de parler, son visage se crispe. Merde, elle va pleurer. Je tends bêtement les bras. Quel con, je ne peux rien faire d'autre. Elle s'écrase contre moi. Elle souffle, se redresse et me remercie. *Wow ! Pro, ma lionne.*

– À tout de suite, murmure-t-elle.

Je l'embrasse, surtout pour me rassurer. *C'est officiel, je laisse mes oreilles pousser...*

– Eh, tu peux prendre ma voiture.

– Non, j'y vais à p… pied, si t'as b… b… be…

– Besoin, termine-t-elle.

J'évite son regard. J'ai horreur de ne pas réussir à terminer tout seul. Elle me redit merci et file dans le salon au chevet de sa mère. J'attends qu'elle ait disparu et je file.

Passé le portillon, je remonte la rue rapidement. Je flippe un peu de laisser Elena toute seule. On ne sait jamais, si sa mère refait un truc chelou, je veux être là pour les aider. Je prends à droite et j'aperçois déjà le stade où je dois retrouver le gamin.

Quand j'arrive devant, je reçois un message d'Elena.

Elle va déjà mieux. Merci, Teag.

Je réponds rapidement :

Embrasse-moi encore au lieu de dire merci !

Je regarde partout autour de moi. *Où est le gamin ? Il n'y a personne ici.* C'est complètement désert. Je sens mon portable vibrer :

Ma mère te remercie, elle doit aussi t'embrasser ? Chev va bien ?

Putain, non, jamais ! Tu es la seule qui peut me toucher, ma lionne… Et le gamin, je le trouve pas. Il a un portable ?

J'avance sur le stade en attendant la réponse. Pas un foutu chat ne traîne ici. Peut-être qu'il est rentré tout seul en ne voyant personne. En même temps, c'est juste à côté.

Nouveau message.

Il faudra que tu m'expliques ce délire de lionne. Non, Chev n'a pas de portable, il a sept ans ! Va voir dans les vestiaires, au fond à gauche, il a peut-être voulu s'abriter de la pluie. Ps : Y a intérêt que je sois la seule… J'ai essuyé ton vomi, quand même !

Je me marre en relevant le nez et je vais en courant à petites foulées jusqu'aux vestiaires que je vois plus loin.

Quand j'arrive, je trouve le môme assis là, les larmes aux yeux.

* * *

Le petit sac à dos qu'il porte est plein de terre. Le môme pleurait parce qu'il s'est fait emmerder par des plus grands. Ils l'ont poussé, ou je ne sais pas quoi. Je n'ai pas compris grand-chose à vrai dire parce qu'il chialait trop en me racontant. On a quitté le stade, et là, on remonte la rue pour rentrer. Je lui lance des petits coups d'œil furtifs. Il fait pareil mais détourne les yeux dès que nos regards se croisent.

Il ne pleure plus. *C'est dingue comme ça change d'humeur à cet âge.*

– Et… commence-t-il.

Je le regarde en attendant la suite.

– Euh… Est-ce que j'ai le droit de parler, moi ?

Je fais oui de la tête sans pouvoir retenir un rire. *Pourquoi il me demande ça ?*

– Mais toi, tu parles pas, alors moi je croyais que je pouvais pas parler non plus !

Je me marre. Heureusement que personne n'entend mes pensées, mais ce gamin est trop mignon. Je lui caresse la tête, un peu fort, et ça fout ses cheveux dans tous les sens. Mais il s'en fout apparemment parce qu'il continue.

– Et papa a dit à maman que t'étais amoureux avec Elena, et que même, papa, il était fâché mais pas maman, elle rigolait, et en plus, moi j'aimerais trop, comme ça personne m'embêtera à l'école ! Et tu sais quoi ? Maman a promis de m'acheter un chien. Dis, on pourra l'appeler Teagan ? ou Teag ? ou Gan ? Et même que si papa ne veut pas et bah je…

Je déconnecte ici. Mon cerveau se ferme face à ce flot de blabla incessant. Ce môme est un démon de la parlotte, pire que Solis quand elle est en stress, pire que la lionne quand elle m'embrouille, pire que le père quand on fume le samedi. Il bat tous les records.

Mon portable vibre, je me jette dessus.

Alors ? Je m'inquiète, tu l'as trouvé ?

Merde, j'ai oublié de lui répondre. Je prends une photo du gosse qui ne s'est pas arrêté de parler entre-temps et j'envoie avec pour légende :

Je crois que c'est le bon… Ta mère, ça va ? On est au bout de la rue.

Le retour fuse :

OOOh trop mignon ! (Je parle de toi qui t'inquiètes pour ma mère. Elle va mieux, merci) À tout de suite ;)

Un clin d'œil pour se faire pardonner de se foutre de ma gueule ? Garce de lionne !

J'essaie d'effacer ce sourire de mes lèvres.

On voit la maison au loin. *Allez, bientôt, il parlera à quelqu'un d'autre…* Je n'aurais jamais dû lui dire qu'il pouvait l'ouvrir.

– Hein, Teag, ton papa, il a les mêmes yeux que toi, non ?

Wow ! Sur quoi il a dérivé entre-temps ? Je ralentis pour le regarder. Il me sourit. Je lui fais un signe de tête pour qu'il répète.

– Y a un monsieur dans le bureau de papa, on dirait un peu toi. Si ça se trouve, c'est ton papa ?

Je bloque trois longues secondes. *Comment ça il y a un type qui me ressemble dans le bureau de son père ?* Je ne comprends pas. Sans se rendre compte de mon bug, il continue sur sa lancée.

– Vous avez les mêmes yeux, sauf que lui, il a pas de tatouages partout comme toi ! Hé dis, pour Halloween, je peux me déguiser en toi ?

Mais merde, ce morveux passe du coq à l'âne, je n'arrive pas à suivre !

Je laisse de côté son délire de déguisement pour me concentrer sur le type dont il parle. Je croise le regard de cette pipelette de gosse, il me sourit, et dans son blabla, j'entends :

– Si tu veux, je te montre le monsieur dans le bureau de papa !

Je fais oui de la tête en poussant le portillon de la maison.

Le môme court jusqu'à la porte d'entrée en me laissant sur place. Je mate mon portable qui vibre. C'est un message de Benito, cette fois :

Même bourré, je vous grille ! Première fois que je te vois aussi… amoureux, mec.

Une photo de la lionne et moi, debout l'un face à l'autre dans la boîte d'hier soir, mes mains tatouées sur ses hanches et les siennes sur mes joues, accompagne le texte. Les yeux dans les yeux, on a l'air en train de parler. Je n'ai aucun souvenir de ça mais vu nos sourires, ça devait être un très bon moment. Je reste bloqué sur la photo. Benito m'a vu lui parler et il n'a pas fait de crise ?

Je remonte l'allée vers la maison et mon portable vibre encore, un autre message de mon pote.

Et au fait, connard ! Tu lui parles, à elle ? Je sais qu'elle est vraiment bonne mais je suis méga vénère !

Je soupire en fourrant mon portable dans ma poche. *Je le connais par cœur, celui-là.*

Je pousse la porte, j'entends le gamin parler super vite à je-ne-sais-qui. J'avance avec la ferme intention de lui rappeler, je ne sais trop comment, qu'il doit terminer ce qu'il a commencé à propos du type dans le bureau de son père, mais une main s'empare de la mienne et me tire dans la cuisine. J'ai tout juste le temps de croiser un regard vert et amusé qu'une bouche s'écrase sur la mienne et deux mains froides emprisonnent ma nuque.

C'est un coup de tonnerre, une onde de choc, un raz-de-marée qui explose en moi. Pendant que je laisse ma bouche répondre à cette attaque sensuelle, ma queue implose dans mon froc. *On peut vraiment avoir une trique d'enfer aussi rapidement ? C'est humain, ça ?* Réflexion faite, ce regard n'était pas si amusé que ça, il était plutôt chaud comme la braise. Elle m'a pris par surprise, la garce de lionne.

Elle plante ses ongles dans ma nuque en avançant encore. Bordel, je vais faire pire que bander si elle continue dans cette voie-là. J'attrape ses hanches avec plus de force que prévu et son dos rencontre le mur le plus proche. Je crois que ma queue essaie de prendre le contrôle. Elena gémit contre ma bouche et c'est comme si elle s'adressait à mon entrejambe dans une langue que je ne comprends pas. Un flash me percute et je dois résister à l'envie de la mettre nue pour vérifier si mon dessin d'il y a quelques semaines serait aussi excitant qu'il en avait l'air.

Je me contente de la coincer contre le mur, l'îlot central de cette cuisine ne va pas accueillir aujourd'hui son corps arqué. *Stop, mec ! Ou tu vas finir par jouir par la pensée. Connard de lapin, t'es en train de te faire bouffer.*

Je ne sais pas où j'en trouve la force, mais j'interromps ce moment. C'est comme si j'avais soufflé sur la flamme de mon briquet. La lionne plante son regard dans le mien sans pour autant laisser sa proie s'enfuir. *Wow ! Elle est magnifique.*

J'ouvre la bouche, puis la referme avant de la rouvrir.

– Euh…

Un sourire étire ses lèvres encore humides.

– Quoi ? chuchote-t-elle.

Je cligne des yeux à plusieurs reprises et je reprends de l'air. *Respire, abruti, on dirait une gonzesse face au prince Charmant.* Si je me mets à rougir, je m'en colle une.

– C'était quoi, ça ? je demande.

Elle m'observe sans me répondre. Son sourire s'élargit et ses mains remontent sur mes joues pour effleurer ma barbe que j'ai la flemme de réduire depuis plusieurs semaines.

– Je te remercie, comme tu me l'as demandé.

J'avale ma salive, ma queue frappe cordialement contre ma braguette pour sortir et mon visage prend feu. *LAPIN !* Je me mords la lèvre inférieure. *Calme-toi, mec...*

Je recule, mettant au grand jour l'énorme bosse qu'affiche mon jean. La lionne pose son regard sur mon entrejambe. *Eh oui, ma belle, fallait t'y attendre avec une attaque pareille...*

Je lâche un petit rire qui ne reçoit aucun écho. Pour cause, Elena évite mon regard et tire sur son haut dans un geste mal à l'aise.

– Hé ! Qu… je commence.

Trop tard, elle se barre en vitesse. C'est tellement inattendu que je mets trois longues secondes à percuter le malaise qui vient de glacer l'ambiance. Ma queue retombe comme une asperge trop cuite. En temps normal, cette image m'aurait fait marrer, mais là, j'ai juste envie d'exploser un truc pour me calmer.

Je quitte la cuisine, on doit parler tout de suite de ce qu'elle vient de faire. Je me demande jusqu'où va son innocence : si un type qui bande la fait fuir, elle n'a jamais dû faire quoi que ce soit de ce côté-là. Ce n'est plus un fossé qui nous sépare, c'est un monde.

Je me jette dans les escaliers. Sur le premier palier, je trouve le gamin en train de jouer avec des figurines de super héros.

– Hé ! Teagan, regarde comme il court vite !

Je m'arrête à peine mais je lui envoie un sourire.

– Après tu viens voir le monsieur qui a tes yeux ? lance-t-il alors que je suis déjà dans le deuxième escalier pour rejoindre la lionne.

Je me retourne pour lui faire oui de la tête. J'y serais bien allé tout de suite, mais j'ai plus urgent à régler.

Arrivé en haut, je file directement dans ma chambre, puis dans la salle de bain. Je retrouve ma lionne en train de se laver les dents comme si elle avait avalé un truc périmé. Ça pue la gerbe, là-dedans. *Non, elle n'a pas osé faire ça ?*

Je traverse la pièce, les cabinets sont propres mais, justement, une odeur de javel me pique la gorge. La lionne crache dans le lavabo, je l'attrape pour qu'elle me regarde.

– Lâche-moi !

Pourquoi elle me hurle dessus ? Je suis trop con pour lui obéir alors je ressers ma prise sur son avant-bras. Elle gémit de douleur. *Rien à foutre, il faut qu'elle m'explique son délire !* Elle m'embrasse puis elle se fait vomir et se lave les dents comme si je la dégoûtais ?

Je suis trop énervé pour qu'un seul mot ne sorte de ma bouche. C'est le bordel entre mon cœur et ma fierté, je n'arrive plus à réfléchir posément.

D'un geste rageur, je lui montre les chiottes, puis la brosse à dents toujours dans sa main. Mon regard cherche le sien en vain. Elle tourne la tête pour ne pas me regarder et son corps est pris d'un sanglot qui me déchire le bide.

– Je… C’est rien, je n’étais pas bien. Arrête, tu me fais mal, pleure-t-elle.

Je respire un grand coup. *Est-ce que c’est moi qui la dégoûte ?* Je ne comprends rien, c’est elle qui m’a sauté dessus dans la cuisine, j’ai juste réagi comme n’importe quel connard. Où est le problème ? Je ne l’ai même pas touchée, rien.

Elle se débat en pleurant, balance sa brosse à dents dans le lavabo et court vers sa chambre. L’enfoiré que je suis voudrait la suivre et la forcer à parler, à hurler, à en chier autant que j’en chie là tout de suite, mais une autre part de moi à trop de peine pour insister.

Sa porte claque et je reste comme un con au milieu de la pièce vide. Je me frotte le visage. Je n’en peux plus de cette fille, de cette vie, où rien, absolument rien n’est simple. Est-ce que ça sera toujours comme ça dans ma merdique existence ? Est-ce que chaque étape devra être passée avec rage et douleur ?

Putain, j’ai besoin d’une clope. Non, d’une bière. Ah non, plus d’alcool. J’ai besoin d’un joint, plutôt. Ce sera toujours mieux que d’aller défoncer la porte d’Elena et de lui foutre son ordi sous le nez pour qu’elle comprenne que j’en sais plus qu’elle ne pense. Quoique, qu’est-ce que je sais réellement, au fond ?

Je me casse et laisse ma lionne en souffrance dans son antre. J’aimerais pouvoir lui parler plus, elle en ferait peut-être autant. Parce que plus je la vois, plus je me rends compte que de nous deux, celui qui parle le moins, c'est elle. Rien ne sort, jamais.

Je descends pour rejoindre l'entrée. J'emprunte le couloir qui démarre sous les escaliers et je trace jusqu'au fond pour me retrouver devant la porte du bureau du père fermée. J'écrase ma main sur la poignée. *Eh merde, verrouillée.*

Ok, il est où, le gosse ? Peut-être qu'il a la clé.

– Teagan ?

Je sursaute.

La mère est au bout du couloir. Son visage semble moins fatigué que tout à l'heure, mais ce n'est pas encore ça. Je la regarde, elle me fait un sourire gentil.

– Tu cherches quelque chose ? me demande-t-elle.

Je fronce les sourcils. *Comment lui faire comprendre ?* Je montre la hauteur approximative du gamin avec ma main. La mère fronce d'abord les sourcils puis les hausse. *Ouf, elle a compris.*

– Ah ! Tu cherches Chevy ? Il n'a pas accès au bureau de Dan, il est dans la salle de jeux, juste là, me dit-elle en montrant la porte à côté d'elle.

Merde. Je vais devoir remettre à plus tard cette histoire de mec qui me ressemble et le joint qui aurait pu me détendre. Je délaisse pour le moment la porte du bureau, je reviendrai cette nuit avec de quoi la forcer, s'il le faut.

La mère me dit qu'elle va se reposer dans la chambre d'amis et que son mari ne va plus tarder à rentrer du lycée. Elle disparaît dans mon dos et je rentre dans la pièce qu'elle m'a désignée. Le gamin est là, sur un pouf géant, une manette sans fil dans les mains. Son regard est rivé sur l'immense écran fixé au mur et encadré d'une paire d'enceintes qui ne rentrerait jamais dans la caisse de Benito. Sur la télé, une partie de Mariokart fait rage. Le morveux est à fond dedans.

– Aaaaah… Non, pas l'encre de seiche ! balance-t-il. Trop bien, Teag, tu joues avec moi ?

Pourquoi pas. J'ai dû jouer deux fois à ces trucs-là mais si lui y arrive, moi aussi, non ?

* * *

Cinquième partie et cinquième fois que le gamin me lamine. *Bordel, il joue beaucoup trop, à mon avis !* Il explose encore une fois de rire. Il vient de me passer devant juste à la fin de la course, comme pour les trois dernières parties. *Mais merde, j'aime pas perdre !* Je soupire avec force et balance ma manette sur le pouf entre nous.

– Allez, Teag, on joue encore ?

Non ! J'en ai marre.

Je vise l'énorme collection de vinyles qui occupe presque un pan de mur entier face à la fenêtre. La platine de lecture semble hors d'âge mais, comme dit Benito, « c'est dans les vieux trucs qu'on kiffe le plus ». Bon, lui pense plutôt aux cougars, mais son délire peut s'adapter à n'importe quoi, non ?

Je remue mes doigts tatoués dans les cheveux du gamin qui lance une autre partie tout seul. On voit qu'il a l'habitude de jouer en solo, lui. On dirait moi quand j'étais gosse. Enfin, dans l'hypothèse où j'aurais eu des parents et de l'oseille.

Je me bouge jusqu'aux vinyles, j'en tire un pour regarder au hasard. *Wow ! Du hip-hop ? De New York, en plus : Grandmaster Flash.* Qui aurait pu croire qu'une famille de bourges pouvait posséder ça ?

– On n'a pas le droit de toucher, c'est à papa et il veut pas qu'on les abîme, balance Chev dans mon dos.

Je me tourne pour le regarder, il est en train de jouer et me jette un coup d'œil rapide. D'un signe de la main, je lui fais comprendre que je m'en fous de son père et je tire un autre vinyle. Pareil, hip-hop new-yorkais, et du bon : KRS-One, le patron du hip-hop. On dirait qu'il est plus vieux que moi mais dans un état nickel. J'adore.

Je le sors complètement de l'étagère et lui fais quitter sa pochette rapidement. J'ouvre la platine. Écouter un tel son en vinyle, Benito va être jaloux. Je pose le disque sur le lecteur, j'avance la tête en diamant et j'actionne le bouton « marche ». Aussitôt, le disque se met à tourner dans un mouvement hypnotique et les enceintes des étagères se mettent à grésiller. *Putain, c'est génial. Je vais passer ma vie dans cette pièce.*

– Une fois, Elena a voulu écouter un truc et papa l'a fâchée super fort. Elle avait pleuré, même. Papa, il a dit qu'il avait eu tous les grands CD avec son ami quand ils étaient jeunes et qu'il y tient plus qu'à nous. Maman a dit qu'il rigolait, mais moi, ça m'a pas fait rire… coupe le gamin alors que le son démarre.

Je lâche un rire. *J'en fais mon affaire, du dirlo. Pas d'inquiétude, gamin.*

Je poursuis ma recherche dans la collection. Il y a tout ce avec quoi j'ai grandi. Je suis vraiment surpris que le père écoute ce genre de musique.

Je prends une photo et j'envoie à mon pote, puis un truc rectangulaire posé plus loin attire mon attention : le PC de la lionne.

CHAPITRE 36

Le vinyle tourne toujours en déployant dans l'enceinte un pur bonheur pour mes oreilles. Ça me détend instantanément. En même temps, c'est ce qu'on écoute dans les ghettos, les bars à *sound system* ou les caves merdiques. C'est le son du Queens ou du Bronx, rien à voir avec l'électro merdique de Staten Island. C'est du « chez moi » en musique.

Mais il y a plus intéressant, juste là : l'ordinateur d'Elena. Que fait-il ici ? Aucune idée, mais c'est une aubaine d'avoir cette nouvelle occasion d'entrer dans son esprit.

J'attrape l'objet et je me laisse tomber dans le pouf près des enceintes.

– Mais Teag, c'est l'ordinateur d'Elena !

Je relève les yeux en ouvrant l'appareil qui démarre tout seul. Cette fois, le gamin me regarde, presque paniqué. Je lui fais un sourire et un clin d'œil.

– Elle va te crier dessus, et après, vous serez même plus amoureux… dit-il tristement.

Je me marre. Il est trop mignon. Je ne sais pas comment lui dire qu'il n'a pas à s'inquiéter pour sa sœur et moi parce que rien n'a vraiment commencé, mais bref. Je baisse les yeux sur l'écran. *Eh merde, il me faut un mot de passe.*

Je reste statique une seconde puis je relève les yeux sur le gosse qui m'observe toujours. Je lui fais signe de venir et il rapplique. Je lui désigne le problème.

– C'est « guitare » avec le jour de naissance de maman, me dit-il.

J'adore ce gosse : il me dit « C'est pas bien » puis me donne le code.

Je tape guitare et je bloque sur le jour de naissance de la mère.

– Huit, me souffle le gamin.

Et voilà, je suis sur le bureau de la lionne. Ce gamin sait vraiment tout !

– Hé ! Tu savais que ton prénom, c'est irlandais et ça veut dire « poète » ? Est-ce que t'es un poète, toi ?

C'est bien ce que je me disais, il sait tout.

Je lui réponds par un regard étonné qui semble le ravir.

– J'ai le droit de toucher les vinyles de papa ? ajoute-t-il.

Je lui fais un sourire complice. *Vas-y, éclate-toi, gamin !* Il me tourne le dos tout content, et moi, je plonge mon attention sur une icône du bureau virtuel : « Adopted Love ». Ce titre me perturbe franchement, c'est à chier et complètement gnan-gnan.

Bref, j'ouvre le fichier et il me propose directement la fin du document. Je remonte et je reprends ma lecture là où je m'en étais arrêté la dernière fois.

« J'ai entendu ses cris, il faisait un cauchemar... »

On s'en fout, j'étais là aussi. C'est le soir où je l'ai embrassée à peine sorti du sommeil. Je descends plus bas, je cherche plutôt à lire ce qu'elle ne me dit pas, ce qu'il lui est arrivé pour la mettre dans un état pareil, par exemple.

« Il s'est excusé de m'avoir embrassée, les yeux dans les yeux. Je crois qu'il ne se rend pas compte de ce que dégage son regard... et quand il vient de se lever, c'est encore plus marquant. J'aime bien le voir à ce moment-là. Sa force d'esprit me surprend. J'ai l'impression qu'il accepte son sort comme il vient mais qu'il ne peut pas se résoudre à être docile pour autant. Il a l'air de marcher sur un fil, qui oscille en permanence entre maîtrise de soi et perte de contrôle. J'aime que ça tangue comme ça en lui. »

C'est la première fois que je lis un truc aussi débile depuis le titre. *Je ne tangue pas, putain !* Je ne sais pas trop si j'aime cette façon qu'elle a de me voir ou si je déteste ça. Je survole la suite et mon œil s'arrête enfin sur un truc qui m'intéresse.

« *C'est les mains tremblantes et les yeux noyés dans mes larmes que je tape ces mots, mais j'ai besoin d'écrire pour oublier, pour laisser passer ça. Et une fois que ça sera sorti, je ne relirai plus jamais ça de peur d'être à nouveau contaminée.*
Je sentais que cette journée allait être compliquée. Je n'aurais pas dû y aller. J'aurais dû rester avec Teagan à la maison. Avec lui, je sais que je ne crains rien. Même s'il ne le montre pas, il est bon, et tout en lui est doux et protecteur. Mais j'ai écouté mon père et je suis allée en cours.
Je n'aime pas les cours de sport parce qu'on est juste à côté de l'équipe de base-ball et qu'ils sont tous plus cons les uns que les autres. De grands mecs dont les parents bourrés de fric savent qu'ils sont trop débiles pour faire des études, alors ils leur font faire du sport... Je les hais, tous.
Toute cette merde est partie d'un seul joueur. Hier, je l'ai croisé avant les cours. Il m'a fait un clin d'œil et s'est léché les lèvres lentement, ça m'a donné envie de vomir.
Il y a un an, j'aurais aimé ça. J'aurais rougi parce qu'il m'impressionnait. J'en pinçais vraiment pour lui et il le savait très bien. Mais j'étais grosse, et la fille du dirlo. Il ne fallait rien de plus pour que je sois le souffre-douleur de la moitié du lycée... »

Je fais une pause dans ma lecture. Je sens que je vais détester ce que je vais lire. Mon souffle commence déjà à faire n'importe quoi. Être le souffre-douleur, je connais, et je ne veux pas partager ça avec ma lionne.

« Le cauchemar a commencé il y a un an.
Je pensais souvent à lui et les filles m'en parlaient aussi. Elles me disaient qu'il me regardait beaucoup quand je ne faisais pas gaffe.
J'y ai cru. Je me suis dit qu'il devait bien y avoir des mecs qui aimaient les filles comme moi : discrètes, un peu grosses, avec des formes.
Alors j'ai mis de côté mon mal-être et je suis allée le voir.
Je n'oublierai jamais le regard qu'il m'a lancé, devant toute l'équipe à la sortie des vestiaires, mi-amusé, mi-dégoûté, quand je lui ai demandé si on pouvait aller manger un truc ensemble.
– T'es bien assez grosse, Hills.
Voilà sa réponse.

J'ai eu l'impression de me faire arracher le cœur. J'ai retenu mes larmes et j'ai fui pour aller pleurer plus loin à l'écart des regards indiscrets. Les mois suivants, je l'ai évité comme la peste. Ma douleur était trop grande pour que j'arrive à passer au-dessus. Et puis un jour... un peu avant cet été, j'ai reçu un SMS d'un numéro que je ne connaissais pas.

Je suis désolé, Elena… Je n'arrête pas d'y penser et je m'en veux de t'avoir parlé si mal l'autre fois. Tu peux me retrouver au stade à la fin des cours pour qu'on en parle. On ira manger un truc si tu veux.

Je lui en voulais toujours. Ce n'était pas lui qui assumait les insultes dans les couloirs, ni les regards mauvais à la cantine. Oui, même une grosse a besoin de manger, bande de connards. Lui est populaire et toutes les filles lui courent après. J'aurais dû me méfier, j'avais déjà goûté à sa méchanceté. Mais j'avais l'infime espoir qu'il soit sincère et que ce calvaire s'arrête. À la fin des cours, je suis donc allée le rejoindre. »

Bordel, tout un tas de trucs m'encombre le crâne. Plus ma lecture avance, pire c'est. *Allez, mec, continue, tu dois savoir pour l'aider. Même si ça fait mal.*

Je fais descendre le document et je pose mes yeux sur la première phrase de la suite. *Putain. Je n'aime pas du tout.*

« Je ne l'ai pas trouvé au stade. Il m'a envoyé un SMS pour me dire qu'il m'attendait dans les vestiaires. »

J'ai la boule au ventre, mais je dois être sadique parce que, même si cette phrase me fait flipper, je lis la suite.

« À peine entrée là-bas, j'ai compris que quelque chose n'allait pas.
Il était là, torse nu. Ça m'a impressionnée, j'ai bafouillé et j'ai voulu ressortir aussitôt mais on m'a poussée dans le dos. Plusieurs autres joueurs de l'équipe sont entrés. Ils ont fermé la porte. À clé.
Je me souviens avoir dit que j'allais attendre dehors mais il a répondu qu'il avait besoin de moi pour la suite. Je n'ai pas eu plus peur à ce moment-là, j'étais déjà paralysée.
Mon cœur aurait pu exploser quand j'ai essayé d'ouvrir moi-même la porte mais que la clé n'était plus là.
Ses mains se sont abattues sur moi et les larmes se sont mises à couler.
– Tu devrais être heureuse que je te choisisse, Elena, m'a-t-il soufflé à l'oreille.
Impossible de parler ni de hurler. J'étais pétrifiée.
Je refusais de laisser mon esprit imaginer ce qui allait m'arriver dans ce vestiaire.
Il a soulevé mon haut pour montrer aux autres ce que je cachais : mes hanches trop grasses, mon ventre pas assez plat.
– La grosse Hills a trop mangé !

Ils ont tous ri, et lui a continué de tirer sur mes vêtements. Les sons résonnaient partout sur les murs carrelés du vestiaire. Je l'ai poussé de toutes mes forces pour qu'il recule, mais sa main

a agrippé mes cheveux et il m'a contrainte à me mettre à genoux devant lui.
– Heureusement que ta bouche est magnifique, la grosse, ça rattrape le reste...
Ces mots, je ne les oublierai jamais.

Ensuite, j'ai fermé les yeux si fort que des points blancs sont apparus sous mes paupières. Je ne pouvais rien faire, il était trop fort. Sa main libre a fait descendre son pantalon.
Mon hurlement les a tous fait rire. Je me souviens l'entendre m'ordonner d'ouvrir la bouche, en forçant avec ses doigts sur mes joues.
Désormais, je l'entends me hurler ça toutes les nuits. Des nuits à me retenir de vomir au souvenir de leurs rires, de lui dans ma bouche, du mouvement qui m'empêchait de respirer.
– Oui, c'est ça, mange, Hills !
Réécrire cette simple phrase m'a pris trente minutes. Le dégoût est trop grand, le goût salé sur ma langue, dans ma gorge, mon estomac est remonté et j'ai vomi sans rien contrôler. Les insultes et les rires résonnent encore en moi.

Ils avaient tous quitté la pièce quand mon souffle est revenu. Personne n'est venu m'aider. Je suis rentrée chez moi après avoir vomi tout ce que je pouvais. Mais son goût est resté. Je n'arrive plus à manger depuis ce jour-là. Tout me dégoûte.
L'histoire aurait pu s'arrêter là. Si j'avais réussi à en parler à quelqu'un, si j'étais moins conne.

Mais il y a quelques semaine, quand Teag en revenu après trois jours insupportables d'absence, Sophie a oublié ses affaires dans les vestiaires et elle a eu la flemme d'y retourner. Alors, comme d'habitude, j'ai rendu service. Comme toujours, Elena ne sait pas dire non. Elena est trop gentille pour envoyer Sophie se faire foutre, et Elena mange...
Sophie est restée sur le parking, je suis entrée dans le vestiaire avec la peur au ventre. Depuis l'été dernier, j'évite par tous les moyens cet endroit. Mais cette fois, l'équipe au grand complet était sur le terrain, alors je ne risquais rien.

Sauf que le destin ou je ne sais quoi en a décidé autrement. Lui n'était pas sur le terrain.
J'aurais hurlé son nom, si j'avais pu, pour que Teagan apparaisse et qu'il me sorte de là, mais j'étais seule face à mon pire cauchemar dans ce couloir désert. Il m'a regardée et je suis partie en courant, mais il m'a rattrapée.
Il m'a serré si fort les hanches quand il m'a plaquée contre le mur que ses doigts ont laissé des marques pendant des semaines sur ma peau. Il a dit qu'il aimait mon nouveau corps. J'ai pleuré. Je n'arrivais pas à faire autre chose.
Il m'a demandé si je sortais avec le tatoué qui me suit partout. J'ai dit oui en espérant qu'il me laisse mais il n'a pas apprécié du tout. Il a pris ma main de force et l'a plaquée contre son entrejambe

en disant qu'il rêvait de me la mettre encore dans la bouche.
J'ai failli vomir quand j'ai senti la grosseur dure et raide. Je ne sais pas combien de temps ça a duré, son souffle dans mon cou et sa main forçant la mienne à bouger. Le bruit de la porte l'a obligé à me libérer. J'ai couru sans me retourner jusqu'aux toilettes pour m'y enfermer, puis, je ne sais qui a appelé mon père. »

Bordel-de-merde !

Tout explose dans mon crâne, mais je reste anormalement figé devant l'écran. Mes muscles n'ont jamais été aussi raides de rage. *Tout a toujours une putain d'explication.* Impossible de reprendre correctement de l'air tant mes poumons sont écrasés par la douleur. Mes mains tremblent et mes yeux laissent des larmes couler sur mes joues. *Ce connard est mort.*

Elena explique tout ce qu'il lui a fait subir, mais elle ne dit pas qui il est. Je sais juste qu'il fait partie de l'équipe de base-ball. Je promets de découvrir qui c'est et de le tuer de mes mains. Quel que soit ce mec, je vais le buter. Je finirai en taule, je serai loin d'elle, mais lui sera mort.

Le vinyle derrière moi émet un grésillement régulier sans musique parce qu'il est terminé. *Tiens, le gamin n'est plus là ?*

La porte s'ouvre, je relève les yeux sur ma lionne. Les mains agrippées sur son PC, je suis incapable de bouger sans exploser, alors, je reste immobile, à la fixer.

– Tu… Putain, qu'est-ce que tu fais avec mon ordinateur ? lâche-t-elle froidement.

Ma mâchoire se desserre doucement.

– Je lis…

J'ai murmuré en la fixant par-dessus l'écran, mais elle m'a entendu. Elle s'avance brusquement et m'arrache l'appareil des mains. Elle voit sur quoi il est ouvert et le balance comme s'il lui brûlait les doigts. Le truc part s'écraser au sol dans un fracas douloureux.

– T'AS PAS LE DROIT DE LIRE ÇA !

Je ferme les yeux en détournant la tête : qu'elle me hurle dessus maintenant est une très mauvaise idée, je ne vais plus rien contrôler d'ici peu.

– Je ne peux pas te faire confiance à toi non plus ! Vous êtes TOUS LES MÊMES !

Je me lève si brusquement qu'elle recule en trébuchant.

– Ne-me-compare-plus-jamais-avec-ce-fils-de-pute, Elena !

Mon index pointé sur elle la fait encore reculer. Mon ton est cinglant et sans appel. Je vois son menton bouger, puis, elle fond en larmes et s'appuie contre le mur le plus proche.

– Alors tu as tout lu… devine-t-elle, en pleurs.

Son corps coule péniblement au sol, ses bras tremblants s'enroulent autour de ses jambes. Le silence se fait, mais dans mon crâne, c'est une tornade d'horreurs. Je la visualise à genoux, en pleurs, impuissante.

Ce cauchemar est incrusté en moi à présent et il ne me quittera que lorsque le sang de cet enculé inondera mes phalanges.

CHAPITRE 37

C'est toujours dans les pires moments que mes maux surgissent et effacent mes mots. La détresse de ma lionne me noue la gorge, son mal me détruit l'estomac, et sa faiblesse me fruste. Je n'arrive plus à parler, je ne parviens pas à lui dire que tout ira mieux à partir de maintenant, que je suis là. Je n'arrive même pas à m'approcher pour la prendre dans mes bras. J'enrage d'être aussi impuissant.

Je suis calme. Là où, habituellement, j'aurais mis le feu à tout ce qui passe, cette fois, je reste sans bouger, figé, les yeux rivés sur elle. Seul mon souffle me quitte.

Je dois savoir le nom de l'ordure qui a osé lui faire ça. J'ouvre la bouche. *Allez, putain, Teagan, demande-lui…*

– C'est qui ?

Ma voix aussi est calme. Calme comme celle d'un putain de malade sur le point de faire péter la planète. Ma lionne ne me regarde pas, elle se replie davantage sur elle-même. Elle fait même non de la tête avant de cacher son visage derrière ses genoux. *Calme-toi, mec, elle souffre…*

Je respire très lentement, l'air remplit mes poumons puis les quitte douloureusement.

– Elena, parle.

Elle s'obstine à ne pas me répondre.

Je m'approche mais ses pleurs empirent. *Je dois rester calme. Je dois rester calme. Je dois res…*

– RÉPONDS, PUTAIN !

Et voilà, l'impulsif que je suis explose en décibels dans toute la pièce et ma lionne le vit comme une agression. Ce n'est pas ce que je veux, mais je ne suis pas assez fort pour me contrôler. Dans mon putain de crâne, ça défile dans tous les sens, c'est une torture : je la vois avec lui, je ressens tout.

En trois pas, je suis au-dessus d'elle. Je l'oblige à se relever, à affronter. C'est comme ça que j'ai appris dans la rue : tu affrontes la tête haute.

– RÉPONDS-MOI, BORDEL ! DIS-MOI QUI C'EST !

C'est trop tard, il faut que ça sorte. Que ce soit en explosant chaque truc qui se trouve dans cette pièce ou en hurlant, le trop-plein de rage doit me quitter, maintenant.

Son regard est noyé dans un torrent de larmes et ne pose pas sur moi à un seul moment. Ses doigts viennent agripper les miens pour me faire lâcher prise.

– Arrête ! Teag, tu me fais mal ! pleure-t-elle.

– Dis-moi qui c'est.

– Non.

Elle se débat et je la lâche.

Putain, mec, qu'est-ce que tu fais ?

Ma lionne essuie ses joues et se frotte le bras sans me regarder. Un silence s'installe et m'étouffe.

Elena, excuse-moi d'être aussi con. Les mots ne sortent pas de ma gorge, ils restent coincés en travers et bloquent tout le reste. Je suis comme bâillonné par ma propre panique.

Calme-toi, mec, tu lui fais peur, putain. Je me frotte le visage en reculant.

– Je ne te dirai rien, je veux pas que tu lui fasses du mal…

J'en ouvre la bouche sous le choc et mes mains se posent sur ma tête pour s'accrocher à mes cheveux. Sa voix tremblante vient de casser un truc en moi et c'est insoutenable. J'ai peur de comprendre, je voudrais même qu'elle le redise pour être sûr que ce putain de couteau qu'elle vient de lancer est bien arrivé dans mon torse.

– P… Putain, Elena, tu… pr… protèges cet enculé ?

Elle reste statique, puis fait non de la tête tandis que d'autres larmes viennent salir son visage.

Je ne comprends rien.

– Non, je te protège toi… couine-t-elle.

Mes mains retombent mollement le long de mon corps. Elle me protège moi ? De lui ? Elle n'imagine pas de quoi je serais capable pour elle. Elle ne sait pas jusqu'où peut aller ma rage. Je n'ai pas de limite et je ne m'en imposerai aucune pour lui.

Doucement, elle relève son regard terrifié et l'arrime au mien. Ses doigts mal assurés tirent sur ses fringues pour se cacher.

– Si tu le touches… commence-t-elle.

Je vais le toucher, Elena, je vais l'humilier, je vais tuer toute sa confiance, je vais le réduire à moins que rien, je vais lui faire passer l'envie de se servir de sa queue pour le restant de ses jours.

– … tu iras en prison.

Mon esprit est comme anesthésié par ces quatre mots. *Comment peut-elle savoir un truc pareil ?* Je la dévisage et elle finit par éviter mon regard. Elle répète sa phrase, comme si je n'avais pas compris.

– Crois-moi, ça vaut le coup, cette fois.

Les mots se sont formés dans mon esprit et sont sortis de ma bouche en même temps.

Elle me fusille du regard, en lionne qui domine tout.

– T'as pas le droit de me laisser, finit-elle par murmurer.

Je sais. Mais je ne peux pas laisser ça en suspens. Je ne dormirai jamais en le sachant libre de savourer son délire. Il doit savoir que rien n'est gratuit.

J'attrape ma lionne doucement et l'attire contre moi. Elle se réfugie contre mon torse en pleurant.

– Alors, va faire lire ça à ton père et ce fils de pute ira en taule…

Elle fait non et ses pleurs augmentent. Je soupire, elle met mon peu de patience à rude épreuve

– Ses parents sont trop influents. Il n'ira jamais en prison, mais toi, si. Il m'a dit que tu finirais là-bas si…

Elle se tait.

– Si qu… quoi ? j'arrive à peine à articuler.

– Si je sortais avec toi.

Je recule et l'oblige à me regarder d'un petit coup sous le menton. J'ouvre la bouche, respire un bon coup et je sors :

– On s'en fout de la prison.

J'assume, putain. Si je dois y passer ma vie pour que tu surmontes ça, Elena, j'irai sans hésiter.

Si seulement cette phrase avait pu sortir de ma bouche… Mais elle n'a résonné que dans mon esprit perturbé.

Une gifle s'abat sur mon visage d'un coup sec. Ma réponse n'a pas plu à la lionne. Je tourne la tête et serre les dents en attendant que la douleur qui se répand sur ma peau disparaisse. Ça ne fait pas vraiment mal, hormis à mon amour-propre.

– Moi je m'en fous pas, Teagan.

Son ton est incisif et autoritaire. Elle ne cille pas une seconde quand elle ajoute :

– Tu n'iras pas en prison pour moi.

– Dis-moi qui c'est, j'insiste.

– Non.

Je la connais suffisamment pour savoir qu'elle ne dira rien. Mais elle ne me connaît pas assez pour savoir que je peux être plus qu'acharné quand je veux quelque chose.

La porte bouge, attirant mon regard. Le père se pointe avec une tête défaite.

– Chev vous a entendu crier. Tout va bien ? demande-t-il.

Silence total.

La mère arrive juste derrière lui, le regard inquiet. Est-ce qu'ils ont écouté notre dispute ? Mon sang ne fait qu'un tour, violent et douloureux. L'air de la pièce s'est barré. Ma lionne leur tourne le dos et regarde par terre en laissant couler des larmes silencieuses sur ses joues.

Je mate les parents : le père a l'air sur les nerfs, et la mère, troublée.

– Elena, tout va bien ? demande-t-elle.

Je baisse les yeux sur Elena qui essuie rapidement ses joues.

La tension est à son comble. J'essaie de croiser le regard de ma lionne pour savoir quoi faire mais elle ne relève pas la tête. *Fait chier.* Le mieux, c'est qu'on se barre avant qu'ils n'essaient de nous faire cracher le moindre mot.

– Elena ? intervient le père.

– Ça va, coupe-t-elle durement.

C'est comme si la voix de son père agissait comme un électrochoc : elle reprend son visage de lionne rageuse, son attitude aussi fermée qu'une porte de prison et elle me pousse pour aller ramasser son ordinateur qui gît plus loin dans la pièce.

Personne ne bouge pendant ces courtes secondes. L'objet affiche un angle anormal. À tous les coups, il est mort et il n'y a plus de traces de ce qu'elle a écrit. Ce n'est pas plus mal, je ne veux pas que les parents lisent une seule foutue ligne de cette merde. Hors de question qu'ils m'empêchent d'agir comme je veux, c'est-à-dire de défoncer en bonne et due forme cette raclure et tous ceux qui ont participé au calvaire d'Elena. Je veux qu'elle puisse balancer ça derrière elle et oublier. Même si je doute qu'un jour elle soit guérie de cette merde. Raison de plus pour risquer la taule, elle ne m'empêchera pas d'être la racaille que je suis.

L'ombre de ma lionne me repasse à côté en me défonçant l'épaule. Elle se dirige vers la porte sans un regard, la tête basse. Sa mère se pousse, mais pas son père, il lui bloque le passage et l'attrape par un bras.

– Elena, qu'est-ce qui se passe ? insiste-t-il.

Elle le vire avec un regard noir et s'enfuit comme un coup de vent de la pièce. Le père tente de la suivre mais la mère l'arrête. Je passe juste derrière elle mais je stoppe face au gamin qui est planté là avec un air mi-affolé, mi-inquiet.

Merde, j'ai dû lui faire peur à hurler comme un con. Il me regarde et je lui passe la main dans les cheveux, c'est le seul geste que j'arrive à pondre. Impossible pour moi de parler, tout est coincé dans ma gorge.

Je contourne le môme et je trace pour rejoindre la lionne que j'entends monter en vitesse.

J'arrive anormalement zen dans ma chambre. Je deviens pire qu'un lapin et ça me fait un peu plus flipper à chaque fois. *Est-ce que je vais finir par bouffer des carottes ? Non, non, je vais juste finir par me faire bouffer par Elena.*

Je la retrouve justement sur mon lit, assise face à la fenêtre. J'entends d'ici qu'elle pleure et ça me noue l'estomac. Je n'arrive pas à chasser ces images que mon esprit a construites en lisant, et maintenant, je ne sais plus comment réagir avec elle.

Est-ce que je peux la toucher ? J'aimerais l'embrasser, sa bouche est à moi, et même en sachant ce qu'elle a dû subir, je la trouve toujours aussi pure. Par contre, je ne suis pas près de bander, c'est un délire à la traumatiser. J'ai les nerfs, mais d'un autre côté, je suis content de savoir que, dans la cuisine, ce n'est pas de moi et de ma queue qu'elle a eu peur.

Je m'installe à côté d'elle tout en restant à bonne distance. Elle ne bouge pas. J'allume la télé, ça tombe sur un truc de merde mais ça semble l'apaiser. Elle se laisse couler sur le côté et me tourne le dos mais arrête de pleurer pour mater l'écran.

Après un moment, je sors une clope. Les parents ne sont pas venus nous faire chier, c'est bizarre.

Je passe au-dessus d'Elena pour aller attraper le briquet sur l'autre table de nuit, elle ne bouge pas. Je résiste à l'envie de plaquer mes lèvres sur sa joue et je fume dans mon coin.

On reste silencieux devant la télé pendant un long moment. C'est peut-être ça qu'il faut faire avec elle : attendre. Au moins, elle ne hurle pas, ne pleure pas et ne me fuit pas. Je préfère qu'elle soit comme ça. Silencieuse, certes, mais là.

Mon mégot termine dans un verre sale puis le gamin arrive, pas trop sûr de lui. Je suis le seul à tourner la tête dans sa direction.

– Euh… Est-ce que je peux venir avec vous ? Papa et maman parlent entre grands et je m'ennuie, il couine.

La lionne se redresse aussitôt et lui lance un sourire de malade.

– Bah oui, andouille, viens ! dit-elle, enjouée, en tapant le lit entre nous.

Le gamin, tout content, me saute d'abord dessus puis va s'affaler entre nous. Très vite, sa sœur et lui chahutent, le lit bouge parce qu'ils n'arrêtent pas de faire les cons, mais j'aime bien ce moment. Elena semble loin, très loin du cauchemar qui lui pourrit la vie et de notre embrouille. Comme le lapin que je suis, ça me rassure de me dire qu'elle ne m'en veut peut-être pas trop de lui avoir hurlé dessus.

– Teag ? m'appelle le gosse.

Je tourne la tête vers lui et détache mon regard d'elle. *Il faut que j'arrête de la mater comme ça, elle va flipper, sérieux, je suis con.*

– T'es toujours amoureux d'Elena même si tu lui as crié dessus tout à l'heure ? balance le môme.

Uppercut en plein dans ma tronche, je ne l'ai pas vu venir, celui-là. Amoureux ? J'en sais rien. Je ne sais pas si j'ai déjà été amoureux. J'y connais rien.

La lionne relève les sourcils et son regard suit pour venir me fixer. *Euh… merde.* Elle semble amusée, mais je capte un truc plus perçant au fond de ses rétines. L'air de dire « Fais gaffe à ce que tu sors, mec ». Je le prends comme un avertissement. Les deux me regardent en attendant ma réponse, mais impossible de sortir quoi que ce soit, là. Je fronce les sourcils et je m'éclaircis la gorge. C'est mort, rien ne viendra, je ne peux pas répondre. Alors je hausse simplement les épaules. Comme prévu, Elena ne semble pas kiffer parce qu'elle détourne aussitôt le regard.

– Bah ça veut dire quoi, ça ? demande-t-il.

Ça veut dire que j'ai l'air d'un con à cause de toi ! Tais-toi, merde, tu m'enfonces, là !

La lionne reporte son attention sur la télé. Elle est la seule au monde à réussir à me mettre la pression sans me regarder.

– Bah alors ? insiste Chev. T'es amoureux d'elle encore ?

Le gamin me dévisage. Si je fronce plus les sourcils, je ferme les yeux. *Est-ce que je suis amoureux d'elle ?* Je la regarde. Je la kiffe, c'est sûr. Je ne peux pas supporter qu'elle souffre, je n'aime pas quand elle m'ignore, ça me rend fou, et pour finir, ma queue veut se la taper depuis la seconde où j'ai posé mes yeux sur elle. Que dirait Benito ? Que je suis foutu. Que je suis dans la merde. Que je vais en chier. Que je suis amoureux.

Je sens mon rythme cardiaque s'affoler et résonner jusque dans mon crâne à m'en rendre sourd. Je secoue la tête. *Laisse tomber, mec. T'en es pas au point d'avoir peur de tes sentiments, si ?* Silence dans mon crâne. J'ai pire que peur : je suis paniqué.

Je croise le regard plein d'espoir de Chev. S'il savait… Sa sœur, je ne la laisserai jamais. Si elle ne doit plus faire partie de ma vie, c'est parce qu'elle l'aura décidé, et j'espère que ça n'arrivera pas.

– Alors, Teag ! s'impatiente le gosse.

– Laisse tomber, putain.

C'est un réflexe. Quel con, c'est la première fois que je lui parle et c'est pour l'envoyer bouler. Je lâche ça sans rien contrôler de ce qui se passe dans mon crâne. Il ouvre de grands yeux. *Fait chier, il va chialer ou quoi ?*

Il fronce les sourcils et me lâche un amer mais mérité :

– Pff… T'es nul.

Je suis d'accord. Je suis vraiment nul. Mais je ne peux pas faire mieux pour l'instant, sauf qu'une petite voix m'ordonne de rattraper le truc.

– De toute fa… façon, ça… te r… regarde pas, j'ajoute.

Bordel, respire, ducon. Tu parles avec un môme. De quoi t'as peur ?

Elena continue de mater la télé. *Ce n'est pas comme si je ne venais pas d'essayer de me rattraper en galérant.* Le môme ose me balancer un clin d'œil, l'air de dire « T'inquiète, mon pote, j'ai compris ». J'espère que sa sœur aussi a compris.

– Mais tu peux lui dire… chuchote-t-il.

Je fais non de la tête, heureusement qu'elle ne regarde pas. Chev me scrute comme pour me demander pourquoi. D'un signe de la main, je lui somme de laisser tomber. Il hausse les épaules et se détourne enfin de moi. Merci, je n'en pouvais plus. Me prendre une leçon de drague par un gamin de sept ans, ça fait mal.

– Et toi, Elena ? T'es toujours amoureuse de Teag ?

Ah ? On passe aux choses sérieuses, on va voir si elle ne galère pas, elle. Ce n'est pas aussi simple de répondre comme ça sur ce qu'on a sur le cœur.

– Évidemment, lâche-t-elle sans se retourner.

Ah ! Ok, pour elle, c'est bien plus facile…

Après un moment, le gosse, qui est grimpé sur sa sœur n'importe comment, est à deux doigts de s'endormir. J'ai un bras derrière la tête et les jambes croisées et tendues devant moi. Elena est allongée à côté de moi.

La porte de la chambre attire mon regard et je capte le regard du père. Il semble surpris de nous trouver là, au calme.

– À table, les enfants, dit-il simplement.

Il me lâche un regard insistant et s'en va. Le môme redémarre avec des tonnes de questions et saute du lit pour rejoindre son daron. Ma lionne se redresse doucement. Je suis tellement un faux jeton que je ferme les yeux en m'étirant pour ne pas croiser ses rétines vertes. Je commence à me lever, j'avoue qu'avoir lu son truc m'a coupé la faim à moi aussi. Je la comprends maintenant. Après un truc pareil, plus rien ne passe. Mais je ne dois pas entrer dans son délire, je ne suis pas censé être plus faible qu'elle. Surtout que j'ai eu l'occasion de voir les pires saloperies aussi quand j'étais gosse. Enfin, celles dont je me souviens, parce que chez les Milers, ça reste encore un mystère. Certes, moi, personne n'a jamais pu me forcer à faire quoi que ce soit, mais j'ai vu de quoi l'être humain peut être capable.

Je m'assieds et m'apprête à me lever du lit mais une petite main froide m'attrape le bras.

– Attends…

L'heure des comptes a-t-elle sonné ? Je me tourne vers ma lionne, son visage est tiré, stressé et semble épuisé maintenant qu'elle a enlevé son masque de grande sœur bienveillante. J'attends la suite calmement pendant qu'une boule se forme dans mon bide.

– Je… Je veux pas que… mon père le sache, il…

Je soupire, ça la coupe. Je suis soulagé qu'elle aborde ce sujet-là et pas celui que son frère m'a mis en pleine tronche. Elena baisse les yeux, ses longs cheveux bruns viennent encombrer son visage, mais je vois quand même les larmes couler. C'est plus fort que moi, je me tourne, grimpe sur le lit et je vais poser mes paumes sur ses joues humides pour l'obliger à relever doucement la tête vers moi.

– Je sais pas quoi faire, pleure-t-elle.

– Son nom, je murmure.

Elle fait non de la tête.

– Je suis désolée… Je dois te dégoûter maintenant que tu sais ça. Je me dégoûte moi-même.

Je souffle de rage.

– Tais-toi. Ou arrête de dire n'importe quoi. Ça… ça ne change rien pour moi, ok ? T'es ma lionne !

Elle me regarde, une nouvelle larme courageuse saute dans le vide. Elle ne dit rien mais ses rétines disent ce qu'il faut. Un silence se fait, je l'attrape et me laisse tomber en arrière en l'entraînant avec moi. On verra plus tard pour la bouffe. On verra demain pour le nom. Sa joue se pose sur mon torse, ma main finit dans ses cheveux que je caresse doucement. Peut-être que c'est juste ça, être amoureux : n'être jamais sûr de rien, flipper pour un oui ou pour un non, essayer de lire dans des regards et avoir un besoin insatiable de l'autre.

Je crois que je ne suis pas prêt pour ça mais on dirait que je n'ai pas le choix. Sans le vouloir, la lionne dicte sa loi : être sans elle, une torture, être avec elle, une torture aussi. Alors autant être avec elle, quitte à en chier.

Même si je savoure l’instant, je ne serai serein que lorsque j’aurai éclaté le type qui l’a rendue comme ça. Et si je dois me faire toute l’équipe de base-ball pour ça, je le ferai.

CHAPITRE 38

Ils sont tous dans la salle à manger quand on se pointe avec Elena. Le gamin blablate tout seul et les parents l'écoutent. Je n'ai pas réussi à expliquer à ma lionne que ne pas manger n'allait pas résoudre son problème et qu'un de mes principes de base pour la survie, c'est de vaincre le mal par le mal ; mais même sans mes mots, elle m'a suivi.

Elle s'installe en face de moi et je prends place à côté du gamin.

En cours de repas, les discussions vont bon train. Elena et sa mère expliquent le malaise plus tôt dans la journée et le père me remercie. Je lui fous un vent, je n'ai pas envie de faire semblant d'être aimable. Ce qui se passe avec Elena, il en est aussi responsable : un truc de malade arrive à sa fille, sous son nez, dans son lycée, et lui, il la laisse s'en tirer sans explication ?

– Demain vous ne commencez qu'à midi, non ? demande soudain la mère.

Peut-être. Rien à foutre de ce genre de trucs de mon côté. Ma lionne acquiesce d'un signe de tête.

– Parfait, alors le matin, vous pourrez aller faire les boutiques pour vous trouver des tenues pour Thanksgiving, elle lance à sa fille.

Euh, j'ai bien entendu « boutiques », « tenues » et « Thanksgiving » dans la même phrase ?

Ma lionne relève la tête de son assiette de la même façon que moi, c'est-à-dire avec un regard qui dit « Oh non, tout sauf ça ! ». *Et, au passage, c'est moi où ils font comme si tout allait bien et qu'ils ne m'avaient pas entendu hurler sur leur fille ?*

– J'ai hâte de vous voir tous les deux sur votre trente et un, ajoute-t-elle avec un petit rire.

Bordel. Moi vivant, jamais.

– Teagan, je compte sur toi pour faire acheter à Elena une tenue à sa taille.

Le lapin que je suis la voit déjà avec le cul moulé dans une robe. Je suis obligé de brider mon imagination pour éviter de bander et de lui faire peur.

Je regarde ma lionne avec un sourire en coin. Je la sens bouillir, c'est limite si de la vapeur ne sort pas de ses oreilles.

– Et Elena, je te fais confiance pour que Teagan porte autre chose que ses jeans troués.

Quoi ? Non. Non. Non.

Mon sourire explose en petits morceaux et part directement se coller sur la bouche de ma lionne. La vapeur s'inverse, pour le coup. J'ai comme l'impression qu'elle va se donner pour mission de m'habiller comme un pingouin. Hors de question que je me laisse faire, j'ai déjà mis une chemise blanche quand je suis arrivé ici, ça suffit. Et puis, il n'y a que Solis qui a ce pouvoir sur moi. Un regard vert me toise. Je peux lire d'ici qu'Elena ne me lâchera pas avant d'arriver à ses fins.

Je fuis la table pour ne pas débarrasser et je me retrouve dans la chambre de la lionne. Elle n'a pas fermé sa porte, je peux donc m'affaler sur son lit sans souci. J'allume la télé en l'attendant.

* * *

Je pousse la porte de la cuisine. Je n'aime pas cette maison, ça pue toujours. Le père, monsieur Milers, il fume et il boit. Il m'a dit que si je le disais à Nathalie, il me ferait comme il fait à Tristan. Je ne sais pas vraiment ce que ça veut dire, mais j'entends Tristan pleurer la nuit. La mère n'est pas très gentille non plus, mais c'est moins pire que les autres.

– Qu'est-ce que tu veux ? elle demande quand je m'approche.

Elle fume une cigarette qui pue. J'aimerais bien manger mais je n'ose pas trop demander. J'ai souvent faim mais ils me disent toujours qu'on mange pas entre les repas. À l'orphelinat, on mangeait le midi, mais pas ici. Ils disent que je mange trop et qu'ils veulent pas que je sois gros.

– Oh ! J'ai pas tout mon temps, alors parle !

– Euh... Je... je voudrais... appeler ma maman... Euh, Nathalie, je dis.

La dame me regarde avec un visage méchant.

– Quoi ? T'as rien oublié ?

– S... S'il... v... vous plaît.

J'avais encore oublié. L'autre jour, elle m'a obligé à rester dehors dans le froid parce que je l'avais pas dit. Tristan s'est moqué de moi quand je suis rentré en pleurant.

– Pourquoi tu veux l'appeler, celle-là ?

J'essaie de la regarder dans les yeux, mais j'y arrive pas.

– Elle... elle me m... m... manque.

Elle se met à rire et elle dit non.

– Dégage. T'as pas de raison de l'appeler.

Je m'en vais vite pour cacher que je pleure encore.

* * *

« CLAC »

Cinq...

Je sursaute à chaque fois que le bruit résonne. Je compte les coups, je sais pas pourquoi.

– Ta mère t'avait prévenu, branleur !

Je ferme fort mes yeux et mes mains bouchent mes oreilles, mais j'entends toujours Tristan qui crie quand la ceinture frappe.

– NON ! Je voulais pas, papa ! Arrête.

– LA FERME.

Moi aussi, je pleure. Je veux partir d'ici, mais ils ferment tout avec leurs clés et j'ai plus le droit d'appeler Nathalie. J'ai entendu la mère de Tristan au téléphone l'autre jour, elle a dit à Nathalie que je voulais pas lui parler, que j'étais trop occupé à jouer. Ce n'est pas vrai. Je joue pas, ici.

« CLAC ! »
Six…

– Aïe. Papa...

– LA FERME, J'AI DIT !

La grosse voix du père me fait peur. Pourquoi Nathalie me laisse ici ? Elle avait dit que ça serait mieux qu'à l'orphelinat... Pourquoi elle ne vient jamais me voir ? Elle ne m'aime pas ?

« CLAC ! »
Sept...

Je suis en boule à côté de mon lit. J'ai froid et j'ai faim. Il n'y avait pas à manger pour nous ce soir. Alors Tristan est allé dans la cuisine, il est revenu avec des gâteaux, il a tout mangé devant moi sans m'en donner.

J'ai mal au ventre et mon nez arrête pas de couler.

Il a dit que j'allais mourir. J'ai dit que son père allait le taper pour les gâteaux. Je voulais pas dire ça. J'ai pas voulu que ce soit vrai.

« CLAC ! »
Huit…

Il crie encore plus fort, et moi, je pleure. Le père n'a jamais fait ça sur moi. Mais ça me fait tellement peur que j'obéis toujours. Tristan, lui, il écoute jamais.

– Dans ta chambre !

« CLAC ! »
Neuf…

* * *

J'ouvre les yeux brusquement. Un frisson d'horreur me parcourt, j'entends encore la ceinture claquer sur le dos de Tristan. Je passe mes mains sur mes joues pour virer ces putains de larmes et, comme à chaque fois, elles tremblent.

J'avais oublié ce qu'il se passait chez les Milers. Le père était vraiment un gros enculé. Je comprends maintenant pourquoi j'ai occulté la moitié des trucs qui se sont passés chez eux. Solis m'a toujours dit de l'appeler si un truc me revenait, mais vu l'état de notre entente, je laisse tomber l'idée.

Je me redresse dans le lit.

– Teag ? Ça va ?

Je sursaute en me tournant vers la voix. *Ah ! C'est Elena, quel con !* Elle est debout à la porte, je la regarde à peine. Je suis dans sa chambre.

J'ai dormi là ? Dans son lit ? J'ai dû sombrer devant la télé sans m'en rendre compte. Pourquoi n'a-t-elle pas dormi avec moi ?

Elle vient vers moi tandis que je me lève. Il me faut une clope. J'avance avec l'intention de seulement la croiser mais elle pose ses mains sur mon torse. Son contact m'électrise mais j'ai absolument besoin de nicotine au plus vite.

Rapidement, je la pousse et je sors de sa chambre. Je traverse la salle de bain et, en moins de temps qu'il ne faut pour le dire, je suis en train de me peler le cul sur la terrasse et j'allume ma cigarette.

Le goût m'écœure mais ça m'apaise, un peu. Je n'entends plus Elena, je crois qu'elle est descendue. Je n'ai aucune envie d'aller en cours et encore moins d'aller faire les boutiques. La journée commence mal.

« CLAC ! »

Eh merde, j'ai sauté sur place et fait tomber ma clope. La porte-fenêtre, poussée par le vent, claque une nouvelle fois. *Calme-toi, mec.*

Je ramasse ma cigarette en tremblant. Cette fois, ce n'est pas de rage ou de peur d'une ceinture, non, juste de froid. Il caille, même avec ce timide soleil.

Je finis par rentrer, je prends une douche aussi rapidement que mon état le permet et je descends au rez-de-chaussée. J'ai faim. Je prends la direction de la cuisine, où je trouve la mère et Elena en pleine discussion. Quand j'entre, un silence se fait.

Je ne relève pas la tête et je vais directement au frigo.

– Thé, pancakes ? me demande la mère avant que j'arrive au but.

Sur l'îlot, tout est déjà prêt. *J'adore cette femme.*

Je vais poser mon cul à l'opposé d'Elena, mes doigts tatoués enserrent la tasse chaude et l'odeur des pancakes me donne l'eau à la bouche.

– Et je pensais qu'on aurait pu aller manger dehors avant les cours, maman, tu peux nous donner un peu plus ? demande Elena.

– D'accord, mais ne soyez pas en retard au lycée. Et Teagan, Chev demande si tu peux aller le récupérer à l'école demain soir, comme tu finis avant Elena…

Je ne réponds pas. *Depuis quand ils m'impliquent dans l'organisation de la famille ?* Je n'aime pas ça.

Un silence se fait, plutôt long et lourd. Le genre de truc qui n'aide pas les pauvres types comme moi.

– Réponds, lâche sèchement Elena après un instant.

Je lève les yeux vers elle sans bouger. Elle me fixe salement. Je fais pareil.

– Tu vas aller le chercher ou pas ? insiste-t-elle.

Je baisse les yeux sur ma tasse.

Ce matin, je n'y arrive pas. Communiquer, c'est trop me demander. Ce cauchemar merdique rôde encore en moi et je pourrais éclater la Terre entière juste pour que cette peur me quitte.

Elena, qui ne comprend rien, soupire.

– Laisse tomber, maman, j'irai chercher Chev. Tu le mettras un peu à l'étude en attendant que j'arrive.

– Bien.

La mère a l'air vénère, c'est bien la première fois.

– Je vais faire chauffer la voiture. Active-toi, ça fait déjà une heure que je t'attends, me fait-elle.

Elle disparaît et j'entends la porte d'entrée claquer. Je pousse la tasse plus loin pour me frotter le visage. *Allez, mec, tu peux le faire : oublie cette nuit, oublie cette enfance et oublie ta haine pour cette vie.*

– Ça va ? demande timidement la mère.

Je ne réponds pas. Je prends plusieurs pancakes en me levant.

– Attends, je vais te les mettre dans un sachet, me coupe-t-elle.

Je m'arrête, mais sans la regarder. Je ne peux pas, tout m'agresse aujourd'hui. Rêver des Milers, c'est bien plus violent que j'aurais pu l'imaginer. Je ferais peut-être mieux d'appeler Solis. Non, je vais devoir assumer le connard que je suis et je ne peux pas faire ça.

– Tiens. Et je ne t'en veux pas pour Chev… On a tous nos jours avec et nos jours sans, c'est humain.

Je prends le sachet qu'elle me tend et je me casse.

Dans la voiture, ma lionne met de la musique mais ne me décroche pas un mot. Tant mieux, je ne suis pas d'humeur.

Je finis mon déjeuner et elle se gare, coupe le moteur et descend. *Eh merde, on est devant un gros centre commercial. Je n'avais pas besoin de ça aujourd'hui.*

Je quitte la caisse et la rejoins alors que la fermeture centralisée résonne.

On entre dans l'enfer pour moi : il y a des gens partout qui me matent de travers et des vigiles qui vont me suivre à la trace. *Eh merde, j'aurais dû me fumer une clope avant d'entrer.*

Trop tard, ma lionne file dans une boutique. Je la suis à reculons. Le type à l'entrée me toise salement, je lui rends son regard. *Oh ! Connard, ça se voit sur ma gueule que je n'ai aucune envie d'être là, alors fais un effort et fous-moi la paix !*

Je suis mon bourreau de lionne au travers des rayons. Il y a des fringues pour nana partout, des trucs drôlement moches. *On est où ? Dans une boutique pour vieille grosse ? Tout est à chier.*

Elena s'arrête dans un rayon, fouille et sort une espèce de robe marron. *Pouah. Dégueulasse !*

On échange un regard.

– Quoi ? demande-t-elle, sur la défensive.

– C'est moche.

Elle ouvre la bouche au son de ma voix.

– T'es sérieux ? Tu fais la gueule depuis que tu es debout et la seule fois où tu me parles, c'est pour me sortir ça ?

Je la fixe sans répondre. Elle soupire de rage.

– Je vais prendre celle-ci, ça ira très bien.

Elle me passe devant en direction de la caisse. *Putain, si elle porte ça, je n'aurai plus jamais envie d'elle, c'est immonde !* Je la rattrape, lui arrache cette daube de la main que j'accroche au premier truc venu et j'oblige ma lionne à sortir d'ici.

– Mais qu'est-ce que tu fous ?

Je sauve ta fierté, ma belle. Tu peux porter un truc pareil que pour ton propre enterrement.

Une fois dehors, elle me pousse avec sa toute petite force. J'en lâche un sourire. Je crois que je viens de trouver une raison qui me donne envie de subir cette journée : faire chier ma lionne qui part au quart de tour.

– Et ça te fait rire ? Tu sais quoi, on va commencer par toi, on verra si tu te marres toujours autant.

Oups.

La seconde suivante, elle m'attrape par la main et me tire après elle dans le centre commercial. Après trois minutes et deux escalators, elle me lâche enfin. Mais elle le fait si brusquement que je relève la tête dans la même direction qu'elle. Là, juste en face de nous, trois gros connards nous matent en riant. Trois gros connards qui portent des blousons de l'équipe de base-ball du lycée.

Mon sang ne fait qu'un tour. Et si LE type était l'un d'eux ? J'avance dans leur direction mais

Elena m'arrête net en se foutant sur mon chemin. Elle me pousse et m'empêche d'avancer.

– Non… Teagan, on s'en fout.

Je m'apprête à la dégager de mon passage mais le regard suppliant qu'elle me lance m'arrête.

Je les montre d'un coup de menton. Elle comprend.

– Non, il est pas là. Laisse tomber, s'il te plaît. Pas ici, couine-t-elle.

Les trois bouffons nous matent encore avec un sourire irrespectueux aux lèvres. Vu les têtes de nœud qui composent cette équipe, je vais devoir tous me les faire pour qu'aucun ne pose plus son regard sur ma nana comme maintenant.

Je passe un bras autour de ses épaules et je l'embarque avec moi en les fixant salement. Ces connards sous-estiment ma menace silencieuse. *Il faut que je pense à envoyer un message à Benito, il se fera un plaisir de m'aider.* Je dépose un baiser sur la tempe de ma lionne.

On disparaît dans une boutique pour mec. Le présent me rattrape d'un coup : cette odeur de neuf, ces vendeurs qui minaudent et ce vigile qui est déjà derrière moi… *Fait chier.*

– Bon, ma mère a dit un costume… soupire Elena.

Hors de question. C'est mort, je refuse.

La seconde suivante, mon félin se faufile entre les rayons et ne me laisse d'autre choix que de la suivre. J'avance et, du coin de l'œil, j'aperçois les trois débiles qui entrent à leur tour. J'imagine qu'ils ne viennent pas acheter un costume de pingouin.

Je retrouve ma lionne qui me tend une chemise bleu clair.

– Pour aller avec tes yeux, me dit-elle.

J'en lâche un rire. *Quelle connerie !* Elle se marre aussi.

– Blanc alors ? ajoute-t-elle.

Pour aller avec quoi ? Mes dents ? Je fais non de la tête.

– Bon bah gris, alors ? Tes yeux sont gris parfois, insiste-t-elle.

Je lève la tête vers le plafond en soupirant.

– Raah ! T'es chiant, il te faut au moins une chemise, parce que j'ai bien compris que le costume, c'était pas la peine…

Voilà, elle a compris. Mes mains frappent mes cuisses de soulagement.

– Mais tu veux pas en essayer un quand même ? Juste pour voir ce que ça donne.

– Jamais !

Cette fois, le mot est sorti tout seul. Elle me fusille du regard.

– Putain, mais quel casse-co…

Elle s'arrête et son regard se perd par-dessus mon épaule. Elle referme la bouche et son visage passe d'un « Il me fait chier » à un « Je veux fuir ». Je tourne la tête et découvre les trois cons en train de rire un peu plus loin avec Sophie.

– Oh non, pas cette conne… On va ailleurs, dit Elena.

Elle m'attrape la main, mais trop tard, l'un des trois cons fait un signe de tête vers nous et Sophie ouvre de grands yeux surpris avant de nous rejoindre. Les trois blaireaux la suivent de près.

– Hey ! Mais qu'est-ce que vous faites ici ? nous demande Sophie.

– Teag… cherche euh… Pour Tanksgiving… Et toi ? demande Elena.

– Je te parle pas à toi, coupe la copine.

Cette conne espérait sûrement jeter un froid mais elle vient de me faire bouillir d'un coup.

– Tiens, mais c'est Hills… dit l'un des molosses qui suivent Sophie.

Ils pourraient lui renifler le cul comme des chiens sans que ça me surprenne.

Ma lionne se raidit et son visage perd toutes ses couleurs. *Je vais les défoncer.* Le regard qu'ils posent sur elle me dégoûte au plus profond de mon âme. J'en ai presque la gerbe.

J'ai la haine, et comme aucun mot ne sortira de ma bouche, pour me faire comprendre je vais devoir cogner.

– Alors, Teag ? Tu vas t'acheter un costume ? me demande Sophie.

Je tourne les yeux vers elle sans lui répondre et j'attrape la main d'Elena sous son regard vénère. Cette conne ne veut décidément pas comprendre qu'elle ne m'intéresse pas. Elle fronce les sourcils et je reçois un coup dans l'épaule.

– Oh ! Réponds-lui, le tatoué ! lance un des trois débiles.

Je ferme les yeux en inspirant.

– Teag, on s'en va, c'est pas grave, chuchote ma lionne.

Oh que si, c'est grave ! Si je le laisse en paix, c'est comme si je pissais sur ma fierté. Pas moyen que je laisse ce connard me rabaisser comme ça. C'est fini, ce temps-là.

– Ah non, c'est vrai… Monsieur est muet. Hein, Sophie, c'est ça ? Muet et orphelin, en plus, ajoute-t-il en poussant encore.

Il n'a pas terminé sa phrase que ma jambe est dans les siennes et mon poing en route pour sa tronche tandis que l'autre main lui agrippe le col avec force.

– Oh ! Stop !

Du coin de l'œil, je vois le vigile arriver en courant entre les rayons de costards. Je lâche tout, le type n'arrive pas à se rattraper et touche le sol avant de se redresser rapidement pour me faire face avec un air de dominant à deux balles. Il remet son blouson de merde en place.

– Dehors, vous tous ! lance l'agent de sécurité en nous séparant.

Je percute un rayon de chemises et me redresse sans quitter l'autre con des yeux. J'attrape la main de ma lionne.

– T'es un rapide, toi, hein, ricane celui qui a fini au sol. On va se revoir, toi et moi.

Je lâche un rire qui semble bien lui foutre les nerfs et je me casse avec une Elena tremblante.

À peine sortie du magasin, elle m'embrouille en pleurant.

– Mais t'es vraiment débile ou quoi ? Et si le vigile avait appelé les flics ?

– Panique pas, putain ! C'est rien, ça. Et je veux d'abord buter le bon mec avant de me retrouver en taule ! je réplique d'une traite.

Elle fronce les sourcils et essuie des larmes d'un revers de manche.

– Et chiale pas, leur montre pas que t'es faible, ma lionne, j'ajoute.

Cette fois, elle me fusille du regard.

– J'aime vraiment mieux quand tu la fermes ! réplique-t-elle. Et je suis pas faible !

Je me marre, on croirait entendre Solis. Je m'approche d'elle et pose mes mains sur ses joues.

– Oh ! Que si, tu es faible.

Elle me pousse avec sa petite force.

– Pauvre con, crache-t-elle.

– En tout cas, t'as un faible pour m… moi…

– Mais ferme-la, le Muet !

J'explose de rire, rien de mieux pour faire retomber la pression. Elle fait sa lionne vénère encore quelques secondes et elle finit par soupirer en souriant.

– Y a que toi pour me faire dire un truc aussi improbable, dit-elle. Bon, allez, maman va nous tuer si on revient sans rien.

Elle prend ma main. Je n'ai pas envie de faire les boutiques. J'en avais déjà pas envie ce matin, mais là, c'est encore pire.

Je tire sur la prise qui me relie à elle et je la serre dans mes bras. Peut-être qu'avec un peu de tendresse elle oubliera qu'on doit se saper comme des bouffons.

Elle soupire de bien-être contre moi. Je souris et, je ne sais pas pourquoi, je relève les yeux droits devant moi. De l'autre côté de l'espèce de balcon qui donne sur l'étage inférieur, je vois Sophie en train de nous mater comme un pervers et, à côté d'elle, les trois types. Celui que j'ai mis par terre passe son pouce sur sa gorge en me fixant. *Quel crétin. Il ne me fait pas peur une seconde.*

Je lève une main et je mime, en l'associant avec ma bouche, un geste clair et concis. En gros, « Suce-moi, abruti ».

Ses yeux se posent sur le dos de ma lionne qui relève la tête vers moi sans me lâcher.

– Qu'est-ce que tu fais ? demande-t-elle.

– Rien. Je kiffe avec ma lionne…

Elle me sourit et grimpe sur la pointe des pieds pour m'embrasser sans même se rendre compte qu'on a du public. Je les emmerde, tous. Y compris Sophie. Surtout Sophie.

Quand je rouvre les yeux, un type les a rejoints, sûrement le mec de la conne de copine. J'embarque ma lionne plus loin avec un bras sur ses épaules.

– Tu m'as toujours pas expliqué ton délire de lionne, au fait, dit-elle.

Ah merde, c'est vrai.

– C'est… c'est… la pr… première f… fois que je t'ai vue…

Et voilà, dès que je dois parler d'un truc plus profond ou qui me stresse, ça ne sort plus. *Fait chier.*

Elena ne dit rien, elle passe un bras dans mon dos et se serre plus fort contre moi en marchant.

CHAPITRE 39

On fait le tour de quelques boutiques sans entrer. Rien ne la tente, moi pareil. On insiste bêtement, on ferait mieux d'aller se jeter dans le lit devant un bon film.

– Bon, on dira à ma mère qu'on n'a rien trouvé, j'en ai marre, lâche-t-elle.

Ah merci, enfin ! J'attendais avec impatience ce moment-là. Il me faut vite une clope.

– Sophie sera là avec son père en plus. Ça va être une soirée de merde de toute façon, termine-t-elle. Alors autant qu'on y aille habillés comme des ploucs.

Quoi ? Je m'arrête net, l'obligeant à en faire de même. Je secoue la tête. *Non, non…*

– Hein ? Pourquoi non ? Si si, ça va être une soirée de merde, crois-moi, insiste-t-elle.

Alors raison de plus pour bien lui mettre les nerfs, à cette conne de Sophie.

– Il te faut une robe, je lâche.

Elle m'observe et, quand elle semble comprendre le sens de ma pensée, elle se marre.

– Tu veux lui mettre les boules ? demande-t-elle.

– Grave.

Elle glousse et me lance un regard plein de paillettes.

– Ok. Mais il te faut un costume alors. Tu auras tellement la classe…

– Pas avec ma gueule.

Elle glousse encore et saute sur place comme une gamine.

– Nan, mais tu rigoles, tu vas être trop beau, Teag !

Je me marre et je l'imite. Elle comprend que je me fous d'elle et me pousse.

– Oh, toi aussi tu vas être trop belle, Elena !

– Pff… Arrête de te foutre de moi. Allez, viens, termine-t-elle.

* * *

– Bon app… me dit-elle.

– Bon app, bébé, je réponds, la bouche pleine.

Elle tourne la tête vers moi avec un regard écœuré. On est de retour dans la voiture, on a trouvé nos tenues. Elle va être magnifique. Elle m'a laissé choisir la robe et je l'ai obligée à essayer. Elle l'avait prise quatre fois trop grande. Quand je l'ai vu sortir de la cabine dans la bonne taille, j'ai bandé instantanément. Heureusement, un rayon cachait le bas de mon corps.

Elle m'a ensuite forcé à essayer plusieurs costumes. Son visage a pris une teinte plus rosée sur le dernier et elle a lâché un truc du genre « C'est celui-ci qu'il te faut », mais avec plein de cafouillages incontrôlés. Je lui fais confiance. Enfin, je fais confiance à ses joues, plutôt. Ça avait l'air de vraiment lui plaire.

On est garés devant le lycée, le sac en papier d'un fast-food traîne à mes pieds. J'ai rarement eu aussi faim. Le shopping, ça creuse. Elena ne voulait rien prendre, mais je l'ai forcée. Elle grignote des nuggets.

– C'était cool ce matin, non ? Si on oublie les types et Sophie, me dit-elle après un moment.

– Mmh… Nan, c'était ça, le plus cool, je réplique, des frites plein la bouche.

Elle soupire.

– Taré… marmonne-t-elle avant d'enfourner une de mes frites.

Je me marre et relève les yeux. Devant nous, une jolie BMW se gare. Ou elle sort du lavage, ou elle est plus que neuve. Le conducteur en sort un instant plus tard. Sophie ! *Eh bien, son père a été rapide.*

– Pff… Je ne peux plus la voir, c'est officiel, lâche Elena à côté de moi.

– Pas mal, sa caisse…

Je sors mon portable de ma poche, je la prends en photo.

– Qu'est-ce que tu fais ? me coupe ma lionne.

– Mmh, rien.

J'envoie le cliché à Benito avec pour légende :

Ta meuf a une nouvelle caisse, mon gros.

Il me répond un instant plus tard :

On partage tt elle et moi, elle le sait juste pas encore.

J'explose de rire. Elena se penche pour lire et ouvre la bouche.

– Non… Vous allez pas…

– Pas moi, lui, je coupe.

Elle explose de rire. *J'adore la voir comme ça.*

– Je vous kiffe tous les deux.

J'envoie mon regard dans le sien en fronçant les sourcils.

– Oui, enfin… toi plus que lui, détends-toi, putain, marmonne-t-elle.

* * *

Le cours est un calvaire. Je mate Elena qui est assise loin devant moi : je détaille le mouvement de ses cheveux et je la dessine. Elle se retourne plusieurs fois comme pour vérifier que je suis toujours là. Je lui fais un clin d'œil, puis, la fois suivante, je tire la langue. Elle retient un rire et, à la sixième fois, je lui lève mon majeur sous le nez. Elle ricane et se fait embrouiller par la prof.

Soudain, un papier froissé en boule atterrit sur ma table. *Qui a envoyé ça ?*

Je déplie et je lis :

« Tout le lycée dit qu'Elena et toi vous vivez déjà ensemble… C'est vrai ? »

Non, mais sérieux, qui a envoyé ça ? Je capte le regard d'une meuf sur moi : la gothique. *Tiens, je l'avais oubliée, elle. Et qu'est-ce que ça peut lui foutre ?*

Je ne réponds pas, elle me lance quelques regards en biais mais n'insiste pas.

La sonnerie de la fin du cours retentit dans tout le lycée. La gothique se lève, moi aussi. À mon grand étonnement, elle se pointe sous mon nez.

– Moi, je m'en fous… me dit-elle. Mais cette meuf a une sale réputation, elle s'est envoyé toute l'équipe de base-ball des dernières années cet été.

Putain, elle est dingue, cette nana. J'approche mais elle me bloque le passage.

– Vous, les mecs, vous kiffez que les salopes comme elle, les nanas qui ouvrent tout de suite les cuisses… crache-t-elle, dépitée.

C'est plus fort que moi, mon corps réagit avant que ma conscience ne percute et me stoppe. La gothique est déjà coincée contre le mur et mon nez est vers son oreille.

– Insulte-la encore une seule putain de fois et je te refais le portrait, pouffiasse.

Les mots sont sortis de façon naturelle. Pourtant, j'ai la rage comme pas permis, mais on dirait que pour ma lionne, rien ne m'arrête.

– Teag ?

Merde, Elena approche justement. Je lâche la gothique, non sans l'envoyer dans le mur au passage. Elle fuit en courant.

– Tu faisais quoi ? demande ma lionne.

Je hausse les épaules. *Rien, je ne faisais rien.* Elle me fusille du regard.

– Comment ça ?

Elle m'imite.

– R… rien, je lâche.

– Allez, dehors, vous deux ! lance la prof qui, heureusement pour moi, n'a rien vu de la scène précédente.

La salle est vide. Elena me toise de haut en bas et se casse. Je la suis. *Est-ce qu'elle a cru que j'étais en train de rouler une pelle à la gothique ? Pourquoi elle est vénère comme ça ?*

Dans le couloir, elle marche devant moi. *Bon, elle fait la tronche, super.* La journée semble vouloir finir comme elle a démarré.

J'ignore sa petite crise, je n'ai rien à me reprocher. Très vite, on se retrouve dans une autre salle de classe. Elena s'installe et je me mets à côté d'elle. Le cours est chiant à mourir. Je griffonne sur mon cahier en essayant d'ignorer le fait que ma lionne soit une foutue jalouse et qu'elle me fasse la gueule. Mais le lapin qui se cache en moi en décide autrement et je me retrouve à dessiner une scène où je suis à genoux pour m'excuser et où je porte de grandes oreilles, et elle, des griffes acérées.

Je lui glisse la feuille sous le nez. Elle fixe le tableau en faisant exprès de m'ignorer, puis elle finit par regarder. Elle pouffe de rire sans pouvoir se contrôler. Le prof la regarde, elle s'excuse et fait mine de tousser. Elle griffonne un truc sur mon œuvre et me le passe. Je baisse les yeux dessus : elle a dessiné des larmes sous ses yeux.

Je fronce les sourcils, je n'aime pas la voir pleurer. J'écris ce qui s'est passé avec la gothique, pour qu'il n'y ait aucun malentendu, et je lui refile le bébé. Elle regarde, ne réagit pas et ne me rend pas la feuille.

J'abandonne. Je ne peux pas faire plus.

* * *

Je n'ai pas fumé aujourd'hui. J'attrape mon paquet de clopes et j'en allume vite une. Elena est au pied du lit dans ma piaule, en train de réviser, et moi, je suis affalé derrière elle en train de mater la télé.

– Ah ! Ça pue, râle-t-elle.

Je lui gratte le dos avec mon pied. Elle tourne la tête avec un sourire et, quand elle se rend compte que c'est mon pied, elle affiche une tête dégoûtée.

– Oh ! T'es crade ! Et va prendre une douche, tu pues des pieds !

Je me mets à rire. Ce n'est pas vrai, les lapins ne sentent pas des pieds. J'attrape mon portable et je lui envoie un message.

Viens avec moi.

Elle le reçoit.

– Je suis déjà avec toi, là. Tu perds la boule.

Mmh, elle n'a pas compris. Je renvoie un message.

Viens avec moi sous la douche !

Elle baisse les yeux sur son écran quand ça sonne. Je la vois rougir furieusement. J'adore. Ça m'envoie un courant électrique dans la seconde. Mon portable vibre.

Non.

Eh merde. Ça a au moins le mérite d'être clair. Je soupire, elle m'a entendu mais m'ignore.

Prends un bain avec moi alors…

Rebelote, elle rougit. Cette fois, elle ne me répond carrément plus. Ça m'excite autant que ça m'énerve. Je ne lâche pas l'affaire :

Juste toi et moi, sans ma queue, je te le jure. Et dans l'eau je ne te verrai pas, si c'est ça qui t'inquiète. Juste un bain, rien d'autre. C'est comme dormir mais dans l'eau, non ?

Elle lit et reste sans bouger mais ne me répond pas.

Allez, ma lionne, je veux que tu me frottes les pieds !

Elle se marre un peu mais toujours pas de réponse. Je me redresse et m'approche d'elle. Sa nuque s'offre à moi. Doucement, je viens déposer mes lèvres sur sa peau douce. Elle se fige, se raidit et je vois la chair de poule courir partout sur elle. Une main sur sa joue opposée, je dépose mes lèvres partout où je peux. J'entends son souffle devenir plus irrégulier, ses doigts se crispent sur son stylo et sa bouche s'entrouvre. Elle se lèche les lèvres quand je lui tourne la tête pour l'embrasser.

– S'il te plaît…

Me voilà en train de supplier pour un bain.

– Prends un bain avec moi, bébé…

Elle sourit, sa main vient se poser sur mon crâne et agrippe mes cheveux. Elle se tourne un peu pour m'embrasser. Très vite, sa langue vient prendre la mienne. *Bordel, que c'est bon.* Je dois même la freiner un peu. *Doucement, ma belle, ma queue n'en peut déjà plus.*

Ma lionne recule un peu pour me regarder. *Heureusement que je suis à plat ventre…*

– Tu vas me voir nue et je veux pas, me dit-elle.

– Tu vas me voir à poil et je suis 100 % partant, je réplique.

Elle rit mais sans vraiment trouver ça drôle, j'en suis certain.

– Juste un bain ? demande-t-elle timidement.

J'essaie de capter son regard mais elle m'évite. Une lionne timide, on aura tout vu.

– Oui, juste un bain, mais ne m'embrasse plus comme ça, sinon ma queue va s'inviter entre nous. Je ne la contrôle pas bien en ta présence…

Elle rougit de plus belle mais explose vraiment de rire, cette fois. *Alors ce qui la fait marrer, c'est me torturer ?* J'adore cette nana.

* * *

Je vis le repas le plus long du monde. Elena m'a promis qu'on prendrait un bain tous les deux ce soir, quand tout le monde sera au lit. Les secondes semblent durer des heures.

Elle est assise en face de moi et me lance des regards amusés. Ma queue monte et descend comme un ascenseur au fil de ses œillades. J'ai envie d'elle, mais pas comme j'ai eu envie des autres avant. Non, elle, je veux la voir gémir grâce à moi, je veux la sentir se contracter, je veux être en elle et voir ses pupilles se dilater. *Oh ! Stop, mec, tu n'es pas près d'accéder à ce niveau du jeu.* Coucher avec Elena, c'est comme atteindre le boss final d'un jeu vidéo, il y a des étapes avant et j'ai peur de manquer de vies. Cette nana va me bouffer avant la fin.

Les parents engagent la discussion pendant le repas. J'écoute sans plus. Le seul truc que j'ai en tête, c'est l'eau, la baignoire et Elena. Et lorsque enfin l'heure de monter arrive, le père me grille à esquiver l'étape du débarrassage. Fait chier.

J'aide à ma façon – vite fait, mal fait, comme dit Solis – et je me casse en haut.

Où est ma lionne ? Déjà à m'attendre dans l'eau chaude ?

Quand j'arrive dans la salle de bain, il n'y a personne. Je vais dans sa chambre, vide. Puis je reçois un message :

J'arrive tout de suite... Attends-moi !

Ok. J'attends.

* * *

La maison est silencieuse. Bientôt deux heures que j'attends en tournant en rond et en fumant clope sur clope. Je me brosse les dents tout en me disant qu'Elena me l'a bien mise à l'envers. Ce qui n'est pas très étonnant de la part de ma lionne. Je vais aller me coucher, tant pis pour moi.

La vibration de mon portable que j'ai posé sur le bord du lavabo m'alerte.

Désolée... Maman a voulu parler, beaucoup. Bref. Fais couler l'eau, j'arrive...

Ça ne fait qu'un tour dans ma tête. Je crache le dentifrice dans le lavabo et je vais boucher la baignoire avant d'ouvrir le mitigeur sur très chaud, comme moi.

J'ajoute du gel douche. En quelques secondes, de la mousse se forme et commence à s'étendre partout.

Quand c'est assez rempli, je fais sauter mes fringues et j'entre dans l'eau fumante. De longues minutes passent, pas de lionne en vue. Personne.

Non, non, elle ne peut pas faire ça. Je veux prendre ce bain avec elle. Je me laisse glisser dans la baignoire. Je ne me souviens même pas du dernier bain que j'ai pris. J'appuie ma tête en arrière et je ferme les yeux en attendant qu'Elena arrive.

Un grincement me surprend un long instant plus tard. Ma lionne se pointe, toute timide, enroulée dans une grande serviette. Je ne vois que ses épaules et ses chevilles en sortir. Ses cheveux sont attachés en un chignon haut qui fait tressaillir ma queue. *Ok, on se calme !*

– Ferme les yeux… chuchote-t-elle.

Je me marre, mais j'obéis. Je repose la tête en arrière en souriant.

Je capte qu'elle éteint toutes les lumières de la pièce et je devine qu'elle se retrouve nue. À l'imaginer comme ça, juste à côté de moi, ma queue se remet à frétiller. J'essaie de me concentrer sur autre chose.

– Garde bien les yeux fermés !

– Mmh.

L'eau bouge. Mon esprit fait le reste : je la sens descendre doucement dans l'eau chaude en face de moi. Elle touche mes jambes, que je pousse, puis elle s'immobilise.

– C’est bon ? je demande.
– Non, attends.
– Elena… je grogne.
– C’est bon. Mais me regarde pas trop, ok ?
– Promis.

J’ouvre les yeux. Une lumière diffuse provient de sa chambre dont la porte est restée ouverte. Je redresse la tête vers elle. Je vois seulement ses épaules et son regard mal à l’aise. *Elle est belle…* Je ne distingue pas grand-chose, mais je devine. Je crois que c’est encore mieux. Je me redresse pour lui laisser plus de place. Chacun est assis à un bout de la baignoire, le robinet entre nous.

Ses bras sont autour de sa poitrine. *Pourquoi elle fait ça ?*

– Arrête, c’est gênant, là, me coupe-t-elle.
– P… pardon.

Elle ricane doucement et un silence pesant se fait. *Elle est trop loin. Cette baignoire est trop grande. Je ne la touche même pas.*

Je joue avec la mousse, j’en balance sur elle.

– Ah non, ne mouille pas mes cheveux !

Elle force sur sa voix tout en chuchotant, je me marre et je recommence.

– Arrête ou je m’en vais !
– Oh non, je lâche. Viens…

Je tends une main vers elle. Elle fait non de la tête.

Bon, j’en ai marre ! J’avance d’un coup en faisant déborder la baignoire et j’attrape le premier truc qui passe, c’est sa cheville. Je tire et elle glisse vers moi sans rien pouvoir faire. Elle essaie de se retenir avec ses mains, mais dès qu'elles sont accessibles, je les attrape aussi. Avant même qu'elle n'ait eu le temps de dire ouf, elle est assise entre mes jambes, dos à moi, mais assez loin pour qu'elle ne me touche pas là où il ne faut pas.

– Teag, tu me fais peur, arrête ça, dit-elle.

Merde, j'y ai été un peu fort. Sa voix tremble. Je dépose un baiser dans son cou. J'aimerais m'excuser pour cette attaque, mais rien ne parvient à franchir mes lèvres.

Ses bras sont à nouveau autour de sa poitrine. J'aimerais simplement lui dire qu'elle est belle et qu'elle n'a pas à se cacher comme ça. Mais là aussi, je reste frustré et muet.

Je recule un peu pour qu'elle ne se rende pas compte que ma queue vient de s'inviter. *Le lapin est de retour, fait chier.* J'ai honte de bander, maintenant que je sais ce que ça peut lui évoquer.

Doucement, je lui frotte le dos. Il n'y a rien de sexuel dans mon geste, juste de la tendresse. Sa peau est douce. Plus aucun bleu ne la marque, même ceux que l'autre enfoiré a faits ont disparu.

Elle se détend, pas totalement, mais on avance. Dompter une lionne n'a jamais été simple, on se prend des coups de griffes avant de pouvoir l'approcher de près.

Je ne vois pas son visage mais j'espère qu'elle apprécie autant que moi ce moment simple.

– Teag ?

– Mmh ?

Merde, pourquoi j'ai la pression, d'un coup ? Son « Teag » était louche. J'attends sans arrêter de passer mes mains sur son dos, ses épaules, sa taille. Elle frissonne quand je descends trop bas, alors je remonte tout de suite.

– Promets-moi que tu ne feras rien de stupide, me dit-elle après un moment.

– Pour ?

Nouveau silence.

– Quand tu sauras qui c'est.

Mes mains s'arrêtent de bouger et elle bloque sa respiration une seconde avant de tourner un peu la tête vers moi.

– Je…

Eh merde, ça bloque à nouveau. Plein de trucs arrivent en même temps dans mon crâne. *Quand je saurai qui il est ? Est-ce que ça veut dire qu'elle va m'en parler ? Ou que je le connais ?*

Je ne réponds pas. Elle finit par me faire complètement face, ma queue s'est rendormie. Elle me parle de lui et je reviens au stade de gerbe et de dégoût. Ses bras cachent toujours sa poitrine, elle rive son regard au mien.

– Teagan, promets-le, s'il te plaît, insiste-t-elle.

Je fais non de la tête. Elle fronce les sourcils et nous revoilà en plein conflit d'intérêts : elle ne veut pas que j'aille en taule, et moi, je me fous bien des conséquences de mes actes tant que ce type paie. Elena ferme les yeux et lâche un soupire saccadé.

– T'es vraiment égoïste, murmure-t-elle, la tête baissée.

J'encaisse sans répondre.

– Tu comptes faire quoi ? interroge-t-elle en relevant des yeux pleins de larmes vers moi.

Je hausse les épaules en jouant avec la mousse entre nous.

– Je sais pas, tu préfères quoi ? Que je lui coupe la queue ? Ou que je l'oblige à me sucer devant tout le lycée ?

Elle pouffe de rire et ça déclenche le mien. L'eau bouge entre nous, son regard amusé me rassure. *Mais pourquoi j'ai sorti ça, moi ? J'ai de la chance qu'elle ne le prenne pas mal.*

Son rire se transforme en fou rire, puis en pleurs.

– Hé… Elena, pardon, excuse-moi, c'était c… c…, je m'affole soudain.

Je voudrais la prendre dans mes bras, mais je suis à poil, donc je me ravise.

– Con, termine-t-elle.

Un silence se fait. Je lui envoie une pichenette d'eau. Elle se détend un peu et me demande :

– C'est pour ça que tu ne parles pas ? Parce que tu bégayes parfois ?

Je me prends sa question comme un coup de fouet cinglant, je ne l'ai pas vue venir. Je fronce les sourcils. Elle passe d'un sujet à l'autre, foutue lionne.

– Mmh… Entre autres. Par… parfois, ça sort juste pas.

Elle me sourit gentiment. Je garde au fond de moi la vraie raison de mon mutisme : les Milers. Solis m'a dit qu'avant mon passage chez eux, je parlais normalement et à tout le monde, sans galérer, sans flipper de je-ne-sais-quoi. J'en ai qu'un vague souvenir. Les Milers ont tout anéanti. Je ne sais même plus comment ni quand je suis reparti de chez eux, mais je suis bien content de ne jamais les avoir revus. Si je savais au moins pourquoi c'est aussi difficile de lutter contre ce silence, peut-être que j'arriverais à parler plus avec ma lionne.

– J'aime bien que tu me parles à moi et pas aux autres, me confie-t-elle, justement.

Ses bras se décollent enfin de son corps, il était temps. Au travers de la mousse, j'aperçois les courbes de ses seins. Je meurs d'envie de poser mes mains dessus. *Juste les poser...* Rien que d'imaginer la sensation, un frisson me parcourt et éveille à nouveau mon entrejambe. Une vraie montagne russe, cette queue. Discrètement, je glisse mes mains dessus. *Manquerait plus qu'elle pointe le bout de son nez au travers de la mousse, Elena partirait en courant.*

Je me tasse dans l'eau pour éviter tout débordement.

– Qu'est-ce que tu fais ? me demande-t-elle en me toisant.

Merde, pas assez discret, mec !

– Rien.

Elle fronce les sourcils et, avec un sourire, souffle sur la mousse entre nous. Je reçois tout en plein visage. Je ferme les yeux mais je ne lâche pas ma queue qui semble apprécier ce genre d'action de la part de la lionne.

Quand je rouvre les yeux, Elena est rouge comme une foutue tomate et son regard est pointé vers mon entrejambe où il n'y a plus de mousse pour camoufler ma gaule. Juste mes mains qui cachent le principal. Je me redresse, l'instant ne peut pas être plus gênant.

– Désolé, je marmonne.

La mousse reprend doucement sa place. Elena regarde ailleurs, le visage toujours coloré de honte.

– C'est rien. Mais je t'ai pas embrassé, alors… murmure-t-elle.

– Je sais, excuse-moi, mais t'avoir juste là… c'est compliqué.

À ma grande surprise, elle se met à glousser.

– À ce point ? demande-t-elle.

Je lâche un sourire en coin et je fais oui de la tête.

– Je suis désolée… Et euh… Ça fait mal ?

– Mal ? Ouais et non, c'est fr… frustrant.

Elle se marre encore et je libère une main pour l'éclabousser. Elle me renvoie la pareille. Je vois un sein sortir de l'eau une brève seconde et ça m'achève.

– Ah ! Putain, Elena… Ne bouge plus… J'en peux plus.

– Je peux t'embrasser quand même ?

À tes risques et périls, ma lionne. Si tu me cherches, tu vas me trouver. Voilà ce que j'aurais dû lui dire, mais aucun son ne sort d'entre mes lèvres tant sa question me prend de court.

Sans attendre de réponse, elle s'approche, se retrouve entre mes jambes et vient prendre mon visage en coupe pour déposer ses lèvres sur les miennes.

Ma queue va exploser. J'écrase mes mains dessus, mais sa dureté me surprend moi-même. C'est officiel, face à Elena, je n'ai plus aucun contrôle sur rien.

Elle ne s'arrête pas là et monte d'un niveau en venant, avec sa timidité naturelle, chercher ma langue. Elle me mordille, un souffle m'échappe. Son front touche le mien.

– Arrête… je murmure. Je vais craquer, je te jure.

– Non.

Une vague de désir monte en moi comme un électrochoc. Je lâche tout pour lui attraper la taille, je la pousse à reculer et à s'allonger. En une seconde, je suis sur elle.

L'eau bouge dans tous les sens, si brusquement qu'une partie termine en claquant sur le sol. Ses bras sont contre mon torse, ma queue durcie contre elle, ses cuisses autour de mes hanches. *Respire, mec.*

Je n'ai jamais été aussi proche d'elle, aussi près du big boss.

Si je bouge d'un centimètre, je trouve le plaisir.

CHAPITRE 40

Son regard me donne beaucoup d'informations : de la peur, de la surprise, de l'insolence, du désir aussi. Mais surtout, un truc du genre « Putain, à quoi tu joues ? ». *Bah j'en sais trop rien, j'avoue avoir laissé ma queue me contrôler pendant une fraction de seconde.*

– Ça va ?

Pourquoi je demande ça ? Quel con ! Non, ça ne va pas, je viens de réagir comme un connard excité.

Ma lionne ne me quitte pas des yeux et sa tête bouge de haut en bas doucement. Alors, ça va ? Je fronce les sourcils. Elle ne bouge pas d'un cil. Moi non plus, mais ça n'empêche pas ma queue de palpiter contre elle si fort que je suis certain qu'elle la sent vibrer.

Elle resserre ses cuisses autour de ma taille quand elle se sent glisser dans l'eau, plaquant mon membre encore plus contre elle. Je suis obligé de fermer les yeux pour résister à l'envie de m'enfoncer dans le désir sans réfléchir.

– Non, ne bouge pas, je chuchote.

Je rouvre les yeux, elle me sourit, comme si d'un coup elle était pleine de confiance en elle, comme si d'un coup elle n'avait plus peur de moi ou de ce qu'elle déclenche en moi.

Elle bouge ses hanches, pas beaucoup, un tout petit roulement, mais c'est largement suffisant pour me tirer un gémissement. Elle semble contrôler chaque goutte de plaisir et d'excitation.

Elle recommence, je ferme les yeux en reprenant mon souffle et je l'entends glousser. *Elle se fout de moi ou je rêve ?*

– Elena, je te jure, arrête ça, je…

Elle bouge encore, plus intensément, plus sûre d'elle encore. Comme si elle savait exactement où bouger et comment. Je grogne, cette fois, et elle ne fait pas autant la maligne quand je resserre ma prise pour m'écraser contre elle.

Ses yeux se ferment, puis elle se mord la lèvre avant de s'arrêter de bouger en se contractant. Le plaisir naissant peut se lire sur son visage. Mon désir monte d'un cran, et cette fois, c'est moi qui bouge sur elle.

Ma queue passe sur son centre du plaisir de haut en bas. Elle resserre brusquement ses cuisses autour de moi, m'obligeant à rester collé contre elle. Si je descends à peine, j'entre en elle.

L'eau autour de nous ondule fortement puis se calme. Elle plante ses ongles dans mon torse, elle glisse un peu et finit par accrocher ses mains sur ma nuque. Encore une fois, son mouvement me vole un grognement. On est en train d'atteindre la limite, celle qui, si on la dépasse, ne nous offrira aucune chance de faire machine arrière.

C'est presque impossible de résister, je devrais m'arrêter là, mais le besoin est trop fort. Comment m'arrêter quand l'excitation est à son comble ? Un mouvement de plus, je ne sais même plus qui d'elle ou moi bouge. Nous fermons tous les deux les yeux. Nos souffles s'affolent, et je ne parle même pas de la sensation dévorante qui nous paralyse.

De l'eau quitte encore la baignoire quand elle se contracte de nouveau autour de moi pour se retenir de couler. Je n'ose pas la regarder, je reste immobile. Ses hanches maudites ondulent sous moi.

Elena, arrête. Si je craque, j'ai peur de te perdre…

Ses bras m'attirent à elle brusquement et elle écrase sa bouche sur la mienne. J'arrête de respirer, comme pour mieux savourer ce qu'elle me laisse prendre d'elle. Je gémis, comme un débutant, mais je m'en fous. Le seul truc qui compte, c'est son contact : elle contre moi, moi contre elle.

Elle mordille ma lèvre, resserre ses cuisses autour de moi. Je m'accroche au bord de la baignoire pour ne pas glisser et je ne tiens plus, je bouge contre elle, plus possessif que jamais.

C'est instantanément plus intense. Chaque coup de hanches rend le truc plus terrible, et l'envie de craquer et de descendre de quelques centimètres se fait de plus en plus inévitable.

Elle gémit contre ma bouche puis part cacher son visage dans mon cou.

Elena, s'il te plaît…

Elle bouge, prend mon rythme, un gémissement sort de ses lèvres quand la pression sur ma queue est insoutenable. Elle aime ce qu'on fait, elle aime ça.

– Elena…

Stop. Il faut qu'on arrête. J'ai à peine murmuré contre son oreille.

Je n'ai rien sur moi, on est en train de jouer avec le feu.

Un dernier coup de hanches trop incontrôlé nous oblige à nous arrêter là.

Je suis à l'entrée d'elle, là où le plaisir nous attend. Même l'eau autour de nous ne m'empêche pas de la sentir humide et prête à m'accueillir. Son visage reste caché dans mon cou. Nos souffles sont si saccadés que chaque respiration se répercute directement sur ce point de non-retour que nous sommes en train de frôler.

Le calme revient mais ma queue ne redescend pas. Le bout frôle toujours le désir. *Bordel, je n'ai jamais autant désiré une nana. Jamais.* C'en devient douloureux, mais pas physiquement. Dans mon esprit, tout se contredit. C'est le bordel : l'envie, le besoin, la raison, personne n'a le dessus.

Je réunis toutes mes forces pour essayer de reculer, mais Elena resserre encore ses cuisses. Je suis obligé de forcer pour ne pas trop la toucher.

– Elena… arr…

Elle bouge encore. *Non, putain, je suis en train de…*

– Non, Elena…

Elle me serre encore davantage. *Non, Elena, tu fais n'importe quoi…*

– Arrête…

Je gémis, je lutte, ma voix tremble, je n'en peux plus. Elle ne dit rien mais continue d'onduler lentement. Je me sens entrer juste au bord. *Elle est étroite, humide… Merde, c'est trop, je… Juste une petite pression de ma part et je serai complètement en elle, mais… Je ne dois pas…*

Elena bouge encore.

– Attends. Attends… Elena, attends, putain…

Elle arrête tout. Je sors doucement le peu de moi qui était entré, lui volant une grimace au passage. Nos regards se captent.

Parle, mec, ne la laisse pas comme ça.

– Je… Je n'ai rien sur moi.

Elle hausse les sourcils puis, très vite, les fronce.

– D'accord… Pardon. J'ai… oublié, bafouille-t-elle.

Incapable de parler, je l'embrasse doucement. *Ce n'est pas grave, ma lionne.*

Je lui souris et lui montre la direction de sa chambre. Un instant plus tard, je sors de l'eau avec ma gaule gigantesque. Elena a le réflexe de ne pas regarder et ça m'arrange. Je vais vite lui chercher une serviette. Je la vois se préparer à sortir quand j'arrive sur elle.

– Me regarde pas, dit-elle.

Non, elle ne dit pas, elle ordonne.

Je tourne la tête, pile-poil sur le miroir. Je la vois attraper la serviette et se lever. C'est furtif mais j'en vois assez pour me demander pourquoi elle ne veut rien montrer : elle est magnifique, parfaite, belle, juste comme j'aime.

Je tends les bras, elle vient se lover contre moi, et je la porte pour la sortir de la baignoire. Quand je la repose, elle me demande de rester là. Elle passe ses bras dans mon dos et se cale contre moi, sa joue sur mon torse et son chignon à présent dégoulinant de grosses gouttes d'eau dans mon nez. J'adore l'odeur de ses cheveux. Si je pouvais dessiner les odeurs, je ferais celle-ci en premier.

On reste comme ça un moment, puis elle se redresse et va fouiller je-ne-sais-où dans le meuble du lavabo. J'attrape une serviette et je m'essuie rapidement. Elena revient devant moi la seconde suivante. Elle monte sur la pointe des pieds pour m'embrasser. Mes mains terminent sur ses joues et ma serviette par terre. Elle finit par abandonner ma bouche pour me regarder droit dans les yeux. *Qu'est-ce qu'elle...*

– J'en ai envie, Teag.

Je déglutis. Moi aussi j'en ai envie, comme jamais, mais je ne sais pas si c'est une bonne idée.

Elle m'embrasse encore, plus goulûment. Elle se colle à moi et vient attraper ma nuque pour m'empêcher de reculer, puis sa serviette tombe à nos pieds.

Ma queue est de nouveau là, tendue, prête et pleine de désir. Elena l'écrase entre nous, j'en laisse échapper un gémissement et mon esprit lâche l'affaire. *Tant pis, j'en ai trop envie.*

J'attrape ses cuisses, je la soulève tout contre moi et je tourne les talons sans arrêter d'essayer de mordiller cette langue furtive qui joue avec mes lèvres.

D'un coup d'épaule, j'envoie la porte se faire voir et, un instant plus tard, je dépose la lionne sur son lit, la traquant comme un fauve pour qu'elle remonte plus haut. Elle semble surprise d'abord puis, dans l'obscurité de sa tanière, je vois un petit sourire marquer son visage.

Je suis au-dessus d'elle, les coudes de chaque côté de sa tête. Elle ouvre une de ses mains. Un petit emballage brillant et carré apparaît. *Mais elle sort ça d'où ?* Je le fais disparaître dans ma paume puis je me penche sur elle pour l'embrasser. Elle répond avec fougue et tout un tas de trucs qui me surprennent venant d'elle. *Elle en a vraiment envie...*

J'ouvre l'emballage. Elle me regarde faire, mais quand je déroule la capote, elle détourne les yeux. Je balance le carré déchiré par terre et je me glisse entre ses cuisses. J'attrape son menton du bout de mes doigts et je l'embrasse. J'aime cette bouche, mes ongles parcourent ses courbes, sa taille, sa hanche, puis je remonte pour mieux redescendre entre ses cuisses, là où la chaleur m'attire.

Elle est humide, douce. Je pose deux doigts juste là, à l'entrée. Elena gémit, se contracte aussitôt comme si son sens du toucher était décuplé. J'appuie, pas beaucoup, et doucement, avec une lenteur excitante, mes doigts entrent en elle.

C'est instantané, ses ongles se plantent dans ma peau, ses mâchoires se serrent et elle gémit plus fort. Sa réaction m'enflamme et me consume. Je bouge mes doigts en elle, je les plie et les déplie doucement.

Elle essaie de resserrer les cuisses mais je l'en empêche et je descends, je veux la goûter, savoir quel goût elle a. Je glisse ma tête entre ses cuisses en déposant partout où je peux mes lèvres, mes dents. Je la veux, tout entière, partout.

Ma langue passe sur le haut de sa cuisse et dérive.

– Mmh…

Son gémissement accompagne ses mains qui viennent agripper mes épaules tatouées. Mes doigts toujours en elle font écho à ma langue qui la goûte de haut en bas.

– Teag…

Elle gémit mon prénom. Je la sens se contracter autour de mes doigts. J'arrête avant qu'elle ne se libère. Je relève la tête, très peu, juste assez pour admirer la vue qu'elle m'offre. Ses bras tendus vers moi maintiennent ses seins parfaitement bombés, son dos cambré lui fait relever la tête, elle se mord la lèvre, les yeux fermés. Elle est magnifique.

Je remonte, je veux manger ces seins. J'arrive sur eux, Elena agrippe mes cheveux et ne me laisse pas le temps de m'en prendre à sa poitrine qu'elle m'embrasse, resserre ses cuisses sur moi en enfonçant ses talons contre mes fesses.

Ma queue trouve le chemin d'elle-même, se plante à l'entrée et s'enfonce avec une infinie lenteur. Je force le passage de son désir en lui volant un gémissement qu'elle libère contre ma bouche.

Elle est si serrée que je manque d'en finir tout de suite. Sa bouche quitte la mienne, son nez trouve mon cou et je m'enfonce jusqu'à la garde avant d'arrêter net de bouger pour ne pas exploser en elle dans dix secondes.

Nos souffles sont désaccordés et mon cœur bat jusque dans mon crâne. Je ferme les yeux, la serre contre moi en passant un bras dans le creux que m'offre son dos cambré, puis je bouge, la faisant gémir. Elle se contracte, hésite, ne bouge plus, bouge…

J'arrête tout mouvement et je la laisse faire.

Quelques secondes passent, puis elle fait très doucement rouler ses hanches vers les miennes, me faisant sortir puis entrer d'à peine quelques millimètres. C'est suffisant pour m'envoyer loin et laisser son prénom franchir mes lèvres.

Après quelques secondes, j'envoie un coup de hanches incontrôlable, puis un autre, et encore un autre, auquel elle répond à chaque fois par un gémissement plus intense. Je ne tiens plus, je bouge en elle de manière plus profonde à chaque pulsation de mon cœur. Je veux la sentir partout, je veux la sentir se contracter autour de moi, je veux goûter sa bouche pendant qu'elle me laisse lui faire l'amour.

Je cherche ses lèvres, repousse ses cheveux, murmure son prénom et je l'embrasse. Je m'enfonce encore en elle et, brusquement, elle se contracte avec violence autour de moi, m'empêchant de bouger trop vite. Elle m'impose son rythme, puis, sans que je n'arrive à contrôler ce qui se passe, ma libération arrive brutalement.

Elena gémit, enfonce ses ongles dans mon dos, me griffe comme la lionne qu'elle est pendant que mon orgasme remonte le long de ma colonne vertébrale. Elle se contracte, me serre davantage contre elle et va se planquer dans mon cou. Tout ça cumulé, me vole un grognement que je lâche contre sa peau, juste là où c'est le plus doux sous son oreille. Je savoure de me libérer enfin de ce poids et de pouvoir le faire en elle. *Ma lionne.*

* * *

Je reviens de la salle de bain. La capote a terminé dans les chiottes, histoire d'être certain que personne ne tombe dessus. J'ai enfilé rapidement un boxer avant de retourner dans sa chambre. Elena s'est glissée sous la couette. Doucement, je vais la rejoindre.

À peine me suis-je glissé à son côté qu'elle vient se coller contre moi, sa tête sur mon épaule et le reste parfaitement imbriqué sur le côté de mon corps. Je dépose un baiser dans ses cheveux, une main sur sa joue et l'autre dans son dos. On reste silencieux un moment, puis…

– Est-ce que ça va ?

Les mots quittent mes lèvres tout seuls. Elle ne répond pas. Elle dort déjà ?

– Oui… Ça va… Et toi ?

Je me marre. *Moi, ça va, j'ai déjà fait ça.* Enfin, non. En réfléchissant, je crois que je n'avais jamais vraiment « fait l'amour ».

– Ouais.

Le silence revient, un moment.

– J'ai un peu mal, souffle-t-elle.

Merde. Absolument rien d'autre ne vient dans mon esprit que :

– Pardon.

Elle se love davantage contre moi sans un mot de plus. Ce geste me rassure, elle ne peut pas imaginer à quel point.

Je penche un peu la tête pour déposer un baiser dans ses cheveux encore humides et je me détends enfin. Je laisse mes doigts la caresser avec lenteur et je ferme les yeux tandis que son souffle se calme au point que je ne l'entends plus.

Je sens juste son corps bouger contre le mien avec douceur. Elle semble sereine, même après ce qui vient de se passer. Elle ne semble pas regretter.

Heureusement, je sais déjà que je supporte très mal quand elle me repousse, je m'en serais voulu à mort. L'avoir contre moi, juste là, c'est mieux que de fumer un joint avant de m'endormir.

* * *

J'arrive dans le salon. Aujourd'hui, c'est vendredi, mais je ne suis pas allé à l'école. Madame Milers ne veut pas parce que Tristan m'a cogné et que ça se voit. Alors je dois rester ici faire le rangement.

J'entends la télé dans le salon et je vois madame Milers qui est assise dans son fauteuil. J'ai faim, je n'ai rien mangé aujourd'hui. Comme j'ai été sage, peut-être que j'ai le droit à un truc.

Je toque à la porte du salon, pas fort parce que madame Milers aime pas qu'on la dérange. Elle a pas entendu, alors je retape plus fort.

– Quoi ?

Je sursaute et, comme elle braille, j'ose plus entrer.

Je fais plus de bruit, mais c'est trop tard, elle se lève et j'entends ses pas venir vers moi. La porte s'ouvre d'un coup et je recule.

– Quoi ? Tu veux quoi encore ?

Je baisse la tête, elle me fait peur. Tristan m'a dit qu'elle lui met des plus grosses claques que son père quand elle est en colère.

– Parle, tu veux quoi ? Je te jure que si tu m'as fait lever pour rien, t'auras intérêt de courir plus vite que moi, l'attardé.

Je ne suis pas attardé. Je n'arrive pas à parler quand elle me crie dessus. C'est pas parce que je suis bête, c'est parce qu'elle me fait peur et ça bloque.

– Putain, casse-toi ! Tu m'énerves ! crie madame Milers.

Je m'en vais en courant. Tant pis, je mangerai plus tard. Quand Tristan reviendra de l'école, y aura peut-être le goûter.

Je cours vite et je vais me cacher dans ma chambre. Y a un petit coin entre mon lit et le mur, je me mets toujours ici quand ça crie partout.

* * *

– Teagan, t'es un attardé !

Tristan est revenu de l'école, sa mère nous a donné des gâteaux pour manger. Mais Tristan les garde tous pour lui. Il m'a dit d'aller le dire à sa mère, si je suis un homme. Mais elle me fait trop peur. Je l'aime pas et je veux pas aller la voir.

Je regarde Tristan manger tous les gâteaux. Je l'aime pas lui non plus. Je le hais.

Pourquoi maman me laisse ici ? Pourquoi elle appelle jamais pour savoir comment je vais ?

– Pourquoi tu parles jamais ? Hein, Teagan ? demande Tristan.

Il a la bouche pleine, c'est dégoûtant. Je ne réponds pas, j'y arrive pas, je suis trop en colère contre lui. C'est toujours comme ça : les mots, ils sortent plus de ma bouche maintenant, et je sais pas pourquoi.

Tristan me jette un bout de gâteau, il tombe par terre et je le regarde. J'ai faim, mais je veux pas le ramasser parce qu'il va encore dire que je suis comme son chien, parce qu'il voulait un chien, lui, pas un frère.

Avant, il pleurait souvent, Tristan. Aujourd'hui, il pleure plus parce que son père ne vient plus dans cette maison. Je sais pas pourquoi il est parti, mais c'est mieux sans lui, parce qu'il faisait crier madame Milers, et Tristan aussi, et il me faisait trop peur avec sa ceinture.

– Mange, Teagan ! me crie Tristan.

J'ai envie de crier que je veux pas, mais ma bouche ne réagit pas. Ça m'énerve tellement que des larmes coulent sur mes joues. Tristan se met à rire. Il se moque de moi. Je le hais.

– Teagan est un attardé ! Teagan est un attardé !

Il crie fort et me lance dans la tête un autre gâteau. J'enlève les miettes en pleurant.

– Oh ! Moins de bruit là-haut !

Tristan sursaute, sa mère a crié dans les escaliers. Si on crie encore, elle va monter et nous punir. Madame Milers, elle nous tape pas dessus, mais elle nous punit dehors dans le froid sans nos vêtements. Tristan, il est souvent dehors mais il continue de faire des bêtises.

– Teagan est un attardé… Teagan est un attardé…, chuchote Tristan.

J'attrape les livres à côté de moi et je les lance tous sur lui. Il rit et court dans la chambre. Ça fait plein de bruit, elle va monter. Il fait exprès de taper des pieds partout.

Je le pousse fort quand il me passe devant et il tombe. Oh non ! Ça fait trop de bruit.

J'entends des pas dans les escaliers. Je vais me cacher, mais Tristan m'attrape le bras et tire. Il est plus fort que moi, je tombe et me cogne, je lui donne un gros coup de pied et madame Milers ouvre la porte.

– Oh ! L'attardé, à quoi tu joues ? Je t'ai déjà dit de ne pas taper ton frère !

– C'est pas mon frère, je trouve le courage de répondre.

Elle m'attrape et me crie dessus. Je bouche mes oreilles pour plus l'entendre, j'aime pas quand elle crie, j'aime pas quand elle me touche.

Elle me pousse dans le couloir puis dans les escaliers aussi pour que je descende vite. Non, je veux pas être puni. Il neige dehors, je vais avoir froid.

– Enlève ton pull et ton pantalon ! Et tu gardes pas tes chaussures, cette fois.

Elle m'arrache tout et me griffe au passage. Elle me fait mal. Elle ouvre la grande fenêtre du salon.

– NON ! JE VEUX PAS. Il fait froid !

– Tu réfléchiras la prochaine fois avant de taper.

Elle me pousse et je tombe dans la neige. C'est froid, ça fait vraiment mal. Quand je me relève pour courir vers la porte, elle est déjà en train de fermer.

Je tremble. Je suis resté contre le mur tout le temps où j'étais dehors, mais je tremble quand même. J'arrive pas à m'arrêter, mes dents claquent.

Tristan m'a dit que si on pleure, on reste plus longtemps dehors, alors je pleure pas. J'ai faim. J'ai froid. Mais je pleure pas.

* * *

Soixante-deux, soixante-trois, soixante-quatre…

– Teag ?

La voix d'Elena m'oblige à m'arrêter avant la prochaine pompe.

Je souffle et me redresse doucement pour regarder vers sa chambre. Le sol de la salle de bain m'a accueilli quand j'ai fui le lit à mon réveil. Elena dormait encore et je suis parti avant qu'elle ne voie les larmes qu'a laissées sur moi le cauchemar du quotidien chez les Milers.

Je la regarde. Même quand elle vient de se lever, elle est belle. Je devrais kiffer ce moment comme il se doit, je devrais aimer me réveiller à côté d'elle, dans son lit. Mais non.

Chaque nuit est un stress supplémentaire, chaque réveil m'enfonce un peu plus dans cette rage que je contrôle de moins en moins. Je n'aime pas ce que je lis dans le regard de ma lionne : elle doit penser que je suis exécrable et que c'est peut-être à cause d'elle. Mais non, même si son délire de ne rien me dire me stresse au plus haut point, je ne sais pas comment je ferais sans elle aujourd'hui. Elle compte, son avis compte, et son comportement envers moi compte.

– T'as pas besoin de ça, t'es déjà super beau… me dit-elle timidement.

Elle arrive à faire naître un sourire sur ma tête de con du réveil.

Je la rejoins et l'embrasse. Son goût me manque déjà. Deux petits bras passent tout de suite autour de mon cou. J'attrape la taille fine qui s'offre à moi sans arrêter de la goûter et je la porte. Ses jambes trouvent d'elles-mêmes le chemin autour de moi. Elle met fin au contact, se redresse un peu pour me regarder. Elle ne dit rien mais elle sourit en m'observant.

J'essaie de l'embrasser encore mais elle recule.

– Non, non. Tu vas encore avoir une bosse dans ton froc, pervers, lâche-t-elle.

Je me marre. *Pour ça, c'est trop tard, ma belle…*

Elle baisse les yeux et glousse. *Ça l'amuse de m'exciter, hein ?*

Je la repose au sol.

– Encore un peu mal ? je demande.

Elle fronce les sourcils mais ne perd pas son sourire. J'aime ça.

– J'ai surtout des courbatures partout…

– Sportive, dis donc, la lionne, je ricane.

Elle me pousse et m'embrasse. Il n'y a aucune logique à ce qu'elle vient de faire, mais j'aime aussi.

– On va se doucher ? On n'est pas en avance pour les cours…

On va se doucher ? J'ai bien entendu « On » ?

CHAPITRE 41

Dernier jour de cours avant les vacances de Thanksgiving. Si ça ne tenait qu'à moi, on aurait glandé à la maison toute la journée avec ma lionne, mais Elena la bonne élève ne veut même pas sécher la dernière heure. *Quelle emmerdeuse !*

Ça fait plusieurs semaines qu'une de ses propositions me tourne encore et encore dans la tête mais qu'elle me fait mariner comme une sardine dans sa boite sans passer à l'action. Quand elle dit « On va se doucher », pour moi, ça veut dire qu'on termine ensemble sous la douche. Mais non, pour elle, ça veut dire qu'on prend chacun à notre tour une douche.

J'ai bien tenté de marchander pour parvenir à mes fins, mais on ne négocie rien du tout avec Elena Hills. Elle m'a envoyé chier et depuis je me lave tout seul comme un con. Enfin, non, en tête à tête avec ma queue tendue.

Heureusement, le lapin que je suis peut profiter d'autres moments volés à la surveillance de son daron pour se fondre dans les bras et le corps de sa lionne. Mais comme un obsédé en manque, cette image de nous deux sous un jet d'eau chaude s'impose à moi en permanence. Je me vois déjà glisser mes mains sur ses courbes parfaites tout en sentant l'odeur de son gel douche se répandre autour de nous. Je m'imagine ses jambes enroulées autour de mes hanches et son dos plaqué contre le mur en faïence.

– Monsieur Doe !

Je sursaute. *Merde ! Pourquoi il gueule comme ça, lui ?* Je lève la tête vers le prof d'histoire qui me fait face.

– Avez-vous écouté un traître mot de ce que je viens de dire ? Ou dormir vous semble-t-il plus intéressant ?

J'aurais très envie de pouvoir lui répondre « Chut, j'essaie effectivement de dormir, connard » mais rien ne vient, je reste immobile. Lui me fixe, sa règle en bois dans une main tapant dans l'autre. *Mais quel con*… J'ai enduré bien pire chez les Milers. S'il compte m'impressionner, c'est raté.

– Très bien ! ajoute-t-il. Allez donc faire un tour au secrétariat pour ronfler.

Je hausse les épaules. *Puisque c'est si bien demandé, je ne peux pas refuser.*

J'envoie valser ma chaise en arrière et j'attrape mon sac avant de me casser de sa classe. Je sais qu'Elena va me faire chier mais je ne peux pas faire mieux aujourd'hui.

À cette heure-là, les couloirs sont déserts. Je trouve une porte de secours grande ouverte et je pars en direction du terrain de base-ball. Je vais poser mon cul dans les gradins et je prends une clope. Quand la fumée s'envole dans le ciel, j'envoie un message à Elena.

Je te rejoins quand ça sonne.

Elle me répond aussitôt :

T'as intérêt, le rebelle ! Tu vas encore faire parler de toi…

Je me marre. Il semble qu'une certaine réputation me suive. Ce matin, sur le parking, alors que je fumais tranquillement ma clope en regardant Elena plus loin avec deux nanas que je ne connais pas, une naine de première année m'est rentrée dedans de plein fouet. Cette conne devait regarder son pif en marchant. J'ai failli avaler ma clope avec ses conneries. J'ai juste grogné, rien de dingue, je l'ai même pas insultée, mais cette gourde est partie en pleurant. Elena m'a fusillé du regard, comme à peu près toutes les nanas présentes. Je l'ai pas ramenée juste parce qu'Elena m'avait prévenu dans la caisse : pas de truc louche le dernier jour avant le pont de Thanksgiving, on ne se fait pas remarquer. Ce à quoi j'ai répliqué qu'avec ma gueule, ça n'allait pas être simple. Et il semble que ma prédiction se vérifie.

Des gradins, je vois plusieurs mecs débouler sur le terrain. Si ça se trouve, l'enculé que je cherche est là. Ils sont combien, là ? Huit. Pour moi tout seul, ça fait beaucoup. Je vais me faire éclater sans pouvoir être sûr d'atteindre le bon. Je me contente donc de regarder ces gros cons s'entraîner. Je les entends gueuler et se marrer.

– Mec, c'est ma place, là, j'entends après un moment.

Alors que je suis en train d'écraser ma clope, je relève le nez de ma pompe pour voir un type planté là, un rang plus bas. Je l'ai déjà vu, mais où ? Un silence se fait, il me fixe puis se marre.

– Je déconne. On se connaît, non, le gringalet ? ajoute-t-il en riant de sa vanne.

Il ne porte pas de blouson de l'équipe, je me branle donc pas mal de lui. Je l'ignore et, pour bien lui faire comprendre que je n'en ai rien à foutre, je reprends mon observation des joueurs sur le terrain en contrebas.

– Alors, réponds ! lâche-t-il.

Je lui lève mon majeur sous le nez, il n'a pas l'air de kiffer. J'ai déjà vu sa tronche. *Dans les couloirs, peut-être ?* J'en sais rien.

– T'es sérieux, toi ?

Très sérieux, mon pote. Dégage avant que je passe mes nerfs sur toi, même si t'es plus large que moi. Je plante mon regard dans le sien, il fronce les sourcils. Je suis certain d'avoir déjà vu cette gueule, mais je ne sais pas où.

Mon portable qui vibre me rappelle à l'ordre. C'est un message de ma lionne.

Ça a sonné, t'es où ?

Merde, je n'ai pas vu passer l'heure. Le type me mate me lever et je le sens me suivre du regard. Cette rencontre m'a mis sur les nerfs, mais ma lionne passe avant. Je me casse de là pour la rejoindre. Un autre message m'informe qu'elle va directement aux chiottes du couloir d'histoire.

Je prends la première porte qui passe, puis c'est le bain de foule. Je slalome entre les gamines qui gloussent et les mecs qui me regardent avec méfiance ou carrément de travers. Enfin, j'aperçois ma lionne qui entre dans les toilettes des nanas.

J'attends plus loin contre un mur. Je sors mon portable parce que je n'aime pas rester planté sans rien faire. Les réseaux sociaux me font passer le temps avant que des éclats de rire attirent mon attention. Ça vient des chiottes dans lesquels se trouve ma lionne. Une nana qui y entre me permet de voir ce qui s'y passe.

Ce que je capte me fait bondir du mur : Elena, des larmes et des moqueries d'autres meufs. En trois enjambées, je suis à la porte et j'entre sans un bruit. Trois nanas sont autour de ma lionne et se bidonnent comme des salopes.

– La grosse Hills a tout mangé !

– Ouais… Toutes les bites du lycée.

– Allez vous faire foutre, crache Elena en poussant une.

Mais même contre des nanas, sa petite force n'a aucun effet. Et puis, pleurer, ça n'aide pas pour réagir comme il faut.

– Oh ! Pleure pas, Hills, papa va te trouver un super trottoir pour ta carrière !

J'envoie valser la porte contre le mur, Elena me voit en premier puis les trois autres se retournent. Les unes après les autres, je les vois perdre leurs couleurs.

Elena se précipite vers moi, je la pousse dehors et je referme la porte. Ça m'a pris une seconde, et il ne me faudra pas beaucoup plus de temps pour faire comprendre à ces connes qu'elles n'auraient jamais dû s'en prendre à ma lionne.

– Non ! Teagan ! Teagan, ouvre !

Elena frappe de l'autre côté du battant en criant. Je suis appuyé dessus, elle n'est pas près de l'ouvrir. Les trois pouffes devant moi sont figées dans une sorte de panique sans nom. L'une mate vite fait la fenêtre en haut du mur. *Il y a des barreaux, c'est con.*

Elena continue de s'exciter derrière moi mais je ne bouge pas.

– Tu veux quoi ? C'est bon, on rigolait ! tente l'une d'elle en cachant mal sa peur.

Je lance un coup de pied dans la grosse poubelle à côté de moi. Elle explose au sol et déverse son contenu par terre. Une des filles éclate en sanglots.

– C’est pas nous qui avons fait le tag. On l’a vu en même temps qu’elle ! se défend l’autre.

Mais de quoi elle parle ?

Devant mon air perplexe, elle va tirer une des portes de cabine pour la fermer. Dessus est dessinée une nana à genoux en train de sucer un gars et d’autres mecs font la queue derrière lui. En dessous de ça est inscrit « La grosse Hills a tout mangé ». Et c’est mal fait, en plus.

Je serre les dents. Elena ne tape plus contre la porte, mais mon portable ne s’arrête plus de vibrer.

– On n’a rien contre toi, d’accord ? On… on ne veut pas de problèmes, couine celle que je n’avais pas encore entendue.

– Elena ou moi, c’est pareil.

À croire que ma voix les fait encore plus flipper que mes poings. Les trois font oui de la tête, j’entends des excuses, de petits sanglots et un « Laisse-nous partir maintenant ». *Pff... S’en prendre à Elena, c’est facile, mais là, il n’y a plus personne pour l’ouvrir.*

Je leur lance un dernier regard et je me casse d’ici. Ce graffiti me donne la gerbe.

J’ouvre la porte à la volée pour m’arrêter net. *Merde, le dirlo.* Il se passe une seconde pendant laquelle il mate les filles en panique derrière moi, la poubelle en vrac, avant qu’il ne me lance, clairement agacé :

– Teagan, mais qu’est-ce que tu fous ?

Sa voix reste basse, comme s'il ne voulait être entendu que par moi, mais il est interrompu par les trois pouffiasses qui sortent en chialant. Elena est juste derrière son père et, dans son dos, j'ai l'impression que tout le lycée est réuni pour assister au spectacle.

J'évite chaque regard. *J'ai besoin d'air et vite.*

– Non. Tu viens avec moi. Il fallait que tu choisisses cette journée précisément pour faire n'importe quoi… Qu'est-ce que tu fais dans les cabinets des filles ?

Je recule et je lui balance un signe de tête vers la porte qui me file la gerbe. Il s'avance et, quand son regard se pose sur le tag, je vois passer de la haine dans ses rétines. C'est comme s'il se prenait une énorme claque en se rendant compte que sa fille n'a aucun ami ici.

– Elena, dans mon bureau, maintenant. Et toi aussi, ordonne-t-il froidement sans quitter des yeux le tag foireux.

Je laisse le père aller regarder le truc de plus près et j'attrape la main tremblante de ma lionne. Elle est en larmes.

Les gens s'écartent sur notre passage, nous toisent et nous matent bizarrement. « On ne se fait pas remarquer », m'avait dit ma lionne ce matin. C'est raté.

Dans mon dos, j'entends le daron dire que les chiottes sont hors service jusqu'à nouvel ordre et que tout le monde doit retourner en classe.

Arrivée devant le secrétariat, Elena enlève sa main de la mienne pour essuyer ses joues.

– Tu leur as fait quoi ? me demande-t-elle.

– Rien.

– Pourquoi elles pleuraient toutes ?

Elles pleuraient ? On s'en fout.

– Toi aussi, tu pleures…, je murmure sans le vouloir.

J'aurais plutôt eu envie de le hurler.

Elle évite mon regard, puis, la seconde suivante, les trois nanas en question arrivent, accompagnées du dirlo. Il nous fait signe d'entrer et tout le monde regarde ses pompes.

– Elena et Teagan, vous m'attendez ici, nous ordonne-t-il. Je suis à vous tout de suite, ajoute-t-il pour je-ne-sais-qui planté au milieu de la salle d'attente.

Il disparaît dans son bureau avec les trois connes, et moi, je relève la tête sur la personne qui attend là. *Oh ! merde...* Je comprends d'un coup la réflexion du père à l'entrée des chiottes. Ce gros con de Terry, mon agent de probation, a choisi cette journée pour pointer le bout de son nez. *Eh bah, il tombe bien, lui.*

– Alors, tête de nœud, tu fais dans le viol collectif maintenant ? raille-t-il en pointant la porte du menton.

Elena, à côté de moi, relève la tête, et lui la mate comme un pervers. Je claque des doigts pour qu'il arrête ça. Qu'il ne me cherche pas trop. Encore moins en ce moment et encore moins avec Elena.

– Quoi ? Elle est à toi, celle-là ? demande-t-il.

Je ne réponds pas. Elena regarde ailleurs, visiblement sur le point de vomir. C'est vrai que ce con n'inspire rien d'autre avec son jean crade et son blouson troué. Et je ne parle pas de sa tronche mal rasée et des poils gras qui lui servent de cheveux.

– Je viens voir si tu te tiens à carreau et j'apprends que t'es enfermé dans des chiottes avec trois salopes… Eh bah, tu t'éclates apparemment.

Il s'est approché de moi en parlant. Pour entrer à fond dans le cliché du gros con, il renifle le vieux whisky bon marché.

– Tu essaies d'en profiter un max avant d'aller en taule ? ricane-t-il.

Oh ! Putain... Ignore-le, mec. Ignore-le !

– Bon, vous avez terminé ? Vous sentez la mort.

Oups... La garce de lionne revient sur le devant de la scène pour nous offrir la magie dont elle seule a le secret. Je pouffe de rire, et lui, comme il n'a aucune repartie, il la fusille du regard en reculant avec sa mauvaise odeur.

– C'est qui ? me demande ma lionne.

Je hausse les épaules. *Laisse tomber, bébé.*

– T'affole pas, ma grande, il parle pas, envoie Terry.

Elena lui rit au nez. *Mmh... Cette insolence me rappelle l'air qu'elle avait dans le bain il n'y a pas si longtemps.* Et voilà, elle m'excite de nouveau.

Mais avec Terry dans la pièce, aucun risque que ma queue réagisse.

– À moi, il me parle, réplique mon insolente.

Terry ouvre de grands yeux.

– Alors il te baise aussi, non ? demande-t-il.

Elle rougit furieusement.

– Je vous demande de tenir votre langage dans mon établissement, et encore plus quand vous vous adressez à ma fille, coupe le dirlo qui déboule de nulle part.

Oh, oh ! La magie se transmet de père en fille, on dirait !

Terry se redresse – il a toujours l'air d'un con fini – il avale sa salive et semble serrer les fesses. Daniel lui lance un regard menaçant et fait sortir les trois nanas de son bureau.

– Je contacterai personnellement vos parents, jeunes filles, dit-il sèchement. Elena, Teagan.

Elle se lève, moi aussi, et on entre dans le bureau en laissant Terry sur place.

– Bon, asseyez-vous, nous dit le père en refermant la porte derrière lui.

Il n'a pas l'air bien. Il fait le tour du meuble et prend place en face de nous dans un fauteuil grinçant. Elena ne le regarde pas, moi, je m'en fous. Je ne regrette pas une seconde d'avoir foutu les jetons aux trois meufs. Elles l'ont mérité.

– Ces trois demoiselles m'ont affirmé que tu les as empêchées de sortir des toilettes et que tu as envoyé un coup de pied dans la poubelle pour leur faire peur. C'est vrai ? me demande-t-il.

– Ouais.

Il semble surpris d'entendre le son de ma voix. Tout autant que moi, en fait. J'allais faire oui de la tête, comme toujours, mais le mot s'est imposé de lui-même.

Le père fronce les sourcils.

– C'est tout ? insiste-t-il.

Oui, putain. J'acquiesce d'un signe rapide. Il soupire et tourne son regard sur la lionne qui pleure en silence à côté de moi.

– Très bien. Elena… commence-t-il tout doucement en se tournant vers sa fille.

Ma lionne regarde ses genoux serrés en laissant couler quelques larmes.

– Elena, j'aimerais que tu m'expliques ce qu'il se passe. Si tu te fais harceler, on peut…

– Je ne veux pas en parler ! coupe-t-elle brutalement sans oser le regarder.

– Il va bien falloir, pourtant. C'est grave ce qui se passe, là.

La voix du dirlo est calme et douce. Le mec souffre pour sa fille mais il s'y prend comme un manche avec elle. J'envoie une main dans les cheveux de ma lionne et je lui caresse la tête.

– Arrête de chialer… je glisse.

Elle repousse ma main d'un coup de tête en arrière.

– Ta gueule !

Oh ! La garce. Me dire à moi de me taire ?

– Insulte-moi sans chialer pour voir, Elena, raillé-je.

– Lâche-moi, Teag ! C'est pas le moment, là !

Je ricane et elle enrage. J'adore.

Pour la faire chier un peu plus, je lui fous une pichenette dans la joue. Mon ongle claque sur sa peau bruyamment.

– Mais arrête, putain ! pleure-t-elle.

Je me marre et je la pousse à l'épaule. Elle me dégage en me traitant de bouffon. J'ai vu passer son sourire entre deux mèches de cheveux, elle ne peut rien contre moi. Ma lionne et son lapin.

– Bon… Vous avez terminé ? nous coupe le père. Elena, si ta mère était là, elle te demanderait de faire attention à ton langage, termine-t-il.

C'est vrai, ça fait un moment qu'elle ne l'a pas dit.

– Elena, ton langage ! je lance d'une voix aiguë.

Le père se marre, mais pas ma lionne. Elle me fusille du regard et soupire. Ses larmes ont cessé de couler. *Victoire !*

– Les trois élèves que j'ai interrogées ne savent pas qui a fait le tag dans les cabinets mais je compte bien le découvrir. Une idée de votre côté ?

Je secoue la tête et Elena couine un timide non. Le père prend une grande inspiration. Tout ça semble lui coûter bien plus qu'il ne le laisse paraître.

– Elena, tu peux filer. Teagan, on a rendez-vous avec ton agent de probation pour la visite trimestrielle, alors tu restes avec moi encore un peu.

– Je l'attends ici, lâche ma lionne.

– Non, tu vas en cours, s'il te plaît. Vous vous retrouverez pour rentrer à la maison, impose son père.

– Non. Je l'attends ici.

Il soupire et me regarde brièvement. *Je n'y suis pour rien, mec, c'est ta fille, pas la mienne.*

– Ok, tu restes dans la salle d'attente, dans ce cas.

Ma lionne quitte la pièce et Terry entre. Il m'envoie une grande tape derrière la tête avant de s'asseoir. *Putain, il se croit où, lui ?* Même le père le regarde en biais. Il m'a fait mal, mais je ne lui ferai pas le plaisir de me frotter le crâne.

– Alors, il a été sage ? Vot' bahut doit pas avoir l'habitude des racailles de cette envergure, hein ! lance-t-il.

Le dirlo cligne des yeux avant de coller un sourire de surface sur sa tronche.

– Voici son relevé de présence. Comme vous pouvez le voir, monsieur Doe n'a pas été absent une seule fois. Et ici, vous trouverez son relevé de notes. Il y en a très peu mais elles sont encourageantes pour le moment, lance-t-il sans prendre la peine de répondre à la question de ce connard.

Terry prend les papiers tendus par monsieur Daniel Hills, le dirlo mytho, et les regarde vite fait. *Ce con sait à peine lire, si ça se trouve.*

– Ok. Et niveau comportement ? Pas d'embrouille ?

– Non, Teagan est un élément calme. Je n'irai pas jusqu'à le qualifier de docile mais il n'oppose pas de résistance au règlement intérieur ni aux prérogatives de ses professeurs, lui répond Hills.

Terry hoche la tête.

– Et ça veut dire quoi ? Qu'il est sage ? insiste-t-il.

Daniel me lance un regard rapide. *Oui oui, Terry est un abruti fini.*

– Oui, on peut dire qu'il est sage.

– C'est louche. Il doit faire ses coups en douce… Mais tant que vous ne le grillez pas, je ne peux rien faire. Et euh… J'dois aussi passer chez vous mais c'est trop loin pour moi, alors on va faire ça ici : chez vous, il est comment ?

– Calme, souvent seul, mais toujours partant pour les activités en famille. Il a encore joué à la console avec mon fils hier après-midi, explique le père.

Terry se nettoie les dents avec un ongle crade.

– Et z'avez pas peur de laisser votre fille avec lui ?

Je fronce les sourcils. *C'est quoi, cette question de connard ?*

Le dirlo semble prendre le temps de la réflexion puis sort :

– Non, pas du tout. Teagan est plutôt indifférent la plupart du temps. Ils s'entendent un coup sur deux, rien d'anormal pour des jeunes de cet âge.

Terry soupire puis il plie les papiers et les fourre dans la poche intérieure de son blouson.

– T'as intérêt à te tenir à carreau, ducon, ok ? Si je dois revenir avant trois mois, tu sais où tu finiras ! me lance-t-il en me poussant.

Je vire sa main de mon épaule et je fais mine de lui cracher dessus. *Je ne peux vraiment pas sentir ce connard.*

Il me frappe derrière la tête encore une fois, m'obligeant à regarder mes pompes une seconde.

– Je pense qu'il a saisi. Merci de votre visite et au revoir, coupe le père froidement.

L'autre lui serre la main et il se casse en claquant la porte. Hills se rassied en soupirant.

– Quel connard… dit-il.

J'approuve quatre fois.

– Bon… La prochaine fois que tu veux défendre l'honneur de ma fille, n'enferme personne dans les toilettes. Et arrête les plaquages contre un mur.

Un mur ? Quel mur ?

– Qui ? je demande.

Il fronce les sourcils.

– Une jeune fille, je n'ai plus son nom en tête. Tu sais, habillée tout en noir. Elle est venue en pleurant hier, tu l'aurais plaquée contre un mur en maths…

– Ah… je soupire.

– J'imagine que tu avais une bonne raison… Cela avait-il un rapport avec le graffiti dans les toilettes ? interroge-t-il.

Je hoche la tête.

– Bien… Va retrouver Elena. Au fait, vous avez vos tenues pour Thanksgiving ?

– Ouais.

Il me sourit et je me casse. Elena est assise dans la salle d'attente toute seule. Elle se lève quand j'arrive et me prend dans ses bras.

– Tu vas pas en prison ? me demande-t-elle.

Je me marre.

– Nan, pas encore.

Elle me sourit et on s'en va.

Notre cours a déjà commencé depuis un moment quand on arrive en classe. Il ne reste plus que vingt minutes, c'est déjà bien trop à mon goût.

La sonnerie qui annonce le changement de salle arrive enfin. On passe dans un couloir et c'est le silence total. Même Sophie la ferme. D'ailleurs, elle et Elena sont plus qu'en froid. Un regard noir échangé, une insulte en mode silencieux et de l'ignorance. Je suis content, Sophie n'est pas une amie. Elena ne parle pas beaucoup aujourd'hui. Ce délire de tag lui a miné le moral, je le sens : elle est moins lumineuse. J'aime pas.

Quand mon dernier cours se termine, Elena me dit de rentrer seul, elle doit rester encore deux heures pour des options de révision que je n'ai pas. Hors de question que je la laisse seule. J'attends donc devant le lycée qu'elle termine.

Deux putains d'heures ? Ça va être long, bordel. Clope, briquet, il n'y a plus qu'à.

Je fume, une, deux, trois, quatre cigarettes, puis je suis à sec. *Eh merde.* J'attends en rongeant mon frein, et enfin, ma lionne déboule avec une foule compacte. Elle accroche ses doigts dans les miens et on file à la voiture.

Sur le chemin du retour, on ne parle pas beaucoup. J'aime bien la regarder sans qu'elle me voie quand elle est concentrée sur la route. Je sors vite fait de quoi gratter un croquis.

Elle me grille un peu avant d'arriver à la maison.

– Tu fais quoi ?

– Mmh…

– Mmh quoi ?

Je range mon matos en souriant.

– J'aime pas quand tu souris comme ça, t'es trop louche.

– Grave…

Elle se met à rire et, la seconde suivante, on passe le portail de la maison.

CHAPITRE 42

On entre à peine à l'intérieur qu'une odeur de bouffe nous accueille. On échange un regard avec Elena. Il est quoi, dix-sept heures ? Et sa mère semble déménager la cuisine.

– Elena, c'est toi ? Tu es allée chercher Chev à l'étude ?

Ma lionne ouvre de grands yeux. Elle marmonne en sourdine un « Oh merde… » et elle se casse tout aussi vite qu'elle a paniqué. La porte se referme et la mère se retrouve plantée devant moi, un tablier autour de la taille, de la farine sur le visage et un torchon dans les mains.

– Oh ! Teagan, c'est toi ? Viens. Tu as faim ?

J'ai faim et ça sent super bon. Elle me fait signe de la suivre dans la cuisine.

Oh putain, le chantier là-dedans… Mais qu'est-ce qu'elle fout ? Il y a de la bouffe partout.

– J'aurais pu prendre un traiteur pour le repas de Thanksgiving mais rien ne vaut une dinde cuite maison, non ?

Aucune idée. Je n'en ai mangé qu'une fois, c'était chez Solis et elle ne cuisine pas super bien.

– Assieds-toi, tu vas être mon goûteur, ajoute la mère.

Un sourire étire mes lèvres. Goûter, ça, je veux bien. Deux secondes, j'ai cru qu'elle voulait que je l'aide à faire à manger. *Hors de question.*

* * *

– Super, tu t'en sors très bien, Teagan. On croirait que tu as fait ça toute ta vie ! s'exclame la mère avec un grand sourire.

Eh merde, je me suis fait avoir comme un bleu. J'ai goûté quelques trucs pas dégueu, mais là, j'épluche ma sixième pomme de terre en vue de faire une purée. Sa phrase « Maintenant que tu as mangé, il faut bosser » me reste en travers mais je n'ai pas osé l'envoyer se faire foutre comme j'aurais fait en temps normal. Elle affiche une mine fatiguée mais elle se donne à fond pour que tout soit parfait. Elena tient ça de sa mère, maintenant, je le sais. Ces nanas-là sont déterminées.

– C'est nous !

Elena se pointe avec son frère. Elle me toise, l'air amusée, et ricane.

– Tu t'amuses bien, Teag ? me demande-t-elle.

Je lui lève mon majeur sous le nez sans lâcher ma pomme de terre.

– Connard… marmonne-t-elle.

– Elena ! Ton langage ! envoie la mère.

J'explose de rire, ma lionne aussi.

– Elena, tu veux être mon goûteur ? demande la mère.

Le visage de ma lionne ne s'illumine pas autant que le mien. La bouffe, pour elle, c'est plus compliqué, mais elle finit tout de même par accepter. Sa mère semble contente de la voir manger. Un instant après, ma lionne se retrouve à éplucher des trucs, exactement comme moi.

* * *

Enfin libérés, on a laissé la mère dans la cuisine. Le dirlo est arrivé et a pris le relais.

On nous a ordonné d'aller nous préparer avant que les invités n'arrivent. Ma lionne a pris une douche express à laquelle je n'étais malheureusement pas convié. J'ai l'impression que ce délire de tag dans les chiottes a stoppé ses progrès pour s'ouvrir, comme si ça l'enfonçait un peu plus dans son mal-être. Elle n'a pas été très tactile aujourd'hui et ne m'a pas embrassé. Pourquoi c'est moi qui paie ? Va savoir. D'ailleurs, là, elle est enfermée dans sa chambre pendant que je sors de la douche, prêt à l'emploi si jamais il lui vient l'envie de baiser. Mais je peux toujours rêver. Je peux toujours crever, même.

J'attrape la première serviette qui passe et je m'enroule dedans. On y est, le moment qui va sûrement m'achever arrive. Je vais porter un putain de costard de pingouin. Le seul truc qui me motive, c'est ma lionne : si je ne porte pas cette merde de bourge, elle ne portera pas la robe que j'ai choisie. Et pour rien au monde je ne laisserai passer cette chance. Je suis prêt à me ridiculiser : tatouage et costard, ça n'ira jamais ensemble, mais c'est le désir de ma lionne.

Je me pointe dans ma chambre, un boxer propre que j'enfile vite fait, et me voilà devant le sac du magasin qui contient le truc qui va souiller à vie ma fierté de racaille du Queens. Si Benito apprend ça un jour, je suis foutu.

J'attrape le fute en premier. Il me fait un cul chelou, des jambes de quinze kilomètres de long et je ne parle même pas de mes couilles qui manquent cruellement de place. Je n'assume pas du tout.

Je laisse le pantalon ouvert et j'attrape la chemise sélectionnée par ma lionne. Je l'entends encore me sortir : « C'est cintré, on verra que tu es musclé. » Quelle connerie ! *Qui se préoccupe de savoir si je suis musclé ou pas, sérieux* ? Je l'enfile, puis la ré-enlève pour enfiler un débardeur blanc en dessous. Je n'aime pas qu'on voit mes tatouages au travers du tissu. *Je rentre cette merde dans le fute ? Non, ça fait trop con.*

La veste, maintenant. *Bordel, ce que c'est serré !* J'ai horreur de ça, je peux à peine bouger. Elle a de la chance que je la kiffe, cette garce de lionne. Pour personne d'autre sur Terre j'aurais accepté ça.

Allez, la cravate, maintenant... Putain, non.

– Tu t'en sors ? j'entends soudain dans mon dos.

Oui, bien sûr, j'ai fait ça toute ma vie, Elena.

Je tourne sur moi-même et je reste comme un con. Elle est plus que belle. Elle est magnifique. Et cette robe verte fait ressortir ses yeux.

Elle m'observe comme je le fais avec elle. Sa bouche est un peu ouverte. *Merde, elle n'aime pas ? Qu'est-ce qu'elle a ?*

– Quoi ? je demande.

Elle sursaute à peine, comme si elle revenait à la réalité.

– Rien… Tu… Et la cravate ?

Non ! Le mouvement de ma tête suit ma pensée dans la seconde. La lionne fronce les sourcils.

– Tu te fous de moi ? Et la chemise, tu dois la rentrer dans le pantalon, t'as l'air débraillé, là !

Je soupire et je lève les bras. *Vas-y, ma lionne, fais-toi plaisir…*

Elena s'avance en gloussant, elle attrape le bas de la chemise et commence à la mettre dans mon pantalon. *Oh putain…* Je ferme les yeux et je lève la face vers le plafond. *Concentre-toi sur autre chose que ses petites mains qui te touchent, te frôlent et t'excitent, mec.*

– Teag, tu vas pas encore…

Trop tard. Et ce fute trop serré ne cache absolument rien.

Cette garce de lionne ricane. L'effet qu'elle a sur moi semble l'amuser. Lentement, je plante mon regard dans le sien et, sans se démonter, elle remonte ma braguette et ferme le bouton avant de tirer un peu sur la chemise. Ses doigts restent là.

Un silence de quelques secondes s'installe puis elle murmure :

– Voilà, tu es parfait.

Je déglutis. *Je suis parfaitement prêt pour tirer un coup, surtout.*

Elle me tourne le dos lentement,

– Est-ce que tu peux fermer ma robe ? ajoute-t-elle.

Je baisse les yeux, passant de son chignon simple mais joli à son dos nu. *Résiste, mec, tu vas lui foutre les jetons.*

Doucement, j'attrape la fermeture Éclair d'une main et la robe de l'autre, et je remonte le zip lentement. *Merde, mais elle n'a pas de soutif ? Elle va me tuer.* J'effleure sa peau volontairement avant d'arriver en haut, je la vois frémir et se couvrir d'une chair de poule. Elle ne peut pas nier que chaque fois que je la touche, elle est aussi électrique que moi. Enfin, pour le moment, je suis juste « trique », rien d'autre. Est-ce que je vais réussir à marcher ? Ce pantalon me serre trop. On ne voit que ça.

La lionne se tourne vers moi et on entend, au loin dans la baraque, la sonnette de la porte d'entrée. *Eh merde, on va devoir descendre.*

– Passe-moi ta cravate, me dit Elena.

Je fais non de la tête. Elle soupire et va la chercher elle-même. Avant même que j'aie le temps de réagir, elle la passe sous le col de la chemise. Je ne sais pas ce qu'elle fout, mais un instant plus tard, j'ai une dégaine de type qui veut se faire défoncer. Le sourire qui vient se fixer à ses lèvres et le rose sur ses joues m'annoncent qu'elle kiffe. *Ok, me voir sapé comme un escroc de vendeur de bagnoles du Queens, elle aime ça. C'est bon à savoir.*

– On y va ? me demande-t-elle.

Et elle se casse.

– Elena, attends…

Elle s'arrête et se tourne vers moi. Je la rejoins et l'embrasse chastement.

– Tu es magnifique, ma lionne…

Elle cligne des yeux. Pendant une seconde, j'ai l'impression qu'elle va pleurer, mais elle m'embrasse avec force avant de filer en attrapant ma main.

On quitte la chambre. Le kit obligatoire pour supporter la soirée est dans mes poches : portable, clope et briquet. De toute façon, j'ai décidé depuis deux jours que je vais me contenter de bouffer et ciao. La lionne fera ce qu'elle voudra, moi, je ne vais pas supporter une « fête » de famille trop longtemps. Je fais ça uniquement pour Elena, parce que j'aime voir ce sourire trop rare.

Les escaliers passent vite – trop vite – et on arrive dans l'entrée. Des voix nous parviennent du salon où on s'était installés avec Solis le premier jour. Quand j'y pense, ça me paraît déjà vachement loin. Un mini sentiment de culpabilité me traverse. *Non,*

non, laisse tomber, mec. Solis est mieux sans toi et tes emmerdes.

Elena s'arrête dans l'entrée. *Qu'est-ce qu'elle a ?*

– On sèche Thanksgiving ? je lui chuchote à l'oreille.

Elle émet un petit rire.

– Non… Ma mère y tient, marmonne-t-elle.

Eh merde. Deux secondes, j'ai cru qu'elle allait me dire : « Ouais, viens, on va se prendre une cuite ! ». Ça aurait été trop beau.

Ma lionne passe ses paumes sur sa robe comme pour la lisser et soupire doucement. Je lui donne un petit coup d'épaule.

– Hey, t'es super belle, je te dis.

Ouf. C'est sorti d'un trait et pas hachuré, pour une fois. Elle me lance un petit regard brillant.

– Ouais… Toi aussi, t'es super belle, réplique-t-elle.

Je me marre. *Quelle garce.*

– Teagan ? Elena ? C'est vous ? lance la mère depuis le salon.

Merde, on est grillés. On échange un dernier regard en se détaillant de haut en bas. *Oui, on est bien habillés comme des cons. Mais c'est pour la bonne cause.*

J'enfonce mes mains dans les poches du futal et je suis ma lionne. Elle déboule dans la pièce avant moi, je mate son cul bouger sous sa robe. Heureusement que ce truc n'est pas trop moulant, sinon, j'aurais la gaule toute la soirée. Et dans ce pantalon, c'est pas conseillé.

Elena s'arrête et je fais pareil derrière elle. Je relève les yeux sur les quelques personnes présentes qui nous dévisagent. Silence total. Tous les regards sont pointés sur nous et une ambiance flippante s'abat sur la pièce.

– Wouahou ! Les enfants, vous êtes magnifiques, souffle la mère.

Le père aussi nous reluque comme si on venait d'entrer par effraction dans son salon.

Un raclement de gorge me fait tourner la tête. La tronche que tire Sophie en nous matant me fait aimer ma dégaine. En fait, je ne sais pas vraiment ce qui lui fait ouvrir la bouche comme ça : la tenue de la lionne ou la mienne.

– Oh ! Teagan, tu ne connais pas monsieur Wood, me lance la mère.

Elle me montre un type dans un costard aussi moche que le mien et qui me lance un sourire froid. Il se lève et vient vers moi en tendant la main. J'aime pas sa tronche, à lui.

– Bonsoir, jeune homme, je suis Andrew Wood, le père de Sophie. Vous devez déjà la connaître ? me dit-il.

Elena me donne un coup de coude et je lui serre la main, très brièvement. Il m'éclate les doigts. Il me fixe en attendant certainement une réponse. Je reste statique.

– Eh bien, jeune homme, vous avez perdu votre langue ? insiste-t-il.

– Il ne peut pas vous répondre, coupe ma lionne.

Elle est polie mais insolente. Si elle se comporte comme ça pendant tout le repas, je vais aimer cette soirée.

– Ah bon ? Sophie m'a pourtant dit que lui et toi parliez beaucoup, ajoute le type.

Ma lionne lui sourit gentiment, mais je sens bien qu'elle a une violente envie de l'envoyer se faire foutre.

– Ça lui arrive de me parler, oui… marmonne Elena.

L'homme la reluque de haut en bas et lui balance un sourire factice. Il commence à me gonfler, lui. Je n'aime ni sa gueule ni son style.

Son regard arrive sur moi. Il mate mon cou, là où mes tatouages dépassent. Il ne semble pas du tout apprécier ce qu'il voit.

– Alors vous parlez mais vous êtes sélectif, c'est ça ? me demande-t-il.

Pas de réponse de ma part. Heureusement, la mère se pointe entre nous avec des coupes parce que j'allais faire un truc vraiment con, genre lui cracher à la gueule.

– Andrew, vous prendrez bien du champagne ? Il vient de France, dit-elle.

Il accepte avec un autre faux sourire collé sur la face. La mère me tend l'autre coupe avec un clin d'œil.

– Ça ou une bière en cachette avec Daniel… chuchote-t-elle.

Je me marre. *Alors elle nous a grillés ?*

Je croise le regard du père sans perdre mon sourire, il lève son verre vers moi. Je fais de même. Ma lionne, elle, ne prend qu'un jus de pomme, et Sophie semble vouloir se prendre une cuite parce qu'elle vide la moitié d'une coupe d'un trait. Ça risque d'être marrant.

Je profite d'une discussion entre Elena, ses parents et le père de l'autre folle pour prendre un peu de distance. Je bats en retraite comme en temps de guerre. Je fourre une main dans ma poche qui contient mes clopes. Je traverse la pièce pour me retrouver dans la salle à manger. La table est déjà mise. La mère a fait ça bien, on se croirait dans un resto de bourges. J'ai hâte qu'on mange pour que je puisse aller m'étaler devant la télé là-haut.

Je file discrètement dans le jardin avec ma coupe de champagne. Il caille comme pas permis, mais ce sera toujours mieux que de supporter le rire forcé de Sophie la tatouée et l'attention de qui que ce soit dans cette tenue.

Je pose la coupe au sol et je fais claquer mon briquet plusieurs fois avant de trouver la bonne orientation pour me protéger du vent. Je fume peinard jusqu'à ce que ma clope saute d'entre mes lèvres sans prévenir. Sophie me balance son sourire trop blanc dans la vue en portant ma cigarette à ses lèvres.

– Merci, me dit-elle avec un clin d'œil.

Je fronce les sourcils. *Elle est sérieuse ?* Elle va finir dans le mur, si elle continue. Autant je suis un lapin avec ma lionne, autant, avec n'importe quelle autre nana, je reste moi : une racaille des rues.

– Y a le bal de Thanksgiving au lycée dans quelques jours. Elena n'y va jamais, mais toi, tu pourrais m'accompagner, non ?

Pff... Même avec Elena je n'irais pas à ce genre de merde. J'ai une gueule à aller à un bal ?

– Il fait froid, tu me passes ta veste ? ajoute-t-elle.

Certainement pas, connasse.

À la place, je lui arrache ma clope des doigts et je tire une grande taffe dessus avant de tout lui souffler dans le visage. Elle glousse et recule, mais revient aussitôt à la charge. Ses doigts suivent le bord de la cravate puis elle laisse sa main descendre jusqu'à mon pantalon.

– Alors, Elena et toi, c'est…

Ses doigts continuent de glisser et arrivent sur le bouton du pantalon.

– … du sérieux ? termine-t-elle.

Elle me fixe sans ciller. *Elle en veut, cette folle.*

J'attrape sa main et, sans vraiment le vouloir, je lui tords le poignet. Son regard change du tout au tout. Elle se fige pour me regarder droit dans les yeux. Fini son envie mal dissimulée, elle a peur maintenant.

– Ne-me-touche-pas.

Elle ouvre la bouche au son de ma voix. Mon ton est net, franc et autoritaire. Cette folle me sort par les yeux, et le fait qu'elle ose venir essayer de me chauffer dans le dos de ma lionne me fait enrager.

– Tu me fais mal, arrête, grince-t-elle.

Elle me fixe, mais son insolence pue l'envie de fuir. Quand Elena me tient tête, elle le fait vraiment, elle, sans ciller, sans flipper et sans réfléchir. Elle le fait juste avec ce qu'elle est. Sophie ne sera jamais comme ça.

Je tire sur son poignet avec force. Elle en fait tomber sa coupe qui se casse à nos pieds. J'approche ma bouche de son oreille pour être certain qu'elle m'entende bien. *Pouah, son parfum pue.*

– Oui… Elena et moi, c'est du sérieux, Sophie.

Je la sens se figer et je crois même qu'elle arrête de respirer. Je la repousse et lâche son poignet qu'elle frotte aussitôt en grimaçant.

– Qu'est-ce que tu lui trouves à cette grosse vache ? crache-t-elle.

Je fais non de la tête en soupirant et je bouge plus loin pour l'ignorer. *Laisse tomber, mec, elle est cinglée.*

– Oh ! Je te parle !

Je lui lance un regard en biais et lui lève mon majeur sous le nez. Qu'elle bouge de là où je la vire moi-même. Elle me fixe une seconde et se casse enfin. Je tire une taffe sur ma clope.

– Au fait…

Encore elle ?

– Tu as aimé mon t-shirt ? me demande-t-elle.

Je la regarde sans comprendre. *Son t-shirt ? Quel t-shirt ?*

– Tu sais : « Je suis un trou du cul d'orphelin », ricane-t-elle.

Quoi ? Alors c'était elle ? C'est vrai, elle avait mangé ici, ce soir-là. Et dire que j'ai plaqué Elena contre une porte à cause d'elle. *Putain, la salope.* Mais pourquoi Elena n'a rien dit, bordel ?

Je balance ma clope avec rage au sol et j'avance rapidement vers Sophie qui se casse en courant. Que je la plaque contre la maison ou dans la maison, ce sera pareil pour moi. J'entre rapidement et je la suis alors qu'elle traverse la salle à manger. Je la sens flipper jusque-là. Elle n'aurait jamais dû me provoquer comme ça, elle ne sait pas à quel point je n'en ai rien à foutre d'avoir des emmerdes avec son gros lard de père bourré de fric.

Mon costard de merde m'empêche d'être alerte dans mes mouvements, la conne de Sophie atteint donc le salon avant que je puisse l'attraper par les cheveux.

Je déboule super vénère dans le petit salon et le premier truc que je vois m'explose en plein cœur. Un type est en train de prendre ma lionne dans ses bras. Il me tourne le dos mais semble avoir notre âge. Elena croise mon regard et j'y lis tout un tas de trucs, mais peu importe, tout ce que je vois, c'est qu'ils sont beaucoup trop proches l'un de l'autre et je n'aime pas du tout ça. Il la repose au sol et elle évite mon regard, le sien aussi. Il se retourne ensuite vers Sophie.

– Oh ! Tu as pu venir, mon cousin ! s'exclame-t-elle, folle de joie.

Elena sourit rapidement et elle recule un peu en regardant toujours ses pieds. Le type, le cousin de Sophie, me détaille. Je détourne les yeux de ma lionne qui vient de me faire bouillir de rage instantanément. *Aucun autre mec ne la touche, putain.*

Je mate le type et je le reconnais. On s'est déjà croisés tous les deux aujourd'hui.

– Ah ! Teagan, te voilà. Je te présente Jason Dash, le cousin de Sophie.

Le type s'avance vers moi avec un sourire surfait, aussi blanc que celui de Sophie. Il me tend une main que j'ignore. *Tu ne tripotes pas ma lionne, mec.*

– Alors c'est toi ? On s'est croisés dans les gradins tout à l'heure, non ?

Il remballe sa main tandis que son sourire se casse rapidement.

– C'est cool de te rencontrer, Elena m'a beaucoup parlé de toi, tu sais, ajoute-t-il plus bas.

Je n'aime pas le ton qu'il emploie. Je n'aime pas ce mec.

Je lui fous un vent pour aller planter mon regard dans celui d'Elena. Pourquoi elle ne m'a jamais parlé de ce type ? Elle esquive et semble ravie que sa mère lui demande de l'aide en cuisine. Elles filent toutes les deux, vite suivies par Sophie. Je me retrouve donc avec les autres : le dirlo, le père de Sophie, le gamin et ce type dont je n'ai pas capté le prénom.

– Une bière, Teagan ? me demande justement le pere.

Je fais oui de la tête, mais franchement je n'ai qu'une envie, me casser pour aller embrouiller ma lionne. Les discussions vont bon train.

Un instant s'écoule, assez long pour que ma bière se vide de moitié. Les blabla ne sont que des bruits de fond. J'écoute à peine ce qu'il se passe autour de moi, je m'en fous. Je vais passer ma soirée à ruminer le délire qu'il peut bien y avoir entre ma lionne et ce type.

– Messieurs, si vous voulez bien passer à la salle à manger, balance soudain la mère en pointant son nez dans le salon.

Je suis le premier debout. Elena entre dans la pièce sans me calculer. Par contre, elle envoie un regard au type. *Putain, elle va me faire péter un câble.*

La mère me désigne une place, et tout le monde s'installe. Encore une fois, mon esprit est à quinze bornes de là. Elena aide sa mère et enchaîne les aller-retour à la cuisine.

Les nerfs au bord des poings, je préfère mater mon assiette encore vide plutôt que de participer à la discussion. La seule raison pour laquelle je suis encore là, c'est juste parce que je ne veux pas qu'Elena me zappe. Ça me retourne le bide, et peut-être un autre organe un peu plus haut, de me dire qu'il y a un autre mec dans sa vie. Un mec dont je n'ai jamais entendu parler. Pourquoi ? Je suis quoi ? Un bouche-trou ?

– Teagan ?

Je relève les yeux. Le père me mate, attirant le regard de tout le monde.

– Tout va bien ? me demande-t-il.

Non. Ta fille me rend dingue. Je lui mets un vent puis, dans les secondes qui suivent, tous les plats fumants sont servis. La tablée est au complet. Elena n'est pas à côté de moi. Non, c'est Sophie qui a pris cette place. Fait chier, ma lionne est assise à côté du connard, le nez dans son assiette. Ca m'énerve tellement que je suis obligé de me forcer pour maîtriser mon souffle. J'avale ma salive et je me noie la tête la première dans ma rage. Je ne vais participer à aucune conversation, je ne vais même pas balancer un signe de tête ni rien. Dans ma ligne de mire, il n'y a qu'elle et lui.

Très vite, mon assiette et celles du reste de la tablée sont pleines. Je n'ai plus faim. La lionne ne touche pas à son repas non plus. L'autre con à côté d'elle mange, discute, rit et me lance des regards réguliers. Je ronge mon frein depuis un moment, je ne sais pas ce qui m'empêche de sauter par-dessus cette table pour l'éclater. Certainement la laisse que la lionne a dû passer autour de ma queue sans que je m'en rende compte.

– Teagan, c'est bien ça ? De quelle origine est ton prénom ?

Je relève le nez. L'enfoiré s'adresse à moi, et tout le monde attend ma réaction. Je sens les regards peser sur moi. Je le fixe, il me sourit comme un connard de bourge.

– C'est irlandais ! Même que ça veut dire « poète » ! balance le môme.

Merci, gamin...

Sa réponse lance une discussion sur ce que veulent dire les prénoms. De mon côté, je reste fixé sur le type qui se penche vers ma lionne pour lui chuchoter je-ne-sais-quoi à l'oreille. Elle reste immobile un moment puis affiche un sourire figé. Lui me fait un signe de tête et je le vois qui glisse une main sous la table. Elena se raidit et rougit, exactement comme quand je suis trop près d'elle et que ma queue se fait remarquer.

Fils de...

Je serre les dents, tente de maîtriser mon souffle et les battements de mon cœur, mais c'est déjà trop le bordel dans ma tête pour pouvoir contrôler quoi que ce soit.

Mes jambes bougent de façon frénétique sous la table et j'ai trop chaud. J'ai besoin d'un joint, d'un truc fort ou d'exploser quelqu'un. *Calme-toi, mec, résiste, merde* ! Il te provoque, il sait que tu la kiffes...

J'ai du mal à respirer, je dois bouger ou ça va mal finir. Je balance mes couverts dans mon assiette et je me casse. Je capte vite fait que ma chaise tombe, mais si je fais demi-tour, c'est pour éclater ce type et ce n'est pas lui ma priorité. C'est le bâtard de joueur de base-ball que je dois buter, pas cette raclure de bourge.

– Teagan ?

J'ignore le père et je me casse dans l'entrée en desserrant ma cravate. J'atteins la porte d'entrée, je l'ouvre et je fuis ma propre rage. Enfin, j'essaie. Je me retrouve au milieu de la cour. En face de moi, le portillon m'appelle. *Calme-toi, mec !*

Je sors une clope que j'essaie d'allumer avec mes mains tremblantes de haine. Après deux trop longues secondes, elle s'embrase. Je tire une longue taffe de fumée qui s'enfonce au plus profond de ma gorge. Je suis au bord de l'explosion, même le froid ne calme pas ma rage. Tant qu'Elena ne me dira pas clairement ce qui se passe, rien ne se calmera.

– T'en as une pour moi, ducon ? Au fait, t'as bien embouti ma voiture, le jour de la rentrée…

Ce type est suicidaire ? Mon esprit embrumé de rage fait un retour en arrière de plusieurs semaines : le jour de la rentrée, je me suis embrouillé avec Solis et j'ai éclaté la portière de sa bagnole sur une autre caisse. *Voilà donc pourquoi la gueule de ce connard me disait quelque chose !*

– Mais je pense que passer ma soirée à mater ta copine, c'est bien mieux que de te foutre une raclée, non ?

Je tourne rapidement la tête vers lui.

– Ah ! Tu sais qu'on dit dans tout le lycée que vous êtes ensemble… Mais je peux pas le croire. Comment elle pourrait aimer un type dans ton genre ? Surtout qu'elle et moi, ça dure depuis un moment déjà. Je suis étonné qu'elle ne t'ait pas parlé de moi, sérieux… balance-t-il.

Respire, Teag, ne le bute pas. Ni lui, ni elle.

– Putain, en plus, elle est vraiment bonne dans cette robe. J'ai qu'une envie : lui arracher et la…

J'ai craqué. Mon poing lui attrape la mâchoire et l'autre s'enfonce déjà dans son bide. Il arrête de respirer et pose un genou par terre. Je me vois déjà en train de le finir et de lui faire cracher son envie de jouer avec moi, mais j'arrive à résister cette fois. Je serre les poings, je rage intérieurement et je recule au lieu de lui envoyer mon pied dans la tempe.

– Rapide, hein, connard… souffle-t-il en se relevant avec douleur.

– Jason ?

Sophie arrive.

Je me casse.

J'arrache presque le portillon de ses gonds pour fuir.

CHAPITRE 43

J'ai les larmes aux yeux mais ce n'est pas à cause de ce froid qui me pique la peau. J'essuie vite fait ma face, hors de question que je chiale pour ça. Ce n'est jamais simple de se prendre ce genre de truc en pleine gueule mais je dois rester un mec, bordel.

J'allume une autre clope en marchant. Je ne sais même pas où je vais, il faut juste que je me calme, que j'arrive à réfléchir sans être englouti par la colère.

Mon portable n'arrête pas de vibrer dans ma poche. Je l'ignore, je sais qu'ils doivent tous me chercher, mais je n'ai envie de voir personne. J'avoue qu'aller directement chez Solis m'a traversé l'esprit mais là aussi, je résiste. Si je déboule pendant un repas de famille, elle va me tuer, et puis après ce que je lui ai sorti la dernière fois, ça serait vraiment abusé. Benito, j'oublie aussi, il va me prendre la tête.

Je tire une taffe sur ma clope, les larmes qui coulent sur mes joues sont incontrôlables. Je prends conscience une fois de plus que je n'ai rien dans ma vie, ou plutôt personne. Sans la lionne, je n'ai personne. Et ce soir, j'ai compris que j'avais de la concurrence. Je ne suis pas du genre à me sentir vaincu d'avance, mais là, je bugue : Elena et ce Jason, il y a quelque chose qui ne me revient pas.

Je ne sais pas comment gérer. Si j'avais eu une putain de famille, peut-être qu'elle m'aurait appris quoi faire plutôt que de me barrer et de me servir de mes poings. *Mais putain de merde ! Qu'est-ce que j'ai fait de travers pour mériter cette vie ?* C'est comme si, dès le départ, j'étais destiné à être une merde, un moins que rien, que dalle. Né sur un trottoir et fait pour y vivre, je n'ai pas de nom, pas de racines et pas de famille. Et ça me bousille.

Je secoue la tête. *Arrête, mec, putain. Que ça te serve de leçon, t'as toujours été trop gentil. Les gentils ne vont nulle part, ils restent sur les trottoirs où ils sont nés.* J'essaie de chasser toute cette soirée de mon crâne. J'essuie mes joues pour la centième fois, mais ce n'est pas assez efficace. Ça n'efface pas grand-chose.

* * *

Ma clope s'est terminée et je n'ai pas trouvé la force d'en allumer une autre. J'ai posé mon cul là où mes jambes se sont arrêtées. J'ai sorti la chemise du pantalon, viré cette merde de cravate pour l'enrouler nerveusement autour de ma main.

Ça m'occupe et ça essuie aussi mes joues de temps à autre.

Il fait bien nuit maintenant et il fait vraiment froid. Je tremble, mais je ne sais pas où j'ai dérivé. Compliqué de rentrer maintenant. Je replie mes jambes vers moi pour poser mes avant-bras sur mes genoux et je regarde mes doigts jouer avec la cravate quand mon portable glisse de ma poche directement sur le trottoir où je suis. Il a fini par s'arrêter de vibrer.

La lionne a sûrement fini avec Jason. En même temps, ils vont bien ensemble : les bourges avec les bourges. *Qu'est-ce qu'elle irait foutre avec moi, sérieux ? Une pauvre racaille tatouée infoutue d'enchaîner trois mots sans galérer.*

Les larmes me brûlent la peau. J'envoie mes mains enroulées dans la cravate sur mon visage. Je ferme les yeux et je ne bouge plus. *Arrête de chialer, mec. Arrête ça.* Elena s'est bien foutue de toi, c'est tout.

Maintenant que ma rage redescend, je comprends qu'elle ne s'attendait pas à ce qu'il soit là ce soir. Elle était mal à l'aise et plus rouge qu'une Ferrari neuve. Elle ne m'en a jamais parlé, pourtant, toute sa famille ne semble pas choquée qu'ils soient si proches. Quel connard je suis. Qu'est-ce que j'ai cru, sérieux ?

– Hey…

Merde, le dirlo.

Je ne bouge pas, je suis en train de chialer parce que sa fille a fait de moi un faible lapin. Je n'assumerai jamais un truc pareil.

Je le sens s'installer à côté de moi.

– Elena t'a appelé… Une bonne centaine de fois, je crois, me dit-il à voix basse.

Je serre les dents et je sens d'autres larmes couler. Heureusement que la cravate cache ça.

– Je lui ai dit que tu ne devais pas être bien loin mais elle s'inquiète. Et puis, tous nos invités sont partis et tu n'étais toujours pas rentré…

Une boule se forme dans mon bide. *Elle s'inquiète ? Pourquoi, putain ? Non, je ne veux pas le savoir, bordel.*

Le père ne dit plus rien. J'entends un briquet craquer près de moi. L'instant d'après, une odeur de joint se répand autour de moi.

– Tiens.

Je ne bouge pas. Je n'en veux pas. Ça va me mettre mal, vu mon état. Mon silence lui donne une réponse.

– Merde… Si même le joint tu n'en veux pas, c'est que cette rencontre t'a vraiment plus retourné que ce que je pensais.

Je décolle les mains de mon visage. J'espère que les larmes ont assez séché. Le père fume à côté de moi sans un mot. Pendant un moment, je mate droit devant moi en serrant les dents. Le silence est habituellement mon allié, mais pas quand je suis comme ça : je rumine à mort, je pense trop, et comme toujours, ça part dans tous les sens dans ma tête.

Ce type, je l'aurais laissé pour mort et j'aurais fini en taule. Si Elena n'était pas là avec son délire de joueur de base-ball, ça aurait mal terminé. *Bordel, depuis quand elle et ses emmerdes passent avant moi ?* La réponse est plus limpide qu'une foutue boule de cristal : depuis que je suis amoureux. *T'en chie comme ça parce que t'es amoureux, mec. Sinon, tu n'en aurais rien à foutre qu'un type la serre dans ses bras, lui touche la taille ou qu'elle ne s'installe pas à tes côtés à table.*

Quand je me vois, assis contre un grillage en train de chialer, je me rends compte que dans « tomber amoureux », ce n'est pas pour rien qu'on dit « tomber ».

– Si je fume ce truc tout seul, tu vas devoir me porter pour le retour, marmonne le père à côté de moi.

J'en veux toujours pas. Il attend puis soupire avant de l'écraser entre nous.

– Allez, mon grand, il fait vraiment froid et il est tard, ajoute-t-il.

Si je n'avais pas aussi froid, je n'aurais pas bougé d'ici jusqu'à ce que mon cœur se brise pour de bon. Mais je vais apparemment devoir le porter avec le reste jusqu'à la baraque puisque mes jambes agissent d'elles-mêmes pour prendre le chemin du retour.

Sur la route, le père, les mains dans les poches de son manteau, reste silencieux. Puis, je ne sais pas trop pourquoi, il me lâche :

– Ça fait longtemps qu'ils se connaissent, c'est normal qu'ils soient proches.

Je hausse les sourcils et il enchaîne au moment où je reconnais la rue de la baraque.

– Jason et Elena…

J'avais compris, ducon.

– Mais ils ne sortent pas ensemble… En fait, je ne comprends pas ta réaction : toi non plus, tu ne sors pas avec elle, n'est-ce pas ?

Silence. Je le vois venir à des kilomètres. De toute façon, ça s'est réglé ce soir : elle et moi, c'est fini.

– Jason est un gamin sympa, peut-être que lui et toi pourriez bien vous entendre…

– C'est un putain de truc qui n'arrivera jamais, ok ! je balance. Alors lâche-moi ! J'ai envie d'entendre parler ni de lui, ni de la garce qui te sert de fille ! je coupe brusquement.

Et voilà ce qui arrive quand je suis poussé à bout. C'est peut-être pour ça que j'ai fini par la fermer, parce que je suis capable de sortir les pires conneries quand je suis à la limite d'exploser.

Je me suis arrêté de marcher juste pour pouvoir lui balancer ça dans la gueule. Il reste immobile à me fixer puis fronce les sourcils.

– Ok… T'as l'air épuisé, mon fiston. On en reparlera demain, finit-il par lâcher.

– On n’en reparle pas. J’en ai rien à foutre de ta science. Et je suis pas ton « fiston », connard.

Je le laisse sur place.

Je déboule dans la baraque avant lui. J’entre. Personne, c’est calme. Je monte directement jusqu’à la chambre. Quand j’arrive, Elena est assise sur mon lit. Elle relève la tête vers moi. Les larmes sur ses joues brillent dans la pénombre.

– Teag, tu…

Je l’ignore pour aller dans la salle de bain. *Il faut que je vire ces fringues de merde.* Je me déshabille nerveusement et je la sens se pointer. Enfin, j’entends ses sanglots mal contenus dans mon dos.

– Ça va ? chuchote-t-elle, la voix tremblante.

Non.

Je ne réponds pas, ne la regarde pas. J’enfile un jogging et un sweat rapidement. J’ai froid, putain. Quand je vais pour quitter la pièce, la lionne est dans l’embrasure de la porte, prête à faire ce qu’elle fait toujours de moi : un lapin. Mais cette fois, même si c’est douloureux, j’étouffe ce connard.

Elle a toujours sa robe mais son visage montre qu’elle n’a pas arrêté de pleurer. Je la contourne sans la toucher pour aller trouver mon pieu.

– Teagan…

Sa supplique m’écrase la poitrine, ajoutant du poids là où j’en ai déjà trop. Je l’ignore et je referme la porte de la salle de bain sur elle.

Je n’arrive pas à aller plus loin ensuite. Le lit est là, mais mes jambes refusent de bouger.

Je m'adosse à la porte juste quand elle essaie de l'ouvrir. Ça reste fermé.

– Teag !

Elle pleure, moi aussi. Je reste là sans rien faire. Elle tape doucement à la porte en m'appelant encore une fois. Elle pourrait très bien faire le tour et passer par l'autre porte mais je l'entends juste pleurer de l'autre côté, comme si son corps refusait lui aussi de bouger.

Elle et moi, c'est fini.

* * *

Nathalie me fait un sourire mais j'arrive pas à lui rendre.

– Teag, ça va ?

Je ne réponds pas. Madame Milers m'a interdit de lui parler. Je sais pas pourquoi, j'obéis. Je me souviens encore des coups de ceinture de la semaine dernière. J'ai encore mal. Tristan m'a dit qu'à chacun de ses anniversaires, son père lui donnait des coups de ceinture avec la boucle. Un coup par an. J'ai onze ans aujourd'hui et Tristan n'arrête pas de jouer avec sa ceinture en face de moi. Tristan est devenu encore plus méchant depuis que son père est parti. C'est moi qui prends et ça fait plusieurs mois.

Nathalie tend la main pour toucher mes cheveux. Je recule sans la regarder.

– Tu ne souffles pas, Teagan ? me demande madame Milers.

Sa voix est toute gentille alors que d'habitude, elle me gueule dessus. Je regarde le gâteau. Non, je souffle pas, je soufflerai plus jamais, pour pas avoir les coups de ceinture.

* * *

Je suis puni dans la chambre parce que j'ai fait un câlin à Nathalie avant qu'elle parte. Elle me manque beaucoup mais elle veut pas de moi, m'a dit madame Milers.

Il fait nuit maintenant et j'ai rien mangé aujourd'hui. J'ai tellement faim que j'ai envie de vomir. D'un coup, la porte s'ouvre. C'est Tristan. Pourquoi il pleure ?

Il ferme la porte mais elle s'ouvre encore plus fort et casse un peu le mur. Oh ! Je saute de mon lit tout de suite : c'est monsieur Milers.

Oh non !

– VIENS ICI, BRANLEUR !

Il hurle, il pue et il tient à la main un grand bâton en fer. Tristan ouvre la fenêtre pour sauter, et moi, je ne sais pas où aller. J'ai vraiment peur alors je retrouve le coin près de mon lit, contre le mur.

Le père attrape Tristan et le jette par terre. J'aime pas le bruit que ça fait. Pourquoi il le tape comme ça ? *Je crie en me bouchant les oreilles et madame Milers arrive d'un coup.*

– ARRÊTE !

Elle crie et le père la tape aussi. Je ferme fort les yeux mais j'entends encore tout. Elle crie plus fort, et lui, il dit qu'il va tous nous tuer. Non, maman, viens me sauver, s'il te plaît !

J'entends plein de coups, des cris, le sol bouge aussi. Je me fais tout petit mais un truc me tombe dessus. Ça fait mal.

Je regarde pas beaucoup mais y a du sang partout sur le visage de madame Milers. Ses yeux sont grands ouverts, mais ils bougent plus. Je la pousse mais elle bouge pas.

Tristan hurle, son père lève le bâton en fer.

Moi, je vais sous le lit. Mais qu'est-ce qui se passe ? *Je vois la fenêtre, là-bas. Monsieur Milers hurle et Tristan aussi. Moi, je saute.*

* * *

Ma jambe me fait mal. J'ai plein de sang sur moi, mais c'est pas le mien. Il fait froid mais j'ai réussi. Je suis plus chez les Milers. Je vais chez maman maintenant.

* * *

– Hé ! petit, tu m'entends ?

J'ouvre les yeux. J'ai faim, mon ventre me fait mal mais je suis trop fatigué. Un policier me regarde.

– Petit ? Tu habites où ?

Je sais pas.

– Tu viens ? Je vais te ramener chez toi, d'accord ?

Je vais avec lui.

– Je vais d'abord te conduire à l'hôpital et ensuite tes parents viendront te chercher, ok ?

D'accord. Mais je sais pas qui sont mes parents. Je m'en souviens pas.

* * *

J'ouvre les yeux. Je suis assis, j'ai chaud et je flippe. Je flippe vraiment. *Qu'est-ce qui s'est passé ?* Je regarde partout autour de moi. *Je suis où ?*

– Teag…

Merde ! Je saute du lit et me cogne contre le mur. Mon souffle est trop court pour servir à quelque chose et mes yeux trop humides m'empêchent de voir. *Ce putain de cauchemar…* C'est la première fois que je me souviens de ce qui s'est passé chez les Milers. *Il… Putain.*

Je prends mon visage dans mes mains et je frotte fort. *Il…* Non, je veux pas voir ça encore.

– Teagan ?

L'appel attire mon regard devant moi. *Elena…*

Je cligne des paupières pour chasser mes larmes et j'essuie mon visage, mais mes mains tremblent trop, c'est impossible à contrôler.

– Il l'a tuée.

Ma voix chevrotante résonne dans la pièce sombre. Elena s'approche. Je recule et longe le mur. *Non, putain, m'approche pas !*

Elle vient quand même et tend une main vers moi.

– ME TOUCHE PAS !

Elle recule aussitôt. *Putain, je suis où, là ? Pourquoi elle est là ?*

– Je… Euh, Teag, de quoi tu parles ?

– De Milers, putain ! Il l'a tuée !

J'atteins la porte. *Je dois sortir, je dois...*

– Qui ? Teagan, tu vas où ?

– Je… je dois bouger… si… s'il revient, je… Putain, Elena, s'il revient, je fais quoi ?

– Je ne sais pas de qui tu parles, Teag.

Je la regarde, j'essuie encore mon visage. *Putain, pourquoi je chiale ?*

– Je dois parler à ma mère. Mon portable… Il est où ? Elena, donne-moi mon portable.

– Je sais pas… Teagan, je vais aller chercher mon pè…

– Où est mon portable, putain de merde ?

Je le trouve pas. J'arrive pas à chercher.

– Elena, aide-moi. Appelle ma mère !

– Euh oui… je… j'appelle qui ?

– Ma mère, putain !

Je lui fonce dessus. *Stop ! Stop !*

– Ta mère, mais…

– Quoi ? Appelle-la, BORDEL DE MERDE.

Elle sursaute parce que j'ai crié. *Pardon, bébé.* Elle s'en va.

Je suis… je suis dans la chambre chez les… chez…

– Ok, euh… On va appeler Nathalie plutôt, d'accord ?

Elena a un portable. *Enfin !*

– Oui, c'est ma mère. Pardon, j'ai encore crié sur toi, bébé.

– C'est rien…

Elle me donne le téléphone, ça sonne et ça répond.

– Elena ?

– Il l'a tuée !

– Teag ! QUOI ?

– MILERS ! Maman, je te jure, il l'a tuée ! J'étais là, elle respirait plus, maman ! Y avait du… J'ai sauté par la fenêtre et…

– Teagan, calme-toi ! Tu es où, là ?

– Je… Avec Elena… Mais il va revenir… Je fais quoi, maman ? Je me souviens plus où t'habites. Maman, viens me chercher, putain !

– Teag, il va pas revenir. Monsieur Milers est mort, en prison, il y a trois ans. Tout va bien, ok ? Respire doucement…

– Quoi ? Il est mort ? T'es sûre ?

J'aime pas entendre ma voix comme ça. J'essuie encore mes joues.

– Oui, j'en suis sûre, Teag. Tu as encore les médicaments ?

– Je… Je sais pas… Maman… Il l'a tuée et elle est tombée sur moi… Y avait du sang partout. Et… Tristan, il hurlait… C'est dans ma tête maintenant, putain ! Maman… Tu dois venir parce q…

– Tout va bien, Teag, regarde autour de toi, tu n'es plus chez les Milers, tu es avec Elena, tout va bien.

– Oui… Avec Elena… Mais maman, Tristan me cognait aussi. Je fais quoi s'il se pointe et qu'il a la ceinture ? Putain, maman, avec la boucle, ça fait mal pendant des semaines !

– Ne t'inquiète pas pour ça. Tristan ne peut pas te trouver non plus, ok ?

Il ne peut pas. Ok… J'essuie mon front, j'ai chaud, putain, et mes yeux me brûlent.

– Bon, passe-moi Elena et assieds-toi, ok ?

– Oui, maman…

Je donne le portable à Elena et je pose mon cul sur le lit.

– Allô ? Oui… Non, non. Il dormait dans son lit et euh… il a hurlé… il pleurait et… euh, il s'est réveillé d'un coup et il a dit qu'il l'avait tuée. J'ai rien compris… Il a…

Je m'allonge. Mon cœur va exploser dans ma poitrine, mais tout va bien, il est mort. Tout va bien. Je regarde Elena, comme si elle avait la solution à tout ça.

– D'accord, deux cachets. Je vais regarder dans son sac, mais qu'est-ce qu'il a ? Ah… ok. Comme une crise de panique ? Ok. Oui, il a déjà fait ça il n'y a pas longtemps, mais c'était pas aussi intense…

– Elena ? Qu'est-ce qui se passe ?

– Ah ! Euh, papa… Teagan est…

Elle pleure. *Non, bébé, pleure pas, j'aime pas quand tu pleures.* J'arrive plus à me lever. *Milers est mort, tout va bien.*

– Elena, tu appelles qui ?

– T… tiens, c'est Nathalie. Je… je vais chercher les médicaments.

– Bébé, tu vas où ? j'appelle.

Putain, pourquoi elle s'en va ?

– Bébé, pleure pas, je…

– Ça va… Ne t'inquiète pas. J'arrive, d'accord ? elle me dit de loin.

– Dépêche-toi.

– Allô ? Nathalie, c'est Daniel… Ah ! D'accord… Non, non, il est allongé… Oui, il est calme. Je l'ai entendu hurler d'en bas, ce n'est pas la première fois. Je sais, oui… Très bien, je vais m'en occuper. Mmh… Milers, oui, j'ai lu tout le dossier… Elena ?

– Tiens, Teagan, bois ça.

Je fais ce qu'elle me dit. Ma gorge me brûle, j'enlève mon haut et je me recouche. Elle remet la couette sur moi.

Il est mort, tout va bien, comme sa femme, tout va bien.

CHAPITRE 44

Aïe ! Putain. J'ai l'impression que quelqu'un s'est acharné sur mon crâne pendant la nuit. J'ouvre les yeux mais je dois forcer. Il fait jour et la lumière me brûle la rétine.

Eh merde ! Tout me revient d'un coup : cette nuit, le cauchemar, ma lionne qui pleure et Solis.

Je me redresse en vitesse, j'ignore mon mal de crâne et je vais directement dans la salle de bain. Sa porte est fermée. Je frappe dessus.

– Elena ?

Pas de réponse.

Putain, pourquoi elle ne répond pas ?

Je fais le tour, son autre porte aussi est fermée avec ce putain de digicode. Je regarde autour de moi, je suis complètement paumé. Qu'est-ce qui s'est passé exactement ? Je secoue la tête quand les images des Milers reviennent me faire chier. Je me frotte le visage et je descends. La baraque est vide ou quoi ? J'arrive dans l'entrée, personne. *Peut-être qu'elle est dans la cuisine.* J'y rentre rapidement et je sursaute : le dirlo est là, mais pas ma lionne.

– Oh ! Teagan, ça va ? me demande-t-il.

– Elle est où Elena ?

Il fronce les sourcils avant de répondre. *Pourquoi il est louche comme ça ? Et mon portable, il est où ?*

– Teagan, est-ce que tu sais ce qui s'est passé cette nuit ?

Euh... J'ai...

– Assieds-toi et calme-toi. Tout va bien, ok ?

J'hésite puis je fais ce qu'il me dit. *Pourquoi il ne m'a pas répondu ?*

– Tu as fait un choc post-traumatique après un cauchemar. J'aimerais savoir comment tu te sens ce matin. Et Nathalie m'a demandé de te dire que tu peux l'appeler quand tu veux si tu as besoin, ajoute-t-il.

Je mate en direction de la porte de la cuisine plusieurs fois. *Mais que fout Elena ?*

Le silence revient. Le daron me propose un café mais je n'en veux pas. Je veux voir ma lionne. Après un moment à attendre là, j'entends la porte s'ouvrir. Je cours jusqu'à l'entrée pour voir la mère arriver. *Et Elena, elle est où ?*

Elle arrive juste derrière, mais elle ne me regarde pas et détourne la tête.

Putain, mais qu'est-ce qu'il lui est arrivé ?

Elle évite mon regard. Son visage est abîmé sur un côté, sa lèvre ouverte affiche des points de suture. Je ne comprends d'abord rien, puis un flash de cette nuit me revient. *Non, je n'ai pas pu faire ça...*

J'avance rapidement vers elle. J'ai déjà les larmes aux yeux. *J'ai pas pu, bordel !*

– Elena, putain, je… Bébé…

Mes mains tremblent. Elle recule jusqu'à la porte. *Pourquoi elle ne me regarde pas ?*

– Bébé, regarde-moi, s'il te plaît, je…

– Teagan.

Le père m'attrape par le bras. Je le vire de là. Pourquoi Elena ne me regarde pas ? Je vois ses yeux se fermer et des larmes couler mais elle ne me touche pas et se détourne alors que je suis juste là, les mains sur ses joues.

– Elena, je suis désolé, je… Pardon, je n'ai pas fait exprès, mais pardon. S'il te plaît, regarde-moi.

Elle fait non de la tête et me repousse doucement. Comme je ne veux pas lui faire plus de mal, je la laisse me repousser sans rien faire. J'ai du mal à respirer, d'un coup. Pourquoi elle me rejette comme ça ?

– Elena, tu montes dans ta chambre, ordonne le père.

– Daniel… souffle la mère.

– Elena ! ajoute-t-il.

Ma lionne glisse contre la porte et va monter les marches. Chacun de ses pas me fait un peu plus mal. Je sens couler sur mes joues des larmes qui me brûlent l'intérieur.

– Elena, putain, qu'est-ce qui se passe ? j'envoie.

J'essaie de la suivre mais le père m'attrape à nouveau le bras.

– Attends, on doit avoir une discussion.

– Me touche pas, putain ! Elena !

Je le pousse mais il fait barrière entre les escaliers et moi.

– Viens, on va…

– Teag, je l'ai trouvée. Regarde. Regarde !

Je sursaute. Le gamin arrive entre nous en sautant partout avec un truc à la main. Je baisse les yeux sur lui. Il remue une photo sous mon nez, une photo dans un cadre. Je la prends doucement de sa main pour mieux voir. C'est son père sur la photo, en plus jeune, avec un look de racaille des années 80. Son bras est sur les épaules d'un type un peu plus grand que lui, plus fin aussi, et qui me ressemble comme deux gouttes d'eau. J'ai l'impression de me voir dans quinze ans, sans les tatouages. Le type tient un joint à la main et une bière dans l'autre.

Je fronce les sourcils et laisse mon regard remonter sur le père qui me bloque toujours les escaliers. Il soupire en fermant les yeux.

– Chev, tu vas dans ta chambre ! balance-t-il froidement.

Le gamin ne cherche pas et il bouge direct.

– Daniel, Chevy n'y est pour rien, soupire la mère.

– Ce n'était pas le moment, coupe-t-il. Va gérer Elena, s'il te plaît.

Elle lui lance un regard en biais, façon lionne, et elle le pousse pour monter.

– On va dans mon bureau, me dit-il.

Je ne bouge pas. *Il est sérieux ?* On échange un regard appuyé.

– Teagan, je vais t'en parler, mais le moment est mal choisi.

– C'est qui ?

– Viens dans mon bureau, on pourra en discuter au calme.

Je mate les escaliers. Elena est plus importante que cette photo merdique.

– Allez, Teagan, s'il te plaît, insiste le père.

Il me pousse un peu et je le dégage de là. *Je vais y aller sans qu'on me tienne la main !* Je recule en lui lançant un regard noir.

Dans le bureau, il ferme la porte, me fait signe de m'asseoir. Je reste debout. La pression monte de plus en plus. J'ai comme un truc en moi qui me pousse à rester là pour en savoir plus sur ce type qui me ressemble, mais d'un autre côté, j'ai juste envie de grimper ces putains d'escaliers pour résoudre le cauchemar éveillé que je vis depuis que j'ai vu Elena.

Le père reste devant la porte et il montre la photo que je tiens toujours.

– Ce type… commence-t-il.

Il s'arrête là et se frotte le visage.

– Excuse-moi, la nuit a été courte pour tout le monde. J'ai… Merde, crois-moi, ce n'est pas aussi compliqué que ça en a l'air. Ce type…

Putain, qu'il accouche, je perds patience, là !

La boule qui occupait mon bide jusque-là me monte dans la gorge. Je suis à peu près sûr de ne plus pouvoir aligner deux mots. Le père mate la photo mais ne dit rien. J'envoie un coup de pied dans la chaise qui fait face à son bureau. Il relève les yeux et l'ouvre enfin.

– … c'était mon meilleur ami.

C'est tout ? Et donc quel est le rapport avec moi ? Parce qu'il y a clairement un rapport.

Le père soupire et s'adosse à la porte, les mains dans le dos.

– On a fait les quatre cents coups ensemble, il était capable des pires conneries. Du moment qu'il pouvait se marrer et se faire du pognon, il en était. On était jeunes et cons. Et puis un jour, j'ai rencontré Angie et on s'est installés. Il est resté avec nous pendant un moment, il squattait le canapé de notre petit appartement, c'était bien avant qu'Elena arrive. Et avant toi aussi.

Je ne l'ai pas quitté du regard une seconde, et là, je me fige. *Comment ça « avant moi » ?* Un autre silence se fait. J'essaie de faire entrer un maximum d'air dans mes poumons, mais je sais d'avance que ce qui m'attend va être certainement trop violent à encaisser pour mon état.

Je reste immobile, j'ai juste baissé les yeux sur la photo que je tiens. Le tremblement de mes mains me perturbe à peine, pourtant il est bien là. C'est qui, ce type, alors ? *Ce n'est quand même pas mon père ?*

– Un matin, il est arrivé avec la tête du type le plus heureux du monde, reprend le père. Il nous a annoncé que sa fille venait de naître. On était sous le choc avec Angie parce qu'il n'avait pas de nana officielle, sauf cette serveuse, Debbie, qu'il voyait de temps à autre, mais elle avait déjà quelqu'un. Il était complètement perdu. Il a quitté l'appartement ce jour-là en nous disant mot pour mot : « Je vais les récupérer, elle et mon bébé. » Et il n'est jamais revenu. Trois jours plus tard, une morgue autour de Central Park nous a contactés pour nous dire qu'ils avaient retrouvé son corps dans le lac…

Je cligne des paupières. Je ne comprends rien à part la peine qui semble assaillir le père. *Quel rapport avec moi ? Ce n'est pas mon père puisqu'il a eu une fille. Putain, ça n'a aucun sens. C'est quoi ? Mon oncle ? Le père d'Elena ? Non, ce n'est pas possible puisque la mère d'Elena était déjà avec le dirlo…*

– On a cherché sa copine et son bébé partout. On voulait les aider. C'était normal, ce type était comme mon frère. Il n'avait rien mais donnait tout. La police a mené l'enquête. Une balle dans la tête, dans le Bronx, ce n'était pas inhabituel. Alors ils ont classé l'affaire comme étant un règlement de comptes entre gangs. Et nous, on a continué de chercher sa fille partout. J'ai dû appeler six cents « Debbie Pearson » sur ces dix-sept dernières années pour leur demander si l'une d'elle avait été la copine d'un certain Teagan O'Brian.

Je relève le nez de la photo. *Comment ça, « Teagan » ?*

– En fait, il s'était trompé. Debbie n'avait pas accouché d'une fille mais d'un garçon : toi.

Il me lâche ça sans me regarder. Il fixe un point invisible sur le sol. Mon regard repart sur la photo. *Respire, mec…*

Sans trop faire gaffe, je m'assieds. Mes jambes ne me soutiennent plus. *Ce type-là, avec son joint et sa bière à la main, c'est mon père…* Je sais enfin qui il est, mais je ne le verrai jamais ailleurs que sur ce cliché.

– Ta mère t'a déposé sur un trottoir quelques jours après ta naissance avec sa gourmette à lui autour du cou. Alors, ceux qui t'ont récupéré t'ont appelé Teagan Doe. Tu portes le même prénom que ton Irlandais de père.

Je reste statique, mais une putain de larme coule sur ma joue. C'est beaucoup trop d'infos d'un coup. *Mon père était le meilleur pote du dirlo. Ma mère avait un autre mec et elle m'a balancé sur un trottoir…*

Je me lève rapidement et j'attrape les clopes sur le bureau du daron avec le briquet.

– Elle est où, elle ?

C'est ma voix, claire et pas hésitante, qui vient de trancher le silence laissé par la dernière phrase du daron. J'enfonce une clope entre mes lèvres mais j'attends qu'il réponde pour l'allumer.

– Ta mère ? Eh bien, il y a quelques mois, Angie a croisé une femme dans la rue. Elle l'a prise pour Debbie, qu'on avait vue une fois lors d'une soirée vingt ans plus tôt. Angie a toujours eu une bonne mémoire des visages, mais là, ce n'était pas Debbie, c'était sa sœur. Elle nous a expliqué que tu étais né chez eux, mais que son mec de l'époque l'avait forcée à t'abandonner parce que tu n'étais pas de lui. Ta mère ne l'a jamais supporté, elle s'est suicidée trois ans après ta naissance. Je suis désolé…

J'actionne le briquet avec rage. *Allume-toi, bordel de merde !* C'est plus fort que moi, les larmes coulent sur mes joues et me vident de toutes mes forces, mes mains tremblent. Je balance le feu au travers de la pièce, le père quitte la porte pour s'approcher.

– Me touche pas, j'te jure ! je gueule.

– Pas de souci. Tiens, dit-il doucement en me tendant un autre briquet.

Je le prends brutalement et j'allume cette clope de merde.

– Respire, ok ?

Un silence se fait, je tire une taffe, puis deux, et toutes les questions qui viennent de débouler en moi comme une tempête n'ont plus d'autre choix que de sortir.

– Putain, pourquoi elle ne m'a pas cherché ? Pourquoi elle s'est pas mise avec mon père ? J'ai rien demandé, moi, bordel !

– Je ne sais pas. Peut-être qu'elle avait peur, elle était jeune. Essaie de lui pardonner, me dit-il calmement.

– J'en ai rien à foutre de lui pardonner !

C'est faux. J'en ai quelque chose à foutre. Ça me bousille de me dire qu'elle aimait plus l'enfoiré avec qui elle était que moi et qu'elle a préféré me laisser sur un putain de trottoir.

Je tire nerveusement sur la clope comme si ça pouvait m'aider.

– C'est qui, le type ? j'interroge.

– Quoi ?

– Le type, putain !

– Ah ! L'autre ? On ne sait pas, on n'a jamais eu ce renseignement sur lui. On a fait tout ce qu'on a pu pour te trouver, mon grand. Il y a dix ans, on a rencontré Nathalie par hasard et on lui a parlé de toi. Mais comme on pensait devoir trouver une fille, on a accueilli que des filles chez nous depuis ce temps-là. Pourtant, elle nous avait parlé plusieurs fois du petit garçon dont elle s'occupait et qui l'appelait maman… Et puis, il y a quatre mois, elle nous a expliqué qu'il lui fallait une famille de toute urgence pour son gosse de dix-sept ans. On a eu ton dossier entre les mains, on venait d'apprendre que l'enfant de Teag était un garçon. Solis m'a montré une photo de toi, un truc sorti de ton casier judiciaire. Et tu lui ressembles trop pour que j'aie une seule seconde de doute. Je suis sûr que le seul truc qui t'appartient, c'est une gourmette avec ton prénom inscrit dessus.

C'est vrai. Je me suis toujours demandé pourquoi j'avais été abandonné avec ce truc qui porte juste mon blase.

Un silence se fait. Lourd.

– Tous les vinyles dans la salle de jeux sont à lui, donc à toi, sort Daniel.

Super. Et ça m'avance à quoi, sérieux ? J'ai pas de père ni de mère. Je n'en ai jamais eu. Je suis le fruit d'une tromperie et personne n'a voulu de moi.

Je serre les dents, mais rien à faire, la peine est trop intense pour résister plus longtemps. Je chiale comme un môme. Je suis étonné de ne rien exploser autour de moi. Les trois mois passés ici m'ont changé, on dirait. Il y a peu, j'aurais terminé chez les flics avec les poings en sang. Mais à quoi bon ? Ça ne changera rien à l'histoire.

Finalement, je balance la photo de toutes mes forces dans le mur en face de moi. Le cadre se brise, mais ce n'est pas assez violent pour calmer ma rage.

– Tu es ici chez toi, Teagan, commence le daron avant de laisser un blanc. Je sais que le juge ne t'impose qu'un an, mais tu fais partie de la famille et ta place est ici. Je souhaite vraiment que tu restes avec nous. Bien sûr, tu es libre, mais avoir une famille…

– Ça sert à rien, je coupe. Et depuis le temps, je vis très bien sans.

C'est faux, bien sûr.

Daniel fronce les sourcils mais ne dit rien d'autre pendant un moment. Je termine la clope et je vais l'écraser dans une tasse qui traîne là.

Le père est de nouveau contre la porte.

– À propos d'hier soir avec Jason… Est-ce que je peux savoir pourquoi il a mangé ton poing ?

Je ne réponds pas. Je n'ai aucune envie de parler de ce connard maintenant.

Le père attend un instant.

– Ok, on laisse tomber. Il ne t'en veut pas, de toute façon. J'imagine que tu sais ce qu'il s'est passé cette nuit ? Avec Elena, précise-t-il.

Le visage abîmé de ma lionne me revient en tête brutalement. Je fronce les sourcils et j'essuie mes joues doucement. Oui, je sais à peu près. Elena a voulu m'aider mais j'étais en plein cauchemar et j'ai confondu cette merde avec la réalité. J'ai essayé de me défendre comme je pouvais et c'est Elena qui a pris. Elle a morflé mais elle n'est pas partie. Elle est restée. Pour moi.

– Pour l'instant, je préfère que tu dormes dans la chambre d'ami, la porte en face d'ici.

Je relève la tête. *C'est sérieux, là ?*

– Pourquoi ? je demande.

– Parce que vous êtes trop proches. Prendre vos distances ne fera de mal à personne et je ne veux pas que l'incident de cette nuit se reproduise. Tu l'as frappée, Teagan… Elle n'a rien dit mais elle a passé le reste de la nuit à pleurer et…

– Je sais, putain ! Je n'ai pas fait exprès ! Le dernier truc que je veux, c'est lui faire du mal ! Tu n'as aucune idée de ce qui se passe dans ma tête…

Je perds le contrôle. *Respire, mec.*

– Je veux bien te croire. Mais les faits sont là. Et il me semble avoir été clair avec toi dès le départ : tu ne sors pas avec ma fille. Je t'avais prévenu que je te traiterais en homme si tu venais à enfreindre cette règle, non ?

– Rien à foutre, c'est Elena qui décide, pas toi. Et elle ne me laissera pas, je coupe.

En lui disant ça, je sens ma gorge se nouer d'un doute que je préfère ignorer.

– Elle ne veut plus te voir. C'est elle qui nous a demandé de mettre de la distance entre vous et je trouve qu…

– QUOI ?

C'est elle ? Putain, hier soir encore elle pleurait derrière la porte, et là, elle me dégage comme ça ?

Je fonce sur le montant qui nous sépare, je veux qu'elle me dise elle-même, droit dans les yeux, qu'elle ne veut plus de moi.

– Non, Teagan, tu…

– BOUGE !

Je le pousse, il résiste, mais ma rage est plus forte et j'arrive à le pousser assez loin pour avoir le temps de me casser de la pièce. Je traverse la maison en courant, je monte les escaliers et, quand j'arrive au deuxième, je vais directement à la salle de bain. Sa porte est encore fermée. J'entends la télé de l'autre côté.

– ELENA ! Elena, ouvre !

Je frappe de toutes mes forces, si fort que les murs en vibrent autour. Mais rien. Pas de réponse.

– Elena, ouvre cette putain de porte !

– Teagan, arrête ! balance le père dans mon dos.

Je sens qu'il m'attrape, je le dégage pour frapper encore sur le battant. S'il faut, j'arracherai cette porte du mur.

– Elena !

– Ça suffit. Laisse-la.

L'instant suivant, je suis plaqué contre le mur. Le daron me maintient avec une clé de bras comme font les flics. J'essaie encore de me débattre.

– Tu vas juste réussir à lui faire peur encore une fois, grogne Daniel dans mon dos.

J'arrête de bouger. Je ferme les yeux. *Chiale pas, mec, chiale pas, putain.*

– Elena… Tu ne peux pas me quitter.

C'est une supplique. *Putain, j'ai jamais été aussi faible.*

Le père relâche sa prise dans mon dos mais ne me laisse pas pour autant.

– Calme-toi…

– Lâche-moi.

Ça y est, je chiale pour de bon. Il recule. Moi, je reste contre le mur à côté de cette porte qui ne s'est pas ouverte. *C'est en train d'arriver, elle me quitte…*

J'avale ma salive. Je n'ai jamais eu aussi mal dans la poitrine.

– Elena… Je te jure que je ne voulais pas… Ouvre, bébé, je suis désolé… Excuse-moi.

La porte reste fermée. Silence total.

Je serre les dents, impossible de contrôler quoi que ce soit. Je recule en titubant.

Elle me quitte. Putain, elle me quitte… J'en lâche un sanglot. *Comment je vais faire sans elle ?*

– Viens, on va mettre tes affaires en bas et… commence le père dans mon dos.

Je me retourne et lui envoie mon poing dans la gueule. Si c'était sorti, je l'aurais insulté aussi, mais c'est plus bloqué que jamais. Il écrase ses mains sur son visage. Si ma lionne ne veut plus de moi, je n'ai rien à foutre ici.

Je réunis mes affaires vite fait, mon sac avec ma gourmette, quelques fringues. J'enfile un sweat et mes boots. J'essuie mon visage de mes paumes tremblantes.

– Teagan, attends ! Tu vas où ? lance le père.

Le nez en sang, il essaie de me rattraper, en vain. Je dévale les escaliers, claque la porte d'entrée et cours jusqu'au portillon. J'envoie mon pied dedans pour l'ouvrir et je me casse sans me retourner.

CHAPITRE 45

La douleur me file presque la gerbe. J'ai encore une furieuse envie de chialer, les larmes n'ont pas coulé dans le train mais je les sens prête à débouler. Plus je prends de la distance avec ma lionne et plus la douleur empire. C'est comme si le lien entre nous refusait de se briser et qu'il tirait de toutes ses forces sur mon cœur pour m'obliger à retourner là-bas pour pouvoir la toucher, l'embrasser une dernière fois.

Je serre les dents. Le froid m'arrache une grimace quand je sors du métro. Mon sac sur l'épaule, les mains enfoncées dans mes poches, je ne suis pas capable de réfléchir. J'arrive plus à rien.

Je respire un bon coup et je relève le nez. Je suis en bas d'un immeuble pourri. Je pousse la porte du hall, elle est toujours pétée, comme la dernière fois que je suis venu ; et je monte les escaliers lentement, chaque marche m'est un peu plus difficile. Je n'ai qu'un besoin, me laisser tomber dans un canapé ou un lit et oublier tout ça. L'oublier elle, même si je sais que ce ne sera pas possible.

J'arrive devant la porte, je frappe. Rien. Je sonne, et enfin la porte s'ouvre. Le mec de Solis se matérialise devant moi avec un regard glacial.

– Tu veux quoi, toi ? me demande-t-il.

Je détourne le regard. *Putain de larmes.* J'essaie d'entrer mais il me pousse en arrière.

– Tu ne rentres pas chez moi comme ça. Tu veux quoi ?

Il recule et va pour refermer la porte.

– C'est qui ? demande Solis de loin.

– Rien. Une erreur, marmonne l'autre connard.

Il ferme la porte.

– MAMAN !

J'entends Solis derrière le battant fermé, et la seconde suivante, la porte s'ouvre sur elle. Son visage est paniqué, et sa mine, fatiguée.

– Teag ? Mais qu'est c…

Je chiale.

– Elle… Putain, maman, elle…

– Calme-toi… Qu'est-ce qui se passe ? Entre.

Je me retrouve dans la minuscule entrée de son appart.

– Pourquoi tu as ton sac ? me demande-t-elle en fermant la porte.

– Je… j… je pouvais pas rester là-bas. Elena et…

– Teag, calme-toi. Respire, ok ? Qu'est-ce qui s'est passé avec Elena ?

Elle m'a quitté, putain ! Mais bien sûr, je n'arrive pas à le dire. Je fais non de la tête, je ferme les yeux et d'autres larmes coulent.

– Je vais appeler les Hills, ils doivent s'inquiéter et tu dois y retourner.

– NON ! Je reste ici, chez toi, maman.

– C'est pas ta mère, putain ! balance l'autre con.

– Lucas, s'il te plaît…

Elle lui fait signe de bouger, elle touche son ventre en grimaçant et me demande d'aller dans le salon.

– J'ai pas le droit de rester debout trop longtemps. J'accouche dans une semaine alors…

* * *

– Oui, bien sûr. Je comprends… Non, ça va, il est silencieux… Non, toutes mes excuses à Daniel et bon courage… Oui, merci, au revoir, Angie.

Solis raccroche. Je suis arrivé hier et elle a appelé les Hills finalement. La mère vient de lui expliquer pour le nez cassé de son mari et le reste. Un silence se fait dans le salon.

Son mec est parti bosser, je suis donc seul avec elle et son gros bide. Elle a tout le temps mal au ventre.

– Teag, tu as cogné sur Daniel ?

Je ferme les yeux, je vais me prendre une morale dans la tronche. La nuit n'a pas été de tout repos pour moi : encore un cauchemar, le même en boucle. Chez les Milers. Alors aujourd'hui est encore pire qu'hier. Je n'ai plus de lionne, juste une douleur lancinante dans la poitrine et des larmes au bord des yeux en permanence.

Solis soupire.

– Et sur un invité… et Elena, ajoute-t-elle.

Je relève brusquement la tête.

– Mais pour elle, j'ai pas fait exprès ! Je ne m'en souviens même pas bien. Je ne voulais pas, bordel !

Elle grimace encore à cause de son bide.

– Elle a quatre points de suture, Teag, et tu t'étonnes qu'elle ne veuille plus te voir ?

Et voilà, je chiale. Solis m'observe. Je détourne le regard de honte.

– Elle m'a quitté.

Je ferme les yeux. Un silence s'abat et j'entends Solis prendre une grande inspiration.

– Tu… Teag, tu sortais avec elle ? finit-elle par demander.

Impossible de parler. Je fais oui de la tête.

– Mais des filles t'ont déjà quitté avant elle, non ? Pourquoi tu…

– Parce qu'avec elle, c'est pas pareil, putain ! J'arrive pas à encaisser, ok ? Et le délire de mon père, là, c'est trop d'un coup pour moi. Maintenant fous-moi la paix avec ça, j'envoie d'une traite.

Et encore, je ne parle pas du type qui traumatise ma lionne ou de ce connard de Jason sorti de je ne sais où...

Je me lève brusquement et je me casse sur son minuscule balcon pour m'en griller une. Je crois que cette douleur dans la poitrine m'a immunisé contre le froid. Je vide mes poches, j'essuie ma face et j'allume une clope. Je m'assieds sur le rebord et je tire la porte pour que le froid d'entre pas.

Ni la fumée. Mais Solis va quand même dire que ça chlingue, de toute façon.

* * *

J'ai tourné en rond dans l'appart pendant des heures. Je n'ai plus de portable. Où est-ce que je l'ai laissé ? Chez les Hills peut-être. Dans tous les cas, impossible de tuer le temps sur les réseaux sociaux. La rage passée, je n'ai qu'une envie : retourner chez les Hills pour parler avec Elena, sans crier cette fois. Mais Solis m'a vu venir. Elle m'a prévenu que si je sortais d'ici, Terry allait me tomber dessus. J'ai foutu en l'air ma conditionnelle et il n'est pas encore au courant. La mère d'Elena a assuré à Solis qu'ils ne l'appelleraient pas pour lui dire. Mais on ne sait jamais, l'enfoiré de père m'a bien empêché de voir ma lionne, je n'ai plus confiance.

– Mange, Teag, t'as une sale tête, envoie Solis.

On est à table avec son connard de mec. Qui ne me parle que pour me dire que je ne suis pas le bienvenu ici. *Je l'emmerde. Tant que Solis veut bien de moi, je reste.*

– Ce n'est pas en t'affamant que tu iras mieux, ajoute-t-elle.

– Laisse-moi, putain.

J'ai pas faim. Rien ne passe. Je sais que Solis a écrit des messages cet aprèm, elle n'a pas voulu me dire avec qui. À tous les coups, c'était Elena.

Je sais qu'elles discutent beaucoup toutes les de
Pourquoi je me sens trahi par Solis ?

Je me lève et m'affale sur le canapé. Je ferme les yeux en espérant que je ne tape pas un autre cauchemar qui me fait faire n'importe quoi. *Ras le bol des souvenirs !*

* * *

Plein de gens défilent autour de moi à l'hôpital. Ils ont dit que je devais être dans la rue depuis des jours. Je crois que c'est vrai. Je ne me souviens plus trop.

– La jambe est cassée depuis au moins quinze jours. On voit sur la radio que l'os a commencé à se reconstruire.

– Il n'a toujours pas parlé ?

– Non, peut-être qu'il est muet, ou qu'il ne comprend pas, va savoir. En tout cas, il a passé ces quinze jours dans la rue, j'en suis certain, vu comme il est sous-alimenté.

– T'as essayé de lui donner un stylo et un papier ?

– Ah non, tiens. Vu sa taille, même s'il est maigre, il doit avoir une dizaine d'années, il doit savoir écrire.

Le monsieur vient me voir.

– Tiens, tu aimes bien dessiner ? Tu peux me dessiner ta maison ? Ou ta maman ? Ou m'écrire ton prénom, peut-être ?

J'arrive plus à respirer. Mes yeux me piquent trop pour que j'arrive à le regarder. Je pleure encore et je sais pas pourquoi. Je sais pas comment je m'appelle, ni qui c'est ma mère. Et ma maison, je ne sais pas non plus où elle est. Je ne sais plus comment je suis arrivé là, en fait, et j'arrive plus à parler.

* * *

Le docteur est souvent ici avec moi. Il me ramène toujours des trucs. Aujourd'hui, c'est des papiers, j'aime bien dessiner.

– Salut, bien dormi cette nuit ? il me demande.

Non, j'ai encore fait un cauchemar, mais je veux pas le dire. Il me tend les papiers. Je les regarde.

– J'ai trouvé ceci affiché sur un poteau près de l'hôpital. Il y a le numéro d'une dame avec, elle cherche partout un garçon avec des yeux très bleus, un garçon timide mais très gentil. C'est toi, non ?

Je sais pas. Peut-être que c'est ma maman. Le docteur me sourit.

– La dame s'appelle Nathalie... Solis. Oui, Solis, c'est ça.

Je ferme les yeux. Ils me brûlent, et dans mon ventre aussi ça me fait mal.

– Hé ! mon grand ? Est-ce que tu connais cette dame ? Elle dit que tu t'appelles Teagan, c'est bien ça ?

J'ouvre la bouche, je pleure et les papiers tremblent dans ma main.

– M... Ma... M... Maman

– Respire, d'accord ? Je vais l'appeler tout de suite et elle va venir te chercher.

* * *

La porte s'ouvre, je pleure, je sais pas pourquoi. La dame entre et je la reconnais tout de suite, c'est ma maman qui pleure.

– MAMAN !

– Mon dieu, Teagan !

Elle court, mais moi, je peux pas à cause de ma jambe. Elle me serre fort contre elle.

– Je savais plus. Je savais plus ton nom. J'avais oublié, maman, je voulais rentrer à la maison !

Je crie mais elle ne me gronde pas.

– Ce n'est pas de ta faute, mon Teag, d'accord ? Je ne suis pas fâchée, je suis très contente de te retrouver parce que j'ai eu très peur. Mais tout va bien, tu es là…

Elle me regarde et touche mon visage.

– Est-ce que tu sais ce qui s'est passé chez les Milers ?

Je fais non de la tête. Je sais pas. Je me souviens pas.

CHAPITRE 46

Solis squatte le canapé toute la journée en principe. Il faut que je me bouge pour lui laisser la place, elle ne va pas tarder à sortir de son lit. Je vais à la cuisine, je fais couler du café. J'en prépare deux tasses. J'entends l'autre con dire au revoir et la porte se fermer. Un instant plus tard, elle arrive, presque en roulant tellement elle est grosse.

– Oh ! Teag, merci, dit-elle en prenant sa tasse. Tu as bien dormi ?

– Nan. J'ai… Tu te souviens quand tu m'as retrouvé à l'hosto ?

– Bien sûr, je ne pourrai jamais l'oublier, murmure-t-elle.

On s'installe à table en silence.

– Quand ils m'ont appelée, je n'y croyais pas. Ils m'ont dit qu'un garçon aux yeux bleus avait été amené par la police couvert de sang et…

Elle prend une grande inspiration.

– Tu… veux me parler plus de ce qui s'est passé ce soir-là ? me demande-t-elle. Chez les Milers.

– Il… il a buté sa femme, c'est tout. J'ai sauté par la fenêtre et j'ai couru.

Elle ne dit rien et regarde sa tasse.

– Tristan aussi, dit-elle après un moment.

– Quoi ?

Elle n'a pas besoin de m'expliquer, je comprends. Il a tué Tristan aussi. Je prends une grande bouffée d'air. *Putain, je l'ai échappé belle, alors…*

– Tu le savais ? Depuis tout ce temps ? je demande.

– Oui, les enquêteurs m'ont appelée après le drame. Les voisins ont entendu des cris mais les flics sont arrivés trop tard. Madame Milers et Tristan étaient… enfin, tu sais. Et le père était en train d'essayer de se pendre. Il n'a pas réussi et il a fini en prison. Les voisins ont dit aux flics cette nuit-là qu'il y avait aussi un petit garçon adopté dans la maison, mais personne ne t'a trouvé. On t'a cherché partout. J'ai fini par mettre des affiches sur absolument tous les poteaux de cette putain de ville en priant pour que monsieur Milers ne t'ait pas…

Un silence se fait.

– Pourquoi tu m'as laissé là-bas ?

– Elle me disait que tout allait bien, que tu étais souvent malade et que c'est pour ça que tu ratais l'école. Je voulais y croire, te faire vivre dans une bonne famille. Je sais que c'est de ma faute, Teag, je…

Merde, elle pleure maintenant.

– Tout est de ma faute… J'aurais dû mieux faire mon boulot et ne pas leur faire confiance. Je t'ai laissé là-bas après tout ce que tu as vécu avec Anton. Je sais que je n'aurais pas dû, je suis désolée. Je crois que je ne me le pardonnerai jamais.

Je ne dis rien mais je me lève pour aller lui chercher des mouchoirs.

– Merci…

– Chiale pas. On s'en fout, ce qui est fait est fait, de toute façon.

Je sors ça sans réussir à la regarder.

– En plus, t'es encore plus grosse quand tu chiales.

Elle se marre et se mouche.

– Ah ! Je préfère vraiment quand tu la fermes, parfois, soupire-t-elle.

– Mmh, Elena dit ça aussi…

Elle plante son regard sur moi et un nouveau silence se fait.

– Alors, c'est sérieux de chez sérieux avec elle, si elle te demande de la fermer, dit-elle.

Et paf, la douleur revient brutalement m'écraser les poumons. Je passe mes mains qui se mettent à trembler sous la table et je mate le fond de ma tasse.

– C'est Elena, quoi…

– Merde, Teag, t'es amoureux ou je rêve ? s'étonne-t-elle.

Je serre les dents et je regarde dehors. Il fait moche aujourd'hui, un temps à chier.

– Nan. Je m'en fous.

– Pff… À d'autres, je te connais, mon Teag, et t'as tout du mec qui vient de se faire briser le cœur.

Je fais non de la tête. *N'importe quoi. Y a plus rien à briser en moi, depuis longtemps.* Je me lève.

– Roule jusqu'au canapé, je vais me doucher, j'envoie.

– Tu causes meilleur à ta mère, ok ! rétorque-t-elle.

Quand je quitte la salle de bain, Solis sort des chiottes.

– Putain, je pisse trois gouttes dix-huit fois par jour, c'est épuisant, soupire-t-elle.

– Ouais… Ça t'apprendra, je réplique.

Elle se marre et me dit qu'elle va se doucher à son tour. Moi, je vais cloper sur le balcon. Elle disparaît dans la pièce du fond d'où s'échappe encore la buée de ma douche. Je tourne les talons et je passe devant sa chambre. Je m'arrête net en voyant son portable sur le lit.

J'attends un peu et, quand l'eau coule dans la douche et que j'entends le rideau bouger, je vais prendre le téléphone. Je fais juste glisser l'écran pour le déverrouiller. Je jette un œil aux messages : rien. Mais rien du tout. Elle a tout effacé, la garce. Je prends le truc et je bouge jusqu'au balcon.

J'ai les mains qui tremblent quand je pose le portable sur mon oreille. Ça sonne, plusieurs fois, puis ça décroche.

– Allô ?

Ma lionne. Sa voix est fatiguée, triste et éteinte.

– Allô, Nathalie ?

– Non, c'est moi.

Silence.

– Euh… Teag… Tu…

Elle pleure. Moi pas.

– Elena, p… pour… pourquoi ?

Elle ne dit rien et sanglote sans me répondre. Je souffle. Les mots ne veulent plus venir, ça me rend dingue.

– Elena ! P… p… parle, putain !

– C'est mieux comme ça…

Elle chuchote à peine ces quelques mots, et moi, je sens les larmes couler sur mes joues.

– Non, bébé. Tu me manques. C'est pas mieux comme ça, tu peux pas me faire ça.

– Mais…

– Tu sais que j'ai p… personne d'autre que toi… Elena, je…

J'essuie mes joues d'un geste rageur.

– Je suis désolée, Teag, mais on doit vraiment arrêter. Tu trouveras une fille mieux que…

– Raconte pas de connerie, putain ! C'est toi la fille que je veux, pas une autre. Je m'en fous des autres, Elena. C'est toi, rien que toi, bordel !

– Ça ne pourra jamais marcher. On…

– Elena, tu entends ce que tu dis ? Ça marchait très bien. Je sais que j'ai merdé et je suis vraiment désolé, bébé, j'ai jamais voulu te faire de mal… Je m'en veux à mort, t'imagines pas, je… je voulais vraiment pas. Je m'en suis même pas rendu compte, je… Tu sais que… je tiens à p… p… per… personne d'aut… tre comme ça. Elena, j'ai besoin de toi.

– Je dois raccrocher, Teag, je suis désolée, c'est… pas possible.

– Elena, non, tu…

– Ne m'appelle plus.

– Je vais pas pouvoir.

– Je suis désolée…

– Non, Elena ! Elena !

Elle raccroche. En pleurant, mais elle raccroche. Je garde le portable collé contre mon oreille. C'est le bordel dans mon souffle et mon cœur : un calvaire. Qui aurait pu croire que prendre une deuxième baffe dans la gueule faisait encore plus mal ? La première m'a pourtant assommé plusieurs jours, mais j'y retourne comme un mec qui aime ça.

– Teag…

Je ne relève pas la tête. Je tends son portable à Nathalie, qu'elle prend doucement.

– Ça va ?

– Bouge, tu dois pas rester debout.

* * *

Solis mate vraiment des programmes de merde. Elle s'est endormie sur le canapé après la bouffe du midi. J'ai commandé des pizzas mais elle n'a pas mangé grand-chose, et là, elle ronfle. Je suis assis sur le tapis, adossé au canapé, le bide de Solis est dans le haut de mon dos. Je sens bouger mais Solis est immobile, je me retourne doucement pour pas la réveiller. *Merde, son bide bouge tout seul. C'est limite flippant.*

Je vois une petite bosse se former, monter un peu et disparaître dans la rondeur. Je me marre, sa fille est en train de lui refaire l'intérieur apparemment. La main de Solis posée là bouge et va me frotter les cheveux.

– Ils ont bien poussé, ils cachent tes yeux maintenant, me dit-elle.

Je me détourne de son bide pour la regarder. Elle me sourit gentiment.

– Ton gosse est flippant, je lâche.

Elle se marre.

– T'as vu le caractère de son père... marmonne-t-elle.

Putain, oui, un gros con.

– Ouais, d'ailleurs, qu'est-ce que tu fous avec lui ?

– L'amour... Je crois que tu me comprends maintenant si je te dis qu'on ne choisit pas, me répond-elle.

Je détourne le regard. J'aime pas la laisser sous-entendre que je suis amoureux comme un dingue d'Elena. Je vois ça comme ce que c'est : une putain de faiblesse.

Son ventre attire mon regard, ça gigote encore là-dessous.

– Pose ta main, me dit Solis.

Je fais non de la tête.

– Vas-y, je te dis ! Elle boude toujours son père, peut-être qu'avec son grand frère...

Je fronce les sourcils et, hésitant, je pose ma main. *Wow !* Je la retire tout de suite et Solis se marre. Je repose ma main tachée d'encre sur la petite bosse qui se forme.

– Wow ! Elle est vénère que son père soit aussi con, je crois, j'envoie.

Solis se marre.

– T'es bête ! Oh merde, j'ai envie de pisser à cause de tes conneries. Fais chier, tiens, aide-moi à me redresser.

Je l'aide, un instant plus tard, elle revient s'étaler sur le canapé. Le silence revient, et Solis se lance sur un sujet trop risqué pour son état.

– Tu sais, si Elena est dans le même état que toi, vous vous retrouverez.

Je soupire. Solis me donne un coup derrière la tête.

– T'es vraiment amoureux, ricane-t-elle.

– C'est ta sœur qui est amoureuse, je réplique.

Elle se marre et renvoie sa main dans mes cheveux.

– Mon grand garçon est amoureux… Tu as grandi, je prends un coup de vieux, merde, dit-elle.

– Touche pas ! je râle.

Elle me pousse pour me faire chier.

– On est deux dans ce monde à pouvoir te parler et te toucher, alors laisse-toi faire, sale gosse, rétorque-t-elle.

– Pff… Elena est pas simple à approcher et… pas très tactile.

– Elle a ses propres démons.

Je fronce les sourcils puis je me tourne un peu pour la regarder.

– Comment ça ? je demande.

– Bah Elena doit d'abord lutter contre ce qui…

Et je percute enfin. *Saloperie de Solis qui sait tout !*

– Putain, t'es au courant ?

– Pour ?

– Te fous pas de ma gueule, maman, t'es au courant pour son délire avec l'enculé ?

Elle acquiesce d'un signe de tête.

– Comment, putain ? je demande.

– Teag, je suis assistante sociale. Ma spécialité, c'est les enfants et les ados. J'ai tout de suite vu qu'un truc clochait avec Elena, alors on a discuté. Elle m'a demandé beaucoup de conseils pour te comprendre et elle m'a parlé d'un truc. Mais elle ne m'a rien dit pour vous deux, par contre, la bourrique.

– Tu sais quoi, alors ?

– Toi, tu sais quoi ? Je veux rien te dire sans son accord.

– Un type l'a forcée à lui faire une pipe dans le vestiaire sous le regard de plusieurs autres, je lâche d'une traite.

Solis fait une grimace.

– Ok… Je savais que c'était horrible, mais pas à ce point-là. Comment tu le sais ? Elle t'en a parlé ? me dit-elle.

– Nan, elle a rien voulu me dire. Une fois, j'ai… enfin, tu vois, elle m'a embrassé et… Bon, je te fais pas un dessin…

– Non, non, c'est bon, place-t-elle.

– Et elle a eu peur de ma… Enfin, tu comprends. Je savais déjà qu'il y avait un délire, mais elle dit rien, cette garce, alors j'ai lu dans son ordinateur. Elle écrit tout et c'était… Putain, je veux plus jamais relire ce truc.

– Merde… Et t'as fait quoi ?

– J'ai fait le con, comme d'hab. J'ai voulu savoir qui était le mec, mais elle n'a rien voulu dire. Elle ne le dit nulle part dans son ordi. Elle ne veut pas lâcher son nom pour pas que j'aille en taule.

Solis ne dit rien. Elle évite mon regard. *Putain, ne me dis pas qu'elle sait !*

– Tu…

– Non, non, moi non plus, elle ne m'a pas dit qui c'est, calme-toi.

J'étais déjà en train de me mettre les nerfs contre elle. Un silence se fait.

– C'est un mec du lycée, me dit Solis.

– Je sais, de l'équipe de base-ball, mais y en a plein, je peux pas tous les défoncer.

Je reçois une grande tape sur le front.

– Aïe, putain ! Mais qu'est-ce qui te prend ? la questionné-je, furieux.

– Tu-ne-vas-défoncer-personne, Teagan ! Promets-le-moi !

– C'est bon, arrête ! De toute façon, je connais pas le blase de ce fils de pute. T'imagines bien qu'il serait déjà aux urgences, sinon.

La garce m'a cogné le front à chaque mot. Je frotte ma peau douloureuse.

Le silence se réinstalle un moment. On mate la télé, puis un truc me revient. Mes souvenirs arrivent au compte-gouttes depuis que j'ai bougé de chez les Hills il y a deux jours.

– Le père Hills… m'a parlé de mon père aussi et…

– Oui…

Je soupire.

– J'imagine que t'étais déjà au courant, j'ajoute.

– Mmh, mais ça ne fait vraiment pas longtemps. Quinze jours avant que tu arrives chez eux, j'y suis allée pour leur donner ton dossier et m'occuper avec eux de la paperasse quand Daniel a vu ta photo. Tu sais, celle de ton casier de racaille des rues. Il…

Elle s'arrête pour grimacer et toucher son ventre.

– Ça va ?

– Mmh, ta petite sœur fait je sais pas quoi là-dedans. J'en étais où ? Oui, il a vu ta photo et il a bloqué. Il avait les larmes aux yeux, je ne savais plus où me mettre. Il m'a demandé comment tu t'appelais et il a presque pleuré de joie. C'était assez bizarre. Puis il m'a expliqué pour son ami.

– Il est vraiment flippant, ce type, je marmonne.

– T'es con. Il était juste heureux, après dix-sept ans de recherches, de retrouver enfin le fils de son meilleur ami.

– Mouais… Ça change quoi, sérieux ?

Un silence se fait. Elle grimace encore.

– Bah… t'en sais un peu plus sur toi. À toi de chercher avec Daniel. Ton père devait bien avoir de la famille en Irlande, si ça se trouve. T'as peut-être des cousins, des tantes, des oncles, va savoir.

Je n'y avais même pas pensé. Mais à la limite, j'en ai rien à foutre de ces gens. Ils étaient où pendant dix-sept ans ?

– Pff... Ils m'ont pas cherché, eux, apparemment !

– Calme-toi, putain... Je ne me sens pas très bien. Si tu hurles encore, j'accouche pour te faire chier. Teag, chaque chose en son temps, c'est comme ça que ça fonctionne dans la vie, ok ? Si je t'avais balancé tout ça en bloc y a dix ans, cinq ans ou la semaine dernière, t'aurais fait quoi ? Tu aurais explosé partout, comme tu fais toujours. C'est ta vie, ton chemin, c'est toi qui avances, pas moi. Je ne suis pas là pour te pousser mais pour te soutenir, mon fils, ok ?

J'avale la boule qui se forme dans ma gorge et je fais oui de la tête. Putain, c'est bien la première fois que je chiale juste comme ça. En plus, pour une fois, je n'ai rien à ajouter.

Solis me sourit, ses yeux aussi parlent pour elle. Elle me regarde comme si j'avais encore cinq ans. *Si ça se trouve, dans sa tête, j'ai toujours cet âge-là...*

– Allez, viens là, grand con !

Elle me tend les bras, comme quand j'étais gosse. *Ah bah ouais, j'ai toujours cet âge-là.*

Ça m'a manqué, putain. Elle me serre contre elle. Solis, elle sent toujours pareil. Je la connais par cœur, cette odeur. C'est celle de ma mère.

– Tu m'en fais voir, toi… Mais pour rien au monde, je veux te remplacer, me dit-elle.

Je me redresse, j'essuie mes joues.

– T'es en train d'en faire une pire que moi, je lance.

Elle se marre et grimace avant de se tordre de douleur.

– Hé ! Maman, ça va ?

– Oh ! Putain de merde ! Non, ça va pas, je…

Elle regarde son bide et essaie de se redresser.

– Merde, je paume les eaux !

Quoi ? Putain, elle se pisse dessus, cette conne !

– Ah ! Fait chier ! Teag, je…

Elle se plie en deux en criant de douleur. *Wow, La violence du truc, putain ! Mais y a deux secondes, elle allait bien…*

– Caisse, sacs, hosto ! Maintenant ! elle me hurle presque dessus.

Je me lève à toute vitesse. Caisse : les clés dans l'entrée, ok. Sacs ?

– Qu…

Putain, j'arrive plus à parler !

– Dans la chambre, les sacs ! Aaaah, nom de Dieu.

Chambre. Sacs. J'y cours vite fait, je prends les deux sacs posés au pied du lit et je ressors. Solis est en train d'essayer d'aller dans l'entrée. J'envoie les sacs sur une épaule en arrivant sur elle.

– Attends, maman.

Je l'aide à marcher. *Elle en pleure… Respire, mec*. Elle enfonce ses pieds dans ses vieilles baskets que j'ai toujours connues.

– Laisse tomber le manteau, Teag. Aaaah… Putain de merde ! Prends mon portable, par contre.

* * *

Solis est en train de détruire sa poignée de portière, moi, je panique. Elle douille sévère. J'aurais jamais cru que c'était aussi horrible, une naissance. *Et putain, je vais où ?*

– Euh… je vais aux urgences ?

– Oui… Non… Aaah la vache ! Tu vas aux urgences mater… maternité… à gauche, là-bas.

Elle me montre à droite, putain.

Je mate les panneaux au loin et, après deux minutes de torture pour elle, je me gare en trombe devant les urgences. Je tire le frein à main et je fais le tour de la vieille caisse en sautant presque par-dessus le capot. J'ouvre la portière.

– On y est. Allez, viens, maman.

Je l'aide à sortir, c'est tout un bordel avec son gros bide. D'un coup, trois nanas en blanc déboulent avec un fauteuil roulant.

– Monsieur, allez garer votre voiture sur le parking, votre femme vous attendra à l'intérieur, me sort une des meufs.

Ma femme ? Pouaah, quelle horreur !

– C'est mon fils. Teag, fais ce qu'elle dit et… Aaaah… Appelle Lucas, envoie Solis.

La meuf s'excuse vite fait, et la seconde suivante, Solis est emmenée. Je me retrouve comme un robot derrière le volant. J'ai les mains qui tremblent de stress. Je vais garer la caisse et vais la rejoindre, mais à mi-chemin, je fais demi-tour pour aller reprendre les sacs.

Quand j'entre dans les urgences maternité, j'entends tout de suite Solis embrouiller je-ne-sais-pas-qui. Je la rejoins rapidement. Une nana lui demande de remplir un papelard et elle galère.

– On peut pas faire ça plus tard ? rage-t-elle. Ah ! Teag ! Aaaaah… Souffler… Souffler…

La nana en blanc se tourne vers moi, me mate de haut en bas et vient vers moi.

– Bonjour, vous êtes le père ?

Mais sérieux ?

– C'est mon fils ! balance Solis derrière entre deux respirations.

– Mais vous venez de me dire que c'était votre première grossesse, madame Solis ! réplique la nana.

– Adoption !

La nana en blanc semble saisir. Elle se plante devant moi avec son papier.

– Son âge, son adresse et le numéro de couverture social, s'il te plaît.

Euh…

– Il… Ah ! Nom de dieu ! Il parle pas… couine Solis derrière elle.

– Ok. Vous remplissez tout ça. Vous m'entendez ?

Je fais oui. Elle me sourit.

– Très bien, votre mère risque d'accoucher d'ici plusieurs heures seulement, le travail ne fait que commencer. Plus vite vous remplissez le dossier, plus vite elle sera prise en charge…

Et elle se casse en me laissant avec une Solis meurtrière. En deux minutes chrono, j'ai fouillé le sac pour pouvoir tout remplir. Je vais ensuite taper au carreau de l'espèce de bureau en face. Une bonne femme se pointe.

– C'est pour ?

– Il ne parle pas. Vous avez déjà rempli le dossier ? me demande la nana de tout à l'heure en arrivant derrière l'autre.

Je fais oui. Elle le prend et se casse.

Hein ? C'est tout ?

Je reste là mais elle ne me capte pas. Je tape du poing sur la porte et elle se retourne. Je montre Solis qui en chie dans son fauteuil roulant.

– J'arrive tout de suite, ne t'inquiète pas. Profites-en pour appeler le papa…

Je tourne les talons. Je retourne près de Solis.

– Je vais appeler Lucas et fumer une clope.

Elle a les yeux fermés, les sourcils contractés, mais elle me fait oui de la tête. Je la laisse là et je sors. Clope, briquet, portable. J'allume la clope en coinçant le portable contre mon oreille.

– Allô ?

– …

Merde, pourquoi ça bloque ?

– Nath, tu m'entends ? demande l'autre con.

– C… C'est Teag.

– Quoi ? Mais qu'est-ce que tu branles avec son portable ?

– Elle accouche, connard.

Silence.

Gros Silence.

Je tire une taffe.

– Allô ? Oh ! T'es là ? je demande.

– Euh oui… Je… J'arrive. Prépare les sacs dans l'entrée et euh…

– On est déjà à l'hosto. Ça urge, amène-toi, elle va buter tout le monde là-dedans, je coupe.

– O… ok, j'arrive.

Il raccroche.

CHAPITRE 47

Trois heures qu'on s'est pointés et toujours rien. *C'est normal ?*

Lucas est arrivé vingt minutes après nous, ils étaient en train d'embarquer Solis pour la mettre dans une chambre, il est allé avec elle. Moi, j'attends là où on est arrivés tout à l'heure. J'ai gardé le portable de Solis. J'ai fumé toutes mes clopes. Une des deux portes battantes s'ouvre encore. Je lève le nez.

Ah ! Lucas ! Je me lève quand il vient vers moi.

– Ils vont enfin lui faire la péridurale, dit-il.

Je fronce les sourcils. *Péri... quoi ?*

– Une piqûre dans le dos, pour la douleur. Ensuite, on attend encore, elle va pouvoir se reposer un peu avant que ma fille...

Le mec chiale ? Ah oui.

Je ne sais pas pourquoi, je lui tape sur l'épaule, plutôt fort. Il se redresse et s'essuie les joues.

– Ouais, t'as raison. C'est moi le mec ou pas ? lance-t-il.

Je me marre.

– T'as du feu ? J'ai des clopes, ajoute-t-il.

Un instant plus tard, on est dehors dans le froid à s'en griller une. Il ne dit rien pendant un instant puis il l'ouvre.

– Merci d'avoir été là pour elle. Je ne comprends pas vraiment votre lien étrange, mais elle était tellement malheureuse quand vous ne vous parliez plus… Elle a besoin de toi. Et puis, ma fille aura besoin d'un grand frère qui foutra les jetons aux petits cons de son école.

Je lui lance un regard en biais. Je ne sais pas trop comment réagir. Je force un sourire, et ça semble lui suffire. Il termine sa clope et bouge de là.

– J'y retourne. Tu gardes bien son portable sur toi, je t'appelle, ok ?

– Ouais.

Il tique en entendant ma voix mais n'en rajoute pas une couche. Il me sourit et se casse.

* * *

Il fait nuit et Lucas vient de m'envoyer un SMS pour me dire qu'ils allaient pousser, enfin, que Solis allait pousser. Le bébé va arriver. Ça me fout une pression incroyable d'un coup. Après avoir attendu toute une putain de demi-journée, enfin elle arrive. Je suis plus pressé que je pensais.

Le portable n'a presque plus de batterie, alors je reste dans la salle d'attente au cas où. S'il s'éteint, Lucas pourra me trouver.

Il est presque vingt-deux heures. Ça fait plus d'une demi-heure, c'est encore long ? Je sens le portable vibrer dans ma paume. Je baisse tout de suite les yeux dessus et je stoppe net. *Elena ?* C'est un SMS d'Elena. Mon cœur bondit dans ma poitrine et me remonte dans la gorge. J'hésite, puis je l'ouvre.

Bonsoir Nathalie. Excuse-moi de te déranger mais est-ce que Teag peut me rejoindre au bal du lycée ? Je sais que papa ne veut plus que je le revoie, mais j'ai quitté la maison sans trop lui dire, je suis devant le lycée, je l'attends…

Je relis une fois, deux fois, trois fois. Je me lève, la main déjà sur la clé de la caisse dans ma poche. Le portable vibre quand j'arrive à la porte de sortie. Un SMS de Lucas.

Viens voir ta petite sœur, mec !

Putain, fait chier.

Je m'arrête une seconde, je mate le portable, je mate le couloir pour rejoindre Solis. Merde, Solis m'en voudra à mort d'avoir loupé ça, mais je ne peux pas laisser Elena, c'est peut-être ma seule chance avec elle.

Je quitte l'hosto et je cours pour rejoindre la voiture que je démarre en vitesse. Je suis loin de Staten Island… C'est long. Je décide d'envoyer un message à Lucas pour leur dire de ne pas s'inquiéter mais le portable s'éteint dans ma paume. Il finit par terre.

– Fait chier…

Après une bonne demi-heure, j'arrive au lycée. Y a du monde et des bagnoles partout. Je gare la bouse de Solis en vrac sur un carré de pelouse et je trace à travers le parking. Je ne suis pas vraiment habillé pour un bal mais je m'en fous. Je ne compte pas l'inviter à danser, elle n'aime pas ça, en plus. Je veux juste m'excuser, encore et encore, et la récupérer. Aux portes du lycée, quelques flics matent les jeunes de haut. Évidemment, avec ma dégaine et mes tatouages, je me fais stopper par l'un d'eux.

– Oh ! T'es dans ce lycée, toi ?

Je ne réponds pas, comme toujours. Je me force en serrant les dents à faire un oui de la tête.

– Pourquoi t'es pas habillé comme les autres ? T'as ta carte du lycée ?

Parce que je m'en branle de ton bal de merde, enfoiré !

Ils foutent des videurs pour entrer dans un bal maintenant ? Même en boîte, ils sont moins relous !

– T'as une cavalière ?

Je montre le lycée. *Oui, ma nana est dedans, putain.* Pourquoi elle ne m'a pas attendu dehors ?

– Eh bah tu lui envoies un petit message pour qu'elle vienne te chercher, le tatoué, réplique le flic.

Enfoiré, je n'ai pas de portable. Je lui lance un regard noir et je tourne les talons.

– Teag !

Je me retourne rapidement. *Merde, Sophie.* Dans une robe longue, presque comme celle d'Elena l'autre soir.

– C'est bon, monsieur l'agent, il est avec moi, dit-elle au type.

J'entre dans le lycée, Sophie me colle au train.

– Ils demandent les cartes du bahut pour entrer à cause des terroristes.

Ouais, c'est cool, mais je m'en fous. Je la suis, les couloirs sont blindés de cons en robe et en costard. Le bal se passe dans le gymnase. Il faut traverser tout le lycée pour y aller et il y a un monde de dingue.

– Euh, Elena t'attend. Je… vais te conduire si tu veux, je viens de la croiser, me dit-elle, hésitante.

Sophie hésitante, c'est pas habituel, ça. Elle me traîne avec elle entre les élèves, je reçois des regards de tous les côtés. Entre mon jean troué, mes boots et ma tronche défaite d'avoir attendu sur une chaise toute la journée que Solis ponde, je dois faire peur.

Pourquoi on sort du gymnase ? Elena est pas censée être là ?

– Elle voulait un coin tranquille… Je te laisse y aller, hein… me dit Sophie.

Je l'attrape par le bras avant qu'elle n'ait le temps de se casser. Elle ne se fout pas de ma gueule, quand même ?

– Quoi ? Arrête, tu me fais mal, Teagan. J'ai compris que tu la préfères à moi, il n'y a pas de galère, je veux juste vous aider, ok ?

Je la lâche et j'entre. C'est quoi, cet endroit ? Je ne suis jamais venu ici.

J'avance dans un couloir et mon regard se pose sur une pancarte au-dessus d'une porte ouverte. « Vestiaire des hommes ». *Vestiaires ? Putain, « vestiaires » ? Jamais Elena ne m'aurait attendu ici !*

J'entends la porte claquer dans mon dos. Je fais demi-tour. *C'est un putain de piège ou quoi ?* J'essaie d'ouvrir mais c'est fermé. Je m'excite dessus, rien à faire.

La seconde suivante, j'entends un cri puis des sanglots. Mon cœur s'arrête. *Ce n'est pas Elena. Dites-moi que ce n'est pas Elena.*

Je cours et je me précipite dans le vestiaire ouvert.

C'est quoi, ce délire ?

Je la vois bloquée contre un mur, un type écrasé contre elle l'obligeant à ouvrir les cuisses. Il a un blouson de l'équipe de base-ball sur le dos. Je ne vois pas sa tronche parce qu'il a le nez dans le cou de ma lionne, mais c'est pas grave, de toute façon, dans deux secondes, il n'en aura plus. Je vais le tuer.

Je cours vers eux, je traverse la pièce et je tends la main pour le tirer en arrière, mais je reçois un coup violent dans le bide, bien trop violent pour que je puisse aider Elena qui pleure.

Je me redresse. *Qui vient de me...*

Un autre coup dans le dos me coupe le souffle et je m'écrase par terre, sur le carrelage froid.

Plusieurs coups de pied dans les côtes et j'accuse un trou noir de quelques secondes. *Allez, mec, va aider Elena. Il n'y a qu'elle qui compte.*

– Alors, bébé, notre invité est là, on dirait, lâche une voix de mec.

Je me relève difficilement, un poing s'écrase sur mon nez. Je secoue la tête et je rouvre les yeux. Trois types, en blouson eux aussi, me tombent dessus. Les coups pleuvent. J'essaie de les rendre mais je suis trop sonné, impossible de les dégager pour aller aider Elena. Ils s'acharnent. Je les entends rire et m'insulter, mais tout ce que je vois, c'est Elena en pleurs.

– TEAG !

Le cri d'Elena me déchire plus le bide que les coups que je viens de recevoir. Les trois types me traînent par terre, me soulèvent et je percute le mur de plein fouet. Je suis plaqué de force. De face, d'abord, puis ils m'obligent à me tourner. Je me débats. Un autre coup dans le ventre et je crache du sang.

– TEAGAN !

Ma lionne hurle et ça me bousille. J'ai mal partout mais je m'en fous, ce que je vois est pire que n'importe quel poing dans la gueule. Il la touche, l'embrasse, la lèche. Ses mains sont partout sur elle. Et je ne peux rien faire, je me fais défoncer comme un faible.

L'un des trois types qui me tiennent m'oblige à relever la tête pour que je ne loupe pas une seconde du spectacle.

Elena... Putain !

Je sens les larmes me monter aux yeux, elle pleure en me regardant. Elle les supplie d'arrêter et se débat, toujours écrasée sous l'autre fils de pute. J'aimerais hurler et tous les tuer, mais rien à faire, rien ne vient.

– Alors, tu vois, t'es pas si rapide que ça, le Muet, dit le mec écrasé contre ma lionne.

Ils se mettent tous à rire. Je me débats avec plus de rage. Je reconnais les types qui me tiennent : ce sont les trois enfoirés du centre commercial. J'arrive à en virer un qui prend mon pied dans la hanche. Il me rend le coup deux secondes plus tard, si fort que mon crâne percute le mur derrière. Je suis sonné. *Ça tourne, putain, mais je dois aider Elena.*

– Mais non, putain, l'assomme pas. Il va rater le meilleur sinon, dit celui qui doit être leur chef et qui est hors d'atteinte.

Je secoue encore la tête. *Mec, réagis, putain !* J'essaie de voir ce qui se passe, je crache tout le sang qui envahit ma bouche. Je cligne plusieurs fois des yeux pour me reconnecter.

– NON, arrête ! Me touche pas !

Putain !

Tout devient clair d'un coup, comme si entendre Elena hurler en pleurant m'avait retapé brusquement. Le connard suprême plaque une main sur sa bouche, déchire son haut et tourne la tête vers moi. *Putain, c'est ce connard de Jason...*

Je percute tout à coup que j'ai tout compris de travers. Là où je pensais que ma lionne était attirée par ce connard, elle était en fait en train de vivre le pire cauchemar de sa vie pour m'éviter la prison. Ses rougissements quand il lui a posé la main sur la cuisse à table, son attitude… Tout devient clair. Mais comment a-t-elle réussi à faire ça ? Pourquoi, Elena ? Pourquoi tu ne m'as rien dit ?

– Tu l'as pas baisée, hein… Je suis sûr qu'elle t'a même pas sucé, toi, Teagan Doe…

Je hurle de rage. *Je vais le buter !*

Il se marre et ceux qui me tiennent font pareil. Elena hurle de peur quand il enfonce sa main entre ses jambes en la plaquant un peu plus contre le mur. Elle essaie de le repousser mais elle n'a aucune chance, Jason est trop fort, et moi, trop inefficace. Plus je me débats, moins j'ai de force.

– Arrête de bouger, Elena. Tu devrais être contente, bébé, je vais te marquer à vie… Mais d'abord, tu vas…

– LÂCHE-LA !

Je hurle et me débats encore, en perdant ainsi un peu plus de chances de la sortir de là. Il la force à se mettre à genoux en la tenant par les cheveux. La scène se reproduit face à moi. Il la frappe, elle hurle de douleur et plaque ses mains sur sa bouche.

– LÂCHE-LA, PUTAIN !

– Ouvre la bouche, Elena.

RAAAAAAH !!!

J'envoie se faire mettre un des trois types d'un coup dans les couilles. Il essaie de m'en coller une, mais il mange mon poing sous le menton avant.

Il ferme les yeux et ma main serrée revient pour percuter sa mâchoire avec force. Un craquement le fait hurler, puis il tombe au sol sans se relever. Les deux autres se jettent sur moi. Le premier mange le mur, une fois, deux fois, trois fois, une tache de sang coule doucement vers le bas et il ne réagit plus. Dans mon dos, Elena hurle toujours. Le troisième en profite pour m'enchaîner : un coup, un deuxième qui me sonne, puis un troisième dans les côtes. Je lui crache à la gueule quand il revient. Ma rage vient de prendre le dessus, ils sont tous morts. Il essaie de m'attraper mais je suis plus rapide, je choppe ses cheveux avant d'envoyer son nez sur mon genou. C'est radical, il tombe au sol immédiatement. Je n'attends pas pour enfoncer plusieurs fois mon pied dans ses côtes.

Quand il ne bouge plus et qu'il gémit face contre terre, je fonce sur le dernier : Jason, qui essaie de se barrer d'ici. J'arrache son blouson et j'enchaîne les coups. Il recule, recule et recule encore. Mon poing frappe, encore et encore, je n'entends plus rien autour. Il n'y a plus que lui et ma rage qui comptent. Il tombe en arrière, se débat, gueule. Il hurle comme il a fait hurler ma lionne. Je ne sens plus la douleur des chocs sur mes phalanges. Même si mes mains étaient cassées, je ne m'arrêterais pas.

Sa tête va percuter le sol. À chaque coup, le bruit et le sang apportent avec eux le soulagement de le réduire en miettes. J'écrase mon poing sur son visage rouge de sang pour ce qu'il a osé faire à Elena. J'enfonce mes phalanges dans son crâne dégoulinant.

– TEAGAN, ARRÊTE !

Le hurlement d'Elena me fait revenir à la réalité. Je laisse tout revenir, les sensations, les odeurs, celle du sang, du sang partout.

Putain, Elena. Elle est en boule dans un coin, les mains sur les oreilles, les yeux fermés, elle pleure. Ses vêtements sont déchirés, on voit sa peau un peu partout.

– Elena…

Je vais la rejoindre, j'enjambe le corps en sang de Jason, je veux la toucher mais je m'arrête, mes mains sont rouges. Je m'accroupis devant elle. *Qu'est-ce qu'il lui a fait ? Elena...*

– Elena, je…

– ME TOUCHE PAS ! hurle-t-elle.

Quoi ? Mais je...

– Elena, c'est moi, c'est Teag. Viens, on va…

J'arrive à peine à parler. Je manque de souffle et je commence à voir trouble. C'est l'adrénaline qui me fait tenir, mon corps va me lâcher d'une seconde à l'autre.

– Teag… pleure-t-elle. Teag, qu'est-ce que t'as fait…

Elle relève les yeux vers moi. Je me rends compte seulement maintenant des larmes qui coulent sur mon visage aussi. Elle détourne le regard derrière moi.

– OH ! RECULE-TOI !

Quoi ?

– METS LES MAINS SUR TA TÊTE ET ÉCARTE-TOI !

Putain, qu'est-ce qui se passe ?

Elena s'enfonce davantage contre le mur, elle se remet en boule en pleurant. J'ai tout juste le temps de me tourner vers la porte qu'un flic pointe son gun sur moi. Il en arrive de tous les côtés en hurlant. *Qu'est-ce qui se passe, bordel ?*

– LÈVE LES MAINS AU-DESSUS DE TA TÊTE !

– Trois hommes à terre ! Appelez les secours, c'est une vraie boucherie, là-dedans !

– DERNIÈRE SOMMATION ! LÈVE-TOI AVEC LES MAINS EN L'AIR !

J'ai la tête qui tourne, mon souffle s'est barré et je regarde le sang partout. Trois des quatre joueurs de base-ball sont inertes. Cinq flics pointent leur arme vers moi et vers Elena derrière moi. Je me lève lentement, mes jambes tremblent. Je lève les mains et je baisse les yeux.

– Avance !

Je n'arrive plus à bouger.

– Avance ou je tire ! Fais pas le con, gamin !

J'avance d'un pas. Puis deux. Je sais que, quand ils vont m'attraper, je vais me faire défoncer. Mais je ne veux pas crever ici, alors j'y vais.

– Les mains derrière la tête !

Je pose mes mains tremblantes sur mon crâne douloureux. Du sang chaud coule entre mes doigts.

J'ai mal partout et j'ai peur. Tout ce sang qui coule doucement vers les évacuations sur le sol du vestiaire me donne la gerbe.

Quand j'arrive près d'eux, je ferme les yeux, sous le choc. Je percute le sol plus vite que si j'étais tombé. Ils sont tous sur moi, j'ai du mal à respirer.

– TEAGAN !

Merde, Elena. *Panique pas, ma lionne…* C'était prévu dans le plan, après tout. Pas comme ça, c'est sûr, mais c'était inévitable.

– NE ME TOUCHEZ PAS ! TEAGAN !

Je ne la vois pas. Je dois forcer pour pouvoir relever la tête et l'apercevoir. Les flics m'écrasent au sol. Je sens les menottes m'arracher la peau des poignets quand ils les serrent.

– TEAGAN !

Je parviens à tourner la tête. Deux flics sont sur elle, ils essaient de l'approcher mais elle se protège d'eux. *Putain, ils lui font peur, ces connards !*

– Me touchez pas. Teagan…

– Allez, vous m'embarquez ce connard !

On me soulève par les mains. J'essaie de regarder Elena jusqu'au bout mais je ne fais pas le poids face à cinq flics. Dans le couloir, je repère le seul joueur qui ne gît pas au sol, la tronche en sang.

J'entends des bouts de phrases avec, en fond, ma lionne qui hurle. Il y a des flics partout, des gyrophares qui transpercent les fenêtres hautes. Alors qu'ils me sortent des vestiaires, j'entends :

– On a entendu crier… Il était en train d'essayer de la violer. On a voulu aider la fille mais il nous a tous…

QUOI ?

Si je pouvais hurler, je le ferais, mais rien ne sort. *Il ment, cet enculé !*

Je me débats avec force pour l'atteindre et je crie de rage mais les flics me maîtrisent rapidement. Juste après avoir passé les portes, qui étaient fermées tout à l'heure, je croise le regard de Sophie qui parle avec deux policiers. Cette salope pleure ? *Je vais me la faire !*

Par chance, les flics qui me tiennent ont un peu relâché leur prise et je parviens à les prendre par surprise. En deux enjambées, je suis sur Sophie et je la pousse avec force d'un coup d'épaule. Elle se retrouve par terre en une seconde. Je n'ai que mes jambes, mais c'est suffisant. J'ai tout juste le temps d'envoyer un coup de pied et le son d'un craquement suivi d'un hurlement me fait plaisir. *Salope !*

Je lui crache dessus et je me fais défoncer par les flics. *Ça en valait la peine, Sophie ne m'oubliera jamais.*

Ça hurle dans tous les sens. Je suis de nouveau à terre, sous plusieurs canons, dans la pelouse. La fraîcheur me fait du bien. J'ai mal partout : au ventre, au visage, au dos, aux côtes et aux mains. Surtout aux mains.

– On l’emmène maintenant, il est intenable. Appelez une autre ambulance pour la jeune femme, ça pisse le sang.

J’entends Sophie hurler de douleur : un nez pété, ça ne fait pas du bien, mais c’est mieux que de se faire violer sous les yeux de son mec…

CHAPITRE 48

Très vite, je me retrouve à l'arrière d'une caisse, coincé entre deux flics armés. La bagnole démarre aussitôt.

– Arrête de t'exciter, le tatoué. Tu sais ce qu'ils font aux violeurs en taule ? Tu verras, tu vas bien t'amuser, m'envoie le type à côté de moi.

Je lui crache dessus. *Rien à foutre, au point où j'en suis…* Il attrape mon menton dans une main et serre de toutes ses putains de forces. J'en lâche un cri de douleur.

– Moi, tu ne me mettras pas au tapis comme les quatre autres. N'aggrave pas ton cas, gamin !

Je me débats pour qu'il lâche prise et je baisse la tête pour cracher le sang qui coule dans ma bouche. La douleur, insoutenable, n'aide en rien. Je crois que j'ai au moins une côte pétée. On croise une ambulance dont les sirènes hurlent et les gyrophares m'éblouissent. Je relève à peine la tête. Tout devient trop bruyant.

Mon cœur redevient lourd, il m'étouffe. Les larmes coulent et je n'arrive pas à reprendre mon souffle. *Elena est toute seule, avec eux…*

Je secoue la tête, j'ai un vertige qui m'oblige à fermer les yeux. Je me sens tomber en avant. Je n'arrive plus à tenir.

– Oh ! Réveille-toi ! Hé !

J'entends, mais mon corps ne répond plus. Une douleur au ventre me tire une suffocation incontrôlable et je gerbe devant moi.

– Putain, il gerbe du sang ! Oh ! Gamin, réveille-toi ! Ouvre les yeux !

– On va aux urgences directement.

Pardon, Elena... Pardon, maman. Je vais en taule cette fois. Mais j'ai fait ce qu'il fallait...

* * *

– Madame, vous ne pouvez pas prétendre à une adoption. Votre situation ne vous le permet pas, vous comprenez ?

– Je travaille ! Je ne vois pas où est le problème. Et il vit chez moi depuis qu'il est sorti de l'hôpital, il y a trois mois !

Nathalie est fâchée. On est dans le bureau d'une dame un peu grosse. Ma maman veut m'adopter. Moi aussi, je veux. Je vais rester avec elle, comme ça. Elle m'a dit qu'après, je m'appellerai Teagan Solis, du coup. J'aime mieux que Doe. Benito se moque toujours parce que j'ai pas un vrai nom de famille, mais quand on a pas de famille, on a pas de nom de famille.

– Votre emploi ne fait pas tout, madame Solis. Aujourd'hui, une personne seule ne peut pas

prétendre à l'adoption. Vous devez être mariée depuis au moins quatre ans. C'est la loi, je ne peux rien faire pour vous.

Nathalie souffle. Je n'aime pas quand elle se fâche. Elle s'est jamais fâchée contre moi, mais j'aime pas la voir triste.

– Et si c'est Teagan qui le demande directement ?

– Son choix n'aura de valeur qu'à ses treize ans. Vous devez encore attendre deux ans. Teagan, si dans deux ans tu as toujours envie de vivre avec madame Solis, tu viendras me le dire, d'accord ?

Je la regarde et mes yeux me brûlent. J'arrive plus à dire des trucs. Les mots veulent pas sortir et ça m'énerve.

– Tu pourras l'écrire, ne t'inquiète pas, Teag. Tu ne seras pas obligé de parler, me dit maman.

Je me cache un peu derrière elle.

– Est-il toujours suivi ? demande la dame.

– Oui, il voit la psy quatre fois par semaine, mais pas d'amélioration. Il ne parle qu'à moi et ne garde pas de souvenir…

Je descends de la chaise, je n'ai pas envie que l'autre me regarde.

– Teag, tu veux aller à côté ? me demande Nathalie.

Je fais oui de la tête et j'y vais.

– Il vous parle ou il communique simplement par geste ? demande la dame.

Il y a des crayons et des feuilles, cool.

– Il me parle quand nous sommes seuls, mais dès qu'il y a du monde, il reste muet. C'est aussi pour ça qu'il faut qu'il reste chez moi, vous comprenez.

Vous connaissez son dossier, le traumatisme l'a marqué au point qu'il s'est enfermé dans une bulle. Ça l'a presque rendu muet, sans parler de l'amnésie. Il ne peut pas rejoindre tout de suite une nouvelle famille, il doit rester avec moi. J'ai même l'avis favorable du psychiatre.

– Bon... Très bien. Nous allons attendre trois mois supplémentaires pour voir s'il y a une évolution dans la situation de Teagan. Mais s'il n'y en a pas...

* * *

Bip… bip… bip… bip… bip…

Putain, je suis où ?

Bip… bip… bip… bip… bip…

C'est quoi, cette lumière ?

– Monsieur ? Vous m'entendez ?

Oui.

Bip… bip… bip… bip… bip…

C'est qui ? Pourquoi j'arrive pas à bouger ?

Bip… bip… bip… bip… bip…

– Vous êtes à l'hôpital, monsieur, ouvrez les yeux.

Je force et ils s'ouvrent puis se referment. Je les rouvre difficilement. *C'est qui, elle ?*

– Vous êtes aux urgences, monsieur, vous souffrez d'une hémorragie interne, nous devons vous opérer. Pouvez-vous me dire votre nom ?

Je cligne des yeux pour virer les larmes qui se coincent là. Je finis par les refermer. Trop de lumière ici. *Et Elena, elle est où ?*

– Monsieur ? Monsieur ! Il repart.

* * *

– Teag, s'il te plaît, sors de ces toilettes...

– NON !

– Je ne vais pas me fâcher, Teag, mais on doit y aller maintenant.

Je ne veux pas aller dans une autre famille. Nathalie va m'emmener chez des gens.

– Allez, on va être en retard, bon sang !

– Je veux pas y aller ! C'est toi, ma famille.

– Oui, toi aussi, tu es ma famille. Vois ça comme des vacances, tu ne m'auras plus sur le dos pour te dire de ranger ta piaule... Allez, ouvre, Teag...

J'ouvre la porte et j'essuie mes joues.

– J'ai peur, maman.

– Je sais... Mais tu as ton portable. Au moindre problème, tu m'appelles et je viens te chercher, d'accord ?

Je ne réponds pas. Voilà, ça bloque encore. Maman me regarde, inquiète.

– Je t'appellerai tous les jours, et bientôt, je te le promets, Teag, tu vivras chez moi.

– Pour toujours ?

– Oui, pour toujours, mon Teag.

* * *

Bip… bip… bip… bip… bip… bip… bip…

– Tout est stable…

Bip… bip… bip… bip… bip… bip… bip…

– Monsieur ? Vous m'entendez ?

C'est qui, ce mec ?

– Monsieur Doe ? Il faut ouvrir les yeux maintenant. Serrez ma main, si vous la sentez.

J'ouvre les yeux puis les referme. Un truc me touche la main, je serre un peu.

– Très bien, l'autre ?

Je serre aussi.

– Parfait, ouvrez les yeux.

Je recommence, la lumière me fait mal. Un type en blouse blanche se matérialise devant moi. Il me regarde.

– Regardez-moi, suivez mon doigt… Mmh, parfait.

– C'est bon ? demande quelqu'un d'autre.

– Oui, il vous entend, mais je ne suis pas certain qu'il vous comprenne. Il est encore dans le gaz.

– On s'en fout.

Un autre mec apparaît devant moi.

– Monsieur Teagan Doe, je vous arrête pour mise en danger volontaire de la vie d'autrui, coups et blessures avec intention de donner la mort sur les personnes de Jason Dash, James Turn, Oliver Vanhagen, et pour coups et blessures sur les personnes de Tim Reags et Sophie Wood, mais également pour tentative de viol et coups et blessures sur la personne d'Elena Hills. Tout ce que vous direz pourra et sera retenu contre vous. Vous pouvez recevoir l'aide d'un avocat pour votre défense. Avez-vous compris vos droits, monsieur Doe ?

Quoi ? J'ai pas... Le bip derrière moi s'affole pendant que le type s'approche. Je suis menotté au lit. Je me débats, mais le métal glacial m'agresse la peau et des douleurs insupportables m'empêchent de bouger.

À suivre…

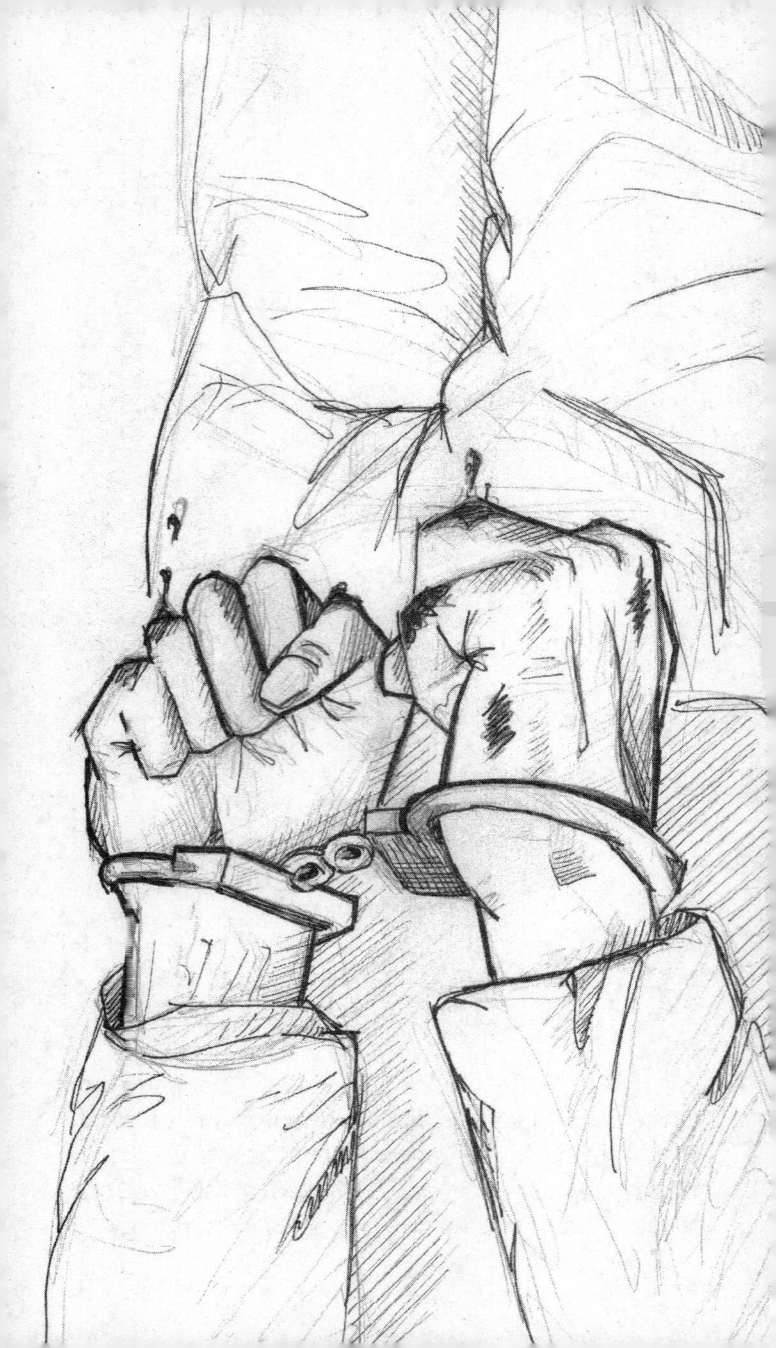